RACHEL GIBSON
Traumfrau ahoi
Gut geküsst ist halb gewonnen

Traumfrau ahoi

Wenn es der Traum eines jeden Mannes ist, mit einem attraktiven Model auf dem Meer zu treiben, dann möchte Max Zamora lieber schnell aufwachen, denn diese Begleitung hat ihm bei seiner Flucht vor einem Drogenboss gerade noch gefehlt. Aber auch Lola Carlyle kann sich etwas Besseres vorstellen, als ihren Urlaub mit einem Mann zu verbringen, der mit James Bond ganz offensichtlich mehr als nur den Beruf gemein hat ...

Gut geküsst ist halb gewonnen

Es knistert nur so vor erotischer Spannung als sich die Krankenschwester Lucy Rothschild und der Klempner Quinn endlich gegenüber stehen. Denn kennen gelernt hatten sie sich in einem Dating-Chat. Doch Lucy ist in Wahrheit gar keine Krankenschwester, sondern Krimiautorin und Quinn kein Klempner, sondern als Polizist undercover auf der Jagd nach einer Serienmörderin, die ihre Opfer über das Internet aussucht. Obwohl Lucy seine Hauptverdächtige ist, fühlt Quinn sich unwiderstehlich zu ihr hingezogen. Und auch Lucy lässt Quinn nicht kalt ...

Autorin

Seit sie sechzehn ist, erfindet Rachel Gibson mit Begeisterung Geschichten. Mittlerweile hat sie nicht nur die Herzen ihrer Leserinnen erobert, sondern wurde auch mit dem »Golden Heart Award« der Romance Writers of America und dem »National Readers Choice Award« ausgezeichnet. Rachel Gibson lebt mit ihrem Ehemann, drei Kindern, zwei Katzen und einem Hund in Boise, Idaho. Weitere Romane von Rachel Gibson sind bei Goldmann in Vorbereitung.

Von Rachel Gibson außerdem bei Goldmann lieferbar:

Das muss Liebe sein. Roman (45126)
Er liebt mich, er liebt mich nicht. Roman (46021)
Sie kam, sah und liebte. Roman (45964)
Ein Rezept für die Liebe. Roman (46218)
Frisch getraut. Roman (46534)

Rachel Gibson

Traumfrau ahoi
Gut geküsst ist halb gewonnen

Zwei Romane
in einem Band

GOLDMANN

Die Originalausgabe von „Traumfrau ahoi“ erschien 2002 unter dem Titel„Lola Carlyle Reveals All“bei Avon Books, an imprint of Harper Collins Publishers, New York

Die Originalausgabe von „Gut geküsst ist halb gewonnen“ erschien 2006 unter dem Titel„Sex, Lies and Online Dating“bei Avon Books, an imprint of Harper Collins Publishers, New York

FSC
Mix
Produktgruppe aus vorbildlich bewirtschafteten Wäldern und anderen kontrollierten Herkünften
Zert.-Nr. SGS-COC-1940
www.fsc.org
© 1996 Forest Stewardship Council

Verlagsgruppe Random House FSC-DEU-0100
Das für dieses Buch verwendete FSC-zertifizierte Papier
München Super liefert Mochenwangen.

1. Auflage
Taschenbuchausgabe Juni 2008
Wilhelm Goldmann Verlag, München,
in der Verlagsgruppe Random House GmbH
Traumfrau ahoi

Gut geküsst ist halb gewonnen

Umschlaggestaltung: Design Team München
Umschlagfoto: getty-images
KS · Herstellung: sc
Druck und Einband: GGP Media GmbH, Pößnecck
Printed in Germany
ISBN 978-3-442-13399-4

www.goldmann-verlag.de

Traumfrau ahoi

Aus dem Amerikanischen
von Elisabeth Hartmann

Mein herzlicher Dank und meine Wertschätzung
gelten den Donnerstagabend-Mädchen:
Laura Lee Guhrke, Jill Hill und Cathie Wilson.
Ihr bringt mich zum Lachen und sorgt dafür, dass ich
nicht völlig den Verstand verliere.

PROLOG

Die schlimmste aller Demütigungen, die Lola Carlyle in ihrem Leben hinnehmen musste – und deren Liste war lang und schmutzig –, war zweifellos der Anblick ihrer Nacktfotos im Internet. Jeder, der über ein Modem und eine Kreditkarte verfügte, konnte sie auf fünfzehn verschiedenen Fotos im Evaskostüm bewundern. Und ein Foto war peinlicher als das nächste. Zu wissen, dass diese Bilder der Allgemeinheit zur Verfügung standen, war eine ewige Schmach, eine Last auf ihren Schultern, ein unablässiger Hammerschlag auf den Kopf.

Ihr Ex-Verlobter, Sam der Mistkerl, hatte die Fotos vor einigen Jahren geschossen. Sam, der ihr ewige Liebe geschworen und behauptet hatte, sie könnte ihm in jeder Hinsicht vertrauen, hatte sich ihrer Fotos bedient, um sich aus seinem finanziellen Engpass zu befreien. Vier Jahre nach der Beendigung ihrer Beziehung hatte er *www.lola-entblättert.com* entwickelt und damit die Quelle ihrer größten Schande ins Leben gerufen.

Schon zuvor hatte Lola für Profifotografen posiert – sogar unzählige Male. Aber Sam war Banker und hatte die Fotos mit einer Einwegkamera aufgenommen, die er bei einer Tombola gewonnen hatte. In einem Moment, den sie rückblickend nur geistiger Umnachtung zuschreiben konnte, hatte sie zugelassen, dass er eine Fotoserie von ihr schoss, splitternackt in seinem Bett, auf seinem Heimtrainer und mitten auf dem Küchentisch sitzend, wo sie Schokoriegel und tütenweise Chips in sich hineinstopfte.

Das allerschlimmste Foto aber zeigte sie, wie sie einen riesigen Tootsie-Roll-Schokoriegel küsste. Damals waren die Aufnahmen als Riesenspaß gedacht gewesen, als alberner Witz über ihren Beruf, der zur Folge hatte, dass sie niemals etwas zu sich nahm, das nicht kalorienfrei gebacken, gebraten oder angemacht war, niemals etwas aß, das dick machte, ohne ihren Körper sofort danach routinemäßig davon zu befreien.

Was die Fotos nicht zeigten, war die Übelkeit, die gleich nach dieser Junk-Food-Orgie eingesetzt hatte. Der Teufelskreis des schlechten Gewissens, der stets auf den totalen Kontrollverlust folgte. Die Panik, dass sie ein Gramm zugenommen haben könnte, die sie jedes Mal direkt in die Tretmühle oder aufs Klo jagte.

Es war ein zwanghaftes Verhalten, das sie inzwischen unter Kontrolle hatte, doch einmal hätte es sie fast das Leben gekostet. Selbst heute noch löste der Anblick ihres Körpers auf alten Fotos – ein Meter achtzig und knapp über fünfzig Kilo – jene Stimme in ihrem Kopf aus, die ihr entweder riet, das Mittagessen ausfallen zu lassen, oder aber sie in den nächsten Imbiss trieb, um eimerweise Brathähnchen mit Kartoffelpüree und Soße sowie eine Diät-Cola zu bestellen.

Schlimmer noch als die Schande, dass alle Welt diese geschmacklosen Fotos im Internet ansehen konnte, war das Wissen, dass sie nichts dagegen unternehmen konnte. Versucht hatte sie es; weiß Gott. Sie hatte Sam angefleht, ihr die Fotos zu überlassen und sie aus dem Netz zu nehmen. Sie hatte ihm Geld geboten, aber selbst nach all den Jahren war er immer noch so verletzt wegen ihrer Trennung, dass er sich weigerte. Sie hatte einen Anwalt hinzugezogen, der ihr lediglich bestätigen konnte, was sie ohnehin schon wusste. Sam war der Besitzer der Fotos und konnte sie veröffentlichen, wo immer er wollte. Trotzdem hatte sie ihn vor den Kadi gezerrt und prompt den Kürzeren gezogen.

Also blieb nur noch eine Möglichkeit: ein Rollkommando. Eine Alternative, die sie tatsächlich in Betracht ziehen könnte, hätte sie nur vorab die Garantie gehabt, dass sie nicht erwischt würde und sich und ihre Familie dadurch noch tiefer in den Schmutz zog. Denn in ihrer Familie, die nicht gerade aus Heiligen bestand, war Lola schon immer das schwärzeste Schaf gewesen. Was angesichts Onkel Jeds jüngster Probleme durchaus etwas heißen wollte. Keiner von ihnen hatte je im Gefängnis gesessen, Verhaftungen jedoch gab es durchaus. Aber Knast nicht. Und Lola in Sträflingskleidung zu sehen, das wäre womöglich der letzte Nagel zum Sarg ihrer armen Mutter.

Lola griff nach der Illustrierten, die sie in ihren Koffer gestopft hatte, und betrachtete ihr Konterfei auf der Titelseite des *National Enquirer*. Die Schlagzeile unter ihrem Foto lautete: LOLA CARLYLE, SCHWERGEWICHTIGES EX-MODEL, TAUCHT UNTER. Sie schleuderte die Zeitschrift zur Seite und verließ mit ihrem Zwergpinscher Baby Doll unterm Arm den kleinen Bungalow. Anscheinend tauchte ihr Name inzwischen nur noch in Verbindung mit den fünfundzwanzig Pfund auf, die sie seit ihrem Rückzug aus dem Modelgeschäft zugelegt hatte, und der Begriff *schwergewichtig* gehörte dabei mittlerweile noch zu den charmantesten Formulierungen. Am verhasstesten war ihr der Name *Die üppige Lola*. Sie versuchte, sich von dessen Umschreibungen nicht kränken zu lassen, aber tief im Inneren trafen sie sie doch.

Sie war nicht dick, und sie war auch nicht untergetaucht. Sie befand sich in einem dringend nötigen *Urlaub* zur geistigen Gesundung. Auf einer privaten Insel der Bahamas, um sich *auszuruhen*. Aber nach zwei Tagen des Ausruhens langweilte sie sich zu Tode und war im Begriff, völlig durchzudrehen. Das Leben lag vor ihr; sie hatte ein Geschäft zu führen. Und inzwischen war sie dank der warmen Sonne und der frischen Luft hübsch gebräunt, vollkommen klar im Kopf und mit einem neuen Plan vor Augen.

Vermutlich waren ein guter Privatdetektiv und ein paar ans Tageslicht gezerrte Leichen in Sams Keller alles, was sie brauchte, um ihn zum Zurückziehen seiner Website zu zwingen. Sam hatte in geschäftlicher Hinsicht keine ganz weiße Weste, sodass sich zweifellos eine ganze Menge finden ließ, womit sie ihn erpressen konnte. Es war so einfach, dass sie gar nicht verstand, wieso sie nicht schon früher auf die Idee gekommen war.

Sobald sie wieder zu Hause war, konnte Sam der Mistkerl was erleben.

1. KAPITEL

Max Zamora wurde allmählich zu alt, um noch Superman zu spielen. Adrenalin schoss durch seine Adern und bewirkte, dass sich die feinen Haare auf seinen Armen aufrichteten, doch konnte es nicht den glühenden Schmerz vertreiben, der in seine Rippen fuhr und ihm die Luft aus den Lungen presste. Mit seinen sechsunddreißig Jahren empfand er den Schmerz, den die Rettung der Welt ihm einbrachte, entschieden stärker als früher.

Er atmete tief und regelmäßig, um den Schmerz und die drohende Übelkeit unter Kontrolle zu bringen. Über das Hämmern in seinem Kopf hinweg lauschte er auf die Geräusche der Touristen und Taxis, der Inselmusik und der Wellen an den Docks. Er hörte nichts Außergewöhnliches in der feuchten Nachtluft, aber Max wusste, dass sie da draußen lauerten. Irgendwo. Ihn suchten. Wenn sie ihn erwischten, würden sie nicht zögern, ihn umzulegen, und dieses Mal würde es ihnen gelingen.

Die Lichter des Atlantis Casino tauchten den Jachthafen in verschwommenes Licht, und für den Bruchteil einer Sekunde sah er klar, dann wieder doppelt, was ihn beim Auftauchen aus den Schatten aus dem Gleichgewicht brachte. Die Sohlen seiner Kampfstiefel verursachten kein Geräusch, als er auf die Jacht am Ende des Docks kletterte. Blut aus seiner aufgeplatzten Unterlippe rann über sein Kinn auf das schwarze T-Shirt. Sobald der Adrenalinstoß verebbte, würde er gehörige Schmerzen haben, doch vorher wollte er längst auf halbem

Weg nach Florida sein, weg von der Hölle, durch die er auf Paradise Island gegangen war.

Max tastete sich bis zu der dunklen Kombüse vor und durchsuchte die Schubladen. Er stieß auf ein Fischmesser, zog es aus der Scheide und prüfte mit dem Daumen die scharfe Klinge. Mondschein sickerte durch die Plexiglas-Oberlichter der Jacht und beleuchtete das tintenschwarze Innere.

Er machte sich nicht die Mühe, die Jacht zu durchsuchen. Viel konnte er ohnehin nicht erkennen, und er würde sich hüten, das Licht einzuschalten und dadurch das Risiko einzugehen, gesehen zu werden. Das Besteck klapperte in der Schublade, als Max sie mit einem Ruck zuschob. Falls die Besitzer an Bord waren, hatte er inzwischen wohl genug Lärm gemacht, um sie zu wecken. Und falls doch plötzlich jemand aus der Dunkelheit auftauchen sollte, musste er eben auf Plan B zurückgreifen. Das Problem dabei war nur, dass er keinen Plan B hatte. Vor einer Stunde schon hatte er seine letzten Notfallstrategien zum Einsatz gebracht, und nun ließ er sich nur noch von seinem Instinkt und dem Überlebenswillen leiten. Wenn dieser letzte verzweifelte Versuch fehlschlug, war er ein toter Mann. Max hatte keine Angst vor dem Tod, gönnte aber auch niemandem das Vergnügen, ihn um die Ecke zu bringen.

Als sich niemand blicken ließ, tastete er sich zurück nach draußen und kappte rasch die Leinen, ehe er die Treppe zur Brücke hinaufstieg. Einige Sekunden lang klärte sich sein Blick, und er erkannte, dass die Brücke ein Segeltuchdach und mit Plastik verschalte Fenster hatte. Im Schatten neben dem Kapitänssessel ging er in die Knie. Wieder sah er doppelt und verschwommen. Eine Woge der Übelkeit überkam ihn, die er wegatmete, so gut er konnte. Mit tastenden Händen stemmte er mit dem Messer ein Stück aus dem Bug. Schweiß brannte in der Platzwunde auf seiner Stirn und sammelte sich in seinen Brauen, während er ein Gewirr von Drähten aus der Öffnung zog. Da er noch immer nicht richtig sehen konnte, brauchte er länger als gewöhnlich, um das Zündkabel zu finden. Er schnitt es durch und hielt die beiden Enden aneinander. Der Doppelmotor sprang an, stotterte und wühlte das Wasser auf, während Max sich mit einer Hand die schmerzende Seite hielt, sich mit der anderen am Bug aufstützte und aufstand. Er legte den Gang ein, drückte den Gashebel durch und lenkte die Jacht vom Anleger fort. Wenn er den Kopf ein wenig nach rechts neigte, war seine Doppelsichtigkeit nicht ganz so schlimm, sodass er die Jacht in der Mitte der Fahrrinne an etwaigen Hindernissen vorbeilenken konnte.

Er steuerte das Boot aus dem Jachthafen hinaus in Richtung des Hafens von Nassau, unter der Brücke hindurch, die Paradise Island mit der Hauptstadt verband, und vorbei an den Kreuzschiffen an der Prince George Wharf. In dieser Nacht war bisher nichts so einfach gewesen, und Max rechnete jeden Moment mit Maschinengewehrfeuer, das das Segeltuchdach zerfetzte und sich ins Deck fraß. Seit dem Augenblick, als er am Nachmittag auf der Insel gelandet war, hatte ihn das Glück mehr und mehr im Stich gelassen, und er glaubte nicht, dass seine Pechsträhne bereits hinter ihm lag.

»Entschuldigung, aber was tun Sie hier?«

Beim Klang der Frauenstimme fuhr Max herum und hielt sich an der Lehne des Kapitänssitzes fest, um nicht zu stürzen. Er starrte auf die doppelten Umrisse einer Frau im verblassenden Licht des Hafens. Ein Leuchtturm am Ende der Insel schickte seinen hellen Strahl über den Boden und beleuchtete zwei identische Paar Füße mit vierzig roten Zehennägeln. Er wanderte weiter und zeigte zwei rotblaue Röcke und flache nackte Bäuche, ehe er auf zwei weiße Blusen glitt, die unter zwei Paar üppigen Brüsten verknotet waren. Dann wanderte der Strahl über zwei volle Lippenpaare und ein Gewirr blonder Locken. Ihr Gesicht blieb im Verborgenen, doch aus ihren

Armen kläfften zwei kleine Hunde, so schrill, dass es Max in den Ohren schmerzte.

»Scheiße, das hat mir gerade noch gefehlt«, stieß er hervor, während er sich fragte, woher zum Teufel sie plötzlich kam. Die armselige Karikatur eines Hundes befreite sich aus ihren Armen, schoss auf Max zu, blieb vor seinen Füßen stehen und bellte so leidenschaftlich, dass seine kleinen Hinterbeine vom Deck abhoben. Die Frau trat vor, dicht gefolgt von ihrem Double, und nahm den Köter hastig wieder hoch.

»Wer sind Sie? Arbeiten Sie für die Thatchs?«, fragte sie. Er hatte keine Zeit für Hunde und Fragen oder sonstigen Blödsinn. Sie musste weg. Das Letzte, was er in dieser Nacht brauchte, waren ein bellender Köter und eine keifende Frau. Sie und ihr Hund würden wohl springen müssen. Die Spitze von Paradise Island lag noch nicht ganz dreißig Meter hinter ihnen. Das würden sie schaffen. Und wenn nicht, war es nicht sein Problem.

»Bringen Sie den Hund zum Schweigen, sonst befördere ich ihn mit einem Fußtritt über Bord«, warnte er, statt sie und den Köter gleich ins Meer zu werfen. Verdammt, er wurde wohl weich auf seine alten Tage.

»Wohin wollen Sie mit dieser Jacht?«

Ohne auf ihre Frage zu achten, warf er einen letzten Blick auf die schwindenden Lichter von Nassau, auf die verschwommenen grünen Markierungsbojen und den Strahl des Leuchtturms, dann wandte er sich den Armaturen zu. Er hatte selbst ein paar Fragen, würde aber auf die Antworten wohl noch warten müssen. Im Augenblick beschäftigte ihn Wichtigeres. Sein Überleben zum Beispiel.

Seine Hände zitterten vor Schmerzen und vom Adrenalin. Mit Hilfe purer Willenskraft und dank jahrelanger Erfahrung zwang er sie zur Ruhe. Er hatte noch kein Schiff entdeckt, das ihn verfolgte, aber das hatte nicht viel zu bedeuten.

»Sie können das Boot nicht einfach so nehmen. Fahren Sie zurück zum Jachthafen!«

Hätte sein Kopf nicht so höllisch geschmerzt und wäre sein Körper nicht als Boxbirne missbraucht worden, hätte er sie womöglich echt witzig gefunden. Zurück zum Jachthafen, zurück in die Hölle, die er gerade hinter sich gelassen hatte? Wohl kaum. Es gehörte schon außergewöhnliche Begabung dazu, einen Motor kurzzuschließen, wenn man nicht mal richtig sehen konnte. Er war an Bord so ziemlich jedes nur erdenklichen schwimmenden Gefährts gewesen. Vom Schlauchboot bis zum Kampf-U-Boot. Er konnte ein GPS, das Gerät zur Positionsbestimmung via Satellit, bedienen, notfalls Seekarten lesen und mit Hilfe eines Kompasses manövrieren. Das Problem war nur, dass sein mangelndes Sehvermögen es ihm nur erlaubte, auf gut Glück nach Westen zu steuern.

»Wer sind Sie?«

Er blinzelte in das diffuse goldene Licht der Kontrolllämpchen vor seinen Augen und griff nach dem Funkgerät. Er verfehlte es und versuchte es erneut, bis er die Tasten unter den Fingerspitzen spürte. Statik knisterte in der Luft um ihn herum und übertönte die Fragen der Frau. Er stellte den Sender ein, bis keine Hintergrundgeräusche mehr zu hören waren, und drehte es leicht. Das Funkgerät fing das Gespräch des Hafenmeisters mit einem Passagierschiff auf, und Max wechselte zu einem neutralen Sender. Er erfuhr nichts Außergewöhnliches und suchte weiter. Sämtliche Kanäle klangen normal. Nichts Außergewöhnliches, aber normale, gewöhnliche Kommunikation war nicht das, worauf er wartete. »Sie müssen mich zurückbringen. Ich verspreche auch, kein Wort über die Sache zu verlieren.«

Natürlich nicht, dachte er und warf einen Blick über die Schulter, konnte jedoch mit dem linken Auge nichts sehen und wandte sich wieder den Steuervorrichtungen zu. Wenn sie verdammt noch mal die Klappe halten würde, könnte er vielleicht vergessen, dass sie da war.

Seit zwölf Stunden war der Kontakt zum Pentagon abgebrochen. In seiner letzten Meldung hatte er sie informiert, dass eine Rettungsaktion ebenso wie weitere Verhandlungen überflüssig waren. Die beiden DEA-Agenten, die er suchte, waren bereits seit geraumer Zeit tot. Offenbar nicht an Folter gewöhnt, waren sie unter den Händen ihrer Gegner gestorben.

»Man wird mich vermissen, wissen Sie. Ich wette, das tut man jetzt schon.«

Quatsch.

»Bestimmt ist die Polizei längst benachrichtigt.«

Die Polizei der Bahamas war sein geringstes Problem. Er hatte André Cosellas ältesten Sohn, José, umbringen müssen, und er selbst war nur sehr knapp mit dem Leben davongekommen. Wenn André davon Wind bekam, hatte Max einen ausgesprochen verärgerten Drogenboss am Hals.

»Setzen Sie sich hin, und halten Sie den Mund.« Trotz seiner Sehschwierigkeiten erkannte er die Lichter eines Segelboots, das von backbord auf die Jacht zukam. Er konnte sich nicht vorstellen, dass sich Drogenschmuggler an Bord des Seglers befanden, doch er war klug genug, nie irgendetwas auszuschließen, und das Letzte, was er jetzt gebrauchen konnte, war eine Frau an seiner Seite, die sich die Lunge aus dem Leib schrie.

Er spürte ihre Bewegung mehr, als dass er sie sah, und bevor sie auch nur einen Schritt tun konnte, packte er ihren Arm. »Machen Sie bloß keine Dummheiten.«

Sie schrie auf und versuchte sich loszureißen. Der Hund kläffte, sprang auf den Boden und grub die Zähne in Max' Hosenbein. »Nehmen Sie die Finger weg!«, schrie sie, holte aus und hätte um ein Haar seinen ohnehin schon schmerzenden Kopf getroffen.

»Verfluchte Scheiße!« Max drehte sie um, riss sie rücklings an seine Brust und biss die Zähne zusammen, als der Schmerz in seine Rippen fuhr, während er nach ihren Handgelenken griff. Sie wehrte sich nach Kräften, doch es kostete Max keinerlei Mühe, sie unter Kontrolle zu halten. Problemlos kreuzte er ihre Unterarme vor ihrer Brust und presste ihren Körper an sich, sodass sie nicht mehr um sich schlagen konnte. Ihr hochgestecktes Haar kitzelte seine Wange, als er sie über ihre unselige Lage aufklärte. »Seien Sie ein braves Mädchen, und wer weiß, vielleicht erleben Sie dann sogar den Sonnenaufgang morgen früh.«

Sie hielt schlagartig still. »Tun Sie mir nichts.«

Sie hatte ihn missverstanden, aber er machte sich nicht die Mühe, sie zu korrigieren. Vor *ihm* brauchte sie schließlich keine Angst zu haben. Er würde ihr nicht wehtun, es sei denn, sie versuchte noch einmal, nach ihm zu schlagen.

Das Segelboot glitt durch die ruhige See. Für Max nur verschwommen sichtbar, was ihn überdeutlich an seine schwache Position erinnerte. Im Augenblick sah er im Dunkeln besser als bei Licht, was ungefähr genauso viele Vor- wie Nachteile mit sich brachte. Er brauchte keinen Arzt, um zu wissen, dass seine Rippen angebrochen waren, und er war sicher, dass er mindestens eine Woche lang Blut pinkeln würde. Schlimmer noch: Cosellas Leute hatten ihm sämtliches Spielzeug abgenommen – alle seine Waffen und seine Kommunikationsgeräte, sogar seine Uhr. Er hatte nichts, womit er sich wehren konnte, und wenn sie ihn fanden, war er ihnen hilflos ausgeliefert. Seine Pechsträhne hatte ihm zu allem Überfluss auch noch eine verweichlichte Zivilistin und ihren nervenden Köter beschert. Er schüttelte sein Bein, worauf der kleine Kläffer über den Holzboden rutschte.

»Lassen Sie mich los, dann tue ich, was Sie sagen, und setze mich hin.«

Er glaubte ihr kein Wort. Er konnte sich nicht vorstellen, dass sie nicht irgendetwas versuchen würde, und in seinem angeschlagenen Zustand würde er es nicht einmal kommen sehen. Er hatte in dieser Nacht schon zu viel durchgestanden, um sich von ihr jetzt den Rest geben zu lassen. Er kniff die Augen zusammen, worauf die doppelten Bilder zu einem einzelnen verschmolzen. Das Hecklicht des Seglers glitt an ihnen vorbei, und zu seiner ungeheuren Erleichterung setzte die Doppelsichtigkeit nicht wieder ein.

»Wer sind Sie?«, fragte die Frau.

»Ich bin einer von den Guten.«

»Klar«, sagte sie, doch es klang keineswegs überzeugt, sondern eher so, als wollte sie ihn beschwichtigen.

»Das ist die Wahrheit.«

»Die Guten stehlen keine Boote und kidnappen keine Frauen.«

Das war ein Argument, aber trotzdem irrte sie sich. Manchmal war die Grenze zwischen den Guten und den Bösen so verschwommen wie seine Sicht. »Ich habe dieses Boot nicht gestohlen, ich habe es requiriert. Und Sie habe ich nicht gekidnappt.«

»Dann bringen Sie mich zurück.«

»Nein.« Max hatte das beste Training erhalten, das das Militär zu bieten hatte. Abgesehen von dem Fiasko dieser Nacht, konnte er besser schießen als jeder andere. Er konnte praktisch jede Alarmanlage umgehen, sich nehmen, was er brauchte, und zum Abendbrot wieder zu Hause sein, doch er wusste aus Erfahrung, dass eine hysterische Frau eine sichere Lage in eine höllisch gefährliche verwandeln konnte. »Ich will Ihnen nichts tun. Ich muss nur zusehen, dass ich aus Nassau wegkomme.«

»Wer sind Sie?«

Er spielte mit dem Gedanken, ihr irgendeinen erfundenen

Namen zu nennen, doch da sie wahrscheinlich ohnehin erfuhr, wie er hieß, wenn sie ihn wegen Entführung verhaften ließ, entschied er sich für die Wahrheit. »Ich bin Korvettenkapitän Max Zamora«, antwortete er, was jedoch nicht ganz der Wahrheit entsprach. Er verschwieg, dass er den Militärdienst quittiert hatte und inzwischen für eine Regierungsabteilung arbeitete, die offiziell nicht existierte.

»Lassen Sie mich los«, forderte sie, worauf Max das erste Mal auf das undeutliche Bild seiner Hände an ihren Handgelenken hinabsah. Seine Fingerknöchel pressten sich in ihre weichen Brüste, und schlagartig spürte er jeden Zentimeter ihres schmalen Rückens an seinem Brustkorb. Ihr wohl gerundetes Hinterteil schmiegte sich an seine Weichteile, und Begierde mischte sich in den Schmerz seiner angeknacksten Rippen und in das Dröhnen in seinem Kopf. Es empörte und überraschte ihn gleichermaßen, dass er zu irgendeiner Empfindung außer Schmerzen überhaupt in der Lage war. Das Bewusstsein ihrer unmittelbaren Nähe breitete sich in seinem Körper aus, doch er schob es von sich, unterdrückte es und verbannte es in die dunklen Winkel seiner Seele, wo er sämtliche Schwächen verbarg.

»Versuchen Sie noch einmal, mich zu schlagen?«, fragte er.

»Nein.«

Er ließ sie los, und sie flüchtete aus seiner Umklammerung, als ob ihre Kleider in Flammen stünden. Er sah sie in einer Ecke der dunklen Kabine verschwinden und wandte sich wieder dem GPS zu.

»Hierher, Baby.«

In der Annahme, sich verhört zu haben, starrte er sie über die Schulter hinweg an. »Wie bitte?«

Sie hob ihren Hund vom Boden auf. »Hat er dir wehgetan, Baby Doll?«

»Gütiger Gott«, seufzte er, als wäre er in irgendetwas Ekliges getreten. Sie nannte ihren Hund Baby Doll. Kein Wunder, dass er so eine widerliche kleine Nervensäge war. Er wandte sich dem Radarsystem zu und schaltete es ein. Der Bildschirm wurde hell und ließ eine graue, verschwommene Masse von Linien und Ziffern erscheinen. Max blinzelte und stellte die Schärfe ein. Auf der Backbord-Seite des Bildschirms erkannte er gerade eben die Umrisse der rasch näher kommenden Andros-Inseln, an Steuerbord die Kette der Berry-Inseln. Sein Sehvermögen war noch nicht so weit wiederhergestellt, als dass er die Angaben zu den Längen- und Breitengraden hätte entziffern können, doch er ging davon aus, dass er, solange er noch eine Stunde lang weiter nach Nordwesten hielt, ehe er sich westwärts wandte, gegen Morgen an der Küste Floridas anlangen müsste.

»Wenn Sie wirklich Korvettenkapitän sind, zeigen Sie mir bitte Ihre Papiere.«

Selbst wenn ihm bei seiner Gefangennahme nicht sämtliche Papiere abgenommen worden wären, hätten sie ihr nicht viel Aufschluss gegeben. Er war unter dem Namen Eduardo Rodriguez in Nassau eingereist, und alles, vom Pass über den Führerschein bis zu allem möglichen Kleinkram, war gefälscht gewesen.

»Nehmen Sie Platz, Lady. Die ganze Sache ist im Handumdrehen vorüber«, sagte er, weil ihm nichts Besseres einfiel. Jedenfalls nichts, was sie ihm geglaubt hätte. Die amerikanische Öffentlichkeit war besser beraten, wenn sie nichts von Männern wie Max wusste. Von Männern, die im Verborgenen arbeiteten. Die nicht nachvollziehbare Missionen für die Vereinigten Staaten ausführten und mit nicht verfolgbarem Geld bezahlt wurden. Die nicht existente Anrufe an nicht existenten Telefonen in einem nicht existenten Büro im Pentagon entgegennahmen. Die geheime Informationen sammelten, terroristische Aktivitäten unterbanden, die Bösen unschädlich machten und der Regierung die Möglichkeit ließen, ihre Hände in Unschuld zu waschen.

»Wohin fahren wir?«

»Nach Westen«, antwortete er. Mehr brauchte sie nicht zu wissen.

»Wohin genau?«

Allein ihr Tonfall verriet ihm, dass sie der Typ Frau war, der das Sagen haben wollte. Eine von denen, die einem Mann in die Eier traten. Auch unter günstigeren Umständen ließ Max sich nicht gern in die Eier treten, und im Augenblick waren die Umstände alles andere als günstig. Und er wollte verflucht sein, wenn er sich diese ohnehin vermasselte Nacht von einer Frau noch mehr vermasseln lassen würde.

»Genau dahin, wohin ich will.«

»Ich habe ein Recht zu wissen, wohin man mich bringt.«

Normalerweise schüchterte er Frauen nicht gern ein, was aber noch lange nicht hieß, dass er es nicht tun würde. Er stellte den Motor auf eine ruhige Geschwindigkeit von etwa zwanzig Knoten ein, aktivierte den Autopiloten und stapfte auf die dunkle Gestalt zu, die mit dem Hund im Arm in einem dunklen Winkel der Kommandobrücke saß. Der Vollmond schien durch die Windschutzscheibe und tauchte ihre Schulter und ihren Hals in Licht. Offensichtlich hatte sie einen Blick auf sein Gesicht erhaschen können, denn sie sog scharf den Atem ein und drückte sich noch tiefer in die Ecke. Gut. Sollte sie doch Angst vor ihm haben.

»Jetzt hören Sie mal gut zu«, setzte er an, baute sich vor ihr auf und stemmte die Fäuste in die Seiten. »Ich kann Ihnen das Leben leicht oder aber verdammt schwer machen. Sie können sich zurücklehnen und die Fahrt genießen, oder Sie können versuchen, sich gegen mich zu stellen. Wenn Sie das tun, kann ich Ihnen garantieren, dass Sie verlieren. Also, wie hätten Sie's gern?«

Sie sagte kein Wort, doch ihr Hund sprang aus ihren Armen und grub seine Zähne in Max' Schulter wie ein tollwütiger Vampir.

»Scheiße!«, fluchte Max und packte den Köter am Kragen.

»Tun Sie ihm nichts! Tun Sie Baby nicht weh!«

Ihm wehtun? Max hätte ihn am liebsten zertreten, sodass nur ein Fettfleck von ihm übrig war. Er zerrte ihn weg, wobei der Stoff seines Hemdes riss. Die knurrende Bestie entwand sich seinen Händen, fiel zu Boden, heulte auf und huschte davon.

»Mistkerl!«, schrie die Frau. »Sie haben meinem Hund wehgetan!« Erst als eine Faust auf seine Schläfe traf, wurde ihm klar, dass sie sein mangelndes Sehvermögen ausgenutzt hatte. Es dröhnte in seinen Ohren, alles verschwamm noch ein bisschen mehr vor seinen Augen, und er bedachte sie mit ein paar saftigen Schimpfworten.

Sie holte noch einmal aus, doch dieses Mal war er vorbereitet und packte ihr Handgelenk in der Bewegung. Er riss ihr die Füße unter dem Körper weg, worauf sie unsanft auf dem Deck aufkam. Max hatte keine Lust mehr, nett zu sein. Er drehte sie auf den Bauch und stemmte ihr das Knie in den Rücken. Sie strampelte und wehrte sich und stieß ebenfalls eine Reihe wüster Beschimpfungen aus.

»Lassen Sie mich los!«

Sie loslassen? Kam nicht in Frage. Er würde sie fesseln, knebeln und über Bord werfen. *Sayonara*, Süße. Trübes Licht vom Armaturenbrett fiel über den Boden und auf ihre nackten Füße und Waden. Sie trat aus, worauf er den Stoff ihres Rocks packte und einen breiten Streifen vom Saum abriss.

»Aufhören! Was zum Teufel soll das?«

Statt einer Antwort setzte er sich rittlings auf sie und drückte die Knie gegen ihre Hüften, um sie zum Stillhalten zu zwingen. Sie versuchte, sich ihm zu entwinden, doch er erwischte einen ihrer wild tretenden Füße und schaffte es, ihr eine Schlinge um den Knöchel zu legen. Dann packte er den zweiten Fuß und band den Stoff als Fessel um beide Knöchel. Sie schrie aus Leibeskräften, während Max ihre Füße fesselte. Schließlich packte er noch einmal ihren Rocksaum, um einen weiteren Streifen davon abzureißen, und hielt das gesamte Kleidungsstück in den Händen. Ihre Beine hoben sich hell gegen den dunkleren Holzboden des Decks ab. Ihr Slip war weiß oder pinkfarben. Max war nicht sicher, hatte aber keine Lust, sich länger mit dieser Frage zu beschäftigen.

Sie flehte ihn an aufzuhören, doch ihre Bitten trafen auf noch immer dröhnende Ohren. Er riss einen weiteren langen Streifen von ihrem Rock ab und legte seine Handfläche auf ihr Hinterteil. Seide. Ihr Slip war aus Seide, stellte er bei dieser Gelegenheit fest. Hastig drehte er sich über ihr um, sodass er nun ihren Hinterkopf statt ihre Füße vor sich hatte. Er kniete über ihr, die Knie seitlich an ihre Taille gepresst, und knüpfte eine Schlaufe. Sie wehrte sich noch immer und schob die Hände unter ihren Körper, doch er packte ihren Arm, drehte ihn ihr ohne große Mühe auf den Rücken, fesselte ihre Handgelenke und richtete sich auf. Nachdem der Adrenalinausstoß allmählich verebbte und er hoffen konnte, doch noch zu überleben, griffen die Neurotransmitter nicht mehr so nachhaltig ein, und die Schmerzen in Kopf und Seite verursachten noch größere Übelkeit als zuvor.

Schwer atmend kletterte er über die am Boden liegende Frau hinweg und ging zum Steuer. Er hatte kostbare Zeit mit der unerwünschten Passagierin und ihrem unerwünschten Hund vergeudet. Er schaltete den Autopilot aus und erhöhte die Geschwindigkeit auf fünfzig Knoten.

Das Kratzen der Krallen des kleinen Hundes, der aus seinem Versteck huschte und an ihm vorbeiflitzte, drang an seine gequälten Ohren. Dann senkte sich Stille über den Raum, und Max griff nach einer Kiste Leuchtraketen neben dem Steuer. Im Lauf der nächsten halben Stunde klärte sich sein Blick soweit, dass er die zehn handbetriebenen Leuchtsignale inspizieren konnte. Doch am Ende verwarf er seine Idee, daraus eine Waffe zu seiner Verteidigung herzustellen, da das Magnesium wahrscheinlich nicht zur Fabrikation einer anständigen Brandbombe ausreichte.

Er deponierte die Leuchtraketen auf dem Bug und warf einen Blick auf das Radarsystem. Inzwischen waren die Umrisse von Andros Island und den Berry-Inseln achtern auszumachen. Er richtete das Steuer ein wenig mehr nach Westen aus, in Richtung auf die Küste Floridas. Nachdem er einigermaßen sicher war, nicht auf einer der siebenhundert Inseln der Bahamas aufzulaufen, drosselte er die Geschwindigkeit wieder und schaltete auf Autopilot. Mit zusammengebissenen Zähnen verließ er die Kommandobrücke und warf einen Blick in die dunkle Ecke. Die Frau hatte es geschafft, sich in sitzende Stellung aufzurichten. In der Dunkelheit erahnte er das Weiß ihrer Bluse; vom Fenster her beleuchtete ein Lichtschimmer ihre roten Zehennägel. Der kleine Hund lag zusammengerollt zu ihren Füßen.

Ohne sich noch einmal umzuschauen, verließ Max die Brücke, tastete sich langsam die Treppe hinunter und hielt sich die Seite, um den Stoß abzufangen, den jede einzelne Stufe verursachte. Das Atmen fiel ihm von Minute zu Minute schwerer, und als er schließlich die beleuchtete Kombüse betrat, sah er bereits Sterne. Neben dem Herd fand er einen Erste-Hilfe-Kasten, und im Gefrierfach lagen Eiswürfel.

Im Kühlschrank entdeckte er außerdem Wein, Rum und Tequila und etwa eine Kiste Dos-Equis-Bier. Gewöhnlich gestattete Max sich höchstens ein oder zwei Biere, doch heute brauchte er mehr, etwas Wirkungsvolleres, also griff er nach dem Rum. Er drehte den Schraubverschluss der klaren Flasche auf und trank. Der Druck an der aufgeplatzten Lippe ließ ihn zusammenzucken, aber er nahm dennoch ein paar herzhafte Schlucke. Dann schlug er die Eiswürfel in ein Handtuch ein und klemmte es sich unter den Arm.

Mit dem Erste-Hilfe-Kasten in der Hand durchquerte er den Salon und schaltete das Licht im Bad ein, wo er sein Gesicht im Spiegel über dem Waschbecken vor sich sah. Er konnte sich nicht entscheiden, was schlimmer war: sein Aussehen oder sein körperliches Befinden. Die linke Seite seines Gesichts war angeschwollen und rotblau verfärbt. Seine Wange war mit trockenem Nasenblut verkrustet, und aus seiner aufgeplatzten Unterlippe rann immer noch Blut über sein Kinn. Max nahm einen tiefen Schluck aus der Rumflasche und betrachtete den Riss in seinem Hemd und den kleinen Hundebiss auf seiner Schulter. Er war nicht tief. Nur ein Kratzer und im Vergleich zu seinen anderen Verletzungen kaum der Rede wert. Er konnte nur hoffen, dass der Köter die notwendigen Impfungen bekommen hatte.

Mit einer Hand zog Max sich das Hemd aus dem Bund seiner schwarzen Jeans und hob es hoch. Übel aussehende Striemen liefen im Zickzack über seinen Rumpf, ein Bluterguss in Form eines Stiefelabsatzes zierte seine linke Seite. Aber immerhin lebte er. Zumindest noch.

Er kramte in dem Erste-Hilfe-Kasten, bis er ein Röhrchen Motrin fand. Er zählte sich fünf Tabletten in die Hand und schluckte sie mit Rum, ehe er sich einen elastischen Verband um den Brustkorb wickelte, der zwar nicht besonders half, aber immer noch besser als gar nichts war. Außerdem fand er ein Stück antiseptische Seife. Während er sich das Blut von Gesicht und Hals wusch, ließ er die Geschehnisse dieser Nacht noch einmal Revue passieren und fragte sich, wie seine Mission von Anfang an dermaßen hatte schief gehen können.

Die Informationen, die er bekommen hatte, waren falsch

gewesen, seine gesamte Strategie war fehlgeschlagen, und er wollte wissen, weshalb. Laut Bericht hätten sich Cosellas Leute in einem bestimmten Teil der Kirche des riesigen Areals befinden müssen, aber sie hielten sich eindeutig an einem völlig anderen Ort auf. Die DEA-Agenten wurden vorn in dem Gebäude gefangen gehalten, nicht im hinteren Teil, was im Grunde aber nicht so wichtig war. Das Verhalten von Terroristen ließ sich nun einmal selten eindeutig voraussagen, und geheime Informationen konnten sich von einer Sekunde zur anderen ändern. Das wusste Max, damit war er oft genug konfrontiert gewesen.

Doch nie zuvor hatte er sämtliche Fluchtwege so unerwartet und vollständig abgeschnitten gesehen, und es kam ihm in den Sinn, dass womöglich irgendein Eingeweihter hatte verhindern wollen, dass er das Ganze überlebte.

Er wusch sich die Blutspuren ab und klebte Heftpflaster auf die Platzwunde an seiner Stirn. Das eisgefüllte Tuch in der einen, die Flasche Rum in der anderen Hand, ging er zurück in die Kombüse. Beim Sonderkommando gab es nur einen Menschen, dem er wirklich vertraute: Generalstabschef Richard Winter, ein kettenrauchender, pöbelnder Scharfschütze, der in Vietnam und bei der Operation Desert Storm im Golfkrieg gedient hatte und das eine oder andere über das Leben in Schützengräben und den Kampf zu berichten wusste, wenn man mit dem Rücken zur Wand stand.

Der General war ein übler Schinder, aber immer fair. Er kannte sich mit verdeckten Aktionen aus, wusste, was sie den Männern abverlangten und was sie bedeuteten. Aber Max konnte es nicht riskieren, ihn jetzt schon zu kontaktieren. Nicht über eine ungesicherte Leitung. Nicht, wenn der Funkspruch von jedem im Umkreis von dreißig Meilen aufgefangen werden konnte. Nicht, solange er ein so leichtes Ziel bot.

Noch einmal durchkämmte er die Jacht nach einer Waffe.

Er durchsuchte die Schränke in der Passagierkabine und die Fächer im Salon und in der Kombüse, fand aber nichts Bedrohlicheres als Cocktailspießchen und eine Garnitur stumpfer Steakmesser. Er kippte den Inhalt des Röhrchens Motrin in seine Tasche und griff nach einer großen Handtasche auf dem Tisch in einer Essecke. Er schüttete den Inhalt aus, suchte nach rezeptpflichtigen Schmerzmitteln wie Codein oder Darvocet, fand aber nichts außer einer Vorratspackung Tylenol. Die Tasche enthielt Kosmetika und Hundekuchen, eine Zahnbürste, eine Haarbürste und ein paar Jetons. Er klappte die Brieftasche auf und sah einen in North Carolina ausgestellten Führerschein. Mit einer Hand drückte er das mit Eis gefüllte Tuch an sein Gesicht, während er sich mit der anderen den Führerschein dichter vor das funktionstüchtige Auge hielt. Im ersten Moment glaubte er, das Gesicht käme ihm bekannt vor, doch erst, als er den Namen las, wusste er, wer sie war.

Lola Carlyle. Lola Carlyle, das berühmte Dessous- und Bikini-Model. Vielleicht sogar das berühmteste überhaupt. Ihr Name beschwor Bilder einer fast nackten Frau herauf, die sich am Strand oder in seidenen Laken rekelte. Lange Beine, große Brüste, heißer Sex. Ihre Fotos in *Sports Illustrated* waren bei den Jungs in Little Creek immer überaus beliebt gewesen. Max warf die Brieftasche auf den Tisch. Verdammt. Das machte seine Lage noch ein wenig komplizierter. Machte es der Regierung ein klein wenig schwerer, die Sache geheim zu halten. Und falls er wieder gefangen genommen wurde, ehe er die Staaten erreichte, hatte dieses Luxusweibchen dort auf der Kommandobrücke keine Chance. Noch vor wenigen Minuten hätte er geschworen, dass seine Pechsträhne nicht schlimmer werden könnte, aber, verdammte Scheiße, sie war sogar erheblich schlimmer geworden.

Er presste die Lippen zusammen, griff nach dem Rum und

dem ins Handtuch gewickelten Eis und ging zurück auf die Kommandobrücke. Vielleicht war die Frau dort oben gar nicht Lola Carlyle. Dass Lola Carlyles Handtasche in der Kombüse stand, musste ja nicht heißen, dass die große blonde Frau, die er gefesselt hatte, tatsächlich Lola Carlyle war. Ja, vielleicht, und vielleicht konnte er sich auch Flügel wachsen lassen und nach Hause fliegen.

Die Stufen auf dem Weg zur Kombüse hinaufzusteigen, war mindestens ebenso schmerzhaft wie der Abstieg. Er blieb zweimal stehen und hielt sich die Seite, um den stechenden Schmerz zu beschwichtigen, bevor er weiterging. In der Vergangenheit hatte Max sich so ziemlich jeden Knochen im Leib gebrochen, aber Rippenbrüche waren mit Abstand die schlimmsten. In erster Linie, weil sogar das Atmen schmerzte.

In der dunklen Kabine konnte er nur ihre weiße Bluse ausmachen. Sie lag noch an derselben Stelle, wo er sie zurückgelassen hatte, und er trat ans Steuer und deponierte die Rumflasche und das Handtuch neben dem Gashebel. »Diese ganze Geschichte ist bald vorbei«, sagte er beschwichtigend. Allerdings hatte er keinen Schimmer, warum er sich diese Mühe machte, nachdem sie ihm eins über den Schädel hatte ziehen wollen. Vielleicht, weil er dasselbe getan hätte, wäre er in ihrer Situation gewesen.

Allerdings hätte er Erfolg damit gehabt, dachte er und drückte sich den Eisbeutel aufs linke Auge.

»Würden Sie mich bitte losbinden? Ich muss zur Toilette.«

Die einzige tödliche Waffe an Bord lag neben seinem Rum auf der Steuerkonsole. »Und braten Sie mir dann wieder eins über?«

»Nein.«

Max betrachtete ihre Silhouette auf der Suche nach irgendwelchen Einzelheiten, die sie vielleicht als die Frau auswiesen, deren Vornamen die ganze Welt kannte. Doch vergeblich. »Das haben Sie beim letzten Mal auch gesagt.«

»Bitte. Ich muss wirklich.«

Max schaute sich um. »Wo ist Ihr Köter?«

»Hier, er schläft. Er wird Sie nicht noch einmal beißen. Ich habe mit ihm darüber gesprochen, und es tut ihm aufrichtig Leid.«

»Aha.« Er nahm das Fischmesser, überquerte das Deck und ging neben ihr in die Knie, wobei er versuchte, den Rücken möglichst gerade zu halten. In der dunklen Ecke tastete er nach ihren Füßen und zog die Messerklinge durch den Baumwollstreifen. »Drehen Sie sich um«, forderte er sie auf, ehe er auch die Handfesseln durchtrennte. Er hielt sich die Seite und erhob sich mühsam. »All das wäre nicht nötig gewesen«, sagte er unter Schmerzen, »wenn Sie einfach getan hätten, was ich Ihnen gesagt habe.«

»Ich weiß. Tut mir Leid.«

Alarmglocken schrillten in seinem dröhnenden Kopf, als er das Messer wieder in die Scheide steckte und sich hinten in den Hosenbund schob. Er traute ihrer plötzlichen Fügsamkeit nicht, aber vielleicht war ihr ja inzwischen klar geworden, dass sie keine Chance gegen ihn hatte und in ihrem eigenen Interesse aufhören sollte, sich zu wehren. Ja, vielleicht. Oder aber er wurde auf seine alten Tage wahrhaftig weich.

Mit dem Hund in den Armen schlüpfte sie an ihm vorbei in Richtung Tür. Oben an der Treppe angelangt, schien der Mond auf ihren Rücken und ihr Hinterteil, während ihm der Duft ihres Haars in die Nase stieg. Er bezog neben dem Kapitänssessel Stellung und griff nach der Rumflasche. Er hob sie an seine Lippen und nahm einen Schluck, während er durch die Windschutzscheibe den Mond der Karibik betrachtete. Vor ihm erstreckten sich die rollenden Wogen und die endlose Leere des Meeres. Neben einer zusammengefalteten Zeitung entdeckte er ein Fernglas. Vorsichtig hob er es an die Augen, sah aber nichts außer den schwarzen Wassern des Meeres. Er entspannte sich ein wenig.

Max hatte schon immer das Schlimmste hingenommen, was das Leben zu bieten gehabt hatte, und er hatte jede Situation gemeistert. Er hatte die sechs Monate SEAL-Training überstanden, die Operation Desert Storm miterlebt, in Afghanistan, im Jemen und vor Südchina Terroristen gejagt, doch diese Nacht war die schlimmste seines Lebens. Und nur wegen José Cosellas Eifer, seinen Vater mit seiner Brutalität zu beeindrucken, und allein wegen einer beschissenen Handfeuerwaffe war Max noch am Leben. Was man von José nicht behaupten konnte. Max erinnerte sich mit erschreckender Klarheit an die jüngsten Ereignisse – an das Klicken des blockierenden Revolvers, daran, dass José die Augen abwandte, um die Waffe zu untersuchen, und daran, wie er, Max, zugeschlagen hatte. Wie der Stuhl unter ihm zerbrochen war, auf dem er mit gefesselten Händen gesessen hatte. Wie er ein Stück von der Holzlehne benutzt hatte, um sein Leben zu retten. Wie er zu den Docks gelaufen war, stets in den Schatten verborgen, und die Gelegenheit beim Schopf ergriffen hatte.

Max stellte die Flasche auf die Zeitung und bemerkte eine weiß aufblitzende Spiegelung in der Windschutzscheibe. »Wenden Sie das Boot«, befahl die Frau in seinem Rücken ein wenig atemlos mit leichtem Südstaatenakzent. Sie schaltete das Licht an, dessen Helligkeit unvermittelt in Max' Augen stach. »Wenden Sie, oder ich schieße.«

Max blinzelte gegen den Schmerz und das Licht an, das so plötzlich über die Brücke flutete. Langsam drehte er sich um. Er brauchte nicht mehr zu überlegen, ob er tatsächlich mit der Jacht zusammen versehentlich ein weltberühmtes Dessous-Model gekapert hatte.

Lola Carlyle war leibhaftig genauso hinreißend wie auf den

Titelseiten von Modezeitschriften. Sie stand unter der Tür, das Haar halb hochgesteckt, während der Rest in wirren Locken auf ihre Schultern fiel, als wäre sie gerade aus dem Bett gekrochen. Ihre tiefbraunen Augen unter den perfekt geschwungenen Brauen starrten ihn an. Sie hatte den Knoten ihres weißen Hemdes unter der Brust gelöst und es bis zum Saum zugeknöpft. Ihre langen, wohl geformten Beine waren der Traum jedes Mannes. Sie hätte auch sein Traum sein können, wäre da nicht die orangerote Leuchtpistole gewesen, die genau auf seine Brust gerichtet war. Miss Carlyle war nicht untätig gewesen.

Nun ja, er hatte sich gefragt, ob diese Nacht noch schlimmer werden könnte, und genau das war eingetreten. Er hätte es wissen müssen. Er hätte ihr folgen müssen, hätte sich aber lieber einem ganzen Dutzend Leuchtpistolen ausgesetzt, als noch einmal diese Treppe hinuntergehen zu müssen. »Was wollen Sie mit dem Ding da?«, fragte er.

»Sie erschießen, wenn Sie nicht wenden. Und zwar sofort.«

»Wirklich?« Er glaubte nicht, dass sie auf ihn schießen würde. Die meisten Menschen hatten nicht das Zeug dazu, jemandem in die Augen zu sehen und ihn dabei umzubringen.

»Das Ding hinterlässt ein Riesenloch. Und eine Riesenschweinerei.«

»Das ist mir egal. Wenden Sie die Jacht.«

Vielleicht hatte sie doch das Zeug dazu. Vielleicht auch nicht, aber um nichts in der Welt würde er zurück nach Nassau fahren.

»Sofort!«

Er schüttelte den Kopf. »Nicht einmal für Sie, Miss Juli.« Sie kniff die Augen zusammen, während er sie weiter provozierte und darauf wartete, dass sie eine falsche Bewegung machte und er zuschlagen konnte. »Wie hieß noch mal diese Zeitschrift, auf deren Titelseite Sie im roten String-Bikini zu bewundern waren? *Hustler*?«

»Das war *Sports Illustrated.*«

Er hob die Hand und befühlte seine aufgeplatzte Lippe. »Ah, ja.« Er betrachtete das Blut an seinen Fingerspitzen und sah Lola wieder an. »Jetzt erinnere ich mich.«

Sie runzelte die Stirn.

»In dem Jahr waren Sie der Hit bei den Mannschaftsgraden. Ich glaube sogar, dass Scooter McLafferty Ihnen zu Ehren ein paar Mal vor dem Bild salutiert hat.«

»Entzückend.« Ihre finstere Miene verriet ihm, dass sie weder geschmeichelt noch entzückt war. »Das Boot«, erinnerte sie ihn und winkte mit der Leuchtpistole. »Wenden Sie. Ich spaße nicht.«

»Wie ich schon sagte, das geht nicht.« Er verschränkte die Arme über der Brust, als wäre er völlig entspannt. In Wahrheit hätte er jederzeit das Messer aus der Scheide ziehen und ihr rechtes Auge treffen können, bevor sie auch nur einen Atemzug machte. Na ja, das wollte er nicht tun. Er hatte keine Lust, ein berühmtes Dessous-Model umzulegen. Die Regierung sah es nicht gern, wenn Zivilisten zu Tode kamen, deshalb sollte er sich vielleicht damit begnügen, ihr die Pistole aus der Hand zu treten. Es würde höllisch wehtun, und er freute sich keineswegs darauf. »Wenn Sie dieses Schiff zurück nach Nassau bringen wollen, müssen Sie schon herkommen und es selbst wenden.«

»Wenn Sie irgendwelche Dummheiten versuchen …« Sie machte zögernd zwei Schritte auf ihn zu, und der Hund folgte ihren bloßen Füßen.

»Dann hetzen Sie wieder Ihren mordlustigen Köter auf mich?«

»Nein, dann erschieße ich Sie.«

Max trat sogar beiseite und deutete auf das Steuerrad. »Bei einer Geschwindigkeit um die fünfzehn Knoten neigt es dazu zu vibrieren«, warnte er sie.

Sie blieb stehen und bedeutete ihm mit der Pistole, vom Steuer wegzutreten.

Max sah ihr kopfschüttelnd zu. Er wartete, bis sie einen weiteren zögerlichen Schritt machte, ehe seine Hand nach vorn schoss und ihr Handgelenk umfasste. Sie versuchte sich loszureißen, wobei sich ein Schuss löste und einen flammend roten Feuerball ins Steuerpult jagte. Er schlug in das GPS ein, zerschmetterte die Rumflasche und versprühte Funken in alle Himmelsrichtungen. Der Rum begann zu brennen und lief wie ein flammender Fluss über die Armaturen und in das Loch, das Max beim Aufstemmen der Paneele geschaffen hatte, als er den Motor kurzschließen wollte.

Sowohl Max als auch Lola stürzten aufs Deck, als der Feuerball sich durch das Holzimitat der Paneele brannte und unter die Steuerkonsole schoss, wo er mit einem lauten Knall explodierte. Flammen schossen aus dem Loch. Die roten Leuchtpatronen entzündeten sich eine nach der anderen und verbrannten den Bug wie zehn kleine Schweißgeräte. Kabel knisterten und zischten. Der Motor setzte aus. Das Licht flackerte und ging schließlich ganz aus – wie auf der *Titanic* kurz vor dem Sinken. Die tanzenden Flammen und das orangerote Glühen des brennenden Bugs bildeten die einzigen Lichtquellen in der pechschwarzen Nacht.

»O Gott«, schrie Miss Carlyle.

Max erhob sich auf die Knie und blickte auf die brennende Zeitung, auf die Flammen, die an der Windschutzscheibe leckten und das Segeltuchverdeck in Brand setzten. Offenbar hatte ihn die Pechsträhne noch nicht verlassen.

2. KAPITEL

Lola richtete den Strahl der Taschenlampe auf den Bug – beziehungsweise das, was davon noch übrig war. Das Segeltuchverdeck über der Kommandobrücke war nahezu ganz abgebrannt. Übrig waren nur ein paar Meter verkohltes Segeltuch und die rußgeschwärzten Aluminiumstangen. Eine leichte salzige Brise fuhr in ihr Haar und ließ den Saum ihres Hemdes um ihre Oberschenkel und den Ansatz ihres Hinterteils flattern. Der Seewind spielte mit der weißen Asche auf dem Boden und mit den Resten des Kapitänssessels und des Steuers.

Es konnte nicht wahr sein. Das alles widerfuhr doch nicht ihr. Sie war Lola Carlyle, und dieses Leben war nicht das ihre. Sie war doch auf Erholungsurlaub. Und morgen brach sie ihre Zelte ab und reiste nach Hause. Sie *musste* nach Hause.

Das Ganze war völlig verrückt, es konnte nur ein böser Traum sein. Ja, so war es wohl. Sie hatte eine letzte Nasch- und Cocktail-Tour durch Nassau unternommen und war in der Passagierkabine der Jacht eingeschlafen, und jetzt war sie mitten in einem Albtraum und sah sich Auge in Auge mit einem wild gewordenen Verrückten. Jeden Moment würde sie aufwachen und Gott danken, weil alles ja nur ein Traum war. In der Dunkelheit flog der leere Feuerlöscher durch die Luft, schlug auf dem Bug auf und sprang einmal hoch, ehe er endgültig in dem ausgebrannten Loch stecken blieb.

»Was kommt als Nächstes? Haben Sie Napalm in Ihrer Unterwäsche?«, fragte der leider allzu wirkliche Wahnsinnige hinter ihr, und die Wut in seiner Stimme durchschnitt die Nachtluft zwischen ihnen.

Lola warf einen Blick über die Schulter auf sein vom Mond beschienenes, übel zugerichtetes Gesicht. Sie hatte damit gerechnet, umgebracht und den Fischen zum Fraß vorgeworfen zu werden. Als er sie fesselte, hatte sie die schrecklichste Angst ihres Lebens ausgestanden. Wie ein Alb hatte die Furcht auf ihrer Brust gehockt und ihr die Luft aus den Lungen gepresst. Sie war überzeugt gewesen, dass er sie misshandeln und umbringen würde. Doch nun war sie wie betäubt und empfand gar nichts mehr.

»Wenn ich Napalm hätte, wären Sie jetzt Grillfleisch«, platzte sie automatisch heraus, ehe sich ihr Selbsterhaltungstrieb meldete und sie ein paar Schritte zurückwich.

»Oh, daran zweifele ich keine Sekunde, meine Süße.« Er kam auf sie zu und griff hinter sich. »Hier.« Er zog ein Messer in einer hellbraunen Lederscheide und packte Lolas freie Hand. Sie zuckte zusammen, als er ihr die Waffe in die Hand legte. »Wenn Sie mich von meinem Elend erlösen wollen«, sagte er, »dann nehmen Sie das. Das geht schneller und ist nicht so schmerzhaft.« Langsam bewegte er sich in Richtung der Stelle, wo sich noch vor wenigen Minuten die Tür befunden hatte, von der inzwischen nur noch ein Metallrahmen und ein paar Fetzen verkohlten Segeltuchs übrig waren, die im Wind flatterten. Lola hörte, wie er scharf den Atem einsog, bevor er weiter die Treppe hinunterstieg.

Beim ersten Anzeichen von Feuer hatte Baby sich in Sicherheit gebracht. Auch Lola hatte eilig Deckung gesucht und war über den Boden und die Treppe hinuntergekrochen. Sie hatte auf dem Achterdeck gestanden, während dieser Wahnsinnige namens Max gegen die Flammen gekämpft hatte. Fassungslos hatte sie zugesehen, wie der Wind brennende Segeltuchfetzen mit sich davontrug.

Das Geräusch der zuschlagenden Kombüsentür hallte durch die Nacht. Dann herrschte wieder absolute Stille, die lediglich vom leisen Plätschern der Wellen am Bootsrumpf unterbrochen wurde. Lola sah sich um und blickte hinaus in die Dunkelheit, ins Nichts. Auf einmal fühlte sie sich wie eine der Überlebenden eines Hurrikans, die sie schon so oft in den Nachrichten gesehen hatte. Mit wirrem Haar, leerem Blick und wie betäubt. Ihr Verstand konnte kaum fassen, dass diese Situation real war, dass sie auf einem manövrierunfähigen Boot stand, irgendwo auf dem Atlantik, nur mit Unterwäsche und einem weißen Hemd bekleidet, während ein eindeutig geistesgestörter Mann auf dem Deck unter ihr schlief.

Lola wandte sich zur Tür und stieg die Treppe hinunter. Die ganze Nacht erschien ihr surreal, als wäre sie in ein Gemälde von Salvador Dalí geraten. So zerflossen und verbogen, dass sie sich nur umschauen und denken konnte: *Was ist denn hier los?* Sie richtete die Lampe auf das Achterdeck, und ihre Schritte verlangsamten sich, als sie sich der Kombüse näherte.

»Baby«, flüsterte sie. Sie fand ihn auf der Sitzbank hinter dem Tisch, wo er wach und verängstigt zusammengerollt auf dem weichen Wollschal kauerte, den sie früher am Tag abgelegt hatte. Stück für Stück, als hätte sie Angst, der schwarze Mann könnte sie plötzlich aus einer Ecke heraus anspringen, leuchtete sie mit der kleinen Taschenlampe die Kombüse und den Salon ab. Durch die Tür zur Passagierkabine kroch der Lichtstrahl über den dicken blauen Teppich bis zum Rand der gestreiften Bettdecke. Sie ließ das Licht an der Decke emporwandern und hielt inne, als es auf ein Paar schwarze Stiefel fiel. Erschrocken knipste sie die Taschenlampe aus, während sich die Angst, die sie schon die ganze Zeit über gequält hatte, wieder in ihr ausbreitete.

»Baby«, flüsterte sie noch einmal, beugte sich vor und tastete die Sitzbank ab. Sie nahm das Messer in die Hand, mit der sie bereits die Taschenlampe hielt. Unter den Fingern spürte sie das feine Wolltuch und hob es zusammen mit ihrem Hund hoch. So leise wie möglich durchquerte sie die stockdunkle Kombüse und stand schließlich wieder auf dem Achterdeck. Sie ging zu der Stelle, wo sie Stunden früher gesessen, Wein mit den übrigen Passagieren der Jacht getrunken und den Piratengeschichten des Besitzers gelauscht hatte. Als sie sich setzte, spürte sie das kalte Vinyl der umlaufenden Sitzbank an den Rückseiten ihrer Oberschenkel. Sie zog die Füße unter sich.

Baby leckte ihre Wangen, als sie gegen die Tränen kämpfte. Lola hasste es, wenn sie weinte. Sie hasste es, Angst zu haben und sich hilflos zu fühlen, und trotzdem liefen ihr die Tränen aus den Augen, ohne dass sie etwas dagegen tun konnte.

Baby hatte keine Angst gehabt. Er war tapfer und angriffslustig gewesen, aber zum ersten Mal, seit sie ihn vor einem Jahr beim Züchter abgeholt hatte, wünschte sie, er wäre ein Rottweiler. Ein großer, mordlustiger Rottweiler, der einem Mann einen Arm abreißen konnte. Oder die Eier.

Lola wischte sich die Tränen ab und dachte an die Schachtel Leuchtraketen, die sie in der Passagierkabine gefunden hatte. Sie nützten ihr jetzt nichts mehr. Die Pistole war im Feuer geschmolzen. Aber selbst wenn die Pistole nicht geschmolzen wäre, hätte sie nicht den Mut aufgebracht, die Kabine aufzusuchen und die Raketen zu holen. Nicht, solange dieser Mad Max unmittelbar neben der Schachtel lag.

Dieser Typ hatte behauptet, er sei Korvettenkapitän, aber sie glaubte ihm nicht. Vielleicht hatte er das nur erfunden. Viel wahrscheinlicher war, dass er einer dieser modernen Piraten war, von denen Mel Thatch, der Besitzer der Jacht, ihnen erzählt hatte.

Lola schlug das Wolltuch auseinander und hüllte sich und den Hund darin ein. Sie blickte hinauf zu den verkohlten Überresten der Kommandobrücke und zu den Sternen am

Himmel, die an manchen Stellen so dicht standen, dass sie ineinander zu fließen schienen.

Ihre Hand umklammerte das Messer, das er ihr gegeben hatte, noch ein wenig fester. In ihren Augen war es ziemlich dumm für einen Verbrecher, aber offenbar betrachtete er sie nicht als Bedrohung. Er glaubte nicht, dass sie das Messer gegen ihn erheben würde, womit er wahrscheinlich sogar noch Recht hatte. Mit einer Leuchtpistole auf einen Menschen zu schießen oder sich in der Hitze des Gefechts zu wehren, war eine Sache; sich an sein Bett zu schleichen und ihm im Schlaf die Kehle durchzuschneiden, eine ganz andere.

Vermutlich hatte er ihr das Messer eher gegeben, weil er wusste, dass er sie jederzeit überwältigen konnte, was er ja bereits mehrfach unter Beweis gestellt hatte. Noch immer spürte sie beinahe seinen Klammergriff an ihren Handgelenken und die stählernen Muskeln seines Körpers an ihrem Rücken. Der Mann bestand nur aus harten Muskeln und brutaler Kraft, und sie war ihm beim besten Willen nicht gewachsen.

Nachdem er sie zum ersten Mal losgelassen hatte, war sie ins Dunkel zurückgewichen, in der Erwartung, dass er ihr folgte. Um sie in den Albtraum einer jeden Frau zu stürzen. Um sie zu packen, ihr die Kleider vom Leib zu reißen, sie zu Boden zu stoßen und zu vergewaltigen. Dass sie sich wehren würde, hatte von Anfang an festgestanden. Sie würde kämpfen und Baby beschützen, keine Frage.

Durch Passivität war sie jedenfalls nicht dahin gekommen, wo sie heute im Leben stand. Sie hatte ein Geschäft, das sich von den Körpern junger, blauäugiger Mädchen ernährte, nicht dadurch überlebt, dass sie sich Männern unterwarf. Und sie war nicht aus diesem Geschäft ausgestiegen und hatte ihren eigenen Dessous-Versand aufgebaut, indem sie Däumchen drehte. Ihr Leben lang hatte sie gegen den einen oder anderen Dämonen gekämpft, doch als Max sie zu Boden gedrückt und sie mit ihrem eigenen Rock gefesselt hatte, war sie überzeugt gewesen, dass sie dieses Mal nicht mit dem Leben davonkommen würde. Sie war davon überzeugt gewesen, dass er sie vergewaltigen und töten und Baby, wie angedroht, über Bord werfen würde. Aber er hatte es nicht getan. Sie lebte noch immer, nachdem sie schon geglaubt hatte, dem Tod ins Auge zu sehen. Ein Schluchzen entrang sich ihrer Kehle, und sie presste ihre zitternden Finger auf den Mund.

Ihr Blick wanderte vom Sternenhimmel zur niedergebrannten Kommandobrücke. Als Max sie zum ersten Mal gepackt hatte, war ihr bewusst geworden, dass sie eine Waffe brauchte, wenn sie diese Nacht überleben wollte. Vorzugsweise eine .357er Magnum, wie ihr Großvater Milton eine besessen hatte. Doch sie hatte sich mit der Leuchtpistole begnügen müssen, und jetzt, da alles vorbei war, fragte sie sich, ob sie wirklich auf ihn geschossen hätte, wie Nicole Kidman auf Billy Zane in *Dead Calm*.

Nachdem das Schlimmste vorüber war, zitterten ihr die Hände, und wirre Bilder stürzten auf sie ein. Wie Baby und sie an Bord der Jacht gegangen waren und wie sie vielleicht ein paar Cocktails zu viel getrunken und nicht genug gegessen hatte. Wie sie sich hingelegt hatte und dann leider desorientiert aufgewacht war und einen Verrückten an der Steuerkonsole vorgefunden hatte. Wie er da an den Instrumenten gestanden und Baby zu seinen Füßen wütend gebellt hatte. Wie er sie mit ihrem eigenen Rock fesselte. Wie sie die Leuchtpistole fand. Der Schock, als sie sein zerschlagenes Gesicht sah.

Lola streckte sich auf der Seite auf der Bank aus und drückte Baby an die Brust. Ihr Weinglas stand noch an derselben Stelle, wo sie es abgestellt hatte, bevor sie die Passagierkajüte aufsuchte, um sich ein wenig auszuruhen. Sie hätte gern gewusst, ob die Thatchs das Fehlen ihrer Jacht schon bemerkt hatten, glaubte es jedoch nicht, denn es war höchstens ein Uhr früh, obwohl sie das Gefühl hatte, dass dieser Albtraum schon eine Ewigkeit andauerte. Frühestens in einer Stunde würden die Thatchs überhaupt erst wieder in den Hafen kommen. Wie lange mochte es wohl dauern, bis festgestellt wurde, dass auch sie, Lola, verschwunden war? Bis man anfing, nach ihr zu suchen? Bis ihre Familie erfuhr, dass sie vermisst wurde?

Wenn in ihrer Firma – Lola Wear, Inc. – niemand von ihr hörte, würde man sich nichts dabei denken. Man würde davon ausgehen, dass sie ihren Urlaub verlängert hatte. Eine Zeit lang würde man das Geschäft, das sie zwei Jahre zuvor gegründet hatte, weiterführen wie bisher. Doch all das wurde immer nebensächlicher, je deutlicher ihre prekäre Lage in ihr Bewusstsein einsickerte.

Sie saß auf dem Boot fest. Zumindest für diese Nacht. Vermutlich gab es irgendwo ein Rettungsboot, aber sie war nicht so dumm oder unvernünftig, die Fünfzehnmeter-Jacht mitten in der Nacht zu verlassen und in ein Schlauchboot umzusteigen. Nicht einmal, wenn dieser Wahnsinnige da war. Sie saß fest, und sie konnte nicht das Geringste daran ändern. Zum ersten Mal in dieser Nacht fühlte sie sich völlig hilflos. Sie war der Meeresströmung und einem Piraten ausgeliefert.

Lola erwachte, als die Sonne wärmend auf ihre linke Wange schien. Im ersten Augenblick wusste sie nicht, wo sie war, und wäre beinahe von der Sitzbank gefallen. Sie öffnete die Augen, die von der grellen karibischen Sonne geblendet wurden, und drehte sich auf den Rücken. Verwirrt schloss sie die Augen noch einmal für einen Moment, bevor die Geschehnisse mit entsetzlicher Wucht wieder auf sie einstürmten. Angst und Hilflosigkeit breiteten sich in ihrer Magengrube aus, und sie richtete sich mit einem Ruck auf. Sie sah auf ihre Bluse hinunter, die sich um ihre Taille gewickelt hatte, und auf das Wolltuch, das eines ihrer nackten Beine bedeckte.

Dann glitt ihr Blick durch die offene Tür zur Kombüse, während sie sich aufrecht hinsetzte und sich das rote Kaschmirtuch um die Hüften schlang. Ihre Taschenlampe lag auf der Bank, das Messer jedoch war verschwunden. Suchend blickte sie sich nach Baby um, sah ihn aber nirgends. Auch Max konnte sie nicht sehen, wohl aber hören.

»Verdammt!«, schimpfte er von der Brücke her. Eine Mischung aus englischen und spanischen Flüchen würzte die stille Morgenluft. Lola verstand kein Spanisch, was in diesem Fall wohl auch nicht nötig war. Seiner Tirade folgte eine Reihe dumpfer Schläge, als würde er mit einem Hammer auf Holz eindreschen.

Lola stand auf und schlüpfte in die Kombüse. Die Morgensonne ergoss ihr Licht durch die getönten Scheiben, und sie fand ihre Louis-Vuitton-Handtasche so auf dem Tisch, wie sie sie am Vorabend vorgefunden hatte, als sie auf der Suche nach einer Waffe hereingekommen war – der gesamte Inhalt lag verstreut herum.

Das Hämmern hörte nicht auf, und Lola verdrehte die Augen. Der Typ hatte sie nicht nur entführt, nein, er hatte auch noch ihre Sachen durchwühlt. In dem Durcheinander auf dem Tisch fand sie eine Sicherheitsnadel und befestigte damit das Wolltuch über der linken Hüfte. Dann löste sie ihr Haar aus der Hochfrisur der vergangenen Nacht, griff nach ihrer Bürste und packte ihre Habseligkeiten zurück in die Tasche.

Während sie ihr Haar bürstete, durchquerte sie den Salon, betrat die Passagierkajüte und pfiff leise nach Baby. Lichtflecken tanzten auf der zerwühlten Bettdecke und dem blauen Teppich.

Lola warf einen Blick in die große Kajüte und in das Badezimmer mit der großen Badewanne und den blitzenden Messingarmaturen. Im Schrank stieß sie auf ein paar mit Palmen und Flamingos bedruckte Männerhemden sowie einige tropische Sommerkleider auf den Bügeln, aber auch hier war keine Spur von ihrem Hund.

Auf dem Rückweg durch den Salon warf sie die Bürste auf das Sofa. Da Baby nicht unter Deck war, musste er wohl draußen sein, und wenn nicht … Sie wurde von einem abschließenden Hammerschlag aus ihren Gedanken gerissen und lief zum Achterdeck. Wenn er ihrem Hund etwas angetan hatte, würde sie ihn umbringen.

Immer zwei Stufen auf einmal nehmend, lief sie die Treppe zur Brücke hinauf, doch der Anblick, der sich ihr bot, ließ sie wie angewurzelt stehen bleiben. Bei Tageslicht sah der Bug noch viel schlimmer aus als in der Nacht – schwarz und zerschmolzen, und in der Mitte klaffte ein großes Loch. Baby saß mitten auf dem Deck, so starr, als wäre er ausgestopft, und fixierte den Feind, der mit dem Rücken ans Schanzdeck gelehnt dasaß, die Beine in den schwarzen Stiefeln gespreizt, die Unterarme auf die Knie gelegt, eine Brechstange locker in der einen Hand.

Dass Baby Doll dem Drang nicht widerstehen konnte, es stets mit dem größten Hund aufzunehmen, war eine traurige Tatsache, die sich durch sein gesamtes Leben zog. Größe oder Rasse spielten keine Rolle. Augenscheinlich war er entschlossen, sich mit Max zu messen, und die beiden Vertreter des männlichen Geschlechts fixierten einander mit äußerster Konzentration und völlig regungslos. Nicht einmal der leichten Brise gelang es, Max' kurzes schwarzes Haar oder Babys braunes Fell zu zerzausen.

»Ihr Hund hat in die Ecke gemacht«, stellte Max mit der rauen Stimme fest, die ihr gut in Erinnerung geblieben war. Er wandte sich ihr zu, sodass sie ihn zum ersten Mal richtig betrachten konnte, doch auch bei Tageslicht sah er nicht viel besser aus als in der Nacht. Die Schwellungen in seinem Gesicht waren zum Teil ein wenig abgeklungen, trotzdem sah er nach wie vor verquollen und reichlich lädiert aus. Was ihn kaum weniger Angst einflößend wirken ließ.

»Er konnte bestimmt nicht anders«, sagte sie, entschlossen, ihre Angst nicht zu zeigen, während sie sich umsah, aber nirgendwo einen Hundehaufen entdecken konnte.

»Ich hab's weggeräumt. Aber das ist von jetzt an Ihre Aufgabe.«

Sie blickte ihm wieder ins Gesicht und stellte fest, dass seine Augen blau waren. So hellblau wie die Wellen der Karibik kurz vor dem Auflaufen auf den Strand. Sie standen in deutlichem Kontrast zu seinem dunklen Teint – ganz zu schweigen von den Blutergüssen.

»Ich mag keine unnützen Hunde«, sagte er. »Und Ihrer hier gehört wohl zu der nutzlosesten Sorte.«

»Sie sind ein Dieb und Entführer und bezeichnen meinen Hund als unnütz?«

»Ich hab Ihnen doch schon gestern Abend erklärt, dass ich die Jacht requiriert habe und dass Sie niemand entführt hat.«

Lola zuckte mit den Schultern. »Das sagen Sie, aber Tatsache ist, dass ich gegen meinen Willen auf einem Boot, das Ihnen nicht gehört, auf dem Meer schwimme. Ich weiß nicht, woher Sie kommen, aber soweit ich weiß, verstößt so etwas in den meisten Ländern der Welt gegen das Gesetz.«

Er stützte sich auf dem Schanzdeck ab und rappelte sich mühsam auf, während Lola vorsichtshalber einen Schritt zurückwich. »Wenn Sie nicht das Steuer in Brand gesetzt hätten, wären Sie längst wohlbehalten in Florida, und Ihre größte Sorge wäre jetzt, was Sie zum Frühstück bestellen sollen. Oder Sie wären auf dem Weg nach Washington, wo mindestens ein General Ihnen in den Arsch kriechen und sich im Namen der Vereinigten Staaten bei Ihnen entschuldigen würde. Aber stattdessen mussten Sie ja hysterisch werden und alles vermasseln.«

»Ich!«

»Und ich sitze jetzt mitten in der Hurrikan-Saison mit einem Dessous-Model und ihrem Tuntenköter im Bermudadreieck fest.«

So wie er es ausdrückte, hörte es sich beinahe an, als wäre all das ihre Schuld. Augenblicklich wich ihre Angst loderndem Zorn. »Augenblick mal. *Ich* habe nicht die geringste Schuld an all dem hier. Ich habe geschlafen, als Sie an Bord geschlichen sind und Baby und mich ›requiriert‹ haben.«

»Wohl eher bewusstlos. Der Lärm, den ich veranstaltet habe, hätte Tote aufwecken müssen.« Er stieß einen Laut aus – halb Grunzen, halb Stöhnen – und presste eine Hand auf seine Seite.

»Ich war nicht bewusstlos. Ich war nur sehr müde«, verteidigte sie sich, obwohl sie keine Ahnung hatte, warum sie sich die Mühe machte.

»Und *Sie* sind nicht requiriert worden. Die Jacht wurde requiriert. Sie hätten gar nicht an Bord sein sollen.« Sie öffnete schon den Mund, um zu widersprechen, doch er ließ sie nicht zu Wort kommen. »Und Sie sind auch nicht entführt worden.«

»Was bin ich denn dann?«

Er schüttelte den Kopf. »In erster Linie eine verdammte Nervensäge.«

Baby, der den Blick-Wettkampf am Ende doch aufgegeben hatte, flitzte zu Lola, die ihn hochhob. Statt einer Entgegnung machte sie auf dem Absatz kehrt und ließ Max einfach stehen. Sie hatte Wichtigeres zu tun, als sich mit einem geistesgestörten Kidnapper zu streiten. Es muss doch möglich sein, einem Schiff zu signalisieren, dass sie Hilfe brauchten, überlegte sie auf dem Weg zur Kombüse, wo sie die Schränke durchsuchte, bis sie eine Schachtel mit Müsliriegeln fand. Sie entschied sich für Honig-Nuss, Baby bekam Knusperzimt. Sie hätte einen Mord für eine Tasse Kaffee begangen, was sie schlagartig an das Messer in der rehbraunen Lederscheide denken ließ.

Wahrscheinlich hatte Max es ihr abgenommen, als sie schlief. Sie wollte es zurückhaben. Als sie ihr Frühstück beendete, trat Max in die Kombüse. Seine breiten Schultern und seine düstere Aura schienen den engen Raum zu füllen. »Haben Sie mein Messer?«, fragte Lola.

»Ja.« Er griff in die Schachtel mit den Müsliriegeln und setzte hinzu: »Ich hab's mir zurückgeholt.«

»Aber ich brauche es.«

Er riss das Papier von einem Honig-Nuss-Rosinen-Riegel und sah sie an. »Wozu?«

»Ich brauche es eben.«

»Wollen Sie mich hinterrücks erstechen, wenn ich mal kurz nicht hinsehe?«

»Nein.«

Er sah ihr tief in die Augen, während er hinter sich griff und das Messer aus seinem Hosenbund zog. »Natürlich nicht«, sagte er und trat einen Schritt auf Lola zu. Sie wich in das Sitzpolster zurück, und er legte das Messer auf den Tisch.

»Hören Sie auf damit.«

»Womit?«

»Zusammenzuzucken, als wollte ich über Sie herfallen.«

»Das tue ich doch gar nicht.« Aber sie wusste selbst, dass sie es tat, er machte ihr Angst, ohne Frage. Er musste mindestens einen Meter dreiundneunzig sein. Sein Kopf berührte fast die Decke, und aus jüngster Erfahrung kannte sie seine stählernen Muskeln.

»Wenn ich Ihnen etwas antun wollte, wäre es längst passiert.«

Sie sagte kein Wort, sondern griff nur nach dem Messer und legte es in ihren Schoß.

»Und wenn ich Ihnen wirklich was antun wollte, könnte mich dieses Messer ganz bestimmt nicht daran hindern.«

Sie glaubte ihm, behielt die Waffe aber trotzdem.

»Habe ich Ihnen gestern Nacht etwa was getan?« Es war eine rhetorische Frage, aber sie antwortete trotzdem.

»Ja.«

Er biss in seinen Müsliriegel. »Wo?«, fragte er dann.

Sie hob die Hände und zeigte ihm die blauen Male an den Gelenken, die seine Finger verursacht hatten. Er beugte sich vor, während Lola den Atem anhielt und sich für das wappnete, was er als Nächstes tun würde. Im Augenblick gab er sich fast liebenswürdig, doch sie traute dem Frieden nicht.

»Lächerlich, so was zählt nicht.« Er richtete sich auf und schob sich den Rest des Müsliriegels in den Mund. Kauend musterte er Lola mit ernstem Blick, dann hob er die Schultern. »Sie sind zu weich.«

»Bin ich schon wieder selbst schuld?«

Statt einer Antwort nahm er einen weiteren Müsliriegel aus der Schachtel. »Sie können das Messer jetzt loslassen. Ich will Sie nicht vergewaltigen.«

Ein Verbrecher mit Skrupeln? Sie hielt den Messergriff weiterhin fest umklammert.

»Ich habe noch nie eine Frau dazu gezwungen.«

Wortlos hob sie eine Braue, als hätte sie ihre Zweifel daran.

Er brach ein Stück von dem Müsliriegel ab und warf es Baby zu, der es in der Luft auffing. »Das hatte ich nie nötig«, fuhr er fort. »Sie können splitternackt hier vor mir herumlaufen. Es würde mir nichts ausmachen. Kein Jucken, Zucken, kein Halbweicher für den alten Max.«

»Wie reizend«, sagte sie, während Baby krachend sein Frühstück verzehrte.

»Ich bin ein reizender Bursche.« Er brachte ein angedeutetes Lächeln zustande und ließ den Blick durch die Kombüse zum Salon schweifen.

Klar, und sie passte in Kleidergröße 34.

»Funktioniert das Radio?«

Sein leises Lachen war Antwort genug. »Gehört diese Jacht Ihnen?«, wollte er wissen.

»Nein.«

»Ihrem Freund?«

»Nein.«

Er sah sie an. »Warum sagen Sie mir nicht einfach, wer mir da seine Jacht zur Verfügung gestellt hat?«

»Warum sollte ich Ihnen überhaupt irgendwas sagen?«

Er verschränkte die Arme vor seiner breiten Brust und lehnte sich gegen die Kante der Arbeitsplatte. »Wenn ich weiß, wer der rechtmäßige Besitzer dieser Jacht ist, kann ich Ihnen vermutlich sagen, wie schnell Sie wahrscheinlich gerettet werden.«

»Mel Thatch«, antwortete sie, ohne zu zögern. »Ihm gehört Dolphin Cay, die Insel, auf der ich Urlaub gemacht habe.«

Er betrachtete sie forschend. »Nie von ihm gehört. Ist er berühmt?«

»Nein.«

»Wartet auf Dolphin Cay irgendwer auf Sie? Ein Kennedy, Rockefeller oder sonst ein verknöcherter alter Millionär?«

Sie hatte noch nie eine Beziehung mit einem verknöcherten alten Millionär gehabt. »Nein. Ich habe im Augenblick keinen festen Freund.«

Nun war es an ihm, zweifelnd eine Augenbraue zu heben. »Sie machen allein Urlaub?«

»Nein, mit Baby«, antwortete sie. »Wie lange wird es dauern, bis wir gefunden werden?«

»Schwer zu sagen. Bestimmt ist die Jacht mittlerweile als gestohlen gemeldet worden, aber es ist leider so, dass pausenlos Jachten gestohlen werden – oder versenkt, um die Versicherungssumme zu kassieren. Die Küstenwache wird danach suchen, aber kein Mensch wird sich viel dabei denken. Abgesehen vom Besitzer, versteht sich, aber der hat sich wahrscheinlich längst mit seiner Versicherung in Verbindung gesetzt. Und er wird nicht übermäßig traurig sein, denn bestimmt kriegt er mehr heraus, als die Jacht wert ist, zumal das Boot in keinem besonders guten Zustand ist und schon bessere Zeiten gesehen hat.«

Sie kniff die Augen zusammen. »Wie lange wird es dauern?«

Er zuckte mit den Schultern. »Kann ich nicht sagen.«

»Sie haben gesagt, Sie könnten es!«

»Wenn Sie mit einem Minister oder jemandem mit Beziehungen zusammen wären, würde die Suche ein bisschen intensiver ablaufen, und die Chancen auf eine schnelle Rettung wären größer. Aber so wie die Dinge jetzt stehen, versucht man bestimmt, sich über Ihre Rolle in dieser Angelegenheit klar zu werden. Ob man Sie gegen Ihren Willen mitgenommen hat oder eben nicht. Und Letzteres wird man natürlich nicht ausschließen, nur weil Sie ein berühmtes Unterwäsche-Model sind.« Er biss noch einmal von seinem Riegel ab und kaute langsam.

Sie war kein berühmtes Dessous-Model mehr, doch sie machte sich nicht die Mühe, ihn darüber aufzuklären. Und kein Mensch bei klarem Verstand käme auf die Idee, dass sie eine Jacht gestohlen hätte. »Was ist mit Ihnen? Wird Sie niemand vermissen? Ihre Frau? Ihre Familie?«

»Nein«, war alles, was er darauf sagte, ehe er sich die Schachtel mit den Müsliriegeln unter den Arm klemmte und die Kombüse verließ.

Offenbar sollte Lola nichts über ihn erfahren, was ihr nur recht war. Sie brauchte nicht mehr über ihn zu wissen. Er war ein Dieb, und irgendjemand hasste ihn so sehr, dass er ihn brutal zusammenschlug. Das reichte ihr. Sie hatte ganz andere Sorgen. In erster Linie die, wie sie nach Hause kam.

Sie kam hinter dem Tisch hervor und schob das Messer

samt Scheide an der Hüfte in ihren Slip. Dann kramte sie ihre Sonnenbrille mit den hellblau getönten Gläsern und eine Haarspange aus der Handtasche, ehe sie sich auf die Suche nach einem Fernglas machte und eines in einem Schrank im Salon fand. Im Erste-Hilfe-Kasten, den sie in der Nacht entdeckt hatte, fand sie einen Spiegel, eine orangefarbene Fahne und eine Trillerpfeife. Die Leuchtpatronen waren natürlich ebenfalls noch da, nützten ihr jetzt aber nichts mehr. Sie nahm Spiegel, Fahne und Pfeife heraus und ging an Deck. Max hatte die Luke zum Maschinenraum geöffnet, doch sie warf ihm auf dem Weg über das schmale Schanzdeck zum Bug nur einen kurzen Blick zu. Baby folgte ihr eilig.

Ein Teil ihres Genesungsprozesses von ihrer Bulimie war die Erfahrung gewesen, dass sie nicht immer alles unter Kontrolle haben konnte. Sie hatte vor Jahren gelernt, dass es ein Unterschied war, ob sie ihre Essstörung beherrschte oder ob sie zuließ, dass diese sie beherrschte. Es hatte lange gedauert, bis sie diesen Unterschied verstanden hatte, aber sie hatte ihre Lektion gelernt und wandte sie nun auf sämtliche Bereiche ihres Lebens an.

Lola konnte weder die Strömung noch die Windrichtung bestimmen, aber sie würde trotzdem nicht tatenlos herumsitzen und auf ihre Rettung hoffen. Das Leben wartete auf sie. Ein Leben, das sie liebte und für das sie schwer gearbeitet hatte. Sie hatte eine Firma zu leiten und musste einen Privatdetektiv anheuern. Der Teufel sollte sie holen, wenn sie hier mit dem ›guten alten Max‹ herumsitzen und Däumchen drehen würde.

Eine scharfe Brise streifte Max' Wange, als er den Kopf aus dem Maschinenraum steckte und in Richtung Bug spähte. Er beugte sich nach rechts und sah das Schanzdeck hinunter. Sie hatte immer noch nicht aufgegeben, sondern saß am Bugspriet, ließ die Beine baumeln, blickte durchs Fernglas und wartete, den Signalspiegel in der Hand, auf ein rettendes Schiff. Max hatte keine Ahnung, wie viel Zeit inzwischen vergangen war, doch er schätzte, dass sie inzwischen seit drei Stunden dort saß. Er hätte ihr auch gleich erklären können, dass ein Signalspiegel auf offener See nutzlos war und sie nur Zeit und Energie vergeudete.

Erstens: Falls jemand nach ihnen suchte, hätte er keinen Anhaltspunkt, wo er mit seiner Suche beginnen sollte. Zweitens: Ein Spiegel funktionierte in der Wüste, aber nicht auf See. Und drittens: Die meisten Überlebenden berichteten, dass sie zwanzig bis dreißig Schiffe gesehen hätten, bevor tatsächlich Rettung kam. Falls da draußen ein Schiff unterwegs war, würde die Besatzung das Blinken des Spiegels auf die Sonne zurückführen, deren Licht sich auf dem Wasser brach. Doch Max machte sich nicht die Mühe, es ihr zu erklären, da es ihm durchaus gelegen kam, dass sie sich am entgegengesetzten Ende der Jacht aufhielt. Weit weg von ihm. Mit einer sinnlosen, aber ungefährlichen Beschäftigung.

Es war höchst unwahrscheinlich, dass Lola und er noch an diesem Tag gerettet wurden. Ebenso wenig am nächsten. Was Max durchaus recht war. Er brauchte Zeit, um sich von seinen Verletzungen zu erholen, und das Letzte, was er sich wünschte, war ein Notsignal oder eine Leuchtrakete, die jedem Idioten oder gar Drogenboss in der Umgebung seinen Standort verriet.

Die Sonne brannte auf seine Schultern herunter, und er zog sich sein schwarzes T-Shirt über den Kopf. Es war so schwül, dass die Luft nahezu mit Händen zu greifen war. Er wischte sich mit dem T-Shirt den Schweiß von Nacken und Brust, ehe er es auf das Deck warf.

In der vergangenen Nacht, als er wach im Bett lag, hatte er im Geiste jede mögliche Zwangslage durchgespielt. Bei Sonnenaufgang war er aufgestanden und hatte gesehen, dass sich seine Befürchtungen bestätigt hatten: Die Jacht befand sich auf offener See.

Er hatte die durch den Brand außer Betrieb gesetzten Überspannungsschalter gefunden und repariert. Bis der Dieseltreibstoff verbraucht war, würden Motoren und Generatoren funktionieren und die gesamte Jacht mit ausreichend Strom versorgen. Aber trotz ihrer Funktionstüchtigkeit waren die Motoren nutzlos, solange er kein Navigationssystem zur Verfügung hatte und sich weder Geschwindigkeit noch Richtung regulieren ließen. Sie sorgten lediglich für Strom. Die Wassertanks waren halb gefüllt, und Max überschlug, dass Wasser und Strom bei sparsamem Umgang etwa dreißig Tage ausreichen würden. Danach wurde die Lage kritisch. Das Navigations- wie auch das Kommunikationssystem hatten irreparablen Schaden genommen. Am Morgen hatte ein einziger Blick auf die geschmolzenen Komponenten aus Fiberglas und Plastik und auf die elektronischen Geräte gezeigt, dass er diese Systeme nie im Leben wieder in Betrieb würde nehmen können.

Die Meeresströmung trieb das Schiff in nordwestliche Richtung, bei einer Geschwindigkeit, die Max auf etwa zweieinhalb Knoten schätzte – umgerechnet erstaunliche drei Meilen pro Stunde. Behielten sie Tempo und Richtung bei, würden sie irgendwann nahe genug an eine der Bimini-Inseln herantreiben, um von Sportfischern entdeckt zu werden. In ein paar Tagen würden hoffentlich nette, freundlich gesonnene Fischer sie sehen und in den nächsten Hafen bringen. Es sei denn natürlich, der Wind trieb sie nach Süden. In diesem Fall würden sie über kurz oder lang in kubanischen Gewässern landen. Max hob den Blick zum klaren Himmel, an dem ein paar verstreute Kumuluswolken zu sehen waren. Er hatte seit einer halben Ewigkeit keine Cohiba-Zigarre mehr geraucht.

Er ging nicht davon aus, dass sie auf See ums Leben kommen würden. Wenn ein Schiff nicht von einem Unwetter oder einem anderen Unglück heimgesucht wurde – was angesichts der Geschehnisse der vergangenen Nacht jedoch nicht unbedingt auszuschließen war –, gelangte es irgendwann an Land oder wurde auf See entdeckt. Die Frage war nur, wie lange es dauern würde.

Nach dem Aufstehen hatte er sämtliche Schränke, Fächer, Regale und Stauräume durchsucht und war dabei auf Angelausrüstung, nicht verderbliche Nahrungsmittel, Kleidung, einen Elektrorasierer und ein Päckchen Kondome, ultra-fein, gestoßen. Größe Medium. Nicht gefunden hatte er ein Ersatz-Funkgerät oder sonstiges Kommunikationsmittel. Es gab auch keine Waffen an Bord, was ihn angreifbar machte und ihn in seiner Überzeugung bestärkte, dass es im Augenblick am besten wäre, in Deckung zu bleiben.

Während Miss Carlyle auf dem Achterdeck geschlummert hatte, ein langes Bein von der Hüfte abwärts entblößt, hatte er nach der Seenot-Funkbake gesucht. Er musste sie finden, bevor Lola sie entdeckte, um sie abzumontieren, bis er es für richtig hielt, sie zu benutzen – wenn überhaupt. Die Funkbake war, wie es sich gehörte, seitlich an der Jacht angebracht, doch als er sie öffnete, musste er feststellen, dass die Batterien nicht nur alt, sondern auch korrodiert waren. Die Funkbake war nutzlos.

Er hatte im Notfallkasten nach frischen Batterien gesucht, doch die, die er gefunden hatte, waren seit der Anschaffung des Kastens 1989 nicht mehr ausgetauscht worden. Unnötig zu erwähnen, dass auch sie hinüber waren.

Er hatte Lola nicht belogen, als er sagte, er wüsste nicht, ob jemand nach ihm suchte. Inzwischen wusste man im Pentagon, dass er verschwunden war, und auch, dass eine Jacht aus dem Hafen von Nassau verschwunden war. Aber er hatte keine Ahnung, ob jemand dies miteinander in Verbindung brachte. Und falls man ihn verdächtigte, die Jacht rekrutiert zu haben, würde man wahrscheinlich eher warten, bis Max irgendwann wieder auftauchte, statt nach ihm zu suchen. Im Augenblick zumindest.

André Cosella war etwas anderes. Er suchte Max mit Sicherheit. Der Dicke würde zwar nicht wissen, wo er suchen sollte, aber suchen würde er. Das war das Problem mit diesen Drogenbossen: Sie nahmen es einem wirklich übel, wenn man ihre Söhne umlegen musste. Falls André Max aufspürte, würde es ziemlich übel werden, deshalb war es besser, wenn Lola nichts davon wusste. Sie würde nachts besser schlafen, wenn ihre einzige Sorge die um die Handhabung des Signalspiegels war.

Das Geräusch von Krallen auf Fiberglas zog Max' Aufmerksamkeit auf das Schanzdeck. Der Hund, diese Nervensäge, kam auf ihn zu, wahrscheinlich um den Blick-Wettkampf wieder aufzunehmen. Die Sonne ließ die silbernen Dornen auf seinem Halsband aufblitzen, als er sich neben der Luke zum Maschinenraum niederließ. Sie befanden sich auf gleicher Augenhöhe, und Max überlegte, ob er der kleinen Ratte ein Stöckchen zum Apportieren über Bord werfen sollte. Platsch. Und Tschüss. Baby Doll Carlyle verfiel wieder in seine Tiefkühl-Starre und machte sich ganz eindeutig für eine neue Kampfrunde bereit. Die erste Runde hatte der Hund gewonnen, und Max sagte sich, dass er sich aus purer Langeweile noch einmal auf dieses Spielchen mit dem erbärmlichen Köter einließ.

Gut zehn Minuten später sah Max, wie eine Augenbraue des Hundes zuckte, und er nahm an, dass er im Begriff war zu gewinnen. »Ich mache größere Haufen als du – Junge«, knurrte er in seiner besten Imitation eines SEAL-Ausbilders.

»Wie reizend.«

Max sah Lola über sich stehen. Er ließ seinen Blick über ihre

Füße, an den Waden und dem roten Tuch hinaufwandern, das sie sich um die Taille gewickelt hatte, über die Knöpfe ihrer weißen Bluse, an ihren Brüsten hinauf bis zu ihrem Hals. Passend zu den blau getönten Gläsern ihrer Sonnenbrille rahmte der Karibikhimmel ihr Gesicht. Von dem Make-up, das sie am Vorabend noch getragen hatte, war keine Spur mehr zu sehen. Ihre Wangen waren von Hitze und Sonne gerötet, einzelne Haarsträhnen klebten seitlich an ihrem Hals, der Rest war zu einem lockeren Pferdeschwanz im Nacken zusammengebunden. Sie sah absolut umwerfend aus. Ihre herabgezogenen Mundwinkel verrieten, dass sie ihn für einen völligen Idioten hielt. Was allerdings eine eindeutige Verbesserung zum Morgen war, wo sie ihn angesehen hatte, als wäre er ein Vergewaltiger.

»Ich sagte doch schon, ich bin ein charmanter Mensch.«

»War Ted Bundy auch.«

Seine Vermutung hinsichtlich ihrer Einschätzung seiner Person war also durchaus zutreffend. Nicht, dass es ihm etwas ausmachte – kein bisschen. Aber die Art, wie sie zusammenzuckte, wenn er sie nur ansah, wie sie zurückwich oder sich tiefer in eine Ecke drückte, wie sie die Augen aufriss, als rechnete sie mit seinem Angriff, ärgerte ihn höllisch.

»Die Generatoren und Motoren funktionieren«, stellte er fest, stieg aus dem Maschinenraum und schloss die Luke, ohne auf den Schmerz in seiner Seite zu achten. »Wir müssen Treibstoff sparen, deshalb schalte ich sie nur bei Nacht für ein paar Stunden und tagsüber im äußersten Notfall an.«

Sie sagte kein Wort, und er wandte sich ihr zu. Ihr Blick ruhte auf dem Verband über seinen Rippen und auf den tiefroten und blauen Blutergüssen.

»Sieht aus, als hätte jemand Sie verprügelt«, stellte sie fest. »Was war es denn? Vergewaltigung und Plünderung?«

»Nichts, was annähernd so lustig war, fürchte ich. Ich habe

bloß jemandes Gastfreundschaft überstrapaziert.« Als sie ihm wieder ins Gesicht sah, fügte er hinzu: »Eine Mischung aus schlechtem Timing und Riesenpech.«

»So etwas kenne ich«, sagte sie, und er glaubte ihr aufs Wort. »Und wie kommt es, dass Ihr Timing so schlecht war?«

Er sah durch die blauen Gläser ihrer Sonnenbrille und betrachtete ihre wahnsinnig aufregenden schräg stehenden Augen, für die sie so berühmt war. Das satte Braun erinnerte ihn an eine Flasche Maxallan Scotch: weich, leicht rauchig und unglaublich teuer. Ein Geschmack, der einem bleibt, bis er im Magen angelangt ist, und alt genug, um von innen zu wärmen.

Ebenfalls alt genug, um zu erfahren, in welcher Patsche sie steckte. Und als er sie nun ansah, änderte er seine Meinung und beschloss, sie nicht im Dunkeln tappen zu lassen. Er würde ihr zwar nicht alles erzählen, aber doch ausreichend. »Haben Sie schon einmal von André Cosella gehört?«

»Nein.«

»Er ist der Kopf des Cosella-Drogenkartells und schmuggelt über die Bahamas Kokain in die Vereinigten Staaten.«

»Sind Sie Mitglied eines Drogenkartells?«

Er musterte ihr Gesicht, und, verdammt noch mal, sie meinte die Frage ernst. »Nein, zum Teufel.«

»Diese Drogenhändler sind also hinter Ihnen her?«

»Wahrscheinlich.«

Sie verschränkte die Arme und neigte den Kopf. »Warum?«

Max beschloss, ihr die Kurzfassung zu präsentieren. »Weil ich ohne Einladung zur Party auf ihrem Grundstück erwischt worden bin.«

»Und?«

»Sie haben aber keinen Wert auf meine Gesellschaft gelegt.«

»Das ist doch bestimmt nichts Neues für Sie.« Lola fuhr sich mit der Zunge über die Lippen, was Max' Aufmerksamkeit augenblicklich auf ihren üppigen Mund lenkte. »Aber es steckt doch bestimmt noch mehr dahinter.«

Ihre feuchte Unterlippe glänzte in der Sonne. Max fragte sich, wie sie wohl schmecken mochte, genau dort, an jener zarten Stelle. Ob sie genauso weich und sexy schmeckte, wie sie aussah. Er zwang sich, aufzublicken und nicht daran zu denken, wie es sein würde, Lola Carlyle zu küssen. »André Cosellas ältester Sohn ist getötet worden.«

Sie löste ihre verschränkten Arme, und er wappnete sich für die Frage, ob er José getötet hatte. »Haben wir Trinkwasser?«, wollte sie stattdessen wissen. Offenbar war sie klug genug, die Situation ohne nähere Erläuterungen zu verstehen.

Oder sie war zu dumm, um irgendetwas zu begreifen.

»Ich habe einen Krug Wasser in den Kühlschrank gestellt«, antwortete Max. »Es dürfte noch kalt sein.«

Sie wandte sich zum Gehen, blieb aber noch einmal stehen und blickte ihn über die Schulter hinweg an. »Der Wasservorrat reicht nicht zufällig zum Duschen, oder?«

»Nein. Sie werden im Meer baden müssen.« Sie stieß einen gequälten Seufzer aus, während er ihren Hüftschwung bewunderte, als sie zur Kombüse ging.

Genau wie in all den Zeitschriften, in der Fernsehwerbung und auf Postern, die er gesehen hatte, ließ alles an ihr, von ihrem blonden Scheitel bis zum Nagellack, unwillkürlich an heißen, verschwitzten Sex denken. Während er dem dämlichen Köter nachsah, der ihr auf den Fersen folgte, fragte Max sich, ob sie wohl den Mut aufbringen würde, sich vor seinen Augen auszuziehen und ins Meer zu springen. Seiner Ansicht nach war dies das Mindeste, was sie für ihn tun konnte, nachdem sie die Jacht in Brand gesetzt und dafür gesorgt hatte, dass sie auf offener See festsaßen.

Er setzte sich auf die Bank, auf der er Lola am Morgen schlafend vorgefunden hatte, und beugte sich langsam vor.

Dann holte er so tief Luft, wie er nur konnte, und hielt den Atem an, um die Schnürsenkel erst des einen, dann des zweiten Stiefels zu lösen. In der vorangegangenen Nacht hatte er sich gefragt, ob vielleicht ein geheimer Regierungsplan existierte, um ihn loszuwerden. Aber wenn er jetzt in Ruhe noch einmal darüber nachdachte, glaubte er nicht, dass es so war. Bei jedem Job konnte jede Menge schief gehen. Das war Murphys Gesetz, und die vergangene Nacht hatte von Anfang an völlig im Zeichen davon gestanden. Diese Tatsache war Max zum ersten Mal aufgefallen, als sein Flug nach Nassau eine Stunde Verspätung gehabt und er das Treffen mit dem dortigen Drogenfahnder verpasst hatte. Was aber kein Problem gewesen war, da er trotzdem über die neuesten Informationen verfügt hatte, weniger als vierundzwanzig Stunden alt, sicher gespeichert in seinem Gehirn.

Von dem Moment an, als er den Fuß auf Nassauer Boden gesetzt hatte, war der Auftrag den Bach runtergegangen. Im Grunde hätte er gleich aufgeben sollen, aber das hatte er nicht tun können. Schließlich war er Max Zamora, und genau das, was ihn in seinem Job so erfolgreich machte, hätte ihn dieses Mal beinahe das Leben gekostet. Er hasste Versagen. Er hatte nur ein einziges Mal im Leben versagt, und das nahm er sehr persönlich.

Dieser Abscheu vor jeglichem Versagen war es auch, der ihn zum idealen Regierungsagenten machte. Dies und der Umstand, dass er keine Familie hatte und dass er, wenn er nicht undercover arbeitete, ein vollkommen normales Leben führte.

Korvettenkapitän Maximilian Javier Gunner Zamora war offiziell ein aus der US-Marine entlassener Offizier. Er war Mitglied im SEAL-Team sechs gewesen, und als dieses Team Mitte der Neunzigerjahre aufgelöst worden war, hatte man ihn in das Strategische Sonderkommando der Marine geholt. Zurzeit arbeitete er als selbstständiger Sicherheitsberater. Max' Firma, Z-Security, war durch und durch integer und diente ihm nicht nur als Nebenbeschäftigung für die Zeit, wenn er keinen geheimen Regierungsauftrag ausführte. Er hatte die Firma selbst aufgebaut und beschäftigte pensionierte SEALs als Angestellte. Er und seine Leute berieten bedeutende Firmen in Sicherheitsfragen, um sie vor Leuten wie ihm selbst zu schützen – vor Leuten, die es schafften, Alarmsysteme zu knacken.

Er löste den elastischen Verband von seinem Körper, drückte mit den Fingern auf die sechste und siebte Rippe und sog scharf den Atem ein. Schmerz war etwas Gutes, erinnerte er sich. Er verriet ihm, dass er lebte. Heute lebte er sogar äußerst deutlich, doch er hatte schon Schlimmeres durchgestanden. Beispielsweise damals, als er sich in der Nordsee, festgeklammert an eine vereiste Bohrinsel, den Arsch abgefroren hatte, während auf ihn geschossen wurde. Das war Max' Vorstellung von der Hölle, und er war überzeugt, dass er sich an einem derartigen Ort die Ewigkeit vertreiben würde, wenn er irgendwann das Zeitliche gesegnet hatte. Im Vergleich dazu war es halb so schlimm, mit ein paar angeknacksten Rippen, einer Nervensäge von einem Wäsche-Model und ihrer Nervensäge von einem Köter an Bord einer manövrierunfähigen Fünfzehnmeter-Jacht zu sitzen. Im Grunde war ein Kurzurlaub in der Karibik doch genau das, was er jetzt brauchte.

3. KAPITEL

Lediglich mit ihrem patentierten Klickverschluss-BH bekleidet, steckte Lola den Kopf aus der Badezimmertür und schaute sich um. Ihr Blick wanderte von der geschlossenen Tür der Passagierkajüte zu dem blauen Kleid auf dem großen Doppelbett. Sie hatte nicht daran gedacht, es mit ins Bad zu nehmen. Jetzt sah sie hinauf zum getönten Glas des Bullauges, ehe sie zum Bett huschte und eilig ihre Arme in die kurzen Ärmel des Kleides schob. Der Albtraum von einem Kleid war mit roten Kirschen, gelben Bananen und grünen Weintrauben bedruckt. Es sah aus, als hätte jemand einen Obststand oder einen Obstsalat darüber ausgekippt, wie ihn ihre Großmutter immer zu den Familien brachte, in denen ein lieber Angehöriger ›heimgegangen‹ war.

Sie zog das Vorderteil zusammen und schloss die Knöpfe über ihren Brüsten und dem pinkfarbenen BH. Der Push-up-BH mit Klickverschluss war eine ihrer ersten Kreationen und damals eine Revolution in puncto Tragekomfort und Stützkraft gewesen. Die Verkäufe des ersten Jahres hatten die Erwartungen um sechsundzwanzig Prozent übertroffen, und noch heute war dieser BH ein wahrer Goldesel. Mit der bestickten Spitze über weichem Stretch-Satin mit zarter Lochstickerei an den Rändern war er nicht nur angenehm zu tragen, sondern bot zudem noch drei verschiedene Möglichkeiten zur Betonung des Dekolletés. Natürlich wurde das gute Stück, nachdem es in ihrem ersten Katalog erschienen war, sofort von praktisch jeder Wäschefirma kopiert.

Im Augenblick jedoch war die Betonung ihres Dekolletés so ziemlich das Letzte, was Lola im Sinn hatte, doch da das Kleid an ihren Brüsten so eng saß, war es unvermeidlich, darüber nachzudenken. Als sie die Knöpfe geschlossen hatte, nahm sie die Haarbürste aus ihrer Handtasche. Sorgfältig löste sie die Knoten aus ihrem Haar, ehe sie es zu einem Zopf flocht. Dank des Salzwassers fühlte sich ihr Haar an wie Stroh. Für ein Bad hätte Lola im Augenblick alles gegeben, für ein richtiges Vollbad mit richtigem Wasser und Seife, aber sie traute sich nicht. Nicht, solange der ›gute alte Max‹ an Bord war.

Mit dem Wasser aus dem Krug hatte sie sich die Zähne geputzt. Dann hatte sie das Waschbecken im Bad mit Wasser gefüllt und sich, so gut es ging, am ganzen Körper damit gewaschen. Anschließend hatte sie im selben Wasser ihren pinkfarbenen Slip ausgewaschen und zum Trocknen über die Duschkabine gehängt. Solange sie nicht die Arme hob, würde hoffentlich nicht auffallen, dass sie keinen Slip trug. Das heißt, es würde *Max* nicht auffallen.

Womöglich war der Mann nicht nur ein Dieb, sondern obendrein ein Mörder – warum diese Überlegung sie nicht in Angst und Schrecken versetzte, verstand sie selbst nicht. Vielleicht weil er ihr bisher nichts Schlimmeres angetan hatte, außer den blauen Flecken an ihren Handgelenken. Und nachdem sie ihm inzwischen ungestraft mit der Leuchtpistole gedroht und versehentlich die Steuerkonsole zerschossen hatte, würde er sie jetzt wohl auch nicht mehr umbringen.

Dennoch machte er ihr Angst. Trotz seiner Verletzungen und Blutergüsse im Gesicht und am ganzen Körper hatte er sie problemlos überwältigt. Mit dem Fischmesser bewaffnet, fühlte sie sich in seiner Gegenwart wenigstens ein klein wenig sicherer.

Schlimmer als ihre Angst vor ihm war jedoch die hilflose

Wut, die sich in ihr staute. Je länger sie darüber nachdachte, desto deutlicher wurde ihr bewusst, dass *Wut* bei weitem nicht ausreichte, um das Gefühl zu beschreiben, das sie ihm und der Situation gegenüber hegte, in die er sie gebracht hatte – ungeachtet der Tatsache, dass er sie wahrscheinlich nicht einmal in seine Probleme hatte hineinziehen wollen. Trotzdem war sie mittendrin, und es war nicht auszuschließen, dass sie und Baby auf dem endlosen Atlantik sterben mussten. Nach dem Gespräch mit Max am Morgen musste sie sich nicht nur fragen, ob sie verhungern oder verdursten würde, nein, inzwischen kam noch die Angst hinzu, dass der Drogenboss, der Max verprügelt hatte, auch ihrem Leben ein Ende setzen könnte.

Wenn sie den Signalspiegel in den Händen hielt, konnte sie also nicht sicher sein, ob er ihr Leben retten oder sie einem Schicksal aussetzen würde, das noch schlimmer wäre als der Hungertod. Trotzdem musste sie ihr Glück versuchen. Die Thatchs hatten die Jacht mit Sicherheit längst als gestohlen gemeldet, und *irgendjemand* würde doch wohl bemerkt haben, dass sie, Lola, verschwunden war. Ganz bestimmt suchte man schon längst nach ihr.

Also würde sie das Risiko eben eingehen, ob ein Drogenboss oder die Küstenwache ihre Signale auffing. Sie würde es weiter mit dem Spiegel probieren, bis jemand sie von diesem verflixten Boot holte.

Lola durchsuchte die Passagierkajüte nach Sonnencreme und fand im Bad eine Tube mit Sonnenschutzfaktor 15. Sie massierte die Creme in ihre trockene Haut ein, ehe sie die zweite Schicht auf Gesicht und Hals verteilte. Irgendwann während der Nacht hatte sie ihre Sandalen verloren und sah sich nach einem anderen Paar um. Sie fand nichts außer alten Leinenturnschuhen und beschloss, sie stehen zu lassen.

Lola neigte den Kopf und betrachtete sich in den Spiegeltüren des Kleiderschranks. Abgesehen davon, dass das Kleid entsetzlich hässlich war, gehörte es offenbar auch noch Dora Thatch, einer Frau, die zehn Zentimeter kleiner und dreißig Pfund schwerer war als sie. An den Hüften war es zu weit, um die Brust herum hingegen zu eng. Die Knöpfe an der Vorderseite sperrten, und selbst bei gesenkten Armen bedeckte der Rock kaum die Hälfte ihrer Oberschenkel. Das Schlimmste allerdings war ein strategisch platziertes Büschel Kirschen, das wie ein Feigenblatt genau den Schritt bedeckte.

Draußen hörte sie Baby in wildes Gebell ausbrechen, und ihr Herz begann zu rasen. Sie griff nach dem Fernglas und dem Spiegel und hastete durch die Kombüse ins Freie.

Erst als sie auf dem Achterdeck stand und nichts als endlosen blauen Ozean und ebenso endlosen blauen Himmel sah, wurde ihr klar, dass sie gehofft hatte, die Küstenwache kommen zu sehen. Die Hoffnung schrumpfte in ihrem Herzen und legte sich ihr schwer auf den Magen.

Baby stand an der offenen Tür am Heck und starrte hinunter auf die Schwimmplattform. Er bellte so angestrengt, dass sein Hinterteil mehrere Zentimeter vom Boden abhob. Lola trat an die umlaufende Sitzbank, spähte über die Reling und erhaschte einen Blick auf das nackte Hinterteil des ›guten alten Max‹. Augenscheinlich litt er nicht unter übertriebener Prüderie und scheute sich nicht, vor ihren Augen zu baden.

Er ließ einen an einem Seil befestigten Eimer ins Wasser, zog ihn wieder hoch und goss sich den Inhalt über den Kopf. Wasser rann durch sein schwarzes Haar und platschte auf seine breiten Schultern. Die Rinnsale folgten den ausgeprägten Muskelsträngen auf seinem Rücken und der Wölbung seiner Wirbelsäule. Tröpfchen glitten über seine Hinterbacken und die Oberschenkel, ehe sie sich zu seinen Füßen sammelten. Er schüttelte den Kopf, sodass das Wasser nach allen Seiten spritzte.

Mit einem Anflug von schlechtem Gewissen wandte Lola sich ab. Womit dieser Max in Wahrheit seinen Lebensunterhalt verdiente, welche Sünden er dabei begangen hatte, wusste nur Gott allein, aber er hatte einen Körper, wie er normalerweise nur in Fitness-Magazinen oder auf Männerstrip-Kalendern vorkam.

Trotz seines übel zugerichteten Gesichts und seiner augenfälligen kriminellen Neigungen war er der Typ Mann, der schwache, dumme Frauen dazu brachte, dass sie ihre Brüste reckten und mit voller Absicht alle Warnzeichen wie haarige Fingerknöchel und Knast-Tätowierungen ignorierten.

Lola war weder schwach noch dumm und fühlte sich schon gar nicht zu Männern hingezogen, die sie gegen ihren Willen fesselten und ihren Hund bedrohten. Mit einem flüchtigen Blick über die Schulter sah sie, wie er sich mit einem Stück Seife die Achselhöhlen einschäumte. Er hatte keine Tätowierungen, dafür aber einen tollen Hintern, wie sie zugeben musste. Für einen Verbrecher zumindest.

Sie ließ sich auf die Bank sinken und betrachtete die ausgebrannte Kommandobrücke. Vor kurzem noch, als sie sich mit ihm unterhalten hatte, waren ihr zwangsläufig die ausgeprägten Muskeln an Brust und Armen aufgefallen. Trotz der Blutergüsse und des kurzen Brusthaars waren die Stränge nicht zu übersehen gewesen. Lola hatte jahrelang mit gut aussehenden männlichen Models gearbeitet und wusste aus Erfahrung, dass ein derartiger Körper nur das Ergebnis von viel Arbeit und Disziplin sein konnte.

Nachdem er sich fast heiser gebellt hatte, gab Baby auf und sprang auf Lolas Schoß. Sie rückte sein Stachelhalsband gerade und strich mit der Hand über seinen Rücken. Er war so artig in dieser schweren Zeit. Sobald sie gerettet waren, würde Lola mit ihm seinen Lieblings-Wellnesstempel für Hunde aufsuchen, wo er verwöhnt wurde, bis er sich für eine Dänische

Dogge hielt. Und wenn sie erst zu Hause waren, würde sie sich selbst auch etwas Gutes tun und sich mit einer Ganzkörper-Kräutermaske und einer Tiefenmassage verwöhnen.

Sie nahm Fernglas und Spiegel in die eine, den Hund in die andere Hand, stieg die Stufen zur Brücke hinauf und suchte nach ihren Sandalen. Die eine lag in einer Ecke, die Hälfte der anderen, mit verkohltem Absatz und völlig verbranntem Vorderteil, neben dem Steuer. Sie ließ beide liegen und hob das Fernglas an die Augen.

Außer blauem Himmel und blauem Meer war weit und breit nichts zu sehen. Sie blickte so lange durchs Fernglas, dass Baby sie irgendwann allein ließ. Schweiß rann ihr über Schläfen und Nacken, den sie mit der Hand abwischte. Lola hasste Schwitzen, da sie stets fürchtete, schlecht zu riechen. Nichts von alldem trug zur Besserung ihrer Laune bei, während sie nach einem Landzipfel oder der Andeutung von einem Schiff oder Boot Ausschau hielt. Sie sah absolut nichts, und nach einer Weile konnte sie nicht einmal mehr unterscheiden, wo der Himmel aufhörte und das Meer anfing.

Als tatkräftige Frau war sie es nicht gewohnt, herumzusitzen, auf den Horizont zu starren und darauf zu warten, dass etwas passierte. Doch sie hatte keine Wahl. Sie war nervös und gereizt, aber da es nichts anderes zu tun gab, blieb sie auf der Kommandobrücke sitzen.

Sie war noch nicht einmal vierundzwanzig Stunden verschwunden. Sie musste Geduld haben und fest an ihre Rettung glauben. Leider war Geduld noch nie ihre Stärke gewesen, und das Einzige, woran sie wirklich glaubte, waren ihre eigenen Fähigkeiten. Trotzdem hatte sie ein paar Mal im Leben das Gefühl gehabt, dass es nett wäre, eine starke Schulter zum Anlehnen zu haben. Dass es herrlich gewesen wäre, einem tüchtigen Mann ihre Probleme aufladen zu können, der alles wieder in Ordnung brachte. Einen solchen Mann hatte

Lola nie gefunden, außerdem zweifelte sie daran, dass sie es zulassen würde, dass jemand sich so um sie kümmerte.

Lola hatte keine Ahnung, wie lange sie auf der Brücke ausgeharrt hatte. Sie verließ ihren Posten jedoch erst, als ihr Kopf zu schmerzen und ihr Magen zu knurren begann. Sie fand Max auf dem Achterdeck, wo er auf einem Klappstuhl saß, eine Angelrute an der Armlehne verkantet und eine Dose Dos-Equis-Bier in der Hand. Er wirkte völlig entspannt – wie ein Mann, der nichts Dringenderes zu tun hatte, als sich ein paar Biere hinter die Binde zu gießen. Sein nasses T-Shirt und seine Jeans hingen zum Trocknen über der Reling, daneben ein paar anthrazitfarbene Feinripp-Boxershorts mit Eingriff. Sie wandte den Blick ab.

Knappe marineblaue Nylonshorts mit Gummizug am Bund reichten ihm nur bis zum Nabel. Er hatte sich den Rippenverband wieder angelegt. Eine Dose Räucherlachs stand auf seinem Schenkel, während er ein Stück davon auf einen Cracker gab und ihn in den Mund schob. Er tauchte die Finger in die Dose und warf dem Hund, der neben seinem linken Fuß kauerte, einen kleinen Brocken Fisch zu.

Baby riss das Mäulchen auf und verschlang den Fisch, ohne zu kauen. Falls Max vermutete, dass bei Baby die Liebe durch den Magen ging, hatte er Recht, wenn auch nur bis zu einem gewissen Punkt. Baby war seinem Appetit auf verbotene Leckereien hilflos ausgeliefert, aber sein Napoleonkomplex war noch stärker ausgeprägt. Ein paar Bissen Räucherlachs würden ihn niemals von seinem Entschluss abbringen, größere Hunde zu unterwerfen.

»Ich dachte, Sie hassen meinen Hund«, sagte Lola.

Er hob die Bierdose an die Lippen und nahm einen langen Schluck. »Stimmt auch«, sagte er, ohne sie anzusehen. »Ich versuche nur, ihn zu mästen, für den Fall, dass ich ihn später essen muss.«

Sie war nicht sicher, ob das ein Witz sein sollte. »Komm, Baby.« Sie gab dem Hund ein Zeichen, ihr ins Innere des Bootes zu folgen, aber Baby blieb lieber bei dem Mann, der ihm zu fressen gab.

Mit dem Gefühl, verraten worden zu sein, prüfte Lola im Bad ihre Unterwäsche. Da der Stoff bis auf den elastischen Bund praktisch trocken war, streifte sie das Höschen über, ehe sie in der Kombüse nach etwas Essbarem suchte. In einem versiegelten Behälter im Kühlschrank fand sie einen runden Briekäse. Dazu nahm sie ein paar Weintrauben und eine Banane. Da Baby es vorgezogen hatte, draußen zu bleiben, sah Lola sich gezwungen, sich zu ihm zu gesellen, um darauf zu achten, dass er nicht zu viel von dem fetten Lachs fraß und ihm übel wurde.

Zwischen Max' nasser Hose und seinem T-Shirt setzte sie sich hin und öffnete die Büchse mit dem Käse. Sie brauchte etwas, um den Brie zu schneiden, und Max reichte ihr das Fischmesser in seiner Lederhülle, als hätte er ihre Gedanken gelesen.

»Sie vergessen es immer wieder«, sagte er, als sie es ihm aus der Hand nahm.

Lola öffnete schon den Mund, um ihm zu danken, besann sich aber eines Besseren. Wäre er nicht gewesen, hätte sie überhaupt kein Messer gebraucht. Sie schnitt ein Stück von dem Käse ab und aß es mit zwei Weintrauben. Max schob ihr die Schachtel mit den Crackern zu, und sie nahm ein paar heraus. »Bitte geben Sie Baby keinen Fisch mehr. Sonst wird ihm übel.«

Max antwortete nicht, verspeiste den restlichen Lachs jedoch allein. Er bot ihr nichts davon an, was Lola reichlich unhöflich fand, aber in Wahrheit erwartete sie ohnehin keinerlei Höflichkeit von ihm. Sie schälte ihre Banane und starrte hinaus aufs Meer, egal wohin, solange sie nur Max nicht ansehen musste. So ungern sie es sich eingestand, machte er sie mit seinem zerschundenen Gesicht und den harten Muskeln immer noch nervös. Sie nahm einen Bissen von ihrer Banane und entdeckte ihre Zahnbürste, die aus einer Halterung am Heck lugte. »Warum steckt meine Zahnbürste in dem Angelrutenhalter da drüben?«

»Ich habe sie benutzt.«

Jetzt sah sie ihn doch an, sah ihm direkt in das blauschwarz verfärbte Gesicht und in die hellblauen Augen. »Wozu?«

»Zum Zähneputzen.«

»Das soll wohl ein Witz sein!«

»Nein.«

»Sie haben meine Zahnbürste gestohlen?«

Er schüttelte den Kopf. »Requiriert.«

»Das ist ja ekelhaft!«

»Ich habe sie vorher in Rum getaucht, um Ihre Bakterien abzutöten.«

»*Meine* Bakterien?« Sie vergaß, den Mund zu schließen, und starrte ihm ins Gesicht, auf die leichte Schwellung unter seinem linken Auge, auf den schwarzblauen Wangenknochen und die weißen Heftpflasterstreifen auf der Stirn. Sie war müde und verschwitzt, und ein Mann, den sie nicht kannte, hatte einfach ihre Zahnbürste benutzt. »Das ist absolut widerlich und … und …«, stammelte sie und stand auf, wobei die Büchse mit Käse zu Boden fiel. Augenblicklich stürzte sich Baby darauf, aber Lola kümmerte sich nicht darum; sie hätte sich am liebsten auf diesen Mann gestürzt. »Und ekelhaft!«

Sein Blick wanderte von ihrem Gesicht zu dem Messer in ihrer Hand. »Sie tun ja so, als hätte ich mir den Hintern damit abgewischt.«

»Viel anders ist das auch nicht!«

»Wieso sind Sie denn so sauer?«, fragte er, erhob sich ebenfalls und deutete mit der Bierdose aufs Heck. »Ich habe sie in den Rutenhalter gesteckt, damit die Sonne sie sterilisiert.«

Sie konnte nicht glauben, dass er es tatsächlich ernst meinte. »Sie entführen mich aufs offene Meer, benutzen *meine* Zahnbürste und wundern sich, warum ich sauer bin? Was ist los mit Ihnen? Sind Sie als Baby auf den Kopf gefallen?«

»Lassen Sie's endlich gut sein. Ich habe Sie nicht entführt, und dass wir auf offener See festsitzen, ist *Ihre* Schuld.«

Lola dachte nicht einmal im Traum daran, die Verantwortung für all das zu übernehmen. »Was haben Sie als Nächstes vor? Stehlen Sie mir meine Unterwäsche?«

Sein Blick glitt am Oberteil ihres Kleides herab, über ihre Brüste bis zu ihrem Unterleib. Langsam nahm er einen Schluck Bier und musterte die roten Kirschen in Schritthöhe. »Keine Ahnung«, sagte er gedehnt, »hängt Ihr Slip noch im Bad, oder muss ich ihn Ihnen vom Leib reißen?«

»Er hängt nicht mehr im Bad«, stieß sie zwischen den Zähnen hervor.

Er sah ihr wieder ins Gesicht und lächelte, wobei er seine schönen weißen, frisch geputzten Zähne entblößte. »Sie können ihn behalten. Pink ist einfach nicht meine Farbe.«

Mit der Erkenntnis, dass er wahrscheinlich ihren Slip in Händen gehalten hatte, kam gleichzeitig die Antwort auf die Frage, die sie sich am Vorabend gestellt hatte. Nein, sie konnte einem Mann nicht einfach ein Messer in die Kehle rammen, denn wäre sie dazu fähig gewesen, hätte sie den ›guten alten Max‹ spätestens jetzt umgebracht. Kalt lächelnd.

»Ich weiß gar nicht, warum Sie sich aufregen«, sagte er und trank die Bierdose aus. »Ich habe schließlich keine ansteckenden Krankheiten.«

»Wie bitte? Das soll ich Ihnen glauben?« Sie trat einen Schritt zurück und musterte ihn von oben bis unten. »Ich weiß ja nicht einmal, wer oder was Sie sind.«

»Das habe ich Ihnen doch gestern Abend gesagt.«

Schweiß rann seitlich an ihrem Hals herab, den sie mit einer kurzen Schulterbewegung abstreifte. Sie hatte Kopfschmerzen, ihre Augen brannten, sie wollte ein Bad. Sie fühlte sich so verdammt mies, dass sie sich selbst nicht ausstehen konnte. Das Einzige, was sie sich jetzt wünschte, war, zwischen saubere Laken zu schlüpfen und zu schlafen, bis dieser Albtraum vorüber war. »Ich weiß genau, was Sie gesagt haben, aber Sie können es nicht beweisen.«

»Stimmt. Sie müssen mir schon glauben.«

»Genau.« Lola schob behutsam das Messer zurück in die Scheide und bemühte sich verzweifelt, nicht die Fassung zu verlieren und sich der Peinlichkeit eines hysterischen Weinkrampfes auszusetzen. »Ich soll einem Mann glauben, der mir meine privatesten Sachen stiehlt und droht, meinen Hund aufzufressen.«

Er hob die Schultern. »Sie haben keine andere Wahl.«

»Oh, ich habe immer eine Wahl, und ich glaube lieber kein einziges Wort, das aus Ihrem Mund kommt.«

»Wie Sie wollen, aber vielleicht ist es nicht gerade von Vorteil für Sie, sich über so etwas Nebensächliches wie eine Zahnbürste mit mir zu streiten.«

»Sie machen mir keine Angst.«

»Das sollte ich aber. Ich bin stärker als Sie und skrupelloser, als Sie es sich in Ihren kühnsten Träumen vorstellen können.«

»Sie haben keine Ahnung, wie skrupellos zu sein ich mir vorstellen kann.« Und im Augenblick hatte sie keine Skrupel. Überhaupt keine.

Er warf den Kopf in den Nacken und tat ihre Behauptung mit einem belustigten Lachen ab, das sie ihre Angst vor ihm vergessen ließ. Sie trat einen Schritt vor und bohrte den Zeigefinger in seine Brust. »Lachen Sie gefälligst nicht über mich.«

»Was wollen Sie denn dagegen unternehmen? Mir mit dem Fingernagel Löcher in die Brust stoßen?«

»Vielleicht schlage ich Ihnen auf Ihr gesundes Auge, damit es zu dem anderen Veilchen passt.« Die Vorstellung entlockte ihr beinahe ein Lächeln. Aber nur beinahe, denn im Augenblick war sie zu wütend.

Er umfasste ihre Hand und entfernte ihren Finger von seiner Brust. »Das würde ich wohl kaum zulassen.«

Sie versuchte, ihre Hand zu befreien, doch er verstärkte seinen Griff noch und hielt sie in seiner starken, warmen Faust gefangen.

»Und jetzt bin ich ja vorgewarnt.«

»Ich könnte warten, bis Sie schlafen.«

»Das könnten Sie, aber ich würde Ihnen nicht raten, auch nur in meine Nähe zu kommen, wenn ich im Bett liege.« Wieder wollte sie ihre Hand zurückziehen, doch statt sie loszulassen, trat er einen Schritt auf Lola zu, sodass sie dicht voreinander standen.

»Und wenn doch? Fesseln Sie mich dann wieder oder so etwas?«

Er senkte den Blick auf seine Hand, in der ihre Finger nicht mehr zu sehen waren. Nur diese Hand lag noch zwischen ihren Brüsten und seiner dunklen Brustbehaarung. »Oder so etwas«, sagte er beinahe im Flüsterton und betrachtete ihren Mund. »Oh, mir würde ganz bestimmt etwas einfallen. Etwas, das mehr Spaß macht als ein Schlag aufs Auge.«

Lola bemerkte, wie rau plötzlich seine Stimme klang, sah das Aufflackern von Begierde in seinen blauen Augen. Dieses Flackern hatte sie in ihrem Leben schon oft bemerkt. Und auch wenn sie ihrerseits keinen Funken überspringen fühlte, sein vermutliches Interesse nicht erwiderte, empfand sie jedoch auch keine Spur von Widerwillen. Was sie angesichts ihrer allumfassenden, verzehrenden Wut allerdings nicht verwunderte.

»Zerbrechen Sie sich nicht übermäßig den Kopf«, riet sie ihm und konnte endlich ihre Hand aus seinem Griff lösen, so abrupt allerdings, dass sie zurücktaumelte. »Ich werde mich ganz bestimmt nicht freiwillig an irgendwelchen Ihrer perversen Fantasien beteiligen.«

Das Licht in der Kombüse tauchte Max' Kopf in einen Lichtkegel, während er die auf dem Tisch ausgebreiteten Karten studierte. Nachdem die Sonne hinter dem Horizont versunken war, hatte er einen der Generatoren angeworfen und seine inzwischen trockenen, vom Salzwasser steifen Kleider angezogen. Dann hatte er eine Jimmy-Buffet-Kassette in die Stereoanlage eingelegt, und nun wetteiferte die Musik mit dem Summen des Kühlschranks. Mit eingeschaltetem Licht war die *Dora Mae* für vorbeifahrende Schiffe zwar etwas leichter zu entdecken, doch das störte Max nicht sonderlich.

Er kreiste die vermutete Position des Schiffes auf der Karte ein, die er nach dem Stand der Sterne am Himmel und mit Hilfe eines Kompasses bestimmt hatte, den er in der Passagierkajüte gefunden hatte. Mit ziemlicher Sicherheit befanden sie sich zwischen Andros und den Bimini-Inseln. Blieb die Frage, wie nahe der Küste der einen oder der anderen. Noch immer trieben sie auf einer warmen Nordwest-Strömung, doch der Wind aus Südosten hatte ein wenig aufgefrischt. Max bezweifelte, dass sie mehr als zwei Knoten zurücklegten, egal in welche Richtung.

Das Klicken von Krallen drang an sein Ohr. Baby Doll Carlyle betrat im Dunkeln die Kombüse und sprang auf die Bank. Er hüpfte auf den Tisch, legte die Ohren an und blickte Max starr in die Augen.

»Himmel, nicht schon wieder«, stöhnte Max und erhob sich. Er holte sich das zweite Bier dieses Tages aus dem Kühlschrank und prostete dem Hund wortlos zu. Die Thatchs hatten ihn nicht nur mit einer Jacht versorgt, sondern auch noch mit ordentlichem Bier. Die Kombüse war mit Party-Snacks und alkoholischen Getränken für einen ganzen Monat bestückt, zum Glück hatte er im Vorratsraum aber auch nahrhaftere Lebensmittel entdeckt. Die Regale waren vorrangig mit Tomatensaft, grünen Oliven und Wermut gefüllt. Wenn er ein geübter Trinker gewesen wäre, hätte der Alkohol wohl für einen ununterbrochenen Rausch über mehrere Wochen ausgereicht, aber im untersten Fach war er auch auf weißen Reis und Birnenkonserven gestoßen.

Er dachte an Lola, wie ihre Hand in seiner verschwunden war und ihre Brüste die Knöpfe an diesem hässlichen Kleid zu sprengen gedroht hatten. Er riss die Bierdose auf, und für den Bruchteil einer Sekunde kam ihm der verlockende Gedanke in den Sinn, sich einfach sinnlos zu betrinken, ein paar Tage lang Zuflucht in der Flasche zu nehmen. Doch Max kannte die grausame Wirklichkeit einer derartigen Existenz. Er hatte zusehen müssen, wie sein Vater ihr anheim fiel, und er hatte schon vor langer Zeit den Entschluss gefasst, es nie so weit kommen zu lassen. Er war stärker. Stärker als der Schnaps und stärker als sein alter Herr. Nichts und niemand würde ihn jemals so beherrschen, wie der Rum Fidel Zamora beherrscht hatte.

Der kleine Hund auf dem Tisch begann zu kläffen, und Max warf ihm einen flüchtigen Blick zu. »Wo ist dein Frauchen?«, fragte er, obwohl er ahnte, wo sie sich aufhielt. Als er sie zuletzt gesehen hatte, war sie gerade dabei gewesen, einen Liegestuhl aus dem Lagerraum zu holen und ihn zur Brücke zu zerren.

Max nahm einen Schluck von seinem Dos-Equis-Bier und ging nach draußen. Nach der Auseinandersetzung wegen der Zahnbürste hatte Lola kein Wort mehr mit ihm gesprochen. Vielleicht hätte er sie doch vorher um Erlaubnis fragen sollen, aber wahrscheinlich hätte sie ohnehin Nein gesagt, was ihn aber nicht davon abgehalten hätte, die Bürste zu benutzen. Und wie er ihr versichert hatte, brauchte sie ja keine ansteckenden Krankheiten zu fürchten. Sein jährlicher Gesundheits-Check umfasste nun weiß Gott jeden in der Medizin bekannten Test, aber er würde das verdammte Ding eben auskochen, wenn sie so großen Wert darauf legte.

Barfuß stieg er die Treppe zur Brücke hinauf und blickte auf Lola hinunter. Die Positionslichter an Steuer- und Backbord funktionierten noch und schienen auf Lolas Haar. Ihre Augen waren geschlossen, die Lippen leicht geöffnet. Ihre Brüste hoben und senkten sich unter regelmäßigen leichten Atemzügen, während die Knöpfe ihres Kleides noch immer abzuspringen drohten. Eine Hand lag offen auf ihrem Bauch, die andere hing, noch immer den Spiegel haltend, seitlich von der Liege herab.

Das rote Tuch, das sie als Rock getragen hatte, war um ihre Beine gewickelt. Max deckte sie damit zu, ehe er das Fernglas vom Boden aufhob. Er blickte hinaus zum Horizont, hielt Ausschau nach Bojen oder anderen Zeichen, die verrieten, dass das Schiff sich irgendeiner Küste näherte. Doch außer dem leichten Wellengang und dem Mond, der sich auf dem schwarzen Wasser des Ozeans spiegelte, war nichts zu sehen.

Es bestand durchaus die Möglichkeit, dass Max nach seiner Rettung wegen Diebstahls und Entführung verhaftet wurde. Eine Untersuchung würde es zweifellos geben, was ihm jedoch keine große Sorge bereitete. Ein Anruf, und die Klage würde fallen gelassen.

Das Einzige, was ihm wirklich Sorgen bereitete, war die Tatsache, dass er ohne seine tödlichen Spielzeuge mitten auf dem Atlantik festsaß, ohne seine 9-mm-Seitenwaffe, seine zwei Magazine Unterschall-Munition und sein Messer. Ohne diese Ausrüstung fühlte er sich nackt und jedem vorbeifahrenden Schiff hilflos ausgeliefert. Max traute niemandem, schon gar nicht unbekannten Elementen.

Er warf einen Blick auf Lola und auf das Fischmesser, das

ihr aus der Hand geglitten war. Sie taugte nicht als Kämpferin. Sie hatte nicht mitbekommen, wie er sich ihr genähert hatte, und konnte nicht einmal auf ihre Waffe aufpassen. Er hob das Messer auf und steckte es in seinen Hosenbund.

Das Mondlicht streichelte ihr Profil und betonte den Schwung ihrer Oberlippe. Kein Zweifel, Lola war eine ungewöhnlich schöne Frau. Die Sorte Frau, von der die Männer träumten. *Ich werde mich ganz bestimmt nicht an irgendwelchen ihrer perversen Fantasien beteiligen,* hatte sie gesagt, als hätte sie seine Gedanken gelesen. Pervers? Seine Fantasien waren nicht pervers. Nun ja, zumindest nicht so pervers wie die von manchen Typen, die er kannte.

Er hatte nie zu den Männern gehört, die Bademoden-Kalender kauften oder Wäschekataloge durchblätterten, aber um nicht zu wissen, wer sie war, hätte er auf einem anderen Planeten leben müssen. Er hätte von der Körpermitte abwärts tot sein müssen, um sich nicht zu fragen, wie es sein würde, mit ihr zu schlafen. Zu schwitzen, ihr Haar zu zerwühlen und ihren Lippenstift vom Mund zu lecken.

Max erinnerte sich an das erste Mal, als er ihr Bild gesehen hatte. Es war auf dem Times Square gewesen, vor etwa acht Jahren. Vor dem Hyatt hatte er auf ein Taxi gewartet, und als er den Blick hob, sah er, wie sie ihn von einem Plakat herab anschaute, das blonde Haar aus dem Gesicht gekämmt, die braunen Augen tiefgründig, als sähe sie ihren Geliebten an, ihr üppiger Körper mit nichts bekleidet außer einem durchsichtigen Slip und dem dazu passenden BH.

In Weiß. Seine Lieblingsfarbe.

Bei diesem ersten Mal hatte er sich gefragt, wer sie wohl war. Und wie jeder andere Mann, der sie sah, sie sich nackt vorstellte und wusste, dass er bei einer solchen Frau niemals eine Chance hatte, sagte er sich, dass sie im Bett wahrscheinlich sowieso eine Niete wäre. Zu dünn und zu besorgt um ihr

Make-up, um gut zu sein. Vermutlich die Sorte Mädchen, die erwartete, dass der Mann sich um alles kümmerte. So hatte er sich getröstet, aber im Grunde hatte er nie etwas dagegen einzuwenden gehabt, sich um etwas zu kümmern. Und schon gar nicht in dieser Situation.

Als er sie nun betrachtete, erschien sie ihm nicht zu dünn. Sie war vielmehr genau der Typ Frau, den Max gern in die Arme nahm. Mit vollen Brüsten und genug Hintern, um seine großen Hände zu füllen. Wenn er eine Frau in den Arm nahm, wollte er ihren weichen, kurvenreichen Körper spüren. Er wollte keine Angst haben, sie zu zerbrechen.

Er betrachtete ihre weichen, geöffneten Lippen und dachte unwillkürlich darüber nach, wie es wohl wäre, Lola Carlyle zu küssen. Im Augenblick trug sie keinen Lippenstift, und Max stellte sich vor, wie er langsam in einen Kuss versank und ihre Lippen schmeckte. Wie er ihr Zögern spürte, ihr unsicheres Innehalten, bevor sie einen tiefen Seufzer ausstieß. Das Aaah, das ihn wissen ließ, dass sie ihn ebenfalls wollte. Diesen Moment, wenn sie unter seinem Mund weich und willig wurde. Unter ihm, Max Zamora. Fidel Zamoras Sohn. Dem Jungen mit dem schmutzigen Gesicht, den sein Vater vergessen hatte, sobald er sich dem Rum hingegeben hatte. Was praktisch ständig der Fall gewesen war.

Max war nicht mit einem goldenen Löffel im Mund geboren worden, er war kein berühmter Schauspieler oder Rockstar, nicht der Typ Mann, auf den Frauen wie Lola Carlyle gewöhnlich flogen, was ihn jedoch nicht daran hinderte, sich vorzustellen, wie eine Frau wie sie sich in seinen Armen anfühlen mochte. Wenn sich ihre weichen Brüste fest an seinen Körper schmiegten und er die Finger in ihr duftendes Haar schob.

Max sog die kühle, salzige Luft tief in seine Lungen und stieß sie langsam wieder aus. All diese Überlegungen führten allzu rasch zu Vorstellungen, die er am besten meiden sollte.

Die sein Blut in Wallung brachten und einen stechenden Schmerz in seine Lenden jagten. Vorstellungen, die mit einer Frau wie Lola niemals zu verwirklichen wären. Die sie mit einem Mann wie ihm niemals teilen würde. Er war weder reich noch berühmt oder ein gut aussehendes männliches Model. Und sie war nicht der Typ Frau, der sich mit einem Mann begnügen würde, der für Tage oder Wochen untertauchte, ohne ihr zu sagen, wohin er ging und wann er zurückkommen würde. Zum Teufel, er war überhaupt noch nie einer Frau begegnet, die sich auf längere Zeit damit abfinden würde. Max drehte auf dem Absatz um und verließ die Brücke. Für sie beide wäre es das Beste, wenn er überhaupt nicht an sie dachte. Er setzte sich wieder auf seinen Klappstuhl, griff nach der Angelrute und holte die Leine ein. Statt auf das schlafende Dessous-Model auf der Brücke konzentrierte er sich lieber aufs Angeln.

Wahrscheinlich hätte es seine Chancen, einen Fisch an Land zu ziehen, erheblich vergrößert, wenn er gewusst hätte, wie man angelt. In den vergangenen Jahren hatte er zwar einige Male in Seen und Bächen geangelt, aber ein Profi war er nicht. Zum Teufel, er hatte seine Angelerfahrung schließlich größtenteils im Garten des alten Hauses gesammelt, das sein Vater in Galveston gemietet hatte.

Er schätzte, dass er etwa sieben Jahre alt gewesen sein musste, als sein Alter ihm diese einen Meter achtzig lange Rute mit einer Zebco-Rolle geschenkt hatte. Sie lag immer noch irgendwo in einem Schrank versteckt, einer der wenigen Schätze seiner Kindheit.

Noch immer erinnerte er sich des Gewichts dieser Angel in seinen Händen. Sein Vater hatte damals auf dem Karren gestanden, hatte ein Senkblei an der Leine befestigt und Max gezeigt, wie man sie auswirft. Seite an Seite hatten sie bei Sonnenuntergang im Garten gestanden, mit dem Senkblei auf Grasbüschel gezielt und über die Fische geredet, die sie eines

Tages fangen würden. Max spürte noch heute die Hände seines Vaters auf seinen und hörte seinen weichen kubanischen Akzent in der sanften, feuchten Luft.

Leider verbrachte der Alte den Großteil seiner Zeit fernab des Karrens und schaffte es nie, mit Max angeln zu gehen, was Max jedoch nicht davon abgehalten hatte, zu warten und zu üben. Nach ein paar Jahren war er ein Meister im Auswerfen gewesen. Über Kopf, seitwärts, von unten – er hatte jedes Ziel getroffen. Er war davon überzeugt, dass sich dieses Training ausgezahlt hatte und der Grund war, dass er seine Ausbildung zum Scharfschützen mit links bestanden hatte.

Als er sich auf seinem Stuhl bewegte, schmerzten seine Rippen nur geringfügig weniger als beim Gehen oder im Stehen. Er hob das Fernglas an die Augen und starrte hinaus auf das schwarze Meer. Die Schmerzen in seiner Seite waren nur in den wenigen Stunden erträglich gewesen, als er in der Nacht zuvor flach auf dem Rücken gelegen hatte. Ein paar Stunden Schlaf würden ihm nicht schaden, aber daran war heute nicht zu denken. Nicht, wenn ihn jemand überrumpeln konnte.

Aber Max hatte schon seit mehr als zwei Tagen nicht mehr geschlafen, und eine Stunde, bevor die Sonne über den Horizont stieg, schlief er ein.

4. KAPITEL

Max hatte keine Ahnung, wie lange er geschlafen hatte. Er schlug die Augen auf und war auf einen Schlag hellwach. Die Morgensonne spiegelte sich in den Wellen und in den verchromten Handgriffen der Jacht. Ohne sich umzudrehen, spürte er eine Bewegung in seinem Rücken. Er brauchte nicht nachzusehen, um zu wissen, dass es Lola war. Nicht nur, weil sie außer ihm der einzige Mensch auf der Jacht war, sondern auch, weil er das einzigartige Geräusch ihrer leichten Schritte inzwischen kannte. An der Kombüsentür hielt sie kurz inne, bevor sie, dicht gefolgt von ihrem kleinen Hund, hereintrat.

Langsam stand Max auf und bewegte den Kopf von einer Seite zur anderen, um die Verspannungen zu lockern. Die Jacht schaukelte auf den Wellen. Der Schmerz in seinen Rippen war schlimmer als in den ersten Stunden, nachdem sie gebrochen wurden, und seine Muskeln waren steif von seiner verkrampften Haltung beim Schlafen. Max war sechsunddreißig Jahre alt und hatte die letzten fünfzehn Jahre damit verbracht, seinen Körper bis an die Grenzen der Belastbarkeit zu treiben. Als er noch jung war, hätte er im Kopfstand schlafen können, ohne am nächsten Morgen auch nur ein leichtes Reißen zu spüren. Aber je älter er wurde, desto mehr machte ihm sein Körper zu schaffen. Er rollte die Schultern und hörte, wie Lola und ihr Hund die Kombüse verließen. Als er sich umdrehte, sah er sie zum Bug des Schiffes gehen. Der Saum ihres Obstkleides umschmeichelte ihre Oberschenkel. In einer Hand hielt sie das Fernglas, in der anderen einen Müsliriegel.

Da sie nicht ein einziges Wort mit ihm geredet hatte, ging er davon aus, dass sie immer noch sauer wegen der Zahnbürste war. Er blickte zum wolkenlosen Himmel auf und reckte die Arme über den Kopf. Offenbar gehörte sie zu den Frauen, die ihre Wut genossen, und er beschloss, sie in Ruhe zu lassen. Nicht nötig, den Frieden zu stören, nur um sich von ihr ausschimpfen zu lassen. Und nachdem sie nun ihren Posten am Bug bezog, konnte er es wohl wagen, sich in die Passagierkajüte zurückzuziehen und ein bisschen Schlaf nachzuholen.

Ein schriller Schrei zerriss die Stille des karibischen Morgens, und Max fuhr so hastig herum, dass der Schmerz wie ein Stilett in seine Rippen fuhr. Er sog scharf die Luft ein und erreichte das Schanzdeck gerade noch rechtzeitig, um zu sehen, wie Lola über Bord ging. Ihr Kleid flatterte, sodass ihr Hinterteil entblößt war. Sie tauchte ins Wasser ein und kam schnell wie ein Korken, zusammenhanglos stammelnd und schluchzend, wieder an die Oberfläche.

»Baby!«, schrie sie und schaute sich panisch nach allen Seiten um.

»Baby, wo bist du?«

Der Hund tauchte kurz auf, um jedoch sofort wieder unterzugehen – ein braunes Fellbündel im blauen Meer.

»Scheiße«, fluchte Max und riss sich das T-Shirt vom Leib. Mit schmerzenden Rippen und protestierenden Muskeln sprang er in den Atlantik, um Baby Doll Carlyle zu retten. Das kalte Salzwasser schlug ihm ins Gesicht und umspülte seine Brust. Er tauchte gerade tief genug ein, um unter dem Hund hindurch wieder an die Oberfläche zu gelangen, und packte ihn mit einer Hand. Als sein Kopf wieder über Wasser war, hielt Max nach Lola Ausschau, konnte sie jedoch nirgends entdecken. Der Hund hustete und biss um sich und fing sofort an zu zittern. Max war bereits im Begriff, den Hund sich selbst zu überlassen und nach Lola zu tauchen, als ihr Hinterkopf an der Oberfläche erschien.

»Baby!«, rief sie und spuckte Salzwasser aus.

»Ich hab ihn«, rief Max.

Sie drehte sich um und paddelte planschend auf ihn zu. Sie war nicht nur eine lausige Kämpferin, schwimmen konnte sie auch nicht. Ihre braunen Augen wirkten riesig, und sie schnappte mit hastigen flachen Atemzügen nach Luft. Wenn sie nicht aufpasste, würde sie hyperventilieren, und nichts deutete darauf hin, dass sie sich in absehbarer Zeit beruhigen würde. Sie bekam Max an der Schulter zu fassen und hätte ihn beinahe unter Wasser gedrückt. Auf dem Höhepunkt seiner SEAL-Karriere hatte Max drei Minuten lang unter Wasser die Luft anhalten können, um dann wieder aufzutauchen und stundenlang weiterzuschwimmen. Er hatte keine Angst, dass einer von ihnen, ihr blöder Hund eingeschlossen, ertrinken würde. Er fürchtete nur, dass Lola den Rückweg zum Heck der Jacht schwieriger als nötig gestalten würde.

»Ist Baby in O-Ordnung?«, keuchte sie und streckte die Hand nach ihrem Hund aus. Eine Woge spülte über ihre Köpfe, sodass Lola ihn diesmal wahrhaftig mit sich unter Wasser zog. Sie traf ihn mit dem Knie in der Seite, worauf er einen Mund voll Salzwasser einsog. Die Krallen des Hundes zerkratzten Max' Hals, als Lola seinen Kopf umklammerte, sein Gesicht seitlich an ihre Brüste quetschte und sich an ihm festhielt, als wäre er eine Boje. Er löste Lolas Arm von seinem Kopf, stieß sich ab, kam an die Oberfläche und spuckte das Wasser aus.

»Ganz ruhig«, sagte er in ihr von Panik verzerrtes Gesicht. »Bleiben Sie ruhig, sonst ertrinken Sie.« Ihr Mund öffnete sich und schloss sich wieder; sie rang nach Worten, doch nur ein Schluchzen löste sich aus ihrer Brust. »Ich kann uns alle zurück auf die Jacht bringen, aber Sie müssen sich entspannen und mir die Arbeit überlassen. Klammern Sie sich nicht noch einmal an mir fest, und ziehen Sie mich nicht unter Wasser. Und hören Sie auf, mich mit Ihrem Knie zu malträtieren.« Nach kurzem Überlegen setzte er hinzu: »Wenn Sie mir Ihr Knie in die Eier rammen, können Sie zusehen, wie Sie allein zurechtkommen.«

Sie nickte, und er übergab ihr den Hund. Sie hielt Babys Kopf an ihren, während Max die Arme über ihre Schultern und Brüste legte. So schleppte er sie zur Schwimmplattform, aber sie machte es ihm nicht leicht. Zweimal trat sie ihn gegen das Schienbein, statt zu tun, was er gesagt hatte, und ihm die Arbeit zu überlassen. Sie wandte den Kopf, um zu sehen, in welche Richtung sie geschleppt wurde, wobei ihre Schädeldecke seine blau verfärbte Wange traf. Max zog sie fester an seine Brust und stieß kräftig mit den Beinen durchs Wasser. Das war das allerletzte Mal, schwor sich Max, als er eine Hand nach der Schwimmplattform ausstreckte, das allerletzte Mal, dass er in den Atlantik sprang, um ein Wäsche-Model und ihren nutzlosen Hund zu retten.

Er hob Baby aufs Heck und zog die Einstiegsleiter von der Schwimmplattform herab ans Wasser. Diese Leiter hinaufzusteigen würde höllisch wehtun; genau aus diesem Grund hatte er am Vortag den Eimer am Seil zum Baden benutzt. Lola stieg zuerst mit zitternden Beinen hinauf. Ihr Griff am Geländer war so schwach, als wären ihre Hände taub. Wahrscheinlich waren sie es tatsächlich, denn Lola hyperventilierte inzwischen heftig. Ihr Kleid klebte an den Schenkeln und in den Kniekehlen. Max legte eine Hand auf ihr wohl geformtes nasses Hinterteil und schob sie hoch.

Dann stieg er selbst die Leiter hinauf, und er hatte sich nicht getäuscht. Es tat höllisch weh. Er legte sich in pitschnassen Hosen auf die Plattform und konzentrierte sich darauf, ruhig durchzuatmen, um den Schmerz in seiner Seite unter Kontrolle zu bekommen.

Lola setzte sich neben ihn, drückte Baby an die Brust und rang schluchzend nach Luft. Wenn sie nicht aufpasste, würde sie bewusstlos werden – auch eine Art, die Hyperventilation zu besiegen, sagte sich Max. Aber es gab andere, weniger dramatische Wege.

»Konzentrieren Sie sich darauf, langsam und regelmäßig durch die Nase zu atmen.« Er wischte sich das Salzwasser aus dem Gesicht und richtete sich auf. Abgesehen von Papiertüte und Bewusstlosigkeit war langsames Atmen durch die Nase die einzige Möglichkeit, um Hyperventilation zu überwinden.

Sie sah ihn aus weit aufgerissenen Augen an, als redete er in einer fremden Sprache. »Ich kriege-kriege kei-keine Luft.«

»Legen Sie sich hin, und strecken Sie die Arme über dem Kopf aus«, wies er sie an und rückte zur Seite, um ihr Platz zu machen. »Machen Sie den Mund zu, und atmen Sie langsam durch die Nase.«

Ihr Hund leckte ihr das Gesicht, und sie nickte und sog heftig die Luft durch den Mund in ihre Lungen. Max hatte ein einziges Mal in seinem Leben hyperventiliert, deshalb wusste er, dass es keineswegs einfach war, kontrolliert zu atmen, wenn man das Gefühl hatte, keine Luft zu bekommen. Meerwasser schwappte auf die Plattform, als er sich rittlings über ihre Hüften setzte und den nassen Hund beiseite schob. Die Knöpfe ihres Kleides waren bis zum Nabel aufgesprungen, und aus der pinkfarbenen Spitze ihres BHs rannen Wassertropfen und sammelten sich zwischen ihren Brüsten. Max legte die Hände seitlich an ihre Wangen. Meerwasser hing in ihren Wimpern, und er blickte ihr tief in die Augen.»Mund zu«, ermahnte er sie, und sie versuchte es immerhin.

»Ich – ich werde bewusstlos«, keuchte sie.

»Konzentrieren Sie sich darauf, nur durch die Nase zu atmen.«

»Ka-kann ich nicht.«

Er überlegte, ob er ihr den Mund zuhalten sollte, unterließ es aber, um sich nicht später vorwerfen lassen zu müssen, er hätte versucht, sie umzubringen. »Dann konzentrieren Sie sich wenigstens auf das hier«, flüsterte er und senkte gegen besseres Wissen seinen Kopf. Er redete sich ein, es wäre kein Kuss. Er half ihr nur, zwang sie, durch die Nase zu atmen, damit sie nicht bewusstlos wurde.

Er spürte, wie sie sich unter dem Druck seiner Lippen anspannte. Sie sog noch einmal tief den Atem ein und hielt ihn dann an, während er sanft seinen Mund auf ihren legte. Er strich mit dem Daumen über ihre glatten Wangen. »Entspannen Sie sich endlich«, flüsterte er an ihrem Mund. Sie legte die Hände auf seine Schultern, und er glaubte schon, sie würde ihn von sich stoßen, doch das tat sie nicht. Ihre großen braunen Augen starrten in seine, und blitzartig strömte die Wärme ihrer Handflächen auf ihn über. Unbändige Lust breitete sich wie ein Lauffeuer in seinem Blut aus, und seine Lenden verkrampften sich.

Ob es um Nahrungsmittel oder Drogen oder Schnaps ging, Max verabscheute jede Art von Schwäche. Er wollte sich nicht eingestehen, überhaupt eine Schwäche zu haben, aber wenn er eine besaß, dann war es diese. Er hatte eine Schwäche für den Geschmack eines Frauenmundes und für das Gefühl, wenn er ihr Gesicht zwischen den Händen hielt. Für die erotische Stimme und den Duft von Haaren und Haut.

Ihre Lippen öffneten sich, als wollte sie etwas sagen. »Durch die Nase atmen«, ermahnte er sie, wobei seine Lippen über ihre strichen. Sie schmeckte nach Sonne und Salzwasser. Einfach himmlisch. Frauen waren ihm ein echtes Rätsel. Sie waren so unlogisch und oftmals so widersprüchlich, dass es an Irrationalität grenzte, und trotzdem gab es Zeiten, in denen er sich schmerzlich nach ihrer verdrehten Logik sehnte. Ebenso wie es Zeiten gab, wenn ihn eindeutig danach verlangte, weibliche Haut unter Händen, Mund und Körper zu spüren. Kein Zweifel, die samtenen Stellen und weichen Rundungen einer Frau bewirkten eine berauschende Schwäche, die er jedoch noch immer zu kontrollieren vermocht hatte. Er würde sie auch diesmal kontrollieren können.

»Max?«

»Hmm.«

»Du wirst mich doch nicht etwa küssen?«

Max hob den Kopf und sah Lola ins Gesicht. Ihre zusammengezogenen Augenbrauen verrieten Verwirrung, in ihren braunen Augen stand Angst, aber nirgendwo auch nur ein Anflug der Lust, die tief in seinem Leib pochte und ihn beinahe hart werden ließ.

»Nein«, sagte er und hockte sich auf die Fersen. »Wenn ich dich küssen würde, dann hättest du es schon gemerkt.«

»Gut. Ich will nämlich nicht, dass du dich in irgendwelche Ideen verrennst, was dich und mich betrifft.«

»Was für Ideen denn?«, fragte er, obwohl er durchaus ahnte, wovon sie sprach.

Sie setzte sich auf und zog die Füße heran. Eine leichte Brise spielte in ihrem Haar, das allmählich trocknete. »Ich bin dir dankbar dafür, dass du Baby gerettet hast, aber aus dir und mir wird niemals ein Liebespaar.« Sie schüttelte den Kopf. »Nie im Leben.«

Das war's. Ein kalter Guss, der sein erhitztes Blut kühlte. Eine Erinnerung daran, dass der gute alte Max wohl dazu taugte, ihren Hintern zu retten, aber nicht gut genug war, ihre Lippen zu küssen. Immerhin war sie ehrlich. »Schätzchen, bilde dir bloß nichts ein«, sagte er, stemmte die Hände auf seine Oberschenkel und erhob sich. Seine Rippen schmerzten, und die Stirnwunde brannte. »Ich lasse mich mit niemandem auf irgendwelche Romanzen ein. Nicht mal mit dir.«

Als sie hinter Baby ins Wasser gesprungen war, hatte sie das Fernglas und den Signalspiegel im Meer verloren. Außerdem vermutete sie, dass sie Max gekränkt hatte. Sie saß auf dem Achterdeck, in eine Wolldecke gehüllt, die er ihr zugeworfen hatte. Die Wellen schlugen gegen die Seiten der Jacht, die mit der Strömung trieb. Die Morgensonne strich über Lolas Wangen und spiegelte sich in den weißen Wänden der *Dora Mae*.

»Ich bin dir wirklich dankbar dafür, dass du Baby gerettet hast«, sagte sie und legte eine Hand schützend über die Augen. Das nasse Fell ihres Hundes kitzelte an ihrer Brust, und sie drückte den zitternden kleinen Körper fester an sich.

Ohne sie zu beachten, löste Max seinen Rippenverband.

»Und auch dafür, dass du mich gerettet hast.« Sie war keine besonders geübte Schwimmerin. Unter normalen Bedingungen hätte sie es zwar wahrscheinlich bis zum Heck geschafft, aber die Angst, dass Baby verängstigt und hilflos ertrinken, dass er untertauchen und dass sich seine kleinen Lungen mit Wasser füllen würden, hatte ihr den Atem geraubt. Lola war sich ziemlich sicher, dass sie Max gekränkt hatte, und nach dem, was er gerade für sie getan hatte, war sie ihm etwas schuldig. »Tut mir Leid, dass ich behauptet habe, du hättest die Situation ausgenutzt, um mich zu küssen.«

Endlich hob er den Blick und warf den Verband auf den Stuhl neben ihr. »Wenn du das nächste Mal hyperventilierst, lasse ich dich einfach ohnmächtig werden.«

O ja, sie hatte ihn gekränkt und beleidigt – sofern er überhaupt zu solchen Empfindungen fähig war. Sie ließ die Hand sinken und blickte auf die Wolldecke in ihrem Schoß. Sie konnte kaum glauben, dass Max ein Mensch mit normalen menschlichen Gefühlen war. Sie wollte ihn nicht als normalen Menschen betrachten. Er war schuld an ihrer misslichen Lage, er trug die Verantwortung dafür, dass sie und Baby sich in Lebensgefahr befanden. Hätte Max die Jacht nicht entführt, wäre

Baby längst nicht mehr an Bord der *Dora Mae* gewesen und gar nicht erst ins Wasser gefallen.

Der Hund entwand sich Lolas Händen, sprang aufs Deck, schüttelte sich einmal, begab sich zu Max und ließ sich neben dessen linkem Fuß nieder – ausnahmsweise ohne zu kläffen.

Als sie unter Max' Gewicht auf der Schwimmplattform gelegen und nach Luft gerungen hatte, war Lola überzeugt gewesen, dass er sie küssen wollte. Sie hatte seine heißen Lippen gespürt, das Verlangen in seinen Augen gesehen, und sie war alt genug und hatte ausreichend Erfahrungen mit Männern gesammelt, um die Zeichen zu erkennen.

Na schön, vielleicht hatte sie sich diesmal geirrt. Offenbar hatte er ihr helfen wollen, wieder zu Atem zu kommen, und es war ihr ein wenig peinlich, dass sie ihn missverstanden hatte. Sie ließ den Blick an Max' langen Beinen hinauf bis zu seinen Fingern wandern, die an seinen Hosenknöpfen nestelten. Er schob die Daumen unter den Bund und streifte die Hose über Hüften und Schenkel. »Tut mir Leid, dass ich etwas missverstanden habe. Ich weiß auch nicht, was in mich ...«

»Vergiss es«, fiel er ihr ins Wort. Seine nassen Boxer-Shorts klebten an ihm wie eine zweite Haut. Lola wandte den Blick ab – allerdings erst, nachdem sie genug gesehen hatte. Und sie hatte so viel gesehen, dass ihr beinahe der Atem stockte. »Eines interessiert mich aber doch. Wieso machst du ganz allein Urlaub auf Dolphin Cay«, fragte er, und sie hatte das Gefühl, als wolle er ebenso dringend das Thema wechseln wie sie.

»Warum?«

Er hängte seine nasse Hose über die Reling. »Pure Neugier.«

»Ich wollte ein paar Tage Abstand von allem haben«, sagte sie, und es entsprach weitgehend der Wahrheit.

»Ausgerechnet auf Dolphin Cay?«

Sie sah ihm in die Augen, um zu verhindern, dass sie sich das ansehen musste, was sich unterhalb seiner Schultern abspielte. Sie fürchtete, er könnte auch noch seine Boxer-Shorts ausziehen. »Genau.«

»Ich hätte gedacht, ein Mädchen wie du verbringt den Urlaub lieber im Club Med oder …« Er hielt inne und fuhr sich mit der Hand über den nassen Kopf, sodass das Wasser aus seinem schwarzen Haar floss. Klare Tropfen rannen seitlich an seinem Hals herab. »Wie heißt noch dieses schicke Urlaubsparadies in Nassau?«

»Ocean Club«, sagte sie. Vor einigen Jahren hatte sie dort ein paar Wochen verbracht.

»Ja, genau. Also, was hast du allein mit deinem Hund und auf dieser winzigen Insel getrieben?«

»Ich wollte keine Menschen um mich haben.«

»Warum nicht?«

»Ich wollte nicht, dass man mich anstarrt und mit Fingern auf mich zeigt.«

»Bist du daran nicht längst gewöhnt? Ein berühmtes Model wie du – ich wette, dass man dich dauernd anstarrt.«

Aber hier ging es um etwas anderes. »Seit diese Fotos im Internet erschienen sind, ist es einfach anders.«

»Was für Fotos?«

Gab es noch einen Menschen auf diesem Planeten, der diese peinlichen Bilder im Internet nicht gesehen hatte? Der noch nichts davon gehört hatte? Die Gerichtsverhandlung war nicht nur in der Boulevardpresse, sondern auch landesweit in den Nachrichten breitgetreten worden.

»Was für Fotos?«, fragte er noch einmal.

Sie wollte nicht mit ihm darüber reden. Wahrscheinlich würde er Bemerkungen machen, die sie ärgerten. Beispielsweise, wie dämlich es von ihr gewesen war, sich so von Sam fotografieren zu lassen, und dass sie bekommen hatte, was sie verdiente. Was vielleicht sogar stimmte, aber sie war damals sehr in Sam verliebt gewesen und hatte ihm vertraut. Oder

Max könnte behaupten, sie würde sich nur darüber ärgern, dass sie kein Geld für diese Fotos bekam. Diese Meinung hatte Sams Anwalt verbreitet – und Lola sah rot, wann immer sie ihr zu Ohren kam.

Max setzte sich auf den Angelstuhl, verschränkte die Arme vor der Brust und saß entspannt da, als hätte er den ganzen Tag Zeit, auf ihre Antwort zu warten. Schwarze Bartstoppeln bedeckten die unverletzte untere Hälfte seines Gesichts. Die Pflaster auf der Platzwunde an seiner Stirn wirkten unnatürlich weiß auf seiner braunen Haut, und er sah so sehr wie ein verwegener Pirat aus, dass sie zu dem Schluss kam, es wäre ohnehin gleichgültig, was sie ihm erzählte. Er hatte bestimmt entschieden Schlimmeres angestellt, als jemandem seine Nacktfotos anzuvertrauen. »Wegen Sams Internet-Seite«, erwiderte sie.

»Wer ist Sam?«

»Mein Ex-Verlobter.« Sie zog die kratzige Wolldecke von ihren Schultern. »Er hat eine Internet-Seite mit ausgesprochen peinlichen Fotos von mir ins Netz gestellt.«

»Nacktfotos?«

»Ja.«

»Nahaufnahmen?«

»Jedenfalls nah genug.« Die Meeresbrise spielte mit ihrem Kleid und strich ihr über Brust und Bauch. Lola blickte an sich herab, sah, dass ihr Kleid bis zum Nabel offen war, und fing an, die Knöpfe zu schließen.

»Was war daran so peinlich?«

»Das ist doch jetzt egal.«

»Habt ihr's getrieben? Schweinkram?«

Sie sah in seine blauen Augen, die auf sie gerichtet waren, und wandte sich rasch wieder ihren Knöpfen zu. »Nein.« Ihre Finger waren kalt, was es nicht gerade einfach machte, die Knöpfe durch den nassen Stoff zu schieben.

»Hast du's allein gemacht?«

Es dauerte ein paar Sekunden, bis sie verstand, was er damit meinte. »Nein«, antwortete sie.

»Hast du ihm …«

»Nein!«, unterbrach sie, ehe seine Gedanken in eine noch schmutzigere Richtung gehen konnten. »Ich habe auf einem Fahrrad gesessen und einen Schokoriegel geküsst.«

Er schwieg.

»Das war alles?«, fragte er nach einer Weile, und aus seiner Stimme klang Enttäuschung.

»Ja.« Sie blickte ihm wieder ins Gesicht und ertappte ihn dabei, dass er ihre Finger beobachtete, die gerade den letzten Knopf durch das Knopfloch schoben. Schnell ließ sie die Hand sinken. Unendlich langsam ließ er seinen Blick an ihrem Hals hinaufwandern, über ihr Kinn und ihren Mund hinweg bis zu ihren Augen.

»Allein oder mit deinem Verlobten?«, fragte er leise.

»Allein.« Sie griff nach den Zipfeln der Wolldecke und zog sie sich wieder um die Schultern, um sich vor seinen Blicken zu schützen. Wieder stellte sie erstaunt fest, dass sein Blick sich nicht so unheimlich oder abstoßend anfühlte, wie sie es erwartet hatte. Nein, er stieß sie keineswegs ab. Er ging ihr eher auf die Nerven. Er ging ihr auf die Nerven mit dem eindringlichen Blau seiner Augen und der Spur von Begehren, die sie darin entdeckte. So sehr, dass sich ihre Brust ein wenig zusammenzog. Dann blinzelte er, und das Begehren war weg, als hätte es niemals existiert.

»Das klingt doch gar nicht so schrecklich«, sagte er, als hätte sie ihn nie dabei erwischt, wie er auf ihre Brüste starrte.

Er gab sich so gleichgültig, dass Lola sich fragte, wieso sie plötzlich so verwirrt war. Schließlich war es nicht das erste Mal, dass ein Mann sie nur im BH sah, verflixt. Immerhin waren ihre Brüste eine Zeit lang die am meisten fotografierten auf der Welt gewesen. »Es war ein Riesen-Schokoriegel«, erklärte sie.

Er zog eine Braue hoch, als wollte er sagen: Na, und?

»Und ich habe ihn nicht richtig geküsst.«

»Was dann?«

Sie erklärte es ihm, denn wenn es auch peinlich war, war es doch nicht unbedingt ein Geheimnis. Und wenn er so versessen darauf war, es zu erfahren, konnte er ebenso gut wie jeder andere fünfundzwanzig Dollar zahlen und sich das Bild im Internet ansehen – sobald sie erst einmal gerettet worden waren. »Ich habe Linda Lovelace nachgeahmt.«

Sein Mund verzog sich zu einem anzüglichen Grinsen, das sogar seine blauen Augen erreichte. »Wie in einem Porno?«

»Ja, schon gut. Willst du Einzelheiten wissen?«

»Himmel, ja«, sagte er und stieß hörbar den Atem aus.

Sie lachte. »Vergiss es.«

»Und wenn ich ganz lieb darum bitte?«

»Nein.«

»Du bist eine Spielverderberin, Lolita«, sagte er. Lolita, die spanische Version ihres Namens.

Baby sprang auf den Sitz neben ihr, und sie nahm ihm das durchnässte Halsband ab.

»Wie lautet die Adresse dieser Website?«

»Wieso? Willst du fünfundzwanzig Dollar bezahlen, um diese Bilder zu sehen?«

»Du hast meine Neugier auf diesen Schokoriegel geweckt.« Er zuckte mit den Schultern. »Würde es dich denn stören?«

»Natürlich.«

»Warum?«

Sie verstand nicht, wie er nach etwas derart Selbstverständlichem fragen konnte. »Na ja, ich bin nackt.«

»Aber du hast doch auch vorher schon nackt posiert.«

»Aber nicht vollständig.« Am freizügigsten hatte sie sich damals für eine bedeutende Kosmetikserie fotografieren lassen. Auf dieser Aufnahme hatte sie nichts als duftendes Hautöl getragen. Sie hatte vor einem roten Hintergrund posiert, die Knöchel gekreuzt und die Knie so angezogen, dass sie ihre Scham verbargen. Zwei Männerhände hatten sich von hinten auf ihre Brüste gelegt. Vor dem Fototermin hatte sie eine Woche lang gehungert. Als es vorüber war, war sie unverzüglich zum Drive-in-Schalter von Wendy gefahren und hatte sich einen Riesen-Hamburger bestellt.

»Na ja, ich meine, nur im Spitzen-BH und -Slip fotografiert zu werden, kommt einer Nacktaufnahme schon ziemlich nahe.«

Aber es war nicht dasselbe. Lola erschien es zwar überflüssig, weitere Erklärungen dazu abzugeben, trotzdem tat sie es. »Wenn ich für ein Shooting zugesagt habe, konnte ich immer mein Image wahren. Es war meine freie Entscheidung. *Lolaentblättert.com* war nicht meine Entscheidung. Es war ein Missbrauch nicht nur meines Körpers, sondern auch meines Vertrauens. Ich hätte mich nie mit der Veröffentlichung dieser Fotos einverstanden erklärt, und schon gar nicht auf einer Porno-Seite im Internet. Meine Eltern sind vor Scham fast im Boden versunken.« Außerdem hätte sie sich niemals freiwillig ein Foto von sich ansehen wollen, als ihre Krankheit den Höhepunkt erreicht hatte. Als sie die Kontrolle verloren hatte, als jede Minute, ob sie nun wach war oder schlief, vom Gedanken an Essen und von schlechtem Gewissen beherrscht gewesen war. Als sie wie besessen Rezepte gesammelt hatte, ohne sie je auszuprobieren, und Kochbücher gekauft hatte, in die sie nie einen Blick warf. »Ich erwarte nicht, dass du das verstehst.«

Er griff sich an die Seite, holte tief Luft und stand auf. »Wie es ist, wenn man keine Kontrolle hat, verstehe ich durchaus.« Er nahm die Angelrute, die er am Vortag benutzt hatte. »Wenn man das, was im Leben passiert, oder wie andere einen betrachten, nicht mehr kontrollieren kann. Und ich weiß auch, wie es ist, wenn das Vertrauen missbraucht und man über den Tisch gezogen wird.«

»Von wem?« Vielleicht verstand er sie wirklich, aber es war schwer, sich vorzustellen, dass dieser kräftige Mann, der so entspannt in seinen Boxer-Shorts vor ihr stand, sich von irgendetwas ins Bockshorn jagen lassen würde. Wenn sie seinen kräftigen Nacken und die breiten Schultern so ansah, konnte sie einfach nicht glauben, dass irgendjemand den Mut aufbrächte, ihn zu verärgern. »Von wem, Max?«, drängte sie.

»Die Frage ist falsch.« Er warf ihr aus den Augenwinkeln einen Blick zu, ehe er sich wieder auf die verknotete Angelschnur in seiner Hand konzentrierte. »Es muss heißen: wodurch.«

Sie hätte ihm sagen können, dass er das falsche Zubehör fürs Strömungsangeln benutzte, doch im Augenblick interessierte sie das, was er zu sagen hatte, weit mehr als das, was er tat. »Wodurch also?«, fragte sie, als er keine Antwort gab. Doch er schwieg noch immer. »Komm schon, Max. Ich habe dir auch von der Sache mit dem Schokoriegel erzählt!«, seufzte sie.

Er sah sie kurz an und wandte sich wieder seinem Köder zu. »Vor ein paar Jahren bin ich aus der Marine ausgeschieden«, begann er, während er die verwirrte Schnur von dem Angelhaken löste. »Im Lauf meiner Karriere habe ich ein paar hochkarätige Regierungsbeamte verärgert, und als einer davon zum Sekretär bei der Marine ernannt wurde, wollte er mich loswerden. Also hieß es: *Sayonara*, Max.«

»Was hast du angestellt?«

Er zuckte mit den bloßen Schultern. »Ich habe mich nicht immer an ihre Regeln gehalten«, antwortete er, womit sie absolut gar nichts anfangen konnte. »Ich habe getan, was nötig war, um einen Auftrag auszuführen, und dafür durfte ich dann zwischen Entlassung und Gefängnis wählen.«

Na, das war doch schon etwas. »Gefängnis? Weswegen warst du denn angeklagt?«

»Verschwörung. Damals habe ich zum strategischen Sonderkommando der Marine gehört.« Er hielt inne und sah sie an, als verstünde sie, was er meinte. Sie tat es nicht. »Das Sonderkommando ist eine Antiterror-, Geheimdienst- und Staatssicherheits-Einheit. Wir haben auch Waffen entwickelt und getestet, und angeblich hatte ich mit einem Privatunternehmer gemauschelt, um die Regierung der Vereinigten Staaten um fünfunddreißigtausend Dollar zu erleichtern.«

»Wie denn?«

»Indem wir fingierte Angriffswaffen in Rechnung stellten.«

Da sie umkam vor Neugier, beschloss sie weiterzubohren. »Und? Hast du es getan?«

»Klar«, schnaubte er und ließ den Köder von einer Hand in die andere gleiten. »Wenn ich mich so weit aus dem Fenster gehängt hätte, dass die Regierung mich hätte am Arsch kriegen können, dann bestimmt für deutlich mehr als lumpige fünfunddreißigtausend Dollar.« Er ging zur Reling und warf die Angel aus. Er warf den Köder so weit, dass Lola ihn aus den Augen verlor, bevor er auf dem Wasser aufschlug. »Für fünfunddreißigtausend kriegt man heutzutage höchstens einen anständigen Wagen, und ein anständiger Wagen ist bestimmt keine Haftstrafe wert.«

»Was wäre denn eine Haftstrafe wert? Ein Ferrari?«

Er überlegte einen Augenblick und schüttelte dann den Kopf. »Nein.«

Sie lächelte. »Wieso hast du so lange überlegt?«

»Ein Ferrari ist schon einige Überlegungen wert.«

»Stimmt.« Sie lachte. »Hast du dir einen Anwalt besorgt, und er ist dagegen angegangen?«

»Ja, aber wenn das Beweismaterial, das die Regierung gegen dich ins Feld führt, geheime Verschlusssache ist, die du und dein Anwalt nicht einsehen dürfen, dann bist du geliefert.«

Einen Augenblick lang war es fast so, als führten sie eine

echte Unterhaltung, und da es den Anschein hatte, als unterhielten sie sich wie echte Menschen miteinander, fand Lola, er sollte vielleicht auch wissen, dass er mit falschem Gerät angelte. »Mit dieser Ausrüstung wirst du nichts fangen«, bemerkte sie.

Er warf ihr einen Blick über die Schulter zu, während der Wind durch sein Haar fuhr. »Ich denke schon.«

Die Wolldecke kratzte an der Rückseite ihrer Schenkel, und Lola stand auf. »Derjenige, der die Angel vor dir benutzt hat, hat einen Spinner angebracht. Du brauchst aber einen Blinker. Einen Köder, der Hochseefische anlockt. Mag sein, dass du Glück hast, aber ich bezweifle es.«

Er sah sie eindringlich an. »Tatsächlich?«

Na gut, vielleicht wollte er es ja nicht wissen. Aber vielleicht war er so wie viele andere Männer, wenn es darum ging, den Rat einer Frau anzunehmen. »Ja.«

Er zog seine schwarzen Brauen zusammen, ehe er das Ende der Angelrute in die an der Armlehne angebrachte Halterung steckte. »Halte dich lieber an die Dinge, von denen du was verstehst. Zum Beispiel das Vorführen von Unterwäsche.«

Ja, er war so wie viele andere Männer. Also doch keine echten Gespräche. »Du würdest staunen, von wie vielen anderen Dingen ich etwas verstehe. Vor seinem Tod hatte mein Großvater ein Angelgeschäft in Charleston, und wenn ich ihn im Sommer besucht habe, bin ich oft mit hinausgefahren.« Sie ließ die Wolldecke auf den Sitz fallen. »Und ich führe keine Unterwäsche mehr vor. Ich entwerfe Dessous. Hast du noch nie von Lola Wear, Inc. gehört?«

»Nein«, sagte er und setzte sich.

»Das ist meine Firma«, erklärte sie voller Stolz. Er sah sie ausdruckslos an, deshalb fuhr sie fort. »Angefangen habe ich mit ein paar selbst entworfenen BHs, und jetzt beschäftige ich Hunderte von Angestellten.«

»Also stellst du jetzt Unterwäsche her, statt sie vorzuführen?«

»Genau. Seltsam, dass du noch nie von meiner Firma gehört hast.«

Er verschränkte die Finger hinter dem Kopf und gähnte. »Stellst du auch etwas Essbares her?«

»Nein!«

»Dann sollte es dich nicht wundern«, sagte er. »Ich würde keine einzige Wäschemarke erkennen, es sei denn, ich ersticke daran.«

5. KAPITEL

Max ließ den Blick an Lolas Waden hinauf bis zu dem roten Tuch wandern, das sie sich inzwischen wieder um die Hüften geschlungen hatte. Sie hatte das nasse Kleid ausgezogen und trug wieder das weiße Hemd. Ihr feuchter BH hinterließ zwei auffällige Flecken auf der Vorderseite und auf dem Rücken einen Querstreifen. Max fragte sich, ob sie ihren Slip auch heute wieder im Bad aufgehängt hatte.

Sie hatte ihr Haar durch die rückwärtige Öffnung einer Baseballkappe gezogen, die sie Gott weiß wo aufgetrieben hatte, und in den Händen hielt sie eine Angelrute. Am Ende der Schnur hatte sie im Abstand von etwa einem Meter zwei Pilker angebracht, die sie nun über die Reling hinweg ins Wasser warf. Sie ließ der Leine etwa zehn Sekunden lang Spiel, dann legte sie den Bügel an der Rolle um und bremste sie.

Max betrachtete ihr Profil – die zusammengekniffenen Augen hinter den blauen Brillengläsern und den entschlossenen Zug um ihren Mund. Offenbar wollte sie ihm zeigen, wie man richtig angelt, und Max hätte sich lieber die Zunge abgebissen, als einzugestehen, dass nicht allzu viel dazu gehören würde, seinen Erfolg in den Schatten zu stellen. Lola hob die Rute an und senkte sie wieder, und Max konnte sich vorstellen, wie ihr Pilker sich irgendwo unten im Wasser auf und ab bewegte und so ahnungslose Kabeljaus oder was auch immer anlockte.

Möglichst unauffällig holte er seine Leine ein, langsam und regelmäßig, bis der Spinner gegen die Seitenwand und übers Schanzdeck sprang.

»Was gefangen?«, fragte Lola, obwohl verdammt klar war, dass kein Fisch angebissen hatte.

»Sie haben nur geknabbert.« Er stand auf und ging zum Angelkasten.

Sie hob ihre Rute an, senkte sie wieder und äußerte ein wissendes »Aahh«, gefolgt von: »Brauchst du ein paar Tipps?«

»Nein.« Er schnitt den Spinner von der Schnur und suchte im Kasten nach etwas, das aussah wie diese Pilker, die sie als Köder benutzte. »Aber falls ich mal Tipps für die Herstellung eines BHs brauche, dann wende ich mich vertrauensvoll an dich.« Obwohl er Meister im Auswerfen war, hatte Max bisher genau zwei Forellen in seinem Leben gefangen. Noch vor zwanzig Minuten hatte es ihn nicht weiter gestört, ob er etwas fing oder nicht. Es gab reichlich Vorräte auf der Jacht, von denen sie eine ganze Weile zehren konnten. Doch jetzt hatte Lola ihn herausgefordert, und um nichts in der Welt würde Max sich beim Angeln von einem Mädchen übertreffen lassen. Schon gar nicht von einem wie Lola.

Er war ein Mann. Ein Fleischfresser. Sie war ein Bikini-Model mit einem kleinen Kläffer. Er hatte zum SEAL-Team Sechs gehört, als Manuel Noriega, Pablo Escobar und ein halbes Dutzend anderer Diktatoren und Drogenbosse kaltgemacht wurden. Er war in Planung und Durchführung an der Wiedereinsetzung des haitischen Präsidenten Jean Bertrand Aristide beteiligt gewesen, und als Team Sechs aufgelöst wurde, hatte das strategische Sonderkommando der Marine ihn als Leiter einer Antiterror-Truppe eingesetzt. Sie entwarf Damenunterhosen. Da sollte es ihm doch eigentlich nicht schwer fallen, einen größeren Fisch zu fangen als Lola Carlyle, oder?

Max warf den Pilker über Bord und legte den Bügel vor, als er glaubte, genug Schnur gegeben zu haben. Seine Hose musste eigentlich so gut wie trocken sein, also steckte er das Ende der Rute in den Halter. Er ging durch die Kombüse in die Passagierkajüte, wo er in die Shorts schlüpfte, die er schon am Vortag getragen hatte. Auf dem Rückweg nahm er eine Hand voll Weintrauben und die restlichen Müsliriegel zum Frühstück mit, als er zurück nach draußen ging.

Sowohl Lola als auch ihr Hund wandten sich zu ihm um, als sie ihn kommen hörten. Der Wind hob die Spitzen ihres Pferdeschwanzes und spielte mit dem Saum des Tuchs, das sie als Rock trug. Während sie auf ihrem Posten blieb und gemächlich pilkerte, hüpfte ihr Hund von der Bank. Baby folgte Max bis zu seinem Sitzplatz und sprang auf seinen Schoß, sobald er sich hingesetzt hatte.

»Hey, du«, sagte er und schob Baby auf seinen linken Oberschenkel. Er kramte ein paar Müsliriegel hervor und warf Lola einen zu. Dann wickelte er einen Honig-Haferflocken-Riegel aus und fütterte den Hund damit. Er konnte nicht zusehen, wenn irgendein Geschöpf auf der Welt Hunger litt. Nicht einmal der armselige Köter auf seinem Bein.

»Hast du nicht gestern gesagt, du wärst im Auftrag der Regierung in Nassau gewesen?«

Er hob den Blick und sah Lola in ihr Frühstück beißen. »Ja«, antwortete er.

»Aber heute hast du gesagt, man hätte dich gezwungen, aus der Marine auszuscheiden«, bohrte sie weiter.

»Stimmt.« Baby kaute krachend und kläffte nach mehr. »Die Marine hat mich vor vier Jahren in den Ruhestand geschickt.«

Sie schob das verdickte Ende ihrer Angelrute in die Halterung und wandte sich Max zu. »Wie ist das möglich? Wenn die Marine dich vor die Wahl zwischen Ausscheiden und Gefängnis gestellt hat, wie kannst du dann immer noch für sie arbeiten?«

Max setzte den Hund aufs Deck und gab ihm ein großes Stück Müsliriegel. Baby verspeiste es hastig, ehe er auf die

Sitzbank sprang und sich zu einem Nickerchen zusammenrollte. Sein morgendliches Bad im Atlantik forderte schließlich doch seinen Tribut. »Dein Hund ist ein richtiger Mülleimer.«

»Mein Hund hat einen Namen.«

»Ja, und der dürfte ihm verdammt peinlich sein«, konterte er, obwohl der kleine Köter ihm ungewollt immer sympathischer wurde. Trotzdem war der Name schlichtweg dämlich, und unter keinen Umständen würde er ihn jemals laut aussprechen. Nicht einmal, wenn man ihm noch einmal androhte, ihn zusammenzuschlagen oder zu foltern.

»Du weichst meiner Frage aus.«

»Ich weiche nicht aus, ich antworte einfach nicht.«

»Bist du so eine Art Spion?«

»Nein. Ich arbeite nicht für den CIA.«

Der Schirm ihrer Kappe warf einen Schatten über die obere Hälfte ihrer Brillengläser. »Bist du einer von denen, die undercover arbeiten?«

»Du siehst zu viel fern.«

»Und du weichst immer aus, wenn ich dir eine Frage stelle.«

»Nicht immer. Nur wenn du etwas fragst, worauf ich keine Antwort geben kann.«

»Worauf du keine Antwort geben *willst*.«

»Kann oder will.«

Sie verspeiste den Rest ihres Müsliriegels. »Bist du verheiratet?«, fuhr sie fort.

»Nein.«

»Geschieden?«

»Nein.«

»Hast du irgendeine Frau an den Punkt gekriegt, an dem du sie als deine Freundin bezeichnen könntest?«

»Ich habe doch schon gesagt, ich lasse mich auf keine romantischen Affären ein.«

»Stimmt. Warum nicht?«

»Was soll diese blöde Fragerei?«

Sie kam ein paar Schritte näher und bedeutete ihm, ihr ein paar Weintrauben abzugeben. »Ich habe mein Fernglas und den Spiegel im Wasser verloren und habe außer Angeln keine Beschäftigung. Ich langweile mich, und da du mich schon mal entführt hast, kannst du mich wenigstens von dem Gedanken ablenken, auf welche Weise ich hier draußen sterben werde.«

Max legte ein paar Trauben in ihre ausgestreckte Hand und folgte mit dem Blick ihrem schmalen Handgelenk und Unterarm bis zu den knapp unter die Ellbogen aufgekrempelten Hemdsärmeln. »Ich habe dich nicht entführt, und wir haben noch ausreichend Lebensmittel und Strom für eine ganze Weile. Also wirst du in absehbarer Zeit wohl auch nicht sterben.«

»Aber vielleicht sterbe ich vor Langeweile. Ich bin es gewohnt zu arbeiten, und ich brauche Abwechslung.«

Max sah zu, wie sie eine Traube zwischen ihre Lippen schob und sie in den Mund saugte. »Woran dachtest du denn?«, fragte er, auch wenn er überzeugt war, durchaus eine Reihe konstruktiver Vorschläge machen zu können. Beschäftigungen, die nichts mit Reden zu tun hatten, wohl aber mit der Art, wie sie diese Trauben in ihren Mund saugte. Hätte sie ihm nur nicht verraten, dass sie Linda Lovelace imitieren konnte.

»Erzähl mir von dir«, forderte sie ihn auf, saugte noch eine Traube zwischen ihre Lippen und konzentrierte sich wieder auf ihre Angelrute.

Max erhob sich ein bisschen zu hastig und biss die Zähne zusammen, als der Schmerz ihm in die Rippen fuhr. Er griff nach seiner Angel und kehrte Lola den Rücken zu. Die plötzliche Ausbuchtung in seinen Shorts wies allzu deutlich darauf hin, dass er Linksträger war. Lola würde ihn wahrscheinlich wieder bezichtigen, eine romantische Affäre anzustreben. Dabei hatte Romantik rein gar nichts mit der Richtung zu tun, in die seine Gedanken wanderten. Und genau diese Richtung musste er ändern, und zwar schleunigst. »Was willst du wissen?«

»Warst du schon mal verheiratet?«

»Nein.«

»Wolltest du mal heiraten?«

»Nie.«

»Warum nicht?«

»Ich habe noch keine Frau gefunden, mit der ich eine längerfristige Beziehung eingehen wollte.«

Sie schwieg einen Moment. »Vielleicht leidest du unter Bindungsängsten«, meinte sie schließlich.

Max wäre längst reich gewesen, wenn er jedes Mal, wenn er diesen Spruch hörte, einen Dollar kassiert hätte. Bindungsängste schienen ein beliebtes Thema für Frauen zu sein, so als wäre ihnen das Wort schon von Geburt an ins Bewusstsein gebrannt. »Vielleicht gefällt mir mein Leben so, wie es ist.« Mangel an persönlicher Bindung gehörte vielleicht nicht zu seinen Lieblingsthemen, doch es eignete sich hervorragend, um seine Glut abkühlen zu lassen. »Wie oft bist du schon verlobt gewesen?«

»Zweimal.«

»Vielleicht hast du ja selbst Bindungsängste.«

»Nein, ich ziehe Mistkerle wie ein Magnet an.«

Max wandte sich ihr zu, sah ihre vollen Lippen, die hohen Wangenknochen, ihre großen Brüste und langen Beine. Lola Carlyle war durchaus ein Magnet. Ohne Zweifel weckte sie schmutzige kleine Gedanken in ihm.

»Woher kommst du, Max?«

Er blickte auf die Wogen des Atlantiks hinaus. »Ich bin in Miami geboren und habe praktisch überall in den Südstaaten gelebt. Vorrangig in Texas.«

»Wo in Texas?«

»Nenn mir irgendeine Stadt. Ich habe überall gewohnt.«

Er hörte, dass sie sich umgedreht hatte. »Du hast keinen Akzent. Ich war mal mit einem Football-Spieler aus Texas zusammen, den man auf zehn Meilen Entfernung an seinem Akzent erkennen konnte.«

Abgesehen von ein paar Narben hatte Max keine sichtbaren Male oder Tätowierungen, und er hatte jede Spur von einem verräterischen Akzent längst abgeschliffen. Doch der Süden lag ihm im Blut, und manchmal, wenn er müde oder sehr entspannt war, fiel er zurück in den Südstaatenakzent. »Es hat mich einige Mühe gekostet, den Akzent loszuwerden, und mein Vater war Kubaner, also bin ich eigentlich nicht damit aufgewachsen. In Wahrheit war es am schwierigsten, den spanischen Akzent, den ich von ihm übernommen hatte, abzuschütteln.«

»Was ist mit deiner Mutter?«

»Sie starb, als ich drei Jahre alt war.«

Lola schwieg einen Moment. »Das tut mir Leid. Es muss schrecklich für dich gewesen sein.«

»Eigentlich nicht.« Er hielt den Blick auf den Punkt gerichtet, an dem seine Angelschnur unsichtbar wurde. »Ich habe sie im Grunde nicht gekannt und wusste daher auch nicht, worauf ich verzichten musste. Mein Vater hat sie allerdings an jedem einzelnen Tag seines Lebens vermisst«, sagte er und wunderte sich selbst, warum er plötzlich sein Herz derart ausschüttete. Max war nicht der Typ, der anderen viel über sich erzählte. Schon gar nicht Frauen. Frauen neigten dazu, ihm übers Haar zu streicheln, ihn bis ins Innerste zu analysieren und sich als Therapeutin aufzuspielen. Dass er jetzt mit Lola Carlyle über sich selbst redete, war ein unübersehbares Zeichen seiner eigenen Langeweile.

»Wie hieß sie?«

Er drehte sich zu ihr um. »Wieso?«

»Ich wüsste es gern.«

»Eva Johansson Zamora. Sie war Schwedin.« Und mit Lola zu reden war immer noch besser, als zuzusehen, wie sie Trauben in ihren Mund schob. »Mein Vater sagte immer, deswegen wäre ich kubisch.«

Lola lächelte und bewegte ihre Angel auf und nieder. »Wirklich ungewöhnlich. Wie ist sie gestorben?«

»Mein Vater und sie überquerten gerade die Eighth Street in Klein-Havanna, als ein Auto sie streifte. Mein Vater sagt, der Wagen hat ihm einfach ihre Hand entrissen.«

Ihr Lächeln erstarb, und sie hielt die Angel still. »Das ist ja furchtbar, Max. Wo warst du damals?«

Da sie sich nicht auf ihn stürzte, ihn nicht mit mitleidsvollen Blicken bedachte und ihn warm und tröstend in die Arme schloss, sagte er es ihr. »Auf dem Arm meines Vaters. Keiner von uns beiden wurde verletzt. Meine Mutter starb, noch bevor sie im Krankenhaus ankam.«

»Erinnerst du dich daran?«

»Nicht genau. Ich sehe ein verschwommenes Bild von blitzenden Lichtern vor mir, wenn ich daran denke, aber das ist auch schon alles.«

»Oh, Mann, und ich dachte, ich hätte eine schwere Kindheit gehabt.«

»Was war so schwer an deiner Kindheit?«, fragte er, dankbar für den Themenwechsel.

»Na ja, schwer war sie eigentlich nicht. Aber ich habe es immer geglaubt.« Sie blickte aufs Meer hinaus, während der salzige Wind ihren Hemdsärmel blähte. »Jed, der Bruder meiner Mutter, war Baptistenprediger, und zwar einer von der harten Sorte. Einer von denen, die Alkohol, Lippenstift und Tanzen verfluchen, weil sich ja einer erregen könnte. Solche Dinge waren in seinen Augen weltlich und damit eine Sünde. Tanzen durfte man nur in der Kirche, wenn der Heilige Geist über einen kam. Einen Prediger zum Onkel zu haben, war in meiner Familie etwa so, als hätten Katholiken den Papst zum Onkel. Wir mussten ständig in der Vorsängerbank sitzen und ›Preiset den Herrn‹ brüllen. Und weil wir einen Prediger in der Familie hatten, glaubten sämtliche Verwandten, wir wären Gott einen großen Schritt näher als der Rest der Welt.

Als ich mir mit drei einen Lippenstift, Lidschatten und einen durchsichtigen BH vom Weihnachtsmann wünschte, fand das keiner besonders lustig. Und als sie mich mit fünfzehn erwischt haben, wie ich Alkohol getrunken und mit T. J. Vandegraft herumgemacht habe, wollte meine Familie vor Scham in Grund und Boden versinken.« Die Spitze ihrer Angelrute hüpfte auf und nieder. »Meine Mom war überzeugt, dass ich entartete Gene von meinem Vater mitbekommen hätte. Er hat nämlich irgendwelche entfernten Vettern, die Bier aus der Flasche trinken und es treiben wie Seemänner auf Wochenendurlaub.«

Max lachte herzlich. »Ich kann mir vorstellen, dass ein Wäsche-Model in dieser Familie nicht gern gesehen war.«

»Anfangs nicht, aber als Onkel Jed bei unzüchtigen Handlungen mit einem der Lyle-Mädchen – ich glaube, sie hieß Millicent – hinter dem Rednerpult erwischt wurde …« Sie zuckte mit den Schultern. »Er zog die gesamte Ich-armer-Sünder-Nummer ab, weinte und führte sich auf wie ein Wahnsinniger, aber da Millicent erst knapp volljährig und obendrein noch schwanger war, ist seine eigene Frau aus der Kirche ausgetreten. Danach war es, als ob die Ratten das sinkende Schiff verließen, und plötzlich war mein Beruf gar nicht mehr so anstößig.« Über die Schulter hinweg lächelte sie Max an. »Ich war heilfroh, dass ich plötzlich nicht mehr die schlimmste aller Sünderinnen war.«

Er musterte sie von oben bis unten, barfuß, lange Beine, die Kappe tief ins Gesicht gezogen, und zum ersten Mal, seit er in ihrer Brieftasche ihren Führerschein gefunden hatte, sah er mehr in ihr als nur das nervende Wäsche-Model. Mehr als eine schöne Frau mit hinreißender Figur vor dem Blau des Atlantiks und dem Hellblau des Morgenhimmels. Er sah eine Frau mit Problemen, die nicht anders war als alle anderen auch. Eine Frau mit einem entwaffnenden Sinn für Humor und einem Lächeln, das seinen Blick an ihre Lippen fesselte.

»Hast du Geschwister?«, fragte Max.

»Eine ältere Schwester, Natalie. Sie war schon immer perfekt. Hat nie Interesse an Lippenstift oder Alkohol gezeigt. Sie hat fünf perfekte Kinder und ist eine perfekte Hausfrau. Sie hat einen perfekten Mann geheiratet, Jerry, der im Grunde eigentlich ein ganz netter Kerl ist.«

Max war sich nicht ganz sicher, aber in seinen Ohren klang es, als wäre Lola tatsächlich neidisch auf ihre Schwester. Lola Carlyle, Bademoden-Model von *Sports Illustrated*, war neidisch auf eine Hausfrau? Ausgeschlossen. »Sag jetzt nicht, du willst auch fünf Kinder haben.«

»Nein, nur zwei, aber dazu muss ich erst einmal einen passenden Mann finden. Das bedeutet leider, dass ich wieder anfangen muss, mit Männern auszugehen. Und es sieht so aus, als übte ich eine magische Anziehungskraft auf schrecklich dominante Männer aus. Oder, schlimmer noch, auf solche, die einen Muttersatz suchen. Und am Ende bin ich diejenige, die für ihn sorgt.« Sie hielt inne und holte tief Luft. »Willst du Kinder?«

Kinder waren so ziemlich das Letzte, was er sich wünschte. »Nein.«

Sie musterte ihn eine Zeit lang. »Du machst ein Gesicht, als hätte ich gefragt, ob du dir eine Wurzelbehandlung wünschst. Magst du Kinder nicht?«

Doch, er mochte Kinder. Vor allem die anderer Leute. »Soll ich wirklich glauben, dass es keine Männer in deinem Leben gibt?«, fragte er, statt ihre Frage zu beantworten.

Sein offensichtlicher Versuch, das Thema zu wechseln, entlockte ihr einen tiefen Seufzer, trotzdem ging sie darauf ein. »Es besteht ein großer Unterschied darin, ob ich mit einem Mann essen gehe oder ob ich ihn mir als Vater meiner Kinder wünsche. Meine Beziehungen waren bisher nicht besonders erfolgreich.« Plötzlich bog sich ihre Angelrute heftig durch und entglitt beinahe ihrem Griff. »Ich glaube, ich habe einen Biss!«

Max sah, wie die Rute noch ein bisschen mehr durchbog, und schob seine eigene in die Halterung an der Armlehne des Stuhls. »Soll ich dir helfen, die Schnur einzuholen?«

»Nein. Aber du könntest den Kescher suchen«, wies sie ihn an und öffnete das Türchen zur Schwimmplattform. Sie stieg die Stufen hinunter und redete weiter, während sie die Schnur aufspulte. »Und so eine Art Hakenlöser müsste auch irgendwo sein.«

Er fand den Kescher im Fenderkasten, wo er auch die Angelruten und das Zubehör entdeckt hatte, dazu ein Gerät, das entfernt an eine Zange erinnerte.

Nun hatte sie ihn doch im Angeln geschlagen, zum Teufel.

»Beeil dich«, rief sie zu ihm hinauf, als er bereits auf der Treppe war. Die Wellen gingen jetzt noch um etwa fünfzehn Zentimeter höher, sodass das Wasser die Plattform und Lolas bloße Füße umspülte.

Der erste Fisch durchbrach die Oberfläche, klein und leuchtend blau mit hellgelber Schwanzflosse und gelben Augen. Max hatte keine Ahnung, um was für eine Gattung es sich handelte, der zweite jedoch war offenbar eine Art Barsch. Er war glatt und beige mit braunen Streifen und grauen Flecken. Seine wenig eindrucksvolle Färbung machte er durch sein Gewicht wett, das Max auf rund fünfzehn Pfund schätzte. Er fing die Fische mit dem Kescher auf.

Sie gingen zurück zum Achterdeck, und Lola rief ihm über

die Schulter hinweg Instruktionen zu, während Max die Fische im Netz hinauftrug. »Du musst die Haken herauslösen, und dann brauchen wir einen Eiskasten oder sonst etwas Kaltes zur Aufbewahrung. Wenn du willst, kannst du sie gleich ausnehmen.«

Kein Problem, aber es waren nicht seine Fische. »Hast du nicht gesagt, du hättest früher mit deinem Großvater auf seinem Charterboot geangelt?«

»Das habe ich auch, aber er hat immer die Haken gelöst und die Fische ausgenommen.« Mit gerunzelter Stirn sah sie zu ihm auf. »Das ist Männerarbeit.«

»Und deine Arbeit ist es, die Fische einzuholen?«

»Natürlich«, antwortete sie in einem Tonfall, als redete sie mit einem Dummkopf.

Aber Max war kein Dummkopf und verstand durchaus, dass sie die Regeln so hindrehte, wie sie ihr passten. Er nahm den kleinen blauen Fisch aus dem Kescher und löste den Haken aus seinem Maul. Dann legte er ihn auf den Boden, wo er sich ungestüm auf die andere Seite warf.

»Sind sie nicht wunderschön?«, schwärmte Lola, als hätte sie sie eigenhändig erschaffen.

»Ja, nicht schlecht.« Er packte den Barsch und befreite ihn vom Haken. Gut, sie hatte zwei Fische gefangen. Na und? »Im Trainingslager in Malaysia habe ich einer Kobra den Kopf abgeschossen und sie zum Frühstück gegessen.«

Sie sah ihn aus den Augenwinkeln an. »Und … warum erzählst du mir das?«

Er legte die Fische nebeneinander, ohne ihr zu antworten. Er wusste selbst nicht, warum er die blöde Geschichte erzählt hatte. Vielleicht, um sie zu beeindrucken, was so peinlich war, dass er es nicht eingestehen wollte, nicht einmal sich selbst.

»Fühlst du dich bedroht?«

Er blickte zu ihr auf. »Wovon?«

»Von mir. Ist es eine Bedrohung für deine Männlichkeit, dass ich zwei Fische gefangen habe?«

Max erhob sich lachend. Er fühlte sich nicht bedroht, sondern höchstens wie ein lächerlicher Trottel. »Schätzchen, mit meiner Männlichkeit ist alles in Ordnung. Es gehört mehr dazu als zwei blöde kleine Fische, damit ich mich nicht als ganzer Mann fühle.«

»Du scheinst neidisch zu sein.«

Ein bisschen vielleicht, was er aber nie zugeben würde. Niemals. »Wegen dieser Winzlinge? Ganz bestimmt nicht.«

Baby sprang von der Bank und näherte sich den Fischen. Der Barsch klatschte mit der Schwanzflosse aufs Deck, worauf der Hund einen erschrockenen Satz machte. »Pass du auf Baby auf, dann suche ich eine Eisbox«, befahl sie und ging in die Kombüse.

Der Hund legte die Ohren an und robbte vorsichtig näher. Er leckte die Schwanzflosse des Barsches, der ihm prompt einen Schlag auf die Nase verpasste. Abrupt wich er wieder zurück.

Max warf einen raschen Blick auf die Tür zur Kombüse und sagte mit gesenkter Stimme: »Stell dich nicht so dämlich an, und komm her. Mach schon.« Er brachte es nicht fertig, den Hund bei seinem affigen Namen zu nennen, und entschloss sich zu einer unverfänglichen Abkürzung. »Hierher, B. D., zeig dem Burschen, wer hier der Boss ist.«

Angestachelt durch die Ermutigung eines anderen männlichen Wesens, näherte sich Baby dem Kopf des Fisches, schnupperte zweimal und leckte das Auge ab. »Ja, so ist's brav.«

»Baby!« Lola trat aus der Kombüse und schlug mit der flachen Hand auf eine Kühlbox aus Styropor. »Weg von dem Fisch.« Sie stellte die Box auf den Boden und sah Max an. »Du solltest doch auf ihn aufpassen.«

Max konnte sich nicht erinnern, etwas Derartiges versprochen zu haben. »Dein Hund gehorcht einfach nicht.«

Lola hatte zwei mit Gel gefüllte Kühlkompressen in die Box gelegt. »Das Eis im Gefrierschrank ist schon ziemlich weggeschmolzen, aber diese hier sind noch gefroren«, sagte sie und blickte ihn an. »Mach schon, leg die Fische hinein.«

Er konnte sich auch nicht erinnern, als ihr Laufbursche angeheuert zu haben. »Diese Ehre gebührt dir.«

»Schon gut. Deine Hände stinken sowieso schon nach Fisch.« Sie sah an sich hinunter. »Und ich bin weiß angezogen.«

»Aha.« Er kniete sich neben die Kühlbox und legte die Fische hinein. Sein Angelstuhl rutschte ein paar Zentimeter übers Deck, und Max sah, wie seine Rute sich so stark bog, als wollte sie gleich zerbrechen.

»Herrgott«, fluchte er und stand hastig auf. Dank des Adrenalinstoßes spürte er den Schmerz in seiner Seite kaum. Er packte die Angel und kurbelte die Schnur ein, während er auf die Schwimmplattform stieg. »Bring den Kescher«, schrie er Lola zu. Die Plattform schaukelte mit den Wellen, und Meerwasser spülte über seine Füße. Er hob die Angelrute an und kurbelte wie verrückt. Im Vergleich zu den zwei Bachforellen, die er an Land gezogen hatte, fühlte sich dieser Fang an wie ein Riesenfisch.

Er sah einen roten Schimmer unmittelbar unter der blauen Wasseroberfläche. Lola fing ihn mit dem Kescher auf, den er ihr sofort aus den Händen nahm. Mit der Angelrute in der einen Hand betrachtete er den leuchtenden Red Snapper, der mindestens fünfundzwanzig Pfund wog.

Wieder folgte er Lola aufs Achterdeck, wo er den Haken entfernte. »Sieh dir das an«, sagte er, kniete sich hin und legte den Fisch auf den Boden. Mit seinen hübschen roten Schuppen und den stachligen Flossen war er das Schönste, was er seit langem gesehen hatte.

»Es ist auch nur ein Fisch.«

Max erhob sich und trat einen Schritt zurück, um seinen Fang zu bewundern. »Er ist riesig.«

Lola verschränkte die Arme. »Aber ich habe mehr gefangen als du.«

»Deine Fische wiegen zusammen nicht mal annähernd so viel wie meiner.«

»Weißt du etwa nicht, dass es nicht auf die Größe ankommt?«

Er musterte sie. »Quatsch.« Ihre vollen Lippen verzogen sich zu einem Schmollmund, und er lächelte. »So einen Quatsch glaubt nur ein Typ mit kleinen Eiern.«

Sie runzelte die Stirn. »Aber es stimmt.«

Max schüttelte den Kopf und lachte. »Ich könnte dir beweisen, dass du dich irrst.«

»Nicht nötig, ich glaube es auch so. Danke.«

»Keine Ursache, Lolita.«

6. KAPITEL

Lola setzte weißen Reis zum Kochen auf und mischte Oregano, Thymian, Cayenne-Pfeffer, etwas Paprika und eine Prise Salz in einer Schüssel.

Keine Ursache, Lolita, hatte Max ihr praktisch ins Ohr geflüstert. Na ja, vielleicht nicht geflüstert und auch nicht gerade ins Ohr, dafür hatte er zu weit entfernt von ihr gestanden. Aber es hatte sich so angefühlt. Er hatte die Stimme gesenkt wie zu einer intimen Zärtlichkeit, und ihre Nackenhaare hatten sich aufgerichtet. Eine nicht unbedingt unangenehme Erfahrung. Und das war schlimm. Wirklich schlimm. Und gefährlich.

Schon als sie Max zum ersten Mal gesehen hatte, war ihr klar gewesen, dass er gefährlich war. Allerdings hatte sie nicht gewusst, dass die Gefahr darin bestand, ihn als Mann zu betrachten statt als Dieb und Piraten. Sie wollte nicht in sein übel zugerichtetes Gesicht sehen und die erstaunlichen Kontraste unter den Blutergüssen erkennen. Das helle Blau seiner Augen und seine dunkle Haut und das dunkle Haar. Das energische Kinn im Gegensatz zu den vollen Lippen, die jeden anderen Mann weich hätten erscheinen lassen, nicht aber Max. Sein Blut bestand zu neunundneunzig Prozent aus reinem Testosteron, was keinen Zweifel daran aufkommen ließ, dass er ein hundertfünfzigprozentiger Mann war.

Lola wollte den Mann in Max nicht sehen. Diesen Mann, der Drachen töten würde. Der Jungfrauen in Not und ertrinkende Hunde rettete und dann auch noch den größten Fisch fing und ausnahm.

Erst nachdem er seinen Fang von allen Seiten bewundert und reichlich mit seiner Größe geprahlt hatte, als wäre es der größte Fisch, der jemals lebend gefangen wurde, hatte er alle drei Fische ausgenommen. Wie ein Profi hatte er sie geschuppt, und da sie mehr gefangen hatten, als sie auf einmal essen konnten, hatte er die Hälfte der Snapperfilets und den Barsch in Gefrierbeutel verpackt und in den Eisschrank gelegt.

Während Lola in der Kombüse Gewürze zusammensuchte, hatte Max sich darangemacht, die Motoren anzuwerfen und sauber zu machen. Im Vorratsraum fand sie Olivenöl, fünf Zitronen und Reis. Sie wälzte vier Filets in der Würzmischung und bestreute sie mit schwarzem Pfeffer. Als das Olivenöl die richtige Temperatur erreicht hatte, legte sie die Filets in die Pfanne und briet sie sieben Minuten lang von beiden Seiten.

Sie betrachtete sich nicht gerade als Meisterköchin, aber es hatte zu ihrer Überwindung der Bulimie gehört, ein gesundes Verhältnis zu Nahrungsmitteln zu entwickeln. Zu lernen, wieder zu essen. Und das hatte auch bedeutet, andere Gerichte zubereiten zu können als nur ein Mikrowellen-Diätgericht pro Tag. Sie hatte eine Reihe von Kursen belegt, doch in erster Linie hatte sie Kochen gelernt, indem sie die vielen Kochbücher studierte, die sie in aller Welt gesammelt hatte.

Sie besaß einhundertundzwölf Kochbücher, und einige davon konnte sie nicht einmal lesen, weil sie in Französisch, Italienisch oder Spanisch geschrieben waren. Sämtliche Bücher hatte sie während der letzten paar Jahre ihrer Model-Karriere erstanden, als ihre Krankheit außer Kontrolle geraten war. Als sich ihre Gedanken ständig nur um die Frage gedreht hatten, wie viel Fett in wie vielen Gramm Hähnchenbrust enthalten war. Als sie Kalorientabellen in Taschenformat bei sich getragen und ausgerechnet hatte, wie viele Minuten sie an welchem

Fitness-Gerät brauchte, um einen Becher Joghurt abzutrainieren. Und am Ende war es zum völligen Kontrollverlust mit ihren verrückten Anfällen von Fresslust gekommen, die in Selbsthass und dem unvermeidlichen Gang zur Toilette endeten.

Das war kein sehr rühmliches Bild, aber Lola zählte zu den Glücklicheren. Sie hatte nie zur Nadel gegriffen oder Amphetamine genommen, was der Preis war, den viele für das Glitzerleben bezahlten. Der Preis für ein völlig unrealistisches Figur-Ideal, wie es die Branche und eine gewichtsbewusste Öffentlichkeit verlangten. Jetzt, drei Jahre später, achtete Lola nach wie vor darauf, was sie aß, wenn auch aus dem Grund, um nicht abzunehmen. Gewichtsverlust war ihr ganz persönlicher Auslöser, der sie möglicherweise wieder auf den Weg nach ganz unten geschickt hätte.

Die Kombüsentür öffnete sich, und Max trat ein, den Schein der Abendsonne im Rücken und dicht gefolgt von Baby. Zwischen seinem Scheitel und der Kombüsendecke waren höchstens zwei Zentimeter, und seine breiten Schultern schienen den Raum gänzlich zu füllen. Er hatte sich gewaschen und ein Jeanshemd angezogen, das er in der Passagierkajüte aufgetrieben hatte. Natürlich passte es ihm nicht, sodass er die kurzen Ärmel hatte abreißen müssen, da sie seinen Bizeps nicht fassten.

»Hier riecht es wie in meinem Lieblingsrestaurant in New Orleans«, bemerkte er, ging zum Esstisch und schenkte zwei Gläser von dem Weißwein ein, den Lola aus dem Weinregal der Thatchs genommen hatte.

Lola richtete den gebräunten Snapper und den Reis auf einem Servierteller an und wünschte sich von Herzen gelbe Zucchini und eine passende Soße dazu. Sie hatte den Tisch mit blassgrünen Tellern und Edelstahl-Besteck gedeckt und stellte jetzt die Servierplatte in die Mitte des Tisches. Für Baby hatte sie den hübschen blauen Fisch zubereitet, der nach dem Ausnehmen genau die richtige Größe für eine Hundemahlzeit hatte.

Max machte sich mit der Begeisterung eines Mannes, der leidenschaftlich gern aß, über seinen Teller her. Er stützte zwar nicht die Ellbogen auf den Tisch, kaute nicht mit offenem Mund und hielt die Gabel ordentlich in der Hand, aber er war eindeutig ein Freund von herzhaftem Essen. »Das hier ist tausendmal besser als Müsliriegel und Cracker«, bemerkte er zwischen zwei Bissen.

Lola hob ihr Glas und nahm einen großen Schluck. Seine Komplimente schmeichelten ihr, und sie musste sich ermahnen, weiterhin auf der Hut zu sein. Dies hier war keine Einladung zu einem gepflegten Essen, und er war nicht ihr Liebhaber, ja, nicht einmal ihr Freund. Sie hatte für ihn mitgekocht, weil sie für sich selbst ein Mittagessen hatte zubereiten müssen. Es ging ums Überleben. Um sonst nichts.

Lola nahm einen Bissen von ihrem Fisch und sah Max an. Auf seiner Stirn prangte immer noch das weiße Pflaster, und die Umgebung seines linken Auges war böse verfärbt, aber immerhin war die Schwellung mittlerweile zurückgegangen. Durch die Fenster fiel Sonnenlicht herein, tauchte die Kombüse in ein Glühen, das alles so unwirklich erscheinen ließ. Ihn. Und sie. Und die *Dora Mae*.

Max hob den Kopf, und seine blauen Augen unter den dunklen Brauen und Wimpern richteten sich auf sie. Dann lächelte er, und Lola hätte sich beinahe verschluckt. Sie musste nach Hause. Sie musste nicht nur einen Privatdetektiv anheuern und ihr Leben wieder in Ordnung bringen. Je länger sie in Max' Nähe war, desto schwerer fiel es ihr, ihn nicht als Mann zu betrachten. Als Mann, der trotz seiner Blutergüsse im Gesicht eine Frau dazu brachte, ihr Aussehen im Spiegel zu prüfen und ein Pfefferminzbonbon zu lutschen. Ein Mann, an dessen breite Brust geschmiegt sie ohne weiteres seinen beruhigenden Worten geglaubt hätte, dass alles wieder gut würde. Dass er all ihre Probleme lösen würde. Aber leider war gerade er derjenige, der verantwortlich war für ihre Probleme.

Sie war überzeugt, dass er sie nicht mit Absicht in sein Leben und in seine Flucht aus Nassau hineingezogen hatte, sondern dass sie einfach zur falschen Zeit am falschen Ort gewesen war. Dass er schnellstens von der Insel hatte flüchten müssen und nicht gewusst hatte, dass sie sich auf der Jacht aufhielt. Die Tatsache, dass sie das wusste und ihm glaubte, hätte eigentlich nichts ändern sollen, aber irgendwie tat es das trotzdem. Seit Max Baby gerettet hatte, brachte sie es nicht mehr über sich, ihn zu hassen. Im Gegenteil. Je stärker er sich zurückhielt, umso größer wurde ihr Interesse für ihn.

Niemand konnte von Lola behaupten, sie wäre geduldig oder zurückhaltend, nein, sie war ganz versessen darauf, mehr über Max zu erfahren. »Also«, begann sie, »wenn du nicht für den CIA arbeitest, bist du einer von denen, die verdeckte Operationen durchführen?«

»Sind wir jetzt wieder beim Thema?«

»Ja. Wenn du, wie du sagst, aus der Marine ausgeschieden bist, welche Art von Arbeit erledigst du dann für die Regierung?« Sie aß ein paar Gabeln voll Reis und Fisch und trank noch einen Schluck Wein.

Er verspeiste den letzten Happen Snapperfilet auf seinem Teller. »Ich könnte es dir erzählen«, antwortete er, griff über den Tisch hinweg und spießte ein weiteres Filet auf. Fasziniert beobachtete Lola das geschmeidige Spiel seiner Muskeln. »Aber dann müsste ich dich umbringen.«

»Sehr witzig.« Sie stellte ihr Glas auf den Tisch. »Erzähl mir doch einfach nur so viel, dass ich am Leben bleibe.«

Er lachte, und zu ihrem Erstaunen fing er tatsächlich zu erzählen an.

»Sagen wir's mal so, dass rein hypothetisch einiges, was die Regierung erledigt haben will, nicht auf regulärem Weg zu leisten ist. In solchen Fällen will die Regierung nicht mit gewissen Vorgängen in Verbindung gebracht werden.«

»Zum Beispiel?«

»Vielleicht ein Einbruch in wichtige Einrichtungen oder das Abfangen illegaler Waffenlieferungen in Afghanistan.« Er nahm ein paar Bissen und kaute gründlich, als müsste er genau abwägen, wie viel er ihr verraten konnte. »Es ist ja kein Geheimnis, dass die Regierung der Vereinigten Staaten für alles Regeln und Richtlinien aufstellt, und nach diesen Regeln gilt so manches in der Politik als nicht akzeptabel. Feindliche Ziele wie Chemiewaffenfabriken dürfen nur im Zuge regulärer Militäreinsätze zerstört werden. Aber bis das Militär einen Einsatz geplant und der Präsident den Einsatzbefehl unterzeichnet hat, wissen die Schurkenstaaten längst Bescheid und haben ihre chemischen Waffen oder Atomsprengköpfe oder was auch immer verschwinden lassen. Eine Möglichkeit für die Regierung, zuzuschlagen und trotzdem nicht beteiligt zu sein, besteht darin, einen oder zwei oder auch fünf Leute für einen geheimen Einsatz anzuheuern.«

»Und du bist einer von diesen Leuten.«

»Mag sein.«

»Dann bist du also so eine Art Mischung aus James Bond und Jean-Claude Van Damme?«

Er lächelte und aß weiter.

Lola wandte sich ebenfalls wieder ihrem Essen zu, war aber keineswegs fertig mit ihren Fragen. »Was ist diese strategische Planungsgruppe, von der du gestern gesprochen hast?«

»Das Marine-Sonderkommando zur strategischen Planung.«

»Ja, ist das so etwas wie ein SEAL-Team?«

»Gewissermaßen«, erklärte er zwischen zwei Bissen. »Die

meisten Aktionen des Sonderkommandos sind geheime Verschlusssache und Teil von JSOC.«

»Was ist J-sock?«

»Der Name einer Spezialeinheit.«

Sie schüttelte den Kopf und zog die Brauen hoch. »Und was hast du nun wirklich getan?«

Er nahm eine Gabel voll Reis und spülte ihn mit Wein hinunter. »Das Sonderkommando ist eine Antiterror-Einheit.«

»Und?«

»Und tut genau das, was der Name schon verrät, obwohl die Regierung natürlich alles abstreiten würde. Wir vergeuden auch eine lange Zeit und Steuergelder mit der Entwicklung, Erprobung und Einschätzung von Strategien, Waffen und Gerätschaften. Dadurch war es der Regierung auch möglich, diesen fingierten Fall gegen mich aufzubauen.«

»Moment mal.« Sie hob eine Hand. »Du hast Gerätschaften erprobt? Elektrische?«

»Alle möglichen.«

Ein Hoffnungsschimmer glomm in ihr auf. »Dann kannst du auch ein Funkgerät bauen, ja?«

Er hob den Blick von seinem Teller und runzelte die Stirn. »Lola, du hast das Funkgerät eingeschmolzen, genauso wie auch das Navigationssystem und sogar den Tiefenmesser.«

Sie verzichtete darauf, ihm unter die Nase zu reiben, dass auch er zur Zerstörung der Brücke beigetragen hatte. »Kannst du denn nicht irgendwas anderes benutzen, um ein Funkgerät zu bauen?«

»Was denn, meinen Schuh vielleicht?«

»Keine Ahnung. Ich verstehe überhaupt nichts von Elektronik.«

Er lehnte sich zurück. »Dann glaub mir einfach. Es ist unmöglich, hier draußen Funkkontakt herzustellen.«

Das Fünkchen Hoffnung verlosch schlagartig. Lola leerte

ihr Glas und griff nach der Flasche, um nachzuschenken. Als sie auch ihm einschenken wollte, legte er die Hand über sein Glas.

»Es gibt auch eine Flasche Rotwein, falls du das lieber magst.« Als Lola die Flasche zurück auf den Tisch stellte, spürte sie die Wirkung des Weins im Blut. Gewöhnlich vertrug sie mehr, aber da sie seit einiger Zeit kaum etwas anderes als ein paar kleine Häppchen gegessen hatte, wirkte der Alkohol offenbar schneller als sonst.

»Nein, danke. Wie die Vettern deines Vaters trinke ich lieber Bier aus der Flasche.«

Er wusste noch, was sie über ihre Familie erzählt hatte. Er hatte ihr zugehört. Ihrer Erfahrung nach war so etwas selten. Meistens achteten die Männer eher auf ihr Aussehen als auf das, was sie zu sagen hatte. »Und treibst du es auch wie ein Seemann auf Wochenendurlaub?«, fragte sie, ohne zu überlegen.

Er hatte gerade die Gabel zum Mund führen wollen und erstarrte mitten in der Bewegung. »Das Thema sollten wir nun wirklich nicht näher erörtern.«

Wahrscheinlich hatte er Recht. »Warum nicht?«

»Weil du nichts von ausgehungerten Seeleuten hören willst.«

Nein, sie wollte nichts von Seeleuten hören. Sie wollte in der sonnenhellen Kombüse sitzen, wo ihr sowieso alles so unwirklich erschien, und etwas über Max Zamora hören. Über den Mann, der zum Frühstück Kobras verspeiste. »Hattest du ein Mädchen in jedem Hafen?«

»Ein Mädchen?«

Baby sprang auf die Bank und rollte sich neben Lola zusammen. »Hattest du mehr als eine?«

»Willst du das wirklich wissen?«

Wollte sie? Lola hatte so ziemlich jedes Land der Welt bereist und eine Menge gesehen. Auch so einiges erlebt, trotzdem wäre sie jede Wette eingegangen, dass sie niemals so abenteuerliche Dinge gesehen oder erlebt hatte wie Max. »Warum nicht?«

»Gut, aber vergiss nicht: Du hast es so gewollt.« Er beugte sich vor und legte die Unterarme auf den Tisch. »Wenn man jung ist und monatelang nichts zu fick…« Er hielt inne, als müsste er seine Gedanken ordnen, ehe er fortfuhr. »Und monatelang nichts im Bett hatte, dann denkt man bald an nichts anderes mehr. Sobald man dann in einen Hafen kommt, verliert man den Verstand und schnappt sich alles, was Titten hat.« Wieder legte er eine Pause ein. »Verzeihung, ich wollte natürlich Brüste sagen.«

Lola biss sich auf die Unterlippe, um nicht in Gelächter auszubrechen. Sie rechnete es ihm hoch an, dass er zumindest versuchte, sich ihretwegen einer gepflegteren Sprache zu bedienen, aber wenn er glaubte, er könnte sie schockieren, dann täuschte er sich. Sie hatte zu oft mit unflätigen Fotografen, schmierigen Agenten und aufdringlichen Playboys zu tun gehabt, um sich durch Max' Ausdrucksweise noch erschüttern zu lassen. »Und die alten Kerle?«, fragte sie. »Verlieren die auch den Verstand?«

Max lehnte sich zurück. »Ja, aber wir haben gelernt, uns zu beherrschen.« Sein Blick heftete sich auf ihren Mund. »Willst du auch die Details hören?«

Sie öffnete leicht den Mund und holte Luft, während ihr ein Bild von ihm durch den Kopf schoss. Sie sah seine breite muskulöse Brust, das kurze schwarze Haar auf Brust und Unterleib, die dunkle Spur, die sich über seinen Bauch nach unten zog, bis sie unter dem Bund seiner nassen Boxer-Shorts verschwand. Sie sah den Umriss seines besten Stücks unter enger grauer Baumwolle. *Ich könnte dir das Gegenteil beweisen*, hatte er behauptet, als sie über die Größe gesprochen hatten. Im Augenblick glaubte sie ihm.

Er blickte ihr in die Augen, und die schwüle Luft war plötzlich aufgeladen mit Erotik, die in Verbindung mit dem Wein heiß und prickelnd durch ihre Adern rauschte. Max zog eine Braue hoch, als fragte er ohne Worte, ob sie das Spielchen fortsetzen wollte. Für sie bestand kein Zweifel daran, dass sie einem Gegner wie Max unterliegen würde. Er würde sie bei lebendigem Leib verbrennen. Er war der Typ, der um jeden Preis gewinnen musste. Alles oder nichts. Und wenn Lola auch keineswegs prüde war, schlief sie doch nicht mit Männern, die sie gerade erst kennen gelernt hatte.

Mit siebzehn Jahren hatte sie ihre Unschuld an einen Jungen namens Rusty verloren, und sie hatte es nie bereut. Im Gegensatz zu anderen Frauen, die sie kannte, hatte sie nie wirklich schlechte sexuelle Erfahrungen gemacht, sondern lediglich abgestufte Erlebnisse von nett bis fantastisch. Sie hatte das Gefühl, dass Max in letztere Kategorie fallen würde, aber sie hatte ihn erst vor zwei Tagen zum ersten Mal gesehen und ihn den Großteil dieser Zeit noch nicht einmal gemocht. Sie wollte ihn auch jetzt nicht mögen, aber offensichtlich konnte sie nichts dagegen tun.

Es war an der Zeit, einen Rückzieher zu machen. »Und was sagtest du noch? Wo wohnst du?«, fragte sie.

Ein Lächeln zuckte in seinem Mundwinkel. »In Alexandria, Virginia«, antwortete er und lenkte das Gespräch auf das zweihundert Jahre alte Stadthaus, das er gerade renovierte. Lola schilderte, wie sie ihr Geschäft aufgebaut hatte und wie sie sich für North Carolina als Firmensitz entschieden hatte, weil sie dort zu Hause war. Max erzählte von seiner Gebäudeschutz-Firma, die er gegründet hatte, weil er feste Arbeit brauchte. Die Befangenheit legte sich, die angemessene Distanz war wiederhergestellt. Doch noch immer waren sie sich der Spannung zwischen ihnen überdeutlich bewusst. Einmal heraufbeschworen, ließ sie sich nicht so ohne weiteres beiseite schieben.

Die Luft im Maschinenraum war zäh wie Teer und ebenso schwarz. Max richtete den Strahl der Taschenlampe auf den Vierhundertvierzig-PS-Motor und schaltete ihn ab. Schweiß lief ihm über die Brust, während er sich mit dem Vorderteil des Hemdes das Gesicht abwischte. Dann leuchtete er mit der Taschenlampe, vorbei an den Generatoren und dem Trinkwassertank, in Richtung Ruder und Steuervorrichtung. Vielleicht hatte er ja etwas übersehen. Irgendeine Möglichkeit, wie er vom Maschinenraum aus navigieren konnte. Der Schweiß rann ihm über den Nasenrücken, und er trat an die Luke. Babys Kläffen und Lolas leise Antwort an ihren Hund drangen an sein Ohr, als er aus dem Bauch der Jacht stieg.

Nach dem Mittagessen hatte sie Max darüber informiert, dass sie baden wollte, und ihm war klar gewesen, dass sie von ihm erwartete, dass er sich in der Zwischenzeit woanders beschäftigte. Sie hatte Shampoo und Seife zusammengesucht und die Zahnbürste aus dem Glas Rum genommen, in das Max sie zum Desinfizieren gestellt hatte. Sie hatte nicht gefragt, wie die Zahnbürste dorthin gekommen war, und er hatte es ihr auch nicht erzählt.

Max schloss die Luke hinter sich und sah Lolas rotes Tuch und ihr weißes Hemd, die sie auf den Angelstuhl an Deck geworfen hatte. Im Lauf der vergangenen Stunde hatte das Meer sich beruhigt, und Lola saß mit ihrem Hund auf der Schwimmplattform. Sie ließ die nackten Beine ins Wasser baumeln, während ihr frisch gewaschenes Haar in dicken Strähnen auf ihrem Rücken lag.

Da sie ihm halb den Rücken zukehrte, konnte er nur den Umriss ihrer einen Brust erkennen, doch er brauchte sie auch nicht vollständig vor Augen zu haben, um die Wirkung wie einen Tritt ins Geschlecht zu spüren. Er versuchte, den unablässigen Schmerz zu ignorieren, der ihn heimsuchte, seit er sie an diesem Morgen um ein Haar geküsst hätte, doch er war im

Lauf des Tages immer schlimmer geworden. Besonders während des Mittagessens.

Max machte auf dem Absatz kehrt und ging wieder ins Innere der Jacht. Er saß in der Falle. Gestern hatte er sich noch damit zufrieden gegeben, sich ein paar Tage lang mit der Strömung in Richtung Bimini treiben zu lassen. Inzwischen war er nicht mehr so sicher, ob er nicht doch ein Signal setzen sollte, selbst auf die Gefahr hin, dass die Cosellas ihm auf die Spur kamen. Lola trieb ihn in den Wahnsinn. Im Grunde wünschte er sich beinahe, sie würde ihn wieder beschimpfen und ansehen, als wäre er im Begriff, über sie herzufallen, statt den Blick ihrer großen braunen Augen in seinen zu versenken und ihn über sein Liebesleben auszufragen. Ihn daran zu erinnern, wie lange es her war, seit er mit einer Frau geschlafen hatte. Und die Frage heraufzubeschwören, was sie wohl tun würde, wenn er das rote Tuch, das sie als Rock trug, hochschlagen und zur Sache kommen würde, und zwar gleich hier auf dem Esstisch. Allein ihr Anblick weckte den Wunsch in ihm, an ihren langen Beinen heraufzustreichen und seine Hände um ihre Taille zu legen.

Lola Carlyle stellte eine Gefahr für seinen Verstand dar. Sie war eine unablässige Attacke auf seine Sinne, und er hatte keine Möglichkeit, ihr aus dem Weg zu gehen. Er konnte sich dem Anblick nicht entziehen, wenn der Wind den Klang ihrer Stimme oder den Duft ihres Haars zu ihm hinüberwehte. Und mit jeder weiteren Stunde fiel es ihm schwerer, seine Hände bei sich zu behalten und nicht zu vergessen, warum er das tun musste.

Max griff nach dem Fernglas, verließ die Kajüte und machte sich auf den Weg zur Brücke. Lola saß noch immer auf der Schwimmplattform, aber Baby schloss sich ihm an. Das Hündchen ließ sich zu Max' Füßen nieder, als er durch das Fernglas auf den endlosen wogenden Atlantik hinausstarrte ohne irgendetwas zu entdecken. Baby schmiegte sich an Max' Knöchel, worauf er das Fernglas sinken ließ und auf den kleinen Hund hinuntersah.

»Was willst du?«, fragte er, doch Baby schien keinen anderen Wunsch zu haben, als bei ihm zu sein. Links vom Stummelschwänzchen des Hundes lag die teilweise geschmolzene Leuchtpistole, mit der das Unheil begonnen hatte. Max hob sie auf und drehte sie hin und her. Nein, er würde sie nicht benutzen, um andere Schiffe auf sich aufmerksam zu machen, wie sehr ihn Lola auch an den Rand des Wahnsinns trieb. Aber vielleicht würde das Ding sich als nützlich erweisen, wenn sie sich Bimini näherten.

Stockholm-Syndrom. Baby litt unter dem Stockholm-Syndrom, beschloss Lola. Seit Max den Hund aus dem Wasser gezogen hatte, schien Baby ihn wie einen Helden zu verehren. Er hatte sich Max angeschlossen, ob der es nun wollte oder nicht. Und nach dem zu urteilen, was Lola jetzt vom Sofa im Salon aus beobachtete, war diese Liebe wohl doch nicht so ganz einseitig.

Sie spähte über den Rand der Ausgabe von *Hochseeangeln*, in der sie erfolglos zu lesen versuchte, hinweg in die Kombüse. Max hatte vor sich auf dem Tisch Karten ausgebreitet und musste immer wieder Baby aus dem Weg scheuchen.

»Runter da, B. D.«, sagte er und zog eine Linie über die Karte. Er fummelte ein wenig mit dem Sextanten herum und zog eine weitere Linie. Vor etwa einer Stunde war die Sonne untergegangen, und er hatte die Motoren wieder angeworfen. Das Licht der Deckenlampe ergoss sich über ihn und Baby, spielte in seinem Haar und auf den Spitzen von Babys Ohren.

Lola wusste nicht, was sie von Babys Anhänglichkeit Max gegenüber halten sollte. Sie hatte ihn bisher nie mit jemandem teilen müssen und musste gestehen, dass sie ein wenig eifersüchtig war. Gleichzeitig jedoch freute sie sich darüber, dass ihr Hund endlich einmal männliche Gesellschaft gefunden hatte, und mochte sie noch so knapp bemessen sein. Baby brauchte männlichen Einfluss in seinem Leben, und Lola war froh, dass Max nicht mehr damit drohte, ihn über Bord zu werfen oder gar zu verspeisen.

Lola stand auf und ging in die Kombüse. »Hast du herausgefunden, wo wir sind?«, fragte sie und blieb vor dem Tisch stehen.

Er hob kurz den Blick. »Hier«, sagte er nur und deutete auf die Karte.

Sie konnte nicht fassen, dass sie ihm schon wieder die kleinste Information praktisch aus der Nase ziehen musste. »Was heißt hier?«

»Etwa sechzig Meilen südöstlich von Bimini.«

»Wie lange dauert es noch, bis wir dort ankommen?«

»Schwer zu sagen. Wir sind heute nicht besonders vorangekommen.« Er griff nach der geschmolzenen Leuchtpistole und nahm eine Nagelfeile sowie eine Tube Schnellkleber zur Hand.

»Was machst du da?«

Dieses Mal machte er sich nicht einmal die Mühe, den Kopf zu heben. »Ein Radio. Das wolltest du doch.« Wortlos zog er ein neues Fernglas hervor, das er irgendwo gefunden haben musste, und gab es ihr. »Mach dich nützlich.«

Nun gut, aus irgendeinem Grund war er übelster Laune, und Lola hielt es für das Beste, ihm aus dem Weg zu gehen. Sie nahm das Fernglas und ging nach draußen. Millionen Sterne drängten sich am Himmel, und sie drehte sich langsam um die eigene Achse, bis sie den Großen Wagen gefunden hatte. Ein heftiger Wind blies ihr das Haar ins Gesicht, und sie schob ein paar Strähnen unter ihren Hemdkragen, ehe sie das Fernglas an die Augen hob und auf den schwarzen Atlantik hinausspähte. Max war nicht nur übelster Laune, sondern schien auch ihre Nähe zu meiden. Ironie des Schicksals. Gestern hatte sie versucht, ihn zu meiden, und heute ging er ihr aus dem Weg.

Zuerst hatte sie angenommen, er hielte sich fern, weil er wusste, dass sie ein Bad nahm, und ihre Intimsphäre nicht stören wollte, doch auch nachdem sie sich wieder angezogen hatte und zu ihm zum Bug des Schiffes gekommen war, hatte er ihr bloß das Fernglas gegeben und war wortlos weggegangen.

Die Sonne ließ sein schwarzes Haar glänzen, als er zur Schwimmplattform ging, sich bis auf die Unterhose auszog und ins Wasser sprang. Sie saß am Bug und ließ die Beine über die Seite der Jacht baumeln. Das Fernglas in einer Hand, hatte sie zugesehen, wie er mit kräftigen Zügen um die *Dora Mae* herumschwamm. Gelegentlich sah er zu ihr hin, doch er hielt nicht ein einziges Mal inne und hörte erst nach etwa einer Stunde wieder auf. Kein Zweifel, seit dem Mittagessen versuchte Max, ihr möglichst nicht zu begegnen. Der Wind ließ den Saum ihres Wolltuchs um ihre Knie wehen. Gänsehaut überzog ihre nackten Beine. Sie blickte durchs Fernglas nach backbord, hinaus auf die mit weißer Gischt gekrönten Wellen. Die Jacht hob und senkte sich, und für den Bruchteil einer Sekunde glaubte Lola, ein Licht aufblitzen zu sehen. Ihr Herz hämmerte in ihrer Brust, und das Blut rauschte ihr in den Ohren, als sie darauf wartete, dass es noch einmal auftauchte. Endlose Sekunden verstrichen, und dann sah sie es erneut.

»Max! Max, komm her! Ich glaube, ich habe etwas gesehen«, schrie sie. Sie wollte nicht in die Kombüse gehen und ihn holen, weil sie Angst hatte, dass sie, wenn sie das Fernglas einmal von den Augen genommen hatte, das Licht nicht wiederfinden würde. Als Max nicht erschien, rief sie noch lauter. »Max, komm ganz schnell her!«

»Meine Güte«, schimpfte er, als er aus der Kombüse trat. »Was willst du denn?«

Das Licht blinkte wieder auf. »Ich sehe da draußen etwas. Ein Licht.«

»Bist du sicher?«

»Ganz sicher.«

Max trat so dicht hinter sie, dass sie seine Brust an ihrem Rücken spürte, nahm ihr das Fernglas ab und hob es an die Augen. »Wo?«

Lola sah das Licht zwar nicht mehr, deutete aber in die Richtung. »Da drüben. Siehst du es?«

»Nein.«

»Dann sieh genauer hin. Es ist wirklich da.«

Eine Zeit lang war nur das Plätschern der Wellen zu hören, die gegen die Jacht schlugen, dann sagte Max: »O ja. Da ist es.«

»Was ist das?«

»Ich weiß es nicht. Es ist zu weit entfernt. Könnte ein Schiff sein, vielleicht aber auch nur eine Boje.« Er schwieg so lange, dass Lola am liebsten angefangen hätte zu schreien. »Es bewegt sich, also ist es auf keinen Fall eine Boje«, sagte er schließlich.

»Was machen wir jetzt?«

»Nichts.«

»Das kann nicht dein Ernst sein. Wir müssen doch etwas tun!«

Er ließ das Fernglas sinken und blickte ihr in der Dunkelheit wortlos in die Augen.

»Bitte, Max. Bitte unternimm irgendetwas.«

Er sah sie immer noch an. Als sie gerade wieder anfangen wollte zu betteln, sagte er endlich: »Hol die restlichen Leuchtraketen aus dem Notfallkasten. Die Pistole liegt auf dem Tisch.« Seine tiefe Stimme klang ruhig und kühl. »Und schalte alle Lampen ein, die du finden kannst.«

Im Gegensatz zu Max war Lola alles andere als ruhig und kühl. Sie hastete zum Schrank und holte die drei restlichen

Leuchtraketen. In der Passagierkajüte und in beiden Bädern schaltete sie das Licht an und schnappte sich auf dem Weg nach draußen die Pistole vom Tisch. »Ist es noch da?«, fragte sie so atemlos, als hätte sie sich eine Stunde lang im Fitness-Salon abgerackert.

»Ja, aber es muss noch näher herankommen.«

»Wie nahe?«

»So nahe wie möglich.«

Ihr Mund war ausgetrocknet, und sie fuhr sich mit der Zunge über die Lippen.

»Lola?«

»Ja.«

»Atme tief und gleichmäßig.«

»Ja, klar. Mach ich.«

»Wenn du jetzt wieder hyperventilierst, musst du allein zurechtkommen.«

Sie legte eine Hand auf die Brust und atmete tief ein. Sie wollte jetzt nicht hyperventilieren, umkippen und ihre Rettung verpassen. »Kommt es näher?«

»Ja.« Lola hatte das Gefühl, als wären fünf Minuten verstrichen, bevor er ihr das Fernglas reichte und sie ihm die Leuchtraketen übergab. »Geh ein Stück zurück. Ich weiß nicht, ob dieses Ding funktioniert.«

Lola zog sich bis zur Steuerbordseite zurück und sah in der Dunkelheit zu, wie Max die Pistole lud.

»Ruf deinen Hund«, wies er sie an, und sobald sie Baby sicher an die Brust gedrückt hielt, hob Max den Arm und feuerte. Nichts geschah. »Scheiße.« Er spannte den Hahn noch einmal und schoss, worauf ein roter Ball aus dem Lauf fuhr. Der Knall des zwölfkalibrigen Projektils war lauter, als Lola ihn in Erinnerung hatte. Die Leuchtrakete stieg etwa 400 Meter im rechten Winkel hoch und explodierte dann wie ein Silvesterknaller.

»Es hat geklappt!« Lola, die viel zu aufgeregt war, um stillzustehen, überquerte das Deck und blickte hinaus in die Richtung, wo sie das andere Schiff vermutete. »Wie lange dauert es, bis sie hier sind?«

»Nicht lange, falls sie die Leuchtkugel gesehen haben.«

»Wie könnten sie sie übersehen?«

Er nahm ihr das Fernglas aus der Hand, während sie ihm ins Gesicht sah. Im Licht, das aus dem Bootsinneren auf das Deck drang, sah Lola, wie Max die Lippen zusammenpresste. Für einen Mann, der unmittelbar seiner Rettung entgegensah, wirkte er nicht gerade begeistert. »Wenn sie nicht gerade danach Ausschau gehalten haben, ist so eine Rakete leicht zu übersehen.« Er hob das Fernglas wieder an die Augen und blickte aufs Meer hinaus.

»Kommen sie in unsere Richtung?«, fragte Lola. Sie weigerte sich zu glauben, dass niemand auf dem Schiff das Signal gesehen hatte.

Wortlos ging Max nach steuerbord.

»Kommen sie in unsere Richtung, Max?«, wiederholte sie, während Baby aus ihren Armen sprang.

»Sieht nicht so aus.« Er ließ das Fernglas sinken und lud die Pistole. Gleich beim ersten Versuch schoss die Leuchtrakete aus dem Lauf und erhellte den Himmel.

Lola nahm Max das Fernglas ab und spähte hindurch, doch so sehr sie sich auch anstrengte, sie sah kein Licht in der Ferne, das zwischen den Wellen auftauchte. »Wo ist es?«

»Es fährt nach Osten, wahrscheinlich nach Andros oder Nassau.«

»Ich kann es nicht sehen.«

»Das liegt daran, dass es sich von uns entfernt.«

»Schieß noch eine Rakete ab.«

»Wir sollten die letzte aufbewahren. Wir werden sie brauchen, wenn wir näher an eine Insel herantreiben.«

»Nein!« Sie griff nach der Pistole, aber Max ließ sie nicht los.

»Diesmal werden sie es sehen, und dann kommen sie zurück«, sagte sie. »Bitte, Max.«

Max sah im Halbdunkel auf sie herab, ehe er schweigend die Pistole lud und den Arm hob. Wie ihre beiden Vorgänger stieg die Rakete in den Himmel und explodierte in einem roten Feuerball.

»Das müssen sie doch gesehen haben.« Lola schloss die Augen und sandte ein Stoßgebet zum Himmel. Sie versprach dem Herrgott so allerlei. Sie versprach, öfter zu beten – auch dann, wenn sie nichts brauchte –, und zu guter Letzt versprach sie sogar, Onkel Jeds neue Kirche aufzusuchen, eine echte, tief religiöse Bibelgemeinschaft, mit Wunderheilungen und allem Drum und Dran.

Als sie wieder durchs Fernglas blickte, rechnete sie schon fast damit, das Licht noch einmal zu sehen, doch da war nichts außer dem schwarzen Wogen des Atlantiks. »Wie kann ein Mensch, wenn er nicht gerade blind ist, diese Leuchtraketen übersehen?«

»Es ist schon spät, und wahrscheinlich sind alle unter Deck. Wenn nicht gerade jemand oben steht und zum Himmel hinaufsieht, sind sie leicht zu übersehen.«

Angestrengt starrte sie auf den Ozean auf der Suche nach einem Licht, und mochte es noch so fern sein, nur ein Schatten auf dem Wasser.

»Lola, das Schiff ist weg.«

»Vielleicht sehen wir nur nicht, wie es wendet.« Sie hörte Max und Baby in die Kombüse gehen und kurz darauf zurückkommen. Allmählich wurden ihre Arme schwer, aber sie wollte noch nicht aufgeben. Sie wollte nicht daran denken, dass die Rettung so nahe gewesen war, um ihr dann wieder zu entgleiten.

Max löste ihre Hände von dem Fernglas und reichte ihr ein kühles Glas.

»Trink einen Schluck Wasser, Lola, sonst hyperventilierst du wieder.«

Diese Gefahr bestand zwar nicht, trotzdem ließ sie das Fernglas sinken und nahm einen Schluck. Das kühle Wasser erfrischte ihre trockene Zunge und Kehle, und sie trank das Glas in einem Zug leer.

»Es werden noch andere Schiffe kommen«, tröstete Max sie und nahm ihr das Glas aus der Hand.

Lola sah ihm ins Gesicht und brach in Tränen aus. Entsetzt presste sie die Hand vor den Mund, doch sie konnte den Ausbruch ihrer aufgestauten Gefühle und die niederschmetternde Enttäuschung nicht mehr stoppen. Je mehr sie sich anstrengte, umso schwerer ließ sich das Weinen kontrollieren. »Ich will aber dieses Schiff, Max«, schluchzte sie.

Er griff nach ihr und zog sie an seine breite Brust. »Schschsch. Alles wird gut.«

»Nein, wird es nicht!«, jammerte sie in den Jeansstoff an seiner Schulter. »Ich will nach Hause. Meine Eltern werden doch verrückt vor Sorge.« Sie schüttelte den Kopf und blickte auf in Max' dunkles Gesicht. »Mein Vater hat zu hohen Blutdruck, und diese Geschichte bringt ihn bestimmt um.« Sie krallte die Finger in sein Hemd. »Ich will nach Hause, Max.«

Er sah ihr ins Gesicht und strich mit seiner warmen Hand über ihren Rücken. »Ich sorge dafür, dass du nach Hause kommst«, sagte er, ehe er zum zweiten Mal binnen vierundzwanzig Stunden seine Lippen auf ihren Mund legte.

»Wie denn?«, fragte sie unter seinem sanften Kuss, der über ihre Lippen strich.

»Ich werde mir etwas einfallen lassen.« Und dann küsste er sie wirklich.

Diesmal blieb kein Zweifel an seiner Absicht. Der sanfte

Druck seiner Lippen sprach für sich. Er wollte ihr nicht beim Atmen helfen, und er fragte nicht um Erlaubnis. Seine Finger fuhren durch ihr Haar, strichen es aus ihrem Gesicht und hoben es von ihrer Schulter. Er nahm ihr Gesicht zwischen die Hände, bog ihren Kopf zurück und ließ seine Zunge zwischen ihre halb geöffneten Lippen gleiten, warm und flink, besitzergreifend und verzehrend zugleich. Lola wehrte sich nicht. Sie wollte das rettende Schiff vergessen, das einfach vorbeigefahren war, wollte ihre Familie, ihren Beruf, Sams demütigende Pornoseite und die Frage hinter sich lassen, ob sie hier draußen sterben sollte. Sie wollte, dass Max die Enttäuschung und die Angst von ihr nahm, die so übermächtig waren, dass sie sich wie eine eisige Hand um ihre Kehle legten. In seiner Umarmung sollte er sie glauben machen, dass tatsächlich alles gut werden würde.

Das Fernglas entglitt ihr, und Lola strich mit den Händen an seinem Hemd auf und ab. Spürte seine massive Brust unter ihren Fingern, die Muskeln, die sich unter ihrer Berührung anspannten und wieder lockerten. Sie schlang die Arme um seinen Nacken und stellte sich auf die nackten Zehenspitzen. Max' Hand wanderte ihren Rücken herab bis zur Taille und drückte sie fester an sich. Seine Erektion drängte sich gegen ihren Unterleib, und der Kuss wurde noch heißer. Mit Mund und Zunge nährten sie das Verlangen, das durch ihre Adern strömte und sie zu verzehren drohte.

Wie die Leuchtrakete, die Max in den Nachthimmel geschossen hatte, brannte der Kuss heiß, sodass sich die Härchen auf Lolas Armen und im Nacken aufrichteten. Die Glut breitete sich auf die Stellen aus, an denen ihre Körper einander berührten – auf ihren Bauch, die Brüste und die Hände, ehe sie sich einen Weg zu ihrem Hinterteil und ihren Beinen bis hinunter zu den Zehen bahnte.

Die Jacht schaukelte auf den Wellen des Ozeans, neigte sich

nach steuerbord und richtete sich wieder auf. Max stemmte sich breitbeinig dagegen, sodass sein harter Penis im Rhythmus der Wellen gegen ihren Körper drängte. Die Bewegung entlockte seiner Kehle ein tiefes Stöhnen und weckte in Lola das Verlangen nach mehr. Sein feuchter Mund glitt über ihren Hals, und Lola neigte den Kopf, um ihm Zugang zu gewähren. Seine Zungenspitze berührte ihr Ohr, dann flüsterte er ihren Namen, eine warme Zärtlichkeit voll rauem Verlangen. Er ließ seine Lippen weiter an ihrem Hals hinabwandern, hielt inne und sog an der empfindlichen Haut, während er mit einer Hand ihr Hemd aufknöpfte. Bevor Lola entscheiden konnte, ob sie es zulassen wollte, hatte er es ihr von den Schultern bis hinunter zu den Ellbogen gestreift.

Ein flüchtiger Gedanke an geschickte Hände schoss ihr durch den Kopf, während er sich mit dem Mund einen Weg auf ihrem Schlüsselbein entlang bahnte. In diesem Augenblick fand eine seiner geschickten Hände ihre Brust durch den BH hindurch. Sie sog scharf den Atem ein, als sich ihre Brustspitze unter seiner heißen Handfläche aufrichtete, und sie wusste, dass sie ihm Einhalt gebieten musste, bevor sie zu weit gingen.

»Lola«, flüsterte er an ihrem Hals, und statt ihn abzuwehren, zog sie seinen Kopf zu sich hinauf und suchte seinen Mund. Seine Hand spannte sich besitzergreifend um ihre Brust und lockerte sich wieder. Durch den Spitzenbesatz ihres BHs hindurch strich er über ihre Brustwarze. Vielleicht wollte sie auch gar nicht aufhören. Vielleicht wollte sie genau dorthin, wohin Max sie führen würde. Er hatte so etwas an sich. Irgendetwas Flüchtiges, das sie mit ihrer Zunge suchte. Etwas Heißes, Lebendiges, das stärker war als sie. Etwas, das tief in ihr ein Gefühl von Glut und Gier weckte. Etwas Gefährliches, das den Wunsch in ihr wachrief, jegliche Moralvorstellungen über Bord zu werfen, und sich ihre Kleider vom Leib zu reißen. Sie legte eine Hand auf seine Brust und schob den Jeansstoff zur Seite. Mit einem wilden Hunger, wie sie ihn seit sehr langer Zeit nicht mehr gespürt hatte, fuhr sie mit den Fingern durch sein Brusthaar und strich mit der anderen Handfläche über seine harten Bauchmuskeln. Max Zamora war geheimnisvoll und Furcht einflößend. Geballte Kraft und ungeheures Selbstbewusstsein. Er war körperlich perfekt.

Max löste sich, trat einen Schritt zurück und sah ihr in die Augen, während er ihre Hand ergriff. »Gehen wir rein«, sagte er und wandte sich der Tür zu.

Die Vorstellung, sich vor Max' Augen auszuziehen, ließ sie innehalten. Sie war nicht mehr das dünne, perfekte Model auf den Titelseiten und Plakaten. Ihre Hüften waren runder, ihr Hintern größer. Würde er sie mit ihrer früheren Erscheinung vergleichen? Das tat jeder. Wäre er enttäuscht, nicht mehr den Inbegriff modischer Idealvorstellungen in ihr zu finden?

Während ein Teil von ihr drängte, Max zu folgen, wohin er auch wollte, reagierten Vernunft und Verstand gerade noch in einem Ausmaß, dass sie ihm ihre Hand entzog. »Das dürfen wir nicht tun, Max«, sagte sie mit einem erschaudernden Atemstoß und zog sich das Hemd wieder über die Schultern. Wie sehr sie es auch wollte, ganz egal, ob ihr Körper sich danach sehnte, von ihm gestreichelt zu werden, sie durfte nicht mit Max schlafen.

Sein Brustkorb hob und senkte sich, als er tief einatmete. »Wir können tun und lassen, was wir wollen, Lola«, sagte er, und seine Stimme klang rau vor Verlangen. »Hier ist niemand, der uns daran hindern könnte.« Er streckte wieder die Hand nach ihr aus, aber sie trat zurück.

»Jetzt miteinander zu schlafen, ist keine gute Idee.« Sie konnte ihn nicht ansehen, während sie ihr Hemd zuknöpfte – aus Angst, das Begehren in seinen Augen erkennen zu müssen. Aus Angst, sie könnte dem hungrigen Pochen tief in ihr nachgeben.

»Wir müssen nicht miteinander schlafen. Es gibt auch noch andere Dinge, die wir tun könnten. Wir können damit anfangen zu schmusen, mal sehen, wohin uns das führt.«

»Nein, ich gehe nicht mit dir in die Kajüte.«

»Gut, tun wir's hier. Auf dem Boden, auf dem Schanzdeck, auf dem Angelstuhl. Ich bin nicht wählerisch.«

»Max, das ist nicht lustig.« Sie verschränkte die Arme.

»Nein, verdammt, das ist es nicht.« Ein Anflug von Verärgerung schwang in seiner Stimme mit. »Bis vor zwei Sekunden hast du getan, als wolltest du dasselbe wie ich.«

Er hatte ja Recht. Sie hatte es gewollt, doch im letzten Moment hatte ihr Verstand sich gemeldet. »Wir kennen uns kaum, und Sex wäre ein Fehler.«

»Das sehe ich anders.«

Endlich hob sie den Blick, sah in sein dunkles Gesicht, sah, wie er die Zähne zusammenbiss und die Lippen zu einer schmalen Linie zusammenpresste. »Bis zu dem Zeitpunkt, als ich dir das Mittagessen gekocht habe, mochtest du mich nicht einmal.«

»Doch, ich mochte dich.«

»Es sah aber nicht so aus.«

»Ich mochte dich durchaus.« Er stieß hörbar den Atem aus. »Ich habe gelernt, dich zu mögen!«, fügte er hinzu.

»Das klingt, als hätte es dich einige Mühe gekostet.«

Er verschränkte die Arme. »Lass das jetzt, Lola.«

Doch sie war kein Kind, das sich so einfach abwimmeln ließ. »Was soll das heißen?«

»Das heißt, ich bin nicht in der Stimmung für eines dieser irrationalen Gespräche, die Frauen unbedingt vor, während und nach dem Sex führen wollen, in denen einem das Wort im Mund umgedreht wird und ich am Ende der Schuft bin.«

»Nur weil ich nicht mit dir schlafen will, bezeichnest du mich als irrational?«

»Nein, ich bezeichne dich als …«

»Sag's lieber nicht, Max«, fiel sie ihm ins Wort.

Er tat es doch. »Ich bezeichne dich als Mogelpackung. Du machst einen Mann scharf und lässt ihn dann fallen«, sagte er.

Lola kniff die Augen zusammen. »Das war gemein.«

»Ja, und ich bin in der richtigen Laune für Gemeinheiten. Und wenn du noch länger hier draußen bleibst, werde ich noch viel gemeiner.« Er ließ die Hände sinken. »Also, tu mir einen Gefallen, und geh in die Kajüte. Es sei denn, natürlich, du willst zu mir kommen, deine Hand in meine Hose schieben und das beenden, was wir angefangen haben.«

Lola war zwar blond, aber nicht dumm. Sie machte kehrt und stapfte in die Kombüse.

7. KAPITEL

Lola schlüpfte zwischen die Laken des breiten Betts und drehte sich auf die Seite. Sie war keine Mogelpackung. Max hatte sie geküsst, und sie hatte den Kuss erwidert. Er war schließlich derjenige mit den flinken Händen. Er war so schnell vorgegangen, dass sie kaum gespürt hatte, wie er die Knöpfe ihres Hemds öffnete. Sie hatte erst bemerkt, was er tat, als er ihr das Hemd von den Schultern streifte. Nein, sie war keine Mogelpackung. Sie war vernünftig.

Aber auch sie hatte sich nicht gerade unter Kontrolle gehabt. *Allerdings*, beruhigte sie sich selbst, war sein Hemd bereits offen gewesen. Wo hätte sie ihre Hände denn lassen sollen, wenn nicht auf seinen harten Brustmuskeln … und seinem Bauch? Nun gut, sie hatte ihre Finger ein wenig wandern lassen, aber deswegen war sie noch lange keine Mogelpackung. Max litt unter Wahnvorstellungen.

Sie rollte auf den Rücken und legte den Arm über ihre Augen. Nach den vergangenen zwei Nächten war ein richtiges Bett mit sauberen Laken die höchste Wonne. Sie verscheuchte sämtliche Gedanken an Max, ließ sich vom Schaukeln der Jacht einlullen und war nach kürzester Zeit eingeschlafen. Doch nicht einmal im Schlaf konnte sie Max entkommen. Sie träumte von ihm, von seinem Mund und von seinen Händen, die sie zu einer wilden Karussellfahrt der Gefühle trieben.

»Lola.«

In der Dunkelheit der Passagierkajüte schlug sie die Augen auf, sah nichts und schloss sie wieder.

»Wach auf, Lola.«

»Was ist?«, stöhnte sie. Durch die offene Tür fiel das Licht aus dem Salon auf eine Ecke des Betts und auf Max' untere Körperhälfte. Er trug schwarze Jeans und Stiefel und stand breitbeinig vor ihr.

»Du musst aufstehen.«

»Wie spät ist es?«, fragte sie, bevor ihr einfiel, dass er es ja nicht wissen konnte.

»Du hast ein paar Stunden geschlafen.«

Lola richtete sich auf und bemerkte das heftige Schaukeln der Jacht.

»Wir sind mitten in einem Sturm«, erklärte Max. »Du musst eine Schwimmweste anziehen.«

»Ist es so schlimm?«

»Sonst hätte ich dich nicht geweckt.«

»Wo ist Baby?«

Max beugte sich vor und setzte den Hund aufs Bett. Baby sprang in Lolas Arme, als der Bug der *Dora Mae* sich neigte und Wasser gegen die Bullaugen donnerte. Lola sah erschrocken auf die kleinen runden Fenster, konnte aber nichts sehen. »Sinken wir?«

Er antwortete nicht. Sie warf die Bettdecke zurück. »Max?«

Er schaltete am anderen Ende des Raums das Licht an. Sein Haar war nass und klebte ihm am Kopf. Er trug eine gelbe Öljacke. »Willst du die Wahrheit wissen?«

Lieber nicht, aber vielleicht war es doch besser, sich auf das Schlimmste gefasst machen zu können, statt zu spekulieren. »Ja.«

»Die Wellen sind bis zu drei Meter hoch, und die Windstärke müsste schätzungsweise bis zu fünfzig Knoten sein. Wenn ich eine Möglichkeit hätte, die Jacht zu steuern, wäre alles halb so schlimm, so aber werden wir wie ein Korken herumgeschleudert.« Wie zum Beweis für seine Worte krachte eine

Welle von backbord gegen die Jacht. Die *Dora Mae* kippte nach steuerbord, und das Licht begann zu flackern. Max hielt sich am Türpfosten fest, während Lola und Baby bis an die Bettkante rutschten.

»Wenn Wasser in den Maschinenraum läuft, haben wir keinen Strom mehr«, fügte er hinzu.

Als die Jacht sich wieder aufgerichtet hatte, stand Lola auf. »Was machen wir jetzt?«

»Wir können nichts tun, außer abwarten.« Er reichte ihr eine Schwimmweste. »Zieh das an.«

Sie schob erst den einen, dann den anderen Arm in die rotgelbe Jacke. »Und du?« Er öffnete seine Öljacke und zeigte ihr seine flaschengrüne Weste. Lola übergab ihm Baby und befestigte die Riemen der Weste an Bauch und Unterleib. Über der Brust waren die Riemen zu kurz, deshalb ließ sie sie lose hängen.

»Was ist mit Baby? Er braucht auch eine Schwimmweste.«

»Wir haben keine, die klein genug ist für so eine kleine Ratte«, sagte er und verließ die Kajüte.

Sie folgte ihm. Wasser tropfte von seinen Haarspitzen und lief ihm in den Nacken. »Hast du nachgesehen?« Abgesehen von ein paar Sofakissen, die neben der Zeitschrift, die Lola vor einer Weile gelesen hatte, auf dem Boden lagen, war alles im Salon sicher befestigt.

»Ja.«

Die *Dora Mae* kippte nach links, und Lola hatte das Gefühl, dass ihr Magen sich nach rechts neigte. »Er könnte ertrinken.« Sie packte Max an seiner Öljacke. »Max, wir müssen uns etwas einfallen lassen.«

Max blickte über die Schulter zurück in Lolas angstverzerrtes Gesicht. Sie erwartete, dass er etwas unternahm, um ihren Hund zu retten. Und sie erwartete, dass er auch sie rettete – eine Last, die sich wie eine Schlinge um seinen Hals legte. Er war nicht der Retter, für niemanden. Bei seinen Aufträgen für die Regierung wusste er, abgesehen von den kurzen Informationen zu seiner Instruktion, niemals etwas über die Beteiligten. Er wusste nicht, wem er half oder zu wessen Vernichtung er beitrug. Und er wollte es auch nicht wissen.

Lola klammerte sich an seinen Arm, als die Jacht sich nach steuerbord neigte. Ihr Gesicht hatte bereits eine leicht grünliche Färbung angenommen. Max kannte das Gefühl. Er hatte schon vor einer Stunde sein Abendbrot von sich gegeben. »Setz dich auf das Sofa, sonst fällst du hin.«

Doch statt seinem Rat zu folgen, wankte sie, so schnell sie konnte, ins Bad. Das Trommeln des Regens und die Wut des Ozeans überdeckten alle anderen Geräusche. Doch Max brauchte es nicht zu hören, um zu wissen, dass ihr übel war.

Mit Baby im Arm ging er zur Kombüse, aus der er den Notfallkasten, die Rettungsboje und die zusammengelegte Rettungsinsel holte, die sich selbsttätig aufpumpte. Da die Rettungsinsel 1989 zum letzten Mal überprüft worden war, glaubte er nicht, dass sie sich tatsächlich aufpumpen würde. Der Notfallkasten taugte nichts, genau wie alle anderen Notausrüstungen auf dem Schiff. Er fand noch eine kleine Box mit Angelzubehör und zwei wasserdichte Lampen – inklusive funktionstüchtiger Batterien.

Max setzte den Hund auf die Bank in der Kombüse, warf seine Öljacke auf den Tisch und griff nach dem Fischmesser, das er in seinen Stiefelschaft gesteckt hatte. Er schnitt zwei etwa zehn Zentimeter große Stücke Styropor von der Rettungsboje ab, ehe er in der kleinen Tasche kramte, die er mit dem notwendigsten Proviant gefüllt hatte, für den Fall, dass sie die *Dora Mae* verlassen mussten. Er fand eine Rolle silberfarbenes Isolierband, mit dem er zuvor bereits die Tür zur Kajüte abgedichtet hatte, sodass kein Wasser eindringen konnte. Als der Bug sich hob, griff Max nach Lolas Hund. Er blickte zu der Fensterreihe längs der Kombüse und des Salons, konnte aber nichts von dem Chaos draußen sehen. Während seiner Zeit bei der Marine hatte er raue See und tropische Stürme erlebt, aber damals hatte er sich an Bord von Zerstörern befunden. 1998 hatte er den Hurrikan Mitch in einem U-Boot der Seewolf-Klasse überstanden – sicher geborgen unter Wasser.

Baby leckte Max' Kinn, und er sah in die schwarzen Knopfaugen des Hundes. Selbst Lolas Hund blickte ihn an, als wäre er in der Lage, ein Wunder zu vollbringen. Als könnte er sie alle retten, was die Last auf seinen Schultern noch schwerer werden ließ.

Er legte die Styroporblöcke an den Flanken des Hundes an und wickelte das Isolierband um Babys Bauch und die Blöcke. Am Ende sah der kleine Hund aus wie ein Silbertablett auf Beinen. Die Vorrichtung würde Baby wahrscheinlich nicht das Leben retten, aber zumindest dafür sorgen, dass er über Wasser blieb.

Die Toilettentür öffnete sich, und Lola wankte hinaus. Ihr Gesicht war kreidebleich, ihre Lippen hatten alle Farbe verloren. Auf dem Weg zum Sofa warf sie einen Blick in die Kombüse. Die Jacht schlug hart nach backbord, und Lola ließ sich auf die Knie fallen und legte den Rest des Wegs auf allen vieren zurück.

Max hielt sich am Esstisch fest und wartete, bis das Schwanken einen Moment nachließ, bevor er zum Sofa ging. »Was Besseres ist mir nicht eingefallen«, sagte er und legte ihr den Hund in den Schoß.

»Danke, Max.« Sie rollte sich auf die Seite und drückte Baby an ihre Brust. »Ich habe doch gleich gewusst, dass du Baby tief in deinem Herzen gern hast.«

»Ja, ich habe gelernt, ihn zu mögen.«

Ein schwaches Lächeln spielte um ihre Mundwinkel. »Mich und Baby.«

»Vielleicht mag ich dich sogar noch ein bisschen mehr.«

»Ja, ich weiß.«

»Woher denn?«

»Du hast mich geküsst, als würdest du mich mögen.«

Eine Welle traf die *Dora Mae* von achtern an der Steuerbordseite mit solcher Wucht, dass Max auf die Knie stürzte. Das Licht flackerte und knackte, die Motoren gingen aus, und die Kajüte wurde in tiefe Dunkelheit getaucht, sodass Max die Hand vor Augen nicht erkennen konnte.

»Max!« Lolas angstvoller Schrei schnitt durch die Dunkelheit.

»Ist alles in Ordnung?«, fragte er. »Bist du noch auf dem Sofa?«

»Ich weiß nicht, wo ich bin. Wo ist Baby?« Ein paar angespannte Augenblicke vergingen, bevor sie fortfuhr. »Hier ist er ja«, sagte sie unweit von Max' Füßen. »Wird das Licht wieder angehen?«

Der Notstrom-Generator war in der ersten Nacht nicht angesprungen, und Max bezweifelte, dass er es jetzt tun würde. »Nur, wenn ich die Motoren wieder anwerfe.«

»Geh nicht nach draußen.«

»Schätzchen, das hatte ich auch nicht vor.« In der Dunkelheit kroch er zur Kombüse, fand die Tasche auf dem Boden und zog sie in Richtung Sofa. Allmählich gewöhnten sich seine Augen ein wenig an die Dunkelheit, sodass er verschiedene Abstufungen von Grau und Schwarz ausmachen konnte. »Bist du verletzt?«

»Nur mein Ellbogen tut weh. Ich werde es überleben.« Sie schwieg einen Moment. »Max, glaubst du …« Sie beendete den Satz nicht, aber Max ahnte, was sie wissen wollte.

»Was denn?«

Über das Heulen des Windes hinweg war ihre Stimme kaum zu hören. »Glaubst du, dass wir das hier überleben?«

Lola und Baby krochen wieder aufs Sofa, und Max setzte sich, den Rücken gegen die Armlehne gestützt, auf den Boden. »Wir haben eine Chance.« Er sagte ihr die Wahrheit. Zu oft im Leben hatte er sich schon verloren geglaubt, aber er war immer noch da. Lebte und atmete.

Sie bekam den Ärmel seines T-Shirts zu fassen und drehte ihn zwischen ihren langen Fingern hin und her. »Warst du schon mal kurz davor zu sterben, Max?«

Unzählige Male. »Ein- oder zweimal.«

Ein paar Sekunden verstrichen, und als sie fortfuhr, war ihre Stimme gerade so laut, dass Max sie über das Wüten der See hinweg hören konnte. »Ich bin einmal beinahe gestorben. Es war entsetzlich, und so etwas will ich nicht noch einmal durchmachen.« Ihr Kopf war so nahe an seiner rechten Schulter, dass er fast ihren warmen Atem an seinem Arm spüren konnte.

»Was ist passiert?« Er zog den Reißverschluss der Tasche auf und nahm eine Taschenlampe heraus.

»Auf der Toilette von der Tavern on the Green ist mein Herz stehen geblieben.«

Er richtete die Taschenlampe auf ihre Schulter. Im Lichtkegel waren ihr Mund und Babys Kopf zu sehen. Der kleine Hund zitterte am ganzen Körper. Max betrachtete die Schatten, die über ihrem Gesicht lagen, und er fragte sich, ob sie einen angeborenen Herzfehler oder etwa zu viele Drogen genommen hatte. »Was ist passiert?«, wiederholte er.

»Ich hatte mich mit Hummer und Kartoffelpüree mit extra viel zerlassener Butter voll gestopft und mir dann wie üblich den Finger in den Hals gesteckt«, erklärte sie, als spreche sie über etwas völlig Alltägliches. »Mein Elektrolyt-Haushalt geriet total durcheinander, und das schlug mir aufs Herz. Es war nicht das erste Mal, dass ich bewusstlos wurde, aber das erste Mal, dass mir dabei das Herz stehen blieb.«

»Du wärst um ein Haar beim Kotzen gestorben?«

»Ja.«

Max empfand so großen Abscheu vor dem Erbrechen, dass er sich keinen Menschen vorstellen konnte, der es mit Absicht herbeiführte. »Du hast dir den Finger in den Hals gesteckt? Wozu das denn?«

Er betrachtete ihren Mund, während sie nüchtern erklärte: »Um schlank zu bleiben. Der Elfen-Look war in, und von Natur aus bin ich leider keine Elfe.« Der Bug der Jacht hob und senkte sich, und sie krallte die Finger noch fester in sein Hemd. Sie redete erst weiter, als die *Dora Mae* sich wieder ausgerichtet hatte. Max hörte die Angst in ihrer Stimme. »Einmal habe ich gesehen, wie ein Mädchen auf einer Party im Nepenthe in Mailand eine Überdosis genommen hat. Heroin. Viele Mädchen nehmen Heroin, um schlank zu bleiben. Ich nicht. Ich habe gehungert oder gekotzt.«

»Gütiger Himmel«, flüsterte er in die dunkle Kajüte hinein. »Warum hast du dir nicht einen anderen Beruf ausgesucht?«

»Was denn? Ich habe nur einen High-School-Abschluss. Wie hätte ich ohne einen einzigen Tag auf dem College wohl sieben Millionen im Jahr verdienen können?« Ihr Lachen klang freudlos. »Es war ja nicht nur übel, Max. Es gab auch einiges, was ich an meinem Beruf geliebt habe. Ich habe ein paar wunderbare Menschen kennen gelernt, mit denen ich auch heute noch befreundet bin. Habe unglaubliche Orte gesehen. Ich hatte die Möglichkeit, als Sprecherin für bedeutende Ziele aufzutreten, und meine Model-Karriere hat mir die Tür zu meinem Dessous-Unternehmen geöffnet.« Draußen heulte der Wind, und Lola lehnte die Stirn an Max' Schulter. Sie redete weiter, als könnte sie damit verhindern, dass sie untergingen. »Andere Dinge an diesem Beruf hingegen konnten einen regelrecht abhängig machen. Das Geld. Die Reisen. Die Kleider. Die Aufmerksamkeit. Es ist schwer, das alles aufzugeben,

Max. Ein Niemand zu werden, wenn man ganz oben war.« Lola erzählte über ihre Genesung von der Bulimie und dass ihre Essstörung nicht darauf zurückzuführen war, dass ihr etwas im Leben fehlte oder sie als Kind missbraucht worden war, sondern vielmehr auf ihr Streben nach Perfektion.

»Hast du keine Angst vor einem Rückfall?«, fragte Max.

»Manchmal schon, aber ich darf mich auch nicht übermäßig mit dem Gedanken daran beschäftigen. Ich muss einfach wie ein normaler Mensch essen und darauf achten, dass ich nicht zu plötzlich zu sehr zu- oder abnehme.« Baby zappelte, und Lola hob die Hand und kraulte seinen Kopf. »Ich darf nicht vergessen, dass Kontrolle und Perfektion Illusionen sind und dass ich mit meinem Körper zufrieden sein kann«, sagte sie. »Ich muss nicht perfekt sein.«

»Lola, du bist perfekt.«

»Nein, aber ich lerne allmählich, mit meinen Oberschenkeln zu leben.«

»Deine Oberschenkel sind perfekt.« Er konnte kaum glauben, dass er dieses Gespräch ausgerechnet mit Lola Carlyle führte. Und unter anderen Umständen hätte er seine Zeit auch nicht damit vergeudet. »Als ich dich kennen gelernt habe, war einer meiner ersten Gedanken, dass du in der Realität noch schöner bist als auf all den Titelseiten.«

»Du bist lieb, Max.«

Er glaubte nicht, dass irgendeine Frau ihn jemals zuvor als ›lieb‹ bezeichnet hatte. Er kam zu dem Schluss, dass es ihn nicht störte, wenn Lola Carlyle ihn als lieb bezeichnete. Und hätten sie nicht mitten in einem Sturm gesteckt, wäre er gern bereit gewesen, ihr zu zeigen, wie lieb er wirklich sein konnte. »Ich mag keine knochigen Mädchen«, sagte er. »Ich mag Frauen. Frauen mit Brüsten und Hüften und einem Hintern, der in meine Hände passt.«

»Du hast große Hände.« Sie lachte, aber ihr Lachen erstarb

unvermittelt, als die Jacht nach backbord ausscherte. Max stützte sich mit den Füßen ab, und Lola ließ sein Hemd los, um sich an der Sofalehne festzuhalten. Als die *Dora Mae* aufhörte zu schlingern, griff Lola sofort wieder nach dem Stoff. »Max, ich habe Angst.«

»Ich weiß.« Er drückte ihre Hand.

»Sprich mit mir. Solange ich deine Stimme höre, weiß ich, dass ich lebe, und habe nicht so große Angst.«

In den schlimmsten Stresssituationen zog Max die Stille vor, aber wenn ihr das Reden half, war er bereit, wie ein Wasserfall zu plaudern. Das war er ihr schuldig. »Was wirst du als Erstes tun, wenn wir gerettet sind?«, fragte er.

»Meine Eltern anrufen. Ich kann mir vorstellen, dass sie sich zu Tode ängstigen«, sagte sie. »Und dann werde ich dafür sorgen, dass meine Nacktfotos aus dem Internet verschwinden.«

»Wie willst du das anstellen?«

»Ich werde jemanden anheuern, der Sam so unter Druck setzt, dass er seine Website dichtmacht.«

Max' Meinung nach gab es bestimmt auch einen direkteren Weg, aber er verkniff sich jeden Kommentar, da sie sich ohnehin nie wieder sehen würden, wenn sie die *Dora Mae* erst einmal verlassen hätten.

»Und du?«, fragte sie. »Was wirst du als Erstes tun?«

»Ein ordentliches Steak essen.«

»Bevor du deinen Vater anrufst?«

»Mein Vater ist gestorben, als ich einundzwanzig war.«

Sie schwieg einen Moment, und Regen trommelte gegen Tür und Fenster. »Das tut mir Leid, Max. Wie ist er gestorben?«

»Er war Alkoholiker. Glaub mir, als Alkoholiker hat man keinen schönen Tod.« Sein Vater war der Mensch, um dessen Rettung Max sich am allermeisten bemüht hatte. Er hatte es versucht, und der Versuch war fehlgeschlagen. Und er brauchte keinen Psychiater, um zu wissen, weshalb er sein Leben so führte, wie er es tat. Warum er sein eigenes Leben für Menschen aufs Spiel setzte, die er nicht kannte, und für eine Regierung, die ihn für ihre eigenen Zwecke benutzte.

»Ich habe erlebt, was Alkohol und Drogen aus Menschen machen können«, unterbrach Lola seine Gedanken. »Ich weiß, dass manchmal niemand diesen Menschen helfen kann.«

Max lachte, und es klang bitterer als beabsichtigt. »Ich habe es weiß Gott versucht, aber nichts, was ich getan habe, hat etwas daran geändert, wie es endete. Als ich heranwuchs, war mein Vater meistens betrunken. So ein Leben ist nicht leicht für ein Kind.«

»Was hast du getan, wenn er trank?«

»Na ja, das sind ziemlich üble Erinnerungen«, sagte er. Erinnerungen, über die er nicht reden würde. Nicht mit Lola. Mit niemandem. Er löste ihre Hand von seinem Hemd, hob sie hoch und richtete die Taschenlampe auf ihre kleine Hand, die in seiner lag. Langsam strich er mit dem Daumen über die Innenseite. Die Jacht schlingerte über den Bug nach steuerbord, während Max Lolas Hand umdrehte und drückte. »Ich habe oft mit den Kindern aus der Nachbarschaft gespielt«, fuhr er fort. »Und als ich alt genug war, hab ich mich zur Marine gemeldet.«

»Warum zur Marine?«

Max grinste. »Mir gefiel die Uniform. Ich dachte, damit hätte ich bestimmt mehr Chancen bei den Frauen.« Doch sobald er bei der Marine gewesen war, hatte er sich Little Creek und das SEAL-Programm als Ziel gesetzt. Dort war er genau richtig gewesen. Während seiner Zeit bei der Marine hatte er seinen Abschluss in Politik- und Wirtschaftswissenschaften gemacht, ehe er für das National War College in McNair ausgewählt worden und auf bestem Wege gewesen war, Kompaniechef zu werden, als man ihn schließlich gezwungen hatte, seinen Hut zu nehmen.

»Hat es geklappt?«

»Ja.« Er hob ihre Hand an seine Lippen und küsste ihre Knöchel. Dann sah er ihr in die Augen. Der Lichtstrahl warf Schatten über ihr Haar und auf ihre Nase. »Ich sagte doch, ich bin ein charmanter Mensch.«

Sie brachte ein schwaches Lächeln zustande. »Wenn auch nicht ganz so charmant, wie du glaubst.«

Er berührte ihre Finger mit der Zungenspitze. »Du hast Glück, dass ich dir nicht zeigen kann, wie charmant ich manchmal bin«, sagte er.

Ihre Antwort ging in dem Wogen des Ozeans und dem Aufprall einer Welle mittschiffs unter. Das Wasser schlug lautstark gegen die Fenster und drückte die Jacht tief nach backbord herunter. Max stemmte die Füße in den Boden und ließ Lolas Hand los. Er rutschte ein paar Meter über den Boden. Entweder arbeiteten die Pumpen nicht, oder sie konnten die Wassermassen nicht bewältigen. Es dauerte länger als zuvor, bis die *Dora Mae* sich wieder aufgerichtet hatte. Das Ächzen des Schiffs war noch Furcht einflößender als das Heulen des Windes. Es war an der Zeit, ein ernstes Wort zu reden. Zeit, Lola wissen zu lassen, was ihnen jeden Augenblick drohen konnte. Er durfte es nicht länger hinauszögern. Er kroch zu ihr und Baby, die inzwischen auf dem Boden lagen, und leuchtete ihr ins Gesicht. Ihre ängstlich geweiteten Augen folgten jeder seiner Bewegungen. »Lola«, begann er und kniete sich neben sie, »wie lange kannst du die Luft anhalten?«

»Wieso?«

»Wie lange?«

»Eine Minute vielleicht.«

»Falls die Jacht kentert, wird sie nicht sofort sinken. Such eine Stelle, wo noch Luft ist, und einen Weg nach draußen. Die Kombüsentür wird eingedrückt werden, und vielleicht halten auch die Fenster nicht stand – geh an der Stelle raus, wo es am einfachsten ist. Du hast die Schwimmweste, und sobald du draußen bist, treibt es dich sofort an die Oberfläche.«

»Werden wir kentern?«

»Möglich. Das Problem ist, dass die Jacht sich rechtwinklig zum Wind und zum Wasser ausrichtet. Die Wellen treffen uns hauptsächlich von backbord, viel seltener von steuerbord. Denk immer daran, dass du auf keinen Fall in Panik geraten darfst.«

»Zu spät.«

»Ich meine es ernst. Wenn die Wassermassen auf dich einstürzen, ist dies das Schwierigste überhaupt, aber du darfst dich von deiner Angst einfach nicht mitreißen lassen. Du musst dich retten. Und genau das kannst du nicht, wenn du in Panik gerätst.«

Ihre Brust hob und senkte sich. »Und was ist mit dir?«

»Ich werde gleich hinter dir sein. Wenn ich aufgetaucht bin, nehme ich das Rettungsboot in Betrieb, und dann können wir einsteigen.« Mit voller Absicht verschwieg er seine bösen Vorahnungen im Hinblick auf das Boot.

»Und Baby? Er schafft es nie im Leben.« Sie hielt ihren Hund fest in einem Arm und bedeckte mit der freien Hand ihr Gesicht.

Wahrscheinlich hatte sie Recht, und als hätte er jedes Wort verstanden, befreite Baby sich zappelnd aus Lolas Arm, lief zu Max und schmiegte sich an sein Knie. Mit seiner kleinen rosa Zunge leckte er zuerst Max' Hose, dann seinen nackten Arm. »Ich sorge schon dafür, dass dein Hund es schafft.« Er hörte sich diese lächerliche Behauptung aufstellen, bevor er überhaupt wusste, was er sagte.

Lola richtete sich auf, rutschte bis zum Sofa und lehnte sich mit dem Rücken dagegen. »Danke, Max.«

Ihr »Danke« schnitt sich in seine Brust, als wäre es das Fischmesser, das er wieder in seinen Stiefelschaft geschoben hatte. Er musste den Blick abwenden. Wäre er nicht gewesen, liefen sie und ihr Hund jetzt nicht Gefahr, ihr Leben zu verlieren. Sie wäre zu Hause. Wohlbehalten und in Sicherheit in ihrem warmen Bett. Würde im Traum womöglich BHs entwerfen. »Lola, tut mir Leid, dass ich dich in diesen Schlamassel hineingezogen habe«, sagte er.

»Mir auch. Und es tut mir Leid, dass ich die Brücke in Brand gesetzt habe. Dass ich das getan habe, tut mir weiß Gott Leid.«

Ihre Selbstironie drehte das Messer in seiner Brust noch um. Aber genau diese Selbstironie gehörte zu den Eigenschaften, die er an ihr mochte, und außerdem hatte Lola noch sehr viel mehr liebenswerte Eigenschaften. Mehr, als er sie jemals wissen lassen würde. Er hob Baby auf und setzte sich neben sie. »Für eine lästige Nervensäge bist du ganz in Ordnung.«

»Ist das ein Kompliment?«

»Es war nur eine Feststellung.«

»Gut, weil es überhaupt nicht nach diesem Charme klang, vor dem du mich ständig warnst.« Der Bug hob sich, und Lola rutschte näher an ihn heran. »Und für einen überheblichen Möchtegern-Steven-Segal bist du auch ganz in Ordnung.«

Er zwang sich zu einem »Ha, ha«. »Steven Segal ist ein Weichei.«

»Seltsam, ich wusste genau, dass du das sagen würdest.« Sie griff nach seiner Hand und drückte sie. Und als sie ihren Kopf auf seine Schulter legte, atmete er tief ihren Duft nach Blumen und Meer ein.

Lola Carlyle war ganz und gar nicht das, was er in der ersten Nacht erwartet hatte, als er ihren Führerschein sah. Sie war nicht oberflächlich oder hysterisch. Sie war kein verwöhntes Model, dessen Wert lediglich im Aussehen ihres Körpers im String-Tanga lag. Sie war viel mehr. Sie war eine Persönlichkeit, die sich ihren Ängsten stellte, und sie war mutiger als manche Männer, die er kannte. Sie war eine Überlebenskünstlerin – verborgen unter lieblich duftender Haut. Sie war eine Kämpferin.

Sie hatte schreckliche Angst, das spürte er an dem festen Griff, mit dem sie seine Hand umklammert hielt, aber sie beherrschte ihre Angst. Er hatte zu viele Menschen erlebt, die genau das nicht konnten, um ihre Stärke nicht zu bewundern und zu schätzen.

Der Atlantik schleuderte die *Dora Mae* noch immer wie eine Nussschale umher. In der dunklen Kajüte hielt Max Lolas Hand und lauschte ihrer Stimme. Sie erzählte von ihrem Unternehmen, von ihrer Familie und von Babys Rausschmiss aus der Hundeschule. Und mit jeder Stunde, die verging, schmerzte das Messer in Max' Brust ein bisschen mehr. Mit jeder Minute musste er energischer gegen den Drang ankämpfen, sie in die Arme zu schließen und sein Gesicht an ihrem Hals zu bergen. Sosehr er sich auch bemühte, es zu ignorieren, riss sie ihm mit jeder Berührung, mit jedem Laut, mit jedem Seufzer das Herz aus dem Leib.

Die Jacht neigte sich nach backbord, und einige Male fürchtete Max, sie würde sich nicht wieder aufrichten. Er hielt Lolas Hand, während der Wind unablässig heulte. Mehr nicht. Er hielt nur ihre Hand in seiner, doch die Berührung ihrer schlanken Finger und warmen Handfläche erschien ihm bedeutend intimer als manche seiner unzähligen Erlebnisse mit anderen Frauen. Er ließ ihre Hand erst wieder los, als der Sturm sich legte und die See sich allmählich beruhigte. Danach hielt er Lola im Arm, und sie schlief an seinen schmerzenden Rippen ein.

Als die ersten Strahlen der Morgensonne schließlich durch die Fenster fielen, bettete er Lola auf den Boden und schob ihr ein Sofakissen unter den Kopf.

Dann ging er nach draußen, um den Schaden in Augenschein zu nehmen.

Zum zweiten Mal, seit sie ihren Fuß an Bord der *Dora Mae* gesetzt hatte, erwachte Lola nach einer Nacht in der Hölle, in der sie mit ihrem Leben abgeschlossen hatte. Sie hörte, wie die Kombüsentür geöffnet wurde, und richtete sich auf. Das Erste, was sie bemerkte, war das Fehlen jeglicher Schiffsbewegung. Die Jacht neigte sich leicht nach links, lag aber ansonsten vollkommen still.

Sonnenschein flutete durch die Fenster und über Max' Schultern hinweg, als er im Türrahmen erschien. Sie stellte fest, dass er seine Schwimmweste abgelegt hatte.

Lola stand auf und sah nach Baby, der auf dem Sofa lag und schlief. Sie zog ihre Schwimmweste ebenfalls aus und folgte Max nach draußen. Sie blinzelte in die Morgensonne. In etwa hundert Meter Entfernung sah sie hellen Sand, hohe Palmen, zerklüftete Felsen und üppige Vegetation. Mehrere Palmen sowie eine karibische Tanne waren vom Sturm geknickt und lagen halb im Wasser. Die *Dora Mae* war in einer seichten Bucht mit türkisfarbenem Wasser auf Grund gelaufen.

»Wo sind wir?«

»Keine Ahnung.«

»Glaubst du, dass wir auf einer Insel sind?«, überlegte sie laut. »Oder vielleicht an der Südspitze von Florida?«, fügte sie hoffnungsvoll hinzu.

Max deutete auf die zerklüfteten Felsen und Klippen links von ihnen. »Das sieht nicht nach Florida aus.« Auch er schirmte seine Augen mit der Hand gegen die Sonne ab. »Zu den Bahamas gehören schätzungsweise siebenhundert Inseln. Auf einer davon werden wir wohl gelandet sein.«

»Ob es auf der anderen Seite einen Club Med gibt? Aber vielleicht ist es auch eine dieser abgelegenen Inseln, die den Reichen und Berühmten gehören.«

Max ließ die Hand sinken. »Vielleicht gehört sie einem von deinen Freunden.«

Sie hatte keine Freunde, die Inseln besaßen. »Es gibt nur eine Möglichkeit, das herauszufinden.«

Max ging zur Schwimmplattform, knüpfte die Leine des Rettungsboots ans hintere Ende der Jacht und warf sie ins Wasser. Ein Stück Nylonschnur war am Rettungsboot befestigt, an der Max nun zog. Innerhalb von Sekunden hatte sich das kleine Schlauchboot aufgeblasen. Doch ebenso schnell begann es an verschiedenen Orten zu zischen, während von der Unterseite Luftbläschen heraufsprudelten.

»Mist.« Max verschränkte die Arme und sah mit finsterer Miene zu, wie das Boot innerhalb kürzester Zeit unterging.

»Tja, ich würde sagen, wir haben Glück gehabt, dass wir gestern Abend nicht von Bord gehen mussten.«

»Wir müssen schwimmen.« Max warf ihr einen Blick zu und fragte: »Schaffst du das?«

»Ja.« Da sie keineswegs vorhatte, in Panik zu geraten oder zu hyperventilieren, war sie sicher, dass sie die Strecke bis zum Strand bewältigen konnte.

Gemeinsam suchten sie Lebensmittel und Gerätschaften zusammen, die sie brauchen würden, um die Insel zu erkunden. Lola zog das Obstkleid an und fand ein Paar Turnschuhe ohne Schnürsenkel, die ihr beim Schwimmen jedoch von den Füßen fallen würden. Max griff nach dem Isolierband und kniete sich vor Lola.

»Was passiert, wenn ich mich in eine Prinzessin verwandle?«, fragte sie, als er ihren Knöchel umfasste und das Isolierband um den Turnschuh wickelte.

Sein Blick glitt an ihrem Schienbein hinauf, über das Knie bis zum Saum ihres Kleides. »Wie bitte?«

»Wie Aschenputtel.«

Er sah ihr ins Gesicht und griff nach ihrem anderen Fuß. »Dann wäre ich wohl der Märchenprinz.«

Der Märchenprinz? Na ja, das vielleicht nicht, aber er gefiel ihr immer besser. Als die Schuhe fixiert waren, bürstete sie sich das Haar und putzte sich die Zähne, ehe sie Max das Glas mit der Zahnbürste reichte. Wortlos benutzte er sie. Als er fertig war, stopfte er Lolas Handtasche und die Provianttasche in einen Müllsack, blies ihn auf und verknotete die Öffnung so fest wie möglich, ehe sie vom Heck der Jacht ins Wasser stiegen. Max, Lola und Baby. Die Styroporblöcke an den Flanken des Hundes hielten ihn über Wasser.

Die stille, warme, glitzernde See hatte nichts mehr mit dem wütenden Sturm der vorherigen Nacht gemein. Das Wasser war so trügerisch ruhig, dass man sich kaum vorstellen konnte, dass es genau dasselbe war, das sie gestern beinahe das Leben gekostet hatte. Fünfzig Meter vom Strand entfernt fand Lola Boden unter den Füßen und watete durch die leichte Brandung ans Ufer. Die kleinen Wellen umspülten ihre Schenkel, und Lola nahm Baby auf den Arm und trug ihn den Rest des Weges. Der Sand war noch nass von dem Unwetter, und als sie den Hund auf den Boden setzte, stürzte er augenblicklich davon, um eine umgestürzte Palme zu untersuchen.

Lola hatte keine Ahnung, ob die Insel bewohnt war oder ob sie schlicht eine Katastrophe gegen eine andere eintauschten, aber es war ein so herrliches Gefühl, endlich wieder festen Boden unter den Füßen zu haben, dass es sie in diesem Moment nicht kümmerte. Sie war nass und fror, und sie hätte sich am liebsten auf die Erde fallen lassen, um den Strand zu küssen. Stattdessen sank sie in die Knie und hob ihr Gesicht der Sonne entgegen. Gestern Nacht hatte sie um ein rettendes Schiff gebetet, aber es war keines gekommen. Vielleicht öffnete der liebe Gott ihr hier einen anderen Fluchtweg von der *Dora Mae*.

Die Sonne streichelte ihr Gesicht, die kühle Morgenluft erfrischte ihre Lungen, als sie plötzlich von einer Woge der Gefühle übermannt wurde. Sie lebte. In der vergangenen Nacht hatte sie mehrmals geglaubt, sie würde den neuen Tag nicht mehr erleben. Einige Male wäre sie hysterisch geworden und hätte völlig den Verstand verloren, wenn Max nicht gewesen wäre. Wenn er in der dunklen Kajüte nicht ihre Hand gehalten und wenn sie nicht seine beruhigende Stimme gehört hätte.

Baby und sie waren noch am Leben, obwohl sie ohne weiteres auch hätten ertrinken können. Lola holte tief Luft und ließ den Atem langsam wieder entweichen. Nachdem jetzt alles vorüber war, sandte sie dem lieben Gott ein rasches Dankgebet, während sie ein Gefühl der Wärme durchströmte. Tiefe Dankbarkeit erfüllte sie – dafür, dass sie lebte, dass sie ihr nasses Kleid an der Haut kleben und den groben Sand in den Schuhen und zwischen ihren Zehen fühlte.

Max riss den Plastiksack auf und stellte ihre Tasche neben sie. »Auf geht's, Lola«, forderte er sie auf und zerstörte den schönen Augenblick.

»Können wir nicht einen Moment hier sitzen bleiben und uns freuen, dass wir wieder an Land sind?«

»Nein.« Er öffnete die Tasche und reichte ihr das rote Wolltuch. »Wir vergeuden Tageslicht.«

»Was soll das? Bist du John Wayne?« Sie wrang so viel Wasser aus ihrem Kleid wie möglich und hüllte sich in das Kaschmirtuch. »Und du musst Baby von seinen Schwimmflügeln befreien, bevor wir überhaupt irgendwohin gehen«, fügte sie hinzu und stand auf.

»Wovon?«

»Von diesen Styropor-Dingern.«

»Hierher, B. D.«, rief Max den kleinen Hund, der gerade an einer Palme das Beinchen hob. Kaum hörte er Max' Stimme, rannte Baby zu ihm und blieb bei Fuß stehen.

»Wie machst du das nur?« Lola hielt den Hund fest, während Max ihn von den Styroporblöcken befreite. »Wenn ich ihn rufe, kommt er nie beim ersten Mal.«

»Er weiß, dass ich das Alpha-Tier bin«, antwortete Max. Sein gesenkter Kopf berührte fast ihre Nase. Das dichte schwarze Haar war nur mit den Fingern gekämmt und roch intensiv nach ihm – eine Mischung aus Seife und Meer und Max. Er hob den Blick, ließ ihn auf ihrem Mund ruhen, und seine Hände hielten in der Bewegung inne. Für einen kurzen Augenblick sah sie die Sehnsucht in seinen schönen blauen Augen. Sie dachte schon, er würde sich vorbeugen und sie küssen, und hob die Hand, um ihm durchs Haar zu streicheln. Stattdessen wandte er den Blick ab, während sie die Hand wieder sinken ließ. Zurück blieb ein Gefühl der Enttäuschung und der Verwirrung. Nach allem, was sie in der Nacht zuvor gemeinsam durchgestanden hatten, waren ihre Gefühle für ihn tiefer geworden. Sie hatte Respekt vor seiner Stärke – nicht nur vor seiner physischen Kraft, die ihr das Gefühl gab, dass er auf Baby und sie Acht geben konnte, sondern auch vor seiner Charakterstärke. Max besaß durchaus so etwas wie Ehrgefühl. Er würde sich niemals vor einer Verantwortung drücken oder das Vertrauen eines Menschen missbrauchen. Er würde sie nie benutzen, um sein eigenes Ego aufzuwerten, und er würde niemals Nacktfotos von ihr verkaufen. Sie liebte ihn nicht, trotzdem erkannte sie viele bewundernswerte Eigenschaften in ihm.

Baby kläffte, und Lola wandte ihre Aufmerksamkeit dem Hund zu. »Sei brav«, befahl sie, während Max das restliche Isolierband entfernte. »Du bist ein sehr, sehr mutiger Hund«, lobte sie Baby, als er seine Schwimmhilfe los war. Max äußerte irgendetwas auf Spanisch und stopfte den Plastiksack und die Styroporblöcke in die Provianttasche. Sein Tonfall hinderte Lola daran, ihn um eine Übersetzung zu bitten. Sie gingen auf die dicht stehenden Bäume zu.

»Wohin gehen wir?«, fragte Lola, nahm Baby in ihren anderen Arm und hängte sich die Handtasche über die Schulter.

»Nach oben«, lautete seine höchst informative Antwort, und Lola folgte ihm zwischen zwei Palmen hindurch. Innerhalb von Sekunden waren sie in die dichte Vegetation eingetaucht, die sie zwang, im Gänsemarsch zu gehen. Dichte Farne streiften Lolas Knöchel, und Max blieb einige Male stehen und streckte ihr die Hand entgegen.

Baby sprang von ihrem Arm und jagte einem fauchenden Leguan nach. Sie riefen ihn beide zurück, aber ausnahmsweise hörte er einmal nicht auf das Alpha-Tier, sodass Max keine andere Wahl hatte, als ihm nachzulaufen. Als er Baby endlich eingefangen und zurückgebracht hatte, öffnete er Lolas Tasche und stopfte ihn hinein.

»Ich dachte, er wüsste, dass du das Alpha-Tier bist«, bemerkte sie, während er den Reißverschluss bis zur Hälfte hochzog.

Max runzelte die Stirn und sah Baby streng an. »Dein Hund hört verdammt schlecht.«

Lola unternahm nicht einmal einen Versuch, sich ein Lächeln zu verkneifen. »Oder du bist vielleicht doch nicht der Rudelführer.«

»Schätzchen, wer hier der Rudelführer ist, steht doch wohl außer Frage.«

»Aha. Vielleicht bin ich es ja.«

Er wiegte sich auf den Fersen und wischte sich mit dem Handrücken den Schweiß von der Stirn. »Das möchtest du bestimmt gern glauben, aber du hast nicht die richtige Ausstattung für einen Rudelführer.«

Sie ging nicht davon aus, dass er von der Ausstattung in seiner Proviantttasche sprach. »Was für eine Ausstattung meinst du?«

»Ich denke, das wissen wir beide.« Sein Blick wanderte an den Knöpfen ihres Kleides und über ihre Brüste hinab bis zu den Kirschen über ihrem Schritt. »Aber vielleicht muss ich sie dir ja trotzdem zeigen«, sagte er, und in den Winkeln seiner frechen blauen Augen wurden kleine Fältchen sichtbar.

»Ich verzichte.«

Er hob die Schultern, als wollte er sagen: Wie du willst. Sie gingen weiter den Hügel hinauf, vorbei an buschigen Guajakbäumen mit ihren winzigen violetten Blüten, und Lola fragte sich, wie er wohl reagieren würde, wenn sie die Hand in seine Gesäßtasche schob und sich von ihm ziehen ließ. Tropische Vögel sangen und schrien über ihnen. Schließlich gelangten sie an einen kleinen Bach, den Max als Erster überquerte. »Bleib drüben«, sagte er und stellte die Proviánttasche ab. Dann kam er zurück und stellte sich breitbeinig hin – einen Fuß auf der einen, den anderen auf der anderen Seite des Baches. Sie hätte den schmalen Wasserlauf allein überqueren können, doch als er nach ihrer Hand griff, nahm sie sie und hielt sie fest. Ihre Handflächen berührten einander, und ein leises Prickeln zog sich über ihren Unterarm. Sie machte einen großen Schritt über den Bach hinweg und sah Max in die Augen. Und da war es wieder, dieses aufblitzende Verlangen. Der Hunger in seinen hellblauen Augen, den er nicht verbergen konnte. Dieses Begehren, das tief in ihr die Leidenschaft weckte.

Er senkte den Blick und ließ gleichzeitig ihre Hand los. »Wird dir der Hund zu schwer?«

Baby wog höchstens fünf oder sechs Pfund, doch nach einer gewissen Zeit hatte ihre Schulter trotzdem angefangen zu schmerzen. »Ein bisschen.«

Max nahm ihr die Handtasche ab und zog sich den Riemen über den Kopf und eine Schulter. Dann griff er nach der Proviánttasche und setzte sich wieder in Bewegung. Lola wünschte sich sehnlichst eine Kamera, um Max zu fotografieren, wie er ihre Handtasche trug, aus der Babys Kopf herausragte, mit seinem Dornhalsband, das ihn verflixt gefährlich aussehen ließ. Max Zamora trug den Hund, den er vor nicht allzu langer Zeit mit einem Tritt in den Atlantik hatte befördern wollen. Irgendwo unter dem harten, muskelbepackten Äußeren war Max doch ein schnurrendes Kätzchen.

In diesem Augenblick fing Baby an zu bellen und zappelte heftig, um sich aus der Tasche zu befreien.

Max legte dem Hund beschwichtigend eine Hand auf den Kopf. »Wenn du mich zwingst, dir noch einmal nachzulaufen, B. D., dann sehe ich zu, wie dich dieser Leguan frisst.«

Nun ja, ein schnurrendes Kätzchen vielleicht nicht gerade, aber er war keineswegs so hart gesotten, wie er tat. Sie brauchten noch einmal zehn Minuten, um den höchsten Punkt der Insel zu erreichen – ein atemberaubend schönes Plateau mit karibischen Tannen und üppigen Blattgewächsen. Sie traten an den Rand und blickten nach unten. Der hintere Teil der Insel war mit seinen zerklüfteten Felsen und steilen Hängen unwirtlicher als der vordere. Überall Tannen und Palmen, aber kein Club Med, ebenso wenig wie ein eigenbrötlerischer Rock-Star auf Urlaub auf seiner privaten Insel.

Durch niedriges Gestrüpp kämpften sie sich bis zur Mitte des Plateaus vor und entdeckten ein blaues Loch. Die Trinkwasserquelle war umgeben von Tannen und hohem Gras. Das Loch maß in etwa fünfzehn Meter im Durchmesser, und eine leichte Brise kräuselte das Wasser.

Max stellte die Taschen auf den Boden, und Baby kletterte heraus, um sich zu strecken. Max kniete sich am Ufer auf einen kleinen Felsvorsprung, schöpfte Wasser mit der hohlen Hand und trank. »Verdammt, ist das kalt«, sagte er, als Lola sich neben ihn hockte. Sie nahm eine Trinkflasche aus der Provianttasche, die sie auf der Jacht noch mit Wasser aus dem Hahn gefüllt hatten.

»Hast du eine Ahnung, was wir jetzt tun könnten?«, fragte sie ihn. Das Oberteil ihres Kleides war noch immer feucht, und sie ließ das Wolltuch bis zur Taille hinuntergleiten, in der Hoffnung, dass ihr Kleid im Wind schneller trocknete.

»Wir sehen uns noch ein wenig um, und dann machen wir ein riesiges Signalfeuer. Nach dem gestrigen Unwetter sind bestimmt Rettungsflugzeuge unterwegs.«

»Und was ist mit einer Funkbake?«, fragte Lola. »Das habe ich mal in einem Film mit Anne Heche und Harrison Ford gesehen. Sie waren auf einer Insel gestrandet und haben nach einer Art Funkbake gesucht, die sie außer Funktion setzen wollten. Dann, so meinten sie, würde jemand kommen, um das Ding zu reparieren, und sie wären gerettet.«

»Eine Funkbake?«

»Ja, ich glaube, so haben sie es genannt.« Sie streifte ihre Schuhe ab und betrachtete ihre schmutzigen Füße. Aus der Handtasche kramte sie ein kleines Stück Seife hervor und rückte bis an den Rand des Felsbrockens.

»Wenn es so was gäbe, müsste es auf dem höchsten Punkt der Insel stehen, der frei von jeglicher Vegetation sein müsste.« Er stand auf, stemmte die Hände in die Hüften und sah sich um. »Da drüben, vielleicht«, sagte er und zeigte nach Westen.

Sie tauchte die Füße ins kalte Wasser. »Geh du. Baby und ich bleiben hier und warten auf dich.«

»Im Ernst?«

Sie nickte und seifte ihre Füße ein. »Baby braucht eine Verschnaufpause.«

Max leichte leise und kniete sich wieder neben sie. Er umfasste ihr Kinn und drehte ihr Gesicht zu ihm herum. »Gut, wenn Baby eine Verschnaufpause braucht«, sagte er dicht an ihren Lippen. Mit einer Selbstverständlichkeit, als ob sie ihn schon seit einer Ewigkeit kannte, schmiegte sie sich an ihn und öffnete ihm ihre Lippen. Seine Zunge umkreiste liebevoll die ihre, und sein Kuss war weich und süß und ließ eine tiefe

Wärme in ihr aufsteigen. Sie ließ die Seife auf den Boden fallen und legte die Handflächen an seine stoppeligen Wangen. Mit den Fingern fuhr sie durch sein dichtes kurzes Haar, doch er wich zurück, und der Kuss endete, bevor sie dazu bereit war. »Benimm dich«, sagte er und stand auf.

Er nahm die Trinkflasche, eine Schachtel Party-Knabbereien, einen Apfel und eine Tüte Cracker mit. Für Lola blieben ein Camembert, ein Apfel, eine Schachtel hauchzarte Waffeln und ein Hunger, der nichts mehr mit Essen zu tun hatte.

8. KAPITEL

Die Sonne hatte ihren Zenit noch nicht erreicht, doch sie wärmte bereits Lolas Rücken und Arme. Sie wusch ihre Füße und Beine, kramte dann in ihrer Louis-Vuitton-Tasche und nahm eine kleine Puderdose heraus. Stückchenweise betrachtete sie ihr Gesicht, ein Viertel nach dem anderen. Sie gelangte zu der Einsicht, dass sie entsetzlich aussah, und kramte weiter in ihrer Tasche, bis sie ihre Utensilien gefunden hatte: eine Pinzette, ein Fläschchen Gesichtslotion von Estée Lauder, Mascara, Rouge und eine Tube mit pinkfarbenem Lip-Gloss. Während sie ein paar wild wuchernde Härchen aus den perfekten Bögen ihrer Augenbrauen zupfte, sagte sie sich, dass sie sich natürlich nicht für Max schön machte.

Doch es gelang ihr nicht, sich zu überzeugen. Nicht, solange allein der Gedanke an seine Küsse einen Schauder über ihr Rückgrat jagte und ihr die Glut in die Wangen trieb, als wäre sie wieder sechzehn und verknallt in Taylor Joe McGraw, den Kapitän des Basketball-Teams.

Taylor hatte sie damals nicht wahrgenommen, ganz im Gegensatz zu Max. Wie sehr er sie wahrnahm, zeigte er ihr mit jedem Blick.

Seit ihrem vierzehnten Lebensjahr wusste sie, dass Männer sie ansahen. Aber Max war irgendwie anders. Was sie in seinen Augen sah, ging wesentlich tiefer. Es war etwas Dunkleres, wie die Verlockung von etwas Sündigem, etwas Verbotenem, und Lola hatte von jeher eine Schwäche für sündige Dinge.

Sie tuschte ihre Wimpern, bis sie lang und schwungvoll wirkten, ehe sie Rouge und Lip-Gloss auftrug. Anschließend räumte sie ihre Schminksachen wieder in die Tasche und blickte über die blaue Wasserstelle hinweg auf die Tannen und das hohe Gras. Eine Fliege summte vor ihrem Gesicht, die sie mit einer Handbewegung verscheuchte. Lola war überzeugt, dass heute Dienstag war, doch seit Samstagabend war so viel passiert, dass sie das Gefühl hatte, als wäre ein ganzer Monat vergangen.

Baby bellte zwei Libellen an und wäre fast ins Wasser gefallen, wenn Lola ihn nicht festgehalten hätte. Sie blickte flüchtig zur Sonne über ihrem Kopf hinauf. Es musste inzwischen bestimmt eine Stunde vergangen sein, und von Max war noch immer keine Spur zu sehen. Sie stand auf, trug ihre Sachen von dem insektenverseuchten Ufer weg und fand ein hübsches Plätzchen hinter dichtem Gestrüpp unter einer Zwergtanne. Nachdem sie ihr Wolltuch auf dem Boden ausgebreitet hatte, setzten sie und Baby sich darauf und knabberten Cracker und Käse.

Sie fing an, sich ein Leben als Gestrandete auf dieser Insel auszumalen. Nichts als Fisch und Reptilien auf dem Speisezettel. Zu dritt würden sie alt und verrückt, und Max würde so schrecklich aussehen wie Tom Hanks in *Castaway*, während sie in die Rolle der Ginger in *Gilligans Insel* schlüpfen würde.

Ihr Herz begann zu hämmern, und sie musste energisch die Panik niederkämpfen, die sie zu überwältigen drohte. Sie war noch nicht einmal eine Woche verschollen. Falls jemand nach ihr suchte – und sie war sicher, dass ihre Eltern sie suchten –, blieben ihr bestimmt noch ein paar Tage, bevor die Suchmannschaften zurückgezogen wurden. Sie holte tief Luft und atmete langsam wieder aus, verscheuchte die Panik in die hintersten Winkel ihres Bewusstseins.

Als sie sich ein wenig beruhigt hatte, überlegte sie, warum

Max wohl so lange wegblieb. Ihre Gedanken sprangen von einer möglichen Katastrophe zur anderen. Sie fürchtete, er könnte sich ein Bein gebrochen haben oder von einem Felsen gestürzt sein. Sie hätte mit ihm gehen sollen. Was, wenn er sie brauchte?

Einen Moment, rief sie sich zur Ordnung, hier geht es um Max. Um einen Mann, der durchaus auf sich selbst aufpassen konnte, und darüber hinaus auf jeden, den er zufällig requiriert hatte. Wenn er sich ein Bein brach, würde er sich einfach eine Schiene schnitzen und weitergehen.

Sie hob Baby hoch und kraulte ihm die Brust. Sie kannte Max erst so kurze Zeit, wie war es möglich, dass sie ihn trotzdem schon so gut kannte? Wie hatte er einen so hohen Stellenwert in ihrem Leben bekommen können? Vorher hatte sie nie einen Mann gebraucht. Haben wollen, ja, aber gebraucht? Nein.

Wäre Max nicht hier auf dieser Insel, würden sie und Baby es auch allein schaffen, ein Feuer zu machen und einen Leguan zu rösten. Warum brachte der Gedanke, ihn zu verlieren, ihr Herz dann so zum Rasen? Warum hatte sie das Gefühl, dass er lebenswichtig für sie wäre?

Sie blickte in die wässrigen Augen ihres Hundes, aus denen ihr die Antwort entgegenschimmerte. Stockholm-Syndrom. Ein typischer Fall von Geiseln, die sich an den Geiselnehmer binden. Und sie und Baby hatte es schwer erwischt.

Hinter ihr raschelte es im Gebüsch, und sie blickte über die Schulter. Baby bellte dreimal, und dann tauchte Max aus dem Gestrüpp auf. »Als Wachhund taugt er nicht viel«, stellte er fest, kämpfte sich durch das Unterholz und baute sich vor Lola auf. Ein eigentümliches Feuer breitete sich in ihr aus.

Als sie zu ihm aufblickte, freute sie sich so, ihn zu sehen, dass es ihr fast peinlich war. Er zog sich sein Hemd über den Kopf, und dieses seltsame kleine Feuer dehnte seine Glut über ihre Haut aus und ließ ihre Brustwarzen hart werden. Max wischte sich den Schweiß von den Schläfen und rieb sich mit dem T-Shirt den Oberkörper trocken. Das feine schwarze Brusthaar kräuselte sich, und ihr Blick folgte fasziniert einem Schweißrinnsal, das sich seinen Bauch hinab in Richtung auf den Bund seiner Jeans bewegte.

»Hast du eine Funkbake gefunden?«, fragte sie und wandte sich ab. Sie glaubte nicht an Liebe auf den ersten Blick. Auch nicht an Liebe auf den zweiten Blick, nicht einmal nach ein paar Tagen. Und schon gar nicht, wenn sie zwei dieser Tage in Angst und Schrecken vor dem Objekt ihrer Verliebtheit zugebracht hatte. Ihre plötzlichen Gefühle für Max waren völlig unlogisch. Sie ergaben keinerlei Sinn. Aber vermutlich ergab das Stockholm-Syndrom ebenfalls keinerlei Sinn.

»Nein.«

»Was machen wir jetzt?«

»Wir zünden ein riesiges Feuer an. Irgendjemand muss den Rauch sehen«, antwortete er. »An der Westküste der Insel gibt es jede Menge Vogelnester«, berichtete er und ließ den Blick zu ihren Lippen wandern. »Schätzungsweise ein paar hundert.«

»Was?« Während sie sich um ihn zu Tode geängstigt und mit allen möglichen Katastrophen gerechnet hatte, hatte er nichts Besseres zu tun gehabt, als Vögel zu beobachten? »Baby und ich haben mutterseelenallein hier gesessen, und du hast Vögel gezählt?«

Er blickte wieder auf. »Das habe ich nicht gesagt.«

»Findest du nicht, dass das ziemlich rücksichtslos war?«

Er zog eine Braue hoch. »Was denn?«

Sie setzte Baby auf den Boden und verschränkte die Arme. »Ist dir denn überhaupt nicht in den Sinn gekommen, dass Baby und ich Angst haben könnten, dir wäre etwas zugestoßen?«

»Nein.« Er warf sein T-Shirt auf die Provianttasche und kniete sich vor Lola hin, einen Unterarm auf den Schenkel gelegt. Der Baum tauchte sein Gesicht und seine bloßen Schultern in Schatten. Er trug seinen Rippenverband nicht mehr, und auf seiner gebräunten Haut waren die langsam nachlassenden schwarzblauen Verfärbungen sichtbar. »Ich glaube nicht, dass dein Hund sich wegen irgendetwas außer seiner nächsten Mahlzeit Sorgen macht.«

»Das stimmt nicht«, verteidigte sie Baby, der auf die Tasche sprang und sich auf Max' T-Shirt dreimal um die eigene Achse drehte, ehe er sich zu einem Nickerchen niederließ. »Er ist sehr empfindsam.«

Max schüttelte den Kopf. »Weißt du, was ich glaube?«

»Nein.«

»Ich glaube, dass Baby sich nicht die geringsten Sorgen gemacht hat.«

»Oh, doch.«

»Ich glaube vielmehr, *du* hast dir Sorgen gemacht.«

Sie zuckte mit den Schultern. »Na ja, dir hätte doch weiß Gott was zustoßen können!«

Lachfältchen erschienen in seinen Augenwinkeln. »Was denn zum Beispiel?«

»Du hättest stolpern und dir ein Bein brechen oder von einem Felsen stürzen können.«

»Warum sollte ich so etwas Dämliches tun?«

»Doch nicht mit Absicht«, seufzte sie, »aber es hätte passieren können.«

»Nein, hätte es nicht.« Er strich ihr eine Haarsträhne aus dem Gesicht und schob sie hinter ihr Ohr. »Weißt du, was ich noch glaube? Ich glaube, die Vorstellung, dass Lola Carlyle sich um mich sorgt, gefällt mir gut.« Er fuhr mit den Fingerknöcheln an ihrer Wange entlang bis zum Kinn, und sie hielt den Atem an. »Du siehst wirklich hübsch aus.«

Ihre Stimme klang ein bisschen atemlos, als sie gestand: »Ich habe mir die Augenbrauen gezupft.«

»Deine Augenbrauen sind mir gar nicht aufgefallen.«

»Und ich habe Lip-Gloss aufgelegt.«

Mit dem Daumen streichelte er ihre Unterlippe, dann ließ er die Hand sinken. »Ja, das ist mir aufgefallen.« Er setzte sich und lehnte sich mit dem Rücken an einen Baum, und sie vermisste seine Berührung seltsam schmerzlich. Der dünne Zweig eines Guajakbaumes streifte seine Wange, und er schob ihn mitsamt dem dichten Laub und den winzigen violetten Blüten beiseite. »Mir fällt eine ganze Menge an dir auf.«

»Was denn zum Beispiel?«

Wieder fuhr die Ranke über sein Gesicht, und Max zog das Fischmesser aus seinem Stiefel und hackte sie ab. Er musterte sie bedächtig vom Scheitel bis zu den Zehen, wobei sein Blick einen Moment lang auf der Knopfleiste ihres Kleides hängen blieb.

»In dieser ersten Nacht fand ich deine Zehen unglaublich sexy.« Er umfasste ihren Knöchel und setzte ihren Fuß vor sich auf den Boden. »Ich konnte zwar nicht richtig sehen, aber dein roter Nagellack ist mir trotzdem aufgefallen.« Er blickte zu ihr auf, ehe er die Ranke des Guajakbaumes locker um ihren Knöchel wand, als wäre sie eine polynesische Tänzerin. »Und als ich dich mit deinem Rock gefesselt habe, ist mir dein pinkfarbener Slip aufgefallen.« Er lächelte und zupfte ein paar Blätter von der Ranke, um die beiden Enden miteinander zu verflechten. »Ich denke sehr gern daran zurück.«

Lola bemühte sich nach Kräften, ihre Reaktion auf seine Berührung und seinen Anblick zu verbergen. Max Zamora, der Schlangen zum Frühstück aß, wand ihr ein Kränzelein aus violetten Blüten um den Knöchel. Und mit einem Mal ließ sich das leise Flattern in ihrem Herzen nicht mehr ignorieren. »Seltsam, ich denke überhaupt nicht gern an diese Nacht zurück.«

Er lachte. »Das kann ich mir denken.«

»Willst du wissen, was ich in dieser ersten Nacht von dir gedacht habe?«

»Schätzchen, ich glaube, das hast du mir deutlich genug zu verstehen gegeben, als du mit dieser Signalpistole auf mich gezielt hast.« Er umfasste ihre Wade, und bevor Lola wusste, wie ihr geschah, lag sie auf dem Rücken, und Max beugte sich über sie, die Hände zu beiden Seiten ihres Kopfes auf den Boden gestützt. »Und obwohl du versucht hast, mich umzubringen, will ich dich mehr, als ich je eine Frau gewollt habe.« Er senkte den Kopf ein Stück weiter. »Aber ich schätze, das weißt du längst«, bemerkte er, bevor er sie küsste.

Die Berührung seines Mundes auf ihren Lippen ließ ihre Haut vor Verlangen erschauern. Seine Zunge liebkoste sie zärtlich, und Lola gab ihrem Hunger nach. Oder vielleicht hatte sie auch, wie meistens, wenn es um Max ging, ohnehin keine andere Wahl. Er legte sich neben sie und erforschte in aller Ausgiebigkeit ihren Mund. Sie öffnete die Lippen noch weiter, und der Kuss vertiefte sich zu gierigen Zärtlichkeiten zwischen Mündern und Zungen. Max schmeckte nach düsterer Leidenschaft und dem Versprechen von explosivem, ekstatischem Sex.

Der sehnsüchtige Kuss verführte und lockte sie, bis sich ihr Denken einzig auf die feuchte Wärme seines Mundes konzentrierte. Lola strich mit den Händen über die straffe Haut seiner Arme und seiner Schultern bis zum Hals und fuhr mit den Fingern durch sein feines, kurzes Haar, worauf sich ein Stöhnen seiner Kehle entrang.

Max löste sich von ihr und sah ihr ins Gesicht. Sein heftiger Atem liebkoste ihre Wange, und der Blick seiner blauen Augen brannte sich in ihren. Die Art, wie Max sie ansah, so voller düsterer Eindringlichkeit, gab ihr das Gefühl, schön und begehrenswert zu sein, und sie vibrierte vor Erwartung.

Sein Blick wanderte über ihren Mund und ihr Kinn zu den Knöpfen ihres Kleides. Ein erwartungsvolles Lächeln spielte in seinen Mundwinkeln, und als Lola an sich heruntersah, bemerkte sie, dass die Knöpfe aufgesprungen waren und ihren Brustansatz sowie den BH seinem Blick preisgaben. Seine geschickten Hände waren wieder in Aktion getreten, und sie zog das Oberteil mit beiden Händen zusammen.

Er griff nach ihrem Handgelenk. »Lass dich doch anschauen«, flüsterte er mit rauer Stimme, während er das Gesicht an ihrem Hals barg. »Bitte, Lola.« Seine Lippen streichelten ihre Haut, und dann öffnete er den Mund und sog an ihrer Halsgrube. Er ließ ihr Handgelenk los und strich mit den Fingerspitzen an dem tief ausgeschnittenen BH entlang. »Du bist so schön. So weich«, sagte er, schob die Hand in das Spitzenkörbchen und legte sie um ihre nackte Brust. »Überall«, fügte er hinzu und holte tief und schaudernd Luft, als sich ihre Brustspitze unter seiner Berührung aufrichtete. Mit dem Knie öffnete er Lolas Schenkel, und sie zog sein Gesicht zu sich heran, um ihn erneut zu küssen.

Seine Zunge fuhr in ihren Mund, heiß und feucht und gierig, während er sein Knie höher zwischen ihre Schenkel schob, und seine Berührung durch den dünnen Spitzenslip weckte den Hunger nach intimerer Nähe. Das Verlangen nach heißer Haut. Nach seiner unübersehbaren Erektion, die sich gegen ihre Hüfte drängte. Der Kuss wurde wild, verzehrend und so wunderschön, dass er ihr ein benommenes Stöhnen entlockte. Max wich zurück und sah ihr ins Gesicht. Sein Brustkorb hob und senkte sich, und sein Blick wanderte zu seiner Hand auf ihrer Brust. »Lola, wenn du mich aufhalten willst, dann tu es jetzt.«

In Wahrheit hatte sie nicht einen Gedanken daran verschwendet, und sie tat es auch jetzt nicht. »Ich habe auf der Jacht irgendwo Kondome gesehen«, sagte sie und strich mit der Handfläche über die ausgeprägten Muskeln auf seiner Brust und seinem Arm und schließlich an seinem Bauch hinab bis zum Hosenbund. Max sog scharf den Atem ein, als sie die Hand auf seine Erektion legte.

»Zu klein«, sagte er beim Ausatmen. »Nimmst du die Pille?«

Sie trug seit fünf Jahren eine Spirale, die sie noch nie im Stich gelassen hatte. »Ich bin geschützt«, sagte sie.

»Gott sei's gedankt.« Die Lust brannte heiß und flackernd in seinen Augen, als er den BH von ihrer Brust streifte und sie mit gierigen Blicken verschlang. Er betrachtete sie mehrere Sekunden lang, dann senkte er den Kopf und küsste ihre Brustspitze mit offenem Mund. Seine Zunge leckte und streichelte und versetzte Lola in Bruchteilen von Sekunden in höchste Erregung.

Ihre Hand fand seinen Hosenschlitz und nestelte an den Knöpfen, doch Max umfasste ihr Handgelenk und hielt sie zurück. Er hob den Kopf, und der Wind strich über ihre erhitzte Haut und die nasse Brustwarze. Er bedeutete ihr, ganz leise zu sein, und sein Blick glitt nach rechts.

»Max?«

Er legte den Finger auf seine Lippen.

Über das laute Klopfen ihres Herzens und ihren flachen Atem hinweg hörte Lola es jetzt auch. Aus der Ferne wehten mit der immer noch schwülen Luft Männerstimmen herüber. Lolas Hände fuhren an die Knopfleiste ihres Kleides, während Max sich auf die Knie erhob. Von der anderen Seite der Wasserstelle her ertönte spanisches Stimmengewirr. Erleichterung erfasste sie, und sie beeilte sich, ihr Kleid zuzuknöpfen. Sie und Max und Baby würden nach Hause kommen. Endlich.

Durch das hohe Gras und Gestrüpp sah Lola drei dunkelhäutige Männer am Wasser entlang auf sie zukommen. Sie sah sich über die Schulter hinweg nach Max um und hielt unwillkürlich in der Bewegung inne. Das heiße Verlangen in seinen Augen war verschwunden. Als wäre ein Vorhang gefallen, war der Blick seiner zusammengekniffenen Augen jetzt konzentriert, wachsam. In diesem Moment drehte er sich um und sah Lola an. Seine Augen waren kalt und ausdruckslos. Angst kroch wie mit kalten Fingern ihren Rücken hinauf. Sie kannte diese entschlossene Miene, die zusammengepressten Lippen. So hatte sie Max in der Dunkelheit der ersten Nacht auf der *Dora Mae* gesehen.

Max deutete auf ihr Wolltuch, den Hund und auf den Baum. Lola dachte nicht daran, zu widersprechen. Nicht jetzt. Sie griff nach ihrem Tuch und kroch auf Händen und Knien zu Baby hinüber. Sie zog ihn aus der Proviantasche und kroch durchs Unterholz, das Max für sie zur Seite bog.

Über das Rauschen in ihren Ohren hinweg hörte sie die Stimmen näher kommen. Abgesehen von ein paar Brocken, die sie als Teenager hier und da aufgeschnappt hatte, konnte Lola kein Spanisch. Das Gebüsch teilte sich noch einmal, und Max kroch hindurch. Obwohl er so groß und schwer war, bewegte er sich völlig lautlos.

Die Stimmen kamen näher, und Lola nahm an, dass die Männer an der Stelle standen, wo sie zuvor ihre Füße gebadet hatte. Max hockte neben ihr und zog das Fischmesser aus seinem Stiefel. Beim Anblick der langen schmalen Klinge erstarrte sie.

Baby spitzte die Ohren, und noch während Lola nach ihm griff, um ihm die Schnauze zuzuhalten, bellte er und sprang aus ihren Armen. Bevor sie ihn rufen oder ihm folgen konnte, hatte Max sie gepackt, zu Boden gedrückt und ihr eine Hand auf den Mund gelegt. »Lass ihn laufen«, flüsterte er dicht an ihrem Ohr.

Sie schüttelte den Kopf, während Babys aufgeregtes Gebell an ihr Ohr drang. Die Stimmen verstummten, und Panik krampfte Lolas Magen zusammen, so wie an jenem Tag, als Baby von Bord gefallen war.

»Möchtest du sterben?«, flüsterte Max und warf ihr einen stählernen Blick zu, ehe er seine Aufmerksamkeit auf die Vorgänge an der Wasserstelle richtete.

Lola hörte auf, sich zu wehren. Nein, sie wollte nicht sterben, aber sie wollte auch nicht tatenlos zusehen, wie jemand Baby etwas antat.

Der Hund bellte immer hysterischer. Wahrscheinlich hob sich sein Hinterteil bei dieser Anstrengung vom Boden ab. Lola hatte schon immer Angst gehabt, dass Babys Napoleon-Komplex eines Tages sein Waterloo werden würde, und vielleicht war es heute tatsächlich soweit. Gelächter mischte sich in den Aufruhr, dann folgte ein schmerzliches Kläffen.

Lola konnte das Wimmern, das sich ihrer Kehle entrang, nicht zurückhalten. Sie atmete tief durch die Nase ein, und alles verschwamm ihr vor den Augen. Baby war nur ein Hund, aber er gehörte ihr, und sie liebte ihn. Sie wusste, dass Baby reichlich lästig sein konnte, aber das ging nur sie etwas an, und Baby brauchte sie.

Max spürte Lolas Tränen an seinen Fingerspitzen und blickte in ihre weit aufgerissenen, schimmernden Augen. Und da passierte es schon wieder. Er machte den Mund auf und gab ihr ein Versprechen, das er vielleicht nicht würde einlösen können. Im Grunde war er sogar ziemlich sicher, dass er es nicht würde halten können, was ihn jedoch nicht daran hinderte, Lola ins Ohr zu flüstern: »Ich hole dir deinen Hund zurück. Aber du musst still sein, sonst sind wir tot, bevor wir überhaupt eine Chance hatten, B. D. zu retten.«

Sie nickte, und das Gewicht ihres bedingungslosen Vertrauens lastete schwer auf seinen Schultern. Was tat er da? Wollte er wirklich für den kleinen Kläffer sein Leben riskieren?

Max nahm die Hand von Lolas Mund und bedeutete ihr, liegen zu bleiben. Aber natürlich gehorchte sie ihm nicht, sondern kniete sich neben ihn und spähte durch das dichte Unterholz. Ein Stiefelpaar kam auf sie zu und blieb knapp einen Meter vor ihnen stehen. Genau an der Stelle, wo Max Lola zu Boden gedrückt und ihre Brust geküsst hatte.

Die Männer sprachen lateinamerikanisches Spanisch, und der Mann, der vor Max stand, wurde von den anderen mit *teniente* angesprochen, aber ein Lieutenant des kolumbianischen Militärs war er nicht. Max bezweifelte, dass er überhaupt irgendeine militärische Ausbildung genossen hatte. Um den Baum herum war das Gras zerdrückt, und bei näherer Betrachtung war klar zu erkennen, dass sich hier erst vor kurzem jemand aufgehalten hatte. Max hatte das Gebiet zwar rasch mit einem abgebrochenen Ast gefegt, doch ihm war keine Zeit für gründliche Arbeit geblieben. Dem *teniente* schien es nicht aufzufallen.

Er gab den Befehl, die Gegend abzusuchen und den Besitzer des *perro* aufzuspüren. Er war so nahe, dass Max die Nähte seiner Uniformhosen und das Messer in seinem Stiefelschaft erkennen konnte. Er bemerkte auch die leichte Ausbuchtung in seinem Hosenbein, und Max hätte seinen Hintern darauf gewettet, dass sich dort ein Knöchelholster verbarg. Und in diesem Holster steckte natürlich eine 9-mm-Halbautomatik. Dass der Mann in den Händen eine M-60 hielt, wusste Max längst. Diese Jungs waren bewaffnet bis an die Zähne und ließen auf Ärger schließen.

Sie suchten nach abgeworfenen Drogenpaketen, und wenn sie Max entdeckten, würden sie ihn auf der Stelle erschießen. Es sei denn, diese Typen waren Mitglieder des Cosella-Kartells. In diesem Fall brauchte Max sich nicht einmal mehr zu fragen, was sie mit ihm anstellen würden. Einen Vorgeschmack hatte er ja bereits bekommen. Auch wenn er bezweifelte, dass diese Männer ihn eindeutig identifizieren konnten, hatte er am ganzen Körper noch die verräterischen Blutergüsse, die José Cosella ihm zugefügt hatte. Aber was sie ihm auch immer antun würden, Lola würde es noch bedeutend schlimmer ergehen. Bei dem Gedanken, was sie erleiden müsste, krampfte sich seine Faust um das Heft des Messers. Damit sie beide überhaupt eine Überlebenschance hatten, musste er den Mann, der vor ihm stand, unbemerkt aus dem Weg räumen.

Die Stiefel bewegten sich weg, und Max wagte wieder zu atmen. Vorsichtig streckte er die Hand aus und teilte geräuschlos die Büsche so weit, dass er hindurchblicken konnte. Zwei Männer standen am Ufer. Einer von ihnen hielt Baby am Halsband in die Höhe, und der Hund zappelte in der Luft. Die Männer lachten, und Max sah Lola an. Der Abdruck seiner Hand an ihrem Mund war noch deutlich zu sehen. Ihre Augen waren schmal. Hätte sie eine Waffe, hätte Max ihr in diesem Moment durchaus einen Mord zugetraut.

Max richtete seinen Blick wieder auf die Männer und beobachtete, wie sie das Gestrüpp und das hohe Gras durchsuchten. Sie entfernten sich von der Wasserstelle und marschierten hügelabwärts. Max schob das Messer zurück in seinen Stiefelschaft und zog sich sein schwarzes T-Shirt über den Kopf. Er befahl Lola, sich nicht von der Stelle zu rühren, und stellte verblüfft fest, dass sie gehorchte. Ohne den sicheren Schatten des Gebüsches zu verlassen, folgte er den drei Männern zurück zum Strand, wo ein vierter Mann auf dem Rand eines kleinen Schlauchboots mit zwei Rudern saß, das auf den Sand gezogen worden war.

Einer der Männer hielt Lolas Hund in die Höhe, den sie herumreichten, als wäre er eine Art Trophäe. Baby bellte und schnappte um sich, während die Männer wild durcheinander redeten und lachten. Max hoffte inbrünstig, dass Lola blieb, wo sie war, und nicht sehen konnte, was mit ihrem Hund geschah. Er konnte sich durchaus vorstellen, dass sie sich sonst, beflügelt von heiligem Zorn, den Hügel hinab – und auf die Männer gestürzt hätte.

Max sah hinüber zur *Dora Mae,* die sich noch weiter nach backbord zu neigen schien. Er versuchte, sich zu erinnern, ob er oder Lola irgendetwas an Bord zurückgelassen hatten, das Rückschlüsse auf ihre Identität zuließ. Er ging nicht davon aus. Neben der *Dora Mae* lag ein ein Meter zwanzig langes offenes Rennboot vor Anker. In den Polizei- und Drogenhändlerkreisen wegen seiner Geschwindigkeit schlicht als Schnellboot bekannt, bestand sein alleiniger Zweck darin, wasserdichte Drogenpakete aufzuspüren und den Drogenfahndern zu entkommen. Die Küstenwache nannte diese Boote aus nahe liegenden Gründen auch Pulverboote.

Wie es für diese Art von Schnellbooten typisch war, verfügte auch dieses über keinerlei Kennzeichnung. Der 250-PS-Motor des Bootes machte zweifellos genug Lärm, um Tote aufzuwecken. Und dennoch hatte er es nicht gehört. Er hatte sein Gesicht zwischen Lolas Brüsten vergraben und alles um sich herum vergessen. Nichts hatte mehr für ihn existiert, außer ihren großen braunen Augen, die voller Verlangen zu ihm aufgeblickt hatten. Nichts, außer dem Gefühl ihrer seidigen Haut unter seinen Fingern und dem Geschmack ihres Mundes. Sie hatte ihn so in ihren Bann gezogen, dass alles andere bedeutungslos gewesen war, und das war gefährlich. Sehr gefährlich sogar. Max war noch nie im Leben so nachlässig gewesen. Ein derartiger Fehler würde ihm nie wieder unterlaufen. Das durfte er nicht zulassen. Ihr Leben hing davon ab.

Über das Tosen der Brandung und Babys unablässiges Kläffen hinweg konnte Max kaum etwas hören, aber das bisschen, was er verstand, bestätigte seine schlimmsten Befürchtungen. Die Männer gehörten zum Cosella-Kartell und suchten nach Drogenabwürfen, die der Sturm verstreut hatte. Vorsichtig schlich er sich ein wenig näher heran. Er spähte und lauschte, und es war nicht schwer zu erkennen, dass diese vier Männer nicht besonders gut organisiert waren. Sie wirkten eher wie vier Jungs, die ihren Spaß hatten, weil der Boss nicht da war, der sie unter Kontrolle hielt.

Alle vier sprangen in das Schlauchboot und ruderten zur Jacht. Den zappelnden und kläffenden Baby ließen sie über den Rand baumeln, und Max schwor noch an Ort und Stelle, es ihnen heimzuzahlen, sobald sich eine Gelegenheit bot. Er war kein großer Freund von Hunden, schon gar nicht von diesen kleinen Kläffern, aber ein Mann, der so tief gesunken war, dass er eine schwächere Kreatur quälte, hatte es verdient, selbst zu leiden. Ob und wann genau Max Zeit und Gelegenheit fände, den Hund zu retten, konnte er natürlich noch nicht sagen. Er kehrte ihnen den Rücken zu, und nach einem zehnminütigen Marsch fand er Lola mit angezogenen Beinen dort, wo er sie zurückgelassen hatte.

»Wo ist Baby?«

»Ich konnte ihn noch nicht holen«, sagte er, statt ihr die schlechte Nachricht zu überbringen, dass er nicht glaubte, den Hund retten zu können, ohne dabei jemanden zu töten. »Ich glaube nicht, dass sie ihm etwas tun. Aber mit dir sieht das Ganze etwas anders aus.«

»Woher willst du das wissen? Woher willst du wissen, dass sie nicht freundlich gesonnen sind? Vielleicht bringen sie uns nach Miami.«

Sie hatte geweint. Doch trotz ihrer verquollenen Augen war sie immer noch ganz sinnliche Verlockung, und er musste sich zur Ordnung rufen. Er streckte die Hand aus und zog sie hoch. »Ich habe dir doch gesagt, dass man womöglich nach mir sucht.«

Sie wischte Schmutz und trockenes Laub von ihrem Kleid ab. »Drogenhändler?«

»Ja.«

Erschrocken sah sie ihn an. »Drogenhändler haben meinen Hund in ihrer Gewalt?«

»Im Augenblick, ja.«

Max griff nach der Provianttasche und reichte Lola ihre Handtasche.

»Hast du einen Plan?«

Noch nicht. »Ich arbeite noch daran.«

Ohne ein weiteres Wort folgte sie ihm, und binnen fünf Minuten hatten sie die Klippen oberhalb des Strandes erreicht. Max fragte sich, was sie tun würde, wenn sie erfuhr, dass es ihm vielleicht nicht gelang, ihren Köter zu retten. Dass sein und ihr Leben ein zu hoher Preis dafür waren. Er fragte sich, ob sie ihm das je verzeihen würde. Und er fragte sich, warum er sich überhaupt Gedanken darüber machte.

Schließlich war nicht alles, was passiert war, allein seine Schuld, außerdem hegte er alles andere als tiefe Gefühle für dieses lästige Biest. Sobald er wieder zu Hause war, würde er wahrscheinlich weder Lola noch den Hund je wieder sehen. Lola würde ihrer Wege gehen und ihr eigenes Leben leben, völlig unabhängig von ihm. Und er würde sein Leben leben, genauso unabhängig von ihr. Sobald sie zurück in den Staaten waren, würde sie höchstens flüchtig an ihn denken.

Er drückte einen Zweig zur Seite und ließ Lola vorangehen. Warum also sollte er sein Leben für einen Hund aufs Spiel setzen? Warum sollte er sich Gedanken darüber machen, was sie von ihm hielt? Er sollte es nicht, aber er tat es, und das Verteufelte daran war, dass er nicht einmal wusste, warum.

Er machte sich Gedanken über sie, weil er für sie verantwortlich war, sagte er sich. Zu schade, dass es ihm nicht einmal gelang, sich selbst damit zu überzeugen.

Sie fanden einen schattigen Platz unter einer Pinie am Rand der Klippen, deren dichte Nadeln perfekten Sichtschutz boten und die harte Erde polsterten. Sie spähten über den Rand der

Klippe hinweg hinunter zum Strand. Abwechselnd benutzten sie das Fernglas, das Max beim Verlassen der *Dora Mae* am Morgen in die Provianttasche gestopft hatte. Sie beobachteten, wie die Männer Getränke und Angelstühle von der Jacht abluden, ehe sie in das Schnellboot sprangen. Doch zu Max' Verwunderung fuhren sie nicht sofort los, sondern luden zuerst einen großen Ghetto-Blaster und eine rote Kühlbox ab, ehe sie zurück zum Strand ruderten. Wieder an Land, stellten sie die Stühle auf, drehten die Musik laut und trafen die Partyvorbereitungen.

»Kannst du Baby irgendwo entdecken?«

Max suchte mit dem Fernglas das Gebiet ab, bis er Baby mit einem Seil an einen Stuhl gebunden entdeckte. »Jetzt sehe ich ihn.« Wäre er allein gewesen, hätte er ganz in der Nähe Stellung bezogen und auf eine Gelegenheit gewartet, zum Beispiel darauf, dass einer von den Männern unter die Bäume trat, um sich zu erleichtern. Aber solange Lola bei ihm war, wagte er sich nicht näher an das Quartett heran.

»Max?«

Er ließ das Fernglas sinken und sah sie an. »Was ist?«

»Bist du ein guter Geheimagent?«

»Ich bin kein Geheimagent. Du denkst an den CIA. Die Agentur, für die ich arbeite, existiert offiziell gar nicht.«

»Na gut, was immer du auch bist, bist du gut in deinem Job?«

»Die Regierung hält mich für gut. Warum?«

»Weil«, begann sie, nahm ihm das Fernglas aus der Hand und sah auf den Strand hinunter. »Weil ich mir überlegt habe, dass wir diese Typen niederschlagen oder warten könnten, bis sie sinnlos betrunken sind, und dann Baby holen und ihr Boot stehlen.«

Auf diese Idee war er ebenfalls schon gekommen, nur dass sein Plan nicht vorsah, irgendjemanden lediglich niederzuschlagen. »Ich bin dir schon einen Schritt voraus.«

»Also, wie sieht unser Plan aus?«

»Dass du hier bleibst und ich den Rest erledige.«

»Ich will auch etwas tun.«

»Nein.«

»Max …«

»Lola, ich kann nicht arbeiten, wenn ich mir Sorgen um dich machen muss.« Er nahm das Fernglas wieder an sich. »Ich weiß, was ich tue. Du wirst mir einfach vertrauen müssen.«

»Der letzte Typ, der wollte, dass ich ihm vertraue, hat meine Nacktfotos ins Internet gestellt.«

»Aber ich bin nicht dieser Typ.«

Sie strich mit der Hand an seinem Arm hinauf und tätschelte seine Schulter. Es war nur eine freundliche, völlig unschuldige Geste, doch sie jagte eine Glutwelle in seine Lenden, als hätte Lola ihre Hand in seine Hose geschoben und etwas ganz anderes berührt, zum Teufel.

»Ich weiß«, sagte sie. »Also, wie sieht dein Plan aus?«

»Im Augenblick«, antwortete er, ohne den Blick von den Männern am Strand zu wenden, »kann ich gar nichts unternehmen, erst wenn es völlig dunkel ist. So haben die Typen noch Zeit, sich ordentlich voll laufen zu lassen.«

»Und wenn sie aufbrechen?«

»Das tun sie nicht. Sie werden wahrscheinlich irgendwann einfach umfallen oder auf die *Dora Mae* wanken, um ihren Rausch auszuschlafen.«

»Und dann?«

Er hob eine Schulter. »Das weiß ich erst, wenn der Zeitpunkt gekommen ist. Bis dahin müssen wir mindestens noch eine Stunde die Zeit totschlagen.«

Die Männer am Strand drehten die Lautstärke auf, und je länger sie tranken, desto lauter wurde die Musik. Ihre musikalischen Vorlieben bestanden aus Salsa, Latin Rock und ausgerechnet Guns N' Roses. Kurz vor Sonnenuntergang reihten sie die leeren Flaschen am Strand auf und zerschossen sie mit ihren Maschinenpistolen. Baby war klug genug, sich währenddessen unter seinen Stuhl zu verkriechen. Als Nächstes folgten die Palmen und Pinien, anschließend die Felsen. Max und Lola drückten sich flach auf den Boden. Max schützte Lola mit seinem Körper, als einige Kugeln knapp einen Meter über ihren Köpfen die Zweige zerfetzten. »*Welcome to the Jungle*«, gröhlte Axl Rose, während Tannennadeln und Borkenstücke auf Max' Rücken herabrieselten.

»Mistkerle«, schimpfte er.

»Max?«

»Ja?«

Sie wandte den Kopf und sah ihn an. Ihr Mund war unmittelbar vor seinem. Durch die Schatten der Tannen hindurch berührten orangerote und goldene Strahlen der untergehenden Sonne ihr Gesicht und verfingen sich in ihrem Haar. Lola fing an zu zittern, und Max drückte sie fester an sich. »Ich mag es nicht, wenn man auf mich schießt«, sagte sie.

»Ich kann mir auch etwas Angenehmeres vorstellen.«

»Ich will keine Angst mehr haben. Ich hatte schon so lange Angst.« Ihre Augen wurden feucht, und eine Träne löste sich von ihren Wimpern. Sie schnappte nach Luft, als sie versuchte, ein Schluchzen zu unterdrücken. »Und ich habe Angst.« Sie verlor den Kampf, und ein Schluchzer entrang sich ihrer Kehle. »Ich habe es so satt, Angst zu haben. Ich glaube, ich halte es nicht mehr aus.«

»Du hast dich bisher besser gehalten als manche Männer, die ich erlebt habe.«

»Ich hasse es, wenn ich heulen muss. Ich will nicht heulen.«

»Es ist schon in Ordnung«, tröstete er sie, drehte sie sanft auf den Rücken und sah in ihre feuchten Augen. »Wenn ich ein Mädchen wäre, würde ich jetzt auch weinen.«

»Aber ein Mann wie du würde niemals weinen, oder?«

Er hatte erwachsene Männer, kriegsgestählte Soldaten weinen gesehen, doch er selbst hatte es nur ein einziges Mal getan. In der Nacht, als sein Vater starb, hatte er ganz allein im Haus des alten Mannes gesessen und wie ein Kind geweint.

»Männer wie du haben nie Angst.«

Er legte eine Hand an ihre Wange und wischte die Tränen von ihrer seidigen Haut. Sie irrte sich. Die Vorstellung, sie zu enttäuschen, dass jemand ihr etwas antun könnte, bereitete ihm höllische Angst. »Genau«, antwortete er schließlich. »Männer wie ich haben vor überhaupt nichts Angst.«

9. KAPITEL

Lola blickte in Max' Augen. Die Wärme seines Brustkorbs schien das Einzige zu sein, was ihr verriet, dass sie noch am Leben war. Die letzten drei Tage hatte sie unablässig mit dieser Angst gelebt, hatte sie bekämpft und in Schach gehalten. Sie war nicht sicher, ob sie es jetzt noch konnte. »Ich möchte mich endlich wieder sicher fühlen, Max.«

Sie war versehentlich entführt, bedroht, gefesselt worden, dann bei dem Versuch, ihren Hund zu retten, beinahe ertrunken und hatte knapp ein Unwetter überlebt. Baby war gestohlen worden, und jetzt schossen Drogenkuriere auf sie, ganz zu schweigen von dem Unfall mit der Leuchtpistole, ihrer Beinahe-Rettung in der vorigen Nacht und ihrer ständigen Sorge – es reichte ihr.

In der ersten Nacht an Bord der *Dora Mae* hatte sie geglaubt, sterben zu müssen, und sie hatte um ihr Überleben gekämpft. In der vergangenen Nacht während des Sturms hatte sie dieselbe Angst noch einmal durchlebt, und nun musste sie sich dieser neuerlichen Bedrohung ihres Lebens stellen.

Sie hob die Hände an Max' Wangen und zog sein Gesicht zu sich herunter. In den paar Tagen hatte sie sich lediglich dann einigermaßen sicher gefühlt, wenn der Mann, der sie in Lebensgefahr gebracht hatte, sie in seinen Armen hielt. Genau die Kraft dieser starken Arme war auch jetzt das Einzige, was ihr das Gefühl gab, lebendig zu sein. »Max«, flüsterte sie.

Er brauchte nicht zu fragen, was sie wollte. Sein Mund fand den ihren, und sie klammerte sich an ihn. Wärme breitete sich wie ein Feuer über ihre Haut aus und vertrieb ihre Angst. Er ergriff mit Lippen und Zunge Besitz von Lola, und sie schaffte es, sich ganz auf ihn zu konzentrieren. Darauf, wie er sich anfühlte und schmeckte.

Sie strich über seinen Nacken und seine Schultern, berührte ihn dort, wo sie ihn erreichen konnte. Sie schob die Hand unter sein Hemd und wärmte sie an seiner mächtigen Brust. Er war so verlässlich und lebendig. So männlich, und sein starkes Herz, das unter ihrer Hand klopfte, weckte ihre Sinne. Sie wollte mehr. Viel mehr.

»Schlaf mit mir, Max«, sagte sie schwer atmend.

Seine Hand fand ihren nackten Schenkel und schob sich unter ihr Kleid. Die warme Berührung und die Erwartung der Lust entfachte eine Glut zwischen ihren Beinen. »Jetzt ist kein guter Zeitpunkt.«

Sie hatte ihn offenbar nicht richtig verstanden. »Wie?«

»Jetzt ist kein guter Zeitpunkt.«

Doch, sie hatte richtig verstanden, aber sie konnte nicht glauben, was Max sagte. Er war doch Max, der Mann mit den geschickten Fingern, der eine Frau ausziehen konnte, ohne dass sie es bemerkte. Max, der sie vor nicht einmal vierundzwanzig Stunden als Mogelpackung bezeichnet hatte.

Sie blickte auf in sein Gesicht, auf dem die Schatten spielten. »Wann wäre denn ein guter Zeitpunkt für dich? In ein paar Stunden, wenn wir womöglich längst tot sind?«

»Lola, ich will mein Bestes tun, um dich gesund und wohlbehalten nach Hause zu bringen, und in …«

»Ich weiß«, fiel sie ihm ins Wort, »aber du kannst es nicht garantieren.« Sie öffnete den Knopf am Bund seiner Jeans.

»Alles, was wir sind, und alles, was wir je sein könnten, stirbt vielleicht heute Nacht, Max. Auf einer gottverlassenen Insel mitten im Atlantik.« All ihre Hoffnungen und Träume im Hinblick auf ihr Unternehmen, ihr Wunsch, eines Tages eine eigene Familie zu haben, all das würde mit ihr sterben. Es gäbe kein Irgendwann mehr für sie. Ihre Mutter und ihr Vater würden nie erfahren, was ihr zugestoßen war, und sie würden den Rest ihres Lebens mit der Frage verbringen, ob sie tot war oder noch lebte. Sie kannte sie gut genug, um zu wissen, dass sie die Hoffnung niemals aufgeben würden. Sie würden zeit ihres Lebens nach ihr suchen. »Wie gern du es auch tun würdest, du kannst doch nicht versprechen, dass wir morgen noch leben.« Sie öffnete die fünf Knöpfe seiner Jeans und schob die Hand in Max' Hose. Unter der hautengen Baumwolle seiner Boxershorts spürte sie seine Erregung und presste die Hand auf seine unglaubliche Hitze. Wie eine Flamme schoss es an ihrem Unterarm hinauf bis direkt in ihr Herz. Das war es, was sie jetzt von ihm brauchte. »Gib mir etwas, woran ich denken kann, damit ich nicht ständig nur an meine schreckliche Angst denken muss.«

Seine Nasenflügel blähten sich, und im orangeroten Licht der untergehenden Sonne weiteten sich seine Augen. Er zögerte immer noch. »Du bist es mir schuldig«, fügte sie hinzu, fassungslos, dass er sie zwang, schwerste Geschütze aufzufahren. »Durch deine Schuld bin ich hier, und jetzt musst du mich dafür entschädigen.«

Seine Hand glitt an ihrem Schenkel hinauf bis zu dem elastischen Beinabschluss ihres Slips, und ein Lächeln spielte um seine Mundwinkel. »Das ist ein äußerst überzeugendes Argument.«

»Ich kann es nicht glauben, dass überhaupt Argumente nötig sind.« Sie schob ihre Hand noch tiefer in seine Hose und umfasste behutsam seine Hoden.

Er sog scharf den Atem ein. »Du schreist doch hoffentlich nicht?«

Nein, nicht heute Abend. »Ich werde mich zusammenreißen.«

Das schien ihm zu genügen. Er schob seine Hand zwischen ihre Beine. »Himmel«, stöhnte er, »du bist ja jetzt schon feucht.« Seine Finger schoben sich in ihren Slip und teilten und streichelten das weiche, feuchte Fleisch. Sie flüsterte seinen Namen und barg das Gesicht an seiner Schulter. Mit den Fingerspitzen streichelte er ihre empfindlichste Stelle, worauf sie ihre Zähne in den harten Muskel an seinem Oberarm grub.

»Lola.«

»Hm?« Sie küsste die Stelle, die sie gebissen hatte.

»Nichts. Einfach nur Lola.« Mit jedem Streicheln seiner Finger nährte er ihr Verlangen und schloss alles aus, bis auf ihren Wunsch, ihn in sich zu spüren.

Sie umfasste seine Männlichkeit. Er atmete hörbar aus, während sie begann, ihre Hand auf und ab gleiten zu lassen, und die straffe, seidige Haut und ihre unglaubliche Glut spürte. Sie hob ihm den Mund entgegen, um seinen Kuss zu empfangen, und umfasste die gerundete Eichel. Sie drückte zu, worauf sich ein leises Stöhnen seiner Kehle entrang. Verschwommen drang die Musik vom Strand an ihre Ohren, doch außer Max gab es nichts mehr um sie herum. Außer seinem Geruch, der glatten Seide seines harten Fleisches, seiner Größe.

Max erhob sich auf die Knie und zog Lolas Slip herunter, dann kniete er sich zwischen ihre Beine und schob die Daumen unter den Bund seiner Jeans und seiner Boxer-Shorts. Langsam streifte er beide von seinen Schenkeln und legte das dichte schwarze Haar frei, das auf seinem Unterleib wuchs. Riesig und kraftvoll ragte seine Erektion auf. »Mach dein Kleid auf, Lola«, sagte er mit rauer Stimme. »Ich will dich sehen. Ganz.«

Die Luft um sie herum war schwer von der Begierde, als sie einen Knopf nach dem anderen öffnete, bis das Vorderteil aufklaffte. Sie hob den Arm, um Max an sich zu ziehen, doch er stützte sich mit den Händen neben ihren Hüften auf und senkte den Kopf auf ihren Leib herab. Er küsste ihren Nabel und ihren Bauch und vergrub das Gesicht zwischen ihren Brüsten. Seine stoppeligen Wangen kratzten auf ihrer Haut, als er sie mit nassen Küssen bedeckte. Seine heiße Erektion streifte die Innenseite ihres Oberschenkels, und ein Schaudern ging durch ihren ganzen Körper.

Mit bebenden Händen zog sie sein Gesicht zu sich heran. Ihre Blicke begegneten sich und hielten einander fest, als er begann, in sie einzudringen. Langsam schob er sich in sie hinein und bewegte die Hüften vor und zurück. Ein langsamer, leichter Rhythmus, der ihr Zeit gab, sich zu dehnen und an ihn anzupassen, bevor er ihre Hüften umfasste und sich mit einem letzten Stoß vollends in ihr vergrub. Lola schnappte nach Luft und hielt sich an seinen Schultern fest. Er füllte sie ganz und gar aus, und seine Glut verbrannte sie innerlich. Ein Stöhnen, das sich nicht unterdrücken ließ, entschlüpfte ihrer Kehle, und sie schlang ein Bein um seine Taille.

Max sog den Atem ein und hielt ihn an. Unter ihren Händen waren seine Muskeln steinhart geworden. »Lola«, flüsterte er an ihrer Wange. »Gott, das ist ein unglaubliches Gefühl. So heiß.« Er zog sich halb zurück und stieß wieder in sie hinein. »So gut.«

Weiß glühende Hitze breitete sich auf Lolas Haut aus. An ihren Beinen herab bis zu den Fußsohlen, über ihren Bauch, ihre Brüste und Arme. Jeder Stoß bereitete ihr noch größere Lust als der vorhergehende und ließ sie nach mehr lechzen. Weckte noch größeres Begehren. Heißes Begehren.

Rein und raus, härter. Schneller. Sie konnte nicht mehr atmen. Und es ging immer noch weiter, und als sie schon glaubte, vor Lust verglühen zu müssen, schob Max eine Hand unter ihr Gesäß, hob ihr Becken an und stieß noch tiefer in sie hinein.

»Max«, flüsterte sie keuchend. »Max, hör nicht auf.«

»Das habe ich auch nicht vor«, brachte er mühsam unter lustvollen Stößen hervor.

Dort, wo sich ihre Körper berührten, klebte ihre Haut. Max schlang den Arm um Lola, und sie hatte das Gefühl, als würde er sie vollständig verschlingen. Wie er sie nahm, sie umfing, sie erfüllte. Wie er sie mit jedem Stoß seiner Hüften und seiner samtigen Männlichkeit dem Orgasmus näher brachte. Ihre ganze Welt konzentrierte sich auf die Stelle in ihrem Leib, die er berührte, und auf das unglaubliche Gefühl, das es hervorrief. Ihre Gedanken verschwammen, und vielleicht hatte sie laut gesprochen, sie konnte es nicht sagen. Sie schloss die Augen, und Max legte beide Hände an ihre Wangen. »Lola, mach die Augen auf, und sieh mich an.«

Nur mit Mühe gelang es ihr, seiner Bitte nachzukommen. Alles in ihr war allein auf die Stelle gerichtet, an der sein Körper mit ihrem verschmolz.

»Ich will, dass du mich ansiehst. Ich will in deine Augen sehen, wenn ich dich zum Höhepunkt bringe«, sagte er, und sein Wunsch wurde ihm erfüllt, als die erste Welle sich anbahnte und sie mit wilder Macht mitriss. Ihr Körper bäumte sich auf, und sie klammerte sich an Max, während sein Körper sie in einen Strudel heißer Wonne stieß, die alles um sie herum versinken ließ. Sie öffnete den Mund, und er küsste sie, nahm ihr lang gezogenes Stöhnen in sich auf, nahm alles, was sie hatte, und verlangte nach mehr. Im Schutz der Pinie fluchte und jubelte er in einem keuchenden Atemzug. Immer weiter, bis er die Finger in Lolas Haar vergrub und ein grollendes Stöhnen tief aus seiner Brust brach. Seine Hüften bewegten sich schneller und härter, ehe er ein letztes Mal in sie hineinstieß.

Danach war die Luft erfüllt von ihrem schweren Atem. Lola wusste nicht, wie lange sie so gelegen hatten. Max lag, auf die

Unterarme gestützt, auf ihr. »Ist alles in Ordnung?«, fragte er schließlich.

Sie fuhr mit den Fingern durch sein Haar und lachte leise. »Ich denke schon.«

»Himmel, ich glaube, so heftig bin ich noch nie gekommen. Du bist ein unglaublicher Fi...« Er konnte sich gerade noch zurückhalten. »Du bist unglaublich toll im Bett. Nein.« Er schüttelte den Kopf. »Ich wollte sagen, du bist einfach eine unglaublich tolle Frau.«

Lola lachte lautlos. Max' Versprecher war eines der schönsten Komplimente, die ein Mann ihr je gemacht hatte. »Und ich wollte auch gern unglaublich gut im Bett sein.«

»Na ja, das bist du wirklich.«

Salsamusik drang in ihren Garten Eden ein, und die reale Welt meldete sich wieder zurück. Max küsste Lola auf die Stirn und murmelte etwas, das sie nicht verstand. Dann, während das Herz noch immer wild in ihrer Brust pochte und ihre Haut noch von seiner Zärtlichkeit prickelte, glitt er von ihrem Körper und erhob sich auf die Knie. Die letzten Lichtstrahlen glitzerten auf seinem Geschlecht, ehe er seine Boxershorts hochzog. Er spähte durch die Äste, ehe er wieder Lola ansah.

»Du hast etwas Besseres als das hier verdient, Lola. Wenn es nach mir ginge, würden wir jetzt eine Weile nackt baden und dann noch einmal miteinander schlafen, aber ganz langsam«, sagte er und knöpfte seine Hose zu. »Aber wir haben keine Zeit, und wir müssen uns jetzt ernsthaft unterhalten.«

Lola richtete sich auf und streifte ihren Slip über. Wenn es nach ihr gegangen wäre, hätte sie jetzt noch eine Weile in Max' Armen gelegen und die Nachwirkungen dieses Erlebnisses genossen. Sie wollte sich nicht ernsthaft unterhalten, aber sie wusste, dass es sein musste. In dieser Nacht gab es nichts mehr zu genießen. Keine Umarmungen, Baden im Meer und anschließend noch einmal Sex.

»Ich weiß nicht, wie lange ich weg sein werde. Eine Stunde, vielleicht aber auch länger. Die Hauptsache ist, dass du hier bleibst und dich nicht von der Stelle rührst. Ganz egal, was du siehst oder hörst.«

Das bedeutete, dass sie ihm nicht helfen durfte, selbst wenn er in Schwierigkeiten geriet. Sie zog das Vorderteil ihres Kleides zusammen und knöpfte es zu. »Ich bin nach wie vor der Meinung, dass ich dich begleiten sollte.«

»Nein.« Er legte die Finger unter ihr Kinn und hob ihr Gesicht an. »Ich kann dich nicht gegen vier bewaffnete Männer verteidigen.« Er ließ die Hand sinken. »Falls mir irgendwas passiert, will ich, dass du Folgendes tust …«

Sie schüttelte den Kopf. »Dir wird nichts passieren.«

»Ich will, dass du wartest, bis diese Männer weit, weit weg sind«, fuhr er fort, als hätte sie nichts gesagt. »Dann zündest du am Strand ein Feuer an. Mach ein richtig großes Feuer, und wirf alles an Plastik und Gummi hinein, was du auf der *Dora Mae* finden kannst. Plastik und Gummi erzeugen jede Menge schwarzen Rauch, der meilenweit zu sehen ist.« Er griff nach dem Fernglas und spähte hinunter auf den Strand. »Denk daran, dass das Feuer die ganze Nacht über brennen muss. Es hilft, wenn du den Sand mit Öl von der Jacht tränkst.« Er senkte das Fernglas und gab es ihr. »Diese Vogelnester, von denen ich dir erzählt habe, sind knochentrocken und taugen gut als Anzündholz.«

»Max?«

»Ja.«

»Dir wird nichts passieren«, wiederholte sie, als könnte es Wirklichkeit werden, wenn sie es nur oft genug aussprach. Sie wollte sich nicht einmal vorstellen, was ihm zustoßen könnte.

»Ich hoffe nicht.« Er stand auf und zog Lola hoch. »Versprich mir, dass du dich nicht von der Stelle rührst.«

»Ich verspreche es dir.«

Er legte die Hand um ihren Hinterkopf und gab ihr einen flüchtigen Kuss. »Wenn ich komme, um dich zu holen, musst du bereit sein.«

»Ich werde bereit sein.« Sie legte die Hand auf seinen Arm. »Versprich mir, dass du vorsichtig bist.«

»Schätzchen, ich bin immer vorsichtig.«

Als er sich von ihr lösen wollte, hielt sie ihn fest. »Versprich mir, dass du zurückkommst.«

Er nahm ihre Hand von seinem Arm und hauchte einen Kuss in ihre Handfläche. »Ich werde mein Bestes tun.«

Im Grunde gab es nur zwei Regeln für jeden Konflikt, zwei Parolen, an die Max sich hielt. Erstens: Sieg um jeden Preis, zweitens: Fehlschlag ausgeschlossen. Max hatte zu viele Kämpfe erlebt, um nicht jetzt mehr denn je an diese Parolen zu glauben.

Er kniete sich ans Ufer des Baches, der den Hügel hinunterfloss, und griff mit zwei Fingern in den Schlamm, den er auf der Stirn, um die Augen herum, auf Wangen und Kinn, Armen und Handrücken verteilte.

Die Musik am Strand setzte aus, und Max spähte durchs Gestrüpp. Inzwischen war es stockdunkel, und er konnte nur sehr wenig erkennen. Ein Stück unterhalb links von ihm war gerade noch das Glimmen des Lagerfeuers zu sehen, während über die Brandung hinweg der kühle Nachtwind das betrunkene Gröhlen der Männer zu ihm herauftrug. Eine neue CD wurde aufgelegt und spielte die Art von Latino-Musik, mit der Max aufgewachsen war – die Art Musik, die Bilder von leeren Flaschen und überquellenden Aschenbechern in ihm heraufbeschwor.

Er schlich bis zur Baumgrenze und verschmolz mit den tintenschwarzen Schatten. Drei der Typen saßen am Feuer und tranken, der vierte schien auf einem Angelstuhl eingeschlafen zu sein. Max konnte Baby nicht sehen, aber das Seil, mit dem er angebunden war, war immer noch an dem Stuhl befestigt. Max duckte sich hinter eine Palme und lauschte, beobachtete und wartete.

Die drei Männer am Feuer unterschieden sich kaum von gewöhnlichen anderen Männern, die zusammensaßen und sich betranken. Sie schimpften über ihre Frauen und Freundinnen und über ihre Arbeit. Wie schwierig es sei, Drogenabwürfe einzusammeln und rechtzeitig zu den wartenden Schiffen zu bringen – als würden sie für UPS arbeiten.

Schließlich kam die Sprache auf José Cosellas Tod und das Kopfgeld, das ihr Boss auf den Mörder ausgesetzt hatte. Fünfhunderttausend Pesos. Wie schade, dass kein Mensch eine Ahnung hatte, wer der Gringo war oder wohin er sich verkrümelt hatte.

Max blickte hinauf zum Hügel zu der Stelle, wo er Lola vermutete. Er stellte sich vor, wie sie da saß, die Ellbogen auf die Knie gestützt, und durchs Fernglas auf den Strand spähte. Er wandte sich wieder dem Strand zu, doch er war mit seinen Gedanken nicht ganz bei der Sache. Er hob die Hand und hielt die Innenfläche dicht vor seine Nase. Er war noch da. Zwischen seinen Fingern, wenn auch kaum mehr wahrnehmbar. Lola Carlyles Duft. Der Duft von berauschendem Sex. Er holte tief Luft, und sein Körper reagierte augenblicklich. Lust regte sich in seinen Lenden, und er spürte, wie er hart wurde. Er schloss die Augen und dachte daran, wie er sie an jener Stelle geküsst hatte. Dort zwischen ihren Schenkeln, wo sie nass und voller Verlangen gewesen war. Voller Verlangen nach ihm.

Hätte ihm irgendjemand prophezeit, dass er eines Tages mit Lola Carlyle schlafen würde, noch dazu, während ein Stück entfernt Drogenkuriere ihre Party feierten, hätte Max sich ausgeschüttet vor Lachen. Max hatte sich schon immer für einen

Glückspilz gehalten – er hatte zu viele brenzlige Situationen überlebt, um das nicht zu tun –, aber so viel Glück hatte er nun auch wieder nicht.

Seit der Nacht, in der er das Kommando auf der *Dora Mae* übernommen hatte, stellte er sich Lola nackt unter ihm vor. Er hatte sich das ausgemalt, was alle Männer sich erträumten. Wie Maximilian Zamora, Sohn eines alkoholkranken kubanischen Immigranten, mit einem Supermodel schlief.

Er ballte die Hand zur Faust und ließ sie sinken. Er war ausgesprochen kurzsichtig gewesen, hatte sich überrumpeln lassen, etwas, das ihm nicht oft passierte. Er verspürte nicht den Drang, sich auf die Brust zu trommeln oder seinen Kumpels davon zu erzählen. Ihm blieb nur die Einsicht, dass er seinem Verlangen nach Lola unter äußerst gefährlichen Bedingungen nachgegeben hatte. Dass er zu weit gegangen war und dass er, sollte sich die Gelegenheit dazu bieten, noch einmal zu weit gehen würde. Immer wieder.

Max kauerte eine halbe Stunde lang in der Dunkelheit, ehe er zwischen Bäumen und Unterholz zu einer Stelle vorrückte, wo die Insel einen Bogen beschrieb und vom Strand her nicht einzusehen war. Wenn es eines gab, worauf Max sich stets hatte verlassen können, dann war es sein Instinkt, doch seit neuestem erwies dieser sich als nicht gerade zuverlässig. Er hatte ihn während seines Auftrags in Nassau im Stich gelassen, ebenso wie im Hinblick auf Lola. Aber vielleicht lag es auch nicht daran, dass sein Instinkt versagte, sondern nur daran, dass er nicht auf ihn hörte.

Warme Wellen spülten über seine Stiefelspitzen, als er sich bückte und das Fischmesser aus dem Schaft zog. In Lolas Fall traf seiner Einschätzung nach eher Letzteres zu.

Nachdem er nun mit ihr geschlafen hatte, wusste er mit hundertprozentiger Sicherheit, dass es ein Fehler gewesen war, und zwar nicht nur in physischer Hinsicht. Mit Lola Carlyle zu schlafen, war nicht das unglaubliche Erlebnis, das er sich ausgemalt hatte. Nicht so lustvoll wie all seine Fantasien zusammengenommen. Nein, es war besser. Viel besser. Als er mit ihr geschlafen, in ihr Gesicht gesehen, sich in ihrem warmen, feuchten Leib vergraben hatte, war ein Stück von dem zu Tage getreten, das tiefer ging als Lust. Das größer war als das Begehren, das in seinen Lenden schmerzte, ihn antrieb, immer schneller, immer heftiger in sie zu stoßen. Sie so vollständig in Besitz zu nehmen, dass sie nicht mehr wusste, wo er anfing und sie aufhörte. Er hatte einen Blick auf das erhascht, was sein Leben mit ihr zusammen sein könnte, und in jenen kurzen Augenblicken hatte er es zugelassen. Er hatte zugelassen, dass dieses Bild in sein Herz kroch, ihm den Atem raubte und seinen Verstand lahm legte.

Aber es war nur ein flüchtiger Blick gewesen, nichts als eine Illusion. In der wirklichen Welt war Max nicht der Mann, der ewige Treue schwor, und Lola war nicht der Typ Frau, der sich mit jemandem wie ihm abfinden würde. Mit einem Mann, der nicht dafür garantieren konnte, dass er morgen noch am Leben war.

Max watete in die Brandung und verscheuchte die Gedanken an Lola. Sie war Zivilistin, nicht anders als andere auch. Er hatte einen Auftrag zu erledigen, wie so viele andere zuvor, die man ihm übertragen hatte. Jahrelang geschulte Disziplin befähigte ihn, sich von allem zu lösen, bis auf die Aufgabe, die vor ihm lag. Die Wellen umspülten seine Brust, und er nahm das Fischmesser zwischen die Zähne, um es nicht zu verlieren, ehe er losschwamm. Nur der obere Teil seines Kopfes und seine Augen waren über Wasser, während er die rund hundertfünfzig Meter weit hinausschwamm. Er verursachte keinerlei Wellen und kein Plätschern, als er wendete und parallel zur Küste weiterschwamm.

Aus der Ferne betrachtet glich der Umriss der *Dora Mae* einem riesigen gestrandeten Wal, einem traurigen, erbärmlichen Kadaver. Das Schnellboot lag sechs oder sieben Meter links von der Jacht, aber so tief im Wasser, dass er es nicht bemerkt hätte, wenn er nicht gewusst hätte, wo es sich befand.

Das offene Schnellboot schaukelte auf den sanften Wellen, als Max sich geräuschlos hinaufstemmte. Er nahm das Messer aus dem Mund und wartete einen Moment, bis sich seine Augen an die Lichtverhältnisse gewöhnt hatten. Drei Plastikfässer standen an Steuerbord neben einer Kiste, die aussah, als enthielte sie Munition. Max warf einen Blick zum Strand hinüber, sah die vier Schurken und hob den Deckel an.

Bingo. Lauter hübsche Sachen. Im Mondlicht erkannte Max mehrere MP4-Maschinengewehre, aber keine Munition. Daneben fand er etwa ein Dutzend Stangen Dynamit und Sprengkapseln. Der letzte Gegenstand, der ihm in die Finger kam, entlockte ihm ein Lächeln.

»Hallo«, flüsterte er und nahm eine seiner Lieblingswaffen aus der Kiste, ein .50-Kaliber-Gewehr mit Infrarot-Zielfernrohr. Gleich nachdem er seine SEAL-Ausbildung abgeschlossen hatte, war er zur Scharfschützenausbildung nach Fort Bragg geschickt worden. Monatelang hatte er sich im Gestrüpp von North Carolina versteckt und auf Papierzielscheiben und Dummy-Fahrzeuge geschossen, während die Sandflöhe sich an seinen Knöcheln und Handgelenken gütlich getan hatten. Einige Jahre später hatte er seine Ausbildung im wirklichen Kampfgeschehen bei der Operation Desert Storm anwenden können und eine Menge über Leben und Sterben gelernt.

Damals war er kaum mehr als ein Junge gewesen.

Was diese Jungs am Strand mit einer Waffe anfingen, die in einem anderthalb Meilen entfernten Ziel ein enormes Loch hinterlassen konnte, war ihm ein Rätsel. Max besah sich, was ihm zur Verfügung stand. Er hatte keine Munition für die Maschinengewehre und vermutete, dass die Männer sie vollständig aufgebraucht hatten, als sie wie die Wilden auf die Bäume schossen. Er hatte keine Lunte für das Dynamit, doch am Boden der Kiste fand er fünf .50-Kaliber-Patronen.

Schließlich glitt er ins Meer zurück und schwamm, Gewehr und Munition hoch über den Kopf erhoben, zur *Dora Mae*. Abgesehen von dem spärlichen Licht, das stellenweise durch die Fenster fiel, war es im Inneren der Jacht stockdunkel. Dass die Jacht geplündert worden war und überall Gegenstände herumlagen, war der Sache nicht gerade zuträglich. Auf dem Weg zur Passagierkajüte knirschte Glas unter seinen Stiefeln. In weniger als einer Minute hatte er gefunden, was er suchte. Er schob sich ein halbes Dutzend Kondome in die Tasche, dann öffnete er mehrere Päckchen und stülpte das feine Latex über das Gewehr. Schließlich füllte er Kugeln in das letzte Kondom, knotete es an seine Gürtelschlaufe und verließ die Jacht. Erleichtert ließ er sich ins Wasser gleiten und nahm Kurs auf das Schnellboot. Endlich bewegte er sich auf vertrautem Terrain. Die Situation entwickelte sich eindeutig positiv. Zum Teufel, er brauchte nur noch Baby Doll Carlyle zu schnappen, Lola und den Hund unbemerkt ins Schnellboot zu verfrachten und dann so schnell wie möglich von den Bahamas zu verschwinden. Ein Kinderspiel.

10. KAPITEL

Abgesehen von dem Feuer am Strand konnte Lola kaum etwas sehen. Ihre Augenbrauen schmerzten bereits, doch sie weigerte sich, das Fernglas zu senken. Max war schon mindestens eine Stunde weg. Er war irgendwo da draußen, doch sie hatte bisher noch keine Spur von ihm gesehen. Ein paar Mal hatte sie geglaubt, ihn entdeckt zu haben, aber es waren doch nur die Wellen gewesen. Sie blickte auf den Strand hinunter. Baby hatte sie ebenfalls noch nicht sehen können, obwohl sie wusste, wo er war.

Mariachi-Musik wehte zu Lola hinauf, so laut und klar, als würde die Band am Strand spielen. Sie war kein begeisterter Mariachi-Fan, und von jetzt an würde sie diese Musik bestimmt verabscheuen. Sie hatte Erdklumpen im Haar, Mückenstiche an den Armen, und ihr einziger Trost war, dass im Augenblick niemand auf sie schoss, ebenso wenig wie auf Max. Jedenfalls noch nicht.

Schließlich wurden ihre Arme lahm, und sie nahm das Fernglas von den Augen. Sie hatte sich ihr Wolltuch um die Beine gewickelt, aber die Mücken auf dieser Insel waren besonders dreist und stachen offenbar auch durch den Stoff hindurch. Sie war müde, ihr ganzer Körper juckte, und sie hatte so riesigen Hunger, dass sie für einen Teller voll Makkaroni mit Käse oder auch einen Riesen-Snickers-Riegel ihre Seele verkauft hätte. Sie schlug nach einer Mücke, die sich an ihrem Hals gütlich tat. Wenn Max sich nicht beeilte, würde sie wegen des hohen Blutverlusts nicht mehr gehen können.

Allein der Gedanke an Max zauberte ein Lächeln auf ihre Lippen. Es entbehrte jeglicher Logik. Es ergab keinen Sinn, aber wahrscheinlich war genau das so typisch für das Stockholm-Syndrom. In dem ganzen Chaos war Max der ruhende Pol. Das Einzige, worauf sie sich verlassen konnte. Was real war.

Andererseits war es ihr alles andere als real erschienen, als er mit ihr geschlafen hatte. Die Berührungen seiner Hände und seiner Lippen, dieses unglaubliche Gefühl, als ihre Körper sich vereinigt hatten. Mit keinem der Männer, die sie je kennen gelernt und geliebt hatte, hatte sie sich so verbunden gefühlt wie mit Max.

Als hätten ihre Gedanken ihn heraufbeschworen, tauchte er ohne Vorwarnung mit Baby im Arm neben ihr auf. Am liebsten hätte sie Max einen Kuss auf den Mund gegeben und anschließend seinen ganzen Körper mit Küssen bedeckt.

Der Hund zappelte vor Aufregung, als Lola aufstand, doch Max' Hand an seiner Schnauze verhinderte, dass er bellte. »Ich brauche das Klebeband«, sagte Max gerade laut genug, dass sie ihn hören konnte. »Es ist in der Provianttasche.«

Als Lola das Isolierband gefunden hatte, wies Max sie an, ein Stück abzureißen, das er dem Hund um die Schnauze wickelte.

Obwohl Lola genau wusste, dass es absolut notwendig war, tat der Hund ihr Leid. »Kann er so überhaupt noch atmen?«

»Ja«, antwortete Max in geschäftsmäßigem Tonfall und reichte ihr den Hund. »Er kann nur nicht bellen.«

Baby Doll kratzte mit der Pfote an dem Isolierband. »Du hast ja keine Ahnung, wie knapp du einer Umsiedlung nach Mexiko entkommen bist«, schimpfte Lola und drückte Baby an ihre Brust.

»Kolumbien«, korrigierte Max. Er kniete vor der Provianttasche, und erst jetzt bemerkte Lola das Gewehr, das er umgehängt auf dem Rücken trug. Eine graue Baseballkappe lugte aus seiner Gesäßtasche. Lola war nicht ganz sicher, aber es sah aus, als sei der Gewehrlauf mit einem Gummiüberzug versehen.

»Willst du diese Typen abknallen?«, fragte sie.

»Hättest du ein Problem damit?« Er kramte die zwei Styroporblöcke aus der Tasche und stand auf.

Hatte sie ein Problem damit? Nicht, wenn es keine andere Möglichkeit gab. »Nein«, antwortete sie und hielt Baby fest, sodass Max noch einmal die Schwimmflügel an seinen Flanken anbringen konnte. »Hast du schon mal jemanden getötet?«

Er antwortete nicht. »Glaubst du, dass du schwimmen kannst, ohne zu hyperventilieren und ohne ein Geräusch zu machen?«

Wenn es darum ging, von dieser Insel fortzukommen, konnte sie alles. »Ja.«

»Gut, denn davon hängt es ab, ob wir heil hier rauskommen.«

Er ging wieder vor der Provianttasche in die Knie, zog eine Taschenlampe und eine Landkarte heraus und stopfte Lolas Kaschmirtuch hinein. Danach füllte er die Tasche und Lolas Handtasche mit großen Steinen.

»Was machst du da?«

»Die hier versenken wir in dem Wasserloch. Ich will nichts hinterlassen, was ihnen helfen könnte, uns zu identifizieren.«

»Meine Zahnbürste ist in der Handtasche. Die brauche ich.«

»Morgen früh bekommst du eine neue.«

Er sagte allerdings nicht, dass sie dann vielleicht schon längst tot war. »Ich brauche meine Brieftasche. Sie ist von Fendi.« Ein gereiztes Grunzen verriet ihr, was er davon hielt. »Na gut, aber meine American-Express-Karte brauche ich nun wirklich.«

Er nahm Bargeld aus ihrer Brieftasche, aber keine Kreditkarte. Mit der freien Hand stopfte Lola sich das Geld in den BH.

Max stand behände auf und schob sich die Taschenlampe und die Landkarte unter den Arm. Dann griff er in seine Gesäßtasche und zog ein kleines quadratisches Päckchen heraus, dessen Silberfolie im Mondlicht glitzerte. Es sah aus wie ein Pfefferminztäfelchen, das der Zimmerservice im Hotel auf dem Kopfkissen hinterließ, dachte Lola.

»Ist das ein Pfefferminz?«

»Ein Kondom.«

Einige Sekunden starrte sie ihn ungläubig in der Dunkelheit an. »Du hast doch gesagt, die wären zu klein für dich.«

Er hob den Kopf und sah ihr fest in die Augen. »Die sind nicht für mich.« Für einen kurzen Augenblick glaubte sie zu sehen, wie sein Mundwinkel zuckte. »Nimm das«, wies er sie an, reichte ihr die Taschenlampe, riss das Päckchen auf, streifte das Kondom über die Taschenlampe und knüpfte das Ende an seine Gürtelschlaufe. »Du gehst jetzt ganz dicht hinter mir her und machst kein Geräusch.« Er rollte die Landkarte auf und schob auch darüber ein Kondom. »Wir drei schwimmen jetzt zu dem Boot da drüben, steigen an Bord und sehen zu, dass wir von hier wegkommen.« Er knotete die Landkarte an seine Gürtelschlaufe. »Wenn ich etwas sage, tust du es ohne Widerrede. Denke gar nicht erst lange nach. Tu's einfach. Und jetzt sag: Okay, Max.«

Sie war doch nicht beim Militär. Sie war es nicht gewohnt, Befehle entgegenzunehmen. Doch sie vertraute ihm ihr und Babys Leben an. »Okay, Max.«

Er stemmte die Hände in die Hüften und musterte sie. »Du fällst auf wie ein Leuchtturm.«

»Was soll ich dagegen tun?«

»Darum kümmere ich mich gleich. Jetzt müssen wir erst einmal den Operations-Plan besprechen.«

»Den Operations-Plan?«

»Unsere Vorgehensweise«, erklärte er. »Sobald wir an Bord

sind, nehme ich meinen Posten am Heck ein, und wenn ich es sage, wirfst du den Motor an.«

»Ich?«

»Hast du schon mal ein Boot gesteuert?«

»Nein, aber ich bin mal Motorrad gefahren.«

Er strich sich über sein stoppeliges Kinn. »Es ist noch leichter als Motorradfahren. Du drehst nur den Zündschlüssel und drückst den Gashebel durch.«

»Muss ich keinen Gang einlegen?«

»Darum brauchst du dich nicht zu kümmern. Das Boot ist startbereit.«

»Okay. Den Zündschlüssel umdrehen und den Gashebel durchdrücken«, wiederholte sie, während sich ihr Magen zusammenkrampfte. »Wenn ich ihn nach rückwärts ziehe, ist das dann der Rückwärtsgang?«

»Ja, aber komm ja nicht auf die Idee.«

Ihr Magen verkrampfte sich noch ein bisschen mehr. Aber sie würde es schaffen. Kein Problem. »Sonst noch was?«

»Ja. Halte den Kopf gesenkt.« Er rückte das Gewehr zurecht. »Fertig?«

Eigentlich nicht. »Ja, Max.«

»Gut, dann los jetzt.«

Plötzlich war ihr übel. Jetzt ging es ums Ganze. Entweder schafften sie es, von der Insel zu flüchten, oder sie würden sterben. Sie folgte Max zu der Wasserstelle, wo er die Provianttasche und ihre Louis-Vuitton-Handtasche ins Wasser gleiten ließ. All ihre Habseligkeiten verschwanden in dem kleinen See. Sie hielt Baby fest, als sie den Hügel hinab zum Strand marschierten. Sie folgte Max vollkommen geräuschlos, wie er es von ihr verlangt hatte. An dem Bach, bei dessen Überquerung er ihr auf dem Weg den Hügel heraufgeholfen hatte, ließen sie sich auf die Knie nieder. Max reichte ihr die Baseballkappe, und während sie ihr Haar darunter verbarg, tauchte er die Finger in den Schlamm und bestrich sich Gesicht und Arme damit. Anschließend war Lola an der Reihe, und sie schloss die Augen, als er den kalten, feuchten Schlamm auf ihre Wangen auftrug.

»Stell dir einfach vor, es wäre eine Gurkenmaske«, flüsterte er.

Sie öffnete die Augen und blickte in sein Gesicht unmittelbar vor ihr. »Eine Gurkenmaske ist aber nicht so schmutzig«, flüsterte sie zurück.

Max zog eine Braue hoch und lachte lautlos.

Die Mariachi-Musik setzte aus, und Max warf einen Blick über die Schulter hinweg zum Strand. Die gedämpften Stimmen übertönten das Geräusch der Brandung, wenn auch nicht mehr so laut wie vorher. Max griff in den Schlamm und verteilte ihn mit raschen Bewegungen auf Lolas Armen und Beinen. Baby versuchte, sich ihrem Griff zu entwinden, doch sie drückte ihn noch fester an sich. Dann stand Max auf, und Lola folgte ihm zwischen Bäumen und Gestrüpp hindurch. Wieder staunte sie, wie leise er sich trotz seiner Größe bewegte. Sie hielten sich tief im Schatten, mit dem Max manchmal so sehr verschmolz, dass sie sich an seinem Hemd festhalten musste, um ihn nicht zu verlieren. Manchmal berührte sie seinen Rücken unter dem Gewehr, das er umgeschnallt trug, nur um sich zu vergewissern, dass er noch Max war. Und dann fühlte sie sich selbst jedes Mal ein bisschen stärker.

Er führte sie an einen Teil des Strandes, der ein gutes Stück von den betrunkenen Männern entfernt lag, und gemeinsam wateten sie ins Meer hinaus. Die Wellen spülten über ihre Knöchel, dann um ihre Knie und Schenkel, und wuschen den Schlamm ab, der bereits zu jucken begonnen hatte. Sie ging weiter, bis das Wasser bis zu ihren Schultern reichte, ehe sie zu schwimmen begannen. Doch unglücklicherweise bewegten sie sich gegen die Strömung, sodass sie kaum vorwärts kamen.

Als Max das dritte Mal umkehren musste, griff er unter

Wasser nach ihrer Hand und legte sie auf den Gewehrlauf. Sie hielt Baby mit der anderen Hand, und wortlos schleppte Max beide ab. Lola machte zwar mit den Beinen Schwimmbewegungen, sorgsam darauf bedacht, kein Geräusch zu verursachen, doch sie hatte das Gefühl, dass Max es auch ohne ihre Hilfe geschafft hätte.

Salzwasser drang ihr in Mund und Augen. Ein Schuh löste sich von ihrem Fuß, die Muskeln in Armen und Beinen schmerzten. Sie hatte das Gefühl, als wären sie stundenlang geschwommen, als sie endlich das offene Boot erreichten. Max kappte das Ankertau, nahm Baby aus Lolas Arm und hob ihn ins Boot. Mit einer Hand hielt er sich an der Seite des Bootes fest, während er die andere auf ihr Gesäß legte und sie so übers Schanzdeck hievte. Wie ein entkräfteter Fisch ließ sie sich auf den Boden plumpsen und blickte hinauf zum Nachthimmel. Sie war so müde, verängstigt und erschöpft, dass sie kaum Luft bekam. Max hob das Gewehr ins Boot, wobei er sie versehentlich an der Schulter traf. Das Boot schaukelte, als er sich über die Schiffswand stemmte und auf Lola fiel. Alle Luft wich aus ihrer Lunge, und er stieß mit der Stirn gegen den Schirm ihrer Baseballkappe.

»Vergiss nicht«, flüsterte er, »auf mein Signal hin drehst du den Zündschlüssel und drückst den Gashebel durch.«

Signal. Was für ein Signal? Ihre Kehle war so ausgetrocknet, dass sie nicht richtig atmen konnte. Sie brachte lediglich ein schwaches Kopfschütteln zustande.

»Lola«, er richtete den Schirm ihrer Kappe auf, »hyperventilierst du etwa schon wieder?«

Sie legte die Hand auf den Mund und nickte. Lieber Himmel, ausgerechnet jetzt musste sie wieder damit anfangen. Auf dem Boden des Boots liegend, während die betrunkenen Drogenkuriere feierten und den Strand mit Maschinengewehrsalven pflügten. Sie musste den Zündschlüssel drehen und den

Gashebel durchdrücken. Dies war nicht der richtige Zeitpunkt, um das Bewusstsein zu verlieren! Ein verzweifeltes Quieken schlüpfte über ihre Lippen.

»Komm schon, Liebling«, flüsterte Max und rieb ihre Arme. »Entspann dich. Du schaffst das. Entspann dich einfach. Atme langsam und tief durch die Nase.«

Lola konzentrierte sich auf den dunklen Umriss seines Gesichts, das unmittelbar vor ihr war. Auf den Klang seiner ruhigen Stimme und den Geruch von Salzwasser auf seiner Haut. Sie spürte, wie Baby den Kopf auf ihren Fußknöchel legte, und bemühte sich nach Kräften, ihre Angst beiseite zu schieben.

»Geht's besser?«

Langsam sog sie die Luft tief in ihre Lungen, ehe sie sich eine Hand auf die Brust legte. »Welches Signal?«, stieß sie mühsam hervor und kämpfte um eine Ruhe, die sie nicht empfand.

»Ich hebe die Hand, und wenn du den Schlüssel drehen und den Gashebel durchdrücken sollst, mache ich eine Faust.«

»Okay, Max.«

»Gut so. Und vergiss nicht, was du auch tust, halte den Kopf gesenkt«, sagte er, gab ihr einen raschen Kuss und kroch hinüber zum Heck des Boots.

Den Kopf gesenkt halten. Den Schlüssel drehen. Den Gashebel durchdrücken. Sie würde es schaffen. Lola drehte sich auf den Bauch und kroch an zwei großen Plastikfässern und einer Kiste vorbei, um eine kleine Sitzbank herum bis zum Bug. Sie ertastete das Steuerrad, den Schlüssel im Zündschloss und den Gashebel.

Sie hob den Kopf gerade so weit, um über die Bank hinwegsehen zu können. Sie sah Max' schwarzen Umriss am Heck knien und den Gewehrlauf auf einen der drei Motoren stützen. Weit hinter ihm sah Lola das orangerote Glimmen des Lagerfeuers. Die drei Männer standen am Feuer, während ihre Maschinengewehre an dem Gummiboot lehnten, das etwa drei Meter von ihnen entfernt lag. Ihre leisen Stimmen und ihr betrunkenes Gelächter sträubten ihr die Nackenhaare; die feuchte Nachtluft lag wie ein nasses Handtuch auf ihrer Haut. Einer der Männer löste sich von den anderen und ging zu dem Betrunkenen, der auf dem Stuhl eingeschlafen war. Er trat nach dem Fuß des Mannes, beugte sich hinunter und zog an der Leine. Langsam ging er in die Hocke, hob das Seilende auf und starrte es an, als traue er seinen Augen nicht. Als könne er nicht fassen, was er da sah – oder vielmehr nicht sah.

»*Perro?*«, rief er, wandte sich zu den anderen Männern um und hielt das Seilende in die Höhe.

Lola senkte den Blick ein wenig und sah zu Max' schwarzer Silhouette hinüber. Sie hoffte, dass er sich beeilte. Baby sprang auf die Bank, und ohne den Blick vom Strand zu lösen, holte Lola ihn zurück auf den Boden. Einer der Männer spähte zum Boot hinüber, und Lola hielt den Atem an. Er trat dicht ans Wasser heran, und die Stimmen am Strand wurden lauter.

»Mach schon, Max«, flüsterte Lola an der Rückenlehne des Fahrersitzes. In diesem Augenblick, als hätte er sie gehört, hob er die Hand, warf ihr über die Schulter hinweg einen Blick zu und ballte die Faust.

Sie fuhr auf dem Sitz herum und fand mit zitternden Händen den Zündschlüssel. *Schlüssel drehen, Gashebel durchdrücken*, raste es durch ihren Kopf, und genau das tat sie.

Nichts geschah. Sie versuchte es noch einmal. Der Motor stotterte, ehe er wieder erstarb.

»Scheiße! Scheiße! Scheiße!«, flüsterte sie. Die Stimmen am Strand wurden noch lauter und aufgeregter, und sie versuchte es ein drittes Mal.

Über das Chaos hinweg ertönte Max' ruhige Stimme. »Wir müssen los, Schätzchen«, sagte er.

Sie drehte den Schlüssel, der Motor stotterte und ging wieder aus. Beim nächsten Versuch sprang er mit einem leisen

Grollen an, und sie drückte den Gashebel bis zum Anschlag durch. Das Boot schoss übers Wasser, sodass ihr die Baseballmütze vom Kopf gerissen wurde. Lola packte das Steuerrad und umklammerte es, als hinge ihr Leben davon ab. Das Boot hüpfte über die Wellen, und die Nacht explodierte mit dem regelmäßigen *brrrap brrrap* von Maschinengewehrfeuer. Lola hielt den Kopf gesenkt und hoffte inbrünstig, dass Max dasselbe tat. Sie konnte nicht sehen, wohin sie fuhren, aber es war wohl auch gleichgültig, denn sobald sie sich vom Strand entfernt hatten, war die Nacht so stockdunkel, dass sie ohnehin nichts erkennen konnte.

Plötzlich ertönte eine Explosion wie ein Donnerschlag, und der Himmel leuchtete. Lola wandte sich um und sah, wie ein riesiger Feuerball die *Dora Mae* in die schwarze Nacht jagte. Zwei weitere Explosionen folgten, und brennende Brocken flogen in alle Himmelsrichtungen. Max erhob sich, stand breitbeinig da und hob die Fäuste wie ein Schwergewichtsweltmeister.

Max hatte einen großen Teil seines Berufslebens in Kälte und Nässe verbracht. Er konnte sich zwar durchaus vorstellen, wie er so einen Abend angenehmer hätte verbringen können, aber er war an Kälte und Nässe gewöhnt. Lola dagegen nicht. Vorn im Boot fand er eine Wolldecke, die er ihr reichte.

»Zieh deine nassen Sachen aus«, riet er ihr und übernahm das Steuer.

Das Leuchten des Feuers von der Insel schwand immer mehr. Max schnitt Taschenlampe und Karte von seinen Gürtelschlaufen. Das Boot, ausgerüstet nach dem neuesten Stand der Technik, war der Traum eines jeden Drogenkuriers auf der Suche nach im Atlantik treibenden Fässern voller Drogen. Max setzte sich neben Lola auf die Bank und leuchtete ihr mit der Taschenlampe ins Gesicht. Ihre Finger zitterten so stark, dass sie kaum die Knöpfe ihres Kleides zu fassen bekam. Ihre

Lippen waren blau, und sie hielt ihren zitternden Hund fest an die Brust gedrückt.

Mit einer Hand hielt er das Steuerrad, während er mit der anderen ihre Finger beiseite schob und ihr aus dem nassen Kleid half, das er auf den Boden des Boots fallen ließ. Mit einiger Mühe löste er das Klebeband von Babys Schnauze. Der Hund stieß ein wütendes Bellen aus, als Max die Wolldecke um Lola und ihren Hund legte.

»Bleib noch eine Weile sitzen«, bat er und wandte sich dem Satellitenleitsystem zu. Er schaltete die Beleuchtung ein und entfaltete die Landkarte. Eine Mappe und ein Fettstift waren am Bug befestigt, mit deren Hilfe er die Koordinaten ihres Standpunkts markierte. Er wollte sichergehen, dass die Küstenwache die Insel und die vier gestrandeten Drogenkuriere fand. Durch die Explosion der *Dora Mae* war wahrscheinlich keiner ums Leben gekommen; die herabfallenden Schiffsteile hatten ihnen höchstens die Haare ein wenig versengt.

Man hätte ihm vorhalten können, dass es leicht übertrieben war, die Jacht in die Luft zu jagen. Aber Max war anderer Meinung. Wenngleich er bezweifelte, dass es den vier Männern gelingen würde, die *Dora Mae* fahrtüchtig zu machen, wollte er ihnen nicht einmal die entfernte Möglichkeit offen lassen. Ebenso wenig wollte er das Risiko eingehen, dass er oder Lola doch noch anhand von irgendetwas, das sie an Bord vergessen hatten, identifiziert wurden. Die *Dora Mae* musste geopfert werden. Und verdammt noch mal, es ging doch nichts über eine ordentliche Explosion.

Max schaltete das Funkgerät ein und suchte nach Funkverkehr, obwohl es ihn nicht weiter überraschte, dass er nichts hörte. Denn selbst wenn er keine Signale von anderen Schiffen auffing, hieß das nicht, dass keine unterwegs waren. Er stellte den Kanal der Küstenwache ein und griff nach dem Mikrofon. »Wie lautet dein zweiter Vorname?«, fragte er Lola, da er weder der Küstenwache noch sonst jemandem auf die Nase binden wollte, dass er und Lola sich auf einem gestohlenen Schnellboot befanden.

Lolas Zähne schlugen aufeinander, als sie antwortete. »Faith.«

»Küstenwache Florida, Küstenwache Florida, hier spricht die *Faith*. Verstanden? Over.« Er wartete eine halbe Minute, bevor er seinen Ruf wiederholte. Immer noch nichts. Im Licht der Armaturen las er den Standort des Boots ab und kam zu dem Schluss, dass der Sturm sie neunzig Seemeilen südöstlich der Florida vorgelagerten Inseln abgetrieben hatte. Also sechzig Meilen südlich von ihrem vorherigen Standort auf der *Dora Mae*.

»Wo sind wir?«, fragte Lola mit zusammengebissenen Zähnen. »In der Nähe von Florida?«

»Etwa achtzig Meilen davon entfernt«, antwortete er, zu erschöpft, um den Unterschied zwischen Meilen und Seemeilen genau zu berechnen. Wenn er endlich wieder zu Hause war, würde er mindestens drei Tage lang schlafen.

»Möchtest du ein Stück von meiner Decke?«

»Nein, es wird ja nicht mehr lange dauern.« Die drei Motoren des Boots hätten eine Geschwindigkeit von mehr als fünfzig Knoten erlaubt, aber da sie kaum Schutz vor dem Wind hatten, hielt Max sie bei sechsundzwanzig. Der Himmel über ihnen war völlig klar und übersät von Sternen.

»Ma-Max?«

»Ja.« Er sah zu ihr hinüber und beobachtete, wie sie eine Hand aus der Decke schob und anfing, die Schlammkruste von ihrer Stirn zu entfernen. Das goldene Licht vom Bug her streifte ihre Lippen und ergoss sich wie Honig in ihren Mund, als sie sprach.

»Ich habe wirklich geglaubt, wir – wir würden sterben«, sagte sie gerade laut genug, um die Motoren zu übertönen.

»Ich habe dir doch gesagt, ich sorge dafür, dass du heil nach Hause kommst.«

»Ich weiß.«

Baby steckte den Kopf aus dem Spalt in der Wolldecke, schaute sich um und tauchte dann wieder dahin zurück, wo er warm und geborgen an Lolas Brust und Bauch liegen konnte. Dieser Glückspilz wusste gar nicht, wie gut er es hatte. Max hingegen wusste es und wünschte sich, er hätte keine Ahnung. Es wäre entschieden besser gewesen, wenn sie sich trennen würden, ohne dass er wusste, wie schön es war, mit ihr zu schlafen. Es wäre besser gewesen, wenn er, so wie jeder andere Mann, sein Leben mit der Frage verbracht hätte, wie es wohl sein mochte, ihr Gesicht zwischen den Händen zu halten und ihren Mund zu küssen. Nachdem er es nun wusste, würde es ihm wesentlich schwerer fallen, darauf zu verzichten, sie gehen lassen zu müssen. Nachdem er nun wusste, dass in ihrem schönen, kurvenreichen Model-Körper eine Frau voller Mut und Entschlossenheit steckte, einer Art Mut und Kampfgeist, die er bewunderte.

Mit jeder Meile, die sie hinter sich ließen, kamen sie dem Augenblick näher, da er Lola der Küstenwache übergeben würde. Sobald er seine Pflicht erfüllt hatte, sollte er dafür sorgen, dass er ihr nicht mehr zu nahe kam. Sie gehörte nicht zu ihm, aber wenn sie den Kopf an seine Schulter lehnte, brachte er es doch nicht fertig, sie von sich zu schieben. Mit einer Hand hielt er das Steuer, mit der anderen hob er das Mikrofon an die Lippen. »Küstenwache Florida, Küstenwache Florida, hier spricht die *Faith*. Bitte kommen. Over.« Immer noch nichts.

»Max, wenn wir gerettet werden, lass mich bitte nicht allein.«

Das konnte er ihr nicht versprechen.

»Max?« Sie legte den Kopf in den Nacken und blickte zu ihm auf.

Zum ersten Mal gab er kein Versprechen, von dem er wusste, dass er es nicht halten konnte. Ein Knistern im Funkgerät ersparte ihm eine Erklärung, und im nächsten Moment ertönte die ausdruckslose Stimme eines Beamten der Küstenwache. »*Faith*, hier Küstenwache. Roger, Kapitän, bitte sprechen Sie. Over.«

Max hielt inne und blickte auf Lola Carlyles schönes Gesicht hinunter. Dann hob er das Mikrofon und tat den ersten Schritt in Richtung zu Hause und in ein Leben ohne sie.

11. KAPITEL

Gegen zwei Uhr morgens traf Lola im Florida Lower Keys Medical Center ein. Seit Tagen wusste sie zum ersten Mal wieder die genaue Uhrzeit. Sie bekam ein Privatzimmer zugewiesen und sollte über Nacht zur Beobachtung in der Klinik bleiben. Ihre Arme und Beine fühlten sich so schwer an, dass sie sie nicht heben konnte, und sie fragte sich, warum sie keine Lust hatte, Luftsprünge zu machen. Seit Samstagabend hatte sie sich doch auf diesen Augenblick gefreut. Sie war durch die Hölle gegangen, hatte ums Überleben gekämpft, und jetzt fühlte sie sich völlig taub. Diese beängstigende Lethargie hatte eingesetzt, kurz nachdem sie und Max im Schnellboot von der Insel gerast waren, und sie war mit jeder Stunde, die verstrich, nur noch schlimmer geworden. Lola vermutete, dieser Umstand könnte irgendwie damit zu tun haben, dass das Adrenalin die letzten Reste ihrer Energie verzehrte. Damit, und mit der Tatsache, dass sie in den vergangenen paar Tagen nur eine einzige vernünftige Mahlzeit zu sich genommen hatte. Sie wusste nicht genau, wie lange sie an Bord des Drogenkurierbootes gewesen waren, aber sofort nachdem sie und Max und Baby den Kutter der Küstenwache betreten hatten, wurde sie untersucht, und der Arzt stellte fest, dass sie an Austrocknung, geringfügiger Unterkühlung und Erschöpfung litt.

Während sie eine Infusion bekam und im Krankenrevier lag, trieb sich Max irgendwo auf der Kommandobrücke herum und unterhielt sich mit dem Kommandeur. Immerhin hatte sie zu diesem Zeitpunkt noch Baby bei sich.

Als sie schließlich die Dienststelle der Küstenwache von Key West erreichten, fühlte Lola sich eher schlechter statt besser. Sie war so erschöpft, dass sie nicht mehr klar denken konnte. Ein Krankenwagen erwartete sie, und sie wurde, immer noch in die Decke gehüllt, die Max ihr gegeben hatte, auf eine Trage gebettet.

Jemand nahm ihr Baby aus den Armen, und ihre Bitte, ihn bei sich behalten zu dürfen, stieß auf taube Ohren. Man versicherte ihr, dass er im örtlichen Tierheim Futter und Wasser und hervorragende medizinische Betreuung erhalten würde.

Max hätte etwas unternehmen können, damit man ihr Baby ließ. Er hätte die Leute mit seiner finsteren Miene einschüchtern können, aber er ließ sich nicht ein einziges Mal blicken. Lola war entsetzlich schwach und verwirrt, und obwohl sie die Vorgänge um sie herum beobachtete, war sie nicht in der Lage, sie in einen logischen Zusammenhang zu bringen.

Sie sah Militär und medizinisches Personal, aber nichts war ihr auch nur im Entferntesten vertraut. Sie war sich sicher, dass Max, wenn sie ihn nur fände, alles wieder in Ordnung bringen würde. Aber sie sah ihn nirgends.

Als Lola schließlich in den Krankenwagen verfrachtet wurde, erhaschte sie einen letzten Blick auf Max. Er stand im Lichtkegel einer Laterne, hob die Hand zu einem knappen Winken und stieg in ein wartendes Auto. Er verschwand hinter getönten Scheiben, und dann war er fort. Unvermittelt krampfte sich ihr Magen zusammen, und sie redete sich selbst gut zu, dass nun alles in Ordnung wäre. Sie war in Sicherheit und nicht mehr auf Max angewiesen. Sie brauchte ihn nicht mehr.

Warum aber hatte sie dann trotzdem das Gefühl, dass sie ihn brauchte? Warum glaubte sie sogar jetzt, da sie warm und kuschelig in ihrem Krankenhausbett lag, dass sie ihn ganz dringend brauchte?

»Wie geht es Ihnen?«, fragte eine Krankenschwester in einem malven- und türkisfarbenen Kittel und fühlte Lolas Puls.

Verwirrt, dachte sie. »Müde.« Sie kratzte sich am Hals. »Und so, als wäre ich bei lebendigem Leibe aufgefressen worden.«

»Ich hole Ihnen ein Mittel dagegen«, sagte die Schwester und ließ Lolas Handgelenk los.

Kurz nach ihrer Ankunft im Krankenhaus hatte man ihre Eltern verständigt und ihr mitgeteilt, dass sie auf dem Weg nach Florida waren. »Ich kann doch gehen, wenn meine Eltern hier sind, oder?«

»Das müssen Sie den Arzt fragen.« Die Schwester notierte etwas auf Lolas Krankenblatt. »Die Küche ist geschlossen, aber im Kühlschrank am Ende des Flurs finden Sie kleine Snacks. Falls Sie Hunger haben, können wir Ihnen Pudding und Saft und Limonade anbieten.«

Plötzlich fiel ihr wieder ein, dass sie an diesem Tag außer etwas Käse und einer Hand voll Cracker nichts gegessen hatte. Ihre Hände und Füße waren kalt, und sie fühlte sich wie ausgehöhlt, so als stünde sie kurz vor einem Kollaps. Diese Empfindungen waren ihr nicht neu, nein, sie waren alt und vertraut, aber zum ersten Mal seit langer Zeit vernahm sie das altbekannte Drängen laut und deutlich. Diese verführerische Stimme, die ihr sagte, dass sie bis zum nächsten Tag drei Pfund abgenommen haben würde, wenn sie jetzt nichts aß. »Ich sterbe vor Hunger und esse das, was Sie mir geben.«

»Ich sehe mal nach, was ich finden kann.« Die Schwester lächelte und wandte sich zur Tür.

»Wartet draußen zufällig jemand, der mich besuchen möchte?«, wollte Lola wissen.

Die Schwester steckte den Kopf zur Tür hinaus und blickte nach links und rechts den Flur entlang. »Nein. Vorhin war ein Sheriff hier, aber er ist anscheinend wieder gegangen.«

Lola wusste von dem Besuch des Sheriffs. Er wollte ihr ein paar Fragen stellen, aber sie hatte ihn auf den nächsten Tag vertröstet. Zuerst wollte er sich nicht abwimmeln lassen, hatte am Ende aber doch aufgegeben. Wahrscheinlich lag es daran, dass sie so miserabel aussah, wie sie sich fühlte, was sie jedoch nicht im Mindesten kümmerte. Sie war wirklich müde, aber noch wichtiger als ihre Erschöpfung war die Überlegung, dass sie erst mit Max reden wollte, bevor sie eine Aussage machte. »Haben Sie einen großen Mann mit schwarzem Haar und einem blauen Auge gesehen?«

»Nein. Ich schätze, das wäre mir wohl aufgefallen«, antwortete die Schwester, und ihre weißen Gummi-Clogs quietschten auf dem Linoleumboden, als sie das Zimmer verließ.

Lola kratzte einen Insektenstich an ihrem Hals, dann zupfte sie an dem Heftpflaster, mit dem die Nadel des Tropfs auf ihrem Handrücken befestigt war. Die Schwester brachte ihr Gemüsesuppe, ein Stück Brot, Pudding und eine Cola. Als Lola aufgegessen hatte, schob sie das Tablett beiseite und dachte an Max. Sie hätte gern gewusst, wohin man ihn gebracht hatte und wann sie ihn wieder sehen würde. Keinen Augenblick zweifelte sie daran, dass er sie besuchen würde, bevor er abreiste. Sie hatten zu viel gemeinsam durchgestanden, als dass er nun fortgehen könnte, ohne noch einmal mit ihr gesprochen zu haben. Er hatte ihr das Leben gerettet, und sie hatten miteinander geschlafen. Ja, sie wusste, dass es für sie beide keine Liebe war, aber dennoch existierte eine intime Verbundenheit zwischen ihnen, die sie nie bereuen würde. Oder vergessen, zumal er der einzige Mann war, den sie jemals geradezu um Sex hatte anbetteln müssen. Nun ja, das vielleicht nicht, aber sie hatte ihn weiß Gott überreden müssen.

Lola versuchte, wach zu bleiben, in der Überzeugung, dass Max schon bald kommen würde, aber ihre Erschöpfung gewann die Oberhand. Sie schlief ein und träumte, dass sie ins

Tierheim ging, um Baby abzuholen, und dann waren sie plötzlich beide gefangen. In ihrem Traum hämmerte sie gegen die Tür und rief nach Max, aber er kam nicht.

Der Klang einer vertrauten Stimme mit dem weichen Südstaatenakzent holte sie aus ihrem Traum zurück. »Lola Faith?«

Ihre Lider hoben sich flatternd. Sie blickte zum Fußende ihres Krankenhausbettes und sah in die erschöpften Augen ihres Vaters, rot und wässrig waren sie, als hätte er tagelang nicht geschlafen. Seine normalerweise so frischen Wangen waren bleich, die Sorgenfalten auf der Stirn tiefer als sonst. Neben ihm stand ihre Mutter, das gewöhnlich perfekt frisierte blonde Haar unter einem Seidentuch verborgen. Schwere Tränensäcke lagen unter ihren Augen, und ihre Lippen wirkten völlig farblos.

Lola brach in Tränen aus – ein heftiges, schmerzliches Schluchzen – wie damals, als sie acht Jahre alt war und ihr Vater sie an der Tankstelle vergessen hatte. Sie hatte sich zu Tode geängstigt, als sie feststellte, dass er fort war, und als er zehn Minuten später zurückgekommen war, um sie zu holen, war sie außer sich vor Erleichterung gewesen. Jetzt, mit dreißig, fühlte sie sich genauso, nur war es nun noch schlimmer, weil sie sah, wie großen Kummer sie den beiden bereitet hatte. Sie sahen aus, als wären sie in der einen Woche, seit sie Lola das letzte Mal gesehen hatten, um zehn Jahre gealtert.

Ihre Mutter stürzte zum Bett und wischte Lola die Tränen von den Wangen. »Jetzt wird doch alles wieder gut. Mom und Daddy sind gekommen, um dich nach Hause zu holen.«

»Sie haben mir Baby weggenommen«, weinte sie. »Und ins Tierheim gesteckt.«

»Wir holen dir Baby zurück.« Durch die Bettdecke hindurch tätschelte ihr Vater ihr Knie. »Und dann kommst du nach Hause und bleibst ein paar Tage bei uns.«

Lola hatte eigentlich alle Hände voll zu tun. Sie leitete

schließlich ein Unternehmen. Ja, sie hatte fähige Mitarbeiter, die sie gut vertreten würden, aber Lola Wear, Inc. gehörte nun einmal ihr. Sie wollte mit den Leuten vom Verkauf und dem Marketing reden und die ersten Zahlen seit Veröffentlichung des neuen Katalogs hören. In drei Monaten fand eine Messe statt, und sie wollte die ersten Zeichnungen für ihren Stand sehen. Aber als sie die Anspannung auf den Gesichtern ihrer Eltern sah, dachte sie, dass sie sie wahrscheinlich ein wenig verwöhnen mussten, um sich davon zu überzeugen, dass sie gesund war. Und vielleicht brauchte sie das auch. »Kochst du mir dann deine Makkaroni mit Käse und klein geschnittenen Wiener Würstchen?«

Ein Mundwinkel ihrer Mutter zitterte, als sie lächelte. »Und ich backe dir auch einen Karonusskuchen.«

Auch Lola lächelte unter Tränen. Ihre Mutter gehörte zu den wenigen Menschen, die sie kannte, die Pecannusskuchen als Karonusskuchen bezeichneten. Zum ersten Mal hatte sie endlich das Gefühl, wieder richtig zu Hause zu sein, und doch konnte sie sich nicht so recht über ihre Rückkehr freuen. Eines fehlte.

Max. Sie hatte keine Ahnung, wo er war und warum er nichts von sich hören ließ.

»Wir waren krank vor Sorge«, erzählte ihre Mutter. »An diesem Wochenende findet doch das Familientreffen der Carlyles statt. Alle werden sich riesig freuen, dich zu sehen.«

Plötzlich spürte Lola einen Schmerz direkt hinter den Augenbrauen. Sie hatte ein Unwetter auf See und Drogenkuriere überlebt, nur um sich jetzt Tante Wynonnas entsetzlicher Erbsensuppe auszusetzen. Und dieses Mal musste sie sich dem Horror ganz allein stellen, denn Max war ja verschollen.

Am Marineflughafen in Key West wurde Max eine abhörsichere Leitung nach Washington zur Verfügung gestellt. Die Tatsache, dass General Winter sich meldete, ließ Max bereits das Ausmaß der Schwierigkeiten ahnen, in denen er steckte. Der zweite Hinweis war der Pavehawk-Hubschrauber, der ihn augenblicklich abholte und ihn vom Marineflughafen zum Pentagon brachte.

Im Pentagon geleiteten ihn Sicherheitsbeamte zu einem Büro im vierten Stock, von dem Max wusste, dass es bei Tageslicht einen großartigen Ausblick auf den Potomac und das Jefferson Memorial bot. Doch der Anblick des hell erleuchteten Denkmals war auch bei Nacht nicht übel.

Gewöhnlich traf sich Max mit dem General in einem kleinen Planungsbüro in den dunklen Winkeln des Souterrains. Dies war erst das zweite Mal, dass Max in sein Büro eingeladen wurde. Diese Tatsache und die späte Stunde verrieten ihm, dass Ärger drohte, und er wappnete sich für eine gehörige Standpauke.

General Richard Winter saß hinter seinem großen Mahagonischreibtisch, auf dessen einer Seite ein Computer stand, während die andere eine Bronzestatue in Form eines Adlers zierte. Max salutierte vor dem General, ehe er einen halbstündigen Bericht über das abgab, was passiert war, seit er am vorhergehenden Samstag nach Nassau aufgebrochen war. Nun ja, vielleicht nicht alles.

Der General hörte zu, ehe er zu einer Schimpftirade anhob. General Winters Glatze schimmerte wie eine Bowling-Kugel, er besaß dichte, buschige Augenbrauen und trug eine Brille. Außer ihm kannte Max keinen Mann, der, ohne mit der Wimper zu zucken, einen Wutanfall hinlegen konnte, der ihn an den Rand eines Schlaganfalls zu treiben schien und der dazu diente, den Männern einen gehörigen Schreck einzujagen.

»Diese Operation hätte wie nach dem Lehrbuch laufen sollen, Max! Ihre Anweisung war klar und deutlich!«

»Wenn ich fehlerhafte Informationen erhalte, kann nichts

nach dem Lehrbuch laufen. Und meiner Meinung nach gibt es nur eine Anweisung. Erledige den Job, und hau ab, Sir. Ich habe nicht versagt. Die Informationen, die ich erhielt, haben mich im Stich gelassen.«

Ob der General ihm zustimmte, würde Max nie erfahren. Er fuhr fort, Max herunterzuputzen, und bedachte ihn mit jedem Schimpfwort, das man sich nur vorstellen konnte. Einige davon gefielen ihm so gut, dass er sie wieder und wieder benutzte. Seine eindeutigen Favoriten waren *Schwachkopf* und *Arschloch*. Als er geendet hatte, ging er davon aus, dass Max vor ihm zu Kreuze kriechen würde, so wie die meisten Männer, wenn sie derart zur Schnecke gemacht werden. Er hätte es besser wissen müssen.

»Das mag ich so an Ihnen, General Winter, Sir«, sagte Max lächelnd. »Sie nehmen sich die Zeit für ein paar nette Worte, bevor Sie mich fertig machen.«

Endlich tat sich doch etwas hinter der Brille des Generals. »Stehen Sie bequem, Zamora, und setzen Sie sich«, befahl er, und Max nahm auf einem unbequemen Stuhl – wahrscheinlich vom General mit Bedacht ausgewählt – vor dem Schreibtisch Platz. »Diese Angelegenheit ist nicht zum Scherzen geeignet«, fuhr er fort, doch seine Stimme war um etliche Dezibel leiser geworden. »Sie haben eine Jacht mit einer Zivilistin an Bord requiriert.«

»Ich habe bereits erklärt, dass ich nicht richtig sehen konnte und glaubte, allein an Bord zu sein.«

»Trotzdem bleibt die Tatsache, dass Sie ein berühmtes Wäsche-Model entführt haben und vier Tage lang nicht erreichbar waren. Manövrierunfähig auf dem Atlantik, behaupten Sie.«

»Ja, Sir.«

»Sie haben da einen Vorfall provoziert, den die Regierung nur sehr schwer abstreiten kann.«

»Wieso das, Sir?«, fragte Max, obwohl er die Antwort bereits ahnte.

»Seit dem Augenblick, als Miss Carlyle als vermisst gemeldet wurde, haben sämtliche Medien des Landes und in halb Europa über ihr Verschwinden berichtet.«

Ja, genau das hatte er erwartet.

»Jetzt sind sie alle ganz wild auf ihre Story. Wahrscheinlich wird sie sogar in die gottverdammte Letterman-Show eingeladen.« Der General beugte sich vor und sah Max streng an. »Sie waren mit ihr zusammen. Wie schaffen wir es, dass sie den Mund hält?«

»Sie ist eine intelligente Frau. Sie weiß Bescheid über die Cosellas, und ich werde sie daran erinnern, dass sie sich nicht mit dem, was auf den Bahamas geschehen ist, in Verbindung bringen lassen sollte. Ich werde mit ihr reden.«

»Negativ, Max.«

»Auf mich hört sie«, sagte er wesentlich überzeugter, als er in Wirklichkeit war. Denn Tatsache war, dass er nun, da sie eine Weile von ihm getrennt war und Zeit zum Nachdenken gehabt hatte, nicht mehr ganz so sicher war, dass sie ihn nicht verklagen würde.

»Ich will, dass Sie sich von Miss Carlyle fern und völlig aus dieser Sache heraushalten, Max. Das Büro beschäftigt sich mit der Angelegenheit.« General Winter stand auf. Thema beendet. Unterredung abgeschlossen. »Ich vermute, Sie haben etwas für mich?«

Max stand auf und griff hinter sich. Er zog die Landkarte und die Mappe, die er auf dem Drogenboot gefunden hatte, aus dem hinteren Hosenbund und warf sie auf den Tisch. »An diesen Koordinaten finden Sie vier von André Cosellas Leuten.«

»Tot?«

»Das glaube ich nicht.« Als Nächstes warf er die Mappe auf

den Tisch, die er noch an Bord des Schnellboots gründlich studiert hatte. In der Mappe waren Datum, Uhrzeit und Ort von Drogenabwürfen verzeichnet, samt näherer Bezeichnung und Menge, sowie die Namen der Empfängerschiffe. Alles war in Spanisch aufgezeichnet, und Max hatte beschlossen, den General mit diesen Informationen zu beschwichtigen, statt sie der Küstenwache zu übergeben. Nach der schlechten Publicity, die das Militär in jüngster Zeit gehabt hatte, war dies eine günstige Gelegenheit, sein Ansehen beim amerikanischen Volk wiederherzustellen. Wenn sie es nicht vermasselten – was nie ausgeschlossen werden konnte, wenn man mit Bürohengsten zu tun hatte. »Ich schätze, das sollte Sie interessieren, Sir.«

General Winter blätterte in der in Leder gebundenen Mappe, ehe er den Blick hob. »Nur aus diesem Grund ertrage ich Sie überhaupt, Max«, sagte er, während er eine Taste seiner Gegensprechanlage betätigte. »Sie haben mehr Leben als eine verdammte Katze und mehr Glück als ein Ire. Und jetzt raus hier, und lassen Sie sich untersuchen.«

Max verweigerte den Befehl des Generals, sich untersuchen zu lassen, und wurde von Sicherheitsbeamten aus dem Raum gebracht. Er fuhr im Lift hinunter zum VIP-Parkplatz, wo bereits ein schwarzer Cadillac auf ihn wartete. Als er auf dem Rücksitz Platz genommen hatte, lehnte er den Kopf zurück und entspannte sich zum ersten Mal, seit er in der Kombüse der *Dora Mae* gesessen und mit Lola Red Snapper gegessen hatte. Die Lichter von D. C. flogen vor dem Fenster vorbei, und das Geräusch der Reifen auf dem nassen Asphalt füllte das Wageninnere.

Nach einer kurzen, fünfzehnminütigen Fahrt hielt der Cadillac vor Max' zweihundert Jahre altem Stadthaus in Alexandria. Er war zu Hause. Endlich. Max stieg aus dem Wagen und klopfte aufs Dach. Der Cadillac fuhr los, wobei das Wasser der tintenschwarzen Pfützen unter den Reifen hochspritzte. Die

Außenbeleuchtung des Hauses war eingeschaltet, wie sie programmiert war, aber vier Ausgaben des *Journal* lagen auf der Eingangsveranda. Da er nicht damit gerechnet hatte, länger als einen Tag weg zu sein, hatte er die Zeitung nicht abbestellt.

Er hatte keinen Schlüssel, aber er brauchte auch keinen. Als er das Haus vor drei Jahren gekauft hatte, hatte er selbst ein Sicherheitssystem entworfen und installiert.

Die Bewegungsmelder, das Außenlicht und die Türschlösser wurden von drinnen und draußen über eine Tastatur kontrolliert. Max stieg die Stufen zur Eingangstür hinauf, klappte die Tastatur auf und gab den Kode ein. Er hob die nassen Zeitungen auf und ging durch das dunkle Haus zur Küche. Dort zog er den Abfalleimer unter der Spüle hervor und warf die Zeitungen in den leeren Müllsack.

Blasser Mondschein und das Licht von der hinteren Veranda fielen durch das Fenster über der Spüle und bildeten helle Pfützen auf den roten Arbeitsflächen, der Tapete mit dem Rosenmuster und der verchromten Kaffeemaschine. Abgesehen von dem Sicherheitssystem und den neuen Rohrleitungen, die er in den beiden Badezimmern gelegt hatte, war er noch nicht dazu gekommen, das Haus so zu renovieren, wie er es plante.

Ohne das Licht anzuschalten, ging er die Treppe zu seinem Schlafzimmer im ersten Stock hinauf. Der Holzfußboden knarrte unter seinem Gewicht, und er setzte sich auf die Bettkante, um seine Schnürsenkel zu lösen. Unwillkürlich kamen ihm Erinnerungen an Lola in den Sinn. Bilder, wie sie auf der Schwimmplattform der *Dora Mae* badete. Wie er sie auf dem Achterdeck geküsst hatte. Wie er sie im Arm gehalten hatte, als die Jacht im Sturm unterzugehen drohte. Wie er ihre nackten Brüste berührt und geküsst und dann mit ihr geschlafen hatte, während die Sonne über einer gottverlassenen tropischen Insel irgendwo im Atlantik unterging. Heiße Erinnerungen und Bilder suchten ihn heim, und er war zu müde, um sie abzuwehren.

Er zog sich aus und stand nackt da. Von draußen stahl sich Licht durch die Jalousien ins Zimmer. Max trat über seine Kleider hinweg und griff nach dem verbeulten Christophorus-Medaillon, das von einer Spiegelecke der Kommode hing. Er nahm es ab und legte sich die Kette mit dem Goldmedaillon um den Hals. Es hatte seinem Vater gehört, und das kühle Metall lag vertraut auf seiner Brust.

Die frischen Laken liebkosten seine Haut, als er ins Bett stieg, und er fragte sich, ob Lola gut schlief, wo immer sie jetzt auch sein mochte. Als er sie zum letzten Mal gesehen hatte, hatte sie blass und erschöpft ausgesehen, und er nahm an, dass man sie zur Beobachtung im Krankenhaus behalten hatte.

Er spielte mit dem Gedanken, in Key West anzurufen und sich nach ihrem Befinden zu erkundigen, ehe er sich eines Besseren besann. Zweifellos war es am besten, einen sauberen Schnitt zu machen. Sich aus ihrem Leben herauszuhalten. Nicht, weil General Winter es ihm befohlen hatte, sondern weil er sich inzwischen nach der Verantwortung für Lola und ihren Hund sehnte, obwohl sie eine so große Last für ihn gewesen war. Diese Wärme in ihren Augen hatte es in sich. Wie sie ihn anschaute. Wie sie ihn an ihrem Leben und an ihrem Körper hatte teilhaben lassen. Es regte sich etwas in ihm. Etwas tief in seiner Seele, von dem er nicht mit Sicherheit gewusst hatte, ob es wirklich existierte. Etwas Kühnes, das ihn den gesunden Menschenverstand vergessen ließ, sodass er mit ihr schlief und nicht an die Gefahr dachte, in die er sich durch dieses wilde, unbesonnene Gefühl stürzte. Etwas, das Vernunft und Vorsicht auslöschte und bewirkte, dass er sich von neuem danach verzehrte.

Er hatte sie vor dem Ertrinken gerettet und vor den Drogenkurieren bewahrt. Er selbst hatte nicht so viel Glück gehabt, denn er hatte sich nicht vor ihr retten können.

Es war eindeutig das Beste für sie beide, wenn sie sich nicht mehr sahen. Sie gehörte nicht in sein Leben, und er passte ganz bestimmt nicht in das ihre.

Eines der guten Dinge an Lolas Verschwinden war das Medienecho. An dem Tag, als sie offiziell als vermisst gegolten hatte, war ihre Lola-Undercover-Serie von zart bestickten Hemdchen und mit ausgestanzten Rosen verzierten seidenen Nachthemdchen mit passenden String-Tangas ausverkauft gewesen und hatte nachbestellt werden müssen. Während dieser vier Tage hatte der Katalogverkauf die Vorhersagen um dreiundsechzig Prozent übertroffen. Das Geschäft blühte. Das Leben war schön, und selbst der *Enquirer* nahm vorübergehend Abstand davon, sie als schwergewichtig zu bezeichnen. *Vollbusige Lola endlich gefunden*, lautete nun die Schlagzeile. Vollbusig gefiel ihr doch entschieden besser als Schwergewicht oder üppige Lola. Der *Enquirer* hatte eine Story zusammengestrickt, der zufolge sie mit einem Fremden, den sie im Crystal Palace Casino aufgegabelt hatte, durchgebrannt war. Ein anderes Boulevardblatt vermutete, sie sei wegen einer verpfuschten Schönheitsoperation untergetaucht, aber Lolas Lieblingsstory war eindeutig die, dass sie von Aliens entführt worden sei und nun in einer kleinen Stadt in der Wildnis des Nordwestens lebte.

All diese Spekulationen hatten ihr mehr Publicity beschert, als sie je hätte bezahlen können, und die Nachfrage nach dem Klickverschluss-BH wuchs so sprunghaft an, dass sie die Produktion erhöhen mussten.

Die Büros von Lola Wear, Inc. erstreckten sich über tausend Quadratmeter in einem von fünf alten renovierten Tabakspeichern in Durham. Dieser Bezirk, der vor einigen Jahren noch zu verfallen drohte, hatte sich mittlerweile zu einer Mischung aus gehobenem Einzelhandel, Bürogebäuden und Wohnhäusern gemausert. Lola hatte sich nicht nur für diese Räume entschieden, weil sie ihren Bedürfnissen entsprachen, sondern auch, weil sie Teil ihrer Geschichte waren. Mit diesem Stadtteil fühlte sie sich verbunden. Einige ihrer Verwandten hatten in genau diesem Lagerhaus gearbeitet und bis zu der Arbeitslosigkeit der späten 70er-Jahre Chesterfields gedreht. Manchmal, besonders an schwülen Tagen, konnte Lola fast noch das süße Aroma von Tabakblättchen riechen.

Begierig, ihr Leben wieder aufzunehmen, war sie am Freitag nach ihrer Rettung aus dem Atlantik nach Hause und an die Arbeit zurückgekehrt. Doch bereits gegen zwei Uhr nachmittags war sie nicht mehr so sicher, dass es eine gute Idee gewesen war. Sie hatte den ganzen Vormittag und einen Teil des Nachmittags benötigt, um sich auf den neuesten Stand bringen zu lassen. Jetzt war sie so erschöpft, dass sie sich am liebsten zusammengerollt und eine Weile geschlafen hätte.

Stattdessen schloss sie die Tür zu ihrem Büro und ließ ihre Mitarbeiter wissen, dass sie ein wenig Zeit für sich allein brauchte. Alle paar Minuten war jemand mit einer fadenscheinigen Ausrede oder Frage hereingeschneit, doch Lola wusste, dass sie sich lediglich überzeugen wollten, ob sie tatsächlich noch am Leben und zurück an ihrem Arbeitsplatz war. Es war lieb, aber doch ein bisschen zu viel des Guten.

Sie plante, im Frühling eine neue Serie von nahtlosen BHs ohne Bügel mit dazu passendem Slip auf den Markt zu bringen, außerdem musste sie noch die Entwürfe der Promotion-Stände für die Frühlingsmesse im Madison Square Garden begutachten. Die Serie von Mikrofaser-Wäsche, die Gina, ihre Top-Designerin, entworfen hatte, bewies ein riesiges Marktpotenzial. Das High-Tech-Material war atmungsaktiv und passte sich hervorragend den Körperbewegungen an, wies allerdings auch einen Nachteil auf. Die Stützkraft des BHs reichte nur bis zur Körbchengröße C, obwohl die Firma, die das Material hatte patentieren lassen, behauptete, es wäre auch für Größe D ausreichend. Lola hatte selbst ausprobiert, ob das stimmte, und war mit dem Ergebnis ganz und gar nicht zufrieden. Lola Wear, Inc. würde sämtliche nahtlosen BHs mit Körbchen über Größe C mit Bügeln ausstatten müssen.

Sie setzte sich in ihren Ledersessel hinter den Schreibtisch, streifte ihre roten Manolo-Blahnik-Pumps ab, grub die Zehen in den dicken Teppich und betrachtete die Zeichnungen. Doch je länger sie sie ansah, umso mehr bekam sie das Gefühl, dass irgendetwas nicht stimmte. Irgendetwas, das sie nicht benennen konnte, war einfach nicht in Ordnung.

Die Zeichnungen verschwammen vor ihren Augen, und sie rieb sich die Schläfen. Sie hatte Kopfschmerzen, am Morgen hatte ihre Regel eingesetzt, weshalb sie unter schmerzhaften Krämpfen litt. Vielleicht war das ja ihr Problem. Aber abgesehen davon fühlte es sich so merkwürdig an, wieder in ihrem eigenen Büro zu sitzen, fast so, als hätte sie ihr wirkliches Leben auf der *Dora Mae* zurückgelassen und als wäre ihr Leben hier überhaupt nicht das richtige. Doch es verhielt sich genau umgekehrt. Dies hier war ihr wirkliches Leben, die Realität. Auf einer manövrierunfähigen Jacht umherzutreiben, ein Unwetter auf See zu überleben und im Boot von Drogenkurieren zu flüchten – *das* war nicht ihr Leben. Dieser entsetzliche Wirrwarr von Gefühlen für Max, das schreckliche Gefühl, ohne ihn nicht leben zu können, war noch wie vorher da, machte sich deutlich an der Peripherie ihres Bewusstseins bemerkbar wie ein Lichtstrahl, den sie nicht greifen, oder ein Gesprächsfetzen, den sie nicht richtig hören konnte.

Und doch kam es vor, dass Lola aufwachte und sich fragte, ob sie ihre Zeit mit Max nur geträumt hatte. Wenn er nicht bei ihr war, hatte sie keinerlei Beweise dafür, dass sie wirklich mit ihm zusammen gewesen war – nur den Guajakzweig, den sie immer noch um den Knöchel trug. Die violetten Blüten waren verwelkt, und nur ein paar spärliche Blättchen erinnerten Lola an den Nachmittag, als Max sie damit geschmückt hatte.

Die meiste Zeit über fühlte sie sich verwirrt und wie im luftleeren Raum. Sie wartete. Wartete darauf, von Max zu hören, und wann immer das Telefon klingelte und es nicht Max war, war sie niedergeschlagen und enttäuscht.

Sie sah sich in ihrem Büro um, betrachtete die Ausstattung, die sie gewählt hatte, von den lavendelfarben und blau gestreiften Vorhängen bis zu den englischen Schlüsselblumen, die in Miniaturteekannen gepflanzt ordentlich ausgerichtet auf dem weiß gestrichenen Sideboard und auf der Ecke ihres Louis-XIII.-Schreibtisches standen. Sie hatte sich für den Deckenventilator entschieden, der sanft die Luft im Raum durchquirlte, ebenso wie für die mit cremefarbenem Damast bezogenen Queen-Anne-Stühle. Die Mischung aus Farben und Mustern schuf eine weiche, feminine Atmosphäre. Alles war genau so, wie sie es verlassen hatte, und doch war alles anders.

Ihre Beine waren goldbraun getönt von den Stunden an Bord der *Dora Mae*, als Lola nach rettenden Schiffen Ausschau gehalten hatte, und sie hatte es nicht über sich gebracht, eine Strumpfhose anzuziehen, etwas, das sie früher stets als ungepflegt betrachtet hatte. Auch ihre Kleider fühlten sich verändert an. Ihr rotes ärmelloses Kleid war an den Hüften weiter als gewöhnlich, und sie ertrug keine Schuhe an den Füßen. Aber es waren nicht die fehlende Strumpfhose, die fehlenden Schuhe oder die Tatsache, dass sie abgenommen hatte.

Jemand klopfte leise an Lolas Tür, und im nächsten Augenblick spähte Rose McGraw, ihre Büroleiterin, herein.

»Haben Sie einen Augenblick Zeit?«

Lola ließ die Hände sinken. »Natürlich.«

»Ich benötige Ihr Einverständnis für diese Einkäufe«, sagte Rose und legte eine braune Mappe auf Lolas Schreibtisch. Sie schlug die Mappe auf und überflog die Liste von Bürobedarf. Warum belästigt Rose mich damit?, fragte sie sich, wusste die Antwort aber bereits, bevor sie die Frage zu Ende gedacht hatte. Weil du gern jeden Aspekt deines Geschäfts unter Kontrolle haben willst – von Strategien und Zielen bis zu den Büroklammern. Sie klappte die Mappe zu, ohne die Liste richtig gelesen zu haben.

Schließlich hatte sie gute, kompetente Leute eingestellt, und das Unternehmen, das sie ins Leben gerufen hatte, brauchte sie nicht mehr so sehr. Doch um einzusehen, dass sie nicht alles selbst zu kontrollieren brauchte, hatte sie erst auf der *Dora Mae* im Atlantik treiben müssen.

»Das ist in Ordnung«, sagte sie. Es hatte eine Zeit gegeben, als sie beim Einkauf von Bedarfsgütern sparen musste, aber diese Tage lagen längst hinter ihr. »Sie brauchen nicht meine Erlaubnis einzuholen, um Druckerpatronen und Kopierpapier einzukaufen.«

Eine Mischung aus Verwirrung und Erleichterung breitete sich auf Roses Gesicht aus. »Wollen Sie die Liste wirklich nicht prüfen?«

»Nein.«

»Geht es Ihnen gut?«, fragte Rose.

»Ja, danke.«

»Sie haben Schlimmes durchgemacht.«

Rose hatte ja nicht die geringste Ahnung. Kein Mensch hatte eine Ahnung. Kein Mensch kannte die wirkliche Wahrheit. Niemand außer Max und ihr. Während der ersten Tage, die sie bei ihren Eltern verbrachte, hatte sie ihnen ein wenig anvertraut. Sie hatte ihnen erzählt, dass Max bei ihr auf der *Dora Mae* gewesen sei, aber sie verriet ihnen nicht alles. Sie erwähnte nicht, dass Max sie entführt hatte. Sie verschwieg zahlreiche Einzelheiten, weil ihre Eltern schon genug Angst ausgestanden hatten. Sie brauchten nicht auch noch zu wissen, dass Lola in diesen paar Tagen dreimal beinahe ums Leben gekommen wäre.

Die Geschichte, die sie der Presse erzählt hatte, war eine bereinigte Version der Wahrheit. Am Tag ihrer Entlassung aus dem Krankenhaus hatte sie sich den Reportern stellen müssen und ihnen erklärt, sie wäre auf einem Ausflugsschiff auf dem Atlantik umhergetrieben. Sonst nichts.

»Ja, mir geht's gut«, antwortete sie auf Roses Frage, obwohl sie sich nicht sicher war, ob es der Wahrheit entsprach – das heißt, es entsprach zwar der Wahrheit, aber einer anderen als der, die sie gewohnt war.

Das Klappern von Roses Absätzen auf dem Holzfußboden erfüllte das Büro, als sie hinausging. Sie schloss die Tür hinter sich, und Lolas stützte die Ellbogen auf den Schreibtisch und legte das Gesicht in die Hände.

Schon vor ihrer Entlassung aus dem Krankenhaus in Key West hatten zwei sehr offiziell aussehende Herren sie aufgesucht, die ihr eindringlich zur Verschwiegenheit geraten hatten. Sie appellierten an ihren Patriotismus und ihren Selbsterhaltungstrieb. Aber sie hätten sich den Weg und die Worte sparen können, schließlich war sie nicht dämlich. Das FBI oder der CIA brauchten ihr nicht zu erklären, dass von ihrer Verschwiegenheit über die Einzelheiten ihres Aufenthalts womöglich ihr Leben abhing. Ihr war klar, dass sie mit niemandem darüber reden konnte. Mit niemandem außer Max, aber mit ihm konnte sie nicht reden, weil sie nicht wusste, wo er zu erreichen war, und er hatte sich noch nicht bei ihr gemeldet.

Lola atmete tief aus und griff nach ihrem Tischkalender. Bevor sie zu den Bahamas aufgebrochen war, hatte sie ihren Terminplan für die nächsten vier Monate aufgestellt – eine Besprechung und Essenseinladung nach der anderen. Einige davon waren wichtig, andere wiederum vollkommen nebensächlich. Bei keinem Termin ging es um Leben und Tod.

Sie hob den Kopf. Vielleicht war es das. Vielleicht war ihr Leben im Augenblick einfach auf den Kopf gestellt. Nachdem sie nun nicht mehr in Gefahr schwebte und keines großen, starken Mannes zu ihrer Rettung bedurfte, erschien ihr das Leben vielleicht einfach nur langweilig.

Um zehn nach drei schlüpfte Lola in ihre Schuhe, griff nach ihrer dazu passenden roten Unterarmtasche und machte sich zu ihrem Lieblings-Schönheits-Salon auf, wo sie sich einer Tiefenmuskelmassage und einer Ganzkörper-Kräuterpackung unterzog und außerdem die Augenbrauen zupfen, die Fingernägel feilen und polieren und kleine weiße und gelbe Gänseblümchen auf den pinkfarbenen Lack ihrer Zehennägel pinseln ließ.

Als die Maniküre beendet war, betrachtete sie sich im Spiegel und verlangte einen Haarschnitt – kurz. Sie entschied sich für Strähnchen in der Farbe blasser Butter, und als sie fertig war, umspielten duftige blonde Locken Nacken und Ohren. Der Haarschnitt ließ ihre Augen riesig und dramatisch wirken. Sie fuhr mit den Fingern durch die weichen Locken und lächelte. Aus irgendeinem Grund hatte sie plötzlich das Gefühl, sie selbst zu sein, wer immer das auch war.

Gerade als sie ihren BMW in die Garage fuhr, fing Baby in der Wohnung an zu kläffen. Er hüpfte auf und ab wie ein Gummiball, als Lola eintrat, und folgte ihr auf den Fersen in die Küche, wo sie mehrere Tüten mit Lebensmitteln und einen Strauß pfirsichfarbener Tulpen und weißer Rosen auf der Arbeitsfläche ablegte. Heute trug Baby sein Top mit der Aufschrift BAD TO THE BONES, und Lola nahm ihn in die Arme und kraulte ihn zwischen den Ohren. »Wie findest du meine Frisur?«, fragte sie. Er leckte ihre Wange und zappelte vor Begeisterung. »Du bist ja so ein modebewusster Hund. Ich wusste doch, dass sie dir gefallen würde.«

Das Telefon klingelte, und erst als sie die Stimme ihrer Mutter erkannte, die sie an das Familientreffen der Carlyles erinnerte, wurde ihr klar, dass sie – wieder einmal – gehofft hatte, Max wäre in der Leitung. Aber er war es nicht, und ihre Enttäuschung wich aufrichtiger Verärgerung.

Als sie fünf Minuten später den Hörer auflegte, war sie noch immer wütend. Sie streifte ihre Schuhe ab, entfernte behutsam die Guajakranke von ihrem Knöchel und legte das gedrehte Zweiglein auf ihrem Kühlschrank ab.

Sie versorgte Baby mit seinem fettarmen Spezialfutter und stellte seinen besonderen Wedgwood-Teller auf den Fußboden aus Holzdielen, die sie kurz nach der Unterzeichnung der Hypothek hatte legen lassen. Vor einem Jahr hatte sie die Wohnung gekauft und ein bisschen mehr als eine halbe Million dafür bezahlt, nur weil Baby und sie sich auf den ersten Blick in den Garten verliebt hatten. Er ähnelte einer kleinen englischen Anlage, mit einer Nymphe auf einer Muschelschale als Brunnenfigur, und bot reichlich Platz für die Hundehütte beziehungsweise das kleine Schloss, das sie für Baby gebaut hatte.

Von innen hatte das Haus sie nicht gerade in Begeisterungsstürme versetzt, deshalb hatte sie es komplett renovieren und mit denselben lebhaften Lavendel-, Pink- und Grüntönen ausstatten lassen, die sich auch draußen in ihrem Garten fanden. Wie ihr Büro in der Stadt verströmte auch die Wohnung ein feminines Ambiente, ein bisschen übertrieben, aber gemütlich.

Sie war gerade auf dem Weg nach oben, um ihr rotes Kleid auszuziehen, als die Türglocke ging. Sie rechnete damit, ihren Vater vorzufinden, Erleichterung in den sanften braunen Augen, sobald er sich überzeugt hatte, dass sein dreißigjähriges kleines Mädchen gesund und munter war.

Sie öffnete die Tür und erstarrte. Auf der Matte stand nicht ihr übermäßig besorgter Vater, sondern der Mann, den sie schon vor Tagen erwartet hatte. Bei Max' Anblick vor ihrer Tür begannen schlagartig kleine Schmetterlinge in ihrem Bauch und in ihrer Herzgegend umherzuflattern. Sie sah in sein vertrautes Gesicht, das jetzt frisch rasiert war. Die Platzwunde auf seiner Stirn war nur noch ein dünner roter Strich.

Die markanten Konturen seines Kinns und seiner Wangenknochen waren noch perfekter, als sie sie in Erinnerung hatte, vielleicht weil die Blutergüsse und Schwellungen inzwischen abgeklungen waren. Aber sein Mund war so wie immer. Groß und perfekt.

Eine schwarze Ray-Ban-Sonnenbrille verbarg seine Augen, aber Lola brauchte sie nicht zu sehen, um zu wissen, dass sie von derselben Farbe waren wie die karibische See. Und sie brauchte sie nicht zu sehen, um zu wissen, dass er den Blick über ihren Körper wandern ließ. Sie spürte es bis in die Fußsohlen. Dieser Blick berührte sie hier, verweilte dort, und seine Wärme breitete sich überall aus. Er trug ein weißes Hemd und Freizeithosen. Die Ärmel waren bis zu den Ellbogen aufgekrempelt, so dass die silberne Armbanduhr an seinem Handgelenk zu sehen war.

In einer Hand hielt er eine schmale, etwa bleistiftlange Schachtel, eingepackt in rosa Geschenkpapier und mit einer Schleife verziert. Das letzte Mal, als sie ihn sah, hatte er ihr kurz zugewinkt, ehe er in ein Auto gestiegen und davongefahren war.

Er verzog einen Mundwinkel zu der Andeutung eines Lächelns. »Deine Zehen gefallen mir«, sagte er.

Lola wusste nicht, ob sie lachen oder weinen sollte. Ob sie die Arme um seinen Nacken legen und sein attraktives Gesicht mit Küssen bedecken oder ihm lieber einen Kinnhaken verpassen sollte. Seit ihrer Rückkehr hatte er es nicht für nötig gehalten, sich bei ihr zu melden. Sie hatte mehr von ihm erwartet.

Sie lehnte sich mit der Schulter gegen den Türrahmen, verschränkte die Arme und zog eine Augenbraue hoch. »Hast du dich verirrt?«, fragte sie so eisig wie ein Glas Coca-Cola, das direkt aus dem Kühlschrank kam.

Er lächelte. »Nein, Ma'am. Ich verirre mich nicht, sondern komme nur gelegentlich ein bisschen vom Kurs ab.«

12. KAPITEL

Vom rückwärtigen Teil des Hauses schoss Baby durchs Wohnzimmer in den Eingangsbereich und bellte, als wäre er einer Katze auf der Spur. Er flitzte zwischen Lolas Füßen hindurch, zur Tür hinaus und hüpfte vor Max auf den Hinterbeinen herum.

Lola straffte sich, als Max sich herabbeugte und mit der freien Hand ihren Hund aufhob.

»Hey, B. D.«, sagte er, hob ihn in die Höhe und musterte ihn. »Was zum Teufel hast du da an?«

»Sein Seidentop.«

»Aha.« Er betrachtete ihn von der Seite. »Abgesehen von diesem affigen Shirt sieht er ganz gut aus. Hat er nach seiner Rückkehr irgendwelche Probleme gehabt?«

Lola beschloss, die geringschätzige Bemerkung über Babys modischen Aufzug zu ignorieren. »Der Tierarzt sagt, Baby hätte eine leichte Blasenentzündung und sein Immunsystem sei ein bisschen geschwächt, aber wenn er seine Medizin nimmt, ist bald alles wieder in Ordnung.«

Max löste den Blick von dem Hund. »Und du? Wie geht es dir, Lola?«

Schwierige Frage. Ihr Herz klopfte ein wenig zu heftig in ihrer Brust, und sie war plötzlich ein bisschen außer Atem. »Ich war heute schon wieder im Büro.«

»Deine Frisur gefällt mir.«

»Danke.« Sie schob sich ein paar Locken hinter die Ohren und blickte über seine Schulter hinweg auf den schwarzen

Jeep, der vor dem Haus am Straßenrand parkte. »Ist das deiner?«

Er warf einen Blick hinter sich. »Ja.«

»Ich hätte gedacht, du gehörst zu den Typen, die einen tollen Schlitten fahren.«

Er lachte lauthals, und Baby kläffte und leckte Max' Kinn. »Hey, du Köter«, sagte Max und hob Baby noch einmal hoch und außer Reichweite seines Gesichts. »Beruhige dich, sonst passiert dir noch ein Missgeschick.«

»Er freut sich so, dich zu sehen.«

Max setzte den Hund auf der Veranda ab und erhob sich dann langsam zu seiner vollen Größe. »Und du, Lolita? Freust du dich auch, mich zu sehen?«

Der Klang ihres Namens von seinen Lippen traf sie wie ein Sonnenstrahl an einem nebligen Tag, aber sie war nicht sicher, ob sie so weit gehen würde zu sagen, dass sie sich freute. Sie war zu wütend auf ihn, um sich freuen zu können. »Ich werde fast verrückt und beiße mich gleich in den Bauch vor Freude!«, erwiderte sie gedehnt.

»Das darf ich nicht zulassen«, bemerkte er lächelnd. »Vielleicht solltest du mich ins Haus bitten, damit ich dafür sorgen kann, dass du dich nicht verletzt.«

Na schön, wo er schon mal da war … Sie trat einen Schritt zurück. »Komm schon rein.« Sie ging in Richtung Küche und hörte, wie er die Tür schloss und ihr folgte, während Baby voraus zu seinem Abendessen flitzte. Lola nahm eine Flasche Rotwein aus einer der Einkaufstüten auf der Arbeitsfläche.

»Ich habe dich am Mittwoch im Fernsehen gesehen«, berichtete Max, als er in die Küche trat.

Sie schüttelte den Kopf und holte zwei Gläser. »Ich habe scheußlich ausgesehen.«

»Du kannst doch gar nicht scheußlich aussehen.«

Er gab sich Mühe, nett zu sein, und sie wussten es beide,

doch als Lola zu ihm aufblickte, wirkte er völlig ernst. Er hatte die Sonnenbrille abgenommen und schaute sie mit seinen wunderbaren blauen Augen an, als ob er jedes Wort so meinte, wie er es sagte. »Wein?«

»Nein, danke.«

»Stimmt ja. Du trinkst Bier.«

»Genau. Wie die Vettern deines Vaters.« Er reichte ihr die schmale Schachtel, die er immer noch in der Hand hielt. »Ich wusste nicht, ob du mich überhaupt sehen wolltest, deshalb dachte ich mir, ich könnte dich vielleicht hiermit bestechen.«

Sie nahm das Geschenk entgegen und schüttelte es. »Warum meinst du, mich bestechen zu müssen?«

»Nach allem, was passiert war, wusste ich nicht, ob du mir nicht den Kopf abreißen willst.«

Sie entfernte die Schleife und das Geschenkpapier und musste unwillkürlich lächeln. Ein albernes kleines Glühen erwärmte ihr Herz und ließ ihren Zorn schwinden. Im Gegensatz zu den Geschenken anderer Männer, die sie gekannt hatte, war dieses nicht kostspielig oder üppig. »Danke«, sagte sie. »Kein Mann hat mir je eine Zahnbürste geschenkt.«

»Es ist eine Oral-B, genau wie deine alte.«

»Ja, das sehe ich.«

»Ich dachte, das bin ich dir schuldig.«

»Ja, das bist du auch. Ich werde diese Zahnbürste stets in Ehren halten.« Sie legte das Geschenk zu den Einkäufen auf den Arbeitstisch und nahm eine Waterford-Vase aus dem Schrank mit den Glastüren. »Eigentlich dürfte ich gar nicht den Wunsch haben, dich zu sehen«, sagte sie und füllte Wasser in die Vase. »Aber Baby und ich leiden immer noch an den Nachwirkungen des Stockholm-Syndroms.«

»Des Stockholm-Syndroms? Muss man nicht erst entführt werden, um am Stockholm-Syndrom leiden zu können?«

Sie drehte den Wasserhahn zu und blickte zu ihm hinüber.

Sie bemerkte, wie das Licht der Deckenlampe in seinem Haar spielte. Wie er in ihrer Küche stand und ihre Sinne mit seinem Anblick und dem kaum wahrnehmbaren Duft seines Aftershaves erfüllte. Was die Blutergüsse anging, hatte sie sich geirrt. Ein Augenwinkel war immer noch blau verfärbt. »Müssen wir schon wieder darüber diskutieren?«

Max schüttelte den Kopf und lehnte sich gegen den Kühlschrank. »Also, wie lange werden du und dein Hund wohl noch leiden?«

Lola stellte die Vase auf die Arbeitsfläche und fing an, die Blumen, die sie auf dem Markt gekauft hatte, zu arrangieren. Es war so merkwürdig, ihn hier in ihrer Wohnung zu haben, mit ihm in ihrer eigenen Küche zu reden statt in der Kombüse der *Dora Mae*. Und andererseits war es keineswegs merkwürdig. Es fühlte sich vielmehr an, als würde sie ihn schon ihr Leben lang kennen – noch ein Hinweis darauf, dass sie vielleicht wirklich verrückt wurde. »Ich kann nicht für Baby sprechen, und was mich betrifft, bin ich nicht sicher.«

»Bis nach dem Abendessen?«

Sie hob den Blick von einer pfirsichfarbenen Tulpe. »Lädst du mich ein?«

»Natürlich. Ich dachte, bei einem guten Steak könnten wir über deine Pläne reden, wie du deine Nacktfotos aus dem Internet nehmen willst.«

Sie hatte ihren neuen Plan bereits in Angriff genommen. »Ich habe einen Privatdetektiv angerufen, mit dem ich mich am Montag treffe.«

»Engagier mich doch stattdessen.«

»Bietest du mir etwa deine Hilfe an?«, fragte sie entgeistert.

»Ja.«

»Das würdest du für mich tun?«

»Klar.«

Wenn überhaupt irgendjemand Sams Website ausschalten

und die Fotos zurückholen konnte, dann war es Max, dessen war sie sicher. Mad Max. Der Mann, der Kobras zum Frühstück verspeiste und Hunde vor dem Ertrinken rettete. Der sie vor Drogenkurieren beschützte und Jachten in die Luft jagte. Max, der Held. Sie spürte, wie ihre Last leichter wurde, und gleichzeitig rührte etwas leise an ihr Herz. »Was würde das kosten?«

»Für dich würde ich ausgesprochen preiswert arbeiten.«

»Wie preiswert?«

»Wir sprechen beim Essen darüber.« Er nahm ihr die Tulpe aus der Hand, tippte mit der zarten Blütenspitze an ihre Nase und stellte den Stängel dann in die Vase. »Ich komme um vor Hunger, und ich kann entschieden besser denken, wenn ich etwas im Magen habe.«

So ziemlich das Letzte, worauf Lola Lust hatte, waren Schuhe. »Mir ist nicht sonderlich nach Ausgehen, aber du kannst uns hier etwas kochen.«

Er spähte in die Einkaufstüte. »Was hast du da drin?«

»Ein bisschen Gemüse. Milch, Hühnchen, Hackfleisch und anderen Kram.«

»Ein Riesen-Snickers«, sagte er und zog den Riegel heraus.

»Natürlich.«

Er ließ ihn wieder in die Tüte fallen. »Hast du auch Reis zu dem Hühnchen?«

Sie wies auf einen Schrank über ihrem Kopf. Das unterste Fach war mit Lebensmittelvorräten gefüllt, in den oberen beiden standen einige der ausländischen Kochbücher, die sie nie benutzte. »Da oben.«

Max trat hinter sie und griff über ihren Kopf hinweg. Seine Brust streifte ihren Rücken, als er den Schrank öffnete und eine leuchtend rote Packung herausnahm. Die Berührung war kaum wahrnehmbar, nur ein leises Reiben von Stoff an Stoff, und trotzdem jagte es ihr Schauer über den Rücken. »Minutenreis?«, sagte er dicht über ihrem Kopf. »Mit Minutenreis kann ich aber keinen *arroz con pollo* machen.«

Lola stützte sich mit den Handflächen auf der Arbeitsfläche auf. Es wäre das Einfachste auf der Welt gewesen, sich rücklings gegen seine schützende Brust zu lehnen, sodass er seine Arme um sie legen und sie an sich drücken konnte. Sie könnte einfach die Augen schließen und es tun.

»Was ist *arroz con pollo*?«, fragte sie.

»Hühnchen, Reis, Gewürze, ein bisschen Tomatenpüree, etwas Bier und Peperoni.«

Bevor sie dem Drang nachgeben konnte, stellte er die Packung zurück in den Schrank und ging zum Ende der Arbeitsfläche. Sie hatte das Gefühl, dass er sich nicht nur körperlich von ihr entfernen wollte. Es war, als hielte er sie absichtlich auf Armeslänge, und wieder überkam sie dieses merkwürdige Gefühl. Das Gefühl, in der Luft zu hängen und zu warten. »Kannst du grillen?«

»Natürlich.« Er nahm ein Paket Hühnchenfleisch aus der Einkaufstüte. »Lola?«

Sie runzelte die Stirn und platzierte eine Rose in der Vase. »Ja?«

»Du hast meine Frage nicht beantwortet.«

»Welche?«

»Wie geht es dir?« Sein Blick glitt über ihr Gesicht und ihr Haar. »Wie geht es dir wirklich?«

»Mir geht's gut.« Sie wandte sich wieder den Blumen zu und wählte eine wunderschöne, noch geschlossene Tulpe aus. »Es ist alles noch ein bisschen sonderbar, aber ich werde schon in mein geregeltes Leben zurückfinden. Heute war mein erster Tag im Büro, und ich war nicht …«

»Ich habe dich nicht nach deiner Arbeit gefragt.« Er legte die Finger unter ihr Kinn und zwang sie, ihn anzusehen. »Ich frage nach *dir*.«

Unter der leichten Berührung sträubten sich ihre Nackenhaare, sie spürte ein leises Kitzeln am Hals. Sie legte die Tulpe zurück auf den Tisch und blickte in Max' vertraute blaue Augen. In das Gesicht des einzigen Menschen, der vielleicht verstehen konnte – sogar das, was sie selbst nicht verstand.

»Ich weiß nicht, was ich empfinden soll. Sicher, ich sollte mich freuen, zu Hause zu sein, und das tue ich ja auch. Aber gleichzeitig habe ich das Gefühl, dass sich etwas verändert hat, und ich weiß nicht, was. Mein Haus, meine Arbeit, mein Leben, alles sieht wie immer aus, aber es ist … keine Ahnung. Alles fühlt sich so anders an. Ich bin so durcheinander. Alles ist so seltsam.«

Er runzelte die Stirn, neigte den Kopf und sah ihr in die Augen. »Hast du irgendwelche Flashbacks oder Schlafstörungen?«

»Nein.«

»Träume vom Tod oder vom Sterben?«

Sie schüttelte den Kopf. »Nein.«

»Bist du nervös?«

»Nein.«

»Hast du Angstzustände?«

»Seit ich wieder zu Hause bin, nicht mehr.« Sie zuckte mit den Schultern. »Ich leide nur unter Konzentrationsschwierigkeiten.«

Er legte die Hände um ihre bloßen Oberarme. »Es hört sich so an, als hättest du eine leichte Bombenneurose. Das ist nicht ungewöhnlich nach traumatischen Erlebnissen. Vielleicht solltest du dir helfen lassen.«

»Ein Psychiater?«

»Ja.«

Nein, sie wollte keinen Arzt aufsuchen. Therapien hatte sie auch früher schon gemacht. Über mehrere Jahre hinweg, und damals hatten sie geholfen, aber für das, was sie nun durchlebte, brauchte sie keine professionelle Hilfe. Sie wollte nur mit Max reden. Allein die Berührung seiner Hände an ihren nackten Armen half ihr.

Genau wie damals in der Unwetternacht und in jener Nacht, als sie sich geliebt hatten.

»Warst du schon mal beim Psychiater?«

Er lachte. »Nein, ich habe Angst vor dem, was er herausfinden könnte.«

»Dass du womöglich völlig verrückt bist?«

»Genau.« Er ließ seine Finger bis zu ihren Ellbogen herabgleiten, und wieder musste sie gegen den Drang ankämpfen, sich gegen ihn zu lehnen. »Hast du vernünftig gegessen?«

Damit hatte sie leichte Probleme gehabt. Sie hatte sich immer zum Essen zwingen müssen, doch das kannte sie bereits und wusste, wie sie damit umgehen musste. Das konnte sie besiegen, und darüber wollte sie nicht reden. »Was sollen diese Fragen?«

»Ich muss wissen, ob alles mit dir in Ordnung ist.« Er ließ die Hände sinken und beraubte Lola damit der Wärme seiner Berührung. »Ich habe einiges getan, worauf ich nicht sonderlich stolz bin, aber ich habe nie das Leben einer unschuldigen Frau durcheinander gebracht. Das habe ich dir angetan, und es tut mir Leid.« Er sah ihr in die Augen, als könnte er ihre Gedanken lesen. »Ich will sicher sein, dass dir nichts fehlt, und ich will dir helfen, diese Fotos aus dem Internet zu entfernen. Das bin ich dir schuldig.«

Wie er das sagte, hörte es sich an, als wäre er nur zu ihr gekommen, weil er glaubte, er müsse eine Schuld begleichen. Als wäre sie weiter nichts als einer der Aufträge, die er zu erledigen hatte, bevor er sie von seiner Liste streichen und sein Gewissen erleichtern konnte. »Du bist mir überhaupt nichts schuldig. Ich kann jemanden engagieren, der mir mit Sam hilft. Du hättest nicht den weiten Weg von Alexandria bis hierher machen müssen, um dich zu überzeugen, dass es mir gut geht. Ein Anruf hätte genügt.«

»Ich bin auf dem Weg nach Charlotte.«

»Ach so.« Sie war eine Zwischenstation auf seinem Weg nach irgendwo, und es war ihr peinlich, dass das so schrecklich wehtat.

»Ich wäre aber ohnehin gekommen.«

»Warum?«

»Du und ich, wir waren … wir … wir …« Er suchte nach den richtigen Worten, genau wie an jenem Nachmittag auf der *Dora Mae*, als er sich um eine einigermaßen gepflegte Ausdrucksweise bemüht hatte. »Ich dachte, wir kämen inzwischen viel besser miteinander aus. Wir sind doch jetzt freundlicher zueinander.«

Ja, miteinander zu schlafen war etwas durchaus Freundliches. Sie fragte sich, worauf er eigentlich hinauswollte. »Willst du damit andeuten, dass du meinst, wir sollen Freunde sein?«

Er verschränkte die Arme und verlagerte sein Gewicht auf nur einen Fuß. »Freunde, das ist gut«, sagte er, obwohl die Aussicht ihn nicht gerade zu begeistern schien. »Ja, wir können Freunde sein.«

Der Mann, der auf ihrer Fußmatte gestanden und sie angesehen hatte, als würde er sich am liebsten über sie hermachen, war nicht gekommen, um Freundschaft zu schließen. Aber der Mann, der nun vor ihr stand, erinnerte sie an den Max, der behauptet hatte, sie könnte nackt vor seinen Augen herumlaufen, und er würde nicht das Geringste empfinden. »Hast du schon jemals eine Freundin gehabt?«

»Nein.«

»Bist du sicher, dass du damit klarkommst, nur mit mir befreundet zu sein?«

»Klar.«

Sie stopfte die Tulpe in die Vase und sah Max aus den Augenwinkeln an. »Denn ich erinnere mich an einige Male, als du mich geküsst hast, und bevor ich mich versehen hatte, hattest du schon mein Kleid aufgeknöpft.«

»Ich kann meine Hände bei mir behalten«, versicherte er. »Kannst du das auch?«

»Kein Problem.«

Er neigte den Kopf und musterte sie mit zusammengezogenen Brauen. »Bist du ganz sicher?«

»Absolut.«

»Ich weiß nämlich noch, wie du die Hand in meine Hose geschoben und meine Eier gepackt hast.«

Lola vergaß, den Mund zu schließen, und Max lächelte. Es war ihr völlig entfallen, wie derb er sich ausdrücken konnte. »Na ja, das ist nur passiert, weil ich geglaubt habe, ich müsste sterben. Und da ich nicht vorhabe, jemals wieder in so eine Situation zu geraten, sind deine … ist dein Körper vor mir sicher.« Sie hob das Kinn. »Ja, ich glaube, es ist möglich, dass wir einfach nur Freunde sind«, schloss sie. »Ich war noch nie mit einem Mann nur befreundet. Zumindest nicht mit einem, der nicht schwul war. Die Sache könnte interessant werden.« Sie stellte die restlichen Blumen in die Vase und überlegte, ob eine Freundschaft zwischen ihr und Max möglich war nach allem, was sie erlebt hatte. Einfach nur Freunde? Vielleicht, doch sie hatte ihre Zweifel. Sie wusste nicht, ob sie echt mit einem Mann befreundet sein konnte, der sie in sexueller Hinsicht völlig umgehauen hatte.

»Okay«, sagte sie, »leg doch einfach das Hühnchen draußen im Garten auf den Grill, und ich gehe mich inzwischen umziehen.« Sie schob sich an ihm vorbei, ehe sie im Türrahmen noch einmal stehen blieb. »Reden wir uns jetzt mit *Kumpel* an?«

»Nein. Du nennst mich Max, und ich sage Lola zu dir.«

Rauch quoll aus dem elektrischen Grill, als Max den Deckel hob und das Hühnchen wendete. Er pinselte Grillsoße auf Brust und Schenkel und betrachtete Babys Hundehütte, oder besser gesagt: Babys Hundeschloss. Es stand in einem geschützten Teil des Gartens, umgeben von üppig blühenden Blumen, und sah aus wie etwas, in dem eigentlich Elfen leben müssten. Es hatte eine Grundfläche von etwa einem Quadratmeter, war hellblau und lavendelfarben und besaß eine Zugbrücke als Tür, während auf den Ecktürmen kleine Fahnen flatterten. Abgesehen von der Inneneinrichtung der Wohnung war es so ziemlich das Affigste, was er je gesehen hatte.

Auf der Fahrt nach Süden hatte Max sich gefragt, wie Lola wohl wohnen mochte, und seine Vorstellungen kamen der Wirklichkeit ziemlich nahe. Plüschige Pastellfarben, die an Zuckerwatte denken ließen, mit Spitzen bezogene Kissen auf dem dunkelvioletten Sofa und Spitzengardinen. Weißer Teppich und Blümchentapeten. Es war die Art Einrichtung, die einem Mann das Testosteron aussaugte und die Eier schrumpfen ließ, wenn er nicht aufpasste.

Max blickte auf den Hund vor seinen Füßen und deutete mit der Grillzange auf das Schloss. »Fühlst du dich darin nicht wie eine süße kleine Elfe?«

Baby bellte.

»Wenn du nicht aufpasst, trägst du als Nächstes rosa Nagellack und kleine rosa Schleifchen an den Ohren.«

»Baby ist von seiner Männlichkeit überzeugt«, sagte Lola, während sie durch die zimmerhohen Türen auf die Terrasse trat.

Max schüttelte den Kopf und wendete ein Hühnerbein. »Schätzchen, dein Hund ist ein Schlappschwanz. Keinerlei Mumm in den Knochen. Wahrscheinlich hat er deshalb solche Komplexe.« Er sah zu Lola hinüber, aber jede weitere Bemerkung erstarb ihm auf den Lippen. Sie kam auf ihn zu, ein Glas

Wein in der einen, eine Flasche Samuel Adams in der anderen Hand. Sie trug weit geschnittene Jeans-Shorts, die tief auf den Hüften saßen, und ein weißes T-Shirt. Aber nicht irgendein T-Shirt. Es war so eng, dass es wie angegossen saß. Auf ihrer Brust prangten in Neongrün die Worte: EAT ME IN ST. LOUIS.

»Hübsches Shirt.«

Lola blickte an sich herab und lächelte. »Vor ein paar Jahren hat ein Freund von mir in St. Louis ein Restaurant eröffnet. Es heißt so«, sagte sie und reichte Max das Bier. »Entzückend, nicht wahr?«

»Ein Lover?«

»Nein, Chuck ist schwul. Damals habe ich ein bisschen kostenlose Werbung für ihn betrieben, und er hat für mich eine Party ausgerichtet. Das Restaurant gibt es inzwischen nicht mehr, aber mein EAT ME-Shirt habe ich immer noch. Es gehört zu meinen liebsten Kleidungsstücken, aber natürlich traue ich mich selten, es anzuziehen.«

Natürlich nicht. Nur in seiner Gegenwart. Nur damit seine Augen schmerzten und sein Verstand aussetzte. Nur damit er sich fragte, was sie wohl tun würde, wenn er sie zu Boden stoßen und ihre Aufforderung wörtlich nehmen würde.

»Ist das Hühnchen bald fertig?«, fragte sie.

Max riss seinen Blick von ihrem Shirt los und wandte sich dem Grill zu. Die Sache mit der Freundschaft würde niemals klappen. Er nahm einen großen Schluck Bier, bevor er antwortete: »In ungefähr zehn Minuten.«

»Der Salat ist auch fertig. Willst du drinnen oder draußen essen?«

Er umklammerte die Bierflasche und hätte gern gewusst, ob sie ihn mit Absicht quälte. »Draußen.«

Lola lächelte unschuldig zu ihm auf, als wüsste sie nichts von dem Durcheinander, das sie hier anrichtete. »Dann decke ich den Tisch hier draußen.«

Max sah ihr nach, als sie in die Wohnung ging. Sein Blick glitt an ihrem Rücken, über ihr Hinterteil und an den langen Beinen hinunter. Es war ein Fehler gewesen, hierher zu kommen. Er hatte es schon gewusst, als er am Nachmittag das Gepäck in seinen Jeep geladen hatte.

Er konzentrierte sich wieder auf seine Arbeit am Grill. Die Fahrt nach Charlotte hatte er als Ausrede benutzt, um Lola zu besuchen, so einfach war das. Er brauchte vor Montagvormittag nirgendwo zu sein, außerdem lag in seinem Koffer ein Ticket für den Hin- und Rückflug. Er hatte diesen Flug nach Charlotte schon vor Wochen gebucht, da er geglaubt hatte, er hätte geschäftlich dort zu tun. Es wäre nicht nötig gewesen, die lange Fahrt auf sich zu nehmen – außer, um Lola zu besuchen. Er hatte sich mit eigenen Augen davon überzeugen müssen, dass ihr nichts fehlte. Die Ungewissheit hatte ihn verrückt gemacht und ihm den Schlaf geraubt.

Baby legte Max ein Quietsch-Spielzeug vor die Füße. Er hob es auf und warf es weg, damit der Hund es zurückholte. Es landete in einer Phloxstaude, in die Baby hineintauchte. Max schaute sich im Garten um, betrachtete den Efeu, der sich an den hohen Zäunen emporrankte, die Vielfalt von Rosen und die kleine Bank unter einer Magnolie, und fragte sich, was er hier zu suchen hatte.

Lola hatte Recht gehabt. Er hätte sich mit einem Anruf davon überzeugen können, dass es ihr gut ging. Und er hätte einen seiner unzähligen Bekannten anrufen können, der ihr bei der Lösung des Problems mit ihrem Ex-Verlobten hätte helfen können. Er musste sich hier nicht einmischen. Das hier war ihr Leben, ihr Heim, ihre Welt, und er passte nicht hinein. Er war Max Zamora. Er führte geheime Operationen aus, lebte in einer Welt, die er verstand. Lebte das Leben, das er kannte. Genau das Leben, das er sich immer gewünscht hatte.

Doch selbst wenn er jemals mehr vom Leben verlangt hätte, wusste er, dass es nicht für ihn vorgesehen war. Lola war nichts für ihn. Sie war ein Traum, und wie lange würde ein solcher Traum andauern? Bis sein Pieper sich meldete und er mitten in der Nacht aufbrechen musste? Würde Lola sich mit einem Abschiedskuss ohne weitere Erklärungen zufrieden geben?

Nein. Das würde sie nicht. Keine Frau konnte das. Und wie konnte er an ein Leben mit ihr auch nur denken, wenn ganz klar die Chance bestand, dass er sie zur Witwe machte, noch bevor sie vierzig Jahre alt war? Max war kein Dummkopf, er hatte bisher Glück gehabt, aber in seinem Beruf waren die Tage eines Mannes gezählt. Er hatte keine Angst vor dem Sterben, wohl aber davor, jemanden zu hinterlassen. Wie konnte er von einer Frau erwarten, dass sie sich mit einem derartigen Leben abfand? Und dann noch von einer Frau wie Lola, die es so viel besser treffen konnte.

Lola trat ins Freie und stellte eine weiße Platte neben den Grill. »Max, schon seit der Nacht, als wir von der Insel geflohen sind, möchte ich über etwas Bestimmtes mit dir reden«, sagte sie und trat an den Tisch in einer Ecke der Terrasse. »Aber in all der Hektik hatte ich keine Gelegenheit dazu.«

»Worum geht's?« Er nahm einen Schluck Bier und sah, wie ihre Shorts an der Rückseite ihrer Schenkel hinaufglitten, als sie ein rot kariertes Tuch ausbreitete.

»Hast du die *Dora Mae* in die Luft gejagt?«

»Ja.«

»Wie denn?« Sie trat auf die andere Seite des Tisches und blickte zu Max auf. »Es war dunkel, und ich weiß natürlich auch, dass du ein Gewehr hattest. Hast du auf die Benzintanks geschossen?«

»Nein. Ich hatte ein paar Dynamitstangen mit Sprengkapseln versehen und in die Kondome gesteckt, die ich auf der *Dora Mae* gefunden hatte. Und dann habe ich sie in das *O* von

Dora geklebt. Als wir weit genug entfernt waren, habe ich mit einer .50-Kaliber darauf geschossen. Die zweite Explosion waren die Benzintanks, die hochgingen.«

Lola lächelte, und kleine Fältchen erschienen in ihren Augenwinkeln. »Meine Hände haben so gezittert, dass ich kaum das Steuer halten konnte. Und außerdem war es so dunkel. Wie hast du das nur geschafft?«

»Übung«, sagte er. »Jahrelange Übung.«

Sie schüttelte den Kopf und schob Stoffservietten durch Serviettenringe, die die Form von Wassermelonen hatten. »Tja, du bist ein verflixt kaltblütiger Kerl. Als der Motor nicht ansprang und die Kugeln aufs Wasser hagelten, hatte ich eine Art Blutleere im Gehirn und wäre fast umgekippt.«

»Du hast auch so ausgesehen, als würdest du im nächsten Moment umkippen.« Er legte die Hühnchenteile auf die Platte und schloss den Deckel des Grills. »Aber du hast dich tapfer gehalten.«

»Nein.« Sie schüttelte den Kopf und legte Besteck neben zwei rote Teller. »Ich war wie erstarrt vor Angst, aber du … du hattest überhaupt keine Angst.«

Sie täuschte sich. Er *hatte* Angst gehabt, größere Angst als je zuvor in seinem Leben. Nicht um sich selbst, sondern um Lola. Er trat an den Tisch und stellte die Platte in die Mitte zwischen zwei brennende Kerzen in Birnenform. »Ich habe gelernt, mit meiner Angst umzugehen«, erklärte er. »Ich lasse mich durch sie nicht bei dem stören, was ich zu tun habe.«

»Ich will eigentlich gar nicht lernen, mit meiner Angst umzugehen, weil ich nie wieder Schiffbruch erleiden oder unter Beschuss genommen werden will.« Lola ging ins Haus und kam kurz darauf mit einer Salatschüssel und einem Korb voller Baguettescheiben zurück. »Wohin bist du eigentlich verschwunden, als wir in dieser Nacht auf dem Stützpunkt angekommen waren?«

Max rückte ihren Stuhl zurecht, und sie setzte sich. »Zum Marinestützpunkt neben dem Gebäude der Küstenwache. Binnen einer Stunde war ich auf dem Weg nach D. C.«

»Oh.« Auf ihrer Stirn tauchte eine kleine Falte auf, während sie einen gegrillten Hühnerschenkel auf ihren Teller legte. »Ich habe versucht, auf dich zu warten.«

Er setzte sich neben sie und füllte Salat in Schälchen, die aussahen wie ausgehöhlte Salatköpfe. Er reichte ihr eines, ehe er die Serviette auf seinem Schoß ausbreitete. »Tut mir Leid«, sagte er – so wie die unzähligen Male zuvor zu all den Frauen, die er im Lauf der Jahre enttäuscht hatte.

»Nein, es braucht dir nicht Leid zu tun.« Sie nahm ein Stück Brot und reichte Max den Korb. »Du hast nie behauptet, dass du mich besuchen würdest, also brauchst du dich nicht zu entschuldigen«, sagte sie, doch er glaubte ihr nicht. Sie nahm eine Gabel voll Salat und spülte ihn mit einem Schluck Wein hinunter. »Was hast du in Charlotte zu erledigen? Irgendeine Geiselnahme, von der wir Normalsterblichen nichts wissen? Eine Geheimkonferenz?«

»Nichts annähernd so Aufregendes, fürchte ich. Duke Power haben mich angeheuert, ihr Sicherheitssystem zu überprüfen.«

»Warum? Liegt eine Terrordrohung vor?«

»Nein. Sie haben mich angefordert, weil das mein Beruf ist. Ich bin Sicherheitsberater.«

Sie starrte ihn an. »Heißt das, du hast einen richtigen Beruf?«

»Ich habe einen richtigen Beruf und eine richtige Firma.« Er griff in seine Tasche und zückte seine Brieftasche. »Hier«, sagte er und reichte Lola seine Visitenkarte.

Während sie ein Stück Brot verzehrte, studierte sie die Karte. »Z Security. Z – das bist du?«

»Ja.« Er biss herzhaft in ein Stück Huhn. »Das bin ich.«

»Du hast einen richtigen Beruf und machst trotzdem all den Geheimagentenkram nebenbei? Warum?«

»Wie meinst du das?«

»Warum sollte ein halbwegs vernünftiger Mensch sein Leben aufs Spiel setzen, wenn er doch einen anderen Beruf hat? Und sogar noch eine eigene Firma?« Sie legte die Karte auf den Tisch. »Warum lässt du auf dich schießen und dich zusammenschlagen, wenn es doch gar nicht nötig ist? Geht es ums Geld?«

»Nein, aber die Bezahlung ist auch nicht übel.«

»Dann bist du vielleicht wahnsinnig?«

Er wischte sich mit der Serviette den Mund ab. »Wahrscheinlich.«

»Ich glaube nämlich nicht, dass es normalen Menschen gefällt, wenn man auf sie schießt, Max.«

»Ich mag es auch nicht, wenn man auf mich schießt, Lola«, sagte er und griff nach seinem Bier. »Aber das gehört zu diesem Job.«

»Aber darum geht es ja gerade: Du hast doch einen richtigen Beruf. Du brauchst dich nicht mit Drogenbossen einzulassen und Jachten in die Luft zu sprengen.«

»Ich weiß, dass ich das nicht tun muss.« Er legte sich noch ein Stück Huhn auf den Teller. Dieses Gespräch hatte er bereits in diversen Varianten geführt. Mit anderen Frauen. Obwohl Lola die einzige Frau war, die wusste, was er für die Regierung tat, die Einzige, die die dunklen Seiten seiner Beschäftigung kannte, lief es doch im Grunde immer wieder auf dasselbe hinaus. Warum wurde er nicht einfach sesshaft und führte ein normales Leben in einem netten Vorort, zog zwei Kinder groß und fuhr einen Kombi? Außer der Wahrheit hatte er keine Antwort darauf. Er war einfach nicht der Typ dafür.

Er sah auf und ertappte Lola dabei, wie sie ihn anstarrte.

Die Sonne ging gerade unter, und das Kerzenlicht flackerte. Eine leichte Brise fuhr durch ihre neuen blonden Locken, und sie zog die Augenbrauen zusammen. »Was ist?«

»Dann gefällt es dir also. Du magst es, die Angst zu spüren, die dir den Atem raubt. Und du magst die Ungewissheit, ob du den nächsten Tag noch erlebst.«

»Ich mag meine Arbeit, ja«, antwortete er.

»Kein Wunder, dass du dich nicht mit Frauen einlässt. Ich stelle es mir äußerst schwierig vor, eine ernsthafte Beziehung mit einer Frau zu führen, wenn du immer mal wieder mitten in der Nacht aufbrechen musst, um die Welt zu retten. Besonders, wenn du nicht weißt, wann oder *ob* du überhaupt zurück nach Hause kommst.« Sie schüttelte den Kopf und nahm einen großen Bissen von ihrem Hühnchen.

Er griff nach seinem Bier und beobachtete Lola über die Flasche hinweg. Er fragte sich, ob sie spottete, aber sie sah nicht so aus. »Ja, bei meiner Art von Arbeit ist es schwer, eine Beziehung zu führen«, sagte er, was eine grobe Untertreibung war.

Lola nickte. »Mir geht es genauso. Beziehungen sind schwierig, wenn ich nicht weiß, ob ein Mann um meinetwillen mit mir zusammen sein oder nur mit mir gesehen werden will.« Sie lehnte sich zurück und blickte ihn aus ihren großen Augen an. »Oje, das hörte sich eingebildet an, nicht wahr?«

Er lachte, und der Kerzenschein erhellte ihre Lippen. »Das tut es, aber wahrscheinlich ist es so.«

»Es gibt nun einmal Leute, die den Bekanntheitsgrad anderer benutzen wollen, um sich selbst in die Medien zu bringen. Um Beachtung zu finden. Sie mögen denjenigen vielleicht nicht einmal, wollen aber unbedingt mit ihm gesehen werden.«

Sie fuhr sich mit den Fingern durchs Haar. »Erinnerst du dich noch an John Wayne Bobbit? Seine Frau schneidet ihm den Penis ab, und urplötzlich ist er berühmt, oder vielmehr berüchtigt, und findet sich im Milieu von Stripperinnen und Pornostars wieder. Und du weißt selbst, dass diese Mädchen keinen Blick an ihn verschwendet hätten, wenn er nicht in sämtlichen Talkshows aufgetreten wäre und die berühmte Viertelstunde Ruhm bekommen hätte.«

Sie verschränkte die Arme und schien derart empört zu sein, dass Max lachen musste. »Vielleicht hat John ja einen guten Charakter. Womöglich ist er ein prima Kerl.«

Lola zog die Mundwinkel herab. »Max«, sagte sie in einem Tonfall, als spräche sie mit einem Idioten, »er hat seine Frau so in Rage gebracht, dass sie sich ein Messer geschnappt hat und ...« Sie brach ab und machte eine viel sagende Handbewegung.

»Verdammt.« Er sog scharf den Atem ein. »Könnten wir vielleicht über etwas anderes reden?«

»Oh, entschuldige«, sagte sie, wirkte jedoch keineswegs zerknirscht. Ihre Mundwinkel bogen sich nach oben, und sie lächelte Max mit blitzenden Zähnen an. »Ich habe mich wohl hinreißen lassen. Mit meinen anderen Freunden habe ich immer über solche Dinge geredet.« Sie beugte sich vor und aß etwas Salat. »Worüber redest du mit deinen Freunden?«

Jedenfalls nicht über Dinge, die er mit ihr besprechen würde. »Über Sport.«

»Wie langweilig. Ich wette, ihr quatscht über Frauen.«

Er hielt es für klüger, sich eines Kommentars zu enthalten, und konzentrierte sich stattdessen auf seinen Teller.

»Komm schon. Mir kannst du's doch erzählen. Wir sind Freunde, schon vergessen?«

Er schüttelte den Kopf und schluckte. »Vergiss es. Wenn ich es dir erzählen würde, wären wir keine Freunde mehr.«

»So schlimm?« Statt das Thema ruhen zu lassen, bohrte sie weiter. »Ich verrate dir, worüber Frauen reden, wenn du mir sagst, was Männer so besprechen.«

Max war ohne nennenswerten weiblichen Einfluss aufgewachsen. Sein Vater hatte immer Affären gehabt, aber keine hatte lange genug gedauert, um Auswirkungen auf Max zu zeigen. Die allein stehenden Frauen, die Max kannte, redeten vorwiegend über ihren Beruf und verflossene Beziehungen, während sich die Ehefrauen seiner Freunde über ihre qualvollen Geburtserfahrungen ausließen. Und wenn Max auch leise Neugier verspürte, was Frauen einander in der Abwesenheit von Männern so erzählten, fürchtete er doch, dass dieses Gespräch für ihn nachteilig enden könnte. »Wann hast du zuletzt mit deinem Ex-Verlobten gesprochen?«, fragte er, um das Thema zu wechseln.

Sie verschränkte die Arme. »Lass mich überlegen. Das letzte Mal habe ich mit ihm gesprochen, als ich ihm Geld für diese Fotos angeboten habe. Gesehen habe ich ihn zuletzt vor ein paar Monaten vor Gericht. Da tauchte er im Armani-Anzug und in Gucci-Schuhen auf. Den Anzug und die Schuhe hat er bestimmt von dem Geld bezahlt, das er mit meinen Fotos verdient hat, und ich würde ihn am liebsten eigenhändig erwürgen.«

Max hätte ihn ebenfalls gern erwürgt. Hätte ihn gern bei der Kehle gepackt und hochgehoben, sodass seine Füße in der Luft baumelten, aber weniger wegen des Anzugs und der Schuhe und der Internet-Seite, sondern vielmehr, weil Lola ihn geliebt hatte. Eifersucht, zäh und übermächtig, wühlte in seinem Inneren. Max war noch nie wegen einer Frau eifersüchtig gewesen, und es gefiel ihm ganz und gar nicht. »Hatte er vor dieser Geschichte mit der Internet-Seite denn kein Geld?«

»Als ich mit ihm zusammen war, schon. Aber er hatte kräftig in Technologie-Aktien investiert, und als der Markt dann einbrach, verlor er sein Geld. Und das ist der Hauptgrund für die Website. Sam liebt das große Geld.« Sie zuckte mit den Schultern. »Und er hasst mich.«

»Warum hasst er dich?«

»Weil ich drei Wochen vor der Hochzeit die Verlobung gelöst habe. Das hat er nicht verkraftet. Ich glaube, in erster Linie, weil ich ein hübsches Accessoire für ihn war.«

Max schob den leeren Teller von sich. »Hast du deswegen die Verlobung gelöst?«

»Nein, das ist mir erst später bewusst geworden. Ich habe Schluss gemacht, weil er meine Entscheidung, nicht mehr als Model zu arbeiten, nicht akzeptieren wollte. Er hat sogar versucht, meine Genesung zu sabotieren. Er wollte die dünne, magersüchtige Lola.« Sie breitete die Arme aus. »Die bin ich aber nicht mehr.«

Vielleicht nicht, aber in Max' Augen sah sie toll aus. So toll, dass er sich mühsam auf seine nächste Frage konzentrieren musste. »Wo wohnt dieser Sam?«

»Früher wohnte er in Manhattan, aber nachdem er sein Vermögen verloren hatte, musste er umziehen. Soviel ich weiß, ist er danach nach Baltimore gezogen und arbeitet dort als Freiberufler. Jetzt verdient er sein Geld in der Wirtschaft und mit *lolaentblättert.com*.« Sie aß den Rest von ihrem Hühnchen und schob ihren Teller zur Seite. Kerzenschein fiel flackernd über ihr Gesicht und ihr Shirt. »Und wie sieht dein Plan nun aus?«

»Das weiß ich noch nicht«, antwortete er. Die Abendluft war erfüllt vom Duft nach Rosen und Magnolien, und Max fragte sich erneut, was er sich dabei dachte, hier in Lolas Garten zu sitzen und ihrer Stimme zu lauschen, während ihr Hund umhersprang und nach Glühwürmchen schnappte.

»Ich muss ein paar Erkundigungen einziehen. Herausfinden, wo genau er wohnt und ob er immer noch zu Hause arbeitet. Seinen Zeitplan ermitteln. Wohin er geht und was er so treibt.«

»Er ist ein leidenschaftlicher Baseball-Fan. Wenn er noch in Baltimore lebt, hat er bestimmt eine Jahreskarte für die Orioles.«

»Das werde ich überprüfen.«

»Wollen wir ihn ausspionieren?«

»Wir?«

»Ja, ich bin an dem Plan beteiligt.«

»Nein, bist du nicht.«

Lola beugte sich vor und ergriff Max' Hand. »Max, ich will dabei helfen, ihn zu kriegen.«

Er entzog ihr seine Hand und ballte sie zur Faust, um die Wärme ihrer Berührung zu konservieren. Was hatte sie nur an sich, dass er immer Ja sagte, obwohl er eigentlich Nein meinte? Es war mehr als nur ihr schönes Gesicht und ihr schöner Körper, wenngleich es manchmal nicht einfach war, von den Äußerlichkeiten abzusehen und zu erkennen, was sich dahinter verbarg. Aber in ihrer letzten gemeinsamen Nacht hatte er es in aller Deutlichkeit erkannt: Lola war eine Kämpferin. Sie war eine Kämpferin mit großen Brüsten, einem hübschen Hintern und weichen Lippen, die um Küsse bettelten, aber im Herzen war sie eben doch eine Kämpferin. Keine besonders gute, aber tief im Inneren, dort, wo es darauf ankam, war sie genauso bereit zu kämpfen wie Max. »Du musst aber genau das tun, was ich dir sage, Lola. Lass nicht zu, dass deine Gefühle ins Spiel kommen. Sobald du das zulässt, sind wir geliefert.«

»Gut.« Im Kerzenschein lächelte sie ihn an.

»Ich will nichts von dir hören, außer ›Ja, Max‹.«

Sie runzelte die Stirn. »Okay. Wann fangen wir an?«

»Wenn ich aus Charlotte zurück bin.«

»Wann musst du los?«

»Ich treffe mich erst am Montagmorgen mit den Duke-Leuten. Ich nehme mir irgendwo ein Zimmer und fahre morgen los.«

»Aber die Fahrt dauert höchstens zweieinhalb Stunden. Was machst du bis Montagmorgen?«

»Die Gegend erkunden«, log er. Als er seinen Koffer in den Jeep geworfen hatte, war es lediglich die vage Idee gewesen, Lola zu besuchen, die ihn hergetrieben hatte. Die Idee, vielleicht eine Weile bei ihr zu bleiben und sich zu vergewissern, dass ihr nichts fehlte. Und, ja, er hatte gehofft, irgendwann mit ihr zusammen zu sein und sein Gesicht zwischen ihren Brüsten zu vergraben.

»Du kannst hier bleiben. Ich habe ein Gästezimmer.«

Na schön, die Hoffnung, sich nackt in ihrem Bett zu tummeln, konnte er wohl begraben, aber das war schließlich nicht der einzige Grund für seine Reise gewesen. Er konnte seine Hände und auch andere Körperteile durchaus bei sich behalten. Er würde sich benehmen, wusste jedoch, dass nicht die geringste Aussicht auf ein bisschen Nachtruhe für ihn bestand. »Gute Idee.«

»Prima. Seit Jahren hat niemand mehr bei mir übernachtet. Das wird ein Spaß.«

Er griff nach seinem Bier. »Hängt davon ab, was du unter Spaß verstehst.«

»Wie bitte?«

»Ach, nichts.«

Lola stand auf und räumte das Geschirr zusammen. Sie trat hinter Max' Stuhl, und als er sich erheben wollte, legte sie ihm die Hand auf die Schulter und hielt ihn zurück. »Ich mach das schon«, sagte sie und beugte sich über ihn. Ihr Bauch streifte seinen Rücken, und hätte er den Kopf gewendet, wäre er mit der Nase an ihre Brust gestoßen.

»Lass uns heute Abend etwas unternehmen, das richtig Spaß macht.«

O ja. Da würde ihm durchaus einiges einfallen. Angefangen damit, ihr das EAT ME-T-Shirt vom Leib zu knabbern. »Was denn zum Beispiel?«

»Wir könnten Popcorn machen und *Stolz und Vorurteil* anschauen. Ich habe das Original auf Video, sechs Stunden lang, aber ich könnte ja bis zu den guten Stellen vorspulen.« Sie tätschelte seine Schulter. »Und morgen findet das Familientreffen meiner Verwandtschaft väterlicherseits statt. Ich wollte ja eigentlich nicht hingehen, aber jetzt bist du ja hier, dann können wir zusammen gehen.« Sie drückte seine Schulter ein wenig. »Du wirst begeistert sein.«

Er schloss die Augen. Himmel, sie quälte ihn mit voller Absicht. Sie rächte sich dafür, dass er sie in der Woche zuvor gefesselt und gedroht hatte, ihren Hund mit einem Fußtritt von der *Dora Mae* zu befördern.

13. KAPITEL

Das Familientreffen der Carlyles fand stets am ersten Sonnabend im September statt, da sich zu diesem Datum gleichzeitig der Tag jährte, an dem die Yankees durch North Carolina geritten waren und den ursprünglichen ›Stammsitz‹ der Carlyles niedergebrannt hatten.

Auch wenn es keine Rolle spielte, dass dieser ›Stammsitz‹ kaum mehr als ein Schuppen gewesen war, dass die ursprünglichen Carlyles mit ihren Hühnern unter einem Dach geschlafen hatten und dass der Krieg seit 1865 vorüber war. Die männlichen Mitglieder der Carlyles hatten im Bürgerkrieg gekämpft und ihr Leben gelassen, und ihr genetisches Gedächtnis lebte weiter in den Seelen der jetzigen Generation.

In diesem Jahr fand das Treffen in Lolas Elternhaus statt, sehr zum Missbehagen ihrer Mutter. Es gab einige Unruhestifter in der Carlyle-Sippe, und Lolas Mutter war nicht gerade erfreut über Streithähne und Biertrinker in ihrem Garten, da sie ihr stets ein bisschen Angst einjagten. Sie fürchtete sich vor Männern, die für ihr Leben gern auf die Jagd gingen, Autorennen fuhren, wobei sie auf ihren billigen Stereo-Anlagen in voller Lautstärke Lynyrd Skynyrd hörten und leere Bierdosen hinter sich auf den Rücksitz ihrer Pick-ups warfen.

Und Frauen, die glaubten, die Sonne gehe allein für solche Typen auf und unter, die die Kinder zur Ruhe ermahnten, sodass der Herr des Hauses in Ruhe das Football-Spiel im Fernseher ansehen konnte, würde sie nie verstehen. Diese Frauen, deren Frisur dem Fahrtwind widerstand, wenn er durch Daddys offene Wagenfenster wehte. Doch wenn ihre Mutter ehrlich war, musste sie zugeben, dass auch ihre Frisur einem ordentlichen Sturm in Oklahoma würde trotzen können.

Der Garten der Carlyles war überschattet von alten Ahornbäumen und mächtigen Eichen. Lange Tische bogen sich unter dem Gewicht von Brathähnchen und Maisfladen, Schinken und Bratensoße, Brunswick-Eintopf und einer Auswahl an Eingemachtem und Chutneys nach Hausfrauenart. Unzählige Salate und Kasserollen füllten einen eigenen Tisch, während drei weitere Tische einzig und allein den Kuchen und Torten vorbehalten waren.

Sämtliche Familienmitglieder waren in ihrem Sonntagsstaat gekommen. Die Frauen trugen geblümte Kleider und Röcke, während Lola sich für ein schlichtes Kleid aus Seidenchiffon mit eckigem Ausschnitt und kurzen angeschnittenen Ärmeln entschieden hatte. Die Männer trugen ihre guten Hosen und Hemden, aber keiner von ihnen sah so gut aus wie der Mann, dessen Hand lässig auf Lolas Rücken ruhte. Max' auf Taille gearbeitetes Hemd hatte denselben Blauton wie seine Augen, dazu trug er anthrazitfarbene Hosen und handgearbeitete Freizeitschuhe. Er sah einfach zum Anbeißen aus.

Sie stellte Max ihren Eltern vor, und seine Miene verriet Verwunderung, als ihr Vater seine Hand schüttelte und sich bedankte, weil er, Max, sich um sein ›kleines Mädchen‹ kümmerte. Ihre Mutter hörte gar nicht mehr auf, sich für Lolas wohlbehaltene Heimkehr zu bedanken, und innerhalb kürzester Zeit wussten alle, dass Max Zamora der Held war, der Lola vor dem sicheren Tod an Bord der schiffbrüchigen Jacht bewahrt hatte.

»Du hast ein paar Kleinigkeiten hinsichtlich der Nacht unseres Kennenlernens vergessen«, flüsterte Max ihr ins Ohr, als sie über den Rasen auf Lolas Großtanten zusteuerten, die winkten, als hätten sie den Verstand verloren – was in Wahrheit der Fall war.

»Du meinst, dass du mich mit meinem eigenen Rock gefesselt hast?«

»Das, und dass du mit der Leuchtpistole auf mich geschossen hast.«

Sie unterließ es, ihn darauf hinzuweisen, dass die Leuchtpistole versehentlich losgegangen war.

Lola stellte Max ihren Großtanten Bunny und Boo vor, die am Genealogietisch saßen, eine Viceroy nach der anderen rauchten, Whiskey tranken und Kopien vom Stammbaum der Carlyles herumreichten, an den eine Liste der lieben Verstorbenen des vergangenen Jahres und Geschichten, die die beiden aus dem Gedächtnis aufgezeichnet hatten, geheftet war. Großtante Boos Beitrag war jedoch wegen der ›Zuckerbetes‹ reichlich kläglich ausgefallen. Was eine Insulinstörung mit ihrem Gedächtnis zu tun hatte, wusste keiner so genau, wohl aber, dass die Krankheit sie stets davor bewahrte, etwas zu tun, wozu sie keine Lust hatte. »Tante Bunny, Tante Boo, ich möchte euch Max Zamora vorstellen, einen Freund von mir«, sagte sie zu den beiden Damen, die beide weit über achtzig waren. »Max, diese Damen sind meine Tanten.«

»Uuuh, ein Latin Lover«, verkündete Boo, denn natürlich stand seit Lolas Karriere als Wäsche-Model außer Frage, dass sie ein ausschweifendes Leben führte und Max zwangsläufig ihr Liebhaber sein musste. »Sprechen Sie Spanisch?«

»Sí. Buenas tardes, señoras Bunny y Boo. Como están ustedes?«, kam es akzentfrei über Max' Lippen, und die beiden Tanten blickten zu ihm auf, als hätte er sich auf einen Schlag in Julio Iglesias verwandelt.

Bunny kippte ihren Bourbon hinunter. »Sie sehen verdammt gut aus«, stellte sie mit ihrer von drei Päckchen Zigaretten pro Tag rauen Stimme fest. Sie ließ ihr Feuerzeug aufflammen und zündete sich eine Zigarette an. »Woher kommt Ihre Familie?«

»Größtenteils aus Texas, Ma'am«, antwortete er, und seine Hand glitt von Lolas Rücken zu ihrer Hüfte.

Dass Texas zu den Südstaaten gehörte, war allgemein bekannt, aber es war nicht so gut wie North Carolina. Für Tante Boo reichte es aber anscheinend aus. »Ich bin mal mit einem Burschen aus Texas gegangen«, sagte sie. »W. J. Poteet. Sie kennen doch die Poteets?«

»Nein, Ma'am.«

»Ich erinnere mich an W. J.«, mischte Bunny sich ein. »War das nicht der, der auf Seidenwäsche stand?«

»Ja. Konnte Baumwollwäsche nicht ausstehen. Seit W. J. trage ich nur noch Seide oder gar nichts.«

Lolas Augen weiteten sich, und sie hoffte, dass der Schreck ihr nicht im Gesicht geschrieben stand. Doch Max lachte nur und drückte leicht ihre Hüfte.

»Mögen Sie Seidenwäsche?«, wollte Boo wissen.

»Tja, nun ...«

»Wir müssen weiter«, fiel Lola ihm ins Wort. »Max kennt Natalie noch gar nicht«, fügte sie hinzu. Natalie war ihre Schwester.

»Es war nett, Sie kennen zu lernen«, konnte Max gerade noch sagen, bevor Lola ihn mit sich zog.

»Ich glaube, meine Tanten wollten mit dir flirten«, sagte sie, als sie an einer Horde Kinder vorbeikamen, die sich gegenseitig mit Tennisschlägern verprügelten.

»Sie sind nett.«

»Sie sind verrückt. Beide zusammen waren insgesamt elfmal verheiratet. Sie haben eine Schwäche für Tabak, Bourbon und Ehemänner. Und dabei nicht unbedingt für ihre eigenen. Es grenzt an ein Wunder, dass sie noch nicht an Lungenkrebs, Leberzirrhose oder der Kugel einer eifersüchtigen Ehefrau gestorben sind«, erklärte Lola. Sie fanden Natalie und ihren Mann an einem der zahlreichen Picknicktische. Natalie hielt ihre Jüngste auf dem Arm, die zweijährige Ashlee, die Lola ihr sofort abnahm.

»Hey, meine Süße«, gurrte sie und vergrub ihre Nase im Nacken der Kleinen, um den Geruch nach Babylotion und ihrem Baumwollkleidchen einzuatmen. Sie schaute sich im Garten um und fragte sich erstaunt, ob sie die einzige Frau über fünfundzwanzig war, die noch kein einziges Mal geheiratet hatte. Keine Ahnung, woran das lag – sie war attraktiv, erfolgreich und hatte noch alle Zähne. Und trotzdem war sie ohne Mann. Im letzten Jahr hatte es sie nicht gestört, nicht einmal im letzten Monat. Aber jetzt störte es sie. Sie wollte mehr. Mehr als nur ihre Arbeit und die treue Liebe ihres Hundes. Sie wollte einen Mann, der sie liebte, und eine eigene Familie. Sie war dreißig Jahre alt, aber es war nicht ihre biologische Uhr, die Alarmzeichen gab. Es war etwas anderes. Nach der vergangenen Woche stand sie unter dem Einfluss der Erfahrung, dass sie ihr Leben verlieren könnte, ohne es richtig gelebt zu haben.

Sie sah zu Max auf, betrachtete sein Profil und die feinen Fältchen in seinen Augenwinkeln. Ihr wurde flau im Magen, und ihr Herz setzte in der Erwartung seines Lächelns für einen Schlag aus. Sie erkannte ihre Empfindungen auf Anhieb. Sie war im Begriff, sich in Max zu verlieben. Sie sah, wie sein Mund sich bewegte, als er sich mit ihrer Schwester und deren Mann unterhielt.

Ganz offensichtlich fühlte er sich in ihrer Familie wohl und völlig unbefangen. Er berichtete von seinem Sicherheitsunternehmen, ohne dabei jedoch sehr viel über sich zu verraten. Lola war im Begriff, sich in einen Mann zu verlieben, der seine Geheimnisse streng unter Verschluss hielt.

»Möchtest du das Baby mal halten?«, fragte sie ihn.

Er sah sie an, als hätte sie in einer ihm unbekannten Sprache gesprochen. Dann schüttelte er den Kopf. »Nein.«

Sie war im Begriff, sich in einen Mann zu verlieben, der ihre

Gefühle vielleicht gar nicht erwidern konnte. Der am Rande des Abgrunds balancierte und nie wusste, ob der nächste Tag nicht vielleicht sein letzter wäre.

Das Handy an seinem Gürtel klingelte. »Enschuldigung«, sagte er und trat ein paar Schritte zur Seite, um den Anruf anzunehmen.

Sie war im Begriff, sich in einen Mann zu verlieben, der Anrufe von geheimen Regierungsstellen erhielt. Der einfach verschwand, um vielleicht nie wiederzukommen. Ein Mann, der ein Leben im Schatten vorzog.

»Hast du denn genug zu essen bekommen?«, fragte Natalie, doch Lola konnte sich nur mit Mühe auf ihre Schwester konzentrieren. Das war das Problem, wenn man an einer Essstörung litt: Die Menschen, die sie liebten, behielten sie ständig im Auge, um sicherzugehen, dass sie keine Mahlzeiten ausfallen ließ oder ins Bad lief, nachdem sie sich übermäßig voll gestopft hatte. Und das, obwohl sie bereits seit Jahren geheilt war – und zwar ohne jeden Zweifel. Sie hatte eine schwere Woche hinter sich, hatte sich aber trotzdem nicht wieder in den Teufelskreis der Krankheit hineinziehen lassen. Dieser Teil ihres Lebens lag hinter ihr. »Wir haben noch nichts gegessen«, sagte sie.

»Tante Wynonna hat auch dieses Jahr wieder ihren Erbseneintopf angeschleppt.«

»Hast du etwas davon gegessen?«

»Du weißt doch, wie sie ist. Ich musste es tun, aber wenn man nicht hinsieht, ist er gar nicht so übel.«

Ashlee streckte ihre Ärmchen nach Natalie aus, und Lola reichte ihrer Schwester das Kind. »Ich hoffe, du hast Recht.«

Sie warf einen Blick über die Schulter zurück, als Max hinter sie trat und den Arm um ihre Taille legte. Er zog sie rücklings an seine Brust, und sie hätte sich wahrscheinlich hingebungsvoll an ihn geschmiegt, wenn er nicht an ihrem Ohr geflüstert hätte: »Ich muss dich kurz allein sprechen.«

Ihr stockte der Atem, und sie schloss die Augen. Das war's. Er musste weg, und sie würde ihn vielleicht nie wieder sehen. Würde sie davon erfahren, wenn er ums Leben kam? Würde irgendjemand daran denken, sie zu informieren?

Max nahm ihre Hand, und sie traten hinter eine Eiche. Schatten fielen über seine Stirn und seine Nase, während die Sonne seinen Mund und sein Kinn liebkoste.

»Du musst weg, stimmt's?«, fragte Lola, bevor er etwas sagen konnte. »Zu einem dieser wahnsinnigen Aufträge und dich zusammenschlagen und auf dich schießen lassen.«

Er rückte näher an sie heran. »Ich lasse mich nicht zusammenschlagen.«

Also nur schießen. »Vergiss nicht, wie du ausgesehen hast, als ich dich zum ersten Mal gesehen habe.«

»Das war eine seltene Ausnahme.« Er legte die Hände auf ihre bloßen Schultern. »Gewöhnlich lasse ich mich nicht schnappen und foltern. Das war wirklich das einzige Mal.«

»Foltern?« Das Wort blieb ihr fast im Hals stecken. »Du bist gefoltert worden?«

Er presste die Lippen zusammen. »Verprügelt. Man hat mich nur ein bisschen herumgestoßen«, erwiderte er schließlich.

Ihre Augen brannten, aber sie kämpfte mit aller Macht die Tränen nieder. Sie wollte nicht um ihn weinen. Sie wollte nicht um einen Mann weinen, der sich auf so dumme Weise in Lebensgefahr brachte. »Warum musst du überhaupt verprügelt werden? Kann nicht ein anderer gehen?«

»Das verstehst du nicht.«

»Dann erkläre es mir so, dass ich es verstehe«, bat sie, denn er hatte Recht. Sie verstand es tatsächlich nicht.

»Das ist mein Beruf, Lola. Das bin ich.« Er holte tief Luft. »Wenn ich das nicht täte, wüsste ich nicht mehr, wer ich bin.«

»Dann wärst du jemand, der den nächsten Tag noch erlebt.«

»Das ist aber kein Leben.«

Sie löste den Blick aus dem Sog seiner blauen Augen. Was sollte sie dazu sagen? Aus irgendeinem unerfindlichen Grund glaubte er, die Welt retten zu müssen, zumindest ein kleines Stück davon. Was prinzipiell ja nicht so schlimm wäre, wenn er Superman wäre, an dessen Brust die Kugeln abprallten. Er schien entschlossen zu sein, den Tod zu suchen, während ihr Problem darin bestand, dass ihr Herz sich davon nicht beeinflussen lassen wollte. Wer von ihnen war wohl wahnsinnig?

»Das alles ist im Augenblick nicht wichtig. Was eben geklingelt hat, war mein Handy, nicht mein Pieper.« Mit einer leichten Berührung seiner Fingerspitzen unter ihrem Kinn zwang er sie, ihn anzusehen. »Ich habe deinen Verlobten aufspüren lassen. Du hast Recht. Er lebt in Baltimore. Ich habe seine Adresse. Wenn ich am Mittwoch aus Charlotte zurück bin, sehe ich mir das Ganze mal an.«

Eine leichte Brise ließ ihr den Duft seines gestärkten Hemds und einen Hauch seines Aftershaves in die Nase steigen. Er ging nicht weg, um die Welt zu retten. Und obwohl dieses Wissen eine gewisse Erleichterung darstellte, wusste sie doch, dass eines Tages sein Handy klingeln oder sein Pieper sich melden würde und er dann wegmusste.

»Heute Nacht lassen wir uns einen Plan einfallen, wie wir deine Fotos zurückholen können«, sagte er, und plötzlich fühlte sie sich klein und jämmerlich. Er bot ihr seine Hilfe an. Brachte sich selbst in Gefahr, um ihr Problem mit Sam zu beseitigen. Beteiligte sie daran, obwohl er, wie sie wusste, bedeutend lieber allein arbeitete, und er hatte etwas Besseres verdient als ihren Zorn. Max war nun einmal so, wie er war. Sie konnte nicht verlangen, dass er sich ihr zuliebe änderte. Das Einzige, was sie tun konnte, war, ihr Herz zu schützen.

Max folgte Lolas Ex-Verlobtem in einigem Abstand nach Camden Yards im Zentrum von Baltimore. Um neunzehn

Uhr sollte das erste Spiel der Orioles gegen Toronto anfangen. Max beobachtete, wie der Mann in den Oriole Park einbog, ehe er zurück zu dem schlichten weißen Vororthaus fuhr. Ein Stück die Straße hinunter parkte er im Schatten einer Eiche, griff nach seinem Handy und tippte Lolas Handynummer ein.

Allein beim Klang ihrer Stimme wurde ihm flau im Magen, als sie sich beim dritten Klingeln meldete. »Wo bist du?«, fragte er.

»Im Büro«, seufzte sie. »Und du?«

»Etwa dreißig Meter entfernt von der Wohnung deines Ex-Freundes. Wie du vermutet hast, ist er zum Spiel der Orioles gegangen.« Max blickte auf seine Uhr. »Ich warte, bis es dunkel wird, bevor ich mich ins Haus wage und mir seine Alarmanlage näher ansehe, sodass ich weiß, was ich übermorgen brauche.«

»Eine Waffe?«

»Das glaube ich nicht.«

»Oh«, sagte sie, und es klang sehr enttäuscht.

»Vielleicht nehme ich einen Taser mit«, fügte er hinzu, um sie aufzumuntern.

»Darf ich ihn damit betäuben?«

»Ich hoffe, wir sind wieder draußen, bevor er nach Hause kommt.«

»Schade. Ich hätte ihm so gern eine Betäubung verpasst.«

Max lachte. »Dass du so blutrünstig bist! Aber wenn du brav bist, zeige ich dir die Waffe.« Mit gesenkter Stimme fügte er hinzu: »Vielleicht darfst du sie sogar anfassen.«

Sie schwieg einen Moment. »Wir reden doch von deiner Betäubungspistole, Max?«

»Ich schon.«

»Gut«, sagte sie, aber es klang nicht überzeugt. »Es bleibt also bei Freitag?«

»Ja. Ich hole dich um achtzehn Uhr am Flughafen ab.«

Rasch ging er noch einmal den Plan durch, den sie am Wochenende besprochen hatten. Am Morgen hatte Max sich einen Punkt anders überlegt. Sie sollte sich nicht verkleiden, um unerkannt in die Stadt kommen und sie wieder verlassen zu können, wie sie anfangs beschlossen hatten. Eine Verkleidung, gleich welcher Art, würde sie zwangsläufig schuldbewusst erscheinen lassen, und wenn Sam feststellte, dass seine Festplatten gelöscht waren und die Fotos fehlten, wäre Lola die Erste, die er verdächtigen würde. Da Max Lolas Alibi sein sollte, wollte er auf keinen Fall den Eindruck erwecken, als ob einer von ihnen sich versteckte.

Er ging davon aus, dass Lola von der Polizei verhört werden würde – ebenso wie er selbst, aber man würde nichts finden, was sie beide in Zusammenhang mit dem Einbruch bringen könnte. Der Fall würde mangels Beweisen zu den Akten gelegt werden – wie Tausende anderer ungelöster Fälle in einer Gegend, die ohnehin eine hohe Verbrechensrate besaß.

»Bist du sicher, dass das wirklich klug ist?«, fragte Lola, nachdem er ihr die Änderung erklärt hatte.

»Ja. Wir spielen das Ganze völlig offen. Alle sollen wissen, dass du in der Stadt bist.« Er dachte an das rote Kleid, das sie neulich abends getragen hatte, als er sie nach Hause gefahren hatte. Das Kleid hatte ihm gut gefallen. Es war stilvoll und zugleich sexy. Dann hatte sie allerdings Shorts angezogen und dieses T-Shirt, was ihn beinahe um den Verstand gebracht hatte. »Vielleicht sollten wir tun, als könnten wir nicht voneinander lassen. Als wären wir so scharf aufeinander, dass die Leute, sobald wir die kleine Bar verlassen, zwangsläufig annehmen, wir würden sofort ins Bett steigen, statt bei deinem Ex-Verlobten einzubrechen.«

»Hmm. Und du glaubst, das könnte klappen?«

»Ja, ich bin ganz sicher. Also zieh etwas an, das man nicht

so schnell vergisst«, fügte er noch hinzu, bevor er das Gespräch beendete. Er legte das Handy auf den Beifahrersitz und lehnte sich zurück, um auf den Einbruch der Abenddämmerung zu warten. Er schloss die Augen und versuchte, ein bisschen zu schlafen, doch die Gedanken an Lola ließen ihn nicht zur Ruhe kommen.

Letztendlich hatte er doch das Wochenende mit ihr verbracht, und ihm war so, als hätte er einen Großteil der Zeit auf ihrem dunkelvioletten Sofa, umgeben von unzähligen Rüschenkissen, zugebracht, während Baby auf der Lehne neben Max' Kopf lag und ihm das Ohr leckte.

Lola hatte nicht darauf bestanden, wie angedroht sechs Stunden lang *Stolz und Vorurteil* anzusehen, sondern hatte stattdessen einen stinklangweiligen Kevin-Costner-Film über einen Typen, der ein Boot baute, in den Rekorder geschoben. Max war eingeschlafen, aber Lola hatte ihn rechtzeitig zu einem anderen Film geweckt, in dem Mel Gibson die Gedanken von Frauen lesen konnte und so erfuhr, was sie sich wirklich wünschten. Eigentlich war er ganz nett gewesen, obwohl sein Lieblingsstreifen mit Gibson immer noch der erste Teil von *Lethal Weapon* war.

Das Familientreffen der Carlyles hatte sich nicht als die Tortur erwiesen, auf die er gefasst gewesen war. Vielmehr schienen alle Mitglieder bodenständige Menschen zu sein, die ihn aus irgendeinem Grund sehr gern gemocht hatten. Das hatte vermutlich auch eine Menge mit Lola selbst zu tun und damit, wie sie die Wahrheit dahingehend umgedeutet hatte, dass er als der Held dastand, der sie vor dem praktisch sicheren Tod gerettet hatte. Nach dem Essen hatten er und Lola das Fest verlassen, waren zu ihrer Wohnung zurückgefahren und hatten einen Schlachtplan entworfen. Anschließend war er zu Bett gegangen. Allein. Und er hatte, wie schon in der Nacht zuvor, kaum Schlaf bekommen. Am nächsten Morgen war er früh nach Charlotte aufgebrochen und hatte sich ein Hotelzimmer genommen, um vor dem Treffen mit den Leuten von Duke am nächsten Tag noch ein wenig Schlaf nachzuholen.

Er war besessen von Lola. Wenn er nicht mit ihr zusammen war, dachte er nur an sie. Zwei Tage lang war er in Charlotte geblieben, doch es war ihm entschieden länger erschienen. Bei seinem Treffen mit dem Vorstand der Duke Power Company hatte Lola ihn heftigst in seiner Konzentration gestört. So etwas war ihm bisher noch nie passiert. Er war stets in der Lage gewesen, sich voll und ganz auf den Job zu konzentrieren, der vor ihm lag.

Doch während des Rundgangs durch die Räumlichkeiten von Duke, als er auf Schwachstellen in ihrem Sicherheitssystem hinwies, schoben sich immer wieder Bilder von Lola in sein Gedächtnis. Wie sie in ihrem Garten ausgesehen hatte, während das Mondlicht auf ihr kurzes Haar fiel. Nach dem Termin in Charlotte hatte er einen kurzen Zwischenstopp in Durham eingeplant, das auf seinem Weg nach Hause lag. Praktischerweise hatte er die Ausrede gehabt, die letzten Einzelheiten ihres Plans noch einmal mit Lola durchsprechen zu müssen, doch letzten Endes war er doch an den Ausfahrten vorbeigefahren und hatte dem Drang, sie sehen zu müssen, nicht nachgegeben.

O ja, er war eindeutig besessen. Und dagegen konnte er nur eines tun. Sobald er ihr Problem mit Sam aus der Welt geschafft und ihr die besagten Fotos ausgehändigt hatte, musste er sich von ihr fern halten. Keine Ausreden mehr. Er durfte nicht mehr den Helden spielen, nur um sich in ihr Leben drängen zu können. Er musste sich absetzen, bevor seine Gedanken vollends verrückt spielten und er so tief in der Sache drinsteckte, dass er nicht mehr herauskam. Bevor er sich zu einer Verzweiflungstat hinreißen ließ und sein Leben aufgab, um mit ihr zusammen zu sein. Bevor er sich so vollständig veränderte, dass er nicht mehr wusste, wer er war. Bevor er ein Nichts wurde.

Ja, sobald er sie ins Flugzeug zurück nach Durham gesetzt hatte, würde er sein eigenes Leben wieder aufnehmen.

14. KAPITEL

Der Rhythmus von Rock ’n’ Roll dröhnte durch das *Foggy Bottom*, prallte gegen die Wände und hämmerte wie ein Herzschlag durch die Sohlen von Lolas lavendelfarbenen Sandalen aus Schlangenlederimitat. Die Luft in dieser Bar in Alexandria war von Zigarettenrauch und Bierdunst geschwängert. Im Hinterzimmer fiel das Licht der Lampe über dem Billardtisch wie ein Zelt über den grünen Filz, als Lola sich darüber beugte und den Finger über ihren Queue krümmte. Sie warf dem in Rauch und Schatten gehüllten Mann einen Blick zu. Er hatte die Arme vor seinem marineblauen Polohemd verschränkt, sodass sich die Muskeln spannten. In einer Hand hielt er seinen Queue. Im spärlichen Licht der Deckenlampe war kaum zu erkennen, dass er die Brauen über seinen blauen Augen finster zusammengezogen hatte.

Lola biss sich auf die Lippen. In ihrem Bauch tanzten Schmetterlinge. Sie setzte zum Schuss an, bemüht, nicht daran zu denken, was Max und sie für einen späteren Zeitpunkt dieses Abends geplant hatten. So gern sie Sam auch mit einer Betäubungsspritze lahm gelegt hätte, war es doch das Letzte, was sie brauchte, beim Einbruch in sein Haus erwischt zu werden. Ihre Nerven waren zum Zerreißen gespannt, und Max’ düstere Miene machte alles nur noch schlimmer.

»Die Sechs geht in die Ecke«, kündigte sie an, obwohl es unwahrscheinlich war, dass irgendjemand sie hörte. Die Kugeln stießen zusammen, worauf die Sechs ungehindert in das Loch an der Ecke neben Max' rechtem Oberschenkel rollte. Lola straffte sich, schürzte die Lippen, als machte sie Werbung für einen Lippenstift, und pustete über die Spitze ihres Queues. Wie erwartet, wurde Max' Miene noch finsterer. Lola griff nach der Kreide und trat neben ihn. Erdnussschalen knirschten unter ihren hochhackigen Sandalen. »Ich habe dich gewarnt: Ich bin ein Ass«, sagte sie. »Du kannst genauso gut jetzt gleich bezahlen.«

»Du solltest dich nicht immer so über den Tisch beugen«, sagte er gerade laut genug, dass sie ihn hören konnte. »Alle starren dich an.«

»Ich dachte, so wäre es vorgesehen«, erinnerte sie ihn. »Wir wollen Aufmerksamkeit erregen. Ganz offen vorgehen. Hast du das vergessen?«

»Es war aber nicht abgemacht, dass du so viel Busen und Po zeigst.«

Lola blickte an sich hinunter. Ihr dunkelviolettes Stretchtop enthüllte einen Streifen Haut zwischen dem Saum und dem Bund ihres Minirocks aus Pythonimitat. Unter dem Rock trug sie einen violetten String-Tanga, und unter dem Top stützte ein violettes Bustier ihre Brüste, dessen Bügel sich in ihre Rippen gruben. Irgendwann einmal würde sie ein Bustier mit wirklichem Tragekomfort kreieren müssen. »Du hast gesagt, ich soll dafür sorgen, dass ich auffalle. Und ich glaube, das tue ich wirklich.«

»Du solltest reinkommen und dir das Haar über die Schulter werfen, wie andere Models es auch tun.« Er wandte sich ihr zu und stieß gereizt den Atem aus. »Und überhaupt: Was ist mit deinem Haar? Es sieht aus, als wärst du gerade aus dem Bett gestiegen.«

Sie lächelte und fuhr sich mit den Fingern durch die großen weichen Locken, die sie mit Haarwachs in Form gebracht hatte. »Ich dachte, darum ginge es auch. Die Leute sollten glauben, wir wären ein Paar. Bin ich die Einzige hier, die sich noch an unseren Plan erinnert?«

»Nein, ich kenne unseren Plan. Ich hatte nur nicht die geringste Ahnung, dass du mit nichts als ein bisschen Schlangenhaut bekleidet aus dem Flugzeug steigen würdest.«

»Das ist von Dolce & Gabbana.«

»Sieht aus, als hätte sich eine violette Python um deinen Hintern gewickelt.« Er schüttelte den Kopf. »In dieser Aufmachung hätte ich dich gar nicht erst aus dem Wagen aussteigen lassen dürfen.«

»Max«, seufzte sie, inzwischen genauso gereizt wie er, »du kannst mir nicht vorschreiben, wie ich mich anziehen soll. Versuch es also gar nicht erst.«

Er blickte an ihr vorbei zur Bar hinüber. »Bevor wir heute Abend hier rauskommen, werde ich wohl erst noch ein paar Typen den Schädel einschlagen müssen, worauf ich mich überhaupt nicht freue.«

Lola spähte über ihre Schulter hinweg ins dunkle Innere der Bar und sah die leuchtende Miller-Reklame und die Chilischoten-Lichterkette an dem riesigen Spiegel hinter dem Tresen. Ja, man starrte sie an, aber keiner machte den Eindruck, als wolle er sich ihnen beiden nähern. Nicht, solange Max sich so drohend umsah, als wäre er auf eine Schlägerei aus.

Als sie und Max die Bar betraten, hatten einige Männer sie begrüßt, doch Max hatte ihnen keine Beachtung geschenkt. »Du hattest doch gesagt, diese Leute wären deine Freunde.«

»Das sind sie auch. Ich war mit einigen von ihnen in der SEAL-Ausbildung. Der dort auf dem Hocker in dem BAD DOG-T-Shirt ist Scooter McLafferty. Wir waren Kollegen im Schwimmerteam, und er war ein großer Fan von dir in deinen *Sports Illustrated*-Tagen. Er wäre bestimmt überglücklich, dich persönlich kennen zu lernen.«

»Und? Willst du mich ihm nicht vorstellen?«

»Nein, zum Teufel. Die Musik ist zu laut.«

Lola verdrehte die Augen und wandte sich wieder dem Billardtisch zu. Die Musik war nicht zu laut, Max war einfach nur widerborstig. »Die Fünf ins seitliche Loch«, sagte sie und rüstete sich zum Schuss. Sie holte tief Luft, was ihre Nerven jedoch nicht beruhigte. Max so nahe zu sein, sein drohendes Grollen zu hören, den finsteren Ausdruck auf seinem schönen Gesicht und in seinen blauen Augen zu sehen und dazu daran denken zu müssen, was sie an diesem Abend noch vorhatten, das alles machte sie nervös und unruhig.

»Gütiger Himmel«, schimpfte Max.

Lola fuhr zusammen und verpatzte den Schuss. »Du darfst nichts sagen, wenn jemand schießt«, schimpfte sie und richtete sich auf. »So funktioniert unser Plan nicht. Man wird denken, wir könnten einander nicht ausstehen, und wenn es Zeit ist, zu gehen, glaubt kein Mensch, dass wir es keine Sekunde länger ohne einander aushalten.« Vorwurfsvoll deutete sie mit dem Zeigefinger auf seine Brust. »Und du bist schuld, Dummkopf.«

Max packte ihr Handgelenk und zog ihre geöffnete Hand an seinen Mund. »Du bist so schön, du machst mich wahnsinnig.«

Na ja, vielleicht war er doch kein Dummkopf. »Und jetzt halten dich wahrscheinlich alle für schizophren.«

Er schüttelte den Kopf, und seine Lippen streiften über ihren Puls. »Kleiner Krach unter Verliebten.«

Ein leises warmes Prickeln lief über ihren Arm. »Wir sind nicht ineinander verliebt.«

Er zog sie an sich und legte ihren Arm um seinen Nacken. »Noch nicht«, sagte er mit einem unvermittelten Lächeln, so sinnlich und fleischlich und absolut männlich, dass es ihren Herzschlag beschleunigte. »Aber wir könnten es sein, wenn du ganz nett bist und schmutzige Wörter zu mir sagst.«

So weit würde es nie kommen. Sie verwendete keine

schmutzigen Wörter, zumindest glaubte sie es nicht, und wenn sie sich je wieder lieben sollten, was sie nicht unbedingt für eine gute Idee hielt, dann müsste er den ersten Schritt tun. Was er seit ihrer Rückkehr von der Insel nicht für nötig gehalten hatte. »Max, ich sage keine schmutzigen Wörter«, erklärte sie.

»O doch.«

»Nein, ich bin in der Überzeugung aufgewachsen, dass eine Dame sich niemals schmutziger Sprache bedient.«

Er lachte und griff nach seinem Queue. »Nun, Schätzchen, ich erinnere mich ganz deutlich daran, dass du es einmal vergessen hast.«

Sie ließ die Hand sinken und sah zu, wie er um den Tisch herumging und zum Schuss ansetzte. Offenbar sprach er von dem einzigen Mal, als sie sich geliebt hatten. Sie konnte sich nicht erinnern, irgendwelche schmutzigen Wörter in den Mund genommen zu haben, konnte es aber auch nicht ganz ausschließen, da sie so verängstigt und außer sich gewesen war. Und wenn sie ganz ehrlich war, hatte Max sie in jener Nacht tatsächlich in Glut versetzt. Sie brauchte nur daran zu denken, um schon wieder in hellen Flammen zu stehen.

Max deutete auf das Loch neben Lolas linker Hüfte und schoss. Die Elf rollte sauber ins Loch, und er blickte zu ihr auf. Während er sich auf den nächsten Schuss vorbereitete, trat ein Lächeln auf seine Lippen, und seine blauen Augen glitzerten voller Vorfreude auf seinen Sieg.

Das durfte Lola nicht zulassen. Wenn überhaupt irgendein Mensch noch ehrgeiziger war als Max, dann war es Lola. Sie stützte sich mit den Handflächen auf dem Tischrand ab und sah zu Max hinüber. Während ihrer Zeit als Model, als sie von den zweidimensionalen Seiten der Zeitschriften aus verführerisch hatte wirken müssen, hatte sie gewisse Tricks angewandt. Einer davon bestand darin, an den besten Lover zu denken, den sie je gehabt hatte. Sie richtete ihre Gedanken auf ihre

Hände auf seinem nackten Körper, die ihn überall berührten und streichelten, daran, wie sie unter den Fingerspitzen die Beschaffenheit seiner Haut gespürt hatte. Sie leckte sich über die Lippen und sog zwischen leicht geöffneten Lippen den Atem ein. Ihre Lider senkten sich, und Max verpatzte seinen Schuss.

Er trat zu ihr, und sie richtete sich auf. »Guter Schuss, Chef«, sagte sie.

»Ich habe mich ein bisschen von deinem Ausschnitt und diesem Nimm-mich-auf-dem-Billardtisch-Blick ablenken lassen.«

Sie lachte und versuchte gar nicht erst, sich zu verteidigen. »Es hat geklappt.«

»Ja. Pech, dass ich nichts Vergleichbares aufzuweisen habe, um dich aus dem Konzept zu bringen.«

Wenn er wüsste! Allein der Gedanke an ihn verwirrte sie. »Max, tut mir Leid, dass ich dich Dummkopf genannt habe.«

»Keine Sorge.« Er ließ die Hand über ihre Schultern in ihren Nacken gleiten. »Ich habe mich ja wie einer aufgeführt.«

»Stimmt, aber ich hätte es trotzdem nicht sagen dürfen. Ich bin einfach schrecklich nervös.«

»Wegen nachher?«

»Ja.«

»Es ist noch nicht zu spät, das Ganze abzublasen.«

»Nein. Ich will es ja tun. Ich muss.«

»Ich passe schon auf dich auf.« Er lehnte seinen Queue an den Tisch und zog Lola an sich. »Es wird nichts passieren.«

Sie glaubte ihm. Er gab ihr das Gefühl, sie vor allem Übel beschützen zu können. Als könnte er allein durch seine beeindruckende Körpergröße und durch pure Willenskraft dafür sorgen, dass ihr nichts passierte. Früher hatten die Männer, die sie beschützen wollten, stets den Fehler gemacht zu glauben, sie wäre zu dumm, um für sich selbst einzustehen. Nicht so Max. Er hörte sich an, was sie zu sagen hatte. Als sie ihren Schlachtplan entworfen hatten, hatte er sich ihre Vorschläge und Ideen angehört, selbst wenn er letztendlich genau das Gegenteil tun wollte. Lola fürchtete, sich bis über beide Ohren in ihn zu verlieben, und es gab nichts, was sie hätte tun können, um es zu verhindern. Es war, als glitte sie in einer dieser dunklen Tunnelrutschen immer tiefer. Nirgendwo gab es einen Halt, und sie wusste nicht, was sie unten erwartete. Nein, das stimmte nicht. Sie wusste es durchaus. Kummer, weil sie nicht sein Leben teilen oder ihn bitten konnte, sich um ihretwillen zu ändern. Sie sah ihm in die Augen, die ihr mittlerweile so vertraut waren. »Ich hasse es, Angst zu haben, Max«, gestand sie, obwohl sie im Augenblick nicht recht wusste, was sie mehr fürchtete: beim Einbruch in Sams Haus erwischt zu werden oder sich in Max zu verlieben.

Er zog einen Mundwinkel spöttisch herab. »Armer Liebling. Ich geb dir etwas anderes, worüber du dir dein hübsches Köpfchen zerbrechen kannst«, sagte er und senkte seinen Mund auf ihre Lippen, während er eine Hand zu ihrem Hinterteil wandern ließ.

Und genau dort, im Billard-Hinterzimmer des *Foggy Bottom*, im Schein der Lampe, der nur die unteren Hälften ihrer Körper beleuchtete, liebte Max Zamora sie mit Mund und Zunge. Er küsste sie, als könne er nicht genug von ihr bekommen. Als würde er sie verschlingen, wenn sie ihn nicht daran hinderte. Und sie ließ ihn gewähren. Sie ließ es zu, dass er ihr Hinterteil mit seinen großen Händen umfasste, neigte den Kopf und sog seine Zunge in ihren Mund. Ein leises Stöhnen grollte tief in seiner Kehle, und Lolas Queue fiel zu Boden. Ihre Hände glitten über seinen Körper, um so viel wie nur möglich von ihm zu spüren – die Muskeln seiner Arme, seine Schultern, seinen Rücken. Dieser Mann bestand aus harter Kraft und reizbarer Leidenschaft, der Hülle für einen weichen Kern, der ihn veranlasste, Hunde zu retten und lila Blüten um ihren Knöchel zu winden. Eine berauschende und unwiderstehliche Mischung.

Plötzlich piepste Max' Armbanduhr an ihrem Ohr, und er löste sich von ihr. »Zeit, an die Arbeit zu gehen.«

Ihre Lippen fühlten sich geschwollen an. Begehren pochte schwer zwischen ihren Schenkeln, und ihre Knie zitterten. »Bist du bereit?«

War sie bereit, in Sams Haus einzubrechen? Eigentlich nicht, aber es gab nur eine mögliche Antwort. »Ja, Max.«

Während der vierzigminütigen Fahrt nach Baltimore kroch Lola auf den Rücksitz von Max' Jeep und öffnete ihren Koffer. Sie zog schwarze Jeans, einen Rollkragenpullover und ein Paar schwarze Jimmy-Choo-Halbstiefel an, die sie extra für diese Gelegenheit gekauft hatte. Max schaltete das Radio ein und suchte einen Oldies-Sender, worauf *Sympathy for the Devil* das Wageninnere erfüllte. Sie rasten den Highway 95 entlang, und Mick Jagger grölte: »Pleased to meet you … hope you catch my name.« Lola stülpte sich eine schwarze Skimütze über den Kopf und verbarg ihr Haar darunter, dann blickte sie nach vorn und sah im Rückspiegel den schwarzen Schatten von Max' Gesicht. Es war, als hätte er in dem Moment, als sie das *Foggy Bottom* verließen, etwas in seinem Inneren ausgeschaltet. Seine Berührungen wurden unpersönlich, sein Tonfall klang geschäftsmäßig. Lola verfügte nicht über diese glückliche Gabe. Er bombardierte noch immer ihre Sinne.

Sein Duft erfüllte den Jeep, drang in ihre Lungen und wärmte ihr das Herz. Sie bemühte sich nach Kräften, ihre Gefühle und ihr Begehren, ihre Angst vor dieser Nacht und vor ihrer Zukunft mit Max beiseite zu schieben und sich auf den Plan zu konzentrieren. Sie kletterte auf den Beifahrersitz und legte den Sicherheitsgurt an. Auch sie konnte ein Profi sein. Wie Max an dem Abend, als er ihr seine Hilfe zusicherte, erklärt hatte, kam ein Fehlschlag nicht in Frage. Sie würde ihn nicht enttäuschen.

»Hast du etwa Absätze an diesen Stiefeln?«, fragte er, als er in die Ausfahrt einbog und die Richtung in den Vorort einschlug.

»Ja, aber nur fünf Zentimeter.«

Das goldene Licht des Armaturenbretts fiel auf seine Brust und seinen Hals. Er stieß etwas auf Spanisch hervor, und sie hielt es für besser, ihn nicht um eine Übersetzung zu bitten.

»Du hast mir geraten, Schuhe anzuziehen, in denen ich möglichst geräuschlos gehen kann«, erinnerte sie ihn.

»Ich habe dir auch geraten, Schuhe anzuziehen, in denen du weglaufen kannst.«

»Das kann ich auch.«

Er stieß ein verächtliches Schnauben aus, ehe sie beide in Schweigen verfielen, bis Max den Jeep in eine Seitenstraße lenkte und einparkte. »Sam wohnt einen Block weiter. Alle Häuser in dieser Straße grenzen an den Wald«, erklärte Max und sah Lola an. Im dunklen Wageninneren erkannte er nur den Umriss ihres Gesichts und ihrer Augen. »Wir gehen durch den Hintereingang.« Er griff hinter seinen Sitz und hob seinen Rucksack hoch. »Bleib direkt hinter mir, wie neulich auf der Insel.« Er zog den Zündschlüssel ab und löschte die Innenbeleuchtung. »Wenn wir das Haus erreicht haben, schalte ich den Strom aus. Damit ist nicht nur die Alarmanlage, sondern auch der Rest des Hauses lahm gelegt.«

»Wie willst du ohne Strom Sams Festplatten löschen?«

»Er hat ein batteriebetriebenes Notstromsystem, das etwa für eine halbe Stunde ausreicht. Wir sind spätestens nach der Hälfte der Zeit längst wieder draußen.«

»Woher weißt du das alles? Warst du schon mal hier?«

»Natürlich. Ich arbeite doch nicht aufs Geratewohl.« Er öffnete die Fahrertür, stieg aus und schloss sie geräuschlos hinter sich. Gemeinsam gingen sie los, und binnen Sekunden hatten die üppigen Wälder Marylands sie verschluckt.

Max brauchte ein paar Sekunden, bis sich seine Augen ganz an die Dunkelheit um ihn herum gewöhnt hatten. Lola stolperte zweimal, ehe sie ihre Hand in die Gesäßtasche seiner Levi's schob. Die Wärme ihrer Berührung breitete sich über seinem Hinterteil aus und schoss in seine Lenden. Er fragte sich, ob Lola wusste, was sie tat. Ob sie wusste, welcher Folter sie ihn aussetzte. Ob sie wusste, dass ihr Anblick am Flughafen ein paar Stunden zuvor, als sie über die Gangway auf ihn zugekommen war, ihn beinahe hätte in die Knie brechen und flehen lassen, sie möge ihm gestatten, sie zu lieben.

Er griff hinter sich, zog ihre Hand aus seiner Tasche und drückte sie leicht. Diese Geste war nur ein erster Schritt von vielen, die er in dieser Nacht unternehmen würde, um Lola aus seinem Leben zu verbannen. Keine weitere Folter mehr. Keine Eifersucht, und dennoch konnte ihn die Aussicht auf ein folter- und eifersuchtsfreies Leben nicht trösten.

Keine fünf Minuten waren seit dem Aussteigen aus dem Jeep vergangen, als Max und Lola bereits in Sams Garten standen. Beide streiften Lederhandschuhe über und sahen in der Garage nach, um sicherzugehen, dass sein Auto weg war. Sie näherten sich der dunkelsten Seite des Hauses, wo sie sich bei einem Kellerfenster niederhockten. Max nahm eine Drahtschere aus dem Rucksack und kappte die Stromleitung. Das Licht in dem Raum, der seines Wissens die Küche war, ging aus, und er schob die Klinge seines Armee-Messers in die Ritze zwischen Fenster und Rahmen und knackte das Schloss.

Das Fenster öffnete sich geräuschlos, und Max stieg als Erster hindurch. Anschließend half er Lola herein, ehe er nach ihrer Hand griff. Zusammen tasteten sie sich durch den stockfinsteren Keller und die Treppe zur Küche hinauf. Durch die Hintertür fiel Mondlicht ins Hausinnere, in dessen Schein Max sie zu einem Zimmer am Ende des Flurs führte.

»Mach die Vorhänge zu«, flüsterte er und trat an den

Schreibtisch, der an eine Wand gerückt war. Das leise Summen des Computers ertönte, und unter dem Schreibtisch blinkte die Anzeige des Notstromsystems. Max zog eine Taschenlampe aus seinem Rucksack und setzte sich auf einen Stuhl. Er klemmte sich die Taschenlampe zwischen die Zähne, richtete den Strahl auf die Tastatur und schob eine Diskette ins Laufwerk.

»Max«, flüsterte Lola und kniete sich neben ihn. Sie legte die Hand auf seinen Schenkel und war ihm so nahe, dass ihr Atem seine Wange streifte. »Was ist das?«

Auf die Aufforderung des Betriebssystems hin tippte er *wipeout d*: ein und bestätigte mit der Enter-Taste, ehe er die Taschenlampe aus dem Mund nahm. »Das ist der böseste Albtraum deines Ex-Verlobten. Eine Atombombe. Diese Software benutzt das Verteidigungsministerium, um Daten von seiner Festplatte zu löschen. Oder auch von den Festplatten beliebiger anderer Regierungen, Terroristen und bösartiger kleiner Diktatoren.« Er kramte in seinem Rucksack und holte einen Punktstrahler heraus. »Such die Originalfotos und die Negative. Als ich neulich nachts hier war, habe ich die Fotos nirgends gesehen. Vielleicht hast du mehr Glück«, sagte er und reichte ihr die Lampe. Er war ziemlich sicher, dass auch Lola die Bilder nicht finden würde. Wahrscheinlich lagen sie im Schranksafe. »Und bring mir alles, was du an Sicherungsdisketten findest.«

Während Lola den Aktenschrank durchsuchte, löschte Max den gesamten Inhalt sämtlicher Laufwerke. Während er jeden Löschvorgang überprüfte und alles so gründlich überschrieb, dass nichts mehr blieb, was sich hätte wiederherstellen lassen, beobachtete er Lolas Silhouette und konnte sich nicht entscheiden, was aufreizender war – der Schlangenhaut-Mini, den sie zuvor getragen hatte, oder ihr schwarzer Rollkragenpullover zu den schwarzen Jeans.

»Außer dieser Schachtel Disketten habe ich nichts gefunden«, sagte Lola und trat neben seinen Stuhl.

»Steck sie in den Rucksack und geh dann hinaus in den Flur«, wies er sie an und nahm die Löschdiskette aus dem A-Laufwerk.

»Warum?«

»Weil ich das Safeschloss sprengen will.« Er stand auf, und sie ergriff seinen Arm.

»Ich möchte hier bei dir bleiben.«

»Lola, bitte geh raus in den Flur. Ich bin gleich wieder bei dir.«

Er dachte, sie würde noch einmal widersprechen, aber sie drehte sich um, und das leise Geräusch ihrer Stiefel hallte von den Wänden zurück, als sie den Raum verließ. Max nahm seinen Rucksack und wandte sich dem Schrank zu. Er öffnete die Türen und richtete den Lampenstrahl auf den Standardsafe, der etwa hundertzwanzig Kilo wog und mit einem handelsüblichen Schloss ausgestattet war.

Hätte Max mehr Zeit zur Verfügung gehabt, hätte er mit einem elektronischen Lauschgerät darauf gehorcht, wie die Nocken einer nach dem anderen einrasteten. Doch da dies nicht der Fall war, sprühte er lediglich behutsam eine dünne Schicht Explosionsschaum um das Schlossgehäuse herum. Der klebrige Schaum sickerte hinter die Wählscheibe, und Max schob ein Stück Semtex-Sprengstoff hinter die Sechs. Dann führte er eine nichtelektrische Lunte, die in zehn Sekunden zünden würde, in das Plastik ein und stürzte hinaus in den Flur. Die Explosion war lauter, als ihm lieb war, aber er bezweifelte, dass die Nachbarn etwas gehört hatten.

»Komm«, sagte er zu Lola, ohne zu warten, bis sich der Rauch verzogen hatte. Das Schloss war gesprengt, und die Safetür ließ sich problemlos öffnen. Max richtete die Taschenlampe auf Geldbündel, Schachteln voller Disketten und mehrere dicke Aktenordner. Wieder nahm er die Lampe zwischen die Zähne und begann, in den Akten zu blättern. »Bingo«, nuschelte er um die Taschenlampe herum und reichte Lola einen Stapel Fotos inklusive Negative.

»Gott sei Dank«, flüsterte sie.

»Max«, erinnerte er sie, während er den Inhalt des Safes in seinen Rucksack stopfte.

»Wie?«

»Max sei Dank.«

»Danke, Max.«

Er schob die Fotos in den Rucksack und zog den Reißverschluss zu. »Gern geschehen«, sagte er und küsste sie flüchtig auf die Lippen. »Gehen wir?«

»O ja.«

Wieder nahm er ihre Hand, und gemeinsam verließen sie das Haus auf demselben Weg, auf dem sie eingedrungen waren. Max schloss sogar das Kellerfenster hinter sich. Als sie den Wald hinter Sams Haus erreicht hatten, blickte er auf seine Uhr.

Dreizehn Minuten.

Zwei Minuten weniger als erwartet.

Es war vorbei. Ende. Jetzt gab es keine Ausreden mehr. Lola brauchte ihn nicht mehr. In zwölf Stunden und siebenundvierzig Minuten würde er sie ins Flugzeug nach North Carolina setzen. Zum letzten Mal würde er sich verabschieden. Er hätte sich erleichtert fühlen sollen. Ein Teil von ihm war es auch tatsächlich.

In erster Linie jedoch fühlte er die Last des Unvermeidlichen, und als Mann, der am liebsten seine eigenen Regeln aufstellte, war es genau dieses Unvermeidliche, das ihm auf die Nerven ging.

15. KAPITEL

»Max, was machen wir mit Sams Geld?«, fragte Lola, die auf dem Beifahrersitz saß. Auf seine Anweisung hin zog sie wieder den Rock und das Top an – nur zur Sicherheit, falls sie angehalten wurden.

»Was willst du denn damit tun?«

Sie sah zu ihm hinüber, während sie ihre Halbstiefel auszog. »Für wohltätige Zwecke spenden«, sagte sie und warf die Stiefel auf den Rücksitz. »Vielleicht könnten wir es in den Briefkasten irgendeiner Kirche stopfen.« Sie öffnete den Reißverschluss ihrer Jeans und warf sie kurz darauf hinter sich zu den Stiefeln. Während sie sich in ihren Pythonrock zwängte, warf sie einen raschen Blick auf Max' Profil. Er hielt den Blick, immer noch vollkommen geschäftsmäßig, auf die Straße vor ihm gerichtet.

Die Härchen auf ihren Armen richteten sich auf, und ihr Herz pochte heftig in ihrer Brust. Der Diebstahl dieser Fotos hatte ihr einen enormen Adrenalinstoß versetzt – so etwas wollte sie nicht noch einmal erleben. Im Gegensatz zu Max war sie für geheime Missionen und Undercover-Operationen denkbar ungeeignet. Sie hatte nichts dafür übrig, sich im Dunkeln zu verstecken und Safes zu sprengen. Sie wollte einfach nur wieder normal atmen können.

Schweißtröpfchen sammelten sich zwischen ihren Brüsten, als sie sich den Rollkragenpullover über den Kopf zog. »Wie viel war in dem Safe?«, fragte sie, schob die Arme durch das Top und zupfte es über ihren Brüsten zurecht. Als Max nicht antwortete, sah sie zu ihm auf, und im dunklen Wageninneren erwiderte er endlich einmal ihren Blick.

Er musterte sie rasch von oben bis unten – vom Scheitel über die Brüste und weiter abwärts, bis sein Blick an ihrem Rock hängen blieb, der über ihre Schenkel gefährlich hoch bis zum Schritt ihres String-Tangas gerutscht war.

»Ich weiß nicht genau«, antwortete er abwesend. »Vielleicht tausend.«

»Das Geld hat er wahrscheinlich mit meinen Aktfotos verdient«, sagte sie und zog ihren Rock zurecht, ehe sie auf dem Sitz auf die Knie ging und sich umdrehte. Sie begann, auf dem Rücksitz herumzukramen, und versuchte, alle Kleidungsstücke in ihren Koffer zu stopfen. Nachdem sie den Reißverschluss geschlossen hatte, drehte sie sich wieder um und zog ihren Rock herunter, auch wenn es nicht allzu viel gab, das sich herunterzuziehen lohnte. Sie schob die Füße in ihre Sandalen und klappte den Sonnenschutz herab, um sich im beleuchteten Make-up-Spiegel zu betrachten. »Ich finde, mit dem Profit sollten wir etwas Gutes tun.« Sie kämmte sich das Haar mit den Fingern und strich sich die Augenbrauen glatt.

»Trägst du einen String-Tanga?«

»Ja, hast du mir unter den Rock gespäht?«

»Gespäht? Das klingt ja, als hättest du es nicht darauf angelegt, ihn mir zu zeigen.«

Sie klappte die Sichtblende wieder hoch und sah Max an. »Ich habe es nicht darauf angelegt, dir meinen Slip zu zeigen.«

Aber natürlich hatte sie sich auch nicht sonderlich bemüht, ihren Slip *nicht* zu zeigen.

»Du hast ihn mir praktisch unter die Nase gehalten.«

»Du bist pervers.«

»Und du bist eine Mogelpackung.«

Sie schwiegen, bis Max den Jeep vor einem alten Backsteinhaus ausrollen ließ, an dessen einer Seite sich Efeu emporrankte. Lola sah zu, wie er seine Lederhandschuhe wieder anzog, das Geld aus dem Rucksack nahm, zur Tür des Hauses lief und das Geld in den Briefschlitz schob. Erst als sie wieder auf der Straße waren, stellte Lola ihre Frage.

»Was war das?«, brach sie schließlich das Schweigen.

»Die Stadtmission Leuchtturm«, antwortete er und warf die Handschuhe vor ihre Füße auf den Boden des Jeeps. »Diese Leute sorgen dafür, dass Kinder aus der Stadt Schulmaterial und Nachhilfeunterricht bekommen. Sie haben ein wunderbares Fürsorgeprogramm.«

Mit der Behauptung, er sei Priester, hätte er sie nicht mehr überraschen können. »Bist du dort Mitarbeiter? Was bringst du den Kindern bei? Wie man die Schule in die Luft sprengt?«

»Sehr witzig, Lola.« Er schüttelte den Kopf. »Ich schicke ihnen nur gelegentlich ein bisschen Geld.«

Wahrscheinlich nicht nur ein bisschen, dachte sie. »Warum willst du keine Kinder, Max?«

»Wer sagt, dass ich keine Kinder will?«

»Das hast du gesagt, als wir noch auf der *Dora Mae* waren.«

Das Licht der Straßenlaternen streifte immer wieder seine untere Gesichtshälfte. »Ich wäre ein erbärmlicher Vater.«

»Warum sagst du das?«

Er hob die Schultern. »Ich wäre nicht oft genug zu Hause.«

Viele Väter waren nicht oft zu Hause. »Das ist doch nur eine dumme Ausrede. Was ist der wahre Grund?«

»Der wahre Grund?« Er warf ihr einen flüchtigen Blick zu, ehe er sich wieder auf die Straße konzentrierte. »Ich möchte kein Kind enttäuschen, aber genau das würde ich tun. So bin ich selbst aufgewachsen: immer in der Erwartung, dass sich ein Versprechen erfüllt, was aber nie geschah. Ich habe ständig darauf gewartet, dass mein Vater nach Hause kam und mit mir angeln oder ins Kino ging oder auch nur mit mir vor dem Fernseher saß. Aber dazu kam es nie. Er hat immer große Versprechungen über Dinge gemacht, die wir eines Tages zusammen unternehmen würden, und das Seltsame war, dass ich ihm immer geglaubt habe. Egal, wie oft er sein Versprechen gebrochen hat, was zu neunundneunzig Prozent der Fall war.«

Plötzlich tat es Lola Leid, dass sie ihn pervers genannt hatte, und sie legte ihm die Hand auf die Schulter. »Entschuldige, Max.«

»Du brauchst dich nicht zu entschuldigen. Du hast gefragt, und ich habe dir geantwortet. Ich könnte dir Hunderte solcher Geschichten erzählen. Und jede wäre noch ein bisschen trauriger als die vorige.«

»Ich glaube, du wärst ein wunderbarer Vater. Der beste überhaupt. Ein Vater, der einem Kind das Gefühl von Sicherheit und Geborgenheit geben könnte.«

Er sah auf ihre Hand und ließ dann den Blick an ihrem Arm hinauf bis zu ihrem Gesicht wandern. »Willst du mir etwas Bestimmtes damit sagen?«

Lola brauchte einen Moment, um zu verstehen, was er damit meinte. »Nein. Nein! Ich habe dir doch gesagt, dass ich eine Spirale trage.«

»Hast du deine Regel schon gehabt?«

Nun ja, auf alle Fälle war er nicht prüde. Sie nahm die Hand von seiner Schulter. »Ja, ein paar Tage nach meiner Rückkehr.«

»Dem Himmel sei Dank!«

Seine Erleichterung war so offensichtlich, so greifbar, dass Lola sich fühlte, als hätte ihr jemand eine Ohrfeige verpasst. Im Augenblick war zwar überhaupt nicht der richtige Zeitpunkt für ein Baby, aber trotzdem musste er sich nicht unbedingt benehmen, als wäre er gerade noch mal davongekommen. »Du brauchst nicht so zu tun, als wäre ein Kind schlimmer als der Tod.« Sie verschränkte die Arme und blickte aus dem Fenster, vor dem die üppigen Wälder und die Autos vorbeiglitten. »So schlecht bin ich nun auch wieder nicht.«

»Du bist überhaupt nicht schlecht.«

»Wow, danke schön.«

Max lenkte den Jeep in die Zufahrt eines Backsteinhauses, reichte über seinen Kopf und betätigte die Taste, mit der sich das Garagentor öffnen ließ. Licht strahlte aus allen Fenstern im Erdgeschoss und im ersten Stock auf der Vorderseite des Hauses, sodass es aussah, als wäre jemand zu Hause.

»Hast du immer noch vor, morgen Mittag nach Hause zu fliegen?«, fragte Max, als sich das Garagentor hinter ihnen schloss.

»Ja.«

Er nahm ihren Koffer und seinen Rucksack vom Rücksitz, und Lola folgte ihm ein paar Stufen hinauf und durch die dunkle Küche. Durch ein Fenster über der Spüle fiel Licht herein, und sie erkannte vage Tapeten und abgetretenes Linoleum, bevor Max sie einen engen Flur entlang zum Vorderzimmer führte. Die dunkelbraunen Samtvorhänge waren zugezogen, und in der Hängelampe aus schwerem roséfarbenem Glas unter der Decke brannte eine einzelne Glühbirne. Der Holzfußboden war offenbar erst kürzlich frisch abgezogen, aber die Wände waren noch zur Hälfte mit der rotgoldenen Brokattapete bedeckt, sodass die neuen, blau und beige gestreiften Möbel und die Eichentische seltsam fehl am Platze in dem halb fertigen Raum wirkten.

»Mach es dir bequem«, sagte Max und ging vor einem Holzofen in die Knie, der in den ursprünglichen Kamin eingebaut war. Lola beschloss, sich neben ihn zu knien, während er das Kleinholz anzündete. Innerhalb weniger Minuten hatte er ein prasselndes Feuer entfacht, und gemeinsam speisten sie die Flammen mit allem, was sie aus Sams Haus entwendet hatten.

Max reichte Lola die Fotos, die ihr so großen Kummer bereitet hatten, und sie warf eines nach dem anderen ins Feuer. Jedes Rauchfähnchen, das von den Fotos und den Negativen aufstieg, schien zehn Pfund von der Last auf ihren Schultern abzutragen. Sie war frei. Endlich. Dank Max.

Max schloss die Ofentür. Kein Mann hatte je so viel für Lola riskiert, und sie fragte sich, wie sie das jemals wieder gutmachen sollte. »Du hast mir nie gesagt, wie ich dich für das, was du heute Nacht für mich getan hast, entschädigen kann.«

»Mach dir keine Gedanken darüber.« Er stand auf und half ihr auf die Füße. »Du bist mir nichts schuldig. Nach der heutigen Nacht wirst du mich endlich los.«

Ihn loswerden? Der Gedanke, dass sie Max nie wieder sehen sollte, schnürte ihr die Brust zusammen, und erst als seine Worte in ihr Herz stachen, wurde ihr klar, dass sie sich irgendwann in der Zeit zwischen dem Kuss im *Foggy Bottom* und jetzt unsterblich in ihn verliebt hatte. Aber vielleicht war es auch gar nicht heute Nacht passiert, sondern schon an jenem Tag, als sie die Haustür geöffnet und er mit der Zahnbürste in der Hand auf ihrer Veranda gestanden hatte.

Oder vielleicht war es auch schon vorher passiert. An Bord der *Dora Mae*, als er sie während des Sturms in den Armen gehalten hatte, oder in der Nacht auf dem Weg nach Florida im Boot eines Drogenkuriers, als er sie in die einzige verfügbare Wolldecke gehüllt hatte. Womöglich hatte sie sich aber auch bei jedem Anlass ein bisschen mehr in ihn verliebt, bis die Liebe so tief war, dass sie bis in ihre Seele vorstieß.

Max wollte, dass sie nun getrennte Wege gingen, doch sie konnte sich ein Leben ohne ihn nicht vorstellen. Sie machte den Mund auf, um ihm zu sagen, was in ihr vorging, aber die Kehle war ihr wie zugeschnürt.

Max bemerkte ihren Kampf. »Was hast du, Lola?«, fragte er.

Sie schüttelte den Kopf, als wüsste sie keine Antwort. Aber sie kannte sie. Sie wusste, dass es nicht so schmerzhaft oder Furcht einflößend sein dürfte, wenn man sich verliebte.

»Max«, setzte sie an und legte ihm die Hand auf die Brust, »ich will dich nicht loswerden. Bitte, ich dachte, wir wären Freunde.«

Er stieß den Atem aus, als hätte ihm jemand einen Hieb in den Magen versetzt, während sein Blick zu ihrer Hand auf seiner Brust wanderte. »Freunde? Gütiger Gott, quälst du mich mit Absicht so?«, flüsterte er.

Lola blickte auf in sein Gesicht, betrachtete sein schwarzes Haar und seine dunklen Brauen, die tiefe Furche über dem Bogen seiner Oberlippe und seinen schönen Mund. »Ist es denn eine Qual, mit mir zusammen zu sein?«

»Ja«, antwortete er mit einem unterdrückten Stöhnen. Sie trat einen Schritt zurück, doch er zog sie an seine Brust. »In deiner Nähe zu sein, ist die schlimmste Art von Folter. Ich bin besessen von dir. Vom Duft deines Haars und dem Gefühl deiner Haut unter meinen Fingern. Wenn du bei mir bist, habe ich Angst, die Beherrschung zu verlieren.«

Das war zwar keine Liebeserklärung, kam dieser aber doch so nahe, dass sie neue Hoffnung schöpfte. »Ich möchte, dass du die Beherrschung verlierst.«

Mit den Fingern streichelte er ihren nackten Rücken über dem Stretchtop. »Liebling, genau das möchtest du nicht.«

»Da täuschst du dich.« Sie küsste seinen Hals. »Ich möchte, dass du die Beherrschung verlierst und mich mitnimmst.«

»Ich will dir nicht wehtun.« Er legte die Hand an ihre Wange und schob sie gerade weit genug von sich, um ihr ins Gesicht blicken zu können. »Ich habe Angst, dass einmal nicht reichen würde. Dass ich nicht aufhören kann, dich zu lieben, bis einer von uns stirbt.«

Sie umfasste seine Handgelenke und küsste seinen Handballen. Dann biss sie ihn. »Das hört sich gut an, Max«, flüsterte sie.

Er nahm ihr Kinn zwischen die Finger, hob ihr Gesicht an

und senkte seinen Mund auf ihren. Er drückte einen heißen Kuss nach dem anderen auf ihre Lippen, dann drang seine feuchte Zunge in ihren Mund ein und jagte eine feurige Glut durch ihre Adern und tief in ihren Leib. Sie fuhr mit den Fingern durch sein Haar und hielt seinen Hinterkopf. Hier, im halb renovierten Wohnzimmer seines Hauses, spürte Lola den Moment, in dem er die Beherrschung verlor. Sein Kuss wurde heißer, verzehrend. Er küsste sie, als läge es nur in ihrer Hand, dass er weiter atmen konnte. Er ließ ihr Kinn los und strich mit beiden Händen über ihren Körper, um so viel zu berühren, wie er nur konnte. Ihre Arme, ihre Taille und ihren Rücken, ihr Hinterteil und ihre Hüften. Er fühlte sie durch den Rock hindurch und öffnete endlich den Reißverschluss, sodass der Rock an ihren Beinen herab zu Boden glitt.

Ein tiefes Stöhnen entrang sich seiner Brust, während er sich von ihr löste. Ihre heißen Blicke versanken ineinander, ihr keuchender Atem vermischte sich als einziges Geräusch in der Stille.

Er griff nach dem Saum ihres Tops und zog es ihr über den Kopf. »Ist es das, was du möchtest?«, fragte er und ließ das Kleidungsstück vor ihre Füße fallen.

»Ja.« Sie zerrte sein Hemd aus dem Hosenbund und zog es ihm über den Kopf, ehe sie mit den Händen an seiner bloßen Brust entlangstrich und mit den Fingern durch die feine Behaarung fuhr. Sie schob die kühle Goldkette, die er um den Hals trug, zur Seite, legte den Mund an seinen Hals und begann zu saugen. Heftig.

»Dann halt dich lieber gut fest«, sagte er, ging in die Knie und legte sie sich über die Schulter, als wäre sie ein Fliegengewicht. »Es könnte grob werden.«

»Max, was tust du?«

»Ich gehe mit dir ins Bett, bevor ich vollends den Verstand verliere und dich auf den harten Fußboden werfe.«

»Ich kann selber gehen«, protestierte sie, als er sie aus dem Zimmer trug. Eine Sandale löste sich von ihrem Fuß, dicht gefolgt von der zweiten.

»Aber nicht mehr lange.« Mit diesen Worten drückte er ihr einen Kuss auf ihre nackte Pobacke.

Sie klammerte sich an seiner nackten Taille fest, als er sie eine enge Treppe hinauftrug und an mehreren Türen vorbei bis zu einem Zimmer im hinteren Teil des Hauses ging. Er trat die Tür hinter sich zu. Aus einem großen Bogenfenster fiel Mondlicht auf ein schmiedeeisernes Bett mit einem karierten Quilt. Max stellte sie auf die Füße. Mit nichts außer ihrem violetten Bustier und String-Tanga bekleidet, stand sie vor ihm.

Eine Zeit lang sagte er gar nichts, sondern betrachtete sie nur mit angsterfülltem Blick, als er seine Brieftasche und einen schwarzen Pieper auf den Nachttisch warf. Dann zog er seine Stiefel aus und ließ sie zu Boden fallen. »Gut, dass ich in dieser Bar noch nicht wusste, was du darunter anhast.« Er streifte die Hosen bis zu den Füßen herab und schleuderte sie zusammen mit den Socken zur Seite. »Es ist mir schwer genug gefallen, dir nicht in dein Top zu greifen und Scooter etwas zu bieten, das er in angenehmer Erinnerung behalten kann.«

Sie blickte an sich herab auf die seidenen Schleifchen vorn an ihrem Bustier. »Gefällt es dir?«

»Ja.« Als sie wieder aufsah, war er vollständig nackt und kam auf sie zu. »Es gefällt mir, und du gefällst mir auch«, sagte er, und sie erschauerte, als er sie an seinen warmen Körper zog und sein Penis sich gegen ihren nackten Bauch drängte. Er vergrub die Finger in ihrem Haar, bog ihren Kopf zurück und küsste ihren Mund, ihren Hals und dann noch einmal ihren Mund. Zwischen seinen brennenden Küssen flüsterte er ihr zu, was er mit ihr zu tun gedachte. Dinge, die ihr, hätte sie ihn nicht so heftig begehrt, die Röte ins Gesicht getrieben hätten.

Eindeutig sexuelle Vorstellungen, die zur Folge hatten, dass Lolas Körper sich ihm entgegenwölbte. Er schob seinen nackten Schenkel zwischen ihre Beine, sodass sie seine Erektion spüren konnte.

»Max«, flüsterte sie, während er sich an ihr rieb und alle Empfindungen sich dort sammelten, wo nur eine winzige seidene Barriere sein heißes Fleisch von ihrem trennte. Seine Finger machten sich geschickt an den Häkchen vorn an ihrem Bustier zu schaffen. Eines nach dem anderen öffnete sich, bis ihre Brüste schließlich vom Stoff befreit waren. Noch bevor das Bustier den Boden erreichte, waren seine Hände an ihrem Körper. Berührten ihn, nahmen sie in Besitz, drehten ihre Brustspitzen. Sein Mund beglückte sie mit hungrigen, leidenschaftlichen Küssen, während er von hinten ihren Schenkel nahm und ihn sich um die Taille legte.

Seine seidige Erektion stieß gegen den winzigen Schritt ihres Tangas, der feucht war vor Verlangen nach ihm. Max ließ beide Hände an ihren Seiten herabgleiten bis zu ihrem Po, dann umfasste er die nackten Halbkugeln, zog Lola fest an sich und presste ihre Brust an seinen Oberkörper. Er trug Lola zum Bett, wo er sich fallen ließ, ohne sie loszulassen. Max stützte seine Hände neben ihren Schultern auf und blickte auf Lola herab, gierig, jenseits aller Beherrschung. Zwischen ihnen baumelte sein goldenes Medaillon und stieß gegen ihr Kinn. Sie fuhr mit ihren kurzen Fingernägeln an seinem Waschbrettbauch und Brustbein hinauf, durch das kurze Brusthaar bis zu den flachen, dunklen Brustwarzen. Sein Atem strömte mit einem Stoß aus den Lungen, als sie mit den Daumen über seine Brustspitzen strich. »Du hast einen herrlichen Körper, Max.« Sie stemmte sich gegen seine Brust, bis sie ihn auf den Rücken gewälzt hatte und in sein Gesicht unter ihr blicken konnte. In seine blauen Augen, die vor Leidenschaft verengt waren. »Wenn ich dich nur anschaue, werde ich schon heiß und gierig.« Sie senkte sich herab, und ihre Brüste streiften seinen Oberkörper, als sie sein Ohrläppchen mit der Zungenspitze benetzte. »Am liebsten würde ich dich überall anknabbern.«

Blitzschnell drehte er sie wieder um, sodass sie unter ihm lag. »Heute Nacht knabbere ich dich an.« Er küsste ihre Lider, ihre Nase, ihr Kinn. »Und genau hier fange ich an.« Er nahm die empfindliche Haut in ihrer Halsbeuge zwischen seine Lippen und arbeitete sich weiter nach unten vor. Sein heißer offener Mund glitt über ihren Brustansatz, er leckte ihre Brustspitzen mit weicher Zunge. Lola hörte das leise Stöhnen des Begehrens und der Erregung, das tief aus seiner Brust drang. Er sog an einer ihrer harten Brustwarzen, ehe er die Hände seitlich an ihre Brüste legte und die Lippen auf die so entstandene Furche presste. Eine Spur nasser Küsse zog sich über ihren Bauch abwärts, jenseits des Nabels bis tief nach unten. Er griff nach ihrem Slip, zog ihn über ihre Beine und warf ihn zu Boden.

Er ließ sich zwischen ihren Beinen nieder und küsste sie ausgiebig direkt über ihrem Schamhaar. Ein heißes Prickeln breitete sich über ihren Körper aus, als hätte sie einen elektrischen Schlag bekommen. Seine Zärtlichkeiten waren völlig anders als beim letzten Mal, als sie sich geliebt hatten. Persönlicher. Besitzergreifender. Lola empfand sie so viel tiefer im Herzen und in ihrer Seele. Sie hatte das Gefühl zu schweben.

»Max«, keuchte sie, »du bringst mich um.«

»Noch nicht.« Sein Mund wanderte weiter zur Innenseite ihres Schenkels, während er die Hände unter ihr Gesäß schob. Er hob sie hoch und begann sie zu betrachten. Wahrscheinlich hatte kein Mensch außer ihrem Arzt je so viel von ihr gesehen, und in dem Augenblick, als ihr seine eingehende Musterung peinlich zu werden begann, hob er den Blick, sah ihr in die Augen, zog sie an seine Lippen und begann mit seinem warmen

Mund zu saugen. Es raubte ihr den Atem, und sie krallte die Finger ins Bettzeug.

Er küsste sie zwischen den Schenkeln, wie er auch ihren übrigen Körper geküsst hatte, mit Glut und Leidenschaft. Lola schloss die Augen, während fieberheißes Begehren unter ihrer Haut pulsierte, so unkontrollierbar, dass sich ihre Zehen unwillkürlich krümmten. Vielleicht verstand Max nicht viel von Romantik oder Beziehungen. Vielleicht war er auch nicht ganz der reizende Mensch, für den er sich hielt, aber er wusste auf jeden Fall, wie man einer Frau Lust bereitet.

Er liebkoste sie mit der Zunge, massierte ihr feuchtes Fleisch und sog es zu einem köstlichen Kuss in den Mund, der ihr nahezu den Verstand raubte. Wiederholt brachte er sie an die Schwelle des Höhepunkts, nur um sich wieder zurückzuziehen und die Lippen an die Innenseite ihres Schenkels zu legen. Mit jedem Mal wurde ihre Ekstase noch größer, doch wann immer sie explodieren wollte, hielt er inne.

Als sie die Augen aufschlug, war er über ihr und griff nach der Brieftasche auf dem Nachttisch. Mit geübter Hand riss er das Kondompäckchen auf, brachte es über seiner Penisspitze an und rollte es bis ganz nach unten herunter, ehe er Lola ansah, Glut und Begehren und Gier in den Augen. Er stützte einen Ellbogen neben ihrer Schulter auf und küsste ihren Mund, während er in sie eindrang, mit solcher Macht, dass sie im Bett höher hinaufglitt. Wieder und wieder tauchte er in sie ein, hart und tief, während sie sich jedem Stoß seiner Hüften entgegenwölbte. Mittlerweile atmete sie ebenso heftig wie er, und er stieß zu, wieder und wieder, bis der Höhepunkt sie in seinem heißen Griff hatte und sie das Gefühl hatte, keine Luft mehr zu bekommen.

Er fluchte auf Spanisch und auf Englisch und pries sie im selben Atemzug. Sie klammerte sich an ihn, presste ihn an sich, als er ein letztes Mal tief in sie eindrang. Im nächsten Moment sank er über ihr zusammen, und sie hielt ihn in ihren Armen. Drückte ihn an ihr Herz, das nur zu schlagen schien, um ihn zu lieben.

Erst als ihr Atem sich ein wenig beruhigt hatte, zog Max sich aus ihr zurück und verschwand im angrenzenden Bad. Als er zurückkam, fiel Licht durch die offene Tür auf das Fußende des Bettes. Max zog die Bettdecke zurück, und Lola kroch zu ihm zwischen die Laken. Sie lagen einander zugewandt, und sie streichelte seine breiten Schultern und seine Brust. Noch nie hatte sie einen Mann so geliebt wie Max. Es war, als wäre alles, was sie bisher an Liebe und Glück erfahren hatte, lediglich ein Vorspiel zu diesem Erlebnis gewesen. An morgen wollte sie nicht denken. Sie konnte das, was sie in dieser Nacht teilten, nicht durch Gedanken an eine unsichere Zukunft zerstören.

»Max? War es dein Ernst, als du sagtest, du wärst besessen von mir?«

Er rollte sich auf den Rücken und zog Lola mit sich. »Ist das eine Fangfrage? Sodass ich, wenn ich Ja sage, zu hören bekomme, ich wäre pervers, und wenn ich Nein sage, dich kränke und beleidige?«

Sie lachte. »Nein. Ich will nur, dass wir immer ehrlich zueinander sind.«

Er zog eine Braue hoch. »Wie ehrlich?«

»Vollkommen.«

Er schob ihr eine Locke hinters Ohr. »Ich bin inzwischen völlig versessen auf die kurzen kehligen Laute, die du von dir gibst, wenn wir uns lieben.«

»Kehlige Laute?«

»Ja, und außerdem liebe ich es, deine Brüste in den Händen zu halten.«

»Max?«

»Hmm?«

Sie wollte ihn fragen, was er für sie empfand, und nichts von kehligen Lauten und Brüsten in seinen Händen hören. Aber sie wagte es nicht. Stattdessen strich sie mit dem Finger über das Medaillon in seinem schwarzen Brusthaar. »Was ist das?«

»Ein Christophorus-Medaillon. Es hat meinem Vater gehört. Er hat es mir geschenkt, als ich achtzehn war.«

»Warum erst, als du achtzehn warst?«

Er grinste. »Er meinte, dass ich Schutz vor wild gewordenen Frauen brauche.«

»Ich bin zwar nicht katholisch, aber ich weiß, dass St. Christophorus der Schutzpatron der Reisenden ist.« Sie zupfte sanft an seinem Brusthaar. »Nicht von Jungs, die Schutz vor wild gewordenen Frauen brauchen.«

»Aua. Hey, ich glaube, du hast mir Haare ausgerissen.« Er zog ihre Hand vor sein Gesicht.

»Weich nicht vom Thema ab. Warum hat dein Vater dir das Medaillon erst gegeben, als du achtzehn warst?«

Er küsste ihre Fingerknöchel. »Als mein Vater Kuba verließ, war das alles, was er mitnahm, abgesehen von den Kleidern, die er am Leib trug. Und da er heil hierher kam, glaubte er, das Medaillon wäre ein Glücksbringer. Und als ich dann zur Marine ging, gab er es mir.«

»Und du hast weiß Gott Glück gehabt.«

Er lachte, und in seinen Augenwinkeln erschienen winzige Fältchen. »Sehr viel sogar.«

»Von dieser Art Glück rede ich jetzt nicht.«

»Aber ich. Weißt du, was es für einen Typen wie mich bedeutet, hier zu sein? Mit dir?«

»Nein, aber ich weiß, was es für ein Mädchen wie mich bedeutet, hier mit dir zusammen zu sein.«

»Das ist nicht dasselbe. Du bist so schön, und du könntest ...«

Sie legte den Zeigefinger auf Max' Lippen. »Ich will dich.« Sie nahm sein Gesicht in beide Hände und sah ihm in die Augen. Sie liebte ihn so sehr, dass es schmerzte. Das Gefühl in ihrer Brust schwoll immer weiter an, wurde immer größer, bis sie es nicht mehr zurückhalten konnte. »Ich liebe dich, Max«, stieß sie atemlos hervor.

Er lag reglos da und sah sie lange an, bevor er sagte: »Nein, das tust du nicht.«

Sie hatte zwar nicht gewusst, mit welcher Antwort von ihm sie rechnen sollte, aber doch ganz gewiss nicht mit dieser. »Nein?«

»Nein. Das sind nur die Nachwirkungen.«

Fassungslos stützte sie sich auf einen Ellbogen auf und blickte auf ihn hinunter. »Wie bitte?«

»Das passiert nach unglaublich tollem Sex. Wenn du dich völlig verausgabt hast und nicht mehr klar denken kannst.«

»Ist dir das auch schon passiert?«

»Nein.«

Sie setzte sich auf und zog das Laken über ihre Brüste. »Moment mal. Habe ich dich richtig verstanden?« Sie schwieg einen Moment, um sich zu sammeln. »Du glaubst, ich liebe dich, weil ich an irgendwelchen Nachwirkungen deiner exquisiten Liebeskunst leide, die meinen Verstand benebeln?«

Er setzte sich ebenfalls auf und sah sie leicht argwöhnisch an, als hätte er Angst, dass sie jeden Augenblick über ihn herfallen könnte. »Ich schätze, das könnte auch eine Rolle spielen«, sagte er, als hätte er all das schon einmal erlebt.

»Passiert dir das öfter?«

»Was?«

»Dass Frauen sich in dich verlieben, weil … weil …« Sie hielt inne und deutete auf seine Körpermitte. »Weil du ihnen mit deinem Zauberschwanz den Verstand raubst?«

Er hatte nicht gesagt, dass er sie liebte. Dass er von ihr besessen wäre, ja. Aber nicht, dass er sie liebte. Das Wissen um seine Empfindungen ärgerte sie fast so sehr, wie es sie schmerzte. »Ist dir eigentlich klar«, sagte sie und warf die Bettdecke zur Seite, »dass du ausgesprochen verletzend bist? Ich sage dir, dass ich dich liebe, und du meinst, ich wäre nur verwirrt. Als wäre ich dämlich und würde den Unterschied zwischen Liebe und Sex nicht kennen. Ich bin dreißig Jahre alt, Max, und ich kenne ihn durchaus.« Sie ging zu seinem Schrank und riss die Türen auf. Während sie nach dem Lichtschalter tastete, ermahnte sie sich, nicht zu weinen. Sie war zutiefst verletzt, und ihr Herz schmerzte, doch zu ihrer ungeheuren Erleichterung stellte sie fest, dass sie zu wütend war, um zu weinen. Und ausgesprochen dumm, einfach mit ihren Gefühlen herauszuplatzen.

»Du könntest wenigstens danke sagen«, fuhr sie fort, während sie in seinen Sachen kramte. »So habe ich es immer gehalten, wenn ich in deiner Situation war. Wenn jemand sich zum Narren gemacht und gesagt hat, er liebt mich, ich ihn aber nicht.« Sie nahm einen Bademantel aus schwarzer Seide vom Bügel und schlüpfte hinein. Lola hatte auch früher schon an gebrochenem Herzen gelitten, aber es war nie so schlimm gewesen wie jetzt.

»Und zu deiner Information«, sagte sie, drehte sich um und zog den Gürtel fest um die Taille. »Ich habe mich schon vor deiner großartigen Leistung heute Nacht in dich verliebt. Ich habe mich aus einer ganzen Menge Gründe in dich verliebt, die nichts mit Sex zu tun haben.«

Er saß im Bett, die Ellbogen auf die angewinkelten Knie gestützt, den Kopf in die Hände gelegt. »Ich halte dich nicht für dämlich, und auch nicht für eine Närrin, Lola«, sagte er so leise, dass sie ihn kaum hören konnte.

»Vergiss es.« Sie wandte sich der geschlossenen Tür zum Badezimmer zu. »Vergiss, dass ich überhaupt etwas gesagt habe. Ich nehme alles zurück.« Als sie gerade die Tür öffnete, stand er plötzlich hinter ihr und schlug sie zu.

»Du kannst es jetzt nicht mehr zurücknehmen«, sagte er in ihr Ohr.

»O doch.«

»Nein.« Er lehnte sich mit seinem ganzen Körpergewicht gegen sie und drückte sie gegen die Tür. »Ich habe es gehört.« Sein heißer Atem streifte ihre Schläfe. »Du liebst mich, Lola. Ich lasse nicht zu, dass du die Worte zurücknimmst. Du kannst sie niemals mehr zurücknehmen.«

Etwas in seiner Stimme ließ ihre Wut verrauchen. Eine tiefe Sehnsucht. Ein unausgesprochenes Flehen, das aus seinem tiefsten Innern zu kommen schien, wenn es auch nicht in seinen Worten lag.

»Geh nicht.« Er lehnte die Stirn neben ihren Kopf an die Tür. »Ich bin ein Dreckskerl, ich weiß, aber geh nicht, Lola.«

»Das wollte ich gar nicht. Ich wollte nur meinen Koffer holen.«

»Oh.« Er rückte von ihr ab, und sie drehte sich um und blickte zu ihm auf.

»Aber das war schon seltsam. Als du dachtest, ich würde gehen, bist du verflixt schnell aus dem Bett gesprungen.«

»Muskelkater.«

»Klar. Ich glaube, dir liegt mehr an mir, als du zugeben willst. Das macht dir wahnsinnige Angst. Mir jedenfalls macht es wahnsinnige Angst.«

»Was macht dir Angst?«

Sie sah ihm in die Augen. »Dass ich mich in dich verliebt habe und dass wir keine gemeinsame Zukunft haben. Dass du vor gar nicht langer Zeit so plötzlich in mein Leben eingebrochen bist. Dass es zu schnell geht und zu früh ist und dass du genau so wieder aus meinem Leben verschwinden wirst, wie du gekommen bist. Eines Tages drehe ich mich um, und du bist weg.«

Er schüttelte den Kopf und atmete tief ein. »Ich weiß nicht, was morgen oder übermorgen oder nächste Woche geschieht. Ich weiß nur, dass ich, wenn ich nicht bei dir bin, immerzu an dich denke. Ich habe noch keine Frau so sehr begehrt wie dich. Und nicht nur in körperlicher Hinsicht.« Er legte die Hände um ihr Gesicht. »Ich liebe den Duft deiner Haut und dein Haar zwischen meinen Fingern. Ich liebe deinen Mut und deine Hartnäckigkeit.« Er lehnte die Stirn an ihre. »Ich liebe es, mit dir zusammen zu sein, und wir passen gut zusammen. Und ich glaube, dass es nur noch besser wird mit uns.«

Ja, aber für wie lange?, hätte sie ihn gern gefragt. Die Vorstellung, dass er irgendwo allein war, dass man ihn schlug und auf ihn schoss, nagte an ihrem Herzen, aber was konnte sie dagegen tun? Sie konnte ihn genauso wenig daran hindern, wie sie aufhören konnte, ihn zu lieben.

»Ich will dich nicht gehen lassen«, flüsterte er. »Ich habe es versucht, aber ich konnte es nicht. Der Gedanke daran schnürt mir die Luft ab.«

»Dann verlass mich eben nicht.«

»So einfach ist das nicht.«

»Ich weiß. Ich habe mich in einen Mann verliebt, der sich in Gefahren stürzt, als wäre sein Leben bedeutungslos. Aber mir bedeutet dein Leben eine ganze Menge, Max, und ich weiß nicht, wie lange mein Herz das erträgt.«

Er schloss die Augen und atmete tief ein. Als er die Augen wieder öffnete, war sein Blick erfüllt von Leidenschaft, und er senkte den Kopf und küsste Lola. Es gab nichts mehr zu sagen. Er war ein Mann, der keine Versprechen leistete, wenn er sie nicht halten wollte. Er zerrte an dem schwarzen Bademantel, und es war, als würde er Lola überall gleichzeitig streicheln, ehe er sie zurück zum Bett trug und noch einmal liebte – dieses Mal mit einer Verzweiflung, als könnte er die Welt fern halten, wenn er Lola in seinem Bett behielt.

Und es funktionierte. In seinen Armen, in den zerwühlten

Laken, die seinen Duft ausströmten, existierte nichts außer ihnen. Durch pure Willenskraft hielt Max die Wirklichkeit in Schach.

Aber für wie lange?

16. KAPITEL

Zwei Tage, nachdem Lola und Max in Sams Haus eingebrochen waren, wurden sie getrennt von der Polizei von Baltimore verhört. Lola war noch keine vierundzwanzig Stunden zu Hause, als sie bereits ihren Anwalt anrufen und sich mit ihm auf der Polizeiwache in Durham verabreden musste. Max und sein Anwalt mussten in Alexandria die gleichen Fragen beantworten, und da es keinerlei Hinweise gab, die die beiden mit dem Einbruch in Zusammenhang brachten, galten sie nicht als verdächtig.

Ihre Probleme mit Sam waren endlich gelöst. Aus der Welt geschafft, wie Max es vorausgesagt hatte. Er war ihr Held, doch Max zu lieben, war gleichzeitig das Beste und das Schlimmste, was ihr je widerfahren war. Und mit jedem Tag, der verging, verliebte sie sich noch heftiger in ihn. Sie verbrachten jedes Wochenende gemeinsam, und mit jeder Stunde verlor sie sich ein bisschen mehr an die Wonne, bei ihm zu sein. An die Wonne, seinen heißen Mund und seine starken Hände zu spüren. Seinen kräftigen Oberkörper an ihren Brüsten. In Max' Wärme eingehüllt, fühlte sie sich sicher und geborgen, als könnte nichts Schreckliches geschehen, solange sie nur zusammen waren. Mit jedem Mal, wenn Max sie zum Abschied küsste, hielt er sie ein wenig fester in den Armen als zuvor.

Er hatte nicht gesagt, dass er sie liebte. Noch nicht. Es waren erst drei Wochen vergangen, seit sie damit herausgeplatzt war, aber sie war ziemlich sicher, dass Max sie ebenfalls liebte. Kein Mann konnte eine Frau auf diese Weise ansehen und berühren, wie Max es tat, wenn er sie nicht liebte. Trotzdem wollte sie die Worte gern aus seinem Mund hören.

Während der Woche, wenn sie nicht zusammen sein konnten, rief Max sie jeden Abend an, und auch tagsüber im Büro – manchmal sogar nur, um sie zu fragen, ob sie mit dem Entwerfen essbarer Unterwäsche beschäftigt sei.

»Hast du Hunger, Max?«, fragte sie dann.

»Ja«, antwortete er regelmäßig. »Ich habe Hunger auf dich.«

Binnen kürzester Zeit fing sie an, für seine Anrufe zu leben und sie gleichzeitig zu fürchten. Der Klang seiner Stimme ließ ihr Herz erglühen und ihren Atem stocken. Bei jedem Anruf hatte sie Angst, er könnte ihr sagen, dass er fortmüsse, nach Bosnien, nach Afghanistan, in den Irak. Wenngleich er ihr, wie sie vermutete, nicht sagen würde, wohin sein Auftrag ihn führte, sondern nur, dass er gehen würde.

Wie Max sein Leben führte, lag nicht in ihrer Hand. Sie würde ihn nicht bitten, sich um ihretwillen zu ändern. Sie konnte nur hoffen und beten, er möge wegen des Fiaskos in Nassau so sehr in Ungnade gefallen sein, dass die Regierung ihm den Dekodier-Ring abnahm und seinen Namen aus dem geheimen schwarzen Buch ausstrich.

Sie wusste, dass er stets den Pieper bei sich trug, und hoffte inbrünstig, die Regierung möge seine Nummer verlegt haben. Doch tief im Inneren wusste sie, dass es nur eine Frage der Zeit war, bis er wieder gerufen wurde. Sie zweifelte keine Sekunde daran, dass es geschehen würde.

Am Ende passierte es allerdings früher, als sie bereit gewesen wäre – beim Frühstück an einem Wochenende, als sie und Baby zu ihm gefahren waren. Er hatte ihr ein Muffin getoastet und Kaffee gekocht, und sie wollten den Tag damit verbringen, die scheußliche Tapete von seinen Küchenwänden abzulösen. Lola hatte ihm ein Foto von sich und Baby in einem Silberrahmen mit eingravierten emaillierten Hundekuchen mitgebracht. Außerdem hatte sie ihre Kamera mitgebracht, um Fotos von ihm zu schießen, sodass er ein Bild von ihnen allen zusammen hatte. Von ihr, ihm und Baby. Wie eine richtige Familie.

Doch sie bekam keine Gelegenheit zum Fotografieren, denn bei seiner zweiten Tasse Kaffee, als sie gerade Baby mit Muffinbröckchen fütterte, meldete sich sein Pieper. Ihre Blicke trafen sich über den Küchentisch hinweg, und sie wusste Bescheid. Der Tag war gekommen.

Mit nichts als weißen Boxer-Shorts bekleidet, stand er auf und ging in sein Büro im hinteren Teil des Hauses. In dem Moment, als Lola hörte, wie sich die Tür hinter ihm schloss, hob sich ihr Magen, und ihr wurde übel. Ihr Kopf dröhnte, und ihr Herz begann zu rasen. Ihr Blick huschte in der Küche umher, fiel auf die Kaffeemaschine, den Mixer, den magnetischen Flaschenöffner an der Kühlschranktür. Auf die Tapete, die nun doch nicht abgenommen werden würde.

Als Max wieder auftauchte, trug er eine Reisetasche und seinen Rucksack in den Händen. Ein harter Zug lag um seinen Mund und bestätigte Lola in ihrem schlimmsten Albtraum. Noch bevor Max den Mund öffnete, wusste sie, was er sagen würde.

»Ich muss weg, und ich weiß nicht, wann ich zurückkomme.«

Lola hob Baby hoch, trat zu Max und blieb vor ihm stehen. »Wann oder ob, wolltest du sagen.«

»Wir reden, wenn ich zurück bin.«

Sie schüttelte den Kopf. Von Anfang an hatte sie sich gefragt, was sie tun würde, wenn dieser Augenblick gekommen war, und jetzt wusste sie es. »Ich kann das nicht, Max. Ich liebe dich, aber ich kann so nicht leben. Ich werde dich nicht erwarten, wenn du zurückkommst.«

»Tu mir das nicht an, Lola. Wir können es schaffen.« Er stellte sein Gepäck auf den Boden und kam auf sie zu.

Sie hob ihre freie Hand, um ihn abzuwehren. »Nein«, sagte sie, obwohl sie am liebsten ihre Arme um seinen Nacken geschlungen und sich an ihn geklammert hätte. An ihn geklammert und ihn niemals gehen lassen. »Ich verstehe nicht, warum du fortmusst«, sagte sie mit erstaunlich fester Stimme. »Nur, dass du gehst. Ich bitte dich nicht zu bleiben, Max. Ich bitte dich nicht, um meinetwillen zu bleiben. Das würde ich nie von dir verlangen. Außerdem weiß ich, dass du sowieso nicht bleiben würdest. Und das ist etwas, das ich nicht verstehe. Vielleicht, weil ich dich liebe. Vielleicht weil du mich nicht wirklich liebst«, sagte sie, wohl wissend, dass dies möglicherweise der Grund dafür sein könnte. Dass sie, weil sie es so sehr wünschte, mehr in seine Küsse hineininterpretierte, als er empfand. Als er je empfinden würde. »Wenn ich ein stärkerer Mensch wäre, könnte ich vielleicht zusehen, wie du fortgehst, ohne zu wissen, ob du geschlagen oder gefoltert oder erschossen wirst. Ob du in irgendeinem Dritte-Welt-Land ganz allein stirbst. Ohne einen Menschen, der dir die Hand hält.« Sie stockte und schüttelte den Kopf. »Ich bin nicht so stark, und ich will nicht immer und immer wieder ertragen müssen, dass du weggehst und dein wie auch immer geartetes Bedürfnis stillst, das dich dazu treibt, dein Leben für Menschen, die du nicht kennst, aufs Spiel zu setzen, und für eine Regierung, die dich eines Verbrechens, das du nie begangen hast, bezichtigt hat, um dich loszuwerden.«

»So darfst du nicht gehen, Lola.« Er strich mit den Fingern durch ihr Haar. Der Schmerz in seinen Augen grub sich tief in ihre Seele. »Wir reden, wenn ich zurück bin. Bitte bleib.«

»Sag etwas, das mich zum Bleiben bewegt.«

Er holte tief Luft und stieß den Atem langsam wieder aus. Seine Hände sanken herab. »Ich liebe dich.«

Wie unfair. Sie hatte so auf diese drei Worte gewartet, doch nun zerrissen sie ihr das Herz, ließen sie innerlich bluten. Sie war fast sicher, dass er sie noch nie zuvor zu einer Frau gesagt hatte, aber sie reichten nicht. Sie hatte Mitleid mit ihm. Und mit sich selbst noch viel mehr. Es tat ihr Leid um das gemeinsame Leben, das sie nicht haben würden. »Ich verdiene mehr. Ich verdiene einen Mann, der mich so sehr liebt, dass er mit mir alt werden will.«

»So einfach ist das alles nicht.«

»O doch, Max.«

»Nein!« Er ballte die Hände zu Fäusten. »Du verlangst, dass ich mein Leben für dich aufgebe. Du verlangst, dass ich mich in einen Menschen verwandle, der ich nicht bin.«

»Ich verlange überhaupt nichts von dir. Ich lasse dich lediglich wissen, dass ich dich zu sehr liebe, um zusehen zu können, wie du dich umbringst.«

»Ich werde nicht sterben, Lola.«

»Doch, das wirst du. Vielleicht nicht dieses Mal, aber du wirst sterben. Und ich will mein Leben nicht mit der ständigen Frage verbringen, ob dieses Mal der Tag gekommen ist.« Sie sah ein letztes Mal in seine schönen blauen Augen und zwang sich, den Raum zu verlassen, Max in seiner Küche stehen zu lassen; Max, der ihr sagte, dass er sie liebte, der sie anflehte zu bleiben. Von ihm fortzugehen, war das Schwerste, was sie je in ihrem Leben getan hatte.

Den Hund an ihre Brust gedrückt, ging sie nach oben in Max' Schlafzimmer und griff nach ihrer Louis-Vuitton-Tasche. Während ihr Herz sie drängte zu bleiben – zu bleiben, weil es besser war, unter welchen Bedingungen auch immer, als ohne ihn zu leben –, zog sie sich hastig an. Fast rechnete sie damit, Max die Treppe heraufkommen zu hören, um ihr zu sagen, er hätte es sich anders überlegt, oder um sie erneut zu bitten, bei ihm zu bleiben. Aber er kam nicht. Bevor sie ging, schaute sie sich ein letztes Mal in seinem Schlafzimmer um. Sah das Doppelbett mit der karierten Tagesdecke. Auf der Kommode stand ein Foto von ihm und seinem Vater auf einer baufälligen Veranda, und in der einen Ecke hing ein Rosenkranz. Daneben stand das Foto von ihr und Baby, das sie ihm geschenkt hatte. Sie verließ das Zimmer und ging die Treppe hinunter. Max stand im Wohnzimmer und starrte aus dem Fenster auf die Straße hinaus.

Sie betrachtete zum letzten Mal den geliebten Kopf und die breiten Schultern. Wenn er sich umgedreht und sie angesehen hätte, wäre ihr vielleicht keine Kraft mehr geblieben, um zur Tür hinauszugehen. »Leb wohl, Max«, sagte sie.

Doch er sah sie nicht an, und mit weichen Knien und zitternden Händen verließ sie das Haus, verstaute ihre Tasche und Baby auf dem Beifahrersitz ihres BMW, stieg ein und ließ den Motor an. Ohne sich noch einmal umzusehen, fuhr sie davon. Erst nach einer halben Meile fing sie an zu weinen, ehe sie in Fredericksburg vollkommen zusammenbrach.

Sie musste den Highway verlassen und den Parkplatz eines Best-Western-Motels aufsuchen. Tränen strömten über ihr Gesicht, sie legte die Arme um das Lenkrad und gab sich ihrem Schmerz hin. Heftige Schluchzer entrangen sich ihrer Brust.

Bis zu diesem Augenblick hatte sie nicht gewusst, dass Liebe so wehtun konnte. Sie war auch früher schon verliebt gewesen, aber niemals so wie jetzt. Nicht so sehr, dass sie das Gefühl hatte, ihr würde das Herz aus dem Leib gerissen. Lola wusste nicht, wie lange sie schon so im Auto saß, als ihr schließlich klar wurde, dass sie die vierstündige Heimfahrt nicht würde bewältigen können. Ihr Herz raste, und ihre Augen juckten und tränten. Sie zog ihre Sonnenbrille aus der Handtasche und trat in die Lobby des Motels. Baby und sie bekamen ein Zimmer neben der Eismaschine, und sie schaltete in der Hoffnung auf Ablenkung den Fernseher ein. Doch nichts konnte sie von ihrem Schmerz über die Trennung von Max ablenken. Hätte die Chance bestanden, dass er noch zu Hause war, hätte sie ihn vielleicht angerufen und ihm gesagt, dass sie all das nicht ernst gemeint hätte. Sie hätte es sich anders überlegt, würde bei ihm bleiben, ganz egal zu welchen Bedingungen und wie viel gemeinsame Zeit ihnen blieb. Aber sie wusste, dass er nicht zu Hause war, ebenso wie sie wusste, dass diese Situation immer und immer wieder eintreten würde, wenn sie sich jetzt nicht befreite.

Baby winselte und leckte ihr Gesicht, als würde auch er um Max trauern. Als fühlte auch er sich einsam und ausgehöhlt. Lola legte sich aufs Bett und umschlang ihren Oberkörper mit den Armen. Diese schreckliche Leere fraß sich in ihren Magen, und sie griff nach dem Telefonverzeichnis, schlug die Gelben Seiten auf und tippte eine Nummer ein.

»Ich möchte eine Bestellung aufgeben«, schluchzte sie ins Telefon. »Bringen Sie mir bitte eine mittelgroße Pizza mit Salami, dazu eine Portion Baguette und eine kleine Portion Hähnchenflügel. Haben Sie Diät-Cola?«

Keine halbe Stunde später saß sie an dem kleinen Tisch vor den geschlossenen Vorhängen und stopfte sich mit fettigem, tröstendem Junk-Food voll. Sie hatte zwei Ecken der Pizza, drei Stückchen Baguette und die Hälfte der Hähnchenflügel vertilgt, als sie den Rest von sich schob. Es half nicht. Davon ging es ihr nur noch schlechter. Die vertraute Stimme in ihrem Inneren forderte sie auf, all diese Dickmacher wieder von sich zu geben, doch sie schenkte ihr keine Beachtung. Baby sprang auf den Tisch und mopste ein wenig Salami von der Pizza. Lola brachte es nicht übers Herz, mit ihm zu schimpfen. Sie verstand seinen Schmerz.

Es gab nichts, was ihren Kummer lindern konnte. Nichts, was die Qual und die Leere vertreiben konnte, die sich bis in die Tiefen ihrer Seele gruben.

Die C-130 legte sich in die Kurve und ging auf etwa zehntausend Meter herab. Die Innenbeleuchtung wurde abgeschaltet, sodass die Maschine im Dunkeln lag. Der Pilot öffnete die Luke, und Max spürte trotz Taucheranzug, Fliegeroverall und fünfzig Pfund Ausrüstung, wie die Temperatur in weniger als fünf Sekunden um fast fünfunddreißig Grad sank. Er atmete tief und regelmäßig durch seine Sauerstoffmaske. Seine nebelsichere Kampfbrille überzog sich mit Reif, als die Rampe der C-130 herabgelassen wurde.

Drei weitere Männer standen mit Max im Flugzeug, allesamt ehemalige SEALs, die mit gelbem Sicherheitsgeschirr ans Schott gehakt waren. Mit zweien von ihnen hatte Max schon früher zusammengearbeitet, und beide waren erprobte Kämpfer. Den dritten kannte Max nur vom Hörensagen. Sein Name war Pete »Bum-Bum« Jozwiak, und er galt als der beste verfügbare Sprengexperte. Bei diesem Einsatz war er Max' Schwimmkollege, und Max hoffte inbrünstig, dass der Bursche wirklich so gut war wie sein Ruf. Fünf Meilen unter ihnen, auf einer Insel südlich von Soledad, hatte sich eine Gruppe von antiamerikanischen Terroristen mit zwei Atomsprengköpfen aus der früheren Sowjetunion verschanzt. Die amerikanische Regierung wollte diese Sprengköpfe nicht in den Händen von Terroristen sehen, aber um die Beziehungen mit der restlichen Welt nicht zu stören, war ein öffentliches Vorgehen ausgeschlossen. Sie musste sich von allem distanzieren können, deshalb war es das Beste, Undercover-Agenten hinzuschicken. Fünf Tage lang hatten Max und die anderen Männer mit der Regierung verhandelt und einen Strategieplan vorgelegt, um die Sprengköpfe verschwinden zu lassen. Das war zumindest das Ziel, und wie immer war ein Fehlschlag ausgeschlossen.

Die vier Männer schoben das Gummifloß zum Ende der Rampe. Ein Fallschirm, Funksystem und die Ausrüstung des Teams wurden auf dem Floß festgeschnallt, dazu der Motor und der Treibstoff, der sie zur Insel bringen sollte. Max überprüfte das GPS auf seiner Brust, um sich zu vergewissern, dass es funktionierte, und wartete auf das Blinken des grünen Lichts, das ihm verriet, dass sie sich über dem Ziel befanden und es Zeit war zu springen. Er unterzog die Klettverschlüsse an seiner Combat-Weste noch einer Prüfung und tastete nach der halbautomatischen Heckler-&-Koch-Pistole an seinem Schenkel.

Das grüne Licht blinkte zweimal auf, worauf die vier Männer das Gummifloß anschoben und es aus der C-130 stießen. Max löste die Sicherheitsleinen, trat an die Rampe und ließ sich in den Nachthimmel fallen. Binnen Sekunden öffnete sich sein Fallschirm, und das Geschirr riss ihn nach oben. Er schaltete sein GPS an, korrigierte seinen Kurs mit der Steuerleine und genoss den Flug. Das heißt, er versuchte es zumindest. Zum ersten Mal seit seinem Eintritt in die Marine spürte er nicht die gewohnte Aufregung und Vorfreude. Den Adrenalinrausch, der ihm sagte, dass er lebte. Zum ersten Mal empfand er keine Begeisterung beim Sprung aus einem Flugzeug, genoss er es nicht, seine körperlichen und geistigen Fähigkeiten über die Grenzen der Belastbarkeit hinaus zu fordern. Zum ersten Mal feuerte ihn der Gedanke an *Mission Impossible* nicht an. Zum ersten Mal wollte er einfach die Arbeit hinter sich bringen und so schnell wie möglich nach Hause zurück.

Er legte den Kopf in den Nacken und blickte zu den Sternen auf. Gewöhnlich war der Fallschirmsprung der Teil einer Mission, der ihm am besten gefiel. Die Ruhe vor dem Sturm. Aber diesmal nicht. Er war zu wütend, um ruhig zu sein, und zwar seit dem Tag, als er Lola gestanden hatte, dass er sie liebte, und sie gegangen war. Nein, wütend war ein viel zu harmloses Wort. Was er empfand, brodelte wie Säure in seinem Magen und erfüllte ihn mit hilflosem Zorn. Er hatte von Anfang an gewusst, dass es ihm Schmerzen zufügen würde, wenn er sich mit Lola einließ. Er hatte sich gegen die Liebe zu ihr gewehrt, was letztendlich nicht anders gewesen war, als hätte er sich gegen den Drang zu atmen gesträubt. Nach einer gewissen Zeit hatte es sich als unmöglich erwiesen.

Ich verlange nicht, dass du bleibst, Max. Ich verlange nicht, dass du um meinetwillen bleibst, hatte sie gesagt. *Das würdest du sowieso nicht tun.*

Am Ende hatte sie genau das getan, was er von Anfang an erwartet hatte. Sie wollte, dass er um ihretwillen seine Arbeit für die Regierung aufgab. Für ein Leben in einem Vororthäuschen. Er hatte sich nicht in ihr getäuscht, aber diese Tatsache spendete ihm keinen Trost.

Ich will das nicht immer und immer wieder ertragen müssen, dass du fortgehst und dein wie auch immer geartetes Bedürfnis stillst, das dich dazu treibt, dein Leben für Menschen, die du nicht kennst, aufs Spiel zu setzen, und für eine Regierung, die dich eines Verbrechens, das du nie begangen hast, bezichtigt hat, um dich loszuwerden.

Im Augenblick verblasste sein Bedürfnis, sein Leben für eine undankbare Regierung zu riskieren, vor dem Wunsch, nach North Carolina zu fliegen und ihr das Herz aus dem Leib zu reißen, so wie sie ihm seines herausgerissen hatte. Gütiger Gott, sie war so bösartig. Sie hatte gewartet, bis er keinen einzigen Gedanken mehr fassen konnte, der sich nicht um sie drehte, und dann war sie gegangen. Sie hatte abgewartet, bis er sich in sie verliebt hatte, bevor sie ihm das Messer in die Brust stieß. Und dann hatte sie gewartet, bis er ihr sagte, dass er sie liebte, um dieses Messer noch einmal gründlich in der Wunde umzudrehen. Bösartig und hinterhältig.

Max warf einen Blick auf seinen Höhenmesser, riss die Sauerstoffmaske herunter und sog die frische Luft tief in die Lungen, doch auch das half nicht, seine sorgenvollen Gedanken zu klären.

Ich verdiene mehr. Ich verdiene einen Mann, der mich ausreichend liebt, um mit mir alt zu werden.

Er war schon immer der Meinung gewesen, dass sie mehr verdiente und einen verdammt viel besseren Mann als ihn finden könnte. Auch in dieser Hinsicht hatte er Recht gehabt, und auch hier spendete es ihm keinen Trost. Die Vorstellung von Lola mit einem anderen Mann trieb das Messer so tief in sein Herz, dass er fürchtete, es nie wieder herausziehen zu können. Bösartig, hinterhältig und rachsüchtig. Wenn sie ihm das Fiasko auf der *Dora Mae* oder irgendetwas, das danach geschehen war, heimzahlen wollte, dann hatte sie ganze Arbeit geleistet. Ausgezeichnet. Zum ersten Mal in seinem Leben sagte er einer Frau, dass er sie liebte, und sie erklärte ihm, dass das nicht ausreichte. Nun, das würde ihn lehren, jemals wieder einem anderen Körperteil als seinem Kopf die Führung zu überlassen.

Etwa acht Meter über dem Wasserspiegel schnitt er sich von seinem Fallschirm ab. Er trug genug Ausrüstung am Körper, um bis an den Grund zu sinken, und er tastete nach der Reißleine, die seine CQC-Weste aufblies. Dann verschränkte er die Arme vor der Brust und bereitete sich auf das Eintauchen ins Meer vor.

Sechsunddreißig Jahre lang hatte er ohne Lola Carlyle gelebt, und er würde sechsunddreißig weitere Jahre ohne sie zurechtkommen.

Lola schob sich den Stift hinters Ohr und massierte sich den Nacken. Rechts von ihr am Konferenztisch saßen vier Mitarbeiter aus der Verkaufs-und-Marketing-Abteilung und ihre Chefdesignerin Gina, während links von ihr der Leiter der Kreativ-Abteilung Platz genommen hatte. Lola hatte ihre Angestellten zu einem Brainstorming auf der Suche nach einem neuen Namen für die Nahtlos-Kollektion von Lola Wear, Inc. herbeigerufen.

Der dreizehnte Vorschlag an diesem Nachmittag war eben aus der Taufe gehoben worden. Und auch dieser dreizehnte Vorschlag riss Lola nicht vom Hocker.

»Die neue Linie ist so bequem wie eine zweite Haut«, sagte sie. »Weich und glatt und sehr sexy. Das soll in der Werbung zum Ausdruck kommen. Wir brauchen etwas Kurzes, Zündendes. Etwas, das aussagt: Ich bin bequem, aber sexy.«

Die Gesichter um sie herum sahen genauso müde aus, wie sie sich fühlte. Sie arbeiteten schon seit drei Stunden an dem Namen, aber keiner konnte mit einer Idee aufwarten, die auch nur annähernd brillant gewesen wäre.

»Wie wär's, wenn wir irgendwie deinen Namen einbauen? Etwas, das lustig und sexy klingt«, sagte Gina, und alle steuerten Vorschläge bei, so verrückt sie auch klingen mochten.

»Pur Lola.«

»Lola transparent.«

»Pur Lola oder Lola pur, das ist nicht schlecht«, lobte Lola, »aber ich glaube, uns fällt noch etwas Besseres ein. Ein Wort nur, zum Beispiel … ach …«

»Wir könnten die Kollektion doch einfach Lolita nennen«, warf jemand in die Runde.

»Ja.«

»Finde ich irgendwie gut.«

»Nein!«, sagte Lola mit mehr Nachdruck als beabsichtigt. Alle sahen sie an, und sie zog den Stift hinter ihrem Ohr hervor. »Tut mir Leid, aber Lolita gefällt mir nicht.« Max hatte sie Lolita genannt. Allein der Klang dieses Namens bohrte sich schmerzhaft in ihr noch blutendes Herz. Mehr als eine Woche war inzwischen vergangen, seit sie Max' Haus verlassen hatte, und ihr Herz hatte noch nicht einmal *angefangen* zu heilen. Und es würde auch nicht heilen, wenn sie ständig den Namen Lolita hören, in Katalogen sehen oder auf Etiketten lesen musste.

Die Tür zum Konferenzzimmer öffnete sich, und Wanda, Lolas Assistentin, erschien.

»Da ist ein Herr, der Sie sprechen möchte«, flüsterte sie Lola ins Ohr. »Er sagt, er geht erst, wenn er mit Ihnen gesprochen hat.«

Lola ging davon aus, dass es sich bei besagtem Herrn entweder um Sam, ihren Ex-Verlobten, handeln musste, dessen zahlreichen Anrufen sie sich entzogen hatte, oder um den Designer, den sie in Kürze treffen wollte.

»Hat er seinen Namen gesagt?«

»Sam.«

Ihr erster Gedanke war, er könnte herausgefunden haben, dass sie am Verschwinden ihrer Aktfotos beteiligt war. Aber wenn das der Fall gewesen wäre, hätte sich die Polizei bei ihr gemeldet, nicht Sam. Ihr zweiter Gedanke war, dass er etwas Neues gefunden hatte, das er gegen sie verwenden konnte, was ihr die Wahl zwischen zwei Möglichkeiten ließ, die Konfrontation hinter sich zu bringen oder ihn von den Sicherheitskräften hinauswerfen zu lassen. Sie überlegte einen Moment und kam zu dem Schluss, dass es am besten wäre, sich zuerst einmal anzuhören, was er im Schilde führte, nur für den Fall, dass er noch mehr nette Überraschungen auf Lager hatte, mit denen er sie erpressen konnte. Sie hatte schon vor langer Zeit gelernt, dass Sam so ziemlich alles zuzutrauen war. »Bringen Sie ihn in mein Büro«, sagte sie, stand auf und verließ mit einer Entschuldigung die Konferenz.

Er kann mich nicht mehr kränken, sagte sie sich, aber dennoch krampfte sich ihr Magen vor Unbehagen zusammen, als sie den Flur entlang zu ihrem Büro ging. Vor der Tür blickte sie an ihrem weißen Häkelkleid hinab und setzte das freundliche Lächeln auf, das sie im Lauf der Jahre bis zur Perfektion eingeübt hatte. Auf keinen Fall sollte Sam merken, wie unbehaglich sie sich fühlte. Als sie eintrat, wartete er bereits auf sie. »Sam«, sagte sie und ließ für alle Fälle die Tür offen. »Was führt dich nach North Carolina?«

Er antwortete nicht sofort, sondern starrte sie einfach nur an. Seine Kleidung wirkte ein bisschen zerknitterter, als sie sie in Erinnerung hatte. Vielleicht konnte er seine Hemden jetzt, da er durch sie kein Geld mehr verdiente, nicht mehr zur Appretur in die Reinigung bringen. Vielleicht hatte er diese Bügelfalte in seiner Gabardinehose eigenhändig bewerkstelligen müssen. Er hatte sich das blonde Haar über den Kragen hinaus wachsen lassen, sodass es irgendwie zottelig und gewollt ungekämmt aussah. Lola hatte ihn einmal attraktiv und aufregend gefunden. Sie hatte geglaubt, ihn zu lieben, aber was sie für ihn empfand, reichte nicht einmal annähernd an ihre Gefühle für Max heran. An das, was sie immer für Max empfinden würde.

Als Sam schließlich sprach, gab er sich keine Mühe, seine Wut zu verbergen. »Du bist in mein Haus eingebrochen«, stieß er hervor.

»Die Polizei glaubt das offenbar nicht.« Sie ging an ihm vorbei und blieb hinter ihrem Schreibtisch stehen. An dem einzigen Ort, wo sie sich immer stark und als Herrin der Lage gefühlt hatte. Damals, als sie den Entschluss gefasst hatte, ein eigenes Unternehmen zu gründen, hatte Sam zu den Menschen gehört, die sie davor warnten, diesen Fehler zu begehen. Doch nun, da sie umgeben von ihrem Erfolg war, entspannte sie sich ein wenig. Sie würde verkraften, was auch immer er ihr vorwarf. »Du weißt doch sicher, dass ich völlig außer Verdacht stehe.«

»Das heißt aber nicht, dass du nicht jemanden angeheuert hast, der in mein Haus eingebrochen ist, mein Eigentum zerstört und mich bestohlen hat.«

Sie verschränkte die Arme und wartete, ob er noch eine Bombe platzen lassen wollte. »Also, das wäre hinterhältig und niederträchtig. Ähnlich wie du, als du diese Fotos herausgekramt und die Website eingerichtet hast. Aber ich bin nicht bei dir eingebrochen«, behauptete sie, was ja zumindest zur Hälfte der Wahrheit entsprach. Max hatte den eigentlichen Einbruch bewerkstelligt, während sie ihm lediglich eifrig gefolgt war. »Ich habe ein Alibi.«

»Ja, das habe ich gehört. Du warst mit deinem neuen Freund zusammen.«

Sie wartete darauf, dass Sam noch etwas sagte. Dass er ihr den Teppich unter den Füßen wegzog. Dass er auf den Grund seines Besuchs zu sprechen kam, doch er tat es nicht. »War das alles?«, fragte sie. Sein Gesichtsausdruck verriet ihr, dass er sonst nichts zu sagen hatte. Dass er keine Fotos mehr hatte. Nichts, womit er sie verletzen konnte.

Er versuchte es trotzdem und sagte genau das, was sie gewöhnlich aus der Haut fahren und die Beherrschung verlieren ließ. »Dein Freund mag wohl dicke Frauen.«

Lola musste unwillkürlich lachen. Sam hatte sie immer dünn und krank und unsicher haben wollen. Hilfsbedürftig. Sie war nicht mehr die Frau, der wichtig war, was er von ihr dachte, und ohne diese Aktfotos von ihr besaß er nicht mehr die Macht, sie in Rage zu versetzen. Sie schüttelte den Kopf. »Er mag meinen Körper so, wie er ist.« Und das war die Wahrheit. Ihre Probleme mit Max hatten nichts mit Gewicht oder äußerer Erscheinung zu tun. Es bedurfte nur eines Blickes von ihm, und sie fühlte sich schön und begehrt. Ihre Probleme mit Max hatten nichts damit zu tun, dass sie schwach war und einen Mann brauchte, der sich um sie kümmerte, sondern lediglich damit, dass er dieses Bedürfnis hatte, sich umbringen zu lassen.

Als Sam nichts sagte, zog sie eine Braue hoch. »Hast du den weiten Weg auf dich genommen, nur um mir vorzuwerfen, ich wäre in dein Haus eingebrochen, und um mich zu beschimpfen?«

»Ich wollte dich nur wissen lassen, dass du mich nicht hinters Licht führen kannst. Ich weiß, dass du an dem Einbruch beteiligt warst.«

»Jetzt hast du's mir ja gesagt.« Sie drückte eine Taste ihrer Gegensprechanlage. »Wanda, rufen Sie bitte die Sicherheitskräfte. Unser ungebetener Gast will wissen, wo die Tür ist.«

»Du wirfst mich raus?«

»O ja.« Sie nahm den Finger von der Taste. »Und wenn du dich noch einmal hier blicken lässt, zeige ich dich an wegen Belästigung.«

Als sie Sam nachblickte, wurde ihr bewusst, dass sie endgültig frei von ihm war. Wenn es nur genauso einfach gewesen wäre, über ihre Gefühle für Max hinwegzukommen, grübelte sie auf dem Weg zurück zum Konferenzzimmer. Doch sie bezweifelte, dass sie sich jemals völlig von Max erholen würde. Sie hatte gerade wieder Platz genommen, als Wanda sie erneut störte.

»Da ist noch ein Herr, der Sie sehen will. Er wollte seinen Namen nicht nennen«, erklärte Wanda, »aber ich soll Ihnen sagen, wenn Sie ihn nicht auf der Stelle empfangen, requiriert er Ihren Hund und Sie dazu.«

Falls das möglich gewesen wäre, hätte sie geglaubt, ihr armes gebrochenes Herz hätte aufgehört zu schlagen und gleichzeitig zu rasen begonnen.

»Soll ich die Sicherheitskräfte benachrichtigen?«

Als ob sie Max Zamora hätten aufhalten können!

»Nein.« Sie stand auf und klappte die Mappe auf ihrem Tisch zu. »Wir machen eine Viertelstunde Pause«, schlug sie vor. »Führen Sie Mr. Zamora in mein Büro«, sagte sie zu Wanda.

»Ich fürchte, er ist längst drin.«

»Natürlich«, bemerkte sie und eilte den Flur entlang. Wieder blieb sie vor der geschlossenen Tür stehen und holte tief

Luft. Mit Max zu verhandeln, würde entschieden schwieriger sein als das Gespräch mit Sam. Sie legte die Hand auf ihren revoltierenden Magen und trat ein. Und da war er – groß und eindrucksvoll wie eh und je stand er mit dem Rücken zu ihr.

Er trug ein Hemd aus feinem blauen Wollstoff zu Khakihosen, und nicht ein einziges schwarzes Haar rührte sich im Luftstrom des Deckenventilators. Als Max die Tür hörte, drehte er sich um und sah Lola über den Raum hinweg an. »Hallo, Lola«, sagte er. Keine Blutergüsse verunstalteten sein schönes Gesicht, und sie stieß erleichtert den Atem aus, während sein warmer Blick an ihrem Körper herab- und wieder hinaufwanderte. »Was hast du da an? Ein Spitzendeckchen?«

Er lebte, sah aber erschöpft und müde aus. Und so gut, dass sie sich gegen den Drang wehren musste, zu ihm zu laufen und sich in seine starken Arme zu werfen. Sie lehnte sich mit dem Rücken gegen die geschlossene Tür und hielt sich an der Messingklinke fest. »Was willst du hier, Max?«

»Ich habe dich gesucht.«

Sie wollte nicht mit ihm reden, schon gar nicht allein. Sie traute ihm nicht, und noch viel weniger traute sie sich selbst. Sie senkte den Blick auf ihre Riemchensandalen, da sie ihm nicht in die Augen sehen wollte – aus Angst, dass sie ihn dann bitten würde, sie zu lieben, wie er nur konnte. Zu nehmen, was er zu geben bereit war, auch wenn er sie damit innerlich zerriss. »Du hättest nicht kommen dürfen.«

»Ich liebe dich.«

Sie schloss die Augen und wollte seine Worte nicht zu ihrem Herzen vordringen lassen. »Das spielt keine Rolle.«

»Was soll das heißen, das spielt keine Rolle?« Da sie offenbar nicht zu ihm kommen wollte, ging er auf sie zu. »Ich habe in dieser vergangenen Woche verdammt noch mal zu viel durchgemacht, um mir jetzt von dir anzuhören, dass es keine Rolle spielt. Ich bin fast gestorben, und zum ersten Mal war es mir tatsächlich nicht egal!« Er packte sie bei den Schultern, und sie blickte zu ihm auf. Die Wärme seiner Handflächen drang durch die gehäkelte Baumwolle ihres Kleids und jagte ein heißes Prickeln an ihren Armen hinunter, bis zu den Ellbogen. »Es war mir nicht egal, weil ich dich liebe.« Sie versuchte, sich von ihm zu lösen, doch er verstärkte seinen Griff und zwang sie, ihm ins Gesicht zu sehen. Den Kummer in seinen Augen und die Furchen auf seiner Stirn zu sehen. »Als du einfach weggegangen bist, war ich so wütend, dass ich kaum noch klar denken konnte. Ich hatte eine riesige Wut auf dich, aber ich dachte, ich hätte mich damit abgefunden, dich gehen lassen zu müssen.« Er schüttelte den Kopf. »Aber ich konnte es nicht. Ich konnte mich einfach nicht auf meine Arbeit konzentrieren, sondern musste die ganze Zeit an dich denken, und dass es wie ein Messerstich ins Herz für mich war, als du mich verlassen hast. Dann bin ich ins Meer eingetaucht, und meine CQC-Weste blies sich nicht auf. Ich habe höllisch gekämpft, um wieder an die Oberfläche zu kommen, aber meine Ausrüstung wog an die fünfzig Pfund, und ich sank nur immer tiefer, statt aufzutauchen.«

»Warum erzählst du mir das?«, fragte sie und bemühte sich vergebens, gegen die Tränen anzukämpfen.

»Weil du das wissen sollst. Während ich unterging, habe ich so verzweifelt wie nie um mein Leben gekämpft. Das heißt, ich habe mich ernsthaft abgestrampelt. Nach etwa fünf Sekunden blies sich die Weste schließlich doch noch auf, aber diese fünf Sekunden sind mir vorgekommen wie fünf ganze Leben, und ich hatte verdammt große Angst. Ich wollte nicht sterben, Lola. Ich wollte dich nicht verlassen. Ich will mehr vom Leben und nicht als Fisch- oder Kanonenfutter enden. Ich will dich.« Er wischte ihr die Tränen unter den Augen ab, und sie spürte, wie ihre Entschlossenheit sie verließ. »Weißt du noch, wie deine Eltern auf dem Familientreffen allen erzählt haben, ich hätte dich an Bord der *Dora Mae* gerettet? Na ja, das stimmt nicht. Du hast mich gerettet. Lola. Du weißt gar nicht, wie sehr du mich gerettet hast.«

»Okay«, flüsterte sie, und sie liebte und begehrte ihn so sehr – trotz des Schmerzes. »Ich will's versuchen.«

»Was willst du versuchen?«

»Dein Leben zu leben«, sagte sie und lehnte den Kopf gegen die Tür. Das war genau das, wovor sie Angst gehabt hatte. Ihm ins Gesicht zu sehen und ihn trotz allem haben zu wollen.

Max legte die Hände um ihr Gesicht und sah ihr in die Augen. Er war wie ein Verrückter gefahren, um bei ihr zu sein, und davor hatte er wie ein Besessener gegen Terroristen gekämpft. Wie ein Mann, der von der Möglichkeit eines neuen Lebens besessen war. Eines besseren Lebens. »Nein, Lola. Du hast mehr verdient als so etwas«, sagte er. »Ich habe heute früh meinen Pieper abgegeben. Ich arbeite nicht mehr für die Regierung.«

Sie starrte ihn an. »Wie bitte?«

»Ich bin zu dem Schluss gekommen, dass ich lange genug leben will, um für den Rest deines Lebens für dich zu sorgen. Dir einen Teller Suppe zu bringen, wenn du krank bist. Dir das graue Haar zu kämmen, wenn du alt bist und es nicht mehr selbst tun kannst.«

»Ich kann allein für mich sorgen!«, sagte sie automatisch.

»Das weiß ich, aber ich möchte gern für dich da sein. Ich will dich glücklich machen und jeden Morgen auf dem Kissen neben mir dein lächelndes Gesicht sehen. Ich liebe dich, und ich glaube, wir können ein wunderbares Leben zusammen haben.«

Sie sah ihn forschend an. »Aber Max, wenn wir Streit haben oder du meiner überdrüssig wirst, dann wirst du es bereuen, etwas aufgegeben zu haben, das du so lange mit Begeisterung getan hast. Du wirst es vermissen, im Kugelhagel zu stehen.«

»Kein Mensch vermisst es, im Kugelhagel zu stehen, Liebling.« Er nahm ihre Hand und küsste ihre Finger. »Ich habe etwas gefunden, das viel aufregender ist, als Sachen in die Luft zu jagen, etwas viel Süßeres als einen Adrenalinrausch. Etwas, das es wirklich wert ist, darum zu kämpfen.«

»Und was?«

»Eine wunderschöne Frau, die mich zum Lachen bringt und mir das Gefühl gibt, lebendiger zu sein, als ich mich je im Leben gefühlt habe.« Er schluckte den Kloß in seiner Kehle hinunter und ignorierte die plötzliche Enge in seiner Brust. »Ich habe mein ganzes Leben lang auf dich gewartet, obwohl ich nicht einmal wusste, dass ich überhaupt auf etwas wartete. Du und ich, wir sind die zwei Seiten derselben Münze, und durch dich fühle ich mich als Ganzes.«

»Max«, rief sie und schlang die Arme um seinen Nacken. »Ich habe dich so vermisst. Ich liebe dich, wenn ich mich auch so sehr bemüht habe, es nicht zu tun. Du bist in mein Leben eingebrochen, du hast mich gefesselt, entführt, und trotzdem habe ich mich in dich verliebt.«

Er zog sie fester an sich, und das Herz hämmerte in seiner Brust. Er wusste wirklich nicht, was er geleistet hatte, um Lola Carlyle zu verdienen. Jedenfalls nicht viel Gutes, dessen war er sicher. Tränen brannten ihm in den Augen, als er seine Nase in ihr duftendes Haar grub. »Liebling«, sagte er, »ich habe dich nicht entführt. Du bist requiriert worden. Genauso, wie ich dich für den Rest deines Lebens requiriere.«

Sie nickte schluchzend.

»Nicht weinen.« Er trat ein Stück zurück und blickte ihr ins Gesicht. »Ich liebe dich, und ich will dich glücklich machen. Ich möchte mit dir Kinder haben.«

Ihre tränennassen Augen weiteten sich. »Du willst Kinder?«

»Ja, mit dir.« Er umschloss ihre Hand und legte sie auf ihren flachen Bauch. »Drei, und ich habe mir überlegt, dass wir nur Mädchen bekommen sollten, da du doch so eine ausgeprägte Vorliebe für Pastelltöne hast.« Mit der freien Hand zupfte er an der Schulter ihres Kleides. »Und für Häkeldeckchen, aber ich finde, wir sollten doch vorher heiraten.«

Sie nagte an ihrer Unterlippe und lächelte. »Das wäre wahrscheinlich das Klügste. Ich will schließlich nicht, dass die Leute behaupten, ich hätte den ältesten aller Tricks angewandt, um dich in die Falle zu locken.«

Er senkte den Kopf und küsste sie weich und zart, schmeckte ihre Lippen, wie er es sich gewünscht hatte, seit sie aus seinem Haus gestürmt war. Sie hatte ihm so schmerzlich gefehlt. »Nichts wie raus hier.«

»Lass uns nach Hause fahren und Baby die gute Nachricht überbringen. Er wird sich wahnsinnig freuen.«

»Gütiger Himmel, ich habe deinen Hund ja ganz vergessen. Er wird wohl mit uns zusammenleben müssen.«

»Max, du magst Baby, und du weißt es.«

Er dachte an den kleinen Köter, der eindeutig ein männliches Vorbild brauchte. »Vielleicht ist er nicht der Schlechteste.«

Sie lächelte und öffnete die Tür. »Bring mich nach Hause.«

Als er in den Sonnenschein North Carolinas trat, Lolas Hand in seiner, spielte ein Lächeln um seine Mundwinkel. Vor nicht allzu langer Zeit hatte er auf der ausgebrannten Brücke der *Dora Mae* gestanden und gedacht, dass er mit einem wunderschönen Dessous-Model und ihrem schwulen Köter geschlagen sei. Er hatte von Anfang an geglaubt, Lola Carlyle wäre sein Tod.

»Wir sind noch gar nicht dazu gekommen, *Stolz und Vorurteil* anzuschauen«, sagte sie, und der Schalk blitzte in ihren Augen auf.

Ja, sie wäre eindeutig sein Tod, aber was für ein Abgang.

DANK

Folgenden Personen, die mir beim Schreiben dieses Romans geholfen haben, möchte ich meinen Dank aussprechen: Floyd und Gloria Skinner, weil sie ihre Segelkenntnisse beigesteuert haben, Mick Brock, Unteroffizier der Küstenwache, der all meine Fragen beantwortet hat, und den vielen Autoren der zahlreichen Nachschlagewerke, über denen ich während der Arbeit an diesem Roman gebrütet habe.

Gut geküsst ist halb gewonnen

Aus dem Amerikanischen
von Antje Althans

Dieses Buch ist mit viel Liebe
Cathy Wilson gewidmet,
Freundin, Schriftstellerin und schräge Type.
Unser Literaturkritik/Martini-Abend ist nicht mehr derselbe
ohne dein Lachen.
Du wirst immer in meinem Herzen sein.

Prolog

Von: Lucy@mysterious.com
An: clare@finis.com; adele@biteme.com;
maddie@crimepays.com
Betreff: singles.com-Date

Hallo alle zusammen,
heute Abend ist mein letztes Internet-Kaffee-Date. Er heißt Hardluvnman. Ich bete, dass er noch seine eigenen Zähne hat.

Wünscht mir Glück,
Lucy

Von: clare@finis.com
An: Lucy@mysterious.com; adele@biteme.com;
maddie@crimepays.com

Lucy,
viel Glück bei deinen Recherchen. Hoffentlich hat er noch seine eigenen Zähne *und* Haare und hält beides mit der Bürste in Schuss.

Clare

Von: adele@biteme.com
An: Lucy@mysterious.com; clare@finis.com; maddie@crimepays.com

Freu mich schon drauf, alles über Lucys Hardluvnman zu hören.

Adele

P.S. Was für ein Typ nennt sich denn Hardluvnman? Will er damit irgendwas kompensieren?

Von: maddie@crimepays.com
An: adele@biteme.com; Lucy@mysterious.com; clare@finis.com

Lucy,
mach das, um Himmels willen, nicht. Auf diesen Online-Dating-Sites lauern massenhaft Serienmörder. Da haben sie leichtes Spiel. Bevor du dich's versiehst, trägt irgendein Kerl deinen Kopf als Kopfputz.

Alles Liebe,
Maddie

1. Kapitel

MYSTERYGIRL: SUCHT MANN FÜR GEHEIMNIS …

Lucy Rothschild fuhr mit ihrem BMW in die Parklücke, die am nächsten zum Starbucks-Eingang lag, und stellte den Hebel der automatischen Gangschaltung auf Parken. Regen hämmerte auf die Motorhaube und prallte vom Asphalt ab, als sie den Motor abstellte. Ihr Blick schweifte über das Einkaufszentrum und suchte das grünweiße Starbucks-Schild neben dem grellgoldenen Schein des Blockbuster-Videoladens. Aus dem Coffee Shop strömte Licht auf den nassen Bürgersteig, während die Regentropfen, die an Lucys Windschutzscheibe hinabglitten, kräftige Farben und tintenschwarze Schatten verschmierten wie auf einem abstrakten Gemälde.

Bevor du dich's versiehst, trägt irgendein Kerl deinen Kopf als Kopfputz. Lucy stellte den Motor ab und stopfte die Autoschlüssel in die Tasche ihres marineblauen Ralph-Lauren-Blazers. Sie hasste es, wenn Maddie sowas sagte. Wenn sie alle anderen mit ihrer Paranoia ansteckte. Maddie interviewte beruflich Psychopathen, aber das hieß noch lange nicht, dass alle Männer Kinderschänder, Vergewaltiger oder Serienmörder waren. Lucy schrieb ebenfalls über Mord, aber sie verfasste Romane und war in der Lage, ihre Schreiberei vom wahren Leben zu trennen. Maddie dagegen schien damit Probleme zu haben.

Lucy schnappte sich den Regenschirm vom Beifahrersitz und öffnete die Wagentür. Schließlich hatte sie nicht vor, ein zweites Treffen mit Hardluvnman zu arrangieren oder gar mit ihm aus Starbucks wegzugehen. Sie hatte nicht einmal vor, dieses Kaffee-Date ernster zu nehmen als die anderen, die sie in den vergangenen Monaten gehabt hatte.

Sie tippte mit dem Daumen auf den Knopf ihres Regenschirms, und der rote Baldachin entfaltete sich, als sie aus dem Auto stieg. Wie die anderen »Dates« auch war das heute Abend rein geschäftlich. In der Jackentasche trug sie ihren kleinen Notizblock und einen Stift bei sich, gleich neben der Minispraydose mit Tränengas. Notizblock und Stift hatte sie dabei, falls sie sich pikante Details über Hardluvnman notieren musste, wenn er weg war. Das Tränengas war für den Fall, dass er ihren Kopf als Kopfputz tragen wollte.

Verfluchte Maddie.

Lucy blieb kurz stehen, um die Wagentür hinter sich zu schließen. Dann lief sie über den Parkplatz und wich dabei den Pfützen aus. Es sei denn, Hardluvnman war anders, würde sie Stift und Papier nicht einmal brauchen. Es sei denn, er war anders als die anderen, würde er sie beim Warten in der Kaffeeschlange von Kopf bis Fuß mustern, als wäre sie ein Airedale Terrier in der Zuchtschau des Westminster-Hundeclubs. Bestand sie die Prüfung, würde er ihr den dreifachen Grande Skinny Latte spendieren (bitte keine Sahne), sie fragen, was sie beruflich machte (obwohl sie sich in ihrem Profil ganz unaufrichtig als Krankenschwester ausgegeben hatte), um dann über sich selbst (was für ein toller Kerl er war) und seine frühere Ehefrau/Freundin (und was für eine blöde Zicke sie doch war) zu reden. Wenn Lucy die

Prüfung nicht bestand, musste sie ihren Kaffee selbst zahlen. Was ihr erst einmal passiert war.

Bigdaddy182 war ein richtig ordinäres Arschloch mit Silberzahn und Nackenhaarzopf gewesen. Er hatte einen Blick auf sie geworfen und »Sie sind aber dünn« gesagt, als wäre das eine größere Scheußlichkeit als sein Bierbauch. Sie hatte ihren Kaffee selbst bezahlt und ihm dann eine Stunde lang bei seiner Selbstbeweihräucherung zugehört. Während er von seiner Fahrt zur Motorrad-Rallye in Sturgis und seiner Zicke von Exfrau faselte, hatte Lucy sich die unterschiedlichsten Methoden überlegt, ihn um die Ecke zu bringen. Schlimme, abscheuliche Methoden. Letztlich war sie aber zu dem Schluss gekommen, dass sie den Modus Operandi ihres weiblichen Serienmörders beibehalten musste, auch wenn erotische Strangulation ihr als Todesart für ihn zu angenehm erschienen war.

Nur zwei Schritte vor der Bordkante tappte Lucy doch noch in eine Pfütze. Um ein Haar hätte sie es trockenen Fußes geschafft. Kaltes Wasser schwappte über die Spitze ihrer schwarzen Stiefelette und bespritzte den Saum ihrer schwarzen Jeans.

»Schei-benkleister!«, murmelte sie und betrat den Bürgersteig. Sie öffnete die Tür zu Starbucks und trat ein. Sofort stieg ihr der Duft starken schwarzen Kaffees in die Nase, und das leise, stete Stimmengemurmel vermischte sich mit den Geräuschen von Kaffeemühle und Espressomaschine. In welche Stadt Lucy auch reiste, bei Starbucks waren Geruch und Interieur immer gleich. Ähnlich wie in den Buchläden »Barnes and Noble« oder »Borders«. Irgendwie hatte das etwas Tröstliches.

Lucy schloss ihren Regenschirm und ließ den Blick über die goldenen Wände und die Kunden schweifen, die auf harten Holzstühlen an braunen Tischen saßen. Kein Mann mit roter Baseballmütze. Hardluvnman war spät dran.

Lucy schob ihren Regenschirm in den Ständer an der Tür und ging zur Theke. Als er sie per E-Mail um eine Verabredung bat, hatte er geschrieben, sein richtiger Name sei Quinn. Trotzdem nannte Lucy ihn im Geiste lieber Hardluvnman. Sie wollte weder ihn noch sonst eine dieser Verabredungen als richtige Menschen sehen. So fiel es ihr leichter, sie ins Jenseits zu befördern.

Sie bestellte ihren Latte ohne Sahne und nahm an einem runden Ecktischchen Platz. Dann knöpfte sie ihren Blazer auf und rückte den Rollkragen ihres marineblauen Pullis zurecht.

Es warf ein trauriges Licht auf ihr Liebesleben, dass die einzigen Verabredungen, die sie in letzter Zeit gehabt hatte, nicht einmal echte Verabredungen gewesen waren, überlegte sie. Der einzige Grund, dass sie sich Männern wie Bigdaddy182 aussetzte, war, dass sie für ihren neuen Krimi *dead.com* recherchieren musste.

Lucy führte ihren Kaffee an die Lippen und trank vorsichtig einen Schluck. Sie brauchte nur noch ein letztes Opfer für ihr Buch. Selbst wenn Hardluvnman sich als anständiger Kerl entpuppte, der nicht zu sterben brauchte, war Lucy fertig mit Internet-Kaffeeverabredungen. Sie hatte genug von Männern, die sich aufführten, als sei es *ihre* Aufgabe, *ihnen* nachzulaufen. Als müsste sie *sie* davon überzeugen, sie um eine zweite Verabredung zu bitten. Wenn dieses letzte Date ein Riesenreinfall wurde, musste sie sich etwas anderes überlegen. Wie sich, zum Beispiel, der gesamten armseligen Charaktereigenschaften all ihrer lügenden, betrügenden Exfreunde zu bedienen und sie zusammenzumixen. Doch das hatte sie schon öfter getan, und sie befürchtete, ihre Leserinnen würden irgendwann spitzkriegen, dass die Opfer in all ihren Büchern immer denselben wiederaufbereiteten Verlierertypen ähnelten.

Nein, es war Zeit für neue Verlierertypen. Es gab diverse faszinierende Gründe, warum sie sich unter den vielen potenziellen Kandidaten ausgerechnet Hardluvnman für ein Treffen ausgesucht hatte. Erstens war sein Foto auf der Dating Site so unscharf, dass man nur schwer sagen konnte, wie er wirklich aussah. Das Bild vermittelte nur den allgemeinen Gesamteindruck einer düsteren, intensiven Ernsthaftigkeit, die sie irgendwie geheimnisvoll fand. Zweitens stand in seinem Profil, dass er Klempner war und sein eigenes Geschäft hatte. Was durchaus eine Lüge sein konnte, wahrscheinlich aber die Wahrheit war, denn wer würde schon anderen vorlügen, Klempner zu sein. Und drittens fiel Hardluvnman nicht in die Kategorie der noch nie verheiratet gewesenen oder geschiedenen Fünfunddreißig- bis Vierzigjährigen, sondern war Witwer. Was durchaus die Wahrheit sein konnte oder bloß ein schäbiger Trick, um Sympathiepunkte zu sammeln und Frauen ins Bett zu kriegen. Wenn Letzteres der Fall war, hatte Lucy ihr letztes Opfer gefunden. Voilà!

Die Ladentür schwang auf, und ein Mann mit schütter werdendem Haar trat ein. Lucy erkannte ihn sofort. Er hieß Mike, alias Klondikemike. Er war ihre erste Kaffee-Verabredung gewesen, und ihr erstes Mordopfer. Er steuerte auf eine Blondine zu, die am Regal mit Kaffeetassen stand, und sie gingen gemeinsam zur Theke. Mike musterte sie von Kopf bis Fuß und zahlte für zwei Kaffee und eine Tüte Kaffeebohnen mit Schoko-Überzug. Als die beiden sich den Weg zu einem Tisch ein paar Meter von Lucy entfernt bahnten, fing Mike Lucys Blick auf und sah schuldbewusst weg. Er hatte ihr nach ihrem Treffen keine E-Mails mehr geschrieben, aber sie hätte ihn beruhigen können. Sie hatte sowieso kein Interesse an einem Typen, der sie erbarmungslos zutextete und dabei Kaffeebohnen einwarf wie Amphetamine, und ihm gleich im ersten Kapitel mit einer Plastiktüte über dem Kopf den Garaus gemacht.

Sie wischte den roten Lippenstift vom Rand ihrer Tasse und sah sich an den anderen Tischen um. Sie war überrascht, dass die kürzlich in Boise geschehenen Morde nicht zu einer Flaute in der Dating-Szene geführt hatten. Überrascht, aber erleichtert, da es ihren eigenen Zwecken diente.

In den vergangenen Monaten waren drei Männer in ihren Wohnungen erstickt worden. Mit einem der Opfer, Lawrence Craig, alias Luvstick, hatte sie sich sogar im Moxie Java auf einen Kaffee getroffen, was sie immer noch ziemlich fertigmachte.

Die Polizei rückte nicht viele Informationen heraus, außer dass alle drei Todesfälle auf Erstickung zurückzuführen waren. Sie gab jedoch nicht an, um welche *Art* des Erstickens es sich handelte, nur dass der mutmaßliche Täter eine Frau war. In der Zeitung hatte auch nicht gestanden, wie oder wo die Mörderin ihre Opfer traf; Maddie hatte spekuliert, dass die Frau sie wahrscheinlich in Bars aufgabelte. Lucy tendierte dazu, ihr Recht zu geben. Dass Lucy über erotische

Asphyxiation schrieb, während in der Stadt Männer erstickt wurden, war ein Riesenzufall, doch es gab die unterschiedlichsten Möglichkeiten, einen Erstickungstod zu erleiden. So viele, wie das menschliche Hirn sich nur ausdenken konnte, und über die zahlreichen Möglichkeiten, wie das Leben die Kunst nachahmen konnte, wollte sie lieber gar nicht erst nachdenken. Und außerdem weigerte sie sich, das wahre Leben mit Fiktion zu verwechseln und so paranoid zu werden wie Maddie.

Der Anzahl der Paare im Starbucks nach zu urteilen, schienen Männer keine Angst zu haben, sich in Coffee Bars mit Frauen zu treffen. Wahrscheinlich weil sie sich, so wie Lucy ihre Dates, über Dating Sites kennen gelernt und bereits E-Mails ausgetauscht hatten. Und sich bei Starbucks zu treffen war sicher.

Bevor Lucy beschlossen hatte, sich zu Recherchezwecken übers Internet Männer zu suchen, war sie der Meinung gewesen, dass Online-Dating … nun ja, etwas für Verzweifelte und Stubenhocker war. Auch wenn Lucy verstand, warum Frauen übers Internet Bekanntschaften suchten, konnte sie das bei Männern überhaupt nicht nachvollziehen. Warum sollte ein passabel aussehender Kerl, der einen Job und seine eigenen gepflegten Zähne hatte und *nicht* bei seiner Mutter wohnte, übers Internet nach einer Verabredung suchen? War es nicht die ureigenste Aufgabe des Mannes, Frauen in Bars und Restaurants oder gar in der Obstabteilung von Albertson's aufzugabeln?

In den vier Wochen nach ihrer ersten Online-Verabredung hatte sie herausgefunden, dass die Männer online – wie Bigdaddy182 und Klondikemike – erwarteten, dass sie *ih-*

nen nachlief. Außerdem schienen sie in zwei Kategorien zu fallen: diejenigen, die um die Ecke gebracht werden mussten, und diejenigen, die so langweilig waren, dass sie sich am liebsten selbst umgebracht hätten.

Klar, bestimmt gab es irgendwo da draußen im Netz auch ein paar tolle Typen. Nette Männer, die einfach nur nette Frauen kennen lernen wollten, weil sie in ihrem Alltag nicht viele davon trafen, tolle Typen, die sich nicht gern in Bars oder Obstabteilungen herumtrieben. Sie hatte bloß keinen davon getroffen. Eigentlich hatte sie schon sehr lange überhaupt keine tollen Typen mehr getroffen, sei es nun im Netz oder sonstwo. Ihr letzter Freund war ein charmanter Alkoholiker gewesen, der mehr besoffen gewesen war als nüchtern. Als sie ihn das letzte Mal gegen Kaution aus dem Gefängnis holen musste, hatte sie endlich zugeben müssen, dass ihre Freundinnen Recht hatten. Sie war ein Problemjunkie mit Rotkreuzschwester-Komplex. Aber das war jetzt vorbei. Sie war es leid, ständig zu versuchen, irgendwelche Nieten zu retten, die sie nicht zu schätzen wussten.

Lucy schob den Ärmel ihres Blazers hoch und sah auf die Uhr. Zehn nach sieben. Zehn Minuten zu spät. Fünf Minuten würde sie Hardluvnman noch geben, dann wäre sie weg.

Sie hatte ihre Lektion über gestörte Männer gelernt. Sie wollte einen netten, normalen Typen, der nicht zu viel trank, nicht auf irgendwelche Extreme stand und keine Mami/Papi-Komplexe mit sich rumschleppte. Ein Mann, der weder zwanghaft log, noch serienweise fremdging. Der nicht emotional zurückgeblieben oder körperlich abstoßend war. Ihrer Meinung nach war es auch nicht zu viel verlangt, dass er über ausreichende sprachliche Fähigkeiten verfügen musste.

Ein reifer Mann, der wusste, dass das Grunzen einer Antwort noch keine Unterhaltung ausmachte.

Lucy trank gerade einen Schluck Kaffee, als die Tür zu Starbucks aufschwang. Sie blickte vom Boden ihrer Tasse zu dem Mann auf, der den Eingang ausfüllte, als wäre er von einem Kongress für Verrückte und Bösewichte hereingeweht worden. Der Schirm seiner roten Baseballmütze war tief in seine Stirn gezogen und warf einen Schatten über Augen und Nase. Seine gebräunten Wangen waren von der Kälte gerötet, und die Spitzen seines schwarzen Haares ringelten sich wie Angelhaken um den Mützenrand. Regen durchnässte die breiten Schultern seiner Bomberjacke aus schwarzem Leder. Der Reißverschluss war offen, und Lucys Blick glitt an einem breiten weißen T-Shirt-Streifen herab zum Hosenbund einer verblichenen Levi's. Während er dort stand und den Blick von Tisch zu Tisch schweifen ließ, schob er die Finger in die Vordertaschen seiner abgetragenen Jeans, sodass seine Daumen auf den zugeknöpften Hosenschlitz zeigten.

Mr. Hardluvnman war endlich da.

Wie auf dem Foto auf der Website konnte Lucy sein Gesicht nicht deutlich erkennen, doch als er den Blick auf sie richtete, wusste sie, dass er es war. Sie war wie elektrisiert. Langsam ließ sie ihre Tasse sinken, während er die Hände aus den Taschen nahm und auf sie zuschlenderte. Er lief lässig aus den Hüften heraus, groß und schlank, Entschlossenheit in jedem Schritt. Er bahnte sich den Weg durch Stühle und Cafébesucher, wandte den Blick jedoch nicht von ihr, bis er vor ihrem Tischchen stand.

Der Schatten seiner Schirmmütze lag genau über dem tiefen Bogen seiner Oberlippe. Er hob die Hand und schob mit einem Finger langsam den Schirm hoch. Nach und nach glitt der Schatten über seinen Nasensattel und die dichten schwarzen Augenbrauen. Seine Augen, die auf sie herabblickten, hatten die Farbe einer heißen kolumbianischen Kaffeemischung.

Lucy war Schriftstellerin. Sie arbeitete mit Worten. Sie füllte jedes ihrer Bücher mit hunderttausenden davon. Doch ihr schossen nur drei durch den Kopf: *Ach, du Scheiße!* Nicht gerade beredt, aber auf den Punkt genau.

»Sind Sie Lucy?«

»Ja.«

»Entschuldigen Sie die Verspätung«, sagte er. Seine Stimme war tief, testosteronrau. »Meine Hündin ist über den Mülleimer hergefallen, als ich gerade loswollte, deshalb musste ich erstmal ihren Dreck wegmachen.«

Was Lucys Meinung nach die Wahrheit sein konnte, es aber, wie sie sich ins Gedächtnis rief, wahrscheinlich nicht war. Nicht, dass es eine Rolle spielte. Nach heute Abend würde sie diesen Prachtkerl von Hardluvnman sowieso nie wiedersehen. Was eigentlich sehr schade war, da er der attraktivste Mann war, den sie je außerhalb eines Männermagazins gesehen hatte.

»Ich bin Quinn.« Er streckte ihr die Hand hin, und seine Jacke öffnete sich und gab den Blick auf stahlharte Brust- und Bauchmuskeln frei, die fest in seinem engen T-Shirt verpackt waren. Die Art von Brust- und Bauchmuskeln, die die Frage nur noch untermauerten: Warum musste ein Mann wie er online gehen, um eine Frau zu finden? Sie brauchte nicht lange für die Antwort. Unter diesem harten Körper stimmte etwas nicht mit ihm. Es musste einfach so sein.

Lucy nahm seine Hand, und seine warme Handfläche presste sich gegen ihre. Schwielig. Kräftig. Eine Hand, die tatsächlich einem Klempner gehören könnte. Sie entzog ihm die Hand wieder und schlang sie um ihre Tasse. »Wollen Sie sich keinen Kaffee holen?«

»Ich bin wunschlos glücklich.« Als er sich setzte, glitt sein dunkler Blick prüfend über ihr Gesicht, ihr Haar und ihre Wangen, dann zu ihrem Mund. Seine Stimme wurde etwas tiefer, als er fragte: »Und Sie?«

Ob sie wunschlos glücklich war? Sie blinzelte verwirrt und fragte: »In welcher Beziehung?«

Er lachte leise. »Möchten Sie noch einen Kaffee?«

»Ach so. Nein. Danke.« Sie legte ihre Hände flach auf den Tisch und ließ sie in ihren Schoß gleiten. »Ich hab schon zu viel Koffein intus.« Ganz offensichtlich. Normalerweise ließ sie sich von gut aussehenden Männern nicht so leicht aus der Fassung bringen. Normalerweise. »Das ist der Nachteil dieser späten Kaffeeverabredungen.«

»Wie viele solcher Rendezvous haben Sie schon hinter sich?«

Rendezvous? »Genug.« Sie legte den Kopf schief und konzentrierte sich darauf, irgendeinen Makel an ihm zu entdecken. Bloß weil sie ein bisschen durcheinander war, hieß das nicht, dass sie vergessen hatte, worum es bei diesem Treffen ging. »Und Sie?«

»Nicht viele. Ich bin lange nicht mehr mit Frauen ausgegangen, und diese ganze Internet-Chatroom-Dating-Sache ist neu für mich.«

Das war es also. Er tummelte sich in Chatrooms. Sie hatte Recht gehabt. Es war wirklich etwas faul an ihm. Etwas, das sich hinter diesen dunklen Augen, den langen schwarzen Wimpern und der sanften, maskulinen Stimme verbarg. »Ich hab in Ihrem Profil gelesen, dass Ihre Frau gestorben ist. Mein Beileid.«

»Danke schön.« Er setzte die Kappe ab und fuhr sich mit den Fingern durch die dichten schwarzen Haarsträhnen. Die Spitzen ringelten sich um seine Fingerknöchel. »Es ist jetzt sechs Monate her.«

Eine relativ kurze Zeit, um sich nach einem Ersatz umzusehen, dachte Lucy. Das konnte heißen, dass er einsam war. Oder ein gefühlloser Scheißkerl. »Woran ist sie gestorben?«

»Ein Autounfall. Es war unser zehnter Hochzeitstag, und sie wollte schnell im Supermarkt noch eine Flasche Champagner holen. Ich hab zu Hause mit zwei Dutzend Gänseblümchen auf sie gewartet, aber sie ist nicht zurückgekommen.«

Gänseblümchen? War er etwa ein knauseriger, gefühlloser Scheißkerl?

Er lachte unbehaglich und setzte seine Mütze wieder auf. »Gänseblümchen waren ihre Lieblingsblumen.«

Okay, jetzt fühlte sie sich ein bisschen schäbig. Es war schließlich *möglich*, dass er die Wahrheit sagte. Aber er konnte genauso gut ein Schwindler sein. Ein Schwindler mit einem Körper, der auch vernunftbegabten Frauen das Hirn umnebelte. »Sie müssen sie furchtbar vermissen.«

»Mehr als ich es je für möglich gehalten hätte. Sie hat mir alles bedeutet.« Er senkte den Blick auf den Tisch, sodass sie unter dem Mützenschirm die Emotion in seinen dunklen Augen nicht sehen konnte. »Manchmal schmerzt es so sehr …« Er schwieg mehrere Herzschläge lang, bevor er fortfuhr. »Manchmal kann ich kaum atmen.«

Oh mein Gott, dachte Lucy. Sie sollte das für Clare notieren. Clare schrieb Liebesromane, und das war wirklich herzzerreißend. Lucy musste zugeben, dass es sogar bei ihr wirkte – einer romantischen Zynikerin der härtesten Sorte.

»Sie hatte weiches rotes Haar, und wenn sie schlief, breitete es sich fächerförmig auf ihrem Kissen aus. Manchmal blieb ich wach, nur um ihr beim Träumen zuzusehen.«

Lucy zog irritiert die Augenbrauen zusammen, während in ihrem Kopf Aerosmith hämmerte. Das war entweder das Netteste, das sie je gehört hatte, oder er klaute Zitate aus Songtexten. Wenn Letzteres der Fall war, war er wirklich mies. »Wie hieß sie?«

»Millie. Wir kamen kurz vor dem Highschool-Abschluss zusammen.«

»Sie waren schon an der Highschool ein Pärchen?«

»Ja, aber wir haben uns einmal kurz getrennt, weil ich ein Trottel war.« Er zuckte mit seinen breiten Schultern, blickte aber nicht auf. »Ich war dreiundzwanzig und dachte, ich müsste auch mit anderen Frauen ausgehen. Doch nach einem Monat wurde mir klar, dass Millie alles hatte, was ich bei einer Frau suchte.« Er räusperte sich und sagte, als würde es ihm schwerfallen, die Worte herauszubringen: »Sie war die andere Hälfte meiner Seele.«

Wieder war das entweder echt romantisch oder wirklich mies. Lucy tendierte zu mies, weil an einem Typen, der den perfekten Körper hatte und trotzdem die Chatrooms nach einer Verabredung abklapperte, irgendetwas faul sein musste. Irgendeine versteckte Persönlichkeitsstörung. »Ist es nicht zu früh für Sie, sich nach einer neuen Frau umzusehen?«

»Nein.« Er blickte auf, und seine braunen Augen schauten in ihre. »Ich muss versuchen, mein Leben weiterzuleben. Ich suche keinen Ersatz für meine Frau, aber an manchen Abenden fällt mir zu Hause einfach die Decke auf den Kopf. Manchmal ist es einfach zu öde, nur mit einem Hund zur Gesellschaft zu Hause zu sitzen und *Cold Case Files* zu gucken.«

Er sah gern *Cold Case Files*? Diese Crime-Doku-Reihe war ihre Lieblingssendung, und wenn sie eine Folge mal nicht sehen konnte, zeichnete sie sie auf. »*Cold Case Files* auf CBS oder A&E?«

»A&E. Mir gefallen die echten Fälle.«

»Mir auch! Haben Sie die Folge gestern Abend gesehen?«

»Wo sie den Torso in dem Sportbeutel gefunden haben?« Er lehnte sich zurück, und die Jackennähte an seinen Schultern platzten fast, als er die Arme vor der Brust verschränkte. »Ja, hab ich.«

»Da haben sie ganz schön Schwein gehabt.«

Quinn rutschte auf seinem Stuhl ein Stückchen nach unten und brachte seinen Blick auf eine Höhe mit ihrem. »Science Fiction hat die Verbrecher endlich eingeholt.«

»Das stimmt. Da fragt man sich, wie heutzutage überhaupt noch jemand mit irgendwas davonkommt.« Lucy nippte an ihrem Kaffee und gab den Versuch auf, ihn auf irgendwelche Makel hin abzuklopfen. Da sie ihn sowieso nie wiedersehen würde, war es im Grunde auch egal. »Andererseits kommen jeden Tag Leute mit Verbrechen davon. Sie müssen nur schlau genug vorgehen.«

Seine dichten Augenbrauen senkten sich nachdenklich. »Glauben Sie, dass es das perfekte Verbrechen gibt?«

Tat sie das? In ihren Büchern wurden die Fälle immer spätestens auf der letzten Seite gelöst, die Täter vor Gericht gestellt. Doch war das auch im wahren Leben so? »Ich glaube, wenn man schlau ist und ein bisschen recherchiert, kann man durchaus das perfekte Verbrechen begehen. Und selbst, wenn es nicht ganz so perfekt ist, kann man immer noch damit durchkommen.«

Er sah sie mehrere Herzschläge lang an, dann fragte er: »Wie meinen Sie das?«

»Die meisten Verbrecher werden geschnappt, weil sie über ihre Tat reden müssen. Außer Serienmörder. Serienmörder kommen ungeschoren davon, weil sie normalerweise nicht über ihre Taten sprechen.«

»Woran liegt das Ihrer Meinung nach?«, fragte er.

»Wahrscheinlich, weil sie kein Gewissen haben. Die meisten Menschen mit einem Gewissen erzählen jemandem von ihrem Verbrechen. Das ist wie beim Niesen. Es muss raus, um den Druck abzubauen.«

»Und Sie glauben, Serienmörder brauchen den Druck nicht abzubauen?«

»Klar müssen sie das. Aber bei ihnen baut das Töten den Druck ab.« Über Verbrechen zu reden, war eine ihrer Lieblingsbeschäftigungen. Wenn sie sich mit ihren Freundinnen traf und sie sich übers Schreiben unterhielten, ging es mehr um Verfahrensfragen. Jede schrieb in einem anderen Genre, deshalb gingen sie normalerweise nicht allzu sehr ins Detail. Tja, außer Maddie. Die ging bis in die grausamsten Details, normalerweise beim Mittagessen, und dann mussten sie ihr den Mund verbieten. Es war irgendwie schön, mit jemandem über Mord zu sprechen, der nicht so aussah, als würde er über Lebertemperaturen aus dem Häuschen geraten.

»Haben Sie die Folge neulich Abend über diese Frau gesehen, die ihre fünf Ehemänner vergiftet hat?«, fragte Quinn.

»Bonnie Sweet? Ja, hab ich.« Bonnie war die Inspiration für Lucys viertes Buch *Tee von einem Bevollmächtigten* gewesen. Wie Lucys mordlüsterne Protagonistin hatte Bonnie aus Maiglöckchen einen giftigen Tee gebraut und ihn in edlem Wedgwood-Porzellan serviert. »Diese Frau hat einfach gern gegärtnert.« Dass Lucy bei einem Kaffee-Date über dieses Thema sprach, mochte leicht seltsam sein, doch es war tausendmal spannender, als einem Mann dabei zuzuhören, wie er über seine Ex lästerte, von seinem Motorrad schwärmte oder seinen Jagdausflug nach Alaska noch einmal durchlebte. Sie würde Quinn nie mehr wiedersehen, wenn sie Starbucks verließ, was spielte es also für eine Rolle, worüber sie sich unterhielten? »Man muss Bonnie Extrapunkte für ihren Stil geben.«

Quinn sah ihr in die Augen, als wollte er feststellen, ob sie eine Psychopathin war, oder nur zu viel allein vor der Glotze saß. In Wahrheit war sie eine harmlose Autorin mit massenhaft Recherchen im Kopf. Über alles von Spitzenunterwäsche bis Leichenblässe.

Er setzte sich wieder aufrecht hin, beugte sich vor und legte die Arme auf den Tisch. »Es braucht schon eine kaltherzige Frau, um jemanden langsam zu vergiften, den man angeblich liebt. Oder einmal geliebt hat.«

Was absolut die Wahrheit war. Serienmörderinnen waren kaltherzige Miststücke. Jede Einzelne von ihnen. Außerdem waren sie ordentlicher. Schlauer. Sauberer und, Lucys Meinung nach, viel interessanter als ihre männlichen Pendants. »Ja, aber genau das macht sie letztlich so faszinierend.«

»Faszinierend?« Er schüttelte fassungslos den Kopf und lachte ironisch. »Gott sei Dank gibt es nicht viele dieser ›faszinierenden‹ Frauen.«

»Vielleicht gibt es sie ja, und wir wissen es bloß nicht?« Lucy legte lächelnd den Kopf schief. »Vielleicht sind Mörderinnen einfach schlauer als Mörder und werden nicht geschnappt.«

»Vielleicht.« Er sah ihr intensiv in die Augen, und sie hatte langsam das Gefühl, dass er auf irgendetwas achtete. Worauf, hatte sie keine Ahnung. Quinn öffnete den Mund, um weiterzusprechen, doch ein Würgegeräusch lenkte ihn ab. Lucy schaute nach links zu Mike und seiner blonden Begleiterin. Mike hielt mit beiden Händen die Tischkante umklammert, und Gesicht und Nacken waren tiefrot angelaufen.

»Oh mein Gott!« Lucy sprang so schnell auf, dass ihr Stuhl nach hinten kippte. »Klondikemike ist am Ersticken. Unternimmt denn keiner was?«

»Sollten Sie nicht was unternehmen?«

Sie sah Quinn entgeistert an, der sich ebenfalls erhob. »Ich?«

»Sind Sie nicht Krankenschwester?«

Krankenschwester? »Was?« Oh Scheiße. Stimmte ja. Sie hatte in ihrem Profil gelogen. Da sich sonst niemand zu rühren schien, legte sie schnell die kurze Strecke zurück. Leider beherrschte sie das Heimlich-Manöver nicht, deshalb tat sie das Naheliegendste: Sie schlug Mike zwischen die Schulterblätter. Als nichts passierte, schlug sie fester zu.

Mikes Begleiterin kreischte hysterisch. Jemand schrie vom anderen Ende des Coffee Shops: »Ruft den Notarzt! Ein Mann ist am Ersticken.«

Die Geräuschkulisse im Starbucks schwoll von leisem stetem Gemurmel zu einer Woge aus Geschrei und über den Boden schrammenden Stühlen an.

»Großer Gott«, fluchte Quinn. Er packte Lucy an den Armen, hob sie hoch und räumte sie aus dem Weg. Dann hievte er Mike von hinten hoch, und nach einem abrupten Drücken flog eine Kaffeebohne durch die Luft und traf Mikes fassungslose Begleiterin genau zwischen den Augen. Mike holte tief und keuchend Luft. »Danke«, presste er hervor.

Quinn nickte. »Kein Problem.«

Die Kakophonie aus lauten Stimmen steigerte sich noch, als sich die Leute um Mike scharten, um sich zu überzeugen, dass es ihm gut ging. Quinn stand daneben, das Gewicht auf ein Bein verlagert und die Hände in die Hüften gestemmt. Seine Mundwinkel verzogen sich ironisch nach unten, während er das Spektakel beobachtete. Die Lücke zwischen dem Reißverschluss seiner Jacke über seiner harten Brust wurde breiter, und Lucy glaubte, ihn etwas murmeln gehört zu haben, das verdächtig klang wie »Krankenschwester, guter Witz«.

2. Kapitel

TARZAN: SUCHT JANE FÜR SPASS UND SPIEL …

Quinn McIntyre schob die Finger in die Vordertaschen seiner Levi's und stieß einen frustrierten Seufzer aus. Sein Atem hing wie Rauch in der Luft, und seine Augen verengten sich, während er beobachtete, wie sich die Rücklichter von Lucys silbernem BMW entfernten. Ihren verdammten Kaffeebecher hatte sie mitgenommen. Außer ihn ihr gewaltsam zu entwinden, hatte er keine Möglichkeit gesehen, sie davon abzuhalten.

Der Regen hatte inzwischen aufgehört, aber drei Viertel des Vollmonds waren von tintenschwarzen Wolken verdeckt. Quinn trat vom Gehsteig und lief über den Parkplatz zu einem schwarzen Ford Econoline Van. Lucy war genauso wenig Krankenschwester wie er Klempner, aber das hatte er schon gewusst, als er ihr die erste E-Mail schrieb. Er hatte die ganze Zeit über gewusst, dass ihr Internet-Profil gequirlte Scheiße war, und war genauestens darüber im Bilde gewesen, was sie beruflich machte. Als er sich heute Abend mit ihr traf, hatte er viel mehr über sie gewusst als ihre Augen- und Haarfarbe. Er hatte gewusst, dass sie 1,68 groß und 59 Kilo schwer war. Dass sie in der Klinik im Stadtzentrum geboren und im North End aufgewachsen war, wo sie immer noch lebte. Dass ihr Vater die Familie verlassen hatte, als sie elf war, was großen Groll gegen Männer hervorrufen konnte. Dass sie gebildet war und vor sechs Jahren ihren ersten Krimi verkauft hatte. Und dass sie in den letzten fünf Jahren drei Strafzettel wegen Geschwindigkeitsüberschreitung und zwei Vorladungen wegen Überfahrens von Stoppschildern bekommen hatte.

Was er nicht gewusst hatte, war, dass ihre Augen noch tiefblauer waren als auf ihrem Führerscheinbild und dem Publicity-Foto auf dem Schutzumschlag ihrer Bücher. In ihrem Haar glänzten goldene Strähnchen, und ihre Lippen waren viel voller. Als er heute Abend Starbucks betrat, wusste er, dass er einer umwerfenden Frau begegnen würde, doch auf die volle Wucht ihres weiblichen Charmes war er nicht gefasst. Aufgrund der Fotos hatte er nicht ahnen können, dass alles an ihr, von ihrer weichen Hand bis zum sanften Klang ihrer Stimme, im starken Kontrast zu einer Frau stand, die über Serienkiller schrieb und vielleicht selbst einer war.

Quinn lief durch Inseln künstlichen Lichts, ohne auf die Pfützen zu achten, die seine Stiefel bespritzten. Als er sich dem Van näherte, senkte sich die Fensterscheibe langsam.

»Habt ihr das alles?«, fragte er, während er hinter sich griff und sein T-Shirt aus seiner Jeans zog.

»Ja.« Detective Kurt Webers Mondgesicht erschien im Fenster. »Hast du den Kaffeebecher?«

»Sie hat ihn mitgenommen.«

»Scheiße.«

»Fand ich auch.«

»Was hatte dieser Lärm gegen Ende zu bedeuten?«

»So'n Typ ist fast an 'ner Kaffeebohne erstickt.« Er verstummte und zog an dem Mikrofon, das mit Klebestreifen an seiner Taille befestigt war. »Ich glaube, man kann mit ziemlicher Sicherheit sagen, dass sich Lucy Rothschild nicht nur fälschlich als Krankenschwester ausgibt; sie hat nicht den blassesten Schimmer von lebensrettenden Maßnahmen.«

»Aber diese Infos über Serienkiller waren interessant«, bemerkte Polizeitechnikerin Anita Landers von ihrem Platz hinten im Van neben den Empfangsgeräten.

Das hatte Quinn auch gefunden. Es sollte ihn nicht wundern, wenn Lucy morgen die Hauptverdächtige im »Breathless«-Fall wäre, wie sie die Frau nannten, die übers Netz Männer kennen lernte und sie in ihren Wohnungen erstickte. Ein ultradünnes Kabel verlief an seiner Seite hoch zu einem winzigen, flachen Mikrofon, das ihm auf den rechten Brustmuskel geklebt worden war. »Scheiße«, fluchte er, als er das Mikrofon von der jetzt nackten Stelle am Oberkörper riss.

»Wie war deine erste Reaktion auf sie?«, fragte Anita.

Quinn reichte ihr das Mikro durchs Fenster und sah an Kurt vorbei zu Anitas dunkler Silhouette hinten im Van. Als er Lucy in dem überfüllten Café hatte sitzen sehen, war seine erste Reaktion rein männlich und rein körperlich gewesen. Die Art Reaktion, die ein Mann zeigte, wenn eine schöne Frau seine Aufmerksamkeit erregte. Die Art, die ihn daran erinnerte, wie lange er schon keinen Sex mehr hatte. »Als ich mich zu ihr gesetzt habe, hatte ich das Gefühl, sie nimmt mich auseinander und sucht nach irgendwelchen Makeln.«

»Vielleicht hat sie dich als ihr nächstes Opfer auserkoren«, schlug Anita vor.

Daran hatte er auch schon gedacht. »Ja, vielleicht.« Als Hardluvnman hatte er in den vergangenen zwei Wochen sieben Online-, fünf Chatroom- und drei Kontaktanzeigen-Dates gehabt. Kurt, alias Hounddog, hatte etwa genauso viele gehabt, während Quinn im Econoline gesessen und jedes Wort mitgehört hatte. Die vielen anderen Fälle der beiden Detectives waren auf andere Beamte umverteilt worden, damit sie den Großteil ihrer Arbeitszeit diesem Fall widmen konnten.

Lucy war Quinns zweites Kaffee-Date an jenem Abend gewesen, und er war erschöpft von dem Versuch, sich ständig daran zu erinnern, welche Stichworte er welcher Frau geben musste. »Wir sehen uns morgen«, sagte er, als er den Reißverschluss seiner Jacke zuzog. Bis dahin wäre das Lucy-Rothschild-Band ausgewertet, genau wie all die anderen. Es hatte keinen Sinn, hier dumm rumzustehen, sich den Arsch abzufrieren und die Sache totzuquatschen.

Er begab sich zu dem silbernen Jeep, der wenige Parkplätze vom Van entfernt parkte, und öffnete die Tür.

»Hey, McIntyre«, rief Kurt ihm zu, als er den Econoline startete.

Quinn schaute über das Jeepdach zu ihm. »Ja?«

»Sieht diese Lucy in natura genauso heiß aus wie auf den Fotos?«

»Sogar noch besser.« Was die Möglichkeit nicht ausschloss, dass sie eine Mörderin sein konnte, aber ein paar interessante Fragen aufwarf. Zum Beispiel warum eine Frau, die aussah wie Lucy und so gut verdiente wie sie, im Internet nach Männern suchte.

»Das sollte dir die Arbeit erleichtern.«

Sich von blauen Augen und weichen roten Lippen ablenken zu lassen, machte seine Arbeit keineswegs leichter.

Nein, es wäre einfacher, wenn Breathless sich als seine erste Verabredung des Abends entpuppte, Maureen. Doch schon bei dem Gedanken erschauderte er. »Bis morgen«, rief Quinn, als er in den Jeep stieg und die Tür zuschlug.

Maureen Dempsey, alias Bignsassy, war eine der dämlichsten Frauen, die er je getroffen hatte. Sie hatte pausenlos über ihre Sammelalben und ihre Puppensammlung gequasselt, als hätte ihn das einen Scheißdreck interessiert. Sie nannte ihn ständig »Quint« und hatte ihm zur Krönung erzählt, sie hätte »irgendwo« gelesen, dass in der Sawtooth Wilderness Area in der Nähe von Sun Valley Außerirdische gelandet wären und sich als Menschen ausgaben. In dem festen Glauben, dass sie ihn verarschte, hatte er einen Witz gerissen und sich ein Lachen abgerungen. Doch sie meinte es vollkommen ernst, und er hatte gespürt, wie sein IQ um zehn Punkte fiel, nur weil er ihr gegenübersaß. Doch der größte Witz daran war, dass Maureen als Staatsbeamtin in der Industriekommission von Idaho arbeitete.

Er startete den Jeep und fuhr vom Parkplatz. Aus der Lüftung blies ein kalter Luftschwall auf seine Brust. Die Heizung war noch nicht warm gelaufen, deshalb stellte er die Lüftung ab. Seine Finger spielten am Radio herum, dann schaltete er auch das aus. Schon nach zwei Minuten mit Maureen hatte Quinn sie im Geist weitgehend von der Verdächtigenliste gestrichen. Der Grund war nicht, dass sie einen festen Job hatte. Viele Dummköpfe arbeiteten für die Regierung, aber eine Frau, die in der Lage war, drei Männer umzubringen, ohne irgendwelche Spuren zu hinterlassen, würde nicht im Traum glauben, dass im nördlichen Idaho Außerirdische lebten. Quinn neigte dazu, dem Bericht des

FBI-Profilers zuzustimmen, dass Breathless höchst organisiert und überdurchschnittlich intelligent war. Quinn glaubte nur nicht, dass Maureens Dummheit aufgesetzt war. So gut konnte niemand schauspielern.

Dem Verbrecherprofil zufolge war Breathless zwischen zweiunddreißig und achtundvierzig. Aufgrund der fehlenden forensischen Beweise glaubte der Profiler, dass sie Kenntnisse in Kriminaltechnik und polizeilichen Verfahren hatte. Sie interessierte sich für Verbrechensaufklärung und hielt sich für schlauer als die Polizei. Sie würde sich nicht mit konventionellen Methoden schnappen lassen und konnte wahrscheinlich einen Lügendetektortest bestehen und einem Verhör standhalten, ohne zusammenzubrechen.

Nach der Lektüre des Gutachtens waren sich alle in der Abteilung einig, dass die beste Methode, ein Raubtier wie Breathless zu fangen, darin bestand, es zu ködern. Mit Männern. Auch wenn Quinn den Plan für sinnvoll hielt, gefiel er ihm nicht. Er hatte das üble Gefühl, dass er es schon sehr weit treiben musste, bis sie genug Beweise für eine Festnahme hatten. Er hatte keine Angst, ein weiteres Opfer zu werden. Nein, er fand bloß die Vorstellung, seinen Schwanz vor einer Psychopathin baumeln zu lassen, nicht gerade prickelnd.

Quinn bog in Fairview ab und fuhr auf den Zubringer. Straßenlaternen erhellten den Highway-Abschnitt, der in die Innenstadt führte wie ein weißes Band. Er probierte noch einmal die Heizung, und aus der Lüftung blies jetzt warme Luft, während er in Richtung Broadway und nach Hause fuhr.

Alle Frauen, die die Detectives in den vergangenen zwei

Wochen manipuliert hatten, wiesen mehrere Gemeinsamkeiten auf, durch die sie auf der Verdächtigenliste gelandet waren. Sie alle trafen Verabredungen übers Internet und waren von allen drei Opfern etwa drei Tage vor ihrem Tod kontaktiert worden. Sie alle waren Kundinnen bei derselben Reinigungskette und lebten allein.

Auch alle drei männlichen Opfer hatten mehrere Gemeinsamkeiten, die sie auf die Liste der Täterin gebracht hatten. Alle waren auf Frauenjagd gewesen, als hätten sie eine göttliche Mission zu erfüllen. Alle besaßen eine lange Liste von Frauen, die sie unter einen Hut bringen mussten, indem sie bis zu fünf oder sechs Verabredungen pro Woche hatten – normalerweise mit verschiedenen Kandidatinnen, die sie über Dating Services im Netz, in Chatrooms und über Kontaktanzeigen kennen gelernt hatten. Der Anzahl der Bücher nach zu urteilen, die sie bei »Barnes and Noble«, »Borders« und »Hastings Books and Music« per Kreditkarte erstanden, hatten sie Bücher geradezu verschlungen. Das erste Opfer war geschieden gewesen, das zweite verwitwet und das dritte verheiratet, hatte sich jedoch als Witwer ausgegeben. Alle drei waren mit Handschellen ans Bett gefesselt gestorben.

Das erste Opfer, Charles Wilson, alias Chuckles, war in seiner Wohnung in der Nähe von Overland gefunden worden, die Hände in elastischen Handschellen und eine Kleiderschutzhülle aus einer Westco-Reinigung über dem Kopf. Der Fall war als Totschlag eingestuft worden; ob es sich um Mord handelte, war noch unklar. So wie sich die Leiche beim Auffinden präsentierte, schien das Opfer mit einer ziemlich abartigen Sexualpartnerin erotische Aspyxiationsspielchen getrieben zu haben, was tödliche Folgen gehabt hatte. Die Täterin war vom Tatort geflohen und hatte nur wenig Beweise zurückgelassen, und Quinn sollte herausfinden, ob die abartige Sexualpraktik versehentlich schiefgegangen war, oder ob es sich um vorsätzlichen Mord handelte.

Sie hatten Mr. Wilsons Familie und Freunde befragt, die ausnahmslos behaupteten, er hätte seit über einem Jahr keine feste Freundin mehr gehabt. Seine Exfrau hatte wieder geheiratet und lebte in einem anderen Staat. Quinn hatte seine Kreditkartenquittungen und Telefonaufzeichnungen durchforstet. Er hatte so ziemlich alle Personen ausgeschlossen, die Charles telefonisch oder per E-Mail kontaktiert hatte, als das zweite Opfer entdeckt wurde. Zwei Leichen waren kein Zufall mehr. Der Tod der Männer war nicht zufällig gewesen, und als dann die dritte Leiche auftauchte, wussten sie mit Sicherheit, dass sie es mit einem Serienmörder zu tun hatten.

Charles Wilson war vor anderthalb Monaten ermordet worden, und wenn die Detectives sich nicht beeilten, gäbe es ein viertes Opfer.

Bald.

Das wollte niemand. Und niemand hätte es lieber gesehen als Quinn, wenn den Beamten zur Aufklärung von Gewaltverbrechen der Durchbruch gelungen wäre. Er hatte keinerlei Skrupel, Frauen zu belügen, und Mörder dingfest zu machen, gehörte zu seinem Job. Er hatte jetzt schon seit Jahren nicht mehr als verdeckter Ermittler gearbeitet, und manchmal hatte es ihm richtig gefehlt. Nein, was ihm total gegen den Strich ging, war, die schmalzigen Sprüche herzusagen, die Kurt für ihn geschrieben hatte.

Quinn fuhr mit dem Jeep in seine Auffahrt und schaltete die Scheinwerfer aus, als er in die Garage rollte. Er parkte neben seinem weißen Zivilwagen und stellte den Motor ab. Wie immer hatte Millie ihn kommen hören und erwartete ihn schon an der Hintertür. Ein weibliches Wesen, das zur Abwechslung mal treu war, wenn auch manchmal vielleicht etwas *zu* anhänglich. Er knipste das Licht an, als er in die Küche kam. Ihre großen braunen Hundeaugen blickten in grenzenloser Liebe zu ihm auf, und das Licht schimmerte auf ihrem seidig roten Fell.

»Hey, Kleine.« Sie leckte ihm die Hand, und er ließ sich auf ein Knie nieder. »Du bist ein braver Hund.« Er kraulte sie hinter den langen Ohren, worauf sie die Zunge ekstatisch seitlich aus dem Maul hängen ließ. Ihr Schwanz klopfte auf den Hartholzboden, während Quinn das blinkende Licht seines Anrufbeantworters und das Chaos aus Federn, die im Zimmer verstreut waren, zur Kenntnis nahm.

Seine Mundwinkel verzogen sich nach unten, als er wieder aufstand. Unter dem Tisch lagen die zerfetzten Überreste seines Kissens. Er war lange nicht mehr dazu gekommen, mit Millie rauszugehen, damit sie nach Herzenslust herumtoben und apportieren konnte. Sie langweilte sich, aber wenigstens hatte sie sich diesmal nicht am Mülleimer zu schaffen gemacht. Aber da war sowieso nichts mehr drin.

Das war das Problem, wenn man einen zwei Jahre alten Irischen Setter zu lange allein ließ. Sie stellten gern allerlei Unfug an, doch wenigstens hatte sie diesmal nur sein Kissen ruiniert.

Er hängte seine Jacke über einen Küchenstuhl und durchquerte die Küche. Das letzte weibliche Wesen, das er allein gelassen hatte, war seine Verlobte Amanda gewesen, und die hatte sein Leben ruiniert. Während er weg gewesen war, um sich seine Brötchen zu verdienen, indem er die Welt vor Bösewichten rettete, hatte sie mit Shawn gevögelt, seinem besten Kumpel seit der Highschool.

Quinn zog den leeren Mülleimer unter dem Spülbecken hervor und trug ihn durch den Raum. Er glaubte nicht, dass er je den Nachmittag vergessen würde, als er sie nackt in seinem Bett überrascht hatte. Er würde nie ihre Mienen oder die Vorwürfe vergessen, die aus dem Mund der Frau sprudelten, die er geliebt hatte.

»Ich bin immer allein«, hatte Amanda gejammert und die Bettdecke hochgezogen, um ihre nackten Brüste zu bedecken. »Du arbeitest ständig, und ich bin hier immer allein.«

Er hatte ironisch auf Shawn gedeutet, der aus dem Bett gesprungen war und hastig in seine Hose stieg. »Ganz offensichtlich bist du nicht immer allein.« Der Griff von Quinns 9-mm-Heckler&Koch hatte gegen seine Taille gedrückt, während die Wut mit jedem Herzschlag in seiner Brust gehämmert und sein Magen sich zusammengezogen hatte, bis er fürchtete, sich gleich übergeben zu müssen.

»Wir wollten das nicht«, hatte Shawn gemurmelt und sich sein Hemd geschnappt.

»Du wolltest deinen Schwanz also nicht in meine Verlobte stecken?« In jenem Moment brachte Quinn das allergrößte Verständnis für Verbrechen aus Leidenschaft auf; er spürte den blinden Nebel und die verzehrende Wut, die einen Mann dazu bringen konnte, die Kontrolle zu verlieren und auf Rache zu sinnen, am eigenen Leib.

»Was hast du denn erwartet?« Zwei süße Tränchen waren

aus Amandas Augen gekullert, sogar als sie die Verantwortung voll und ganz auf ihn schob. »Es ist deine Schuld. Du bist kalt und gefühllos.«

Er hatte gelacht, ein heiserer Mix aus Wut und Ungläubigkeit. »Schert euch aus meinem Haus«, hatte er hervorgestoßen. Seine harte, ausdruckslose Stimme hatte den Raum erfüllt, während Hass und Wut durch seinen Körper rasten. Jahrelange Erfahrung und Selbstbeherrschung hatten ihn die Hände zu Fäusten ballen lassen, bevor er etwas Dummes hätte tun können. »Alle beide.« Etwas an seinem Blick oder am Klang seiner Stimme musste sie gewarnt haben, wie kurz er davor war, gewalttätig zu werden, denn sie hatten rasch ihre Klamotten geschnappt und die Beine in die Hände genommen.

Quinn glaubte zwar nicht, dass er in jener Nacht von seiner Pistole Gebrauch gemacht hätte, aber er konnte nicht garantieren, dass er Shawn nicht schon aus Prinzip halb totgeschlagen hätte, wenn sie geblieben wären. Doch er bezweifelte es, denn tief in seinem Herzen wusste er, dass an Amandas Vorwurf etwas dran gewesen war.

Er rückte einen Küchenstuhl beiseite und griff nach den fast leeren Überresten dessen, was einst sein Kissenbezug gewesen war. Millie machte sich nicht einmal die Mühe, angesichts der Verwüstung schuldbewusst den Kopf hängen zu lassen. Stattdessen latschte sie sogar noch durch das Chaos und verteilte noch mehr Federn hinter sich. Wäre es draußen nicht so nass gewesen, hätte er sie in ihre Hundehütte gesperrt, während er saubermachte. »Raus«, befahl er und deutete auf den Durchgang zum Wohnzimmer. Mit großen braunen Augen blickte sie über die Schulter, als sie langsam hinaustrottete. War es nicht typisch Frau, dass sie versuchte, ihm Schuldgefühle wegen etwas zu machen, das *sie* angestellt hatte?

Quinn warf den Kissenbezug in den Müll, und Federn stoben auf und blieben an seinem Hemd kleben. Es war jetzt ein gutes Jahr her, seit er Amanda und Shawn gemeinsam ertappt hatte. Er hatte gehört, dass die beiden geheiratet und inzwischen ein Kind, eine Hypothek und einen Komfort-Geländewagen hatten. Den amerikanischen Traum lebten, während er immer noch ein sorgloses Junggesellendasein führte. Er und Millie. Und das war total in Ordnung für Quinn. Es gab Zeiten, in denen er geglaubt hatte, alles haben zu können. Eine Frau, Kinder und einen Minivan, aber manche Scheiße stand einfach nicht in den Karten. Nicht für Quinn.

Er zupfte die Federn von seinem Hemd und ließ sie in den Mülleimer schweben. Viele Polizisten, die er kannte, waren schon zum zweiten oder dritten Mal verheiratet; da blieb er doch lieber allein, als Teil einer traurigen Statistik zu werden. Er hatte seine Arbeit und seinen Hund, seine Mutter, zwei Geschwister und sieben Nichten. Das war genug Familie für jeden. Und wenn er das Bedürfnis nach weiblicher Gesellschaft verspürte, wusste er, wo er sie finden konnte. Für viele Frauen war seine Dienstmarke ein Aphrodisiakum. Er wollte Sex. Sie wollten Sex mit einem Cop. So bekamen beide, was sie wollten. In den meisten Fällen war das genug.

Quinn richtete sich auf und ging zum Besenschrank. Er zog Besen und Kehrschaufel heraus und drückte auf seinem Anrufbeantworter die Play-Taste. Während er mit dem Besen Federn jagte, hörte er eine Nachricht des Kundenservice von Sears, die ihn davon in Kenntnis setzte, dass die Garantie seines Kühlschranks bald ablaufen würde. Der zweite Anruf war von seiner Mutter.

»Erin hatte heute ihre Ultraschalluntersuchung«, informierte ihn ihre Stimme. Ihr langer Seufzer erfüllte die Küche, bevor sie fortfuhr: »Sie kriegt noch ein Mädchen.«

Quinn lachte leise. Erin war mit Quinns Bruder Donny verheiratet. Die beiden hatten schon drei Mädchen. Das jüngste würde die Gesamtsumme der Frauen in Donnys Haus auf fünf erhöhen. Fünf zu eins. Arme Sau. Er war auf verlorenem Posten.

Noch ein langer Seufzer, dann: »Natürlich freuen wir uns. Aber wer wird den Namen McIntyre fortführen, wenn Donny ständig Mädchen zeugt?«

Quinn war der älteste McIntyre, gefolgt von seiner Schwester Mary und schließlich Donny. Mary und Donny hatten mit vereinten Kräften für sieben Enkelinnen gesorgt. Quinn sah nicht ein, warum er noch mehr kleine Schreihälse in die Welt setzen sollte.

»Ich hab in der Sonntagsmesse Beatrice Garner getroffen«, informierte ihn seine Mutter, während er Federn auf das Kehrblech kehrte. Er wusste genau, worauf sie hinauswollte. »Ihre Tochter Vicky arbeitet bei Dillard's. In der Kinderabteilung. Sie ist ledig und besucht die St. Mary's Kirche in der State Street.«

»Vergiss es«, knurrte Quinn, während er Daunen und Federn von Schritt und Oberschenkeln seiner Jeans klaubte. An dem Tag, als er vom Rauschgiftdezernat in die Abteilung zur Aufklärung von Gewaltverbrechen versetzt worden war, hatte seine Mutter kurz innegehalten und Gott gedankt, dass Quinn aufgehört hatte, Junkies zu jagen und sich von durchgeknallten Dealern anschießen zu lassen, und es prompt zu ihrer Mission erklärt, dafür zu sorgen, dass er »häuslich« wurde. Sie war überzeugt, dass Quinn mit der Liebe einer guten Frau und regelmäßigen Beichtgängen glücklich würde. Wenn er sie darauf hinwies, dass die »Liebe einer guten Frau« ihn total vermurkst hatte, konterte seine Mutter, dass Amanda keine »gute Frau« gewesen war. Eine ihrer zahlreichen Sünden hatte darin bestanden, dass sie Presbyterianerin war. Er hatte den Versuch aufgegeben, seine Mutter davon zu überzeugen, dass ihm sein Leben so gefiel, wie es war, und dass er genauso glücklich war wie alle anderen Erdbewohner.

Sie ließ sich noch ein Weilchen länger über Pater soundso und Diakon soundso aus, bevor ihr die Puste ausging und das Gerät sich ausschaltete. Er schob den Mülleimer wieder unter das Spülbecken und lehnte den Besen an die Küchentheke. Er warf das Kehrblech auf den Herd und schnappte sich eine Flasche Bier aus dem Kühlschrank. Wenn sie sich um ihr eigenes Liebesleben kümmerte, würde sie sich vielleicht nicht so viele Gedanken um seins machen. Er wusste nicht so recht, was er davon halten sollte, dass seine Mutter sich so kurz nach dem Tod seines Vaters mit Männern traf. Auch wenn es, wenn er es recht überlegte, schon drei Jahre her war, dass sein Vater tot umgefallen war, während er die Sharon-Rosen seiner Mutter beschnitten hatte.

Er nahm seinen Laptop und seine Akten vom Tisch, auf dem er sie vorher abgelegt hatte, und knipste auf dem Weg aus der Küche die Lichter aus. Millie stand auf und folgte Quinn dicht auf den Fersen ins Wohnzimmer. Mit der freien

Hand schnappte er sich die Fernbedienung und schaltete die Zehn-Uhr-Nachrichten an. Er setzte sich auf sein Ledersofa und platzierte Laptop und Akten auf dem gläsernen Couchtisch vor sich. Millie setzte sich neben sein Knie auf den Boden, und er streckte die Hand aus und kraulte sie hinter ihrem langen roten Ohr.

In dem dunklen, behaglichen Raum glitt Licht vom Fernseher über die beigefarbenen Teppiche und strömte über den Couchtisch bis zu seiner Stiefelspitze. Er sah sich die Wettervorhersage an, die mehr Regen prophezeite. Bisher hatte die Presse zum Fall Breathless nicht über viele Details berichtet. Die Öffentlichkeit wusste nur, dass drei Männer in ihren Betten erstickt worden waren. Die Erstickungsmethode war nicht bekannt gegeben worden, genauso wenig wie die Information, dass sie nach Auffassung der Polizei ihre Opfer übers Internet fand. Die Presse kooperierte. Bis jetzt. Wenn eine der Zeitungen einen Knüller witterte, konnte sich das ganz schnell ändern.

Das Licht flimmerte, als die Nachrichtensendung von einem Werbespot für Versicherungen unterbrochen wurde. Quinn hob das Bier an die Lippen und sah einem Gecko dabei zu, wie er über den Bildschirm tanzte. Mit seinen siebenunddreißig Jahren war er nun schon seit sechzehn Jahren Polizist. Die ersten sechs Jahre war er Streife gefahren, bis er zum Detective befördert wurde und die nächsten sechs Jahre beim Drogendezernat arbeitete. Er war voll Eifer und Naivität an die Arbeit gegangen und hatte geglaubt, die Welt vor Drogen und der damit zusammenhängenden Kriminalität retten zu können. Er war mit einem starken moralischen Kompass erzogen worden. Mit einer klaren Definition von

Richtig und Falsch. Gut und Böse. Schwarz und Weiß. Doch nachdem er sich ein Jahr in Spelunken herumgetrieben und sich mit Pack angefreundet hatte, hatte sich diese Definition verändert. Die Grenze zwischen Gut und Böse war verschwommen, und Schwarz und Weiß waren zu einem konstanten Grau geworden. Je länger er als verdeckter Ermittler gearbeitet hatte, desto mehr hatte auch *er* sich verändert. Je mehr er sich verändert hatte, desto mehr war das nicht Akzeptable zum Alltäglichen geworden, bis er sich eines Tages im Spiegel betrachtet hatte und den Mann nicht mehr wiedererkannte, zu dem er geworden war. Er hatte einen Kerl mit langem Haar und Bart gesehen. Einen Mann mit harten und gefühllosen Augen. Der Anblick hatte ihm gefallen.

Rauschgiftfahnder mussten blitzschnell denken und das Blaue vom Himmel lügen können und Eier aus Stahl haben. Sie waren clever, arrogant und überzeugt von ihrer Unbesiegbarkeit, und Quinn war einer der besten gewesen. Sechs Jahre lang hatte er in einer Welt aus Drogen und Gewalt gelebt, und der Geschmack von Dreck und Schmutz auf seiner Zunge hatte ihm einen Kick gegeben. Genauso wie mächtige Drogendealer zur Strecke zu bringen. Härter zu sein als die härtesten Typen, hatte ihm einen Adrenalinstoß versetzt, der tagelang anhielt. Es hatte nichts Vergleichbares gegeben. Sein Leben und seine Arbeit waren so miteinander verwoben, dass er nicht gewusst hatte, wo das eine aufhörte und das andere anfing. Die Veränderung an ihm hatte seine Familie erschreckt und beunruhigt, sodass er sich bei Familienfeiern kaum noch blicken ließ, bis er ihnen eines Tages ganz fernblieb. Er hatte für seinen Job gelebt, ihm jeden

Atemzug gewidmet und ihn geliebt. Die Arbeit war sein Leben, und er hatte jede Minute genossen.

Bis das Kartenhaus zusammenbrach.

Quinn trank noch einen Schluck und setzte die Flasche auf seinem Oberschenkel ab. Ihr Name war Merry, als hätte sie glücklich und fröhlich sein sollen, doch in Merrys Leben hatte es nie etwas gegeben, das zur Freude Anlass gab. Sie war eine neunzehnjährige, drogenabhängige Hure, die anschaffen gehen musste, um sich mit Stoff zu versorgen. Die Droge ihrer Wahl war Black-Tar-Heroin, aber sie hatte einen Streit mit ihrem Freund/Dealer gehabt, nachdem er sie einmal zu viel brutal vergewaltigt und zusammengeschlagen hatte. Als Quinn Merry zum ersten Mal sah, waren ihre Augen mit Blutergüssen übersät und zugeschwollen. Beim zweiten Mal hatte sie sich verpflichtet, Quinns vertrauliche Informantin zu werden, ihn mit ihrem Dealer bekannt gemacht und ihn mit Informationen versorgt.

In den nächsten acht Monaten hatte Quinn getan, was er am besten konnte. Er hatte die Scheiße dick aufgetragen und sich langsam mit Pack angefreundet. Dann hatte er mitten in der Nacht einen Telefonanruf erhalten, der ihn aus der Bahn geworfen hatte: Merrys Leiche war in einem Einkaufswagen hinter Winco's gefunden worden. Als er dort im schwachen Nieselregen stand und auf ihren zierlichen Körper und den abgesplitterten schwarzen Nagellack herabschaute, hatte blinde Wut sein Denken getrübt und ein Loch in sein Hirn gebrannt. Acht Monate Arbeit für die Katz.

Scheiße.

Er hatte gesehen, wie ein Regentropfen an Merrys Stirn und Nase hinabglitt. Der Tropfen fiel auf ihr Kinn, und in jenem Moment hatte irgendetwas die Resettaste seines moralischen Kompasses gedrückt, der so schrecklich vom Kurs abgekommen war. Eine Frau war tot, im Grunde noch ein Mädchen, und sein erster Gedanke hatte der Arbeit gegolten. Als er diesmal in den Spiegel sah, gefiel ihm der harte, gefühllose Scheißkerl, der zu ihm zurückblickte, überhaupt nicht. Ihm gefiel nicht, was aus ihm geworden war.

Merry war Quinns Informantin gewesen, und er hatte sie enttäuscht. Als Polizist und als Mensch. Auf dem Papier hatte er alles richtig gemacht. Er hatte sich strikt an die Vorschriften gehalten, aber er hätte mehr tun müssen.

In ihrem kurzen Leben war er der letzte Mann gewesen, der sie enttäuscht hatte. Ihre Großmutter war die einzige Verwandte, die Anspruch auf die Leiche erhob, doch auch wenn er Merry zu Lebzeiten enttäuscht hatte, im Tod hatte er etwas für sie tun können. Er hatte die Beerdigung bezahlt, den besten Sarg gekauft und als einer der wenigen Trauergäste an der Beerdigung teilgenommen. Jedes Jahr an ihrem Todestag legte er pinkfarbene Rosen auf ihren Grabstein. Dabei wusste er nicht einmal, ob sie Pink gemocht hatte.

Merry war vor vier Jahren gestorben, doch die Schuldgefühle trug er immer noch mit sich herum. Das würde er wohl sein ganzes Leben. Eine ständige Mahnung, menschlich zu sein, und in einem Job, in dem er das Schlimmste im Menschen sah, bewahrte es ihn davor, erneut in die mentale Falle zu tappen, die Welt ausschließlich in »die und wir« aufzuteilen.

Nachdem er sich in den Anzug geworfen hatte und in die Abteilung zur Aufklärung von Gewaltverbrechen versetzt worden war, hatte er sich darauf konzentriert, Stück für

Stück wieder er selbst zu werden. Seine verzerrte Sichtweise auf Richtig und Falsch neu auszurichten. Auf Gut und Böse. Schwarz und Weiß. Er hatte geglaubt, das sei ihm gelungen. Er hatte langsam geglaubt, sich neben der Arbeit ein Leben aufbauen zu können. Eine Frau und ein Kind zu haben und einen von diesen Kindertragerucksäcken. Doch Amanda hatte ihm klargemacht, dass manche Dinge einfach nicht sein sollten. Nicht für Quinn. Er hatte sich damit abgefunden und war es zufrieden.

Er führte das Bier an die Lippen und zappte mit der Fernbedienung hin und her. Licht blitzte auf wie ein Röhrenblitz, als er einen großen Schluck nahm. Quinn arbeitete für sein Leben gern in der Abteilung für Gewaltverbrechen. Es gab ihm einen Kick, wahllos Spuren zu sichern, unvereinbaren Indizien nachzugehen und scheinbar zusammenhangslose Beweise zu sammeln. Er setzte sie leidenschaftlich gern zusammen, bis sie ein komplettes Bild ergaben und den Ermittlungen eine Richtung wiesen. Er liebte es, gewalttätige Kriminelle dingfest zu machen. Aber es war nicht sein ganzes Leben. Er war jetzt in der Lage, sich eine gewisse Perspektive und Distanz zu bewahren. Die Arbeit nicht mit nach Hause zu nehmen – außer diesmal. Breathless musste aufgehalten werden, bevor sie wieder tötete.

Quinn hatte von Natur aus das Talent, einen Schritt zurückzutreten und das Gesamtbild zu betrachten, doch diesmal gab es einfach nichts zu sehen. Es gab nur wenige Spuren, tatsächlich unvereinbare Indizien, und die zusammenhangslosen Beweise stellten sich als genau das heraus. Zusammenhangslos.

Dieser Fall raubte ihm den Schlaf. Die Frage nach dem

Wer und Warum schwirrte ihm durch den Kopf, ohne dass dabei irgendetwas herauskam. Wer Breathless auch war, schlau war sie. Und wenn es etwas gab, das Quinn mehr hasste als alles andere, dann von Verbrechern aufs Kreuz gelegt zu werden. Ob nun von einer Frau oder sonstwie.

Was seine Gedanken auf Lucy Rothschild lenkte. Er war ein Cop. Ausgebildet, um an der Körpersprache eines Menschen zu erkennen, ob er log – insbesondere an den Augen. Doch während ihres Treffens hatte er sich mehrfach dabei ertappt, wie er ihr stattdessen auf den Mund geschaut hatte. Wie er die Rundungen ihres Körpers aus Gründen betrachtet hatte, die rein gar nichts mit Lügen zu tun hatten, dafür umso mehr mit der Art, wie sich ihre Brüste unter dem engen Pulli wölbten. Und in diesen unaufmerksamen Momenten hatte die dringendste Frage in seinem Kopf gelautet: Was brachte eine Frau wie Lucy dazu, sich übers Internet mit Männern zu verabreden? Er verstand durchaus, warum Männer im Netz nach Frauen suchten. Frauen um eine Verabredung zu bitten, fanden manche Männer furchtbar einschüchternd. Frauen dagegen mussten nur herumstehen und gut aussehen. Gelegentlich mal lächeln, um zu signalisieren, dass sie interessiert waren. Wie schwierig konnte das denn sein? Insbesondere für schöne Frauen wie Lucy.

Irgendwas stimmte nicht mit ihr. Es musste so sein. Irgendetwas, das sich hinter den großen blauen Augen verbarg. Etwas, das vielleicht auf Mord hindeutete.

Der einzige Beweis, der Lucy mit dem Breathless-Fall in Verbindung brachte, war ihr Name auf der Kundenliste der Westco-Reinigung, eine E-Mail von Charles Wilson, alias Chuckles, und ein allgemein bekanntes Kaffee-Date mit dem dritten Opfer, Lawrence Craig, alias Luvstick. Das war nicht viel, aber andererseits hatte die Polizei in dieser Phase der Ermittlungen auch nicht viele Anhaltspunkte.

Die Detectives waren dabei, systematisch alle Verdächtigen auszuschließen, und inzwischen waren viel weniger übrig als am Anfang. Trotzdem stellte sich bei jeder Verdächtigen erneut die Frage: Was für eine Frau würde sich mit einem Mann verabreden, der sich Luvstick nannte? Die Polizei ging davon aus, dass es dieselbe Art Frau war, die sich mit jemandem traf, der sich Hardluvnman oder Hounddog nannte.

3. Kapitel

CURIOUS: SUCHT DICHTER MIT DURCHHALTEVERMÖGEN …

Am nächsten Morgen beobachtete Quinn im Spiegel über seiner Frisierkommode, wie er den Knoten seines rotblaugestreiften Schlipses hochschob. Er reckte sein frisch rasiertes Kinn und rückte den Knoten hin und her, bis er perfekt in den geschlossenen Kragen seines blauen Oberhemds passte. Er knöpfte die Kragenspitzen fest und griff nach seiner Dienstmarke auf der Frisierkommode. Er hakte sie an seinen Gürtel und schob seine Pistole ins Halfter an der rechten Hüfte. Reservemunition und Handy klemmte er an die linke Seite und steckte sich ein Paar Handschellen ins Kreuz. Am Fußende des Bettes lag eine marineblaue Jacke, in deren Ärmel er seine Arme fädelte, während er durch den Flur in die Küche ging. Er fütterte Millie, überprüfte, ob die Hundeklappe unverschlossen war, und trank seinen Kaffee aus. Auf dem Weg zur Tür hinaus schnappte er sich Laptop und Akten. Er sprang in seinen nicht als Polizeifahrzeug erkennbaren Crown Victoria und fuhr ins Büro. Während der Fahrt durch die Stadt checkte er seine Voicemail und machte sich auf einem Papierblock auf dem Beifahrersitz Notizen. Danach rief er wegen eines anhängigen Gerichtsverfahrens im Büro des Bezirksstaatsanwalts an, und als er endlich auf seinen Parkplatz fuhr, hatte er bereits eine ganze Anzahl Dinge von seiner Liste mit zu erledigender Scheiße gestrichen.

Er begab sich in den Einsatzbesprechungsraum, der speziell für den Breathless-Fall eingerichtet worden war, und stellte fest, dass Lucy Rothschild an der Tafel vorn zur Nummer eins aufgerückt war, direkt über Maureen Dempsey. Er war als Erster da und platzierte Laptop und Akten neben den drei Mordakten auf dem Tisch vor ihm.

»Karla Thompson haben wir endgültig ausgeschlossen«, verkündete Sergeant Vernon Mitchell, als er hereinkam. »Gerade kam die Bestätigung, dass sie zum Zeitpunkt des zweiten Mordes nicht in der Stadt war.« Auf der Nasenspitze des Sergeant thronte eine Brille, und sein weißer Bürstenschnitt war so kurz geschnitten, dass sein Kopf fast kahl wirkte.

Quinn setzte sich und schlug eine der Mordakten auf. »Mir fällt ein Stein vom Herzen«, murmelte er. Karla Thompson, alias Sweatpea, die Frau, die gerochen hatte wie eine Marlborough-Zigarette und geklungen hatte wie der Marlborough-Mann, hatte ihm in der Kaffeeschlange an den Arsch gegrapscht.

Kurt Weber setzte sich neben Quinn und fing an zu lachen. »Ich dachte schon, ich muss den Laden stürmen und dich vor ihr retten«, witzelte er und meinte damit Quinns Kaffee-Date mit Karla wenige Abende zuvor.

»Ja, das war echt kein Spaß mehr«, grummelte Quinn. Es gab Frauen, die einen gern an den Arsch fassen durften. Und dann gab es Karla.

»Das kommt davon, weil du so ein hübscher Kerl bist.«

»Das kommt davon, weil ich dir erlaubt hab, diese blöden, schmalzigen E-Mails zu schreiben. Du hast ihr den Eindruck vermittelt, dass ich sie auf der Stelle nackt sehen will.« Unter normalen Umständen hätte Quinn nichts dagegen, eine Frau aus ihren Klamotten zu manövrieren. Frauen nackt zu sehen, stand sogar ganz oben auf seiner Liste, wenn auch nicht bei einigen der Weiber, die er in letzter Zeit getroffen hatte. Die Vorstellung, Lucy nackt zu sehen, hatte durchaus ihren Reiz, aber nicht, wenn jedes Wort aufgezeichnet wurde. Und ja, nicht wenn sie eventuell psychotisch war.

»Quinn, du wirst den Großteil deiner Aufmerksamkeit auf Lucy Rothschild und Maureen Dempsey richten, bis wir sie entweder ausschließen oder anklagen können.« Sergeant Mitchell zeigte auf die zwei Fotos vor Quinn.

Quinn betrachtete die vergrößerten Abzüge der Führerscheinfotos und runzelte die Stirn. Maureen Dempsey, womöglich das dämlichste Weibsstück, das er je getroffen hatte, und Lucy Rothschild, die Frau, die über Serienmörder schrieb. Er verstand, warum Lucy auf der Liste gelandet war. Sie war clever, und wenn irgendjemand wusste, wie man jemanden umbrachte und damit durchkam, dann jemand, der beruflich darüber schrieb. »Ich glaube, wir können Maureen ausschließen. Die ist dumm wie Bohnenstroh.«

»Könnte nur Theater sein«, gab Kurt zu bedenken.

Quinn lachte und schüttelte den Kopf. »Du hast doch gehört, was sie über Außerirdische gesagt hat. Niemand kann so gut schauspielern.«

»Sie ist mit allen drei Opfern ausgegangen, deshalb können wir sie noch nicht ausschließen.« Sergeant Mitchell schlug in der obersten Mordakte diverse Fotos aller drei Opfer auf. Sie lagen ausnahmslos mit ausgestreckten Armen und Beinen auf ihren Betten, als wären sie so drapiert worden, ihre Schniepel schlaff und jämmerlich, die Münder offen und die Kleiderschutzhüllen tief in die Kehlen geatmet. »Vielleicht hat Kurt Recht. Sie könnte nur Theater spielen, aber nachdem ich mir das Rothschild-Band angehört habe, halte ich diese Lady für weitaus vielversprechender. Sie klingt, als würde sie gern angeben. Als wüsste sie, wie man drei Männer töten und damit durchkommen kann.«

Quinn blätterte ein paar Seiten weiter zu Aufnahmen von Türen, Nachttischchen und Telefonen, die von rußfarbenem Fingerabdruckpulver verschmiert waren.

»Vielleicht fand sie es langweilig, nur über Mord zu schreiben«, fügte Kurt hinzu, als Quinn weiterblätterte. Schwarzer Puder überzog drei verschiedene Waschbecken, Toiletten und Duschkabinen.

»Möglich, dass sie ausleben will, was sie schreibt«, räumte Quinn ein.

Die Techniker hatten auch Fingerabdrücke von den Kleiderschutzhüllen genommen, doch die stimmten alle mit den Abdrücken von Westco-Angestellten überein. Er überblätterte diverse Tatortfotos. Drei tote Männer und keinerlei solide forensische Beweise, die eine bestimmte Person mit allen dreien verband.

»Ich wüsste gern, woran sie gerade arbeitet.« Quinn blickte zum Sergeant auf. »Vielleicht sollten wir sie einfach einkassieren und fragen. Wir müssen sie bloß bei ein paar Lügen ertappen.«

»Noch nicht. Wir können nicht riskieren, dass sie sich hinter einem Anwalt verschanzt.« Sergeant Mitchell kratzte sich im Nacken. »Kurt«, sagte er und zeigte auf den anderen

Detective. »Überleg dir noch ein paar romantische E-Mails von Hardluvnman und schick sie an die zwei Frauen.«

Quinn erschauderte. Kurt las Liebesromane und sah sich Weiberfilme an, deshalb glaubten er und der Sergeant, dass Kurt wusste, was für schmalzigen Scheiß Frauen hören wollten. Er war schon über zwanzig Jahre verheiratet, demnach war es vielleicht auch so. »Aber keinen Bockmist mehr darüber, wie heiß sie auf ihren Fotos aussehen«, warnte er. »Oder diesen ›Suche nach einer Seelenverwandten‹-Scheiß.«

Der Sergeant lachte. »Verabrede dich diesmal auf ein paar Cocktails. Mach die Frauen ein bisschen locker. Wenn sie antworten, sag mir Bescheid.« Er wandte sich zum Gehen und sagte über die Schulter: »Ach, und wir müssen die Angestellten bei Westco nochmal befragen.«

»Das wollten Kurt und ich heute Nachmittag machen«, rief Quinn dem Sergeant nach.

Eine Stunde später hatte Kurt die »romantische« E-Mail verfasst. »Ich hab sie gerade fertig«, verkündete er stolz und reichte Quinn einen Ausdruck. »Sergeant Mitchell findet sie gut. Wahrscheinlich bisher mein bestes Werk.«

Quinn warf einen Blick auf Kurts Dichtkunst und spürte förmlich, wie sein Hirn schrumpfte. »Allmächtiger!«

In ihrer Schreibkluft, einem Flanellschlafanzug mit Pudelmuster, schnappte sich Lucy einen Becher Kaffee und begab sich ins Arbeitszimmer. Ihre Pantoffeln schlurften auf dem gefliesten Boden, als sie aus der Küche ging und die geschwungene Treppe hinauftapste. Sie setzte sich an ihren L-förmigen Schreibtisch, kickte die Pantoffeln weg und stützte die Füße auf der Seite ab, die mit Recherchebüchern übersät war. Die späte Morgensonne ließ Licht über ihre roten Fußnägel, einen Zeitschriftenstapel und zwei Eishockey-Tickets für die Idaho Steelheads strömen, die sie von der Schriftstellervereinigung bekommen hatte. Sie gähnte, bis ihre Augen tränten. Nach dem starken Kaffee, den sie am Abend zuvor getrunken hatte, war sie nach Hause gekommen und hatte bis um drei Uhr morgens gearbeitet. Sie hatte eine Romanfigur ins Jenseits befördert, die sie erfinden und aus den Eigenschaften ihrer Verflossenen zusammensetzen musste. Quinn hatte als Vorlage nicht getaugt. Nicht, nachdem er Klondikemike das Leben gerettet hatte.

Sie führte den Becher an die Lippen und beugte sich über die Armlehne des Schreibtischstuhls, um ihren Computer anzuschalten. Es spielte zwar keine Rolle, aber Quinn hatte sie bei einer Lüge ertappt. Sie war ganz offensichtlich keine Krankenschwester. Daher war sie überzeugt, nie wieder etwas von ihm zu hören. Was okay war. Klar, er hatte super ausgesehen, auf diese dunkle und intensive Art, bei der sich einem die Brust zusammenschnürte und es am ganzen Körper prickelte, aber es war keine richtige Verabredung gewesen. Sie würde niemals ernsthaft mit einem Mann ausgehen, der ihr nicht aktiv den Hof machte, und was noch wichtiger war, sie hatte keine Zeit, überhaupt mit jemandem auszugehen. Sie war erst auf Seite zweihundert von *dead.com* und musste in den nächsten anderthalb Monaten weitere zweihundert schreiben. Normalerweise reichte eine knappe Deadline allein schon aus, um sie zur Alkoholikerin zu machen. Da brauchte sie nicht noch die Ablenkung durch einen Mann, um den Druck zu erhöhen.

Während Lucys E-Mailprogramm ihre Post herunterlud,

steckte sie Maroon 5 in ihren CD-Player. Sie nahm die kleine Brille mit dem goldenen Gestell aus dem Etui auf ihrem Schreibtisch und setzte sie auf, damit sie sehen konnte, ohne mit der Nase an den Bildschirm zu stoßen. Der Nachteil des Älterwerdens bestand darin, dass sie die Kurzsichtigkeit ihrer Mutter geerbt hatte.

Schnuckel, ihr neun Kilo schwerer, orangefarbener getigerter Kater, den sie ebenfalls geerbt hatte, sprang auf den Schreibtisch und verstreute Zettel und Zeitschriften.

Schnuckel hatte vor fünf Jahren vor Lucys Tür gestanden, ein abgemagerter Streuner, den sie gesund gepflegt und für den sie Tierarztrechnungen von über tausend Dollar geblecht hatte, um ihn vor dem sicheren Tod zu retten. Schnuckel dankte es ihr, indem er launisch und passiv-aggressiv wurde und eine heftige Essstörung entwickelte. Doch abends, wenn sie ins Bett ging, rollte er sich neben ihr zusammen und schnurrte seine eigene Version von reiner Liebe und Zuneigung. Ein ständiges Rasseln, das Lucy sehr beruhigend fand.

Schnuckel rieb sein Gesicht an ihren Füßen, setzte sich und schlang den Schwanz um seine Vorderpfoten. Er starrte sie an, als könnte er sie durch Hypnose dazu bringen, noch mehr Trockenfutter in seine Schüssel zu füllen, aber er war auf Diät, und Lucy blieb hart. Stattdessen sah sie sich auf Nordstrom.com einen Samtmantel von Betsey Johnson und auf der Kate-Spade-Website die neueste Handtaschenkollektion an. Sie wusste nicht, was heißer war, Betseys Mantel, Kates neuester Ledershopper oder Adam Levine.

Während sie und Adam übers Verliebtsein sangen und dass sie im strömenden Regen stünden, öffnete sie ihren Posteingang. Prompt tauchten sechsundfünfzig Spam-Mails auf, drei

Mails von ihren Freundinnen und der Witz des Tages von ihrer Mutter. Während sie die Spams löschte, erschienen noch zwei E-Mails in ihrem Leserpost-Ordner. Sie spielte mit dem Gedanken, sie zu öffnen, tat es aber nicht. Neunundneunzig von hundert E-Mails, die sie von Lesern bekam, waren ganz reizend, doch sie wusste nie, wann sie eine jener aufwieglerischen Nachrichten bekam, die ihr den Tag versauen konnten. Die eine, die ihre Recherchen, ihre Kommasetzung und ihre Intelligenz in Frage stellte. Lesermails zu öffnen, war genauso riskant, wie ihr Postfach zu leeren. Manchmal waren tolle Sachen dabei, doch ab und zu waren es Briefe von Verrückten, die Geld wollten oder sie warnten, dass sie schnurstracks in die Hölle fahren würde. Was einer der Gründe war, dass Lucy nur etwa einmal im Monat zu ihrem Postfach ging.

Gerade als sie ihr E-Mail-Programm verlassen wollte, tauchte etwas auf dem Account auf, den sie für Post von Internet-Flirts eingerichtet hatte. Lucy setzte sich aufrecht hin und stellte die Füße wieder auf den Boden. Schnuckel hopste auf ihren Schoß wie eine neun Kilo schwere Bowlingkugel, und sie langte um ihn herum, um die E-Mail zu öffnen.

Von: hardluvnman@hotmail.com
An: n2u@mail.net

Lucy,
ich habe es genossen, mich gestern Abend mit Ihnen zu unterhalten und dabei in Ihre funkelnden blauen Augen zu sehen. Sie sind ganz anders als die Frauen, die ich in letzter Zeit getroffen habe. Clever und faszinierend. Ich hatte schon immer eine Schwäche für Klugheit gepaart mit Schönheit. Gehen Sie

mit mir essen und lassen Sie mich herausfinden, ob ich den Funken in Ihren Augen zu einer Flamme entfachen kann.

Quinn

Lucy las die E-Mail dreimal und wusste nicht, ob sie würgen oder … oder sich freuen sollte. Was total lächerlich war. Das gestern Abend war keine richtige Verabredung gewesen, doch selbst *wenn* es eine gewesen wäre, hatte sie in einer Katastrophe geendet. Weshalb wollte er sich also ein zweites Mal mit ihr treffen?

Was stimmte nicht mit ihm?

Schnuckel versetzte Lucys Kinn einen Kopfstoß, und sie schubste ihn von ihrem Schoß. Der Kater kam mit einem dumpfen Plumps auf dem Boden auf und miaute verärgert. Lucy würde Quinn natürlich einen Korb geben, doch vorher schickte sie die E-Mail noch an ihre Freundinnen weiter, um ihre Reaktionen zu testen.

Clare war typischerweise der Meinung, dass Quinn wenigstens Punkte dafür verdiente, dass er sich um Romantik bemüht hatte. »Immerhin wusste er deine Augenfarbe.«

Adele schrieb: »Was für ein Typ schreibt denn über Funken und Flammen? Ist der etwa notgeil?«

Maddie tat ihre Meinung durch einen kurzen Satz kund: »Lass dich nicht mit Freaks ein.«

Lucy lachte und checkte ihren Terminkalender. Nächsten Samstag musste sie vor der Krimileserinnen- und Krimiautorinnen-Gruppe einen Vortrag halten, ansonsten hatte sie nichts vor. Sie stand zwar ständig in Kontakt mit ihren Freundinnen, war aber seit einem Monat nicht mehr mit ihnen ausgegangen. »Warum treffen wir uns nicht am Montag auf ein paar Chimichangas und Margaritas?«, schlug sie den Mädels vor und drückte auf Senden. Als Nächstes rief sie Quinns E-Mail auf und klickte auf Antworten.

Sie hatte keine Zeit für einen Mann. Schon gar nicht einen Hardluvnman, der ihr in die Augen sehen und ihren Funken zu einer Flamme entfachen wollte.

Einzelne Votivkerzen flackerten in roten Glasgefäßen auf den Tischen im Red Feather, einem Restaurant mit Bar. Der Geräuschpegel schwankte zwischen dem lautstarken, unangenehmen Gelächter derer, die schon ein paar Gläser zu viel hatten, und dem steten Gemurmel derer, die noch nüchtern waren.

Quinn hatte sich mit dem Rücken zur Wand an einem Tisch niedergelassen. Von dort aus hatte er Eingang und Küche im Blick. Zwar rechnete er heute Abend nicht mit Komplikationen, aber seine Umgebung abzuchecken und sich den vorteilhaftesten Sitzplatz zu sichern, war ihm in Fleisch und Blut übergegangen, genau wie die Art, wie er seine Schnürsenkel zuband, sich die Zähne putzte oder Menschen unter die Lupe nahm. Schon nach wenigen Minuten in der Bar wusste er genau, wo das Pack saß. Es war egal, dass einige von ihnen edle Anzüge trugen und teuren Wein tranken. Er hatte genug von ihnen festgenommen, um zu wissen, dass Kriminelle alle sozialen und wirtschaftlichen Barrieren überwanden.

Quinn schob die Ärmel seines dicken olivgrünen Pullis bis zum Ellenbogen und griff nach der Getränkekarte, die an die Kerze gelehnt war. Das flache Mikro war wieder mit Klebeband in seinem Kreuz befestigt, knapp über dem Bund seiner schwarzen Hose. Auf der anderen Straßenseite hockte

Anita im Van, deren Empfangsgeräte alle Hintergrundgeräusche herausfilterten, während Kurt in der Küche darauf wartete, sich ein Glas mit brauchbaren Fingerabdrücken zu schnappen. Morgen Abend würden sie dieselbe Prozedur mit Maureen Dempsey wiederholen.

Die Tür zur Red-Feather-Bar öffnete sich, und Quinn schenkte der Getränkekarte keinerlei Beachtung mehr. Lucy Rothschild trat ein und sah sogar noch besser aus als in seiner Erinnerung. Kurt hatte sich zwei E-Mails aus den Fingern saugen müssen, um sie zu einem Treffen mit Quinn zu überreden, doch hier war sie: mit roten, hochhackigen Schuhen und warm eingemummelt in einen knielangen schwarzen Trenchcoat mit Gürtel, sodass Quinn unwillkürlich die Frage durch den Kopf schoss, ob sie darunter nackt war.

Sie schaute ihn an, und er erhob sich und trat hinter dem Ecktisch hervor. Das gedämpfte Barlicht leuchtete auf dem goldenen Haar, das sich auf ihren Schultern lockte. Als sie auf ihn zuging, verrenkten sich die Leute die Hälse nach ihr. Sie sah aus wie das Playmate des Monats. Mit jedem anmutigen Schritt wippte ihr Haar ein wenig.

Jammerschade, dass sie vielleicht psychotisch war.

Er nahm die weiche Hand, die sie ihm entgegenhielt. Ihre Finger waren kalt, und er sah hinab in ihr Gesicht und suchte nach Hinweisen, dass sie verrückt war. So verrückt, dass sie Männern eine Tüte über den Kopf stülpte, während sie sie ritt wie ein Rennpferd. Doch in ihren tiefblauen Augen sah er nur einen Anflug von Humor.

»Sie sind pünktlich«, sagte sie, und derselbe Humor verzog ihre roten Lippen zu einem Lächeln. »Ist Ihr Hund heute mal nicht über den Mülleimer hergefallen?«

»Nein. Ich hab ihn zur Sicherheit in die Garage geschafft.«

Sie ließ seine Hand los und legte eine kleine rote Handtasche auf den Tisch. »Ich war ein wenig überrascht über Ihre E-Mail.« Sie griff nach ihrem Gürtel, und Quinn trat hinter sie.

»Über die erste? Oder die zweite, in der ich betteln musste?« Seine Fingerspitzen streiften die glatte Haut ihres Nackens, als er ihre Haare beiseite schob und ihren Mantel am Kragen fasste. Sie roch wie der Garten seiner Mutter im Frühjahr, und ihr Haar lag in seiner Hand wie Sonnenstrahlen. Wie … Er hielt inne. Allmächtiger, er klang schon wie diese albernen E-Mails von Kurt. Und das passierte ausgerechnet ihm! Wenn er nicht aufpasste, hörte er demnächst Jewel und schrieb beschissene Gedichte.

Sie warf ihm über die Schulter einen Blick zu, und ihre Wange streifte die Rückseite seiner Finger. »Sie haben nicht gebettelt. Sie waren nur hartnäckig.«

»Egal, wie Sie es nennen, es hat funktioniert.« Er ließ ihr Haar los und hielt den Kragen fest, während sie den Mantel abschüttelte. Er war im Red Feather, um den Breathless-Fall zu lösen, nicht um sich davon ablenken zu lassen, wie ihr Haar duftete oder sich ihre weiche Wange anfühlte. Heute Abend wollte er zuhören und beobachten und Informationen aus ihr herauslocken. Wenn das hieß, dass er sie verführen musste, tat er nur seinen Job. Vielleicht würde der Verlauf der Ermittlungen es irgendwann nötig machen, seine Hand über ihren Hinterkopf gleiten zu lassen und ihre Lippen an seine zu heben. Doch selbst dann würde er nicht vergessen, dass sie die Nummer eins auf der Verdächtigenliste einer Mordserie war. Das hier war nichts Privates. Es war seine Arbeit.

»Ich habe Sie beim ersten Mal abblitzen lassen, weil ich im Moment eigentlich nicht mit Männern ausgehe.«

Er reichte ihr den Mantel, und sie hängte ihn über eine Stuhllehne. »Wieso denn?« Sie trug einen flauschigen roten Pulli aus Angorawolle oder etwas ähnlich Weichem. Er schmiegte sich an ihre Oberarme, trotzte der Schwerkraft und ließ Hals und Schultern frei.

»Ich muss im Moment viel arbeiten«, erklärte sie, während sein Blick weiter nach unten glitt, über ihren Rücken und die Rundung ihres Hinterns, der von einem schwarzen Rock bedeckt war, der ihr bis kurz über die Kniekehlen reichte.

Er hielt ihr den Stuhl, während sie sich setzte. »Im Krankenhaus?«

Sie zögerte für den Bruchteil einer Sekunde, dann sagte sie: »Ja.«

»Auf welcher Station arbeiten Sie denn?« Er setzte sich ihr gegenüber an den kleinen Tisch.

Schweigen, während sie nach der Getränkekarte griff, dann: »Auf der Entbindungsstation. Hmm … mal sehen. Was nehme ich denn? Martini oder Mojito?«

Sie war keine besonders gute Lügnerin. Er hatte mit Sicherheit schon bessere erlebt, aber nicht alle Soziopathen waren gute Lügner. Trotzdem schafften es sogar einige der schlechten noch, einen Lügendetektortest zu bestehen. Doch ihre größte Gemeinsamkeit war eine totale Gewissenlosigkeit.

Eine Kellnerin, die aussah, als wäre sie nicht einmal alt genug, um Drinks zu servieren, kam an den Tisch. Lucy bestellte einen Mojito, Quinn eine Flasche Beck's. Während sie warteten, lehnte er sich auf seinem Stuhl zurück und legte den Kopf schief. Zeit loszulegen. »Erzählen Sie mir von sich.«

Sie beugte sich vor und legte die Unterarme auf den Tisch. »Ich bin so unspektakulär, dass ich Sie nur ungern zu Tode langweile.«

»Ach, ich bezweifle, dass Sie das schaffen.« Die Kerze auf dem Tisch flackerte und streute winzige Lichtscherben über ihr Schlüsselbein und ihre nackten Schultern. »Erzählen Sie mir von Ihrer Familie.«

»Da gibt es nicht viel zu erzählen. Meine Eltern ließen sich scheiden, als ich in der sechsten Klasse war. Sie haben sich viel gestritten, deshalb war es kein allzu großer Schock, als mein Dad ging.« Sie zuckte mit den Schultern, und der rechte Ärmel ihres Pullis rutschte über ihren glatten Arm bis zum Ellbogen. »Danach musste meine Mutter viel arbeiten, und ich hab auf meinen kleinen Bruder aufgepasst.«

»Wie alt ist Ihr Bruder?«

»Vierundzwanzig. Ich bin zehn Jahre älter als Matt.« Sie hob die Hand und schob den Pulli wieder hoch auf ihre Schulter. »Und Sie? Haben Sie Geschwister?«

»Ich habe einen jüngeren Bruder und eine jüngere Schwester«, antwortete er wahrheitsgemäß. Er erzählte ihr von seinen sieben Nichten und wie laut es in den Ferien war, wenn die kreischenden Mädchen durchs Haus tobten. »Mein Vater ist vor drei Jahren gestorben, und seitdem liegt mir meine Mutter permanent in den Ohren, dass sie einen Enkel will.«

»Dann hatten Sie es in den vergangenen Jahren nicht leicht.«

Quinns Blick folgte fasziniert ihrem Pulli, der wieder ihren Arm hinabrutschte. »Wieso?«

»Zuerst Ihr Dad und dann Ihre Frau.«

Ach ja, seine Frau. »Ja«, antwortete er und richtete den Blick wieder auf sie. »Ich habe Millie sehr geliebt. Sie hat mir alles bedeutet, aber ich muss ohne sie weiterleben. Ich muss versuchen, mein Leben wieder in den Griff zu bekommen. Sie würde das auch wollen.« Er fragte sich, ob die Lügen über Millie in ihren Ohren genauso lahm klangen wie in seinen. Und, ob Lucy diesen Pulli angezogen hatte, um ihn abzulenken.

»Sie würde wollen, dass Sie mit so vielen Internet-Bekanntschaften ausgehen wie nur irgend möglich?«

Quinn wies Lucy nicht darauf hin, dass auch sie sich mit Internet-Bekanntschaften traf. Sie möglicherweise sogar umbrachte. Stattdessen erklärte er: »Millie würde wollen, dass ich tue, was mich glücklich macht.«

Lucy schob den Pulli wieder hoch. »Ich kann mir vorstellen, dass viele Frauen sich wünschen würden, dass ihre Ehemänner sich ein bisschen länger als nur sechs Monate vor Kummer verzehren.«

»Millie ist eben anders als viele Frauen.« Wenn Lucy weiter so mit ihrer Kleidung kämpfte, würde es eine sehr lange Nacht werden. Es war, wie bei einem langsamen Striptease zuzusehen.

»Meinen Sie nicht *war* anders?«

»Was?« Er hob den Blick wieder zu ihr, während sich in seinem Bauch heißes, unerwünschtes Verlangen breitmachte. Die Frau, die über die flackernde Kerze zu ihm zurückschaute, mochte unschuldig sein. Vielleicht Krimiautorin sein und nichts weiter. Ein Opfer der Umstände. Oder sie war verantwortlich für die Ermordung dreier Männer.

»Sie sagten, ›Millie ist anders‹, als wäre sie noch am Leben«, sagte Lucy.

Scheiße. Er hatte sich von ihrem Pulli ablenken lassen. Sie war clever, und er musste noch cleverer sein. Was bedeutete, dass er mehr Aufmerksamkeit auf seine Arbeit richten musste und weniger auf die weiche Haut ihres Halses und ihrer Schultern. »Ich meinte natürlich *war.*«

Zwischen ihren Augenbrauen erschien eine winzige Falte. »Vielleicht ist es zu früh für Sie, sich zu verabreden.«

»Nein.« Er schüttelte energisch den Kopf und schenkte ihr sein schönstes vertrauenswürdiges Lächeln. Dasselbe, das er schon oft eingesetzt hatte, um die Zweifel von Mordverdächtigen und Drogendealern zu zerstreuen. »Von meinem Vater spreche ich auch manchmal noch im Präsens«, log er so mühelos, wie er lächelte. »Aber das bedeutet nicht, dass ich nicht weiß, dass er tot ist. Genau wie ich weiß, dass Millie tot ist und nie wiederkommt. Ich werde den Verlust immer spüren, aber das bedeutet nicht, dass ich mich nicht weiterentwickeln kann oder den Schmerz jeden Tag spüre. Für den Rest meines Lebens.«

Ihre Stirn glättete sich wieder, und in dem Moment wusste er, dass sie beschloss, ihm zu glauben. Ja, sie war clever und scharfsinnig. Wäre sie keine Mordverdächtige, wäre sie genau der Typ, auf den er normalerweise abfuhr. Aber sie war verdächtig, und eher würde die Hölle zufrieren, als dass eine Verdächtige Detective Quinn McIntyre aufs Kreuz legte. Egal, wie clever und hinreißend sie war. Egal, wie heiß sie war oder wie heiß sie ihn machte.

4. Kapitel

SKEPTIKER: SUCHT DAME IN ROT ...

Die Getränkekellnerin kam mit den Drinks, und Lucy lehnte sich auf ihrem Stuhl zurück. Unter Quinns charmantem Lächeln, dem sie nicht ganz traute, wurden die Alarmglocken in ihrem Kopf schwächer. Er hatte im Präsens von seiner Frau gesprochen. Vielleicht war es wirklich bloß ein unschuldiger Versprecher, wie er ihr versichert hatte. Aber vielleicht war die ganze Witwernummer auch ein Schwindel. Ja, das konnte sein.

»Was für Hobbys haben Sie?«, fragte er.

»Ich hab eigentlich keine Hobbys«, antwortete sie und griff nach ihrem Mojito. Vielleicht sollte sie ihm einfach glauben. Nur weil sie ihm ein paar kleine Lügen auftischte, machte ihn das noch nicht ebenfalls zum Lügner. Vielleicht sagte er ja die Wahrheit und wollte wirklich nur sein Leben weiterleben.

»Kein einziges?«, hakte er nach, als wollte er sie wirklich kennen lernen und würde nicht nur aus Höflichkeit fragen. »Es muss doch etwas geben, das Sie zum Spaß machen.«

Vielleicht suchte sie nach Problemen, wo gar keine waren. Projizierte ihre Schuldgefühle auf ihn. Sie beschloss, ihm vorerst zu glauben. »Ich bin nicht besonders vielseitig.« Sie trank einen Schluck, und der Geschmack ließ Erinnerungen an vergangene Mojitos in ihr aufsteigen. Der süße Drink mit Rum und Minze erinnerte Lucy stets daran, wie sie irgendwo in Mexiko in einer *cabaña* saß. Oder mit ihren Freundinnen auf den Bahamas am Strand. »Ich kann nicht zeichnen, nähen oder leimen«, fügte sie hinzu. Sie trank noch einen Schluck und erzählte ihm, wie sie einmal einen Weihnachtskranz zu basteln versuchte und sich dabei die Finger mit Heißkleber verbrannte. Sie erzählte von ihrer Erfahrung im Felsenklettern und wie sie sich einmal von ihrem damaligen Freund zum Kajakfahren hatte nötigen lassen. Beides war katastrophal verlaufen. »Haben Sie denn Hobbys?«, fragte sie den Mann, der sie über den Tisch hinweg ansah.

»Eigentlich nicht. Wenn ich ein bisschen Freizeit habe, werkele ich im Haus herum. Hänge Schränke auf und lackiere die Böden neu.« Er hob seine Flasche Beck's an die Lippen und trank einen Schluck. Dann ließ er das Bier sinken und sagte: »Ich gehe mit meinem Hund zur Vogeljagd. Das ist so ziemlich alles.«

Sie konnte sich ihn bei beidem vorstellen. Mit einem Werkzeuggürtel, der tief auf seinen Hüften hing, oder im Tarnanzug, Schrotflinte in der Armbeuge, den treuen Hund auf den Fersen. Sehr stattlich. Sehr männlich. Sie fragte sich, ob er Boxershorts in Tarnfarben oder enge, weiße Herrenslips trug. Vielleicht ging er auch unten ohne.

»Was haben Sie den Winter über gemacht? Waren Sie Skifahren? Oder im Urlaub in Mexiko?«, fragte er und unterbrach ihre lüsternen Gedankenflüge.

»Im November haben meine Freundinnen und ich auf Paradise Island Urlaub gemacht. Wir haben zu viel getrunken. Zu viel gezockt. Und zu viel Spaß gehabt.« Es war wirklich nicht ihre Schuld, dass ihre Gedanken ins Sündige abgedriftet waren. Von der Sekunde an, als sie durch die Tür gekommen war, hatte sie die Anziehungskraft seines Blickes auf sich gespürt, wie dunkle, intensive Tractor Beams. Sie konnte sich nicht erinnern, je Objekt der alleinigen Aufmerksamkeit eines Mannes gewesen zu sein. Nicht auf diese Weise. Nicht unter Ausschluss alles anderen, sogar der jungen Kellnerin in der engen Bluse, die ihn kokett angelächelt hatte, als sie die Drinks servierte. »Dieses Jahr war ich nirgendwo.«

»Nicht mal über Nacht in Pocatello?«, fragte er. Das war ein Städtchen wenige hundert Meilen östlich von Boise.

»Nein. Ich hab nur gearbeitet.« Im gedämpften Licht sahen seine Augen schwarz aus. Eine dichte Haarlocke fiel ihm in die Stirn, und kleine Kommalocken berührten seine Ohrmuscheln. Er hatte sich seit dem Morgen nicht mehr rasiert, und schwarze Barthaare verdunkelten sein kantiges Kinn.

»Kein Freund, der Sie zu einem Wochenendtrip entführt?«

»Nein. Kein Freund mehr seit etwa einem Jahr.«

»Sie machen Witze«, sagte er, als könnte er das nur schwer glauben.

Lucy rührte ihren Mojito mit dem Minzezweig, der darin steckte. »Nein. Ich bin Beziehungen aus dem Weg gegangen.« Ihre Fingerspitzen wischten über das Kondenswasser am Glas, und der nervtötende Ärmel ihres schulterfreien Pullis rutschte wieder. Wenn sie gewusst hätte, dass das Teil ihr solche Probleme bereiten würde, hätte sie etwas anderes angezogen. »Ich hab in meinem Leben schon mit echten

Idioten zu tun gehabt. Deshalb habe ich beschlossen, eine Auszeit zu nehmen, bevor ich zu bitter werde.«

»Sie sind verbittert wegen der Männer?«

»Vielleicht ist übersättigt der bessere Ausdruck.« Sie schob den Ärmel wieder hoch.

»Wie lange hat Ihre Auszeit denn gedauert?«

Sie wollte auf keinen Fall zugeben, wie lange sie schon keine richtige Verabredung mehr gehabt hatte. »Eine ganze Weile«, antwortete sie. Sie hielt auch das Treffen heute Abend für keine richtige Verabredung. Sie war eher aus Neugier hier. Sie hatte nur in ein Treffen mit Quinn eingewilligt, weil er ihr diese zwei albernen Mails geschrieben hatte. Er tat ihr irgendwie leid und … tja, sie wollte sehen, ob er wirklich so gut aussah wie in ihrer Erinnerung. Tat er nicht. Er sah sogar noch besser aus. »Mir ist ein gutes Buch lieber als ein schlechtes Date.« Jetzt, wo die rote Baseball-Cap die obere Gesichtshälfte nicht mehr abschirmte, konnte sie die feinen Linien in den Winkeln seiner dunkelbraunen Augen sehen, die darauf hindeuteten, dass er oft und gerne lachte.

»Wie viele schlechte Internet-Dates hatten Sie denn schon?«

Das waren genauso wenig richtige Dates gewesen. Gott, es wurde langsam schwierig, diese Lügengeschichte weiter durchzuhalten. »Und Sie?«

Er beugte sich vor und legte die Unterarme auf den Tisch. Er griff nach der Kerze und schob sie von einer Hand in die andere. Dabei kratzte sein silbernes Uhrarmband über die glatte Fläche. »Die meisten Frauen, mit denen ich mich getroffen habe, waren nett, bloß nichts für mich. Sie sind die

Einzige, die ich um eine zweite Verabredung gebeten habe. Die einzige Frau, an die ich nach dem Treffen denken musste. Die einzige Frau, die ich besser kennen lernen will.« Er blickte von der Kerze auf und sah sie an, als wäre außer ihr kein weibliches Wesen im Raum. Dann sagte er: »Jetzt sind Sie an der Reihe.«

Etwas in seiner Stimme löste auf ihrer Haut ein warmes, verführerisches Prickeln aus. Dabei kannte sie den Mann nicht mal. Glaubte die Hälfte von dem nicht, was er ihr erzählte. Warum also verursachte er bei ihr dieses Kribbeln? »An der Reihe womit?«

»Erzählen Sie mir von Ihren Internet-Dates.«

Ach ja. »Von all den Männern, die ich übers Netz kennen gelernt habe, wollten siebzig Prozent nur schnellen Sex und waren echte Loser. Zwanzig Prozent waren einsam und wünschten sich verzweifelt eine Freundin, egal was für eine. Und über die letzten zehn Prozent berät die Jury noch.«

»Und wozu gehöre ich?«

Sie nahm ihr Glas in die Hand und trank einen Schluck, bevor sie antwortete: »Bei Ihnen berät die Jury noch.«

Er legte die Hände flach auf den Tisch und lehnte sich auf seinem Stuhl zurück. Er sah sie mehrere Herzschläge lang an, dann wechselte er das Thema. »Was denken Sie über die drei Männer, die vor kurzem ermordet wurden?«

Lucy stellte ihr Getränk wieder ab. Wow! Was für ein Talent, die Stimmung zu vermiesen. Sie hatte sich nur mit einem der armen Kerle getroffen. Lawrence, alias Luvstick, hatte zu den siebzig Prozent gehört, die auf der Suche nach einer schnellen Nummer waren, und sie hatte ihn in Kapitel drei ins Jenseits befördert. Wenige Wochen später hatte sie in der Zeitung gelesen, dass er *wirklich* umgebracht worden war. Der Gedanke daran war unheimlich. Ein Riesenzufall, über den sie lieber nicht nachdachte. Sie sah in Quinns dunkle Augen und fragte sich, ob er um seine eigene Sicherheit fürchtete. Sie würde es jedenfalls tun, wenn sie ein Mann wäre. »Haben Sie Angst, Sie könnten der Nächste sein?«

Er lachte leise, als wäre er äußerst amüsiert, und hob das Beck's an den Mund. »Nee. Ich kann auf mich aufpassen«, verkündete er, bevor er einen Schluck nahm.

Das hatte Luvstick wahrscheinlich auch geglaubt. »Haben Sie etwas darüber gehört, wie die Täterin ihre Opfer findet?«

Er schüttelte den Kopf und ließ die Flasche sinken. Ein Tropfen Bier hing an seiner Oberlippe, und er leckte ihn ab. »Sie etwa?«

»Nein. Die Polizei hat anscheinend nicht viele Beweise.«

Er stellte die Flasche auf den Tisch und richtete wieder seinen intensiven Tractor Beam auf sie. Als wäre das, was sie sagte, wichtig. »Wie kommen Sie darauf?«

Seine Aufmerksamkeit ihr gegenüber war irgendwie merkwürdig. Gleichzeitig aber auch schmeichelhaft. »Normalerweise sagen sie der Presse nicht viel, wenn sie nicht viele Beweise haben.« Sie hatte so viele Bücher gelesen und so viele Cops interviewt, dass sie praktisch vorhersagen konnte, wie die Polizei sich verhalten würde. Dieses Wissen gehörte zu ihrer Arbeit. Quinn dagegen war Klempner und würde sich nicht notwendigerweise mit Polizeitaktik auskennen. »Sie behalten gern gewisse Aspekte für sich. Aspekte, über die nur der Täter Bescheid weiß. Wenn sie nicht viel haben, lassen sie auch nicht viel raus.«

Seine hochgezogenen dunklen Augenbrauen senkten sich wieder. »Woher weiß eine Krankenschwester das alles?«

Ja, woher wusste eine Krankenschwester das alles? Sie lächelte. »*Cold Case Files*. Wissen Sie noch?«

»Ah.« Er hob den Kopf. »Stimmt ja. Haben Sie sich mit einem der Männer getroffen, die ermordet wurden?«

Lucy senkte den Blick auf ihre Hand, die neben ihrem Glas lag. Nach Luvsticks Tod hatte in der Zeitung gestanden, dass er eigentlich verheiratet gewesen war, sich jedoch in einem Apartment in der Nähe der State Street ein kleines Liebesnest eingerichtet hatte, wo auch seine Leiche gefunden worden war. Der Bericht war hässlich und schmutzig gewesen, und seine Familie hatte diese öffentliche Schlammschlacht nicht verdient. Lucy wollte nicht über Luvstick reden. »Nein. Ich hatte mit keinem von ihnen ein Date.« Was keine *richtige* Lüge war. Sich mit Männern in Cafés zu treffen, war für sie keine richtige Verabredung. Ihr Pulli rutschte wieder über ihren Arm, und sie beschloss, ihn einfach so zu lassen. Es war ja nicht so, als würde man irgendwas sehen, und sie hatte es satt, ihn ständig wieder hochzuschieben. »Aber Sie sollten vorsichtig sein.«

Wieder beugte er sich vor, um mit der Kerze zu spielen. »Sind Sie besorgt um mich?«

Mit seinen breiten Schultern, den starken Armen und kräftigen Händen sah er aus, als könnte er sie über die Schulter werfen und kilometerweit mit ihr rennen. Er strahlte absolutes Vertrauen in sich selbst und seine Fähigkeiten aus, doch ein entschlossener Killer ließ sich durch Selbstvertrauen nicht aufhalten. »Möchten Sie denn, dass ich um Sie besorgt bin?«

»Kommt drauf an.«

»Worauf?«

Er schaute eine Weile in die flackernde Kerze. Dann blickte er auf, und seine Stimme wurde so verführerisch sanft und tief, dass bei ihr alles kribbelte. »Je nachdem, was das für mich bedeutet.«

Lucy hatte mit ihren vierunddreißig Jahren genügend Erfahrung mit Männern, um genau zu wissen, wohin dieses Gespräch führte. Ein Teil von ihr wollte es auch. Der Teil, der sich gegen jede Vernunft von Quinn angezogen fühlte. Der Teil, der spürte, wie seine testosterongeladene Stimme über ihre Haut wanderte und sein Blick sie überall gleichzeitig berührte, auch wenn er ihr nur in die Augen sah. Doch sie hatte sich nicht mehr gestattet, diesem irrationalen Teil nachzugeben, seit sie auf schmerzhafte Weise gelernt hatte, dass Sex viel besser mit einem Mann war, den sie kannte. Klar, sie war schon mit so manchem Lügner und Verlierertypen ins Bett gegangen, doch wenigstens hatte sie die schon eine Weile gekannt. Es schien nur ein kleiner Unterschied zu sein, doch es war ein wichtiger. »Erzählen Sie mir von Ihrem Klempnergeschäft«, bat sie, um ein harmloses, sicheres – langweiliges – Thema anzuschneiden.

Er lachte leise und erzählte ihr, dass er in letzter Zeit hauptsächlich die Büroarbeit erledigte, statt Toiletten und Abflussrohre zu installieren. Kurze Zeit später kam das Gespräch irgendwie von Installationen auf Spürhundprüfungen. Sie erfuhr, dass er einen Irischen Setter besaß, dem er das Jagen beibrachte, und da sie sich nicht die Bohne für Spürhunde interessierte, war sie ziemlich überrascht, dass das Gespräch sie nicht langweilte. Vielleicht lag das an

Quinns offensichtlicher Begeisterung für das Thema, oder vielleicht daran, dass er so gut aussah, wenn er davon sprach. Wahrscheinlich beides.

Die Kellnerin kam genau in dem Moment an den Tisch, als Lucy ihren Mojito wegputzte. Wieder lächelte sie Quinn kokett an, doch der hatte kaum einen Blick für sie übrig. Er fragte Lucy, ob sie noch etwas trinken oder vielleicht mit ihm zu Abend essen wollte. Sie lehnte ab und griff nach ihrer Unterarmtasche aus Schlangenleder von Dolce & Gabana. Sie musste heute Abend mindestens noch zehn Seiten schreiben, wenn sie ihren Abgabetermin einhalten wollte. Sie zog einen Zehndollarschein hervor, doch Quinn bestand darauf, die Rechnung zu zahlen. Er half ihr in den Mantel, doch diesmal streiften seine Finger nicht ihren Nacken wie vorher.

Sie band den Gürtel um ihre Taille und hielt ihm die Hand hin. »Danke.«

Statt ihre Hand zu nehmen, ergriff er ihren Arm und sagte: »Ich bringe Sie zu Ihrem Wagen.«

»Das müssen Sie nicht tun.«

»Ich weiß. Ich möchte es aber.« Sie gingen zum Ausgang, und er ließ sie los und öffnete die Tür. »Wo haben Sie geparkt?«

»Etwa einen halben Block unterhalb von Bannock.« Kalte Nachtluft blies in Lucys Gesicht und Mantel. Fröstelnd hielt sie sich den Kragen zu. Licht, das aus den Restaurants und Bars auf beiden Seiten der Eighth Street fiel, erhellte Abschnitte des Bürgersteigs, als sie zu Lucys Wagen gingen. Gelegentlich drang Gelächter aus den Bars in die Nacht und übertönte das Klappern von Lucys Absätzen auf dem

Asphalt. Einmal streifte Quinns Arm ihren, doch abgesehen von diesem kurzen Zusammenstoß berührte er sie nicht wieder.

»Essen Sie am Montag mit mir zu Abend«, bat er, als sie um die Ecke bogen.

Montag. Das war in zwei Tagen. Irgendwo im Hinterkopf schwante ihr, dass sie schon etwas vorhatte, doch im Moment konnte sie sich nicht mehr erinnern. Doch selbst wenn, er ging derartig ran, dass Lucy nicht wusste, ob sie sich geschmeichelt oder bedrängt fühlen sollte. »Ach, ich weiß nicht.« Vielleicht hatte er, da er so lange nicht mehr auf Partnersuche gewesen war, die Dating-Regeln vergessen. Regel Nummer eins lautete eindeutig, dass man so lange Gleichgültigkeit vortäuschte, bis man sich der Gefühle des anderen sicher war. »Ich gehe im Moment eigentlich nicht aus.«

»Und was war das heute Abend?«

»Eine Ausnahme.« Sie fand ihn sehr anziehend. Das ließ sich nicht leugnen. Genau wie sich nicht leugnen ließ, dass der Kerl eine Art hirnumnebelnden Sexappeal ausstrahlte. Von dem Kaliber, das eine Frau dazu bringen konnte, sich splitternackt auszuziehen, bevor sie sich an den Spruch »Sag einfach nein« erinnerte. Sie traten aus dem hellen Licht an der Ecke, und Lucy blieb an ihrem Wagen stehen.

»Machen Sie noch eine Ausnahme.«

Aus einer geschlossenen Druckerei fiel schwaches Licht auf den Bürgersteig, Quinns Hosensaum und Lucys Schuhspitzen. Sie schüttelte den Kopf und öffnete ihre Handtasche. »Ich kenne Sie nicht gut genug, um noch eine Ausnahme für Sie zu machen.«

»Das Problem kann ich sofort lösen.« Er nahm ihr die Handtasche ab, ließ sie zuschnappen und warf sie auf den Wagen.

Lucy blickte hoch in das Gesicht mit den dunklen Bartstoppeln. »Was tun Sie da?«

Er strich mit den Händen ihre Arme hinauf und über ihre Schultern. Seine Finger pflügten durch ihr Haar, und er hielt sanft ihren Hinterkopf fest. »Etwas, das ich schon den ganzen Abend tun wollte«, sagte er fast flüsternd, während sich sein Mund zu ihrem senkte. Sie legte die Hände auf seine Brust, um ihn wegzuschieben. Dann sagte er: »Schon seit du die Bar betreten hast, wollte ich dich küssen«, und sie gab ihren Widerstand auf. Er bog ihren Kopf sanft nach hinten, und ihre Lippen öffneten sich. »Und hier fange ich an. Mit deinem Mund.«

Lucys Hände öffneten und schlossen sich hilflos auf seinem Pullover über den harten Muskeln seiner Brust. Seine Lippen pressten sich auf ihre, eine warme, unwiderstehliche Inbesitznahme. Ihre Hände glitten zu seinen Schultern, und sie hielt sich an ihm fest, als seine glatte Zunge in ihren Mund eindrang und spielerisch versuchte, ihr eine Reaktion zu entlocken. Er schmeckte ein bisschen nach dem Bier, das er getrunken hatte, doch hauptsächlich wie ein Mann, der nur noch an Sex dachte. Sie hätte beunruhigt sein sollen, und das war sie auch. Doch vor allem, weil ihr der Geschmack in ihrem Mund gefiel. Wie eine scharfe Köstlichkeit durchströmte er ihren Körper und wärmte ihren Bauch. Ihre Zehen kringelten sich in ihren Donald-J.-Pliner-Pumps, und ihre Finger gruben sich in das Gewebe seines Pullis. Seine Hände gaben ihren Hinterkopf nicht frei. Sein Mund blieb auf ihrem, und trotzdem spürte sie den Kuss am ganzen Körper. Sein feuchter Mund aß ihren, verschlang jeden vernünftigen Gedanken und erregte jeden Zentimeter ihres Körpers. Sie kannte Quinn zwar kaum, aber das war ihr ziemlich egal, als er sie mit Küssen fütterte, die ihr das Gefühl gaben zu vergehen, hier mitten auf dem Bürgersteig im Stadtzentrum von Boise bei lebendigem Leib zu verbrennen. Sie stöhnte und presste sich an ihn.

Er hob das Gesicht und sprach direkt über ihrem feuchten Mund. »Geh nochmal mit mir aus.«

Es war keine Frage, und sie nickte. »Okay.«

»Am Montag.«

»Okay.«

Er ließ die Arme sinken und trat einen Schritt zurück. Benommen starrte sie in die bunten Schatten auf seinem Gesicht und berührte die zarte Haut unter ihrer Unterlippe, wo sein Kinn entlanggeschürft war. Sie fragte sich, ob die Stelle gerötet war.

»Hab ich dir wehgetan?«

Die kleine Stelle fühlte sich wund an. »Es geht schon.«

Er legte die Finger unter ihr Kinn und drehte ihr Gesicht zur Straßenlaterne. Sein Daumen glitt über die wunde Stelle, und er beugte sich vor, um sie ganz zart unter die Unterlippe zu küssen. »Tut mir leid.« Sie spürte sein Flüstern auf ihrer Haut. Die Wärme seines Atems streifte ihr Kinn und glitt an ihrer Kehle herab. »Ich konnte mich nicht mehr bremsen.«

Sie schloss die Augen und wartete darauf, dass er seinen Mund wieder auf ihren presste.

»Lucy.«

»Ja.«

»Entweder du fährst jetzt sofort, und zwar allein. Oder du kommst mit mir.« Er trat zurück, und der kalte Wind fuhr zwischen sie, schaffte es jedoch nicht, ihre erhitzten Wangen abzukühlen. »Wofür entscheidest du dich?«

Lucy öffnete die Augen und räusperte sich. »Ich fahre jetzt.« Sie glaubte nicht an Liebe auf den ersten Blick. »Allein.« Das überließ sie Romantikern und Liebesromanautorinnen wie Clare. Aber Lust … Lust war was anderes. Lust auf den ersten Blick war etwas, woran Lucy glaubte. Sie hatte sie direkt vor der Nase. Sie erhitzte ihr Blut, konzentrierte sich in ihrem Unterleib und weckte den Wunsch in ihr, Quinn zu folgen, egal, wohin er sie bringen wollte. Stattdessen wandte sie sich ab und griff nach ihrer Handtasche.

Ein einziger Kuss hatte ihr jeden vernünftigen Gedanken geraubt. Sie würde Quinn wiedersehen. Sie hatte nicht ja sagen wollen, weil es so viele Gründe gab, nein zu sagen. Sie kannte ihn eigentlich nicht und glaubte ihm meist nur die Hälfte. Er hatte etwas an sich, das einen Tick zu intensiv war. Etwas, das ihr sagte, dass er zu viel Gas gab. Irgendetwas stimmte nicht. Etwas, das sie einfach nicht sehen konnte, doch aus irgendeinem unerklärlichen Grund spielte das alles keine Rolle.

»Gute Nacht, Quinn«, sagte sie und ging zur anderen Seite ihres Wagens. Sie sah über das Dach ihres BMW zu seiner Silhouette im sanften Licht der Druckerei. Er war groß, dunkel und absolut hinreißend. Mit einem einzigen Kuss hatte er ein Treffen »aus Neugier« zu einem richtigen Date gemacht.

»Ich melde mich wegen Montag bei dir.«

Mit dem Wagen als Barriere zwischen ihnen wurde ihr Kopf wieder ein bisschen klarer, und sie erinnerte sich daran, was sie am Montagabend vorhatte. Sie hatte als Dankeschön für eine Rede bei der Schriftstellervereinigung zwei Tickets für ein Eishockeyspiel geschenkt bekommen. Sie hatte Adele dazu einladen wollen, da sie diesen Sport genauso liebte wie Lucy. »Ich hab ganz vergessen, dass ich für Montagabend Steelhead-Tickets habe«, sagte sie. Es war der perfekte Vorwand, um aus der Nummer rauszukommen. Stattdessen fragte sie: »Hast du Lust mitzukommen?«

»Vorher noch Abendessen?«

»Klar.« Sie hatte das perfekte Hintertürchen gehabt und es nicht genutzt. Sie würde ihn wiedersehen, und gnade ihr Gott, wenn er je mehr berührte als ihren Hinterkopf.

5. Kapitel

GESCHICHTENERZÄHLER: SUCHT GLATTZÜNGIGE REDNERIN ...

Am Montagmorgen betrat Quinn den Einsatzbesprechungsraum und quatschte mit ein paar Typen aus dem Labor. Während sie alte Fälle durchkauten, fiel sein Blick auf die Tafel. Lucys Name stand in kräftigem Rot immer noch ganz oben, mit zwei Verbindungslinien zum zweiten und dritten Mordopfer.

Er schnappte sich eine Tasse Kaffee und nahm Platz. Er schlug sein Notizbuch auf und blätterte zu den Aufzeichnungen, die er sich über Lucy gemacht hatte. Alles, was er vorzuweisen hatte, waren Indizienbeweise, aber wenn er sie zusammensetzte, ergab sich daraus ein ziemlich belastendes Bild. Er ließ seinen goldblau gestreiften Schlips durch die Hand gleiten und fragte sich, wie lange es wohl dauern würde, bis ihn jemand auf den Kuss ansprach, den er Lucy am Freitagabend gegeben hatte.

»Mit Maureen hast du jedenfalls nicht so rumgeknutscht wie mit Lucy«, frotzelte Kurt breit grinsend, als er den Raum betrat und sich neben Quinn setzte.

»Neidisch?«, fragte Quinn lächelnd, während er die Manschette seines Oberhemds zurückschob, um auf die Uhr zu sehen. Eine Minute nach acht. Kurt hatte eine ganze Minute gewartet. Wenn überhaupt, dann war Quinn überrascht, dass Kurt ihn nicht schon am Samstagabend damit aufgezogen hatte, als sie sich vor seiner Verabredung mit Maureen trafen.

»Nicht neidisch. Beeindruckt, wie effektiv du arbeitest.«

»Ich musste Lucy davon überzeugen, dass sie mich wiedersehen wollte. Maureen brauchte keine Überzeugungsarbeit.« Er blätterte eine Seite weiter. Wäre sein Date mit Lucy eine echte Verabredung gewesen, wäre er mit mehr Finesse vorgegangen. Er hätte sich Zeit gelassen und sie um ihre Telefonnummer gebeten. Hätte er Zeit gehabt, hätte er sie durch Charme dazu gebracht, ihm zu geben, was er wollte, statt sie einfach zu packen und mit einem Kuss zu unterwerfen. Wenn er die Wahl hatte, ließ Quinn es lieber langsam angehen, obwohl er zugeben musste, dass es auch nicht schlecht gewesen war, sie einfach zu packen und loszulegen. Überhaupt nicht. Vielleicht war es sogar ein wenig zu gut gewesen.

»So wie Lucy gestöhnt hat, war das ganz schön überzeugend.«

»Es ist ein schmutziges Geschäft, Weber.« Er hatte auch nicht damit gerechnet, dass es so leicht ginge. Eher damit, dass Lucy ihn wegstoßen und ihm eine scheuern würde.

»Aber irgendwer muss es ja erledigen. Stimmt's?«

»Stimmt.« Statt ihm eine zu scheuern, hatte sie etwas völlig Unerwartetes getan und sich an seine Brust geschmiegt. Ihre überraschende Reaktion hatte ihn fast umgehauen, und einen Augenblick lang, während er ihren Mund schmeckte und den heißen Sog des Verlangens spürte, hatte er vergessen, wer sie war und warum er eigentlich dort stand und sie mitten auf der Straße küsste. Für wenige Momente war sie nur eine schöne Frau und er nur ein Mann. Er hatte zugelassen, dass ihre leidenschaftliche Reaktion sich auf sein Hirn auswirkte und auf andere Körperteile weiter unten. Für wenige Momente hatte er vergessen, dass er nur seine Arbeit machte.

»Ich kann's dir nicht verdenken, dass du keine Lust hattest, mit Bignsassy Mandelhockey zu spielen«, frotzelte Kurt und lenkte Quinns Gedanken von dem Kuss mit Lucy ab. »Nachdem ich mir das neueste Band angehört habe, bin ich überzeugt, dass du Recht hast. Sie ist strohdoof. Mir ist schleierhaft, wie die Frau zu einem festen Job kam.«

»Maureen arbeitet für die Regierung«, erklärte Quinn. Zwischen der raschen Umarmung und dem Küsschen auf die Wange, mit dem er sich von Maureen verabschiedet hatte, und dem DNA-Austausch mit Lucy lag ein himmelweiter Unterschied. Er hatte schon immer an der Art, wie eine Frau küsste, voraussagen können, ob sie gut im Bett war. Und Lucys Kuss hatte ihn schier umgehauen.

Anita Landers betrat den Einsatzbesprechungsraum, gefolgt von Sergeant Mitchell. Gemeinsam gingen sie die neuesten Laborberichte durch. Quinn überraschte es nicht, dass weder Lucys noch Maureens Fingerabdrücke mit denen übereinstimmten, die an den drei Tatorten gefunden worden waren. Nichts von dort stimmte miteinander überein. Außer ein paar langer, blonder Haare, die an allen drei Opfern gefunden worden waren, die aber synthetisch waren. Also hatten sie immer noch nichts Stichhaltiges vorzuweisen.

Das Gespräch kam von den Fingerabdrücken auf die neuesten Bänder. »Informier mich über alles Neue, das du gestern Abend erfahren hast«, bat der Sergeant.

Quinn blätterte ein paar Seiten weiter zu den Notizen, die er sich beim Anhören des letzten Bandes gemacht hatte. »Lucy Rothschild behauptet immer noch, Krankenschwester zu sein. Sie räumt ein, in den letzten Monaten die Stadt nicht verlassen zu haben, und gibt an, nicht mehr mit Männern auszugehen, weil sie verbittert und ernüchtert sei. Sie hat gelogen, als es darum ging, ob sie einen der Ermordeten kannte, und scheint zu wissen, dass wir nicht viele Beweise haben.« Auch wenn er nicht wusste, warum, fühlte er sich gezwungen, hinzuzufügen: »Aber das sind alles nur Indizienbeweise.«

»Stimmt, aber wir wissen doch, dass sie sich mit Lawrence Craig getroffen hat! Warum sollte sie lügen, wenn sie nichts zu verbergen hat?«, fragte Mitchell.

Quinn zuckte mit den Achseln. Sie war zwar eine notorische Lügnerin, doch das bewies noch lange nicht, dass sie jemanden umgebracht hatte. »Wir könnten sie jederzeit einkassieren und befragen«, erinnerte er den Sergeant.

Mitchell dachte darüber nach. Dann schüttelte er den Kopf. »Noch nicht.«

Als Nächstes sprachen sie über Maureen Dempsey. Quinn fand, sie sollten Maureen weniger Aufmerksamkeit widmen, sie eventuell ganz von der Liste streichen.

»Sie glaubt diese Lügenmärchen aus der *Weekly News of the World*«, bemerkte Kurt. »Sie ist total verrückt.«

»Genug, um drei Männer umzubringen?«

»Verrückt genug vielleicht«, erwiderte Quinn. »Aber ich halte sie nicht für clever genug.« Maureen hatte sich sehr leicht lenken lassen. Sie hatte zugegeben, sich mit allen drei Opfern getroffen zu haben, und dass ihr die Nachricht von ihrem Tod leid getan hatte. Sie hatte Quinn erzählt, dass sie für ihre Familien betete und in ihrem Namen an diverse religiöse Organisationen spendete. Sie hatte behauptet, sie lebte im Zustand der Gnade und tanzte mit Jesus. Quinn war zwar auf katholischen Schulen erzogen worden, hatte aber keinen blassen Schimmer, was sie damit meinte.

Mitchell kratzte sich an seinem Bürstenschnitt. »Wann triffst du dich wieder mit ihr?«

»Morgen Nachmittag.«

»Wenn wir sie nicht vollkommen ausschließen können, bleibt sie auf der Liste.« Der Sergeant wiegte sich auf den Fersen seiner Wingtips-Schuhe und fragte: »Und was hast du, Kurt?«

Sie sprachen über die anderen Verdächtigen, mit denen Kurt fingierte Dates arrangiert hatte, und darüber, dass sie Verstärkung anfordern mussten, damit Quinn und Kurt sich auf die obersten vier oder fünf Verdächtigen auf der Liste konzentrieren konnten. Als sich das Meeting auflöste, fragte der Sergeant: »Was macht ihr zwei heute?«

»Wenn wir hier fertig sind, mach ich mit den Familien der Opfer weiter«, informierte Quinn ihn. »Später fahren wir nochmal zu ›Barnes and Noble‹. Wir müssen noch mit ein paar Angestellten sprechen, die letztes Mal, als wir da waren, frei hatten.« Er blätterte in seinen Notizen ein paar Seiten weiter. »Zwei von ihnen haben heute Nachmittag Dienst.«

Wenige Minuten später ging Quinn in sein Büro. Neben dem Breathless-Fall bearbeitete er noch zwei andere Verbrechen. Am Mittwoch musste er in dem Fall *Die Vereinigten Staaten gegen Raymond Deluca* aussagen, ein Fall von Brandstiftung mit einem Brandbeschleuniger, der zum Tod von Mr. Delucas Frau und ihren drei Kindern aus einer früheren Ehe führte. Der Toxikologiebericht zeigte, dass alle vier Opfer große Mengen von Phenobarbital zu sich genommen hatten, das Medikament, das Mrs. Deluca wegen ihrer Epilepsie einnahm. Raymond behauptete, seine Frau sei depressiv gewesen und hätte wahrscheinlich nur darauf gewartet, dass er die Stadt verließ, um sich und die Kinder umzubringen. Sein Alibi für die Nacht des Feuers bestand aus einer Quittung des Holiday Inn in Salt Lake, aber wie Quinn festgestellt hatte, existierte auch der Beleg einer Kundenkartentransaktion für zwanzig Liter Benzin, gekauft um 2.35 Uhr an der Shell-Tankstelle wenige Minuten vom Haus der Delucas entfernt. Eine halbe Stunde später hatte ein Nachbar Feuer gerochen und einen Notruf getätigt.

Die Anklage würde als Verbrechensmotiv eine Geliebte und eine Versicherungspolice präsentieren. Raymond Delucas Anwalt würde versuchen, das Motiv zu widerlegen, indem er daran arbeitete, Quinns Zeitablauf zu zerpflücken. Quinn musste sich noch einmal seine Notizen durchlesen, bevor er am Mittwoch den Gerichtssaal betrat.

Den Rest des Vormittags verbrachte Quinn damit, nach Indizien zu suchen und im Internet über Lucy zu recherchieren. Er besuchte noch einmal ihre Website, um zu sehen, ob sie in den letzten Tagen aktualisiert worden war. Fehlanzeige. Mittags sprangen er und Kurt in einen Zivilwagen und fuhren zu »Barnes and Noble«. Sie trafen sich mit den beiden Angestellten in einem Raum voller Bücherkartons.

Jan Bright war klein und hatte langes welliges Haar im 80er-Jahre-Stil. Sie trug eine Art Plaidkleid, das sie bis zum Hals zugeknöpft hatte. Cynthia Pools platinblondes Haar war ratzekurz geschnitten, und auf ihrer weißen Bluse war eine Mickey Mouse aufgestickt, die aus der Brusttasche kletterte. Beide Frauen waren spindeldürr und Mitte bis Ende vierzig.

Quinn zog ein Stück Papier aus seinem Notizbuch. Darauf waren die Fotos von Charles Wilson, Dave Anderson und Lawrence Craig. Er reichte den Zettel Jan Bright. »Erinnern Sie sich an einen dieser Männer?«

Sie schüttelte den Kopf und gab das Papier an Cynthia Pool weiter.

»Ja, die kommen mir bekannt vor. Besonders der da«, sagte Cynthia und deutete auf das zweite Mordopfer, Dave Anderson. »Ich glaube, er kam öfter freitagabends.« Sie blickte wieder hoch und rümpfte die Nase. »Das war auch so einer.«

»Auch so einer?«

»Einer der Singles, die auf der Jagd nach Frauen herkommen«, erklärte Cynthia. »Buchläden sind die neuen Singlebars. Freitags- und samtagabends kommen die Leute zum Aufreißen her.«

Quinn und Kurt sahen sich an. Sie kannten sich jetzt schon lange genug und hatten genügend Fälle gemeinsam bearbeitet, um zu wissen, was der andere dachte. Dass Männer und Frauen sich neuerdings in Buchläden trafen, war ihnen nicht nur neu, sondern auch eine wertvolle Information.

Kurt fragte: »Haben Sie je einen dieser Männer dabei beobachtet, wie sie mit Frauen Kontakt aufnahmen oder mit einer verschwanden?«

»Ich erinnere mich nicht. Du, Jan?«

»Nein. Ich achte wirklich nicht darauf, wer in den Gängen wen aufreißt.« Sie verschränkte die Arme vor der Brust und fixierte einen Punkt über Quinns linker Schulter. »Ich finde das anstößig.«

Cynthia zuckte mit den Achseln und gab ihm den Zettel zurück. »Das sind also die Mordopfer?«

»Ja.« Quinn steckte die Fotografien zurück in sein ledernes Notizbuch. Dann kramten er und Kurt ihre Visitenkarten hervor. »Wenn Ihnen noch etwas einfällt, rufen Sie uns bitte an.« Cynthia nahm die Karten bereitwillig entgegen, während sie sie Jan förmlich aufdrängen mussten.

Als die beiden Detectives auf dem Weg nach draußen am Café vorbeikamen, entdeckten sie ein Plakat mit Lucys Namen darauf. Das grünbeige Schild stand auf einer Staffelei an einem Tisch, der mit ihren Büchern vollgestapelt war. Es war die Ankündigung eines Treffens der Krimifrauen mit Krimiautorin Lucy Rothschild als Gastrednerin.

Kurt deutete auf das Plakat. »Das ist diesen Samstag.«

»Was geht wohl bei einem Krimifrauen-Treffen so ab?«

»Sollten wir vielleicht mal überprüfen.«

»Vielleicht.« Quinn nahm eines von Lucys Büchern in die Hand und blätterte darin. »Im Moment interessiert mich mehr, was Cynthia Pool und Jan Bright über das Aufreißen in Buchläden erzählt haben.«

»Du glaubst, Breathless reißt Männer in Buchläden auf?«

»Könnte sein.« Quinn legte das Buch wieder weg und betrachtete das Café zu seiner Rechten genauer. An einem der quadratischen Tischchen saß ein Paar, an einem anderen ein Mann mit einem Laptop. Quinn stellte sich den Laden brechend voll vor. Die perfekte Aufrisszone. »Wir müssen hier einen verdeckten Ermittler einschleusen. Nicht dich oder mich. Jemanden, den die Angestellten nicht kennen.« Er wandte seine Aufmerksamkeit wieder dem Stapel mit Lucys Büchern zu. »Jemanden, den die Verdächtigen, die wir getroffen oder befragt haben, nicht kennen«, fügte er hinzu, als die beiden Detectives kehrtmachten und auf den Ausgang zusteuerten.

Die Nachmittagssonne knallte Quinn direkt ins Gesicht, und er griff nach der Sonnenbrille in seiner Brusttasche. Er setzte sie auf, während sie über den Parkplatz zu dem zivilen Funkstreifenwagen gingen. Er war immer noch nicht überzeugt, dass Lucy Breathless war. Zugegeben, sie hatte einige Male gelogen und konnte mit zwei Opfern in Verbindung gebracht werden. Aber sie kam ihm einfach nicht … aggressiv oder abartig vor. Sie hatte bereitwillig auf seinen Kuss reagiert und war unter seinen Händen dahingeschmolzen. Nicht der Typ Frau, der nach ein paar Dates mit einem Mann nach Hause ging, ihn mit Handschellen ans Bett fesselte und ihm das Lebenslicht auslöschte. Nein, sie kam ihm vor wie eine Frau, die vollkommen andere Pläne mit einem Mann hätte, der ihr in Handschellen ausgeliefert war.

Aber vielleicht dachte er auch nur mit dem Schwanz.

»Machst du Witze?«, fragte Maddie, die ihren mexikanischen Reis an den Tellerrand schob.

»Nein, er hat mich einfach gepackt und geküsst.«

»Und wie war's?«, fragte Adele, während sie nach einem Krug Blue Margarita mitten auf dem Tisch griff.

Lucy biss sich auf die Unterlippe, musste aber trotzdem grinsen. »Umwerfend!« Aus den Augenwinkeln sah sie Clare lächeln. Von den dreien würde Clare sie als Einzige voll unterstützen. Clare glaubte wirklich an das, worüber sie beruflich schrieb. An Romantik und Seelenverwandte und »das Glück bis ans Lebensende«. Aber Clare war auch diejenige mit den meisten Illusionen, was Männer betraf.

»Wie lange kennst du diesen Quinn?«, wollte Maddie wissen. »Eine Woche?«

»Ein bisschen länger als eine Woche. Heute Abend ist unser drittes Date«, antwortete Lucy und bog sich die Wahrheit ein wenig zurecht. Wenn sie das erste Treffen im Starbucks mitzählte. Was sie eigentlich nicht tat. Und den Drink in der Bar hatte sie auch nicht für ein *richtiges* Date gehalten, bis er sie geküsst hatte. Der Kuss aber war *goldrichtig* gewesen.

Adele schenkte sich einen Blue Margarita ein und stellte den Krug wieder mitten auf den Tisch. »Und du hast dich gleich beim ersten Date von ihm küssen lassen? Das sieht dir gar nicht ähnlich.«

Küssen *lassen*? Als sein Mund den ihren berührt hatte, war kein Gedanke an »Lassen« gewesen. Nur an Küssen.

»Pass auf dich auf, Lucy«, warnte Maddie, als wäre sie ihre Mutter, obwohl sie nur ein Jahr älter war als Lucy.

»Er ist ein ganz normaler, netter Mann. Er ist Klempner und hat sein eigenes Geschäft.«

»Dann mal nichts wie ran.« Clare hielt inne, um einen Schluck Blue Margarita zu trinken, und fügte dann hinzu: »Ich weiß, dass ihr alle nicht dran glaubt, doch es gibt durchaus sowas wie Liebe auf den ersten Blick. Das passiert ständig.«

Lucy lächelte in sich hinein. Lust auf den ersten Kuss auf alle Fälle.

Adele runzelte die Stirn. »Ich weiß nicht, Lucy. Ich bin mal mit ’nem Klempner ausgegangen. Er war merkwürdig.«

»Wo hast du den kennen gelernt?«, fragte Lucy, um die Aufmerksamkeit von sich abzulenken.

»Beim Club für kreativen Anachronismus.« Adele zuckte mit den Achseln und fiel über ihren Fajita-Salat her.

Maddies Gabel hielt am Tellerrand inne. »Du verscheißerst uns.«

Adele schüttelte den Kopf. »Nein. Ich hab damals gerade meine mittelalterliche Zeitreise geschrieben und musste recherchieren. Sie treffen sich in diesem Park in der Nähe von Fort, ein paar Blocks von mir zuhause entfernt. Zum Schwertkampf und so. Deshalb hab ich beschlossen, ihnen dabei zuzusehen und Fragen zu stellen.«

»War dein Freund Sir Lancelot?«, fragte Maddie.

»Nein.« Lucy stupste mit dem Ellenbogen Clares Arm an. »Hieß er nicht Sir Lanze der Lotterliebe?«

Clare lächelte, und ihre blauen Augen leuchteten amüsiert. »Nein, Sir Stählerne Liebeslanze.«

»Sehr witzig.« In einem Versuch, nicht beleidigt zu wirken, zog Adele einen Mundwinkel hoch. »Er war Sir Peter der Prächtige.«

»Ich zitiere Maddie nur ungern«, sagte Lucy, während sie nach ihrem Margarita griff, »aber du verscheißerst uns. Oder?«

Adele schüttelte den Kopf. »Nein. Sein richtiger Name war Dexter Potter. Und er sah in Strumpfhosen *geil* aus. Riesiger Hosenbeutel, wenn ihr wisst, was ich meine.«

»Aha.«

»Na dann.«

Maddie stocherte in ihrem Hühnchen-Burrito herum und schob die Tortilla zum Reis an den Rand. »Von welcher Größe sprechen wir denn?« Maddie hob dozierend den Zeigefinger. »Denn da gibt es Unterschiede, Ladys. Länger als dreiundzwanzig Zentimeter ist …«

»Mensch, Maddie«, unterbrach sie Clare und sah sich verstohlen um. »Nicht hier.«

»Warum? Mich hört doch keiner.«

Lucy lachte und wechselte erneut das Thema. »Machst du immer noch die Atkins-Diät?«, fragte sie Maddie.

»Ja«, seufzte die. »Ganz schön beschissen. Ich hab's echt langsam satt, Steak mit Schweinekotelett als Beilage und ein Pfund Butter zum Nachtisch zu essen.«

»Das klingt nicht gesund.« Adele griff nach dem Pfeffer und hätte um ein Haar eine Brust in ihren Salat getunkt. »Wie sieht Mr. Hardluvnman denn aus?«, fragte sie Lucy.

Lucy schnitt ihre Hühnchen-Chimichanga an. »Er ist groß, dunkelhaarig und sieht blendend aus.« Und er konnte sie mit einem Kuss um den Verstand bringen. »Er jagt gern Vögel mit seinem Hund, und er ist ein *Cold Case Files*-Fan. Seine Familie lebt hier in der Stadt, und sein Vater ist vor ein paar Jahren gestorben.« Er konnte Sex in seine Stimme legen und ihr den Atem rauben. »Seine Frau ist letztes Jahr gestorben, und er ist einsam.«

»Oh-oh.« Adele stellte den Pfeffer ab und lehnte sich zurück.

»Was denn?«, fragte Lucy, obwohl sie die Antwort wusste.

»Du wirst ihn wieder retten wollen, genau wie all die anderen.«

»Nein, werd ich nicht.«

»Das sagst du immer«, erinnerte Clare sie. »Und du lässt dir immer das Herz brechen.« Kopfschüttelnd schnitt sie ihre Enchilada an. »Wenn du dich mit ihm einlässt, sorg dafür, dass er dich gut behandelt. Wie Lonny. Er ist die Liebe meines Lebens.«

Während Clare auf ihren Lunch herabsah, warfen sich die anderen drei bedeutungsvolle Blicke zu. Clares Freund, Lonny, war ein netter Kerl, und er behandelte sie wirklich gut. Er vergaß nie ihren Geburtstag oder Jahrestage und war weder eifersüchtig noch besitzergreifend. Er wäre der perfekte Freund, wenn er nicht schwul wäre. Alle wussten das. Alle, so schien es, außer Clare. Entweder war sie doch nicht so schlau, wie ihre vielen akademischen Grade nahelegten, oder sie wollte es einfach nicht wahrhaben. Lucy und die anderen glaubten eher Letzteres. Clare war eine tolle Frau und eine wunderbare Freundin, aber es war, als wäre sie von einem Kraftfeld umgeben, von dem alles Unangenehme abprallte. Insgeheim hatten sie alle Angst davor, was passieren würde, wenn sie herausfand, dass »die Liebe ihres Lebens« hinter ihrem Rücken in der Balcony Bar Männer liebte.

»Ihr irrt euch. Ich fühle mich nicht zu Quinn hingezogen, weil er mir leid tut. Oder weil er gerettet werden muss. Ich fühle mich zu ihm hingezogen, weil …« Sie dachte an seine ernsten braunen Augen und langen Wimpern. Sein kantiges, mit Bartstoppeln überzogenes Kinn und den sinnlich geschwungenen Mund. »Denn wenn er mich ansieht, sieht er mich richtig an. Wenn er mir Fragen über mein Leben stellt, habe ich das Gefühl, dass er es wirklich wissen will. Dass er nicht nur fragt, damit er die restliche Zeit über sich sprechen kann. Wenn ich mit ihm zusammen bin, gibt er mir das Gefühl, dass er mich wirklich mag.« Sie aß einen Bissen und sah in die verblüfften Gesichter ihrer Freundinnen. »Was ist?«

»Du klingst, als wärst du in ihn verknallt«, verkündete Maddie.

»Ja«, stimmte Adele zu.

Clare nickte. »Genauso klingt es.«

»Nein, klingt es nicht. Ich muss ein Buch schreiben. Ich kann keine Zeit mit einem Mann vergeuden.« Lucy griff nach ihrem Drink. »Und außerdem kenne ich ihn nicht gut genug, um mich in ihn zu verknallen. Die meiste Zeit über weiß ich nicht mal, ob seine Aufmerksamkeit mir schmeichelt oder mir Angst macht.«

Eine Falte erschien zwischen Maddies dunklen Augenbrauen. »Warum hast du Angst? Ist er verrückt? Was hat er gemacht?«

»Nichts. Vielleicht ist Angst ein zu starker Ausdruck.« Lucy hielt inne und legte den Kopf schief. »Verwirrt ist vielleicht besser.«

»Warum bist du verwirrt?«

»Weil er mich öfter sehen will. Er will mich anrufen, mit mir ausgehen und –«

»Er macht dir den Hof«, erklärte Clare.

»Wahrscheinlich.« Lucy schwieg kurz, um ihre Gedanken zu ordnen. »Ich habe bloß noch nie einen Mann getroffen, der mich gleich so oft sehen wollte. Ihr wisst ja, wie Männer sind, sie führen einen aus und rufen vielleicht nach einer

Woche oder auch zweien oder gar nicht wieder an. Quinn scheint nicht zu wissen, dass er mich eigentlich am Telefon warten lassen müsste, damit ich mir Gedanken mache, warum er mich nicht um eine zweite Verabredung bittet.«

»Warte.« Adele hielt ihre Gabel hoch. »Du willst nicht mit ihm ausgehen, weil er sich anscheinend wirklich für dich interessiert? Na, *das* ist verrückt.«

Lucy zuckte mit den Achseln. Vielleicht, aber er hatte irgendetwas, was sie nicht genau benennen konnte. Etwas, das ihr sagte, dass er zu gut war, um wahr zu sein, und die Erfahrung sagte ihr, wenn etwas zu gut aussah, um wahr zu sein, war es auch so. »Vielleicht traue ich der Geschichte mit der verstorbenen Frau nicht. Ich habe zwar nicht den Eindruck, dass er lügt – nicht unbedingt. Ich kann nicht sagen, woran es liegt, aber ich traue ihm nicht ganz.« Sie schüttelte den Kopf und schnitt in ihre Chimichanga. »Vielleicht bin ich einfach zu misstrauisch.«

Adele blickte von ihrem Salat auf. »Bring ihn dazu, dich zu sich nach Hause einzuladen. Wenn er dich nicht mitnehmen will, ist seine Frau wahrscheinlich gar nicht tot.«

»Bist du besoffen? So hat Richard Franko fünf seiner Opfer in die Falle gelockt«, warnte Maddie, die sich auf den Serienkiller bezog, über den sie vor Jahren geschrieben hatte. »Er hat sie einfach zu sich eingeladen, und sie sind mitgegangen wie Lämmer zur Schlachtbank. Lucy könnte einen Albtraum erleben.«

Es war wirklich kein Wunder, dass Maddie keine Verabredungen hatte. Sie hielt die meisten Männer für psychopathische Killer. »Er ist kein Mörder. Ich frage mich nur, ob er zu gut ist, um wahr zu sein.«

»Vielleicht hat Adele Recht«, überlegte Clare. »Wenn du sein Haus siehst, weißt du sofort, ob er noch verheiratet ist, oder ob er sich bloß eine Bumsbude eingerichtet hat. Wenn er dich nicht mitnehmen will, ist er verheiratet. Wenn doch –«

»Dann erwartet er Sex«, unterbrach sie Maddie.

»Stimmt.« Der Gedanke an Sex mit Quinn war zwar durchaus verlockend, aber so kurz nach ihrem Kennenlernen kam das nicht in Frage.

»Wenn du schon so dumm bist, mit ihm nach Hause zu gehen«, sagte Maddie, »dann nimm wenigstens die Selbstverteidigungsausrüstung mit, die ich dir geschenkt habe.«

»Mach ich«, versprach Lucy. Im vergangenen Jahr hatte Maddie ihnen allen zu Weihnachten Pfefferspray, einen Handtaschenalarm, einen Elektroschock-Kugelschreiber und zwei Schlagringe geschenkt. »Und ich werde mein Auto nehmen«, fügte sie hinzu, auch wenn sie sich nicht sicher war, ob sie je in Quinns Haus landen würde. »Damit ich mich wieder verdrücken kann, bevor die Gefahr besteht, mich ausziehen zu müssen.«

»Ich weiß nicht, was gefährlicher ist«, überlegte Adele. »Du im Haus eines Kerls, den du nicht kennst, oder am Steuer deines Wagens.«

»Ich bin eine hervorragende Autofahrerin«, beharrte Lucy.

»Das hat Rain Man auch gesagt«, witzelte Clare.

Lucy wusste, dass ihre Freundinnen sie für eine schlechte Fahrerin hielten, aber das war sie nicht. Zugegeben, sie fuhr ein bisschen zu rasant und beschimpfte andere Verkehrsteilnehmer, aber sie hatte seit fünf Jahren keinen Totalschaden mehr gehabt! »Wie steht's denn mit eurem Liebesleben?«, fragte sie und wechselte bewusst noch einmal das Thema.

»Tote Hose«, beklagte sich Maddie. »In dieser Stadt gibt es keine Männer.«

Adele griff nach ihrem Blue Margarita. »Ich hab gestern auf meiner Veranda eine alte Gesichtspeeling-Maske und einen Crock-Pot gefunden.«

»Dwayne«, riefen die anderen drei wie aus einem Munde. Dwayne Larkin, eine durchtrainierte Pimpermaschine, verlegte von Beruf Gipskartonplatten, und zwei Jahre lang hatte Adele ihn für den Richtigen gehalten. Sie hatte sogar über seine Marotte hinweggesehen, sich bei Tisch in den Zähnen herumzustochern und an den Achseln seiner Hemden zu schnüffeln, bevor er sie anzog. Da er ein bisschen wie Viggo Mortensen aussah, hatte sie sein Biersaufen und Gerülpse hingenommen, solange, bis er ihr an den Kopf geworfen hatte, sie bekäme einen »fetten Arsch«. Niemand benutzte das f-Wort in Zusammenhang mit Adeles Arsch, und deshalb hatte sie ihn aus ihrem Leben verbannt. Nur schade, dass er sich nicht ganz verbannen ließ. Alle paar Wochen fand Adele ein paar der Gegenstände, die sie in seiner Wohnung gelassen hatte, vorn auf ihrer Veranda. Keine Nachricht. Kein Dwayne. Bloß irgendwelchen Kram.

»Tsss. Er gibt einfach nicht auf.«

»Es ist, als würde er deine Sachen als Geiseln halten«, bemerkte Lucy. »Er rückt sie nach und nach raus wie Körperteile oder so.«

»Das ist unheimlich.«

»Wie viel hat er denn noch?«

Adele zuckte mit den Achseln. »Ich weiß nicht. Wir waren zwei Jahre zusammen, und ich war oft bei ihm. Da gibt's bestimmt noch einiges.«

»Wenn ich Dwayne nicht schon in *Aus Liebe erschossen* um die Ecke gebracht hätte«, sagte Lucy und meinte damit ihr drittes Buch, »würde ich ihn für dich umbringen.«

»Danke.«

Nach dem Gespräch über Männer kamen sie aufs Schreiben, und als Lucy ihren Anteil der Rechnung beglich, hatten sie Adele Ratschläge wegen ihrer Probleme mit Dwayne erteilt und Clare beim Plot der nächsten drei Kapitel ihres Buches geholfen.

Vor dem Treffen hatte Lucy die ersten sechs Kapitel ihres aktuellen Manuskripts für Maddie ausgedruckt, damit sie es auf Ungereimtheiten und Fehler hin durchsehen konnte. Maddie war vielleicht manchmal ein bisschen paranoid und benahm sich daneben, aber sie war brillant und gab hervorragende Kritiken. Und Lucy revanchierte sich ihrerseits, wenn Maddie Hilfe brauchte.

Maddie folgte Lucy zu ihrem Wagen. »Versprich mir, mit diesem Quinn vorsichtig zu sein.«

Lucy reichte ihr die Manuskriptseiten und sah in Maddies braune Augen. Manchmal hatte Lucy das Gefühl, dass ihre Freundin vor irgendetwas davonlief. Vor etwas, das sie hinter ihrer nassforschen Art verbarg. Etwas, das sie mit keinem Menschen teilte. Lucy war nicht der Typ, der neugierig nachbohrte, aber wenn Maddie je jemanden zum Reden brauchte, würde Lucy zuhören. »Ich versprech's«, sagte sie. »Und du musst versprechen, nicht so eine harte Nuss zu sein.«

Maddie verabschiedete sich und versprach nichts dergleichen.

Lucy sprang in ihren Wagen. Auf der Heimfahrt dachte sie wieder über Quinn nach. Vielleicht hatten Adele und Clare Recht. Vielleicht war er ein ganz normaler Mann, der ihr den Hof machte. Vielleicht suchte sie unnötig nach Problemen.

Sie schlängelte sich durch den Verkehr und brauste an der Kreuzung Thirteenth/Fort Street bei Gelb über eine Ampel, weil sie sich sagte, es wäre sicherer, bei Gelb weiterzufahren als eine Vollbremsung zu machen. Als sie an der Junior High vorbeifuhr, die sie als Teenager besucht hatte, ergriff der rationale Teil ihres Gehirns die Gelegenheit, sie zu fragen, ob normale Männer Chatrooms nach Frauen abklapperten. Nein, taten sie nicht. Außer, es stimmte etwas nicht mit ihnen. Oder … sie waren auf der Suche nach Sex.

Nachdem sie noch einige Male abgebogen war, fuhr sie in die enge Gasse hinter ihrem Haus. Wenn sie mit Quinn zusammen war, spürte sie nichts Perverses oder Abartiges an ihm. Im Gegenteil. Er strahlte eher eine sanfte sexuelle Energie aus. Von der sie zugeben musste, dass sie leicht hypnotisch auf sie wirkte.

Sie drückte auf den Garagentoröffner, der an die Blende geklemmt war, und wartete, bis sich das alte Holztor hob. Viele Häuser im North End von Boise waren um 1900 gebaut worden und hatten immer noch Kutschenradabweiser an den Bürgersteigen. Aber als dann die Packards in die Stadt rollten, gaben die Boisianer ihre Kutschen auf und bauten sich hinter ihren Häusern kleine Garagen. Viele der Einzelgaragen wie Lucys waren immer noch in Gebrauch, weil kein Platz für etwas Größeres war.

Lucy fuhr den BMW hinein und schloss das Garagentor.

Sie betrat ihr Haus durch die Hintertür, ging durch die Küche und pfefferte ihre Handtasche auf die gekachelte Theke. Sie schaute aus dem Fenster über der Spüle in den Nachbargarten. Mrs. Riley war draußen, riss Plastikweihnachtssterne aus der Erde und ersetzte sie durch knallbunte Tulpen. Natürlich ebenfalls aus Plastik. Dieselbe Prozedur wiederholte sie im Sommer und Winter. Lucy hatte sie einmal gefragt, warum sie zu jeder Jahreszeit Plastikblumen pflanzte, und sie hatte geantwortet, als wäre es das Logischste auf der Welt: »Na, weil ich hübsche Dinge mag.« Was auch erklärte, warum sie ihr Haus in knalligem Gelb, Blau und Grün gestrichen hatte.

Während Lucy Mrs. Riley bei der Gartenarbeit zusah, kehrten ihre Gedanken wieder zu Quinn und ihrem Date mit ihm am Abend zurück. Sie freute sich mehr darauf, als sie sich eingestehen wollte. Mehr als klug war, da sie ihn nicht einmal kannte.

Es war durchaus möglich, dass er ein Klempner war, der versuchte, nach dem Tod seiner Frau weiterzuleben, aber es war genauso gut möglich, dass er zu den siebzig Prozent gehörte, die sich im Netz tummelten, weil sie auf eine schnelle Nummer aus waren.

Aber Lucy fand, dass die wichtigere, schwerer zu beantwortende Frage lautete: Warum nahm sie ihn auseinander, nur um dann Entschuldigungen dafür zu finden, ihn wieder zusammenzusetzen? Warum zerbrach sie sich den Kopf über einen Typen, den sie nicht einmal kannte?

6. *Kapitel*

GETN2KNOWU: SUCHT AUFRICHTIGE PARTNERIN ...

»Get ready for this«, dröhnte es durch das Bank of America Centre, als sich die Captains der Idaho Steelheads und der San Diego Gulls auf dem Eis gegenüberstanden. Die Musik verstummte, der Puck fiel, und das Knallen von Hockeyschlägen, die aufs Eis trafen, erfüllte die Arena.

Das Spiel begann.

Quinn warf einen Seitenblick auf Lucy Rothschild mit dem rotschwarzen Steelheads-Trikot und dem großen Schaumgummifinger, den sie sich über die Hand gestreift hatte. Er hatte noch nie im Leben jemanden getroffen, der *weniger* einem Serienkiller ähnelte.

»Genau das meine ich!«, schrie sie begeistert, als ein Gull niedergemäht wurde.

Na gut, ein bisschen blutrünstig war sie ja, aber aus irgendeinem seltsamen Grund brachte das seinen Sack nicht zum Schrumpfen. Genauso wenig wie das Tonbandgerät, das in seinem Kreuz drückte und ihn daran erinnerte, dass sie eine Psychopathin sein konnte, die sich daran aufgeilte, Männern beim Krepieren zuzusehen.

Quinn lehnte sich auf seinem Sitzplatz zurück, und das kleine schwarze Aufnahmegerät drückte im Kreuz. Kurt hatte am anderen Ende der Stadt ein Date mit Brneyedgrl, während Anita im Van saß und alles aufnahm. Quinn war heute Abend ganz auf sich gestellt, doch er machte sich keine großen Sorgen, hauptsächlich weil es relativ unwahrscheinlich war, dass Lucy den Versuch unternahm, ihn in einer Arena mit mehreren tausend aufgeputschten Eishockeyfans umzubringen. Doch selbst wenn sie allein gewesen wären und sich in seinem Bett schweißtreibenden Aktivitäten hingegeben hätten – er war nicht sehr überzeugt davon, dass Lucy eine Serienmörderin war. Sein Bauch sagte es ihm einfach nicht. Nein, wenn er sie so ansah, spürte er etwas völlig anderes in dieser Gegend. Aber nur weil er nicht fühlte, dass sie eine Mörderin war, hieß das noch lange nicht, dass er die Möglichkeit ausschloss.

»Du bist Scheiße!«, schrie ein junger Kerl ein paar Reihen über ihnen, als ein Gull einem Steelhead mit vollem Körpereinsatz den Puck abjagte.

Quinn wusste nicht viel über Eishockey. Er stand mehr auf American Football. Im Alter von zehn bis achtzehn hatte er selbst gespielt und kannte die Regeln. Soweit Quinn es beurteilen konnte, war Eishockey Chaos on the Rocks. Es sah aus, als würde ein Haufen Typen einen Puck jagen und sich brutal zusammenschlagen, wenn die Schiedsrichter nicht hinschauten.

»Autsch«, zuckte Quinn zusammen, als zwei Spieler wie Güterzüge zusammenprallten, es aber trotzdem schafften, auf den Kufen zu bleiben. Lucy lachte neben ihm, und ihre Augen leuchteten wie die eines Kindes an Weihnachten.

»Gott, ich liebe dieses Spiel«, sagte sie mit einem breiten Grinsen. »Besonders die Play-Offs, wenn beide Teams Blut sehen wollen.«

Vielleicht war sie auch mehr als nur ein *bisschen* blutrünstig, doch in dieser Hinsicht unterschied sie sich keinen Deut vom Rest der Menschenmenge.

»Siehst du dir viele Spiele an?«, rief er ihr über den Lärmpegel aus Hockeyschlägern, die aufs Eis knallten, und dem Anschwellen und Abflauen des Geschreis der Menge zu.

»Ich versuche, mir so viele wie möglich anzuschauen. Und du?«

»Ich war vor heute Abend noch nie hier.«

Sie drehte den Kopf zu ihm, und ihre großen blauen Augen schauten in seine. Sie blinzelte, als könnte sie nicht ganz begreifen, was sie da sah. Als wäre er ein Außerirdischer. »Nie? Du machst Witze!«

»Nee. Ich steh mehr auf Football.«

»Football ist ganz okay. Aber beim Eishockey zuzusehen, macht mehr Spaß.«

»Es wirkt chaotisch.«

»Es ist organisiertes Chaos.« Sie richtete ihre Aufmerksamkeit wieder aufs Eis, beugte den Kopf aber nah zu ihm. »Die Spieler ganz vorn sind die Forwards und die Centers.« Sie streifte ihren Schaumfinger ab und deutete auf die jeweiligen Spieler. Sie hatte sich die Fingernägel rot lackiert. »Die Jungs, die hinten bleiben, sind die Defenders und natürlich die Keepers.« Sie ließ die Hand auf ihren Oberschenkel sinken. »Beim Hockey gibt's massenhaft Regeln, und die krieg ich nicht alle auf die Reihe. Und wenn ich dann glaube, ich hab sie kapiert, ändern sie sich.«

Quinn hatte schon immer eine Schwäche für glänzend rote Fingernägel. Er liebte es, wenn eine Frau ihre langen Finger mit roten Nägeln über seinen Unterleib gleiten ließ.

»Siehst du den Spieler mit dem Puck? Er ist Forward und schlägt gleich einen Pass ins Mittelfeld.« Sie beugte sich ein bisschen näher zu ihm, und ihre Schulter streifte seine. »Genau so. Jetzt bereitet er einen Torschuss vor.«

Durch die Schwaden aus Bier- und Fressbudengeruch roch er ihr Haar. Er erkannte den Duft vom Abend im Red Feather wieder, als sie ihn an einen sonnenbeschienenen Garten erinnert hatte. Wenn sie den Kopf so zu seinem neigte, streifte ihr Haar die Schulter ihres Trikots und seiner Bomberjacke. Wenn er sich noch ein Stück vorbeugte, könnte er die Nase in ihrem Scheitel vergraben.

»Verdammt!«

»Was denn?« Quinns Blick glitt von ihrem Haar zu ihrem Profil.

»Der Keeper hat den Puck gehalten.« Sie drehte den Kopf zu ihm, und ihre Nase streifte leicht sein Kinn. Wenn sie ihr Gesicht ein paar Zentimeter hob, würden ihre Lippen seine berühren. Er spürte einen dumpfen Schmerz in der Lendengegend, was lächerlich war. Er war siebenunddreißig. Er war ein harter Bursche, der Schwerverbrecher einlochte. Er ermittelte in einem Mordfall. Allein der Gedanke, eine Frau zu küssen, erregte ihn nicht.

Normalerweise nicht.

Lucy hob den Blick zu Quinns, und in ihren Augen sah er dasselbe Verlangen, das in ihm brannte. Er fragte sich, was sie tun würde, wenn er sie hier auf der Stelle vor Tausenden von Menschen küsste. Ob sie ihn zurückküssen würde wie neulich auf der Straße?

Sie setzte sich wieder aufrecht und richtete ihre Aufmerksamkeit auf das Spiel, doch das Verlangen in ihren Augen hatte er sich nicht eingebildet. Zu wissen, dass sie ihn genauso begehrte wie er sie, ließ ihn in Sekundenschnelle von halb- zu vollsteif werden, egal ob er scharf werden wollte oder nicht. Und er wollte nicht. Nicht mitten in einem Eishockeyspiel, und nicht auf eine Mordverdächtige. Wenn er nicht ganz bewusst seine Jacke angezogen hätte, um das Tonband, das in seinem Kreuz klebte, zu verbergen, hätte er sie ausgezogen und damit seinen Schoß bedeckt.

Er konzentrierte sich wieder aufs Eis und atmete tief die kalte Luft ein. Er beugte sich vor und stützte sich mit den Unterarmen auf den Oberschenkeln ab. Auf dem Eis pfiffen die Referees, und das Spiel wurde unterbrochen. Chumbawamba dröhnten durch die Tonanlage, und Quinn spürte den harten Beat durch seine Stiefelsohlen.

Er wusste nicht, warum Lucy Rothschild ihn so erregte. Zugegeben, sie war eine schöne Frau, doch es gab eine Menge schöner Frauen. Sie war mordverdächtig, und allein das sollte seinen Johannes erschlaffen lassen. Doch seit dem ersten Abend, als er sie im Starbucks hatte sitzen sehen, schien jene Tatsache bei ihm genau das Gegenteil zu bewirken. Wahrscheinlich weil er wusste, dass er sie so schnell wie möglich zum Sex drängen musste. Er dachte nicht darüber nach, warum die Aussicht ihn bei den anderen Verdächtigen nicht erregte. Im Moment musste er sich rasch von Lucy ablenken. Davon, scharf zu werden, ins Schwitzen zu geraten und noch durchzudrehen. Und sich wieder auf die Arbeit konzentrieren.

Auf dem Eis wurde der Puck fallen gelassen, und Schläger knallten aufs Eis. Er glaubte, erneut Sonnenschein und Blumen zu riechen, und dachte ganz bewusst an Lawrence

Craig und die anderen, an ihre Betten gefesselt, durchsichtiges Plastik eng um die Gesichter gezogen. Unter seinem zugeknöpften Hosenstall ließ der Druck nach, und Quinn entspannte sich.

Als das erste Drittel endete, lagen die Steelheads mit zwei Punkten vorn, und durch die Menschenmenge ging ein erwartungsvolles Raunen, obwohl Quinn sich nicht sicher war, was genau die gehobene Stimmung erzeugte – der Spielstand oder das Budweiser Light, das in der Arena großzügig ausgeschenkt wurde.

Während des zweiten Spielabschnitts aßen Lucy und Quinn Brezen und tranken Bier. Auf dem Eis droschen die Spieler auf den Puck und aufeinander ein. Die Strafbänke wurden gut genutzt; die Boxen aus Plexiglas füllten sich mit blutig geschlagenen, derb fluchenden Spielern.

Im Laufe des Spiels kam Quinn hinter die Regeln und begriff langsam, dass Eishockey nicht so chaotisch war, wie es auf den ersten Blick wirkte. Nach der Hälfte des letzten Drittels beugte sich Lucy nahe zu Quinn und deutete auf die Strafbank, wo ein Typ saß, dem gerade Tampons in die Nase gestopft wurden. »Schau mal, Nummer einundsiebzig. Hat immer noch das blaue Auge, das er vor vier Spielen verpasst bekam.«

Quinn verschränkte die Arme und ermahnte sich, sie sich nicht wieder aus der Nähe anzuschauen. Nicht erregt zu werden. Bloß seinen verdammten Job zu tun. »Mit wem hast du dir das Spiel damals angesehen?« Er erinnerte sich nicht, ob irgendeins der Opfer bei einem Eishockeyspiel gewesen war.

»Mit meiner Freundin Adele. Sie findet Eishockey auch

toll. Wir streiten die meiste Zeit darüber, wer der heißeste Spieler ist.«

Bevor er sich davon abhalten konnte, sah Quinn über seine Schulter in Lucys Augen. »Und, wer ist heute Abend der heißeste Spieler?«

Einer ihrer Mundwinkel verzog sich nach oben. »Nummer achtundzwanzig von den Steelheads. Er sitzt gerade auf der Bank.«

Er warf einen Blick über die Eisbahn zu dem Eishockeyspieler, der seinen Helm auf die Stirn hochgeschoben hatte und auf seinem Mundschutz kaute. »Du machst Witze! Der sieht aus wie ein Milchbubi.«

»Er ist zweiundzwanzig.«

»Dann ist es fast noch illegal.« Sie hatte sich offensichtlich über ihn informiert.

Ihre Augen wurden ganz groß und unschuldig. »Was ist fast illegal?«

»Das weißt du genau, und wenn ich eine zweiundzwanzigjährige Frau angaffen würde, würdest du mich für pervers halten.«

»Stimmt«, meinte sie grinsend. »Ist Doppelmoral nicht beschissen?«

Er zog Frauen in seinem Alter vor. Hauptsächlich weil Frauen seines Alters wussten, was sie im Bett taten, doch er war so klug, das nicht laut auszusprechen. Frauen laberten ständig darüber, dass sie wollten, dass man ihnen die Wahrheit sagte, aber das stimmte nicht. »Ich mag Frauen in den Dreißigern. Da hat man mehr Gesprächsthemen.«

»Das stimmt wahrscheinlich, aber –«

Quinn fixierte Lucy. »Was aber?«

Sie grinste und schüttelte den Kopf. »Wer redet von Gesprächen?«

Quinn stieß ein kehliges Lachen aus. Ihre Direktheit überraschte ihn nicht nur, er fand sie auch herzerfrischend. Er schätzte es, wenn Frauen ehrlich über Sex sprachen.

Nur schade, dass sie ihn bei allem anderen belog. Klar, er log ebenfalls. Aber schließlich versuchte er, eine Serienmörderin zu schnappen, bevor sie wieder zuschlug. Ein Teil des Polizeiberufs bestand darin, ein guter Lügner zu sein. Es war sein Job, und er war gut darin. Lucy war keine gute Lügnerin, aber wenn sie nichts zu verbergen hatte, warum log sie dann, als sei es *ihr* Job?

Die Steelheads schlugen die Gulls um zwei Punkte und würden erneut auf sie treffen, wenn es um den Kelly-Cup-Titel ging. Lucy hatte noch nie mit einem Mann ein Spiel besucht. Sie war immer mit ihren Freundinnen hingegangen. Das heute Abend war eine ganz neue Erfahrung. Normalerweise war sie vollkommen von den Männern gefesselt, die auf der Eisbahn auf und ab liefen, ineinanderrannten und um 170 Gramm Hartgummi kämpften. Doch heute Abend hatte sie der Mann, der neben ihr saß, abgelenkt. Der Mann, der sie angesehen hatte, als wären sie die einzigen zwei Menschen in einer Arena voll Tausender schreiender Eishockeyfans.

Nach dem Spiel fuhr Quinn Lucy nach Hause, weigerte sich jedoch, auf einen Kaffee mit hineinzukommen. Stattdessen setzten sie sich auf ihre Verandaschaukel. Lucy holte eine Decke, und sie schauten durch die kahlen Bäume zu den Sternen.

Während die Schaukel sanft vor und zurück schwang,

stellte Quinn ihr Fragen über ihr Leben und erzählte ihr von seinem. Er erzählte ihr davon, wie er mit seinem tollen Schwinn-Rad auf dem Hinterrad gefahren war, um das Nachbarsmädchen zu beeindrucken, nur um mit einem gebrochenen Arm in der Notaufnahme zu landen. Irgendwie kamen sie auf ihre früheren Beziehungen. Lucy sprach gewöhnlich nicht mit potenziellen zukünftigen Freunden über ihre Exfreunde, doch aus irgendeinem Grund brachte Quinn sie zum Reden über all die Verlierertypen, vor denen es in ihrer Vergangenheit nur so wimmelte.

Er erzählte ihr von seinem Haus in einer Nebenstraße der Boise Avenue, das er nach dem Tod seiner Frau Millie gekauft hatte. Er sprach von der Gartenlaube, die er und sein Bruder in seinem Garten gebaut hatten, und lud sie ein, seinen Jacuzzi auszuprobieren. Jederzeit. Der skeptische Teil von Lucy, der nach Problemen suchte, entspannte sich etwas. Ein verheirateter Mann lud Frauen nicht in sein Haus ein, schon gar nicht »jederzeit«.

Sie unterhielten sich über die neuesten Episoden der Crime-Dokus *Cold Case Files* und *The First 48*. Wieder kam das Gespräch auf die ermordeten Männer, und sie stellten Spekulationen über den Killer an. Ihr fiel zwar auf, dass das Gespräch immer, wenn sie mit Quinn zusammen war, in diese Richtung ging, aber sie dachte sich nicht viel dabei. Über echte Verbrechen zu sprechen, faszinierte sie, und das war anscheinend eine Gemeinsamkeit von ihnen.

»Ganz spontan würde ich sagen, dass der Täter eine attraktive Frau mit überdurchschnittlicher Intelligenz ist«, sagte sie und versuchte, sich an all die Recherchen zu erinnern, die sie über die Jahre hinweg angestellt hatte. »Sie hat eine asoziale Persönlichkeitsstörung, wahrscheinlich eher psychopathisch als soziopathisch. Sie ist kontrolliert und organisiert.«

Die Schaukel schwang langsam vor und zurück, und Quinn sah Lucy unter dem Verandalicht an und fragte: »Hast du für die Mordnächte ein Alibi?« Er schenkte ihr sein charmantestes Lächeln, als wäre es ein Scherz, doch etwas tief in seinen braunen Augen sagte ihr, dass er es todernst meinte.

In der Ferne knallte eine Hintertür und ein Hund kläffte. Vermutlich hätte sie in der umgekehrten Situation – wenn Frauen die Opfer wären – dasselbe wissen wollen. »Ich bin mir nicht sicher«, antwortete sie wahrheitsgemäß. »Wahrscheinlich hab ich gearbeitet.«

»Neugeborene gewickelt?«

»Ja.« Wegen ihrer Arbeit zu lügen, bereitete ihr mehr und mehr Schuldgefühle, doch jetzt war nicht der richtige Augenblick für ein Geständnis. »Hast du Angst, ich will dich umbringen?«

»Angst nicht direkt.« Er legte den Kopf schief, und diesmal kam das Lächeln bei seinen Augen an. »Obwohl mir durchaus schon der Gedanke gekommen ist, dich nach Waffen abzusuchen.« Er stand auf und warf die Decke auf die Schaukel. »Aber nicht heute Abend«, sagte er und zog Lucy hoch. Er nahm ihr Gesicht in die Hände und senkte langsam den Kopf. Er sah ihr tief in die Augen, während seine Lippen leicht ihren Mund streiften. Weich und süß, als hätte er die ganze Nacht Zeit. Sein Atem stockte und breitete sich fächerförmig über ihre Wange aus, als seine Zunge über ihre Unterlippe glitt. Der Kuss lockte eine hitzige Reaktion tief in Lucys Bauch hervor, törnte sie mit genau der richtigen leichten Berührung an. Ihre Hände strichen über seine Brust, und sie packte beide Seiten der offenen Lederjacke mit den Fäusten. Sie reckte sich auf die Zehenspitzen und öffnete die Lippen. Sie spürte ein kurzes Zögern, dann peng, der Kuss wurde heiß und feucht, als hätte es ihn wie ein Blitz durchzuckt und er könnte sich keine Sekunde mehr zurückhalten. Als wollte er sie bei lebendigem Leibe verschlingen und könnte nicht genug bekommen.

Unter ihrer Verandalampe tastete seine Zunge lockend und ließ flüssige Hitze durch ihren Körper strömen. Seine Daumen strichen über ihre Schläfen und Wangen, und er stieß ein kehliges Stöhnen aus. Sie ließ die Hand unter seine Jacke gleiten und spürte, wie sich seine harten Muskeln zusammenzogen, als sie über Brust und Bauch streichelte. Dann wanderten ihre Hände zu seinem Rücken. Ohne den Mund von ihrem zu lösen, packte er sie an den Handgelenken und trat einen Schritt vor. Er drängte sie gegen die Haustür und hielt ihre Hände hinter ihrem Kopf fest.

»Du darfst mich nicht anfassen«, stieß er keuchend hervor.

»Warum?«

Er legte die Stirn an ihre. »Weil ich dich zu sehr mag.«

An ihrem Unterleib konnte sie jeden Zentimeter dessen spüren, wie sehr er sie mochte. Er war lang und steinhart. Sie sehnte sich danach, sich an ihm zu reiben. »Bist du ganz sicher, dass du nicht auf einen Kaffee mit reinkommen willst?«

»Nein, bin ich nicht.« Er schüttelte den Kopf, ließ ihre Handgelenke los und trat einen Schritt zurück. »Aber wenn ich mitreinkomme, will ich dich auch lieben. Aber ich glaube nicht, dass wir dazu schon bereit sind. Noch nicht.«

Was? Er war ein Kerl. Dazu waren Kerle immer bereit.

»Ich will mehr«, erklärte er und wandte sich zum Gehen. »Ich ruf dich an.«

Lucy stand mit dem Rücken an ihrer Tür und sah ihm nach, als er die Treppe hinabstieg. »Gute Nacht«, flüsterte sie. Der große Mond schien durch die nackten Äste der riesigen Eiche und der Walnussbäume und beleuchtete Quinn mit blassem Licht, als er den Bürgersteig entlang zu seinem Jeep ging, der am Straßenrand parkte.

Sie war noch nie mit einem Mann zusammen gewesen, der sie auf ihrer Veranda hatte stehen lassen, während sie ihm nachsah und wünschte, er würde zurückkommen und ihr auf der Stelle ein bisschen mehr geben. Kein Mann hatte je ihre Einladung auf einen Kaffee abgelehnt.

Als der Jeep wegfuhr, öffnete Lucy ihre Tür und ging ins Haus. Sie schob den Riegel hinter sich zu und knipste die Deckenlampe im Wohnzimmer an. Tja, dachte sie, als sie den Raum durchquerte und auf ihre weinrote Seidencouch sank, immerhin brauchte sie sich nicht mehr zu fragen, ob er nur ein Abenteuer suchte. »Ich will mehr«, hatte er gesagt. Für die meisten Männer *war* Sex mehr.

Sie warf ihre Handtasche auf ihren antiken chinesischen Couchtisch und starrte auf den Backsteinkamin zu ihrer Linken. Er war nicht verheiratet, und er hatte gerade bewiesen, dass er nicht auf einen Quickie aus war. Er wollte mehr, aber war das auch das, was sie wollte?

Mit ihm eine Beziehung anzufangen, kam ihr ein wenig überstürzt vor. Unbesonnen. Verrückt. Dazu kannte sie ihn noch nicht lang genug. Sie hatte keine Zeit für einen Mann. Insbesondere für einen, der eventuell auf der Suche nach einem Ersatz für seine Frau war. All das lief Lucys Meinung nach nur auf Kummer hinaus, doch tief in ihr spielte keiner dieser sehr rationalen Gründe eine Rolle.

Sie wollte ihn öfter sehen. Quinn hatte etwas, irgendetwas, das sie zum Lächeln brachte und ihr Schmetterlinge im Bauch bescherte. Er faszinierte sie und rief in ihr das Bedürfnis wach, ihn am ganzen Körper anzufassen. Ja, sie wollte unbedingt herausfinden, was er mit »mehr« meinte.

Doch da gab es nur ein klitzekleines Problem. Eine Beziehung, die von Dauer sein sollte, musste man auf der Wahrheit aufbauen. Sie musste ehrlich zu ihm sein.

Keine Lügen mehr.

7. Kapitel

DOWN2BASIX: SUCHT KEINE QUASSELSTRIPPE …

Die letzten Strahlen der untergehenden Sonne malten das Tal blau-rosa, als Quinn seine Aussage im Fall Raymond Deluca beendet hatte. Erleichtert stieß er die Glastüren des Gerichtsgebäudes von Ada County auf und atmete tief die frische Luft ein. Draußen fädelte sich ein tiefergelegter Nissan mit schrillem Heulen in den Verkehr, der auf der Myrtle Street vorbeibrauste. Eine kühle Aprilbrise zerrte an Quinns rotem Schlips und dem Kragen seines marineblauen Wollblazers, während er über den Backsteinbürgersteig zum Parkplatz ging.

Raymond Delucas Verteidiger hatte Quinn, wie erwartet, scharf attackiert. Er hatte den Zeitablauf und das gerichtsmedizinische Beweismaterial in Frage gestellt, um es so aussehen zu lassen, als hätte Quinn seinen Job nicht getan. Nach sechzehnjähriger Erfahrung war Quinn jedoch auf alles vorbereitet, was der Anwalt ihm an den Kopf warf, und die Benzintransaktion um 2.35 Uhr hatte nicht einmal der Rechtsverdreher diskreditieren können.

Quinn überquerte den Parkplatz und schloss die Tür seines weißen Zivilfahrzeugs auf. Mr. Deluca würde wegen Mordes vor Gericht gestellt und wahrscheinlich die Todesstrafe bekommen. Quinn nahm an, dass er sich bei dem Gedanken schlecht fühlen müsste. Vermutlich wäre das die normale, menschliche Reaktion, doch er war bei der Autopsie von Mrs. Deluca und den drei Kindern zugegen gewesen und hatte mit eigenen Augen gesehen, wie das Feuer sie zugerichtet hatte. Daher war sein Mitgefühl im Moment für die Opfer reserviert.

Er startete seinen Wagen und fuhr durch die Stadt. Er bog in die Grove Street ab, vorbei am Grove Hotel mit seiner berühmt-berüchtigten Fluss-Skulptur an der Fassade.

Die Skulptur sollte eigentlich den Fluss Boise darstellen, erinnerte jedoch eher an einen Erdbebenschaden. Es war nichts Außergewöhnliches, wenn Touristen mit irritiert zusammengezogenen Augenbrauen vor der mehrfarbigen Spalte standen und sich fragten, was, zum Teufel, sie da vor sich hatten. Um die Verwirrung komplett zu machen, stieg aus der Spalte manchmal Dampf, der Nebel ähneln sollte. Tat er aber nicht.

Quinn räumte bereitwillig ein, ein Kunstbanause zu sein. Aber in der Stadt gab es echt coole Skulpturen; die Spalte im Grove Hotel gehörte nicht dazu.

Er hielt an einer roten Ampel und griff nach seiner Sonnenbrille. Jetzt, wo der Deluca-Fall abgeschlossen war, musste er an Lucy denken. Er war ein Cop. Ausgebildet, um auf Details zu achten und ein perfektes Erinnerungsvermögen zu haben, doch es bedurfte keiner beruflichen Tricks, um sich an jede Sekunde des vergangenen Abends zu erinnern, als er mit ihr auf der Veranda gestanden und sie geküsst hatte. Er hatte ihr Gesicht in den Händen gehalten, ihr weiches, verwuscheltes Haar durch die Finger gleiten lassen. Ihr Mund hatte nach warmer Frau geschmeckt, und sie hatte sich an ihn geschmiegt. Er hatte sich ins Gedächtnis gerufen, dass er nur seinen Job machte. Dass die Frau, die mit den Händen über seine Brust strich und ihn hart genug machte, um Nägel einzuschlagen, eine Mordverdächtige war. Er hatte seine Hände auf ihrem Gesicht gelassen, damit sie nicht zu interessanteren Stellen weiter unten wanderten. Vielleicht hätte er seinem Verlangen sogar nachgegeben, ihre Taille, Hüften und Brüste zu berühren. Sie so verrückt zu machen wie sie ihn, aber dann hatte sie *ihre* Hände zu seinem Rücken gleiten lassen, und er musste schnell ihre Handgelenke packen, bevor sie das Tonbandgerät in seinem Kreuz entdeckte.

Quinn hätte nur allzu gern ihre erste und zweite Einladung auf einen Kaffee angenommen. Er wäre ihr nur allzu gern nach drinnen gefolgt und hätte ihren BH inspiziert, bevor er sein Gesicht in ihrem Dekolletee vergraben hätte. Er hätte sie verdammt gern bis auf die Haut ausgezogen und wäre mit ihr in den Nahkampf gegangen, doch er durfte ihr nicht ins Haus folgen und über sie herfallen. Breathless vollbrachte ihr Werk im Bett des Opfers, nicht in ihrem eigenen. Zugegeben, vielleicht hätte er Lucy trotzdem nach drinnen folgen und mehr Informationen aus ihr herausquetschen sollen, doch er hielt nichts von langwierigen Folterqualen.

Die Ampel sprang auf Grün, und als er endlich ins Büro kam, war seine Schicht zu Ende. Er setzte Sergeant Mitchell über die Ereignisse vor Gericht in Kenntnis. Dann besprachen sie die jüngsten Entwicklungen im Breathless-Fall. Er hatte später noch ein Date mit einer neuen Verdächtigen, Carol Rey, alias Sugarbaby. Carol traf übers Internet Verabredungen, war bei »Hastings Books and Music« angestellt und liebte Tiere. Wieder einmal würde Quinn eine Frau zum Kaffee einladen und den Köder auswerfen, um zu sehen, ob er eine Serienmörderin an die Angel bekam.

Als Quinn nach seiner Verabredung am Abend endlich nach Hause kam, war er erschöpft, wusste aber, dass es noch Stunden dauern würde, bis er einschlafen könnte. Aufgeputscht von Kaffee und Gesprächen, ging er im Kopf jedes Detail der vergangenen Stunden durch.

Carol war eine hübsche Frau gewesen. Sie hatte einen relativ normalen Eindruck auf ihn gemacht – bis sie anfing, über ihren Exmann zu sprechen. Sie hatte kein gutes Haar an ihm gelassen und seine Leistungen im Bett und außerhalb niedergemacht. Diese Art von Groll erzeugte eine Menge Hass, und Kurt würde ihr am nächsten Morgen eine E-Mail schreiben und ein zweites Date ausmachen.

Quinn schnappte sich Laptop und Akten von der Küchentheke und lief durch den Flur ins Arbeitszimmer. Er knipste das Licht an und begab sich zum Schreibtisch in der Ecke. Am anderen Ende des Raums hatte er ein Laufband und eine Hantelbank aufgestellt. Polizisten aßen zwischendurch im Auto, in billigen Fresslokalen oder am Schreibtisch. Mit seinen siebenunddreißig Jahren musste Quinn fünf Tage pro Woche trainieren, um in Form zu bleiben und den Rettungsringen Paroli zu bieten, die eine Menge Cops plagten.

Er sank auf seinen Bürostuhl und legte Laptop und Akten auf den Schreibtisch. Er bootete den Computer und kraulte Millies Kopf, während er auf das Programm wartete.

Auch nach zwei Monaten Online-Dating war Quinn immer noch erstaunt darüber, was Frauen fast völlig Fremden schon bei der ersten Verabredung anvertrauten. Wenn sie *ihm* von verflossenen Ehemännern und Liebhabern erzählten, erzählten sie das bestimmt auch allen anderen, mit denen sie ausgingen. Manchmal wurde es so schlimm, dass er gegen das Bedürfnis ankämpfen musste, sich über den Tisch zu beugen und zu sagen: »Schätzchen, ich will nichts vom Fußgeruch deines Exmanns wissen, und schon gar nicht, ob er Viagra, Tadalafil oder Enzyte nehmen musste. Manche Scheiße behält man schlicht und ergreifend für sich.«

Lucy war seine einzige Verabredung gewesen, die er explizit nach ihren Exfreunden hatte fragen müssen. Natürlich hatte Lucy die schlechte Angewohnheit, das Blaue vom Himmel zu lügen, und so blieb es reine Spekulation, ob sie ihm in der Beziehung die Wahrheit gesagt hatte.

Er griff nach dem Telefon auf dem Schreibtisch und warf einen Blick auf die Uhr. Es war 21.30 Uhr. Er schlug sein Notizbuch auf und notierte sich die Zeit. Nach dem fünften Klingeln nahm sie ab.

»Hallo?«

»Lucy, hier ist Quinn.« Er lehnte sich in seinem Stuhl zurück und dehnte seinen Kopf nach beiden Seiten, um die Verspannungen im Nacken zu lösen. »Ich rufe nur an, um sicherzugehen, dass das morgen Abend mit uns klappt.«

»Warte.« Es folgte eine Pause, als hätte sie das Telefon weggelegt. Schubladen wurden geöffnet und geschlossen, dann nahm sie den Hörer wieder in die Hand. »Okay. Klar, aber ich dachte, du könntest vorher noch bei mir was trinken. Oder wir könnten einfach hierbleiben und uns Essen kommen lassen.«

Breathless ließ die Leichen ihrer Opfer stets am Tatort liegen, und sie lud wahrscheinlich nie eins zu sich nach Hause ein. »Klingt gut.« Es gab einen dumpfen Knall, als hätte sie das Telefon fallen lassen.

»Sorry«, sagte sie und bestätigte seinen Verdacht. »Mir ist das Telefon runtergefallen.«

Er klopfte mit dem Stift auf seinen Schreibtisch und fragte: »Was machst du gerade?«

»Im Moment?«

»Ja.«

»Ich stehe hier in meiner Unterwäsche und will gerade meinen Pyjama anziehen.«

Der Stift hielt inne. »Dann will ich nicht länger stören«, sagte er, während ihm ein Bild von ihr im essbaren Lakritzslip durch den Kopf spukte.

»Ist schon okay. Ich will die Füße hochlegen und vor dem Zubettgehen noch ein bisschen fernsehen. Und was machst du?«

»Nichts. Nur rumsitzen.« In seiner Fantasie trug sie auch einen essbaren BH. Er fragte sich, ob sie im Bett ein bisschen pervers wurde. Nicht so sehr, dass es Männer das Leben kostete, sondern ob sie ihm erlauben würde, ihre Unterwäsche zu essen. Quinn hatte seit über vier Jahren nicht mehr als verdeckter Ermittler gearbeitet, aber er wusste immer noch, wie es ging. Wann er drängeln musste und wie weit. Er legte seinen Stift weg und redete sich ein, nur seinen Job zu erledigen. »Kann man die essen?« Aber er wusste, dass hinter seiner Neugier mehr steckte als nur berufliches Interesse.

Es folgte eine Pause, und er rechnete fast damit, dass sie ihn zum Teufel schicken würde. »Meine Füße?«

»Deine Slips.«

Noch eine Pause. Dann: »Nein. Sie sind aus weißem Satin.«

Er schluckte, der Stuhl drehte sich, und die Armlehne stieß Millie ins Gesicht. Sie sah ihn beleidigt an, als hätte er es absichtlich getan, und trottete aus dem Zimmer. Er wollte vor seiner Hündin keine unanständigen Dinge sagen, deshalb wartete er, bis sie weg war, bevor er sagte: »Mit Spitze?«

»Nein.«

Verdammt, er mochte Spitzenunterwäsche an Frauen.

Fast flüsternd fügte sie hinzu: »Aber mit einem rosa Band.«

Verdammt. »Erzähl mir mehr davon.«

»Es ist um den Beinausschnitt gewoben und zu Schleifchen gebunden.«

Er schloss die Augen und stellte es sich vor. Stellte sich das rosa Band vor, ganz warm von der Hitze zwischen ihren Beinen. Diese Slips kamen ihm plötzlich durchaus vernaschbar vor. »Trägst du einen BH?«

Sie flüsterte ins Telefon, und er sah ihre rosa Lippen vor sich. »Ja.«

»Passend zum Slip?«

»Ja.«

Er atmete tief durch und presste die flache Hand gegen seine Erektion. »Und wo ist das Band?«

»Drumherum gewoben.«

Auch das sah er bildlich vor sich. »Sind deine Brustwarzen hart?«

Statt zu antworten, fragte sie: »Bist *du* hart, Quinn?«

»Ja.«

»Führst du öfter unanständige Telefongespräche?« Ihre Stimme klang verführerisch wie nur was.

»Nein.« Er stellte sich vor, wie sie vor ihm stand, ihr das Haar über die Schultern fiel wie die Sonne, die Füße leicht auseinander, während er mit den Händen über die Rückseiten ihrer Oberschenkel fuhr und den Mund auf ihren flachen Bauch drückte. »Aber wenn du willst, bin ich zu einem Versuch bereit, Sonnenschein.«

Er hörte sie leise lachen. »Bis morgen Abend, Quinn«, sagte sie und legte auf.

Er öffnete die Augen und rechnete fast damit, sie vor sich stehen zu sehen. Stattdessen fiel sein Blick auf die Arbeit, die er sich auf dem Schreibtisch bereitgelegt hatte. Auf die Stapel aus Aktenmappen und Notizen, seinen Laptop und die Fotos von Marys und Donnys Kindern.

Die Stille im Raum lastete schwer auf ihm. Sie legte sich auf seine Brust und zwang ihn, die Einsamkeit tief in seiner Seele zu spüren. Sekundenlang war sie stärker als er und drohte, ihm die Kehle zuzuschnüren. Dann drängte er sie zurück und schob sie wieder ganz tief nach unten.

Er griff nach der Fernbedienung für die Stereoanlage und drückte Play. Die Black Crowes füllten das Schweigen mit bluesartigem Southern Rock. Chris Robinson besang »good lovin'«, die »hard to handle« sei.

Er war zufrieden mit seinem Leben, wie es war.

Am nächsten Abend trank Lucy sich mit einem Schluck Rotwein Mut an, stellte das Glas aber auf dem Couchtisch ab. Sie wollte keinen Schwips bekommen, bevor sie Quinn gebeichtet hatte, warum es ihr lieber war, dass er zu ihr kam, statt mit ihm auszugehen. Es war Zeit, ihm die Wahrheit zu sagen, insbesondere nach dem Telefongespräch gestern Abend. Sie konnte Quinn kaum ansehen, ohne dass ihre Wangen feuerrot anliefen, während er ihr nicht die Bohne verlegen vorkam.

Sie warf verstohlen einen Blick auf Quinn neben ihr, der gerade einen großen Schluck Beck's trank. Dabei behielt er misstrauisch Schnuckel im Auge, der seinen Oberschenkel knetete. Lucy kannte Schnuckels Vorgehensweise nur allzu gut. Wenn Quinn die Zuneigung des Katers nicht erwiderte, würde er seine liebevolle Zuwendung ein paar Zentimeter weiter nach oben verlegen.

»Geh runter, Schnucki«, sagte sie und hievte den schweren Kater von dem Platz zwischen ihnen auf der Couch.

»Wie hast du ihn genannt?«

»Schnucki. Die Kurzform von Schnuckel«, erklärte sie.

»Aha.« Quinn bekam einen Silberblick, als hätte er plötzlich Kopfschmerzen.

Lucy holte tief Luft und zwang sich, noch im selben Atemzug zu beichten. »Ich hab dich angelogen.« Sie stieß es so schnell hervor, dass sie sich fragte, ob er sie verstanden hatte. Sie hoffte es, denn sie hatte keine Lust, es zu wiederholen. Ihr Magen fühlte sich an, als hätte sie zu viel Luft geschluckt, und ihr Mund war ganz trocken. Sie war plötzlich zu nervös, um weiter wegen des Telefonats verlegen zu sein. Wenn er nicht verstand, warum sie gelogen hatte, und beschloss, dass er sie nicht mehr sehen wollte, wäre die Beziehung eben gescheitert, bevor sie angefangen hatte. Wenigstens redete sie sich das ein. Aber das war, bevor er ihr Wohnzimmer betreten hatte, blendend aussehend in einer Levi's, die an sehr interessanten Stellen abgewetzt war, und bevor er sich so nahe neben sie auf die Couch gesetzt hatte, dass sie das Eau de Cologne auf seiner Haut und den Geruch des Waschpulvers in seinen Klamotten riechen konnte.

»Inwieweit?«

»Ich bin keine Krankenschwester.«

Quinn setzte die grüne Flasche auf seinem Oberschenkel ab, und seine dunklen Augen fixierten sie. Er zog überrascht eine Augenbraue hoch. »Ach nein?«

Sie schüttelte den Kopf und wandte sich ihm mit dem ganzen Körper zu. »Nein. Es liegt an dieser Internet-Daterei. Ich wollte bloß nicht, dass Hinz und Kunz alles über mich wissen.« Sie zog ihr Knie hoch auf die Couch, klemmte den Fuß unter das andere Bein und pulte verlegen mit dem Fingernagel am Saum ihrer khakifarbenen Hose. »Ich wollte gewisse Dinge für mich behalten. Nur für den Fall.« Sie beschloss, ihm nicht zu sagen, dass der einzige Grund, warum sie sich damals auf das erste Treffen mit ihm eingelassen hatte, ihre Recherchen gewesen waren. Das würde bloß Fragen nach den anderen Männern aufwerfen, die sie getroffen und um die Ecke gebracht hatte. Sie wollte nicht über die anderen Männer reden. Nicht heute Abend.

»Für welchen Fall?«

»Für den Fall, dass du ein Verlierertyp oder Stalker wärst oder schlicht und ergreifend geisteskrank.« Sie strich sich eine Haarsträhne hinters Ohr und legte die Hände in den Schoß. Verlegen senkte sie den Blick auf seine Brust. Sein blaues Kapuzensweatshirt war so alt, dass das Logo darauf vollkommen verblasst war. »An jenem Abend im Starbucks war ich überzeugt, dass du merken würdest, dass ich keine medizinische Ausbildung habe.« Nach langem Schweigen hob sie den Blick wieder zu seinem Gesicht. »Dir ist vermutlich nicht aufgefallen, dass ich das Heimlich-Manöver nicht beherrsche.«

»Doch.« Ein Mundwinkel verzog sich amüsiert nach oben, und ein kleines Komma zerknitterte den anderen. »Ich dachte nur, du bist als Krankenschwester echt Scheiße.«

Sie stieß einen erleichterten Seufzer aus, und ihr Nervenflattern legte sich allmählich. »Und du hast mich trotzdem um eine zweite Verabredung gebeten?«

Mit seiner freien Hand nahm er ihre und strich mit dem Daumen über ihre Fingerknöchel. »Ich dachte, weil du so schön bist, musst du eben in anderen Sachen super sein.«

Ein leichtes Kribbeln stieg von ihrem Handgelenk zur Innenseite ihres Ellbogens. »Was denn für Sachen?«

»Frauensachen.«

»Frauensachen?« Sie bemühte sich um Entrüstung und vermasselte es, weil sie lachen musste. Sie wollte ihm ihre Hand entziehen, doch er führte sie an seinen Mund. »Was denn für Frauensachen?«

Lachfältchen verknitterten seine Augenwinkel, als er sie über ihre Finger hinweg ansah. »Kochen.« Er drückte einen Kuss auf ihr kribbelndes Handgelenk, knapp unter den Ärmel ihres kastanienbraunen Pullovers.

»Ich bin eine exzellente Köchin.« Wenn sie mal kochte.

»Gut. Ich esse nämlich gern.« Er biss sie leicht in die Handfläche.

Das Gefühl, zu viel Luft im Magen zu haben, stieg hoch zu ihrem Herzen. »Was denn?«, stieß sie mühsam hervor.

»Was ich gern esse?«

»Ja.«

»Blondinen mit blauen Augen.«

Oh Gott. Sie entzog ihm ihre Hand. »Hast du Hunger?«

Sein Blick senkte sich auf ihren Mund. »Ich könnte einen Happen vertragen.«

Jahrelange Erfahrung hatte Lucy gelehrt, es langsam angehen zu lassen. Nichts zu überstürzen. Sich nicht zu früh gefühlsmäßig einzulassen. Wenigstens sagte ihr das der vernünftige Teil ihres Hirns. Dann schaute er ihr wieder in die Augen, und da war es. Dieses heiße, hungrige Etwas, das sie aus den Tiefen seiner dunklen Augen ansah und alle Vernunft zum Teufel jagte. »Ich bestell uns was«, murmelte sie, als sie aufsprang und in die Küche eilte, bevor ihr Hirn sich komplett ausschaltete und sie ihn auf sich zerrte. »Pizza, Pasta, Salat?«, fragte sie, als sie den Hörer des Telefons auf der Theke abnahm.

»Egal.« Quinn folgte ihr bis zur Türschwelle. Er lehnte sich mit der Schulter an den Rahmen und klopfte mit der Flasche gegen seinen Oberschenkel. »Wenn du keine Krankenschwester bist, was bist du dann?«

Lucy drückte Nummer Fünf ihrer Schnellwahltasten. »Ich bin Schriftstellerin.«

»Schriftstellerin?« Seine schwarzen Augenbrauen zogen sich zusammen, als glaubte er ihr nicht ganz. »Was schreibst du denn?«

»Krimis.«

Er hob die Flasche an die Lippen. »Hast du schon welche verkauft?«, fragte er, bevor er einen Schluck trank.

»Ja. Ich schreibe gerade an meinem siebten Buch.« Am anderen Ende der Leitung nahm jemand ab. »Ich möchte eine

Medium Combo und zwei Cäsar-Salate bestellen«, sagte sie. Sie gab ihre Telefonnummer durch und erhielt die Auskunft, dass es eine halbe Stunde bis fünfundvierzig Minuten dauern würde.

»Unter deinem eigenen Namen?«

»Ja.« Sie drückte auf End und legte das Telefon weg.

»Ich kann also in einen Buchladen gehen und ein Buch von dir kaufen? Oder bist du Schriftstellerin, wie du Krankenschwester warst?«

»Ich zeig's dir«, verkündete sie und lief zur Treppe, die zu ihrem Arbeitszimmer führte. Sie blieb auf der untersten Stufe stehen und warf ihm über die Schulter einen Blick zu. Er lehnte immer noch an der Küchentür. »Komm mit.« Sie winkte ihn zu sich. Er stieß sich vom Türpfosten ab, und Lucy stieg die restlichen Stufen zum Loft hinauf.

Sie hatte nicht vorgehabt, Quinn ihr Arbeitszimmer zu zeigen, und sie wünschte, sie hätte vorher Staub gewischt und vielleicht ihre Recherchebücher ordentlich hingestellt. Wenigstens hatte die Schreiberei noch nicht solche Ausmaße angenommen, dass sie angefangen hatte, Dinge um ihren Stuhl auf dem Boden zu stapeln. Noch nicht. Aber das würde passieren. Das passierte immer.

Auf ihrem 17-Zoll-Flachbildschirm schwammen hungrige Haie durch das blaue Gewässer des Great Barrier Reef. Lucy ging zu ihrem Schreibtisch und griff nach der Maus. Der Hai-Bildschirmschoner verschwand, und zum Vorschein kam die Szene aus *dead.com*, die sie gerade überarbeitet hatte. Sie bewegte den Mauszeiger zur rechten oberen Ecke und verkleinerte das Dokument zu einem Icon in der unteren linken Hälfte der Task-Leiste. Sie warf einen Blick über die Schulter auf Quinn, der sich in ihrem Arbeitszimmer umsah. Er musterte ihren großen L-förmigen Schreibtisch, der die halbe Wand zu ihrer Linken einnahm, bevor er sich Drucker, Scanner, Faxgerät und Kopierer ansah, die gemäß der Steckdosen im Raum verteilt waren.

Preise und Auszeichnungen hingen an den Wänden und säumten die zahlreichen Borde. Ihre mit Sternchen bewerteten *Publisher's Weekly*-Rezensionen hingen eingerahmt neben Fotos von Familie und Freunden. Die Goldstern-Trophäe, ein Geschenk ihrer Mutter, als sie ihr erstes Buch verkauft hatte, thronte auf einem Stapel der Bücher, die in fremde Sprachen übersetzt worden waren.

»Hier verbringe ich den Großteil meines Lebens«, erklärte sie. Dann deutete sie auf zwei geschlossene Türen. »Das ist ein Wandschrank, in dem ich Papier aufbewahre, und das ist ein Bad, das ich vor zwei Jahren angebaut habe, damit ich nicht Tag und Nacht die Treppe hoch und runter flitzen muss.«

Quinn ging zu einem Bord, auf dem eine Reihe ihrer veröffentlichten gebundenen Ausgaben stand. Während er ihre Bücher begutachtete, betrachtete sie seinen dunklen Hinterkopf. Ihr Blick glitt zu dem kurzen schwarzen Haar in seinem Nacken. Seine breiten Schultern füllten sein großes Sweatshirt aus, und sie konzentrierte sich auf seinen Rücken und den Hintern in der Levi's. Tief auf den Hüften hatte er einen alten braunen Gürtel durch die Schlaufen gezogen, und seine Brieftasche beulte eine der abgewetzten Gesäßtaschen aus, die eng am Po anlagen. Er war so groß, so rundum männlich, dass es sie leicht nervös machte, ihn in ihrem ganz privaten Umfeld zu sehen. Er stellte sein Bier auf einem

Bord ab und griff nach einem Buch. Er blätterte es bis hinten durch und betrachtete ihr Foto auf dem Schutzumschlag. »Das ist eine gute Aufnahme.« Er hob den Blick vom Foto zu ihr. »Aber in natura siehst du noch besser aus.«

Das Kompliment freute sie mehr als nötig und machte sie verlegen. »Danke.« Sie schob ihr Zettelchaos beiseite und setzte sich auf ihren Schreibtisch. Sie verschränkte die Arme unter den Brüsten und beobachtete Quinn.

»Du musst eine gute Schriftstellerin sein.«

»Wie kommst du darauf?«

Er deutete mit dem Daumen hinter sich. »Die vielen Preise an der Wand. Ich bezweifle, dass schlechte Schriftsteller Preise kriegen.«

»Du wärst überrascht.« Sie war erstaunt, dass ihm die Preise überhaupt aufgefallen waren. Sie hatte schon Freunde gehabt, mit denen sie jahrelang zusammen war, denen ihre Leistungen, abgesehen von denen im Bett, nie aufgefallen waren. Es war albern. Eigentlich eine Lappalie, aber dass Quinn schon nach einer Woche etwas an ihr auffiel, machte ihn ihr noch viel sympathischer. Was gefährlich war, denn sie fand ihn sowieso schon verdammt sympathisch.

Er schob das Buch zurück an seinen Platz und richtete seine Aufmerksamkeit auf ein 15 x 20 Zentimeter großes Foto von Lucy und ihren Freundinnen, das vor ein paar Jahren im Winter in Cancun gemacht worden war. Er beugte sich vor, um sich die vier sonnenverbrannten, betrunken grinsenden Frauen in Bikini-Tops und Shorts genauer anzusehen. »Das sind meine Freundinnen«, erklärte sie. »Sie schreiben auch.«

Quinn richtete sich auf und sah sie über die Schulter an. »Auch Krimis?«

»Nein. Wir schreiben alle in verschiedenen Genres. Wenn wir zusammen losziehen, geht die Post ab.«

»Und die wohnen alle in Boise?«

»Ja.«

»Wow, ich wusste nicht, dass hier so viele Schriftsteller leben.«

»Tja, du weißt ja, was man sagt: Paris, London, New York, Boise.«

Er verzog einen Mundwinkel zu einem zweifelnden Lächeln nach unten. »Wer sagt das?«, fragte er, während er auf sie zukam. Sein lässiger Gang erinnerte sie an das erste Mal, als sie ihn bei Starbucks gesehen hatte.

»Der T-Shirt-Laden im Einkaufszentrum.«

Er blieb vor ihr stehen. »Dann muss es ja stimmen.« So nahe, dass sie zu ihm aufsehen musste. So nahe, dass sie dachte, er würde sie gleich berühren. Stattdessen langte er an ihr vorbei und nahm eine CD aus dem CD-Ständer. Er sog die Luft durch die Zähne ein, als hätte er Schmerzen. »Ich weiß nicht, ob ich mit einer Frau ausgehen kann, die Phil Collins hört.«

Lucy nahm ihm die CD weg und legte sie auf ihren Schreibtisch. »Das war ein Geschenk von einem Exfreund.«

»Phil Collins ist Scheiße.«

»Genau wie der Exfreund.«

Er lachte. Dann schoss er sich natürlich auf die rosafarbenen Plüschhandschellen ein, die in dem Regal über ihrem Monitor vor einer Reihe Recherchebücher lagen. Er nahm sie in die Hand und hielt sie an einem Finger hoch. »Pervers.«

»Hab ich geschenkt bekommen.«

»Von einem Exfreund?«

»Nein. Von den Krimifrauen.«

Seine Augenlider gingen auf Halbmast, und seine Stimme wurde rauchig. »Das ist echt pervers.«

Lucy lachte und schnappte sich die Handschellen, die von seinem Finger baumelten. Sie legte sie neben die CD auf den Schreibtisch. »Die Krimifrauen sind eine Gruppe von Autorinnen hier aus der Gegend. Einmal im Jahr bitten sie mich, eine Rede zu halten.«

»Und dabei wird niemand festgebunden?«

»Keinerlei Fesselspiele.«

»Verdammt.« Er schüttelte enttäuscht den Kopf. »Ich hatte mich schon auf eine aufregende Geschichte gefreut.« Er stellte sich zwischen ihre Beine. Seine Finger streiften ihre Ohren, und er strich ihr das Haar aus dem Gesicht. »Wie pervers treibst du's denn?«

Gar nicht. Eigentlich nicht. Jedenfalls nicht regelmäßig. Doch nach dem Telefongespräch gestern erwartete sie nicht, dass er ihr das glaubte. Sie stützte sich auf die Hände und lehnte sich zurück. »Wie lautet deine Definition von pervers?«

Sein Blick wanderte zu ihrem Mund. »Lässt du dich gern fesseln?«

Sie schüttelte den Kopf. »Nein, ich beteilige mich gern aktiv.«

Er beugte sich über sie und stützte seine Hände neben die ihren auf dem Schreibtisch auf. Wenige Zentimeter über ihrem Mund fragte er: »Fesselst du gern Männer?«

Wieder schüttelte sie den Kopf. »Nein, ich bin gern mit jemandem zusammen, der sich auch aktiv beteiligt. Mit einem

Mann, der nicht nur daliegt. Welchen Sinn hat es sonst, noch jemand anders im Raum zu haben?«

»Man könnte obszön reden.«

»Obszön reden wird überbewertet.«

»Du magst es also nicht, wenn Männer beim Sex reden?«

In den meisten Fällen nicht. Nichts verdarb die Stimmung schneller als ein »Komm zu Daddy«.

»Ein bisschen reden ist okay.« Sie zuckte mit den Schultern. »Aber ab einem gewissen Punkt reduziert sich das Reden sowieso aufs Wesentliche.«

»Was ist das Wesentliche?«

Sie senkte die Stimme und stöhnte, als wäre sie kurz vorm Orgasmus. »Härter, schneller, nicht aufhören, sonst tret ich dich in den Arsch.«

Er schnappte nach Luft. »Meine Fresse.«

Lucy lachte. »Magst du es pervers?«

»Sonnenschein, ich bin ein Kerl. Ich mache so ziemlich alles, wenn es bedeutet, dass ich zum Schuss komme.«

Er hatte sie Sonnenschein genannt. Das war nicht das erste Mal, und sie fragte sich, wie er andere Frauen nannte. Sie fragte sich, wie er seine Frau genannt hatte. Sie war neugierig auf die Frau, die Quinn geliebt und auf so tragische Weise verloren hatte. Die Frau, nach deren Tod er so einsam war, dass er übers Internet nach Gesellschaft suchte. »Gestern Abend hast du gesagt, du wolltest mehr. Was hast du damit gemeint?«

»Dass ich dich öfter sehen will.«

»Bist du sicher, dass du schon so weit bist?«

Er zog sich so weit zurück, dass er ihr in die Augen sehen konnte. »Warum sollte ich nicht so weit sein?«

»Weil du vielleicht immer noch um Millie trauerst. Ich mag dich. Sehr. Wirklich, aber ich will mich nicht mit jemandem einlassen, der vielleicht nur einen Ersatz für seine Frau sucht.« Sie dachte, er würde vielleicht sauer oder verletzt reagieren. Stattdessen lächelte er, als fände er die Idee amüsant.

»Ich suche keinen Ersatz für Millie.« Er griff nach ihrer Hand und ließ sie über seine Brust in seinen Nacken gleiten. »Ich will mit dir zusammen sein.« Er richtete sich auf und drückte sie an sich. »Ich bin gern mit dir zusammen«, fuhr er fort. »Wenn ich nicht mit dir zusammen bin, denke ich an dich. Niemanden sonst. Nur dich.«

Lucy strich mit der freien Hand hinauf zu seiner Schulter und er senkte seinen Mund zu ihrem herab. Sie küsste ihn zuerst nur ganz sanft. Eine flüchtiges Streifen der Lippen und eine leichte Berührung der Zungen. Sie erkannte den Geruch seiner Haut wieder, seinen feuchten Mund. Sie spürte seine Hände und Finger in ihrem Haar, und er flüsterte ihren Namen.

»Lucy«, hauchte er, »das ist es, was mich nachts nicht schlafen lässt.« Der Kuss wurde heißer. Wie flüssiges Sonnenlicht breitete es sich über ihre Haut aus. Tiefer, so tief, dass es ihr Herz berührte und sie ganz benommen machte. So benommen, dass sie glaubte, Glocken zu hören, doch als Quinns Mund ihren freigab, wurde ihr klar, dass es wirklich so war.

»Der Pizzaservice«, murmelte er, als ihre Türglocke noch einmal schellte. »Wir könnten ihn ignorieren.«

Lucy ließ die Hände von Quinns Nacken sinken und seufzte. »Nein. Ich bin Stammkundin. Der Lieferant weiß, dass er so lange klingeln muss, bis ich aufmache.« Gelegentlich, wenn sie richtig in ihre Arbeit vertieft war, mussten sie ihr sogar telefonisch mitteilen, dass sie vor der Haustür standen.

Quinn trat einen Schritt zurück und fuhr sich hilflos durchs Haar. Frustration brannte in seinem verschleierten Blick, und Lucy fragte sich, wie weit sie gegangen wären, bevor einer von ihnen aufgehört hätte. Sie hoffte, nicht sehr weit, aber sie hätte dafür nicht die Hand ins Feuer gelegt.

Quinn schaute Lucy nach, die aufstand und aus dem Arbeitszimmer ging, wo er sie doch am liebsten auf den Schreibtisch gelegt hätte und auf sie gestiegen wäre. Sein Blick glitt von ihrem blonden Scheitel über ihren Rücken und die schmalen Hüften zu ihrem runden Po. Er ließ frustriert die Arme sinken und stieß einen tiefen Seufzer aus. Er kam sich wieder vor wie ein Junge, der tagein, tagaus mit einem Ständer herumlief. Es brachte ihn fast um den Verstand. »Ich benutze nur kurz dein Bad und komme nach«, rief er ihr nach.

Sie warf ihm einen Blick über die Schulter zu. »Okay«, murmelte sie und verschwand durch die Tür. Quinn lauschte, ob sie die Treppe auch wirklich hinabstieg, bevor er seine Aufmerksamkeit dem Regal über ihrem Schreibtisch zuwandte, der mit kriminalistischen Lexika vollstand. Mordermittlungen, Checklisten und Feldführer. Bücher über Polizeitaktiken, Ermittlungsverfahren und ein ganzer Haufen Fachliteratur über Gerichtsmedizin. In anderen Regalen fielen ihm Studien über klinische Störungen und kriminelles Verhalten auf. Ihre Lektüre deckte alles ab, von Gift und Waffen bis hin zu Material über die berüchtigtsten Serienkiller der Geschichte.

Vollkommen nachvollziehbare Lektüre für eine Krimiautorin. Je besser er Lucy kennen lernte, desto überzeugter war er, dass sie keine Mörderin war. Natürlich konnte das daran liegen, funkte sein Gehirn an seinen Unterleib, dass er sie attraktiv fand und einfach nicht glauben wollte, dass er wegen einer Psychopathin einen Steifen bekam.

Ihre Katze schlängelte sich zwischen seinen Füßen hindurch wie eine orangefarbene Spiralfeder. Er mochte Katzen nicht besonders. Schon gar nicht Katzen namens Schnuckel. Gott, allein der Name ließ seinen Sack schrumpfen. Er griff nach Lucys Computermaus und vergrößerte das Dokument, das sie verkleinert hatte, als er ihr Arbeitszimmer betreten hatte. Er rechnete nicht damit, etwas Belastendes zu finden, doch er stützte sich auf den Schreibtisch und las es trotzdem.

Unter der durchsichtigen Plastikfolie starrten seine blauen Augen in ihre, wild, flehend, angsterfüllt. Er rang nach Luft, doch je mehr er kämpfte, desto mehr dünnes Plastik saugte er in seine Kehle. Er schlug auf dem Bett um sich, strampelte und trat. Der Druck der Flexi-Cuffs schnürte das Blut in seinen Händen ab und machte sie weiß. Kämpfen war zwecklos.

Sie hockte sich vor ihn und wartete. Jetzt dauerte es nicht mehr lang. Seine mit Handschellen angeketteten Hände ballten sich zu Fäusten, und sein Rücken krümmte sich. Dann wurde er still, seine Muskeln entspannten sich, und sie zählte. Fünf … zehn … fünfzehn Sekunden. Sein Körper zuckte und krümmte sich. Er machte sich nass, wurde dann leblos. Sie beugte sich nah zu ihm und sah ihm in die Augen. Ihr Blut hämmerte in den Ohren, und sie hielt den Atem an. Sie sah zu, wie seine Augen starr wurden, die Pupillen sich vergrößerten. Sie wartete … wartete auf den exakten Moment, wenn das Leben seinen Körper verließ. Ihre Lunge fühlte sich an, als würde sie gleich platzen … aber nichts. Sie lehnte sich zurück und verschränkte die Arme unter den nackten Brüsten. Das war alles? Wo war seine Seele? Sie hatte fest daran geglaubt, sie diesmal zu sehen. Enttäuscht zog sie die Augenbrauen zusammen. Der letzte Typ hatte ihr mehr als nur einen flüchtigen Blick auf seinen Übergang von einer Welt in die andere gewährt. Dieser hier war eine Niete gewesen.

Sie warf ihm einen verächtlichen Blick zu und verließ fluchtartig das Bett. Sie hatte einen Monat gebraucht, diesen Kerl zu finden. Sie würde wahrscheinlich einen weiteren brauchen, um den nächsten zu finden. Aber es würde noch andere geben. Es würde immer andere geben. Es war so leicht. Manche Männer würden alles tun, wenn sie glaubten, es würde zu Sex führen.

Sie schnappte sich ihren Slip vom Boden. Männer waren so erbärmlich.

Quinn richtete sich auf, und innerlich wurde er ganz ruhig. Er starrte fassungslos auf den Bildschirm und den blinkenden Cursor. Dann legte er den Kopf in den Nacken und schloss die Augen.

»Scheiße«, flüsterte er in den leeren Raum.

8. Kapitel

HUGSNKISSES: SUCHT HOTLIPS …

Lucy stand am Rednerpult im Versammlungsraum von »Barnes and Noble« und blätterte zur nächsten Seite ihrer Notizen, die sie für das Krimifrauen-Meeting vorbereitet hatte. Cynthia Pool, Angestellte bei »Barnes and Noble« und Krimifrau, reichte Lucy den Eiskaffee, den sie bestellt hatte.

»Danke«, sagte Lucy und trank einen Schluck.

»Hoffentlich ist er nicht zu stark. Ich habe ausdrücklich um einen Triple Shot gebeten, aber ich fürchte, sie haben ihn zu stark gemacht.«

Lucy sah in Cynthias hellgrüne Augen und lächelte. Sie wusste nicht viel über Cynthia, nur dass die Frau ziemlich pedantisch war. »Er ist perfekt.«

Für den Vortrag hatte Lucy sich bunt und fröhlich gekleidet. Sie trug einen mandarinenfarbenen Zopfmusterpulli, einen schwarzen Lederrock, eine schwarze Strumpfhose und spitze Kalbslederstiefel. Ihr Haar hatte sie in Locken gelegt und zu einem lockeren Pferdeschwanz hochgebunden. Die Nachmittagssonne schien durch die Fensterfront zu ihrer Linken und warf lange Rechtecke auf den Teppich.

Mit Ausnahme einiger neuer Gesichter hatte sie alle anwesenden Frauen schon einmal gesehen. Sie kannte sie gut, und sie wusste, dass sie eine bunte Mischung aus ernsthaften Autorinnen und Amateurinnen vor sich hatte. Ihre Charaktere umfassten alles von total normal bis äußerst bizarr, aber sie hatten eine Sache gemeinsam: Sie liebten Krimis. Sie kannten das Genre in- und auswendig und diskutierten mit Begeisterung über jeden Aspekt.

Lucy sprach eine Stunde lang darüber, wie wichtig ein guter, glaubhafter Plot war. Die restliche Zeit stellte sie für Fragen zur Verfügung. In der ersten Reihe hob eine ihr unbekannte Frau die Hand. Lucy trank einen Schluck Kaffee und deutete auf sie.

Die Frau stand auf, zog ihre Notizen zu Rate und fragte: »Woher kriegen Sie Ihre Ideen?«

Lucy stöhnte innerlich und ließ ihre Tasse sinken. Das war die Frage, die ihr am häufigsten gestellt wurde und die sie nie so richtig beantworten konnte. »Ich weiß nicht«, antwortete sie, so gut sie konnte. »Manchmal bleibt mir ein Gesprächsfetzen im Gedächtnis hängen, oder vor meinem geistigen Auge blitzt eine Szene auf, und dann weiß ich, das ist das nächste Buch. Aber ich muss noch herausfinden, was es bedeutet, und ich weiß nie, woher es kommt. Doch ich danke Gott, dass es immer wieder kommt. Wenn es eines Tages ausbleibt, habe ich ein Problem.«

Als Nächstes zeigte sie auf eine ältere Frau, die sie von früheren Treffen kannte. »Ja«, begann die ältere Frau, während sie aufstand. »Haben Sie einen Agenten? Und würden Sie empfehlen, sich einen zu nehmen?«

Okay. Das ist easy. »Ja, ich habe einen, und ja, das würde ich.«

Eine dritte Frau erhob sich. »In Ihrem Vortrag haben Sie

betont, wie wichtig falsche Fährten sind, um den Leser im Ungewissen zu lassen. In dem Buch, das ich schreibe, tötet ein Bürger einen Hund. Daraufhin halten ihn alle in der Stadt für den Mörder, und die Leser sollen das ebenfalls glauben. Aber er ist es nicht. Halten Sie das für eine gute falsche Fährte?«

Lucy schluckte. Die Frau meinte es ernst und erwartete eine ernsthafte Antwort. »Nun, ich bin mir nicht sicher, ob ich das beantworten kann, ohne Ihre Geschichte gelesen zu haben und die Mentalität der Leute in der Stadt oder den Kontext zu kennen, in dem der Hund getötet wurde. Aber ich würde sagen, wenn Sie als Autorin das Gefühl haben, dass es funktioniert, dann ist das bestimmt auch der Fall.« Diese Antwort schien die Frau zufriedenzustellen, und sie nahm wieder Platz.

Die nächste Frau, die aufstand, war Jan Bright, Vorsitzende der Krimifrauen und ebenfalls bei »Barnes and Noble« angestellt. »Letztes Jahr haben Sie in Ihrem Vortrag erwähnt, dass Ihre nächste Idee für ein Buch sich um erotische Asphyxiation und Internet-Dating dreht. Arbeiten Sie im Moment daran?«

Lucy erinnerte sich zwar nicht, darüber gesprochen zu haben, aber da war offensichtlich was dran. »Ja, an diesem Buch arbeite ich gerade.«

»Können Sie uns sagen, wie Sie vorankommen?«

Hmm. Wie beschrieb man Anfälle von Euphorie, wenn die Muse einen endlich geküsst hatte, nach langen Phasen, in denen man am liebsten den Kopf gegen die Wand geschlagen hätte? »Sehr gut.« Sie lächelte und prostete ihr mit der Kaffeetasse zu. »Ich habe schon drei Männer um die Ecke gebracht und bin drauf und dran, einen vierten umzubringen.«

Die Damen lachten, und Lucy ließ den Blick über die Gruppe in den hinteren Ladenteil schweifen. Wie von einem Magneten angezogen, fiel er sofort auf einen großen Mann, der hinter der letzten Stuhlreihe stand und mit einer Hüfte lässig am Regionalliteratur-Bücherregal lehnte. Er hatte dunkles Haar, und wie schon bei ihrer ersten Begegnung fesselte er sie mit seinen intensiven braunen Augen. Er trug ein schwarzes langärmliges Moosejaw-T-Shirt, das er sich in die Jeans gestopft hatte. Er verzog amüsiert einen Mundwinkel nach oben, und ihr Herz krampfte sich gleichzeitig zusammen und schwoll an. Quinn war der Letzte, mit dem sie bei einem Krimifrauen-Treffen rechnete – obwohl er streng genommen nicht nahe genug dabeistand, um als Teilnehmer zu gelten.

Lucy biss sich auf die Lippe, um nicht zu lächeln, und beantwortete die nächste Frage.

»Was verdienen Sie?«, wollte eine ihr unbekannte Frau wissen.

»Genug, um davon leben zu können, aber nicht so viel, wie ich verdient hätte.« Sie wollte nicht zu viel in Quinns Erscheinen hineindeuten. Vorgestern Abend, als sie ihm gebeichtet hatte, dass sie keine Krankenschwester war, hatte er die Neuigkeit zunächst wirklich gut aufgenommen, doch beim Pizzaessen hatte er sich plötzlich sehr distanziert verhalten. Es war nichts Greifbares gewesen. Nichts, was er gesagt oder getan hätte, aber sie hatte gespürt, wie er sich von ihr zurückzog. Sie hatte sich gefragt, ob es ein Fehler gewesen war, seine verstorbene Frau zu erwähnen. Ob er, während er im Bad war, ihr Verhältnis zu ihr noch einmal überdacht hatte.

»Wann kommt Ihr Mord-im-Internet-Buch denn raus?«

»Im Mai nächsten Jahres.«

Nächste Frage. »Können Sie uns vier Beispiele für Bücher nennen, in denen falsche Fährten den Leser bis zur allerletzten Seite in Atem halten?«

Was? War sie wieder an der Uni? Komm mal wieder runter! Selbst wenn sie nicht durch einen verrückten, unanständigen, teuflisch gutaussehenden Mann abgelenkt gewesen wäre, der sie anstarrte, wäre sie bei der Frage ins Schwitzen geraten. Achselzuckend nannte sie vier ihrer Bücher.

»Wir haben noch Zeit für eine letzte Frage«, verkündete Jan.

Eine weißhaarige Frau mit einer braunen Riesenbrille erhob sich, und Lucy stöhnte innerlich. Die Frau hieß Betty, und als sie aufstand, stieß die ganze Gruppe ein gequältes Stöhnen aus.

»Ich schreibe an einem Buch, das in einem Pflegeheim spielt«, begann Betty, obwohl Lucy alles über Bettys Buch wusste. Betty schrieb und sprach schon seit Jahren über dieselbe Szene im selben Buch. »Wenn ich nun einen alten Mann um die Ecke bringen wollte, zum Beispiel meinen neunzigjährigen Vater, wie sollte ich das am besten anstellen? Ich hab bei der Gesundheitsberatung angerufen, aber die waren überhaupt keine Hilfe.«

Sie hatte bei der Gesundheitsberatung angerufen, um sich bei der Recherche helfen zu lassen? Als hätten die nichts Besseres zu tun. »Ich weiß nicht so recht. Wenn er Herztabletten nimmt, könnten Sie ihm eine Überdosis verabreichen.« Lucy sammelte ihre Papiere zusammen und schob sie in die Faltmappe, in der Maddie ihr ihre sechs Kapitel zurückgegeben hatte, als sie sich zum Lunch getroffen hatten. Sie freute sich schon darauf, Maddies Anmerkungen zu lesen. Lucy legte die Mappe neben ihre Aktentasche und hoffte, dass Betty den Wink verstand.

Fehlanzeige. »Ich dachte, ihn mit einem Kissen zu ersticken, würde besser funktionieren.«

»Ersticken wäre gut, wenn Sie etwas nehmen möchten, das schwer nachzuweisen ist. Es gibt keine spezifischen Autopsiebefunde, die einen Tod durch Ersticken nachweisen können«, erklärte sie. »Es mag Prellungen oder Hautabschürfungen geben, wenn das Opfer sich wehrt, aber bei Todesfällen durch Blockade der Atemwege muss der Gerichtsmediziner sich auf forensische Beweise vom Tatort verlassen, um die Diagnose zu untermauern.«

»Wie?«

»Wenn Sie wollen, dass der Täter geschnappt wird, lassen Sie ihn etwas am Tatort verlieren.« Sie lächelte. »Meine Damen, ich danke Ihnen für die Einladung. Es war mir wie immer ein Vergnügen, zu Ihnen zu sprechen.«

Sie schnappte sich ihre Aktentasche und schüttelte ein paar Hände. Während sie sich langsam zu Quinn vorarbeitete, plauderte sie kurz mit ein paar Damen, die stets so freundlich waren, an ihren Autogrammstunden teilzunehmen.

Nachdem Quinn neulich Abend gegangen war, hatte sie sich gefragt, ob sie ihn je wiedersehen würde. Als er sich verabschiedete, hatte er sie, statt sie wie sonst einfach zu packen und auf den Mund zu küssen, auf die Stirn geküsst. Etwas hatte nicht gestimmt, doch gestern Nachmittag hatte er angerufen und sie zu sich nach Hause zum Abendessen eingeladen. Sie gestand sich nur ungern ein, wie sehr sie sich gefreut hatte, seine Stimme zu hören. Natürlich hatte sie zugesagt, doch das Abendessen war erst in ein paar Stunden.

»Was tust du hier?«, fragte sie, als sie vor ihm zum Stehen kam.

Er stieß sich vom Bücherregal ab. »Du hast mir doch erzählt, dass du heute vor diesen Frauen sprichst, und ich wollte dich hören.«

Sie schaute auf ihre Aktentasche, damit er ihr Lächeln nicht sah. »Das ist süß.«

Er lachte leise, und sie blickte wieder auf. »Süß hat mich bisher noch keiner genannt.«

»Wie denn sonst?«

Er sah sekundenlang an ihr vorbei. Dann legte er den Arm um ihre Schultern. »Das kann ich in der Öffentlichkeit nicht wiederholen.« Gemeinsam gingen sie an einer Gruppe aus Peacock-Society-Mitgliedern vorbei, die an der Kasse Schlange standen. »Ich dachte, du könntest schon früher zu mir kommen.«

»Wann denn?«

»Jetzt gleich.«

Sie musste wirklich noch arbeiten, denn sie bezweifelte, dass sie später noch viel auf die Reihe kriegen würde. »Ich muss noch nach Hause und mich umziehen.«

Quinn öffnete ihr die Türen. »Zieh dich nicht um. Dein Rock gefällt mir.«

»Tja, ich muss trotzdem noch nach Hause. Ich hab uns ein Dessert gemacht.«

»Echt?« Gemeinsam überquerten sie den Bürgersteig. »Was hast du denn gemacht?«

Eine Schokoladentorte, die vielleicht, wie sie befürchtete, in dieser frühen Phase der Beziehung zu viel war. Es zahlte sich nie aus, allzu früh das Hausmütterchen zu spielen. Es schürte zu hohe Erwartungen. »Etwas Dekadentes.«

»Du in diesem Rock bist dekadent.« Er fuhr mit der Hand unter ihren Pferdeschwanz und zog ihren Mund zu seinem. Er küsste sie mehrere Herzschläge lang, dann hob er den Kopf. »Bis bald.«

»Ja, bis dann.« Sie sah ihm nach, während er über den Parkplatz zu seinem Jeep lief, und ihr Blick glitt zu dem festen Hintern in seiner Jeans. Er war den ganzen Weg durch die Stadt gefahren, nur um ihre Rede vor einer Gruppe Krimiautorinnen zu hören. Das war so unglaublich süß! Ihr Herz machte einen beängstigenden Hüpfer.

Sie griff in ihre Aktentasche und zog ihre Sonnenbrille heraus. Sie setzte sie auf und warf noch einen Blick zu »Barnes und Noble« zurück. Jan Bright und ein paar andere standen dort und beobachteten sie und Quinn. Lucy winkte ihnen zum Abschied zu, bevor sie von der Bordkante trat und zu ihrem Wagen ging. Einem dekadenten Abendessen mit einem Mann entgegen, der zu gut zu sein schien, um wahr zu sein. Einem Mann, der ihr Herz zum Hüpfen brachte.

Einem Mann, der ihr komplett den Kopf verdrehen konnte, wenn sie nicht aufpasste.

Quinn beobachtete, wie Lucy die Gabel an die Lippen führte und sich einen Happen Schokoladentorte in den Mund schob. Sie leckte den Zuckerguss im Mundwinkel weg und lächelte ihn sanft an. Ein Lächeln, wie es eine Frau einem Mann schenkte, wenn er sie im Bett befriedigt hatte. »Mmm«, seufzte sie mit einer Stimme so verführerisch und dekadent wie der Kuchen. Ihre tiefblauen Augen strahlten vor Wonne. »Der ist himmlisch.« Wenn sie die Haare in weichen Locken hochgebunden trug, sah sie verdammt sexy aus. Eine Schande, dass sie eine Serienmörderin war.

»Koste ein Stück«, drängte sie ihn.

Breathless hatte ihre Opfer nie vergiftet. Jedenfalls noch nicht. Quinn wollte nicht der Erste sein. Er wartete, bis sie noch einen Happen aß, bevor er seine Gabel nahm und reinhaute. Es schmeckte besser als himmlisch. So verdammt gut, dass er sich über den Tisch beugte und sie auf den Mund küsste, ob sie nun eine Mörderin war oder nicht. Er wollte sich wieder zurückziehen, doch ihre Lippen schmiegten sich an seine und schmeckten nach edler Schokolade und warmer Frau. Trotz allem, was er über sie wusste, spürte er in den Lenden das dumpfe Pochen des Verlangens. Er wollte nichts für sie empfinden. Nichts. Wut vermischte sich mit Lust, als er seinen Mund von ihrem löste.

»Stimmt etwas nicht?«, fragte sie.

Er lächelte sie ungezwungen an. »Nein.« Er beherrschte das Spiel. Den Menschen weiszumachen, ein ganz anderer zu sein. Bösewichte zu schnappen, hatte ihm immer Spaß gemacht. Doch diesmal war es kein Spaß. »Nichts, außer dass du gut schmeckst«, erklärte er und lehnte sich auf seinem Stuhl zurück.

Sie aß noch einen Bissen, und er beobachtete sie genau. Wie ihre Lippen sich über den Gabelzinken schlossen und ihr Blick träumerisch wurde, als hätte sie gerade sexuelle Erfüllung gefunden. Hätte er nicht mit eigenen Augen das Buch gesehen, an dem sie gerade arbeitete, hätte er nicht geglaubt, dass die Frau vor ihm, die Kuchen aß, als hätte sie einen Orgasmus, fähig war, jemanden umzubringen. Erst, als er den Beweis gesehen hatte, war ihm klar geworden, dass er nicht daran geglaubt hatte, dass sie Breathless war. Jetzt ließ es sich nicht mehr leugnen. Sie hatte Details beschrieben, die nur Breathless wissen konnte. Die Flexi-Cuffs. Die Polyäthylentüte über dem Kopf des Opfers. Die Position der Leichen. Es gab nichts mehr zu leugnen, und alles, was sie vorhin bei diesem Krimitreffen gesagt hatte, nahm eine neue Bedeutung an.

Bevor sie heute Abend zu ihm gekommen war, hatte er zwei gerahmte Fotos von Anita neben die Uhr im Wohnzimmer gestellt, weil Anita rotes Haar hatte wie seine »verstorbene Frau Millie«. Diese Requisiten ließen sein Haus mehr wie das Zuhause eines Witwers aussehen. Die echte Millie war bei seiner Mutter ausgelagert.

Am Morgen waren ein paar Polizeitechniker samt Ausrüstung bei ihm aufgekreuzt. Sie hatten in die Abzugshaube in der Küche, in die unechte Uhr auf dem Kaminsims im Wohnzimmer und in den Radiowecker neben seinem Bett Kameras und Mikrofone eingebaut, die mit Bewegungsdetektoren ausgestattet waren. Das ganze Haus war verwanzt. Die einzigen Stellen, zu denen die Kameras keinen Zugang hatten, waren Flur und Badezimmer. Vor Quinns Haus saßen Kurt und Anita auf der anderen Straßenseite im Ford Econoline Van, sahen und hörten alles mit und warteten nur darauf, dass Lucy ihn mit Handschellen ans Bett fesselte und ihn umzubringen versuchte.

»Ich glaube, die Krimifrauen fanden dich süß«, neckte sie ihn lächelnd. »Als du gegangen bist, haben sie dir aus dem Fenster nachgesehen.«

Quinn bezweifelte, dass sie ihn süß fanden. Viel wahrscheinlicher fragten sich einige von ihnen, was Lucy mit einem Cop zu schaffen hatte. Er hatte zwei von ihnen wiedererkannt, und bevor sie ihn ansprechen konnten, hatte er Lucy schnell aus dem Laden bugsiert.

Sie leckte die Rückseite ihrer Gabel mit der Zungenspitze ab, und er spürte es direkt zwischen den Beinen. »Manchmal ist Schokolade besser als Sex«, verkündete sie.

»Sonnenschein, nichts ist besser als Sex.«

Sie legte die Gabel auf ihren Teller und schob ihn beiseite. »Das hängt vermutlich von den Vergleichsmöglichkeiten ab.«

Lucy Rothschild war Breathless. Was ihn am meisten ärgerte, war die Tatsache, dass sie ihn scharfmachen konnte. Er erhob sich von seinem Stuhl und griff nach ihr. »Komm her«, raunte er und schlang die Arme um sie. Es war an der Zeit, ihr einzuheizen. Ein bisschen mehr Druck zu machen. Auf ihren Stressauslöser zu drücken. Der letzte Mord lag jetzt mehrere Wochen zurück. Sie musste den inneren Zwang zu töten wieder spüren. Es musste ihr genauso zusetzen, wie ihm sein innerer Zwang zusetzte, sich tief in ihr zu vergraben. Keiner von ihnen würde Erlösung finden.

»Dann geb ich dir mal was Gutes zum Vergleichen.« Er senkte den Mund auf ihren und gab ihr einen Kuss voll Begehren und frustriertem Verlangen. Er wünschte, es wäre nur Theater. Er würde alles dafür geben, sich einreden zu können, dass alles nur gespielt war, doch der dumpfe

Schmerz in seinen Lenden strafte ihn Lügen. Er ließ die Zunge in ihren Mund gleiten, und seine Hand strich über ihren Rücken zu ihrem Po. Er packte sie durch das kühle Leder ihres Rocks und zog sie auf die Zehenspitzen. Er drückte sie an sich, damit sie seinen voll erigierten Ständer spürte. Er küsste sie heiß und wild, während er die Hüften bewegte und langsam gegen sie stieß. Sie zu einer Reaktion drängte.

Es war die Hölle.

Sie zog den Kopf zurück und atmete tief durch. »Ich muss mal dein Bad benutzen«, murmelte sie mit großen Augen. Das war nicht ganz die gewünschte Reaktion.

Er ließ sie los und deutete hinter sie. »Den Flur entlang. Zweite Tür rechts.« Ihre Stiefelabsätze klapperten über den Hartholzboden, als sie um die Ecke im Flur verschwand. Sobald Quinn die Badtür schließen hörte, eilte er ins Wohnzimmer und schnappte sich ihre Handtasche, die auf der Couch lag. Er kippte sie aus, und eine Riesensammlung Scheiße fiel raus. Oben drauf lagen ein Halstuch und ein Schlüsselbund, drei Lippenstifte, ein Visitenkarten-Etui, ein Adressbuch und »Signiert vom Autor«-Aufkleber. Er durchwühlte den Haufen und schob eine rote Lederbrieftasche, eine Dose Pfefferspray, einen Handtaschenalarm, einen Elektroschockstift und zwei Schlagringe beiseite. Wenn er in der Tasche die Handschellen und eine Reinigungstüte fand, konnte er sie auf der Stelle verhaften. Mit allem anderen wären das genügend Indizienbeweise, um sie anzuklagen. Doch es schien, als schleppte sie ihren gesamten Haushalt mit sich rum – außer dieser beiden Gegenstände.

Er betrachtete den restlichen Krimskrams und runzelte

verwirrt die Stirn. Wollte sie ihn mit einem Elektroschockstift außer Gefecht setzen? Das würde ihn zwar nicht umbringen, aber höllisch wehtun. Oder ihm ihr Pfefferspray in die Fresse sprühen und ihn mit den Schlagringen k.o. schlagen?

Am Ende des Flures wurde die Toilettenspülung betätigt, und Quinn warf den ganzen Plunder wieder in die Handtasche. Die Handschellen könnte sie am Körper tragen. Wahrscheinlich im BH. Möglich wär's. Er musste eine Leibesvisitation vornehmen.

Das war sein Job. Scheiße.

Lucy wusch sich die Hände und trocknete sie an dem dunkelblauen Handtuch ab, das am Waschbecken hing. Quinn war heute Abend irgendwie anders. Vor ein paar Tagen hatte er noch gesagt, er wollte es langsam angehen lassen. Dass er mehr wollte als Sex. Vorhin, als er Steaks gegrillt und mit ihr zu Abend gegessen hatte, hatte er sich auf belangloses Geplauder beschränkt. Er wirkte entspannt in seinem weißen Hemd und seiner Blue Jeans und schien sich wohl zu fühlen. Er hatte sie mit lustigen Anekdoten über seine Nichten unterhalten, und sie hatten über die letzte *Cold Case Files*-Episode gesprochen – dann peng! hatte er sie mit diesem Kuss überfallen, und sie war wie vor den Kopf geschlagen. In null Komma nichts hatte er sich vom Musterknaben in einen Mann mit Mission verwandelt. Mit der Mission, sie ins Bett zu kriegen.

Sie presste ihre kalte Hand an ihre heiße Wange und betrachtete sich im Spiegel. Sie mochte Quinn. Sogar mehr, als sie sich eingestehen wollte. Aber die Beziehung war noch zu frisch, um mit ihm ins Bett zu gehen. Egal, wie groß die Versuchung war. Und sie *war* in Versuchung. Sie ließ die Hand sinken und öffnete die Tür. Daran bestand kein Zweifel.

Quinn stand im Wohnzimmer und starrte in den kalten Kamin. Er schaute auf, und sein dunkler Blick folgte ihr, während sie durch den Raum zum Kaminsims lief. Schon von weitem spürte sie den Sog seines Verlangens. Er drohte, sie in die Tiefe zu ziehen. Vielleicht sollte sie lieber gehen. Sich ihre Handtasche schnappen und wegrennen, bevor sie etwas Dummes tat. Zum Beispiel zu vergessen, dass sie nicht mit Männern Sex hatte, die sie erst eine gute Woche kannte. Egal, wie viel Verlangen er in ihr auslöste. Egal, dass sie drauf und dran war, sich in ihn zu verlieben, wie lächerlich ihr das auch vorkam.

»Wer ist das?«, fragte sie und nahm ein gerahmtes Bild in die Hand.

»Millie.«

Sie sah sich die Frau, die er geheiratet hatte, genauer an. Rote Locken umrahmten ihr Gesicht, und große grüne Augen schauten hinter einer Brille mit braunem Gestell hervor. Millie war auf eine gesunde, sportliche Art hübsch gewesen. Ehrlich gesagt hatte Lucy sie sich völlig anders vorgestellt.

Quinn trat hinter sie und legte ihr die Hände auf die Schultern. »Das wurde etwa ein Jahr vor ihrem Tod aufgenommen«, informierte er sie.

»Wie alt war sie damals?«

Er zögerte kurz. Dann sagte er in ihr linkes Ohr: »In meinem Alter.«

Lucy stellte das Foto wieder auf den Kaminsims. »Sie sieht jünger aus.«

»Ja, das hat sie gehasst.«

»Quinn?«

»Hmm.«

»Ich glaube … Ich glaube nicht …« Sie blickte zu seinem Spiegelbild vor ihr auf. »Ich glaube, wir sollten noch keinen Sex haben.«

Seine dunklen Augen fixierten sie. »Ich will nichts tun, was dir unangenehm ist.« Seine Hände glitten über ihre Arme und hielten an ihrer Taille inne. »Sag mir, wann ich aufhören soll.« Langsam streichelte er über ihren Bauch und zog sie wieder an sich. »Ist es dir unangenehm, wenn ich dich hier küsse?« Er beugte seinen dunklen Kopf und küsste ihren Hals. Sie sah zu, wie seine Lippen über ihre Haut streiften, und die feinen Härchen in ihrem Nacken kribbelten. Sie schüttelte den Kopf.

»Das ist gut. Ich küsse dich gern dort. Wo deine Haut weich ist und dein Haar nach Blumen duftet und aussieht wie die Sonne.«

Er hakte seine Daumen in den Bund ihres Rocks und zog ihn herunter. Dabei streiften die Rückseiten seiner Daumen über ihre schwarze Strumpfhose.

Sie neigte den Kopf nach rechts, und er öffnete seinen heißen, nassen Mund und saugte an ihrer Haut. Die Hitze des Kusses breitete sich über Schulter und Brust aus. Ihr Herz hämmerte und schwoll an, und ihre Brüste wurden schwer. Sie lehnte sich zurück in seine feste, warme Umarmung und holte tief Luft. Sein Geruch aus moschusartigem Eau de Cologne und Quinn stieg ihr zu Kopf. Er fixierte sie im Spiegel, während er die Hände unter ihren Pullover schob.

Seine schweren Lider gingen auf Halbmast, und es bestand kein Zweifel an dem Verlangen, das in seinen Augen brannte. Kein Zweifel an dem langen, harten Begehren, das gegen ihren Po drückte. Er fuhr mit seinen großen Händen unter ihren Pulli, und seine Finger breiteten sich fächerförmig über ihrem nackten Bauch aus. Sie würde ihm Einhalt gebieten. Bald. Aber nicht, wenn es sich so gut anfühlte. Wenn alles an ihm, sein Blick, seine Berührung, der Duft seiner Haut, in ihr das Verlangen weckte, sich in ihn fallen zu lassen und eine Weile dort zu bleiben. Ihre Gefühle für ihn schienen außer Kontrolle zu geraten. Überwältigend, wie Quinn selbst, und sie fühlte sich wie im freien Fall. Ein langer, heißer Fall in Quinn McIntyre, und sie schien nicht viel dagegen unternehmen zu können.

Seine Daumen streiften über den Bügel ihres BHs, ein träges Vor und Zurück, das sie schier verrückt machte, bevor sie über ihre geschwollenen Brüste fuhren und ihre harten Brustwarzen drückten. Ihr Atem stockte, und sie wusste, wenn sie ihm Einhalt gebieten wollte, musste sie es jetzt tun. Sie öffnete den Mund, und er umkreiste ihre Nippel mit den Daumen. Gleich würde sie es ihm sagen. Ein dumpfes Verlangen sammelte sich zwischen ihren Beinen, und sie presste instinktiv die Schenkel zusammen. Ihre Augenlider wurden schwer, während seine Hände nach oben glitten und ihre Brüste umfassten.

»Deine Nippel sind hart«, flüsterte er an ihrem Hals. »Wie bei einer Frau, die Liebe machen will.«

Sie sah ihn im Spiegel an. Begegnete seinem Blick, der mit unverhohlener Lust zu ihr zurückschaute. Er jedenfalls sah definitiv aus wie ein Mann, der Liebe machen wollte, und Lucy drehte sich zu ihm um und schlang die Arme um seinen Hals. Seine Hände glitten zu ihrem Rücken, und ihre Brüste prallten gegen seine Brust. Sie küsste ihn mitten auf den Mund. Er fuhr mit den Fingern unter den Bund ihres Rockes, presste seine warme Handfläche in ihr Kreuz und drückte sie gegen seinen steinharten Penis. Mit der anderen Hand strich er ihren Rücken hinauf, und der Kuss wurde heißer und verwandelte sich in eine aufreizende Verfolgungsjagd, ein ständiges Vordringen und Zurückziehen heißer Zungen und Münder.

Seine Finger strichen weiter über ihren Rücken, eine leichte, zarte Berührung, die sie erzittern ließ und ihr ein kehliges Stöhnen entlockte. Lust, heiß und flüssig, rauschte durch ihre Adern und vermischte sich mit den Gefühlen tief in ihrer Seele. Das letzte Fünkchen ihrer Selbstbeherrschung schwand, als Quinn sich an ihr rieb und seine Hände über ihren Körper gleiten ließ, sie überall berührte, das Feuer schürte und die Kontrolle übernahm. Alles wurde heißer und schwindliger, und irgendwie verlor sie ihren Pulli. Bevor sie wusste, wie ihr geschah, lag er auf dem Boden. Quinn trat einen Schritt zurück, und sein verschleierter Blick glitt von ihrem Gesicht über Hals und Schultern zu ihren Brüsten.

Sein schwerer Atem hob seine Brust, als wäre er gerade zehn Meilen gejoggt. Lucy kannte das Gefühl.

»Ich liebe Frauen mit Spitzendessous«, flüsterte er und berührte den Spitzenrand ihres BHs. »Du bist so schön, dass ich alles vergesse.«

Sie leckte sich die Lippen und bemühte sich, ihren Atem zu kontrollieren, bevor sie noch ohnmächtig wurde. »Was denn?«

Er sah kurz zu ihr auf und richtete den Blick wieder auf

ihre Nippel, die in den weißen BH-Körbchen zwei deutliche Kieselsteine bildeten. »Dass ich es langsam angehen lassen sollte. Dass ich es nicht vermasseln will, indem ich es überstürze«, antwortete er, während er ihre vollen Brüste in die Hände nahm. »Aber es ist so lange her.« Die Hitze seiner Handflächen strömte durch den Satinstoff, und er schob ihre Brüste zusammen, als er sich nach vorne beugte und ihr tiefes Dekolletee küsste. »Warum musst du so gut aussehen?«, fragte er, und sein warmer Atem strich über ihre Haut. »Es wäre einfacher, wenn du nicht so schön wärst. Wenn ich dich nicht so sehr wollte, dass ich an nichts anderes mehr denken kann, als dich nackt zu sehen.«

Auch das Gefühl kannte Lucy. Er hob noch einmal das Gesicht zu ihrem und gab ihr einen Kuss, den sie bis in die Fußsohlen spürte. Er ließ die Hände über ihren Po zu den Rückseiten ihrer Oberschenkel gleiten und hob sie hoch. Sie zögerte keinen Augenblick und schlang die Beine um seine Taille. Er trug sie aus dem Zimmer, und sie dachte, er würde sie in sein Bett bringen.

Sie schafften es bis in den dunkleren Flur, wo er sie mit dem Rücken gegen die Wand presste. Er hakte ihren BH auf und legte seinen heißen, nassen Mund auf ihre Brustwarze. Er saugte an ihrem Nippel, während er ihren Rock bis zur Taille hochschob. Seine Hände streichelten ihre Oberschenkel und wanderten über ihren Bauch zu ihrem Rücken.

Lucy wühlte in seinen Haaren, während er ihre Brüste küsste und an ihnen saugte, als könnte er nicht genug bekommen. Er stieß seinen unglaublich harten Penis durch den dünnen Stoff ihrer Strumpfhose und ihres Slips in sie und trieb sie an den Rand des Orgasmus, bis ihr klar wurde, dass sie entweder aufhören musste oder sich in Verlegenheit bringen würde.

Sie nahm die Beine von seiner Taille und stellte sich wieder hin. Sein Mund glitt über ihre Kehle bis knapp über ihr Schlüsselbein, während sie sein Hemd aufknöpfte und die Zipfel aus seiner Jeans zog. Sie fuhr über seine harten Brust-, Bauch- und Rückenmuskeln. Ihre Finger streichelten seine kurze Brustbehaarung, und er flüsterte etwas an ihrem Hals. Ihr Rock war bis zur Taille hochgezogen, und Quinn schob seine große Hand zwischen ihre Oberschenkel und umfasste sie durch Slip und Strumpfhose. Sie glaubte, ihn sagen zu hören: »Nichts hier außer Lucy.« Das ergab keinen Sinn, deshalb glaubte sie, sich verhört zu haben. Doch es bestand kein Zweifel daran, was er als Nächstes sagte. Auch kein Zweifel daran, was er tat. Er zog ihr Strumpfhose und Slip herunter und steckte seine Finger dahin, wo sie vor Lust ganz schlüpfrig war. »Du willst mich, und ich will dich ficken, bis du eine Woche nicht mehr laufen kannst«, stöhnte er, während er sie berührte. »Bis du dich nicht mehr bewegen kannst. Nicht mehr denken kannst. Nichts mehr tun kannst als stöhnen. Willst du das, Lucy?«

Sie schwankte, ihre Knie wurden schwach, und alles, was sie hervorbrachte, war ein gehauchtes: »Ja.« Unter anderen Umständen hätte sie vielleicht Anstoß an seiner Ausdrucksweise genommen. Die F-Bombe war nicht gerade ihr Lieblingswort, und sie stand eigentlich auch nicht auf obszöne Ausdrücke, doch im Moment wollte sie, was er versprach. Laufen wurde sowieso überbewertet. Sie knöpfte seine Jeans auf und ließ die Hand unter den Hosenbund und das Gummiband seiner Boxershorts gleiten. Er holte tief Luft.

»Das musst du nicht machen«, flüsterte er ihr ins Ohr, während er sie weiter streichelte.

»Ich weiß. Ich will aber.« Sie umfasste seinen schweren langen Penis. Er lag hart und heiß in ihrer Hand, und sie griff fester zu. Sie spürte seinen Puls und streifte mit dem Daumen nach oben und über die rundliche Spitze seiner harten Erektion.

»Lucy«, stieß er schwer atmend hervor. »Ich werde dir helfen, Lucy.«

»Ja. Bitte.« Mein Gott, quatschte der viel. Sie kam schon allein klar. Sie ließ die Hand über seinen harten Schwanz gleiten und spürte die samtweiche Haut, die jede Furche und prall gefüllte Ader überzog.

»Ja, fass mich da an, genau so«, flüsterte er. »Du bist nicht allein. Oh Gott, das fühlt sich gut an. Ich besorge dir Hilfe. Ich besorge dir alle Hilfe, die du benötigst.«

Er war alle Hilfe, die sie benötigte. Insbesondere, wenn er seinen langen Finger in sie gleiten ließ und sie mit dem Daumen weiter streichelte. Ihre ganze Welt schrumpfte und konzentrierte sich auf Quinn und die wunderbaren Gefühle, die er ihr mit der Hand bescherte. Ihr gesamter Körper prickelte, und sie öffnete den Mund, um ihm Einhalt zu gebieten, doch die erste siedend heiße Orgasmuswelle schlug über ihr zusammen, bevor die Worte über ihre Lippen kamen. Alles, was sie herausbrachte, war ein »Oh, nein!«, bevor ihr Kopf von der Wucht der Welle an die Wand geschlagen wurde und ihre Knie fast nachgaben. Sie hielt sich an seinen Schultern fest, um nicht hinzufallen. Ihr Herz hämmerte in ihren Ohren, während eine heiße Woge nach der anderen durch sie hindurchpeitschte. Wieder und wieder, es schien eine Ewigkeit zu dauern und doch nicht lang genug. Sie klammerte sich an Quinn fest, während das letzte Pulsieren nachließ. Über das Hämmern in ihrem Kopf und das Keuchen im Flur hinweg vernahm sie das penetrante Klingeln des Telefons.

»Tut mir leid«, keuchte sie flach atmend. »Das wollte ich eigentlich noch nicht.«

Er lachte leise und biss sie sanft in den Nacken. »Das machst du schon wieder gut.« Das Telefon verstummte, nur um von Neuem loszuschrillen. »Scheiße!«, fluchte er. Er hob den Kopf und sah Lucy im Dunkel des Flurs an. »Bin gleich wieder da.« Er ging ins Wohnzimmer und nahm das schnurlose Telefon an der Couch ab. »Ja?«

Lucy zog Slip und Strumpfhose hoch und schob ihren Rock herunter. Sie sammelte ihren BH vom Boden auf und lief ein paar Schritte durch den Flur, von wo sie Quinn sehen konnte, der im Wohnzimmer auf und ab tigerte.

»Weil ich beschäftigt war.« Er hatte das Telefon zwischen Schulter und Wange geklemmt und knöpfte seine Hose zu. »Was?« Er hielt inne und griff mit einer Hand nach dem Telefon. »Verarschst du mich?« Er wandte sich zu Lucy, die an der Wand stand. »Sag mir, dass du mich verarschst.«

Seine Miene war unergründlich.

9. Kapitel

SERIENDATER: SUCHT MÖRDER-VERABREDUNG ...

Das Blinken rot-weiß-blauer Lichter durchzuckte die Dunkelheit und fiel durch Bürofenster und Tür eines Motels, das als Stundenhotel bekannt war. Der Verkehr auf dem Chinden Boulevard jagte vorbei und verlangsamte sich keinen Deut, nicht einmal, um den neuesten Tatort eines Verbrechens zu begaffen. Nicht zu dieser nachtschlafenden Zeit in einem Stadtteil, der sowieso von billigen Absteigen und Drogenbeschaffungskriminalität geplagt war.

Quinn klemmte sich seinen Ausweis an den Gürtel, während er zwischen den zivilen Streifenwagen hindurchging, die kreuz und quer auf dem kleinen Parkplatz standen. Unter dem Arm trug er ein Klemmbrett und in der Hand seinen Matchbeutel. Er sah zur ersten Etage des Motels hoch und verzog grimmig die Mundwinkel nach unten. In diesem Etablissement musste es ein Albtraum sein, die richtigen Fingerabdrücke, Haare und Körperflüssigkeiten zu finden.

»Ist der Night Manager im Büro?«, fragte er mehrere Polizisten, die vor dem Gebäude herumstanden.

»Ja. Der hockt da drin und dreht Däumchen, bis Sie ihn brauchen.«

Während die Polizisten ihm alles berichteten, was sie wussten, holte Quinn einen Stift heraus und sah auf die Uhr.

Er notierte seine Ankunftszeit, die Adresse des Tatorts und die Wetterbedingungen.

»Notieren Sie die Kennzeichen all dieser Fahrzeuge hier und überprüfen Sie sie.« Der Wagen des Opfers stand wahrscheinlich auf dem Parkplatz und musste beschlagnahmt werden. Er duckte sich unter dem gelben Absperrband durch und stieg die Außentreppe hinauf. Er kam an drei Fenstern mit zugezogenen Vorhängen vorbei und lief weiter zu den Polizisten, die vor der offenen Tür von Zimmer sechsunddreißig standen.

»Wie viele andere Zimmer sind belegt?«, fragte er.

»Es ist Samstagnacht. So ziemlich alle.«

Jemand musste etwas gesehen oder gehört haben. »Sorgen Sie dafür, dass sich niemand verdrückt«, befahl er und betrat den Raum. Kurt, Anita und zwei Polizisten standen an einem Bett mit brauner Blümchendecke und dem nackten Toten darauf. Ein gelber Nylonstrick war ans Bettgestell und an die Flexi-Cuffs um die Handgelenke des Opfers gebunden. Eine Westco-Kleiderschutzhülle war ihm über den Kopf gezogen und mit silbernem Isolierband um den Hals befestigt worden.

Quinn nahm sich Latexhandschuhe aus dem Matchbeutel und ging zum Kopfende des Bettes. Er streifte die Handschuhe über und sah in ein Paar braune Augen, die aus der durchsichtigen Tüte, die eng um das Gesicht gesogen war, zu ihm hochstarrten. Quinn löste zwei Finger des Mannes und beobachtete, wie sie sich wieder krümmten. Der Tod war schätzungsweise in den letzten zwei Stunden eingetreten. Irgendwann, nachdem Lucy mit der Schokoladentorte bei ihm zu Hause eingetrudelt war.

»Ist das Opfer schon identifiziert?«, fragte er Kurt.

»Noch nicht. Anita und ich sind gerade erst angekommen.«

Quinn schaute zu seinem Kollegen auf, und Kurt wich seinem Blick aus. Während Quinn Lucy an die Wäsche gegangen war und Kurt von der anderen Straßenseite aus zugesehen und mitgehört hatte, hatte die wahre Täterin zugeschlagen. Sie hatten Scheiße gebaut. Aber ganz gewaltig, doch darüber konnte er sich jetzt nicht den Kopf zerbrechen. Lucy war eindeutig nicht Breathless, aber mit ihr würde er sich später beschäftigen. Im Moment hatte er zu arbeiten. Er musste sich mit dem Toten befassen, der durch den Sicherheitshinweis auf der Polyäthylentüte zu ihm hochstarrte.

Zwei Tatortermittler trafen ein, und Quinn ließ einen von ihnen ein Foto der beigefarbenen Dockers knipsen, die am Fußende des Bettes auf dem Boden lagen. Dann ließ er sich auf ein Knie nieder und zog eine Brieftasche aus der Gesäßtasche des Opfers. Er klappte die Brieftasche auf und fand darin den Führerschein von Robert D. Patterson. Ein sechsundvierzigjähriger Weißer. Braune Augen und Haare. 1,75 Meter groß und zweiundachzig Kilo schwer. Quinn blieb auf dem Fußboden und suchte den schmuddeligen Teppich nach Spuren ab. Er schaute unters Bett, stand wieder auf und befestigte Mr. Pattersons Führerschein an dem Klemmbrett. Dann durchsuchte er die restlichen Hosentaschen des Opfers und eine leichte Nylonjacke, die ebenfalls auf den schmutzigen Teppich geworfen worden war. Außer der Brieftasche fand er noch einen Schlüsselbund und eine gefaltete Motelquittung. Er steckte die Gegenstände in eine Papiertüte und kennzeichnete sie.

Während ein Ermittler sich daran begab, aus allen Blickwinkeln Fotos zu machen, legte der andere mit seinen Fingerabdruckpulver-Flaschen los. Kurt verließ den Raum, um potenzielle Zeugen in der ersten Etage des Motels zu befragen, und Quinn warf seine Handschuhe in den Matchbeutel und ging wieder nach draußen. Mit der Taschenlampe, die an seinem Gürtel hing, leuchtete er in die Mülltonne am Fuß der Treppe. Sie war halb voll, doch er wusste, dass es im Haus irgendwo einen Müllschlucker geben musste. Noch vor Tagesanbruch würde er in Watstiefeln bis zum Arsch im Müll stehen. Er begab sich zum Büro, wo ihm der Gestank von Nikotin, Brathähnchen und Reiniger mit Kirschduft entgegenschlug. Hinter dem abgenützten Schalter saß Dennis Karpowich, ein Mann Anfang sechzig mit schütter werdendem Haar, das aussah wie mit »Grecian gegen graue Haare« gefärbt. Er hatte katastrophale Zähne und einen noch katastrophaleren Raucherhusten. Als Quinn ihm Mr. Pattersons Führerschein zeigte, identifizierte Dennis ihn als den Mann, der für einen vierstündigen Aufenthalt in Zimmer sechsunddreißig bezahlt hatte.

»War jemand bei ihm?«

»Eine Frau.«

Das war das erste Mal, dass jemand eine Frau mit den Opfern in Zusammenhang brachte. »Wie sah sie aus?«, fragte Quinn, während er sich Notizen machte.

»Ich hab sie nur von hinten gesehen, als sie die Treppe hoch sind. Ich erinnere mich noch, weil sie mir nicht vorkam wie eins von den Mädchen.«

»Mädchen? Meinen Sie Nutten?« Dennis antwortete nicht, und Quinn sah von seinem Bericht auf. »Ich bin nicht von der Sitte. Mir ist schnurz, ob Sie an Huren vermieten oder an Kerle, die auf Esel stehen. Ich versuche bloß, eine Frau zu finden, die die abscheuliche Angewohnheit hat, die Männer umzubringen, mit denen sie ausgeht.«

Dennis zündete sich eine No-Name-Zigarette an und blies den Rauch an die Decke. »Sie sah nicht aus wie eine von unseren Stammkundinnen.«

»Wie kommen Sie darauf?«

»Weil sie so ’nen langen Mantel trug, der verflucht teuer aussah. Aus Wolle oder so. Die Mädels, die zum Arbeiten herkommen, tragen nicht ihre guten Klamotten.«

Quinn unterdrückte ein Lächeln. Bei Dennis klang das, als würden die Mädchen Beton gießen oder Häuser anstreichen, um sich ihren Lebensunterhalt zu verdienen. »Farbe des Mantels?«

»Rot.«

»Wie groß war sie?«

»Ich kann sowas nicht gut schätzen. Sie reichte ihm etwa bis zur Schulter.«

Quinn schätzte sie auf 1,55 Meter. Sobald der Gerichtsmediziner die Leiche gemessen hätte, wären sie schlauer. »Haarfarbe?«

»Sie trug einen Hut. In Türkis.« Er umkreiste seinen Kopf mit den Händen. »Und er hatte so’n breites Teil.«

»Eine breite Krempe?«

»Ja, aber die hing irgendwie runter, und an einer Seite war was, das aussah wie eine große Pfauenfeder.«

Quinn unterbrach seine Befragung kurz, um das alles aufzuschreiben. Dann fragte er: »Hat sie irgendwas gesagt?«

»Nein, aber sie hat gelacht.«

Quinn sah erstaunt auf. »Gelacht?«

»Ja. Als hätte er etwas Lustiges gesagt. Sie wissen schon. Als hätte er einen Witz gerissen, und sie hat ihn geknufft. Irgendwie neckisch.«

Eine lachende, neckische Serienkillerin. Na, das war echt pervers. »Haben Sie noch etwas gesehen?«

»Ich glaube nicht.«

»Wenn Ihnen noch etwas einfällt, rufen Sie mich an.« Quinn überreichte ihm seine Visitenkarte. »Ich melde mich sicher noch mit weiteren Fragen bei Ihnen.«

Als Quinn das Büro verließ, informierte ihn ein Polizist, dass das Paar in Zimmer fünfunddreißig eventuell etwas gehört hatte. Abgesehen von der Leiche, schaute Zimmer fünfunddreißig genauso aus wie sechsunddreißig. Eine Prostituierte im schmuddeligen weißen Pullover saß auf dem Bett und pulte an ihren Armen herum, ihr Blick leer, glasig, gelangweilt. Der Mann neben ihr blinzelte durch eine dicke Brille. Seine Haare waren schmierig und nach hinten gekämmt, und er hatte die Arme vor der schmächtigen Brust verschränkt.

»Darf ich eine rauchen?«, fragte die Frau.

»Meinetwegen.«

Quinn notierte sich ihre Namen und ihre Ankunftszeit im Motel. Der Mann stand auf und lief unruhig hin und her. »Ich muss hier weg. Ich wollte nur schnell Papierhandtücher und Hundefutter besorgen. Meine Frau darf nichts von meiner Verabredung wissen.«

Quinn sah den Mann und seine »Verabredung« an und empfand keinen Funken Mitleid. Die Frau dieses Dreckskerls sollte Bescheid darüber wissen, mit wem sie sich jeden Abend ins Bett legte. Aber das war nicht Quinns Aufgabe. Jetzt nicht mehr. »Sie gehen erst, wenn ich überzeugt bin, dass Sie mir alles gesagt haben, was Sie gehört oder gesehen haben.«

»Ich hab's doch schon den anderen Polizisten gesagt. Ich hab ein Hämmern gehört, als würde ein Bett an die Wand knallen, aber ich dachte … da hätte jemand wilden Sex.« Er zuckte mit den Achseln. »Gesehen hab ich nichts.«

»Und Sie?«, fragte Quinn die Prostituierte, die jetzt an ihrer Nagelhaut herumpulte. Nett.

»Ich hab nix gesehen«, sagte sie und mahlte mit dem Unterkiefer wie alle Süchtigen. »Die waren vor uns hier.«

»Woher wissen Sie das?«

»Ich hab sie gehört. Wie er schon gesagt hat.« Sie zog an ihrer Zigarette und fügte hinzu: »Bloß ein Hämmern. Aber das hört man hier oft.«

Quinn gab ihnen beiden seine Karte und bat sie, ihn anzurufen, wenn ihnen noch etwas einfiel. Als er den Raum verließ, traf der Gerichtsmediziner ein, und sie betraten gemeinsam den Tatort. Ein Ermittler kniete in der Tür und bestäubte den Türpfosten mit schwarzem Puder. »Hier gibt's Dutzende sich überlappender Abdrücke«, beschwerte er sich, als Quinn sich an ihm vorbeiquetschte. »Es wird Monate dauern, sie zu analysieren.«

Jammerschade, dass sie nicht monatelang Zeit hatten.

»Noch so ein armes Schwein«, meinte der Gerichtsmediziner, während er und Quinn sich neue Handschuhe überzogen, »das nur mal wieder vögeln wollte.« Der Gerichtsmediziner schätzte den Zeitpunkt des Todes und die wahrscheinliche Todesursache, und Quinn fotografierte den Strick, der am Bettrahmen festgebunden war.

Eine Stunde nach Ankunft des Gerichtsmediziners am Tatort wurde die Leiche freigegeben, und Quinn setzte Kurt darüber in Kenntnis, was der Night Manager gesehen hatte. Das war zugegebenermaßen nicht viel, aber mehr, als sie bisher vorzuweisen hatten. Er war schlau genug, wegen einer Frau mit türkisfarbenem Hut und rotem Mantel nicht total aus dem Häuschen zu geraten. Was Kurt ihm als Nächstes mitteilte, ließ ihn die Richtung des Falls neu überdenken.

»Heutzutage laufen viele Frauen mit türkisfarbenen Hüten rum. Das hat was mit dieser Peacock Society zu tun.«

Quinn holte ein Maßband aus seinem Matchbeutel. »Peacock Society?« Er schaute Kurt fragend an. Was, zum Teufel, war die Peacock Society?

»Ja. Heutzutage sind alle älteren Frauen in dem Club und tragen große Hüte und leuchtende Farben.« Kurt stellte die Beweisfahne neben einen schwarzen Knopf auf den Teppich. »Ich glaube, die halten Sitzungen ab und so.«

»Es ist wegen dem Buch«, erklärte der Ermittler, der die Fingerabdrücke von der Tür abnahm. »Eine Frau hat ein Buch über Frauen geschrieben, die Pfauenfedern tragen, weil sie keine Männer brauchen.«

Quinn entrollte das Maßband quer durch das kleine Zimmer und notierte sich die Maße. »Haben Sie das Buch gelesen?«, fragte er den Ermittlungsbeamten.

»Nö, aber ich hab's bei ›Walden's‹ im Einkaufszentrum gesehen«, antwortete der Typ, während er durchsichtiges Klebeband auf die schwarzen Abdrücke legte und sie auf die Fingerabdruckkarte übertrug.

Quinn verzichtete auf den Hinweis, dass ein Buch zu sehen nicht ganz dasselbe war, wie es zu lesen. Stattdessen nahm er weitere Messungen vor und zeichnete eine grobe Skizze des Raumes. Morgen würde er sich über die Peacock Society informieren. Wenn es in der Stadt so einen Club gab, würde er ihn sich mal ansehen.

»Warum hat Breathless diesmal im Motel zugeschlagen?«, dachte Kurt laut nach, während er den Schmuddelteppich nach weiteren Beweisen absuchte. »Wozu das Risiko?«

»Wahrscheinlich, weil die Männer Schiss haben und keine Frauen mehr mit nach Hause nehmen«, spekulierte Quinn.

»Vielleicht wird sie einfach dreister.«

»Das passiert normalerweise.« Quinn sah sich am Tatort um und schaute auf die Uhr. Vermutlich wären sie rechtzeitig zum Frühstück fertig.

Lucy schenkte sich eine Tasse Kaffee ein und strich sich das nasse Haar hinter die Ohren. Sie hatte in der Nacht nur wenig geschlafen, sich hin und her gewälzt und über den Abend bei Quinn nachgegrübelt, bis sie entnervt aufgestanden war, um zu arbeiten. Der Vorteil bestand darin, dass sie zehn Seiten geschrieben hatte. Der Nachteil, dass sie heute Morgen hundemüde war.

Gegen drei war sie endlich eingenickt, um acht aber schon wieder aufgewacht. Das konnte nur eins bedeuten. Etwas sehr Beängstigendes.

Sie war in Quinn verliebt. Sie wusste nicht, wie es passiert war. In einer Sekunde hatte sie noch die Fragen der Krimifrauen beantwortet, aufgeschaut und bemerkt, dass er sie beobachtete. Peng – da hatte sie es gespürt, und danach gab es kein Zurück mehr. Kein Zurück mehr zu dem Punkt, als sie sich ihrer Gefühle für ihn noch nicht sicher war.

Sie kannte ihn doch erst eine gute Woche! Man verliebte sich nicht in einer Woche. Normalerweise sollte sowas länger dauern. Sie wusste nicht, ob sie lachen oder weinen sollte. Oder beides zusammen.

Lucy nahm ihren Kaffee mit ins Schlafzimmer und zog einen rosafarbenen Slip mit passendem BH an. Quinn hatte nicht mal angerufen, nachdem er sie aus der Tür gescheucht hatte. Sie hatte ihn nur noch von hinten gesehen, als er zurück ins Haus eilte. Etwas Schreckliches war passiert, doch er hatte ihr nur erklärt, dass es mit seiner Arbeit zu tun hatte. Wie schrecklich konnte es also sein? Klar, verstopfte Toiletten und kaputte Rohre waren lästig, aber keine Frage von Leben und Tod.

Sie zerrte eine Jeans und ein Frauenmarathon-T-Shirt aus dem Schrank, das sie noch von damals hatte, als sie sich zwar angemeldet, dann aber versehentlich-absichtlich den Startschuss verpennt hatte. Vielleicht war jemand in Quinns Geschäft eingebrochen und hatte Werkzeug geklaut. Neulich Abend hatte sie in den Nachrichten gehört, dass Diebstahl in Betrieben ein echtes Problem war. Obwohl sie ehrlich gestanden Quinns Eile nicht nachvollziehen konnte. Er hatte sie gar nicht schnell genug loswerden können, und das machte ihr Sorgen.

Große Sorgen.

Ihre Gefühle waren so neu. So beängstigend. So plötzlich. Dabei hatte sie keinen Schimmer, was Quinn für sie empfand. Okay, es gab Zeiten, in denen sie sich sicher war, dass er sie anziehend fand. Zum Beispiel, wenn er sie ansah oder sie küsste oder berührte, aber das war keine Liebe.

Lucy schlüpfte in ihre Hausschuhe und schnappte sich auf

dem Weg aus dem Zimmer ihren Kaffee. Gestern Nacht, als sie aufgestanden war, um zu arbeiten, hatte sie ihre Aktentasche nach den sechs Kapiteln durchsucht, die Maddie ihr zurückgegeben hatte. Die Faltmappe war nicht aufzufinden gewesen, und sie war davon ausgegangen, dass sie noch im Auto lag. So sicher sie sich in ihrem Haus und ihrer Wohngegend auch fühlte, ihr wäre nicht im Traum eingefallen, nachts um drei zu ihrer Garage zu gehen.

Die Sohlen ihrer Hausschuhe schlitterten über die Küchenfliesen und klatschten auf dem Beton der Treppe und des Bürgersteigs, als sie nach draußen zur Garage tapste. Sie durchsuchte den BMW und förderte unter den Sitzen einen Kaugummi, einen Stift und einen Eiskratzer zu Tage. Keine Mappe. Sie ging zurück ins Haus, suchte die Nummer im Telefonbuch und rief bei »Barnes and Noble« an. Jan Bright hatte die Mappe nicht gesehen, versprach jedoch, die Angestellten und die Krimifrauen zu fragen.

Als Lucy auflegte, klingelte es an der Tür, und sie durchquerte das Wohnzimmer. Durch den Spion erblickte sie Quinn, und ihr Herz vollführte wieder diesen verrückten Vorwärts-Rückwärts-Salto. Er trug eine schwarze Sonnenbrille, um seine Augen vor der grellen Morgensonne zu schützen, und seine untere Gesichtshälfte war von dunklen Stoppeln überzogen.

Sie öffnete genau in dem Moment die Tür, als eine kalte Böe sein dunkles Haar zerzauste. »Guten Morgen.« Er trug noch dieselben Klamotten wie am Abend zuvor – weißes Hemd und Jeans. Er war also nicht im Bett gewesen, und eigentlich hätte er schlimm aussehen müssen. Tat er aber nicht. Am liebsten hätte sie die Hand ausgestreckt und ihn berührt, die Sorgenfalten auf seiner Stirn glattgestrichen und seine raue Wange in ihrer Handfläche gespürt. Am liebsten hätte sie ihn ausgezogen und mit ins Bett genommen.

Er sah sie lange durch die Sonnenbrille an und fragte endlich: »Darf ich reinkommen?«

»Natürlich.« Sie öffnete die Tür weit, und er ging an ihr vorbei und brachte den Duft des Frühlings mit. »Kaffee?«, bot sie ihm an, als sie die Tür schloss.

»Gern.« Er zog die Sonnenbrille ab und steckte sie in die Brusttasche. Unter seinen braunen Augen lagen dunkle Schatten.

»Lange Nacht?« Sie lief an ihm vorbei und widerstand dem Bedürfnis, ihn anzufassen.

»Ja.« Er lachte wenig überzeugend und folgte ihr in die Küche. Seine Stiefelabsätze klangen auf den Fliesen ungewöhnlich laut.

Lucy griff in den Schrank und holte einen Becher heraus. »Ich habe bis heute Morgen um drei gearbeitet.« Es war eine große Erleichterung, nicht mehr lügen zu müssen. »Das mache ich manchmal«, erklärte sie. Sie hatte schon Freunde gehabt, denen die oft sehr unregelmäßigen Arbeitszeiten einer Schriftstellerin nicht passten. Doch jetzt, wo alles geklärt war, wollte sie aufrichtig sein. »Manchmal arbeite ich tagelang, ohne viel zu schlafen. Einmal«, gestand sie, während sie Kaffee in den Becher goss und an ihn weiterreichte, »hab ich mir einen Monat lang die Beine nicht rasiert. Ich sah aus wie ein Clydesdale-Pferd.« Okay, vielleicht hätte sie das lieber für sich behalten sollen.

»Danke.« Sein Mundwinkel verzog sich amüsiert nach

oben, als er in seinen Kaffee pustete. »Tut mir leid wegen gestern Abend«, sagte er, bevor er einen Schluck trank. Sie schaute betreten auf ihre Hausschuhe und kämpfte gegen das Erröten an, das an ihrem Hals heraufkroch. Sie fragte sich, welcher Teil des Abends genau ihm leid tat. Dass er das Ganze so abrupt beendet hatte? Dass sie sich im Flur näher gekommen waren oder dass sie es nicht bis zum Finale geschafft hatten? Ihr persönlich tat vor allem Letzteres leid. »Es ist was passiert, worüber wir reden müssen.«

Das klang nicht gut. »In Ordnung.« Sie ging zu ihrem Küchentischchen und setzte sich. Quinn nahm ihr gegenüber Platz, und das Licht, das durch die Fenster strömte, hob einzelne Strähnen seines dunklen Haars hervor. Es beleuchtete sein weißes Hemd von hinten und betonte seine breiten Schultern.

»Weißt du noch, als du mir gebeichtet hast, dass du keine Krankenschwester bist?«

War er deshalb doch sauer? Sie hatte geglaubt, das sei gegessen. »Klar.«

»Ich muss dir ebenfalls was beichten.« Seine dunklen Augen fixierten ihre, müde, aber so intensiv wie immer. »Ich bin kein Klempner.«

Entgeistert beugte sie sich vor. »Was?«

»Ich bin Polizist.« Er griff nach etwas, das seitlich an seinem Gürtel hing, und schob es ihr über den Tisch zu. Es war seine Dienstmarke. Tatsache, er war Polizist. Ein Detective. Er hatte sie angelogen. »Warum hast du gelogen?« Und warum hatte er es ihr nicht noch am selben Abend gestanden, als sie ihre Beichte abgelegt hatte?

»Weil ich mich als verdeckter Ermittler online mit Frauen verabredet habe, als ich dich kennen lernte.« Als sie schwieg, erklärte er es genauer. »Ich habe mich als Klempner ausgegeben, um Breathless zu schnappen.«

»Wen?«

»Breathless. Das ist der Name, den die Polizei der Frau gegeben hat, die in der Stadt Männer tötet. Wir glauben, sie trifft ihre Opfer online.«

Lucy trank einen Schluck Kaffee, um diese Information sacken zu lassen. »Dann ermitteln also Polizisten als verdeckte Vermittler online, um die Frau zu schnappen, von der wir in den Nachrichten gehört haben?«

»Ja.«

Okay, soweit hatte sie es verstanden, auch wenn es bizarr klang.

»Gestern Nacht hat sie ihr viertes Opfer umgebracht.«

»Oh nein!«

»Während du bei mir warst, hat sie in einem Motel in Chinden Robert D. Patterson erstickt. Deshalb hab ich dich auch so schnell vor die Tür gesetzt.«

Der Name kam ihr bekannt vor. Sie lehnte sich zurück und dachte an alle Männer, die ihr in den letzten Monaten E-Mails geschrieben hatten. »Throbbinbob?«

»Kanntest du ihn?«

»Eigentlich nicht. Er hat mir nur ein paar E-Mails geschrieben.« Er war zwar eine ganz schöne Nervensäge gewesen, aber den Tod hatte er nun wirklich nicht verdient. »Habt ihr Breathless gestern Nacht geschnappt?«

Er schüttelte den Kopf und lehnte sich ebenfalls zurück. »Nein, aber wir haben ein paar gute Anhaltspunkte.«

»Dann bist du also bei der Mordkommission«, sagte sie,

um zu testen, wie es klang. Wenn sie so darüber nachdachte, passte es viel besser zu ihm als der Klempnerberuf. Es erklärte seinen intensiven Blick und sein Auge für Details.

»Ja.«

Sie glaubte zu verstehen, warum er gelogen hatte. Es gefiel ihr zwar nicht, aber eigentlich konnte sie deshalb nicht sauer sein. Das wäre scheinheilig. Sie beobachtete, wie er einen Schluck Kaffee trank, und nahm sich einen Moment Zeit, um zu verarbeiten, was er ihr gerade erzählt hatte. Er hatte sie also im Rahmen seiner verdeckten Ermittlungen kennen gelernt. In gewisser Weise hatte auch sie verdeckt ermittelt. Das war vielleicht nicht der beste Start für eine Beziehung, aber auch nichts Unüberwindliches. Daran konnten sie arbeiten. Vielleicht sogar irgendwann darüber lachen. »Du hast dich also mit mir bei Starbucks getroffen, um herauszufinden, ob ich eine Serienmörderin bin?«

Er sah ihr fest in die Augen und nickte kurz.

Okay, dann war ihr Kennenlernen eben unkonventionell gewesen. Aber viele Leute lernten sich unter unkonventionellen Umständen kennen. Wen interessierte es schon, *wie* und *warum* sie sich getroffen hatten. »Wenn man so drüber nachdenkt, ist es irgendwie lustig.« Leider lachte er nicht. »Wie lange hast du mich denn für eine Mörderin gehalten? Eine Minute? Zwei?«

Er stellte den Becher auf den Tisch. »Ein bisschen länger als ein paar Minuten.«

Irgendwas stimmte nicht. Etwas, das ihr entging. Sie hatte das Gefühl, als würde sie sich ein Bild falsch herum ansehen und nicht erkennen, was direkt vor ihrer Nase war. Dann fiel bei ihr der Groschen. »Warte.« Sie hob die Hand wie ein Verkehrspolizist. »Du dachtest, ich könnte Breathless sein?«

»Ja.«

Großer Gott. Der Mann, in den sie verliebt war, hatte sie für eine Serienmörderin gehalten! »Aber du hast doch bestimmt sofort gemerkt, dass es lächerlich war. Oder?«

Er schüttelte langsam den Kopf. »Nicht sofort.«

»Nicht sofort? Wie konntest du mich auch nur eine Sekunde für eine Serienmörderin halten? Seh ich etwa aus wie eine Serienmörderin?« Bevor er antworten konnte, sagte sie: »Nein, tu ich nicht.«

Er seufzte und massierte hilflos seinen Nacken. »Du weißt genauso gut wie ich, dass Serienmörder aussehen wie alle anderen.«

»Schon, aber du bist ein erfahrener Polizist. Solltest du nicht einen Instinkt für sowas haben? Eine gewisse Intuition? Solltest du nicht … warte! Wie lange hast du mich denn für eine Serienmörderin gehalten?« Er sah sie nur an, und sie musste die Frage wiederholen. »Wie lange?«

»Lucy, du musst verstehen –«

»Wie lange, Quinn?«, unterbrach sie ihn.

Er ließ die Hand wieder sinken. »Bis gestern Abend.«

Sie schnappte schockiert nach Luft, und ihre Augenbrauen schossen bis zum Haaransatz. »Bevor oder nachdem wir? …« Sein Schweigen war Antwort genug, und ihr drehte sich alles. Sie hörte sich stottern wie eine Schwachsinnige, konnte sich aber nicht bremsen. »Du … ich … ich … was, … zum Teufel?« Sie schwieg, um ein paar Mal tief durchzuatmen, und als sie wieder sprechen konnte, deutete sie über den Tisch auf ihn und fragte: »Verscheißerst du mich?« Nicht gerade brillant, aber immerhin besser als Stottern. »Erzähl mir nicht, dass du mich die ganze Zeit für eine Serienmörderin gehalten hast! Bis gestern Abend?«

»Nein, ich verscheißere dich nicht. Und ja zur zweiten und dritten Frage.«

Sie war wie vor den Kopf gestoßen. »Aber du hast mir die Bluse ausgezogen und und und –« Sie versuchte, ruhig durchzuatmen, während sich die Gedanken in ihrem Kopf drehten. »Du wolltest Sex mit mir, obwohl du dachtest, ich würde dich umbringen? Du hättest Sex mit einer Serienmörderin gehabt?«

»Nein. Das war kein richtiger Sex.«

Sie schnappte gekränkt nach Luft. Plötzlich kam ihr etwas, das sich verdammt gut angefühlt hatte, schmutzig vor.

»Es ist kompliziert.«

Oh Gott. Oh Gott. Das Gefühl, einen Schlag vor den Kopf bekommen zu haben, arbeitete sich weiter nach unten zu ihrer Kehle vor. »Was? Hast du etwa nur versucht, mich dazu zu bringen, dich zu töten?«

Er runzelte die Stirn. »So ähnlich.«

Sie schluckte heftig, als der Schmerz in ihrer Brust ankam. »Das heißt, als du mich gestern Abend geküsst und ausgezogen hast, hast du das nur getan, weil du glaubtest, ich würde versuchen, dich umzubringen?«

»Ich hielt es für möglich.« Er rieb sich hilflos das Gesicht. »Lucy, du musst eins begreifen. Ich wollte dir nicht weh tun. Ich wollte niemals irgendwem weh tun, aber ich hatte einen Job zu erledigen.«

Lucy fiel nichts Kränkenderes ein, das er noch zu ihr hätte sagen können. Doch da irrte sie gewaltig.

»Ich hab bloß meinen Job getan«, fügte er hinzu und machte alles noch schlimmer.

»Oh Gott.« Sie stand auf und stützte sich mit einer zittrigen Hand auf dem Tisch ab, um nicht hinzufallen. »Die vergangene Woche war nicht real. Nichts daran war es. Ich dachte, du wolltest mit mir zusammen sein, weil du mich magst. Aber das war überhaupt nicht der Fall. Du hast also nur deinen Job erledigt, und ich …« *… hab mich in eine Lüge verliebt.* »Ich war ein Volltrottel.«

Er sprang auf und lief um den Tisch herum. »Du bist kein Volltrottel. Du bist eine tolle Frau, und wenn die Umstände and –«

Bevor Lucy wusste, was sie tat, holte sie aus und verpasste ihm eine Ohrfeige. Sie hatte noch nie im Leben jemanden geohrfeigt, und er sah genauso fassungslos aus, wie sie sich fühlte. Ihre Handfläche brannte, und sie ballte die Hände zu Fäusten. »Raus hier.«

Er trat einen Schritt zurück, ging aber nicht. »Es tut mir leid.«

Irgendwie bezweifelte sie, dass es ihm so leid tat wie ihr. Wut und Schmerz durchzuckten ihre Brust, und sie legte die Hand aufs Herz, als könnte sie es vor dem Zerbrechen schützen. Es zerbrach trotzdem. Ein heftiger körperlicher Schmerz, der sie innerlich zerriss. »Geh jetzt. Bitte.«

»Ich ruf dich an.«

»Ich werde nicht rangehen.«

Er hob beschwichtigend die Hand und ließ sie wieder sinken. »Ich weiß, du glaubst mir das jetzt nicht, aber ich bedaure das mehr, als du ahnst.«

Damit hatte er Recht. Sie glaubte kein Wort, und ihr war

auch schnurzegal, ob es ihm leid tat. Sie hatte sich in einen Mann verliebt, der nur mit ihr ausgegangen war, weil es sein Job war.

»Auf Wiedersehen, Lucy.«

Sie schaute zu Boden, um nichts so Dummes zu tun, wie in Tränen auszubrechen. Er blieb noch eine Weile unschlüssig in ihrer Küche stehen, während mit jeder Sekunde, die verging, noch mehr in ihr erstarb. Dann wandte er sich um und verließ den Raum. Als sie hörte, wie sich die Haustür öffnete, hob sie den Blick und sah Quinn in der hellen Morgensonne. Er schaute sie ein letztes Mal über die Schulter an. Er öffnete den Mund, als wollte er noch etwas sagen, doch im Grunde war alles gesagt. Er schloss die Tür hinter sich und war ohne ein Wort verschwunden.

Lucy starrte lange zur Tür, tief erschüttert und emotional am Ende. Ihr Kater schlängelte sich durch ihre Beine, und sie bückte sich und hob ihn hoch. Sie setzte sich an den Tisch und vergrub ihr Gesicht in Schnuckels Fell. Ein Schluchzen brach aus ihrer Kehle. Wie hatte sie sich in einen Lügner verlieben können? Wie war das nur möglich? Schließlich war sie doch eine clevere Karrierefrau. Sie war vierunddreißig. Solche Dinge passierten nicht im wahren Leben.

Sie kam sich so blöd vor.

Sie hatte die ganze Zeit über gewusst, dass mit Quinn etwas nicht stimmte, und trotzdem nach Entschuldigungen gesucht und sich eingeredet, es läge daran, dass er Witwer war. Dass es eigentlich gar nicht so merkwürdig war, sich in Chatrooms herumzutreiben. Es hatte genügend Warnsignale gegeben, doch sie hatte sie ignoriert.

Sie vergrub die Finger in Schnuckels Fell, und ein liebevolles Schnurren rasselte in seiner Brust. »Wenigstens du hast mich lieb, Schnuckie«, weinte sie, als er ihre Hand leckte. Doch die Liebe ihres Katers war kein Trost. Heute nicht.

Als sie aufschaute, fiel ihr Blick auf Quinns Kaffeetasse. Sie schloss die Augen. Quinn hatte ihr nicht den Hof gemacht, weil er eine Beziehung mit ihr haben wollte. Er hatte sie nicht gedrängt, Zeit mit ihm zu verbringen, weil er sie anziehend fand. Sein intensiver Blick hatte nichts mit Verlangen oder Lust zu tun gehabt. Er hatte sie nur beobachtet und darauf gewartet, dass sie sich als gefährliche Serienmörderin entpuppte.

Ein Schluckauf hob ihre schmerzende Brust, und sie gab den Versuch auf, die Tränenflut zurückzuhalten. Sie hatte sich so schnell verliebt, so lächerlich schnell, und sie kam sich so blöd vor. Sie konnte nur hoffen, dass ihr Herz genauso schnell wieder heilen würde.

10. Kapitel

HADENUF: SUCHT BESTEN FREUND DER FRAUEN ...

»Er ist bloß mit mir ausgegangen, weil er wollte, dass ich ihn umbringe«, schluchzte Lucy und trank einen Schluck Wein. Vor ihren Augen verschwamm alles, und sie konnte die Gesichter ihrer Freundinnen, die sich bei ihr im Wohnzimmer versammelt hatten, kaum noch erkennen. »Wisst ihr noch, wie er hinter mir her war? Aber hallo! Dabei hat er mich bloß für 'ne Serienmörderin gehalten.«

Ihre Freundinnen, auf die stets Verlass war, reagierten erwartungsgemäß mit Empörung und Entsetzen und erklärten Quinn einstimmig zum Vollidioten, Loser und hochkarätigen Arschloch.

»Jetzt wird mir alles klar«, weinte Lucy. »Die vielen Fragen über die ermordeten Männer. Das große Interesse daran, ob ich mit einem von ihnen ausgegangen bin. Und ich dachte bloß, er wäre vorsichtig, und hab alles entschuldigt, weil ich glaubte, wir mögen dieselben Fernsehsendungen!«

Zwei Stunden später waren sie alle ganz schön beschwipst und verteufelten grundsätzlich alle Männer.

Maddie griff nach der Flasche und schenkte sich noch ein Glas ein. »Männer sind verlogene Scheißkerle.«

»Durchtriebene, verlogene Scheißkerle«, ergänzte Adele. »Zu schade, dass wir sie brauchen.«

»Wozu denn?«, fragte Lucy verständnislos. »Klar, sie sind nützlich, wenn man 25 Kilo Katzenfutter im Kofferraum hat und jemanden braucht, der es ins Haus schleppt. Aber das ist noch lange keine Entschädigung für ihre ungeheuerlichen Lügen. Ich hab genug von der Scheiße.«

»Manchmal bekochen sie einen«, schaltete sich Clare ein und schwenkte den Wein in ihrem Glas. »Und es ist nett, wenn sie aus kaputten Kacheln Tischchen bauen.« Als sie die Mienen ihrer Freundinnen sah, fügte sie hastig hinzu: »Aber ihr habt schon Recht. In den meisten Fällen kannst du die Männer echt vergessen. Der Vibrator ist der beste Freund der Frau.«

Sie starrten Clare entgeistert an. Die einzige Frau in der Runde, die glaubte, ihren Seelenverwandten gefunden zu haben, seit sie ihn zum ersten Mal gesehen hatte. Weshalb war dann der Vibrator ihr bester Freund? Vielleicht lief doch nicht alles glatt im Paradies.

»Ach, schaut mich nicht so an«, schimpfte sie. »Ich weiß, dass ihr auch nicht tatenlos rumsitzt und auf einen Mann wartet, um einen Orgasmus zu kriegen.«

»Ich ganz bestimmt nicht«, meinte Maddie trocken. »Aber ich dachte, du.«

Clare trank einen Schluck Wein und leckte sich die Lippen. »Lonny ist eben manchmal müde. Er arbeitet wirklich hart.«

»Vom Kacheltischchen-Bauen?« Maddie schüttelte ungläubig den Kopf. »Schätzchen, wenn ein Kerl zu müde für Sex ist, sagt dir das nicht was?«

»Doch. Dass er ein Künstler ist.«

Lucy räusperte sich warnend und schüttelte leicht den Kopf. So betrunken sie auch war, sie würde nicht zulassen, dass irgendjemand Clare auf die Nase band, dass ihr Traummann davon träumte, es Männern zu besorgen. Clare war einer der nettesten Menschen, die Lucy kannte. Sie war freundlich und hatte ein großes Herz, und wenn sie so tun wollte, als wäre Lonny nicht schwul, war Lucy damit einverstanden. Außerdem, welche Berechtigung hatten *sie* denn schon, ihr in Liebesdingen Ratschläge zu erteilen? Sie selbst hatte sich in einen Mann verliebt, der nur mit ihr ausgegangen war, weil er sie für eine Serienmörderin hielt. Adele war mit einem Mann zusammen gewesen, der sich ständig zu ihrem Haus schlich und Sachen auf ihrer Veranda hinterließ wie eine Art Doppelnull-Geheimagent. Maddie war so paranoid, dass sie jeden Mann, den sie traf, für einen Serien-was-auch-immer hielt, dabei hatte sie seit über vier Jahren kein Date mehr gehabt.

Also ehrlich, im Vergleich dazu klang Lonny mit seinen Kacheltischchen verdammt gut.

Adele, die neben Lucy auf der Couch saß, streichelte beruhigend ihren Arm. »Tja, wenigstens hast du Quinn nicht lange genug gekannt, um dich in ihn zu verlieben.«

»Das wäre katastrophal gewesen.«

»Nur gut, dass du nicht an Liebe auf den ersten Blick glaubst.«

»Ja. Nur gut«, log sie und stellte ihr Glas auf dem Tisch ab, bevor sie es noch fallen ließ. Ein sicheres Zeichen, dass sie es mit dem Alkohol langsamer angehen lassen musste.

»Du weißt, ich mag dich sehr«, fing Maddie an, was immer ein Alarmsignal war, »aber ich muss es einfach sagen. Er passt in dein typisches Muster, mit Männern auszugehen, die du retten willst.«

Lucy hob protestierend den Zeigefinger. »Diesmal nicht. Quinn hatte keine Probleme, vor denen ich ihn hätte retten müssen, und er hat auch nicht mein Geld geklaut. Er ist total normal.« Sie runzelte verwirrt die Stirn. »Abgesehen davon, dass er ein verlogener Scheißkerl ist.«

»Genau das hat Maddie gemeint«, sagte Adele. »Er hatte verlogene Scheißkerl-Probleme.«

Lucy spürte, wie ihre Stirn sich in Falten legte. Gab es sowas wie »verlogene Scheißkerl-Probleme« überhaupt? »Ich will jetzt nicht mehr über Männer reden. Es ist einfach zu deprimierend.«

»Ich weiß, worüber wir reden können.« Adele setzte sich ein bisschen aufrechter hin. »Ich brauche Hilfe beim Plot der nächsten Szene meines Buches.«

Lucy stöhnte innerlich. Mit Adele über Plots zu sprechen hieß, dass man ihr Vorschläge machte, die sie letztlich nie umsetzte.

»Jetzt ist vielleicht nicht so ganz der richtige Zeitpunkt«, protestierte Maddie zum Glück. »Ich hab echte Probleme, mich zu konzentrieren.« Dann wandte sie sich an Lucy und fragte: »Kaufst du wirklich auf einen Schlag 25 Kilo Katzenfutter?«

»Wahrscheinlich eher zwanzig.«

»Kein Wunder, dass Schnucki so fett ist.«

»Er ist nicht fett. Er ist stämmig.«

Adele lachte. »Stämmig ist nur ein netter, politisch korrekter Ausdruck dafür, dass er sich von der Futterschüssel fernhalten sollte. Wenn er ein Mann wäre, müsste er seine Klamotten im Geschäft für Übergrößen kaufen.«

»Du musst Schnucki auf Diät setzen.«

»Hab ich ja versucht«, seufzte Lucy. »Aber wenn ich nicht aufstehe und ihn füttere, wenn er fressen will, beißt er mich in die Füße.«

Clare, die gerade dabei war, ihre Fingernägel zu inspizieren, blickte auf und bekam irgendwie Schlagseite. »Wusstet ihr, dass Costco übers Internet Särge vertreibt?«

Es war offensichtlich Zeit, ihre Freundinnen wieder nüchtern zu kriegen. Zeit fürs Abendessen. »Nee, echt?«, fragte Lucy ungläubig und griff zum Telefon.

»Du machst Witze.«

»Muss man da gleich zwei auf einmal nehmen?«

Am nächsten Nachmittag sprang Lucy in ihren BMW und fuhr zu McDonald's. Ihr Kopf dröhnte, ihr war kotzübel, und die dunklen Sonnenbrillengläser halfen auch nicht viel gegen ihre schmerzenden Augen. Am Abend zuvor hatte sie eigentlich nichts mehr trinken wollen, dann aber beschlossen, dass noch ein paar Gläschen Wein zum Essen nichts schaden könnten. An alles, was danach kam, erinnerte sie sich nur vage. Sie wusste zwar noch, dass sie mit den Mädels auf die Zukunft angestoßen und Quinn die Pest an den Hals gewünscht hatte, aber das war auch schon alles.

Sie gab ihre Bestellung auf und fuhr zum Abholschalter vor. Es gab kein besseres Mittel gegen einen Kater als einen Hamburger Royal mit Käse, fettigen Fritten und einer Diet Coke. Sie schnappte sich ihr Essen und verschlang es während der Autofahrt zur Post. Sie hatte ihr Postfach jetzt schon zwei Monate nicht mehr geleert, und es wurde langsam Zeit, mal nachzusehen, was sich darin für sie verbarg.

Sie fuhr in eine Parklücke und spülte den Rest des Burgers

mit einem Schluck Diet Coke herunter. Ja, sie wusste Bescheid. Welchen Sinn hatte eine Diet Coke, wenn sie sich gerade zweitausend Kalorien und hundert Gramm Kohlehydrate und Fett einverleibt hatte?

Wen interessierte das?

Sie setzte ihre braune Schirmmütze auf und stieg aus dem Wagen. Die Sonne schien, die Vögel sangen, und Frühlingsblumen begannen zu blühen. Die Welt drehte sich weiter, doch sie verspürte eine große innere Leere. Obwohl sie sich mit Fritten vollgestopft hatte. Es war einfach nicht fair.

Sie betrat die Post und öffnete ihr Postfach. Es war hauptsächlich mit Werbeprospekten vollgestopft, die sie gleich in den Abfall warf. Sie steckte fünf Leserbriefe in ihre Handtasche und fuhr nach Hause. Als sie dort ankam, hörte sie ihren Anrufbeantworter ab, der aber leer war.

»Ich ruf dich an«, hatte Quinn gesagt und wieder mal bewiesen, dass er ein dreister Lügner war. Nicht, dass sie rangehen und mit ihm reden würde, falls er doch anrief, aber er könnte wenigstens auf ihrem AB zu Kreuze kriechen.

Lucy gähnte und pfefferte ihre Mütze auf den Küchentisch. Sie wusste, dass sie ihren Hintern in Bewegung setzen und arbeiten oder wenigstens das Haus putzen oder etwas ähnlich Produktives tun sollte. Stattdessen fiel sie ins Bett und kuschelte mit Schnuckel.

Sie rollte sich auf die Seite, kraulte ihrem Kater den Bauch und musste zwangsläufig wieder an Quinn denken. Alles, was er je zu ihr gesagt hatte, alles, was sie über ihn zu wissen glaubte, war nur Schall und Rauch. Hatte er wirklich eine Familie? Hatte er sich wirklich den Arm gebrochen, als er dem Nachbarsmädchen imponieren wollte? War seine

Frau wirklich tot? Und war Millie seine geschiedene Frau oder Exfreundin? Oder, Gott bewahre, er war verheiratet oder in einer festen Beziehung. Hieß er überhaupt Quinn, oder war auch das gelogen?

So wie alles andere, das er gesagt hatte, jedes Gefühl, das er in ihr ausgelöst hatte, eine Lüge gewesen war. Auch wenn es sich echt angefühlt hatte. Selbst jetzt fühlte es sich noch echt an. Es brannte in ihrer Brust, als wäre es echt, doch das war es nicht. Sie hatte Männern schon aus diversen Gründen den Laufpass gegeben, aber die hatte sie wenigstens gekannt. Quinn war da anders. Sie hatte sich in einen Kerl verliebt, den sie nicht mal kannte. Einen Kerl, der sie nur berührt und geküsst hatte, weil es sein Job war. Klar, sie wusste, dass er sie anziehend fand. Den Beweis dafür hatte sie an ihrem Oberschenkel gespürt und in der Hand gehalten. Doch das bedeutete nicht, dass er etwas für sie empfand. Das bedeutete nur, dass er ein Mann war.

Schnuckel schnurrte und leckte ihre Hand. Dann zog er in einem Versuch, alles wiedergutzumachen, alle Register und stieß sie mit dem Kopf unters Kinn. Sie wünschte, es wäre so unkompliziert. Dass ein liebevoller Kopfstoß ihres Katers den Schmerz in ihrer Brust lindern würde. Stattdessen machte er alles nur noch schlimmer, weil es sie daran erinnerte, dass sie wahrscheinlich einmal mutterseelenallein in ihrer Wohnung sterben würde. Ihre größte Angst dabei war, dass Schnuckel sein Katzenfutter im Nu verputzt hätte und sein hungriger Blick prompt auf ihre Leiche fiele.

Sie spielte mit dem Gedanken, aufzustehen und sich an die Arbeit zu begeben. Stattdessen schluckte sie eine der Schlaftabletten, die sie für große Stressphasen in ihrem Leben bereithielt. Ihr Herz schmerzte, und ihr Kopf dröhnte, und sie wollte schlafen, bis alles wegging. Sie versprach Gott, nie wieder Rotwein zu trinken, wenn er sie nur von diesem Kater erlöste.

Sie schlief bis zum nächsten Morgen, und als sie aufwachte, fielen ihr schlagartig drei Dinge auf. Erstens: Sie trug immer noch die Klamotten vom Tag zuvor. Zweitens: Gott war ihr gnädig gewesen und ihr Kater zum Glück verschwunden. Drittens: Ihr Herz schmerzte noch immer. Sie hatte Quinn noch nicht vergessen. Vielleicht hätte sie Gott lieber bitten sollen, ihr Herz zu heilen, statt ihren Kopf. Der einzige Trost, wenn auch nur ein kleiner, war, dass sie Quinn nie mehr wiedersehen musste.

Lucy zog sich die Klamotten aus und schlüpfte in ihren Bademantel. Dann tapste sie in die Küche und kochte Kaffee. Während er durchlief, fütterte sie Schnuckel und holte die Leserbriefe aus ihrer Handtasche. Drei davon wiesen dieselbe mit Schreibmaschine getippte Anschrift und einen Poststempel aus Boise auf. Die anderen kamen aus Kalifornien und Michigan. Die Leserin aus Kalifornien pries Lucys Talent und schrieb, dass sie sich auf ihr nächstes Buch freute. Diesen Brief legte Lucy beiseite, um ihn mit den anderen Briefen von Lesern abzuheften, denen sie zum Dank ein paar Zeilen schreiben und ein Lesezeichen schicken wollte. Der Verfasser des Briefes aus Michigan war nicht so voll des Lobes. Er wies sie darauf hin, dass die Flugbahn einer Kugel in ihrem zweiten Roman physikalisch unmöglich war. Er hatte sogar ein Diagramm gezeichnet und wollte wissen, ob sie überhaupt recherchierte. Diesen Brief entsorgte Lucy im Mülleimer.

Die übrigen drei Briefe nahm sie mit zur Theke und schenkte sich eine Tasse Kaffee ein. Nach einem Blick auf die Poststempel öffnete sie den ältesten Brief, der Mitte Februar abgeschickt worden war.

Ich bin Ihr größter Fan. Ich habe alles gelesen, was Sie geschrieben haben, und halte mich für eine Rothschild-Liebhaberin.

Liebhaberin? Das war leicht übertrieben, fand Lucy, und lehnte sich mit dem Po an die Theke.

Ich habe Ihre Karriere aufmerksam verfolgt und alle Ihre Bücher gelesen. Ich habe großen Respekt vor Ihrem Talent. Sie haben mir geholfen, gesund zu bleiben, als ich fürchtete, in dieser verrückten Welt den Verstand zu verlieren.

Sie haben mir Stunden atemloser Spannung geschenkt, und ich würde mich gern dafür revanchieren. Deshalb möchte ich meinen eigenen kleinen Krimi mit Ihnen teilen.

Lucy trank einen Schluck Kaffee. Aus rechtlichen Gründen las sie keine unveröffentlichten Manuskripte. Sie würde dieser Person schreiben und ihr sagen müssen, dass sie sich das Portogeld sparen sollte. Sie inspizierte den Briefumschlag, der auf der Theke lag, und merkte, dass kein Absender darauf stand. Merkwürdig.

Bestimmt werden Sie meinen kleinen Krimi genauso schätzen, wie ich Ihre stets geschätzt habe. Quid pro quo, sage ich immer.

Meine Geschichte beginnt so. Eine Frau, die es leid ist, ständig mit Versagern auszugehen, die nur auf Sex aus sind, beschließt, gegen sie vorzugehen. Wie eine Selbstschutzorganisation sozusagen. Um die Welt von Perversen und Degenerierten zu säubern. Männer, die sich nicht binden können oder schlicht Jammerlappen sind. Männer, die ihre Frauen oder Freundinnen schlagen, sie betrügen und um ihr Geld prellen, ganz zu schweigen von den vielen gebrochenen Herzen, die sie hinterlassen. Haben Sie sich je gefragt, warum ihnen nie etwas Schlimmes zustößt? Warum sie sich unbekümmert das nächste Opfer suchen können? Nun, gegen diese Männer sollte etwas unternommen werden. Sie verdienen es, den Schmerz, den sie verursachen, am eigenen Leib zu spüren, wenn sie den letzten Atemzug tun.

Zuerst habe ich mit dem Gedanken gespielt, ein Buch über diese miesen Schweine zu schreiben, doch mir fehlt es an Disziplin. Außerdem sind die Chancen, veröffentlicht zu werden, verschwindend gering. Daher habe ich beschlossen, es auszuleben.

Lucy richtete sich ruckartig auf und spürte, wie sich ihre Stirn anspannte.

Lesen Sie die Titelseite des Statesman vom 25. Februar. Was die Zeitung nicht erwähnt hat (weil sie nicht wis-

sen konnte, was nicht einmal die Polizei weiß) ist, dass Charles Wilson so heftig um sich getreten hat, dass ich fürchtete, er würde sein Bett auseinanderkicken, und ich seine Beine herunterdrücken musste. Er war verängstigt und armselig. Poetische Gerechtigkeit, finde ich.

Gefällt Ihnen meine Arbeit? Ich würde mich sehr gern mit Ihnen hinsetzen und Ihre Kritik hören. Hören, wie Sie darüber denken, doch das ist natürlich unmöglich.

Tja, ich muss jetzt Schluss machen.

So viele Männer. So wenig Zeit. So viel zu tun.

Lucy griff nach dem nächsten Brief und öffnete ihn. Diesmal zog sie neben einem Brief auch den Zeitungsausschnitt einer Titelgeschichte heraus. Das Foto eines Hauses, das mit gelbem Polizeiabsperrband abgeriegelt war, dominierte die halbe Seite. Die Schlagzeile lautete: DAVE ANDERSON, ZWEITES OPFER IM EIGENEN BETT ERMORDET.

Dieser Brief war kürzer und schärfer im Ton.

Finden Sie die Inkompetenz der Polizei in Boise nicht auch herrlich? Sie haben noch nicht herausgefunden, dass die beiden Morde miteinander zusammenhängen. Trottel. Neandertaler. Aber was kann man schon erwarten? Bestimmt keine Intelligenz. Nicht von Männern. Dave Anderson war ein echter Vollidiot, der sich was darauf einbildete, dass ich sexuelles Interesse an ihm zeigte. Mieses Schwein.

Lesen Sie den Artikel im Statesman. Zum Schreien!

Die Polizei kann den Reportern keine Informationen geben, weil sie selbst nichts in der Hand hat. Ich hinterlasse keine Spuren. Nichts, das mit mir in Verbindung gebracht werden kann. Ich bin zu schlau für sie. Alles, was ich weiß, weiß ich aus Krimis. Ihren Krimis.

Geschmeichelt?

Lucy mochte ein wenig schwer von Begriff sein, wenn es darum ging, dass alles, was Quinn je gesagt hatte, eine verdammte Lüge war, doch diesmal nicht. Was das hier war, wusste sie genau. Sie hatte schon zu viel recherchiert, war in zu viele verwirrte Gedankengänge eingetaucht und hatte zu viele Bücher geschrieben, um pure Angeberei nicht zu erkennen.

Breathless wollte, dass sie genau über ihre Taten Bescheid wusste. Sie gab an. Wie Schnuckel, wenn er eine Maus tötete und sie auf der hinteren Veranda liegen ließ, damit Lucy sie entdeckte und bewunderte. Eine Mörderin wollte, dass Lucy ihre Arbeit sah und bewunderte.

Lucy holte tief Luft und stieß sie langsam wieder aus. Ihr Kater sprang vom Küchenstuhl, und sie fuhr vor Schreck fast zusammen. Ihr Herz hämmerte, und sie fasste sich entsetzt an die Kehle. »Gütiger Himmel«, flüsterte sie. Sie legte den Brief auf den Zeitungsausschnitt und starrte auf den dritten Umschlag. Sie wollte ihn nicht öffnen, doch sie musste. Diesmal war sie vorsichtiger. Sie kramte ihre rosafarbenen Gummihandschuhe unter der Spüle hervor und zog sie über. Ihre Hände zitterten, als sie sich ein Steakmesser schnappte und damit den Umschlag aufschlitzte. Sie drehte ihn um, und ein weiterer Brief samt Artikel flatterte ihr in die Hand. Außer einer Aufnahme des Tatorts hatte die Zeitung diesmal auch ein Foto des Opfers gebracht. Lawrence Craig, der Mann, den Lucy als Luvestick kannte, schaute ihr mit einem kleinen Lächeln auf den Lippen entgegen. Ihre Kopfhaut zog sich zusammen, und die Anspannung legte sich wie ein Ring um ihre Stirn. Sie atmete tief ein und langsam wieder aus.

Tja, die Polizei von Boise hat es endlich begriffen. Drei Morde in acht Wochen, und sie haben endlich begriffen, dass sie miteinander zusammenhängen. Ha! Ich weiß, dass sie nur darauf warten, dass ich Mist baue. Einen Fehler mache, aber das werde ich nicht. Ich bin zu schlau für sie. Ich habe überlegt, ob ich nicht doch noch ein Buch über meine Taten schreibe. Irgendwann, wenn ich disziplinierter bin. Sie wissen ja, wie es so schön heißt: Schreib über das, was du kennst.

Hier sind ein paar Infos unter Profis, falls Sie es in Ihrem Buch verwenden wollen. Wenn man jemanden erstickt, macht er ein kleines Geräusch hinten in der Kehle. Wenigstens meiner Erfahrung nach. Vielleicht passiert das nicht bei jedem. Ich halte Sie auf dem Laufenden. Lawrence hat am meisten Lärm gemacht und um sich getreten, als würde das was bringen. Die Vorstellung, sich von mir fesseln zu lassen, hat ihm gefallen, aber zum Schluss vermutlich nicht mehr so sehr.

Ganz am Anfang dachte ich, es würde schwierig, miese Schweine zu finden, die willens sind, sich mit Handschellen ans Bett fesseln zu lassen. Aber meist war es einfach. Männer tun fast alles, wenn sie glau-

ben, dass es zu Sex führt. Aber Sie sind eine intelligente Frau, und das überrascht Sie bestimmt nicht. Wir haben bestimmt viel gemeinsam und könnten stundenlang Horrorgeschichten über Verabredungen austauschen.

Frauen wollen Liebe. Männern ist Liebe egal. Sie wollen nur Sex.

Was soll man als Frau mit Neandertalern und Widerlingen anstellen?

Lucy legte den Brief samt Zeitungsausschnitt zu den anderen und streifte die Gummihandschuhe wieder ab. Sie fühlte sich, als hätte ihr jemand den Boden unter den Füßen weggezogen. Es war, als würde sie gewaltsam in die kranke Realität eines anderen gezerrt. Das Telefon klingelte, und sie fuhr fast erschreckt hoch. Ein Blick auf das Display zeigte eine unbekannte Nummer. Sie würde auf keinen Fall abnehmen. Sie fühlte sich beobachtet und rannte von Zimmer zu Zimmer und schloss alle Vorhänge und Jalousien.

Im Wohnzimmer sank sie auf die Couch und starrte auf ihren Chinoiserie-Fernsehschrank, auf die schwarze Lackfarbe mit den Goldpavillon-Szenen. Ihr Herz schlug bis zum Hals, und sie schluckte mühsam, da die Furcht ihr fast die Kehle zuschnürte.

Warum? Warum hatte eine Irre beschlossen, zu ihr Kontakt aufzunehmen? Sie lebte ihre Bücher nicht. Sie waren Fiktion. Sie schrieb Romane, keine Mordanleitungen. Sie wollte nichts damit zu tun haben. Es war krank und pervers und gab ihr das Gefühl, als spielte jemand mit kalten, bösen Händen mit ihrem Leben. Sie wünschte, sie wäre nie zu ihrem Postfach gegangen. Sie wünschte, sie könnte die Augen schließen und das alles würde verschwinden.

Lucy hatte keine Ahnung, wie lange sie so saß und nachdachte, sich überlegte, was sie tun sollte, obwohl sie es in Wahrheit schon die ganze Zeit wusste.

Sie griff zum Telefon und wählte.

11. *Kapitel*

HUNGRYMAN: SUCHT SCHNITTCHENTELLER ...

Mit Hilfe einer Pinzette ließ Quinn den dritten Brief in eine durchsichtige Beweistüte gleiten und versiegelte sie. Er legte sie auf den Tisch zu den anderen und steckte die Pinzette zurück in ein kleines Beweisaufnahme-Set. Wenn sie Glück hatten, würden dabei ein paar gute Fingerabdrücke und DNA-Spuren rausspringen. Wenn nicht, hatte sich Breathless wenigstens zu Wort gemeldet. Wie viele gut organisierte Killer musste sie einfach angeben. Er wünschte bloß, sie hätte sich jemand anderen zum Reden ausgesucht als Lucy Rothschild.

Als er zum letzten Mal in dieser Küche stand, hatte Lucy ihm eine gescheuert und ihn rausgeworfen, was er ihr nicht einmal verübeln konnte. Er hatte nicht damit gerechnet, ihr Haus je wieder zu betreten. Nicht in einer Million Jahren, aber das hier war auch nicht gerade ein Privatbesuch.

»Fällt Ihnen auch bestimmt sonst niemand ein, der diese Briefe verfasst haben könnte?«, fragte Kurt Lucy. Er saß direkt vor ihr, das aufgeschlagene Notizbuch auf dem Schoß.

Sie schüttelte den Kopf. »Das könnte jeder sein.«

Quinn steckte die Enden seines blaugrünen Seidenschlipses zwischen zwei Knöpfe seines grünen Oberhemds und stützte sich mit den flachen Händen neben den Beweisstücken ab, die vor ihm ausgebreitet lagen. Wenn er einen Tipp abgeben sollte, würde er sagen, dass Breathless zum Aufsetzen der Briefe Microsoft Word benutzt hatte; er hoffte bloß, der Drucker wäre aussagekräftiger.

Ohne den Kopf zu heben, blickte er zu Lucy auf. Sie war zwar blass, aber genauso schön wie vor drei Tagen. Sie trug eine pinkfarbene Bluse, die wie ein Mieder zugeschnürt war, und eine Jeans. Als er das Haus betreten hatte, war ihm sofort der Ausdruck in ihren blauen Augen aufgefallen. Egal, wie sehr sie versuchte, es hinter ihrer Wut zu verbergen, sie machte sich vor Angst fast in die Hosen.

»Hast du irgendwelche Fans, deren Wertschätzung für deine Arbeit unverhältnismäßig groß ist?«

Sie holte tief Luft und stieß sie langsam wieder aus. »Ja, durchaus. Mir erscheint sie unverhältnismäßig groß, ähnlich wie bei Trekkies, aber nicht annähernd so verrückt wie das hier.« Sie hatte ihr blondes Haar hoch auf dem Kopf zu einem Pferdeschwanz zusammengebunden und wirkte jung und verletzlich. Auf ihrem Schlüsselbein prangte ein kleiner violetter Bluterguss. Eigentlich fiel er kaum auf, doch Quinn war er schon nach Sekunden aufgefallen. Vielleicht weil er ihn dort hinterlassen hatte.

Quinn hatte die letzten drei Tage damit verbracht, Robert Pattersons Freunde und Verwandte zu befragen und seine Telefonlisten und Kreditkartenquittungen durchzugehen. Dabei hatte er festgestellt, dass Robert wie die anderen Opfer viele Internetverabredungen gehabt hatte, und aus seinem E-Mailprogramm eine Namensliste angefertigt; viele der Namen hatte er schon von der Verdächtigenliste streichen können. Außerdem hatte Quinn sich viele Gedanken über die Richtung der Ermittlungen gemacht. Vielleicht traf Breathless ihre Männer gar nicht online. Und er hatte lange über Lucy nachgedacht. Vielleicht hätte er, was sie betraf, einiges anders machen können.

Während Kurt Lucy über ihre Freunde und Fans befragte, glitt Quinns Blick zu ihrem vollen, rosafarbenen Mund. Er hatte verdeckt ermittelt, um eine Mörderin aufzuhalten. Dabei hatte er sich stets an die Vorschriften gehalten, die ihm erlaubten, alles zu sagen und zu tun, solange es die Beweisführung nicht beeinträchtigte. Klar, er hatte gelogen, betrogen und mit Lucy obszönes Zeug geredet. Er hatte sie geküsst und angefasst, sich dabei jedoch die ganze Zeit an die Vorschriften gehalten. Er hatte nur seinen Job getan. Wenigstens sagte er sich das.

Jammerschade, dass er kein besserer Lügner war.

»Meine Freunde würden sowas nicht machen«, sagte Lucy zu Kurt, und Quinns Blick schweifte wieder über ihren Hals zu dem kleinen Fleck auf ihrem Schlüsselbein. Klar, er konnte sich selbst und allen anderen vormachen, dass er bloß seinen Job erledigt hatte, aber Tatsache war, dass es ihm ein bisschen zu gut gefallen hatte. Es hatte ihm gefallen, ihr Lachen zu hören und sie lächeln zu sehen. Es hatte ihm verdammt gut gefallen, sie zu küssen, anzufassen und ihr leises Stöhnen zu hören. Sie in seinem Spiegel anzuschauen, während er ihre Brüste streichelte und durch den dünnen Spitzenbesatz ihres BHs mit ihnen spielte. Er hatte es genossen, im Spiegel das Verlangen in ihren blauen Augen und ihre sanften Atemzüge zu sehen.

Eigentlich hatte er sie hochgehoben, um sie in sein Schlafzimmer zu tragen, doch er war nur bis in den Flur gekommen. Er hätte sich gern gesagt, dass er nur Halt gemacht hatte, um zu Atem zu kommen, doch das stimmte nicht. Er hatte Halt gemacht, weil er sie außerhalb der Reichweite der Kameras und Abhörgeräte bis auf die Haut ausziehen wollte. Wie ein eifersüchtiger Liebhaber wollte er sie ganz für sich.

Er hatte ihre nackten Brüste geküsst und sie zwischen den Beinen berührt, und er konnte sich nicht erinnern, wann er sich das letzte Mal so lebendig gefühlt hatte. Er hatte sich wieder wie ein kleiner Junge gefühlt, als sie sich anfassten, aneinander rieben und die Klamotten vom Leib zerrten. Es hatte ihm verdammt gut gefallen, sie zum Orgasmus zu bringen und den festen Griff ihrer weichen Hand in seiner Hose zu spüren. Doch während sie schwitzend zum Gipfelsturm ansetzten, hatte er trotzdem seinen Job nie vergessen. Keine Sekunde lang. Aber es war ihm egal gewesen. Die Art, wie Lucy ihn angesehen, berührt und seinen Namen geflüstert hatte, hatte in ihm ein heftiges Verlangen ausgelöst, das seine Selbstbeherrschung ausgeschaltet und sie gefährlicher gemacht hatte als eine ganze Horde mit Flexi-Cuffs bewaffneter Serienkiller.

»Was wissen Sie über die Peacock Society?«, fragte Kurt.

»Peacock Society? Sie meinen diese Frauen, die bunte Hüte mit Federn tragen?« Sie zuckte mit den Schultern. »Nicht viel, nur dass man über fünfzig sein, das Leben lieben und gern auffallen wollen muss, glaube ich.«

»Aber Sie haben nie einen Vortrag bei einem Ortsgruppentreffen gehalten?«

Sie schüttelte den Kopf. »Nein. Warum sollte ich? Ich schreibe Krimis. Kein Emanzenzeug.«

Allein in Boise gab es zweiundzwanzig Ortsgruppen der Peacock Society, und Quinn hatte sich mit allen in Verbindung gesetzt und um Mitgliederprofile und Anschriftenlisten gebeten. Außerdem wartete er auf ein Mitgliederverzeichnis und Profile der Krimifrauen und auf den neuesten Toxikologiebericht aus dem Büro des Gerichtsmediziners.

»Was ist mit den Krimifrauen?«, fragte Quinn sie.

Lucy drehte den Kopf ein wenig und sah ihn aus den Augenwinkeln an. Sollte er noch irgendwelche Zweifel an ihren Gefühlen für ihn gehegt haben, hätten die bohrenden Blicke aus den dunkelblauen Augen alle Unklarheiten beseitigt.

Ihre Stimme war völlig ausdruckslos, als sie fragte: »Was soll damit sein?«

»Sie schienen den Plot des Buches zu kennen, an dem du gerade arbeitest.«

»Na und?«

»Ist dir schon in den Sinn gekommen, dass zwischen deinem Buch und der Vorgehensweise von Breathless viele Gemeinsamkeiten bestehen?«

Sie drehte den Kopf noch ein Stück weiter und sah ihn jetzt richtig an. »Eigentlich nicht. Ich weiß, dass sie ihre Opfer erstickt, aber das könnte auch Zufall sein. Wenn man den Atem eines Menschen kontrollieren will, gibt es verschiedene Möglichkeiten.« Sie deutete auf die ordentlich eingetüteten Beweise auf dem Tisch. »Diese Person verrät schließlich nicht, wie sie die Männer umbringt.«

»Nein, aber wir wissen es.« Er richtete sich zu seiner vollen Größe auf und hielt den Blick auf Lucy geheftet. Sie mochte ihn offensichtlich nicht. Er konnte es ihr nicht einmal verübeln, aber es war auch egal. Er musste seine Arbeit machen. Diesmal würde er strikt nach Vorschrift vorgehen. »Sie fesselt sie mit Handschellen ans Bett und zieht ihnen eine Reinigungstüte über den Kopf. Klingt das vertraut?«

Wenn es überhaupt möglich war, wurde Lucys Gesicht noch weißer, und auch wenn Quinn sich einen Dreck darum scheren wollte, fühlte er sich wie ein echtes Arschloch, weil er ihr noch mehr Angst machte, als sie sowieso schon hatte.

Sie starrte ihn lange an. Dann sagte sie, als hätte sie eine Wahl: »Ich will da nicht reingezogen werden. Das ist doch krank.«

»Zu spät.« Er löste seinen Schlips wieder und deutete auf die Briefe. »Sie hat dich da schon reingezogen. Ich will dir keine Angst machen, aber die Sache ist ernst. Eine Psychopathin hat beschlossen, die Hand nach dir auszustrecken, weil sie sich durch deine Arbeit mit dir verbunden fühlt.«

»Das ist mir klar, aber kannst du nicht einfach die Briefe nehmen und mich da raushalten?«

Er wünschte, das könnte er. Mehr als sie ahnte. Im Normalfall wäre er entzückt, wenn ein Serienmörder endlich redete, und würde jeden Aspekt beleuchten und schon den nächsten Schritt planen. Diesmal nicht.

»Wir können Sie, soweit es geht, aus den Ermittlungen heraushalten«, sagte Kurt, der den »guten« Cop spielte und ihre Hand tätschelte, um ihre Nerven zu beruhigen. »Aber ich glaube nicht, dass die Sache damit erledigt ist. Sie wird wieder Kontakt zu Ihnen aufnehmen. Wirklich schlau von Ihnen, beim Öffnen des dritten Briefs Handschuhe anzuziehen.«

Quinn schob ihr die Umschläge zu. »Sind dir die Poststempel aufgefallen?« Es war eine rhetorische Frage. »Sie hat die Briefe drei bis vier Tage nach jedem Mord aufgegeben.«

»Was bedeutet, ich sollte heute oder morgen wieder einen bekommen.«

»Genau. Ich nehme an, du hast heute noch nicht in deinem Postfach nachgesehen.«

»Nein.«

»Wenn du uns den Schlüssel gibst, können wir das erledigen.«

Sie schüttelte den Kopf und stand auf. »Nein, ich bekomme in dieses Fach wichtige Geschäftspost. Ich fahre selbst.«

»Gerade hast du noch gesagt, du wolltest aus den Ermittlungen rausgehalten werden.« Was unmöglich war. Das wusste sie bloß noch nicht.

»Ich weiß, aber ich kann nicht zulassen, dass irgendwer meine Post durchwühlt.«

Es war leichter, nicht mit ihr zu streiten, und Quinn schob das Beweisaufnahme-Set in seinen Matchbeutel und zog den Reißverschluss zu. »Ich fahr dich hin.«

»Nein, danke.«

»Das war kein Vorschlag, Lucy.« Sie klappte den Mund auf, um zu widersprechen, doch er schnitt ihr das Wort ab. »Ich kann mir natürlich auch einen Durchsuchungsbefehl besorgen und den gesamten Inhalt des Postfachs beschlagnahmen.«

»Aber das wollen wir nicht«, warf Kurt hastig ein, um sie zu besänftigen.

Sie schnappte sich ihre Handtasche von einem Küchenstuhl, und Quinns Blick glitt von ihrem Gesicht über die

Schnürbänder ihrer pinkfarbenen Bluse und die Jeans zu ihren Füßen. Sie trug braune Sandalen mit einer Schlaufe über den großen Zehen. Ihre Fußnägel waren rot lackiert. »Na gut, aber ich fahre«, kapitulierte sie und marschierte zur Hintertür hinaus.

»Vielleicht sollte ich lieber mitfahren«, bot Kurt an. »Sie milde stimmen, damit sie kooperiert. Sie mag dich nicht besonders.«

Quinn hob den Blick zu ihrem Hinterteil. »Sie wird's überleben«, murmelte er und richtete seine Aufmerksamkeit auf den Kollegen.

Kurt sammelte die Beweisstücke ein, die in durchsichtigen Plastiktüten versiegelt waren, und steckte sie in sein Notizbuch. »Was ist zwischen euch beiden vorgefallen, wovon ich nichts weiß?«

»Nicht viel«, log Quinn. Nur er und Lucy wussten, was in seinem Hausflur vorgefallen war, und aus ihm würde Kurt sicher nichts herauskriegen.

»Du schaust sie an, als sei etwas vorgefallen.«

»Ich schaue sie überhaupt nicht irgendwie an.« Quinn schnappte sich das kleine Beweisaufnahme-Set wieder aus dem Matchbeutel. Wider besseres Wissen hoffte er, dass Kurt das Thema auf sich beruhen lassen würde.

»Doch, tust du. Du glotzt sie an, als wärst du am Verhungern und sie ein leckerer Schnittchenteller.« Kurt schüttelte den Kopf. »Nur schade, dass sie dich anschaut, als hättest du ihren fettleibigen Kater plattgetreten.«

Kurt redete gequirlte Scheiße, aber Quinn hatte keine Zeit, hier rumzustehen und sich mit ihm zu streiten. »Vergiss nicht, Fotokopien davon zu machen, bevor wir sie ins

Labor geben. Wir sehen uns im Büro«, brummte er und ging nach draußen, wo Lucy ihren silbernen BMW schon rückwärts aus der kleinen Garage fuhr. Er öffnete die Beifahrertür und ließ sich in die rote Lederpolsterung und die feindselige Atmosphäre sinken.

»Schöner Wagen«, meinte er, als er nach seinem Sicherheitsgurt griff.

»Mir gefällt er.« Sie legte den ersten Gang ein und hinterließ in der engen Gasse fast eine Gummispur.

Er sah erstaunt zu ihr hinüber und ließ seinen Gurt einrasten. »Wo brennt's denn?«

»Du hättest ja nicht mitzukommen brauchen.«

»Da bist du auf dem Holzweg, Sonnenschein.«

Sie hielt am Ende der Gasse und fuhr auf die Straße. »Nenn mich nicht Sonnenschein. Ich heiße Lucy. Für dich Ms. Rothschild.«

Er lachte. »Wie lange wollen Sie noch sauer auf mich sein, Mizz Rothschild?«

»Ich bin nicht sauer.« Sie schaltete in den dritten Gang und schoss mindestens 15 Stundenkilometer schneller als erlaubt die Fifteenth Street entlang. Ein Eichhörnchen flitzte auf die Straße, kam schliddernd zum Stehen und rannte sicherheitshalber zurück auf den Bürgersteig.

»Klar.« Okay, er hatte sie angelogen, aber er hatte keine Wahl gehabt. Okay, er hatte es ein bisschen zu weit getrieben, aber sie hatte sich nicht gerade beschwert. Immerhin war sie gekommen. Im Gegensatz zu ihm. Wenn hier jemand vergrätzt sein sollte, dann ja wohl er. »Schon immer so 'nen Bleifuß, Schumi?«

»Wenn's dir nicht passt, steig aus.« Sie hielt ruckartig an

einer Ampel und katapultierte ihn fast durch die Windschutzscheibe.

Er lächelte und rief sich ins Gedächtnis, dass sein Job mit ihrer Kooperation viel leichter wäre. Er hatte schon den verstocktesten Verbrechern Geständnisse entrungen; da kam er doch wohl auch mit Lucy klar. »Es ist gut, dass du mich wegen der Briefe angerufen hast.«

»Bilde dir bloß nichts ein«, knurrte sie, während sie weiter stur nach vorne starrte. Sie verweigerte ihm den Blickkontakt, doch Quinn fand das in Ordnung, da es ihm die Gelegenheit bot, sie so lange anzusehen, wie er wollte. Kurt hatte Recht. Sie sah wirklich aus wie ein Schnittchenteller. »Ich hab dich nicht angerufen. Ich habe bei jemandem angerufen, der mich zu dir durchgestellt hat.«

»Das spielt keine Rolle.« Er betrachtete in aller Ruhe ihre hohen Wangenknochen, die gerade Nase und den vollen Mund. Schon am ersten Abend hatte er ihren Mund toll gefunden. »Das kommt aufs Gleiche raus. Du wirst mich noch eine ganze Zeit nicht los.«

»Ich Glückspilz.« Sie trommelte mit ihren roten Fingernägeln auf das schwarze Lederlenkrad. »Vermutlich heißt du wirklich Quinn.«

»Ja.« Sein Blick glitt von ihrem Kinn zu ihrem langen weißen Hals. Ihr Hals gefiel ihm. Er roch super und schmeckte noch besser.

»Gibt es wirklich eine Millie?«

»Ja.«

Trommel, trommel, trommel. »Deine Frau? Freundin?«

»Mein Hund.«

Ihr Kopf drehte sich langsam zu ihm, als spielte sie die

Hauptrolle in *Der Exorzist*, und ihre Augen wurden zu Schlitzen. »Dein *Hund*? Ich hatte Mitleid mit dir, weil deine Frau gestorben ist, und Millie war in Wirklichkeit dein *Hund*?«

»Ich hab nur meinen Job getan, Mizz Rothschild.«

»Dein Job ist Scheiße.«

»Manchmal ja.« Die Ampel sprang auf Grün, und sie raste über die Kreuzung.

»Und wer war die Rothaarige auf den Fotos?«

»Welche Fotos?«

»Die auf deinem Kaminsims.«

»Ach, das ist Anita. Sie arbeitet in der Technikabteilung.« Er konnte förmlich sehen, wie sich die Rädchen in ihrem Gehirn drehten. »Die Fotos sind dort platziert worden, damit ich sie für deine verstorbene Frau Millie halte.«

»So ähnlich.« Er betete zu Gott, dass sie nie von den Video- und Tonbandaufnahmen erfuhr. »Hör zu, das tut mir alles sehr leid. Es tut mir leid, dass du da mit reingezogen wurdest. Es tut mir leid, dass ich dich anlügen musste.«

Sie machte ein verächtliches Geräusch. »Wahrscheinlich nicht so leid wie mir.«

»Die anderen haben es nicht so schwer genommen.«

Sie drehte den Kopf blitzschnell zu ihm. »*Andere?* Während du mit mir ausgegangen bist, gab es noch andere? Du hast zu mir gesagt … Arschloch.«

Vielleicht hätte er das lieber für sich behalten sollen. »Schau lieber auf die Straße.«

Sie runzelte die Stirn und sah wieder durch die Windschutzscheibe. »Über wie viele andere sprechen wir?«

»Während ich mit dir ausgegangen bin? Nur ein paar.«

Lucy bremste und fuhr auf einen Parkplatz vor der Post. *Nur ein paar.* Er sagte es, als sei es in Ordnung. Als würde es sie nicht völlig niederschmettern, egal wie sehr sie sich dagegen sträubte.

»In den vergangenen Monaten«, fuhr er fort, während er sich abschnallte, »etwa fünfzehn oder sechzehn.«

Lucy öffnete die Fahrertür und stieg aus. »Fünfzehn oder sechzehn?« Sie kam nicht umhin, sich zu fragen, wie weit er es mit den anderen getrieben hatte. Hatte er sie geküsst, wie er sie geküsst hatte? Hatte er sie gegen die Wand gedrängt und am ganzen Körper angefasst?

Während sie die Treppe hinaufstiegen, hielt er in einer Hand seine Beweisaufnahme-Ausrüstung. »Es war echt anstrengend«, sagte er und hielt ihr die Tür auf wie ein Gentleman.

»Darauf wette ich.« Sie ließ sich keine Sekunde täuschen. Er war kein Gentleman. »Armer Kerl. Du hast fünfzehn oder sechzehn Frauen zum Abendessen ausgeführt und uns alle belogen.«

»Manchen hab ich nur einen Kaffee spendiert und sie nie wiedergesehen.«

Und andere hatte er geküsst, als könnte er nicht genug kriegen. Andere wie sie. Und obwohl sie lieber sterben würde als es zuzugeben, durchfuhr sie beim Gedanken an all die gesichtslosen anderen ein eifersüchtiger Stich.

Sie betraten das alte Postgebäude. Vor den Postfächern legte sie ihre Handtasche auf einen Tisch, der von Kunden zum Paketebeschriften genutzt wurde. Sie würde ihn *nicht* fragen, wie viele er außer ihr noch geküsst und berührt hatte. Und wenn es sie umbrachte. »Und von den fünfzehn oder sechzehn bin ich diejenige, die du am ehesten für eine Serienmörderin gehalten hättest.« Sie öffnete ihre Handtasche und legte ihre Brieftasche auf den Tisch. »Das ist brillante Polizeiarbeit.« Als Nächstes förderte sie ihre Schlagringe und den Elektroschockstift zu Tage und grub noch ein wenig tiefer. Je mehr sie über all die anderen Frauen nachdachte, desto wütender wurde sie. »Ich wusste, dass mit dir etwas nicht stimmte, aber hab ich drauf gehört? Nein. Hab ich nicht. Ich hab sogar Entschuldigungen dafür gefunden, dass du dich in Chatrooms rumtreibst, genauso wie für die echt beschissenen E-Mails, die du mir geschrieben hast.« Endlich zog sie die Spezialschlüssel heraus, die immer ganz unten in ihrer Handtasche landeten. »Die Sache mit dem Funken, der zur Flamme wird, war so schwach. Ich meine, wach auf, Lucy.« Sie schaute auf, und Quinn wich mehrere Schritte zurück. »Was ist?«

»Was hast du da in der Hand?«, fragte er und sah sie an, als hielte sie eine Kobra.

»Den Schlüssel. Was sonst?« Ihr Blick fiel auf ihren Elektroschockstift, und sie lächelte. Ah, das war verlockend. »Hast du Angst, dass ich dir einen Stromschlag verpasse?«

»Nein. Du würdest nicht nah genug an mich rankommen.«

»Mmm hmm.« Sie streckte ihm die Schlüssel entgegen und machte ein leises Peng-Geräusch, als sie sie auf seine Handfläche fallen ließ.

»Witzig. Welches Fach?«

Sie sagte ihm die Nummer und wandte sich ab, um den ganzen Kram wieder in ihre Handtasche zu stopfen.

»Du bist die Einzige, die sich wegen der E-Mails beschwert hat.« Er wiegte sich auf den Fersen. »Den anderen Frauen haben sie gefallen.«

»Die anderen Frauen wollten bloß nett zu dir sein. Glaub mir, ich kenne mich mit hyperbolischem Scheiß aus.«

Er lachte und sagte über seine Schulter: »Das hab ich Kurt auch gesagt, als er die E-Mails schrieb. Obwohl ich mir ziemlich sicher bin, dass ich nicht gesagt hab, sein Scheiß sei ›hyperbolisch‹.«

Er hatte die E-Mails nicht mal selbst geschrieben, auf deren Entschuldigung und Rechtfertigung sie so viel Energie verschwendet hatte. Sie lehnte sich mit der Hüfte an den Tisch und sah zu, wie Quinn an ihr Postfach ging. Aus irgendeinem Grund begann ihre Haut im Nacken und an den Armen zu kribbeln, während sie darauf wartete, dass er es öffnete. Ein Teil von ihr hätte ihn am liebsten davon abgehalten. Sie wollte nicht sehen, was drin war. Das kranke Geschwafel einer Mörderin zu lesen, die Bewunderung für ihre Arbeit bekundete, beschmutzte das, was sie immer geliebt hatte. Gab ihr wider besseres Wissen das Gefühl, irgendwie verantwortlich zu sein. Der Gedanke, einen Krimi über eine Serienmörderin zu schreiben, kam ihr nicht mehr vor wie Fiktion. Die Grenzen zwischen Fakt und Fiktion waren verschwommen, und jetzt war es Wirklichkeit. Sie hatte ihre Arbeit stets geliebt, doch sich an den Schreibtisch zu setzen und zu schreiben, kam ihr nun entsetzlich vor. Doch der Gedanke, nie wieder zu schreiben, verlieh ihrer Furcht noch eine ganz andere Dimension. Sie liebte das Schreiben nicht nur, sondern sie lebte auch davon. Ohne es wäre sie einzig und allein für einen Job in der Fast-Food-Industrie qualifiziert.

Innerhalb von drei Stunden hatte sich ihr ganzes Leben

verändert. Ihre Gefühle waren verletzt, ihr Gehirn von der großen Last wie benommen. Mehr als alles andere fühlte sie sich desorientiert wie nach einer fünftägigen Sauftour. Während sie beobachtete, wie Quinn den Schlüssel ins Schloss steckte, kribbelten ihre Hände, und ihre Finger wurden kalt. Sie wollte nicht hinsehen, doch sie konnte auch nicht wegschauen. Das Türchen schwang auf, und Lucys Herz hämmerte, als wollte es aus ihrer Brust springen.

Das Fach war leer. Nicht mal ein Werbeprospekt. Lucy stieß einen erleichterten Seufzer aus. Sie könnte das nicht jeden Tag mitmachen, aber sie hatte wohl keine Wahl. Vielleicht würde die Psychopathin ja auch nichts mehr von sich hören lassen. Vielleicht könnte sie einfach ihr Leben weiterleben.

Quinn verschloss das Postfach wieder und kam mit seinem typischen entschlossenen Gang auf sie zu. Mit finsterer Miene gab er ihr den Schlüssel zurück. »Wirst du etwa ohnmächtig?«

Er hob die Hand, als wollte er sie berühren, doch sie wich einen Schritt zurück. »Mir geht's gut.«

Er ließ die Hand wieder sinken, doch die finstere Miene blieb. »Wir sehen morgen wieder nach.«

Wortlos nahm Lucy den Schlüsselring entgegen und ließ ihn in ihre Handtasche plumpsen. *Morgen.* Sie wollte ihn morgen nicht wiedersehen. Genauso wenig wollte sie wieder mit Herzrasen in der Post stehen.

Gemeinsam verließen sie das Gebäude. Ihre Schultern waren nur Zentimeter voneinander entfernt, als sie die Treppe hinabstiegen, doch Lucy fühlte sich so allein, als würden Meilen sie trennen.

Auf der Rückfahrt zu ihr nach Hause schwiegen sie. In der vergangenen Woche hatte Lucy sich in einen Mann verliebt, der sie nicht liebte und nur mit ihr ausgegangen war, weil er sie für eine Serienmörderin hielt. Als wäre das nicht schon verrückt genug, war sie von der wahren Mörderin kontaktiert worden, die behauptete, Lucy hätte ihr alles beigebracht, was sie übers Morden wusste. Die Polizei glaubte, dass Lucy die Mörderin kannte oder sie wenigstens schon einmal getroffen hatte. Lucy hatte das Gefühl, dass das stimmte. Sie hatte sich stets für einen starken Menschen gehalten, doch mit jeder Stunde, die verging, während ihr Teile dieser Briefe durch den Kopf schwirrten und sie die ganze Tragweite der Geschehnisse begriff, fiel es ihr schwerer, sich zusammenzureißen. Sie befürchtete, geradewegs auf einen Nervenzusammenbruch zuzusteuern, und wünschte, sie hätte etwas, woran sie sich festklammern konnte, bevor es so weit war. Jemanden, der sie fest in die Arme nahm und ihr ein Gefühl der Geborgenheit gab. Jemanden, der ihr sagen würde, dass alles wieder gut würde, auch wenn es eine Lüge war.

Doch da war niemand. Und ganz bestimmt nicht Quinn. Er war der Letzte, der ihr das Gefühl von Geborgenheit vermitteln konnte, und der Letzte, der die Leere ausfüllen konnte, die er höchstpersönlich verursacht hatte.

Lucy fuhr den Wagen in die Garage, und Quinn folgte ihr ins Haus. »Wir sehen morgen wieder nach«, sagte er, als er nach seinem Matchbeutel griff.

Sie wollte nicht noch einmal zur Post fahren. Sie wollte nicht rumstehen, zusehen und abwarten. Sie lief zum Küchenfenster und schaute hinaus auf Mrs. Rileys falsche Tulpen. Einige davon waren blau. Sie erinnerte sich nicht, je blaue Tulpen gesehen zu haben, doch wer war sie schon, die Realität eines anderen in Frage zu stellen, wo sie selbst das Gefühl hatte, den Verstand zu verlieren? »Was passiert jetzt?«, fragte sie, obwohl sie genug Bücher geschrieben hatte, um eine sehr gute Vorstellung davon zu haben. Sie wusste, dass die Polizei sie als Verbindung zu der Serienmörderin sah. Diese Ironie entging ihr nicht.

»Die Briefe werden im Labor auf Fingerabdrücke und DNA-Spuren analysiert. Kurt und ich werden jedes Wort genauestens studieren und nach Anhaltspunkten oder Verbindungen suchen, die uns in die richtige Richtung weisen können. Ich glaube, diese Briefe werden uns helfen, sie zu finden.« Lucy hörte, wie er durchs Zimmer ging, und spürte, dass er direkt hinter ihr stehen blieb. »Hast du noch meine Handynummer und die von zuhause?«

»Wahrscheinlich ja. Irgendwo.«

»Rufst du mich an, wenn du irgendwas brauchst?«

»Ich brauch nichts. Mir geht's gut.«

»Du siehst aber nicht gut aus.«

»Danke.« Sie lachte ironisch und schaute auf ihre weißen Hände, mit denen sie sich am Thekenrand festklammerte.

»Ich meinte damit nur, dass du ziemlich mitgenommen aussiehst. Diese Briefe würden jeden mitnehmen.«

»Glaubst du wirklich, dass sie wieder schreiben wird?«, fragte Lucy und betete, dass er nein sagen würde.

»Ja. Es wäre vielleicht besser, wenn du mir den Schlüssel gibst und ich zu deinem Postfach fahre. Du musst die Briefe nicht mal sehen. Denk drüber nach.«

Lucy hatte sich stets für so mutig gehalten. So clever.

Doch im Moment wusste sie gar nicht mehr, was sie war. Sie wusste nur, dass ihr Leben ihr irgendwie entglitt.

»Okay.« Sie trug die Handtasche immer noch auf der Schulter. Sie griff hinein und zog den Postfachschlüssel heraus. Dann löste sie ihn vom Ring und drehte sich zu ihm um. »Kannst du mir einen Gefallen tun? Bringst du mir die normale Post vorbei?«

»Klar.«

Sie legte den Schlüssel auf seine flache Hand, und er fasste zu und hielt ihre Finger in seinem warmen Griff. Sie schaute auf in sein Gesicht. Sein Blick berührte ihre Stirn und ihre Wangen und landete auf ihrem Mund. Er sah sie wieder so an wie vorher. Diesmal wusste sie, dass das Verlangen, das sie dort zu sehen glaubte, nur Illusion war.

Sie zog ihre Hand weg, bevor sie der Illusion erlag und in etwas sank, das größer und stärker war als sie. »Glaubst du, sie weiß, wo ich wohne?«

Er hob den Blick wieder, und seine braunen Augen schauten in ihre. »Deine Telefonnummer ist nicht verzeichnet und im Internet gibt es nicht genügend Informationen über dich, um jemanden direkt zu deiner Haustür zu führen. Da sie die Briefe an dein Postfach geschickt hat statt an deine Privatadresse, vermute ich mal, nein.« Er steckte den Schlüssel in die Hosentasche. »Aber ich werde es nicht riskieren, dich in Lebensgefahr zu bringen.«

Das klang fast so, als wäre sie ihm wichtig. Sie verschränkte die Arme unter der Brust und sah auf ihre Sandalen hinab. Auch Lucy würde lieber kein Risiko eingehen, aber sie war sich nicht sicher, warum sie ihm plötzlich wichtig war. Ja klar, sie war jetzt nützlich für seinen Fall.

»Wir verstärken die Polizeistreifen in der Gegend, und ich komme so oft wie möglich vorbei. Wir können bei dir ein Überwachungssystem und eine Sicherheitsbeleuchtung installieren. Ich hab ein paar Kollegen, die nebenbei beim Sicherheitsdienst jobben. Die können bei dir bleiben, wenn du möchtest.«

Sie schüttelte den Kopf, und ihr Blick glitt von ihren Sandalen zu den Spitzen seiner braunen Halbschuhe. Sie hatte genug Familie und Freunde in der Gegend und brauchte keine fremden Aufpasser im Haus.

Er hob mit den Fingerspitzen ihr Kinn, um ihr in die Augen sehen zu können. Seine leichte Berührung durchströmte sie und verbreitete Wärme über ihren Hals bis zu ihrer Brust. Wieder musste sie gegen das Bedürfnis ankämpfen, sich an ihn zu lehnen und sich an etwas Sicherem festzuhalten, in einem Leben, das mehr und mehr aus den Fugen geriet.

»Sag mir, was du willst.«

So vieles. Nichts davon konnte er ihr geben. Außer: »Die Sicherheitsbeleuchtung klingt gut.«

»Ich werde das sofort veranlassen. Sie fangen gleich morgen damit an.« Er ließ die Hand wieder sinken. »Was ist mit heute?«

»Ich übernachte bei meiner Mutter. Und morgen kommt eine Freundin zu mir.«

»Eine von den Schriftstellerinnen?«

»Ja.« Er hatte es sich gemerkt. Vor ein paar Tagen hätte sie noch geglaubt, dass es etwas zu bedeuten hatte. Jetzt wusste sie es besser.

»Wir kriegen sie, Lucy. Ich versprech's, aber bis dahin geh nach Möglichkeit nirgendwo allein hin.«

Sie hätte ihn gern gefragt, wann die ganze Sache seiner Meinung nach vorbei wäre, doch sie wusste, dass er das nicht beantworten konnte.

»Halt den Elektroschockstift und das Pfefferspray griffbereit.« Er zog einen Mundwinkel hoch und lächelte fast.

Erst viel später, als sie in ihrem alten Zimmer im Haus ihrer Mutter im Bett lag, wunderte sie sich, woher Quinn wusste, dass sie Pfefferspray bei sich trug.

12. Kapitel

WAZCOOKIN: SUCHT MUSKELMANN …

»Oh mein Gott!«

»Lucy, komm und sieh dir das an.«

»Was denn?« Lucy schob die Glaskanne unter die Eisteemaschine und ging zur Hintertür. Sie reckte sich hinter ihren Freundinnen auf die Zehenspitzen, die sich in die Tür gezwängt hatten, um den Elektriker in ihrem Garten zu begaffen.

»Nicht jeder sieht in Carhartt-Arbeitshosen so gut aus«, schwärmte Maddie, die mit dem Gesicht förmlich an der Scheibe klebte.

Der fragliche Mann beugte sich gerade vor und zog etwas von der Ladefläche seines Lieferwagens. Seine braune Carhartt-Arbeitshose saß wie angegossen an seinem strammen Hintern. Sein Name war Randy, und Quinn hatte ihn an diesem Vormittag zu Lucy geschickt.

»Er muss spezielle Po-Übungen machen«, spekulierte Adele.

»Kniebeugen mit Gewichten«, fügte Clare hinzu. »Ich wünschte, er würde sich mal bücken.«

Maddie nickte. »Ja, vielleicht verlier ich im Vorbeigehen einen Dollar und sehe, ob er ihn aufhebt.«

Lucy stellte sich wieder normal hin. »Ihr seid doch alle

pervers.« Vollkommen synchron drehten sie sich um, und drei Augenpaare starrten sie an, als wäre ihr mitten auf der Stirn ein Horn gewachsen. Lucy hob abwehrend die Hände und wich zurück. »Ich sage ja nur, er ist jung.«

»Na und?«

Meine Güte, sie klang schon wie Quinn. »Ich weiß nicht.« Sie legte verwirrt die Hand an die Wange und schüttelte den Kopf. »Ich glaube, ich verliere noch den Verstand.« Sie wandte sich ab und ging zurück in die Küche. Trotz allem sah sie sich immer noch am liebsten Quinns Hintern an. Ja, sie verlor echt den Verstand.

Ihre Freundinnen folgten ihr besorgt. »Du stehst unter großem Druck.« Clare griff in den Schrank und holte vier Gläser heraus. »Und wir sind eigentlich hier, um dir zu helfen, und nicht, um den Handwerker anzustarren.«

Adele füllte Eiswürfel in die Gläser, und die vier Freundinnen setzten sich mit einem Krug Tee an den Küchentisch und diskutierten Lucys Problem. Am Abend zuvor hatte Lucy bei ihrer Mutter übernachtet. Das würde nicht das letzte Mal sein, bevor der Albtraum vorbei war. Doch bei ihrer Mom fühlte sie sich immer wie ein Kind, deshalb wollte sie dort nicht dauerhaft bleiben.

»Ich hasse es einfach, Angst zu haben«, sagte sie und führte ihr Teeglas zum Mund. Sie trank einen Schluck und fügte hinzu: »Ich hab mich immer für einen starken Menschen gehalten. Jemanden, der in jeder Situation auf sich aufpassen kann.« Sie stellte das Glas auf dem Tisch ab. »Jemand, der sinkenden Schiffen und Haiattacken furchtlos die Stirn bietet, aber diese Psychopathin macht mir Angst.« Sie schüttelte den Kopf, während draußen ein Elektrowerkzeug surrte.

»Und gleichzeitig weiß ich gar nicht, ob ich überhaupt Angst haben *sollte*. Schließlich bin ich nicht direkt bedroht worden, und diese Frau ermordet Männer. Keine Krimiautorinnen.«

»Trotzdem.« Maddie schob ihr Glas beiseite und legte die Unterarme auf den Tisch. »Eine Serienmörderin hat dich kontaktiert, und das musst du sehr ernst nehmen.« Maddie wusste, wovon sie redete. Sie sprach ständig mit Serienmördern.

»Ich nehm es ja auch ernst. Ich frage mich nur, ob ich paranoid bin«, antwortete Lucy.

»Nicht alles ist eine paranoide Wahnvorstellung.« Adele rührte mit dem Finger in ihren Eiswürfeln. »Manchmal passieren auch irrsinnige Dinge.«

»Was hat Dwayne denn jetzt wieder auf deiner Veranda deponiert?«, fragte Clare interessiert.

»Einen Socken und meinen ›Liebe ist‹-Kaffeebecher.«

»Was für ein Psycho!«

»Das ist echt gruselig.«

»Du hast einen ›Liebe ist‹-Kaffeebecher?«

Als der Teekrug leer war, hatten die vier Frauen beschlossen, dass Lucy entweder abwechselnd bei ihnen übernachtete oder sie ihr zu Hause Gesellschaft leisten würden. Auch wenn sie ihr versicherten, dass das keine Belastung sei, wusste Lucy genau, dass es eine war. Sie hoffte nur, dass Quinn Breathless so schnell wie möglich schnappte.

Adele stand vom Tisch auf und schnappte sich den leeren Krug. »Ich geh freiwillig«, trällerte sie und schlenderte zur Spüle. Als sie an der Hintertür vorbeikam, schaute sie nach draußen. Sie blieb abrupt stehen und trat ein paar Schritte zurück. »Mein lieber Schollie!«

»Was macht Randy denn jetzt wieder?«, fragte Lucy entnervt.

»Es ist nicht Randy. Ein Neuer ist zum Spielen rausgekommen.«

Clare erhob sich und stellte sich neben Adele. »Na, das nenn ich einen Prachtkerl.«

Lucy und Maddie standen auf und gesellten sich dazu. »Das ist ein Cop«, sagte Maddie. »Ich seh's an seiner Wölbung.«

»Du kannst seine Wölbung erkennen? Von hier aus? Du bist echt gut.«

»Seine Kanone. Man kann den Umriss seines Dienstrevolvers unter der Anzugjacke sehen.«

Lucy brauchte ihren Blick nicht von Quinns Gesicht nach unten gleiten zu lassen, um alles über seine Wölbungen zu wissen, ob nun vom Revolver oder sonstwie. Er stand neben Randy, unterhielt sich mit ihm und deutete auf den Dachvorsprung. Er trug einen schokoladenbraunen Anzug und ein beigefarbenes Hemd. Eine leichte Brise wirbelte sein Haar durcheinander, und dunkle Brillengläser verdeckten seine Augen. »Das ist Quinn.«

»Hardluvnman?«

»Ja.«

»Wow.« Clare schüttelte ungläubig den Kopf. »Ich meine, was für ein Arsch.«

Quinn ließ die Hand sinken und lief schnurstracks auf Lucys Hintertür zu. Er klopfte zweimal und öffnete sie, ohne auf eine Antwort zu warten. Beim Anblick der vier Frauen blieb er wie angewurzelt stehen und griff nach seiner Sonnenbrille. »Ach, hallo«, sagte er, und Lucy konnte praktisch hören, wie ihre Freundinnen dahinschmolzen. Vielleicht war es auch sie selbst. Quinn steckte die Brille in die Innentasche seiner Jacke. »Sie müssen Lucys Schriftsteller-Freundinnen sein. Ich habe in ihrem Arbeitszimmer Bilder von Ihnen gesehen.«

Lucy stellte ihm ihre Freundinnen vor, die es ziemlich gut hinbekamen, dem Mann gegenüber kühl zu bleiben, der sie angelogen hatte – bis er den Kopf senkte und Lucy in die Augen schaute. »Wie fühlst du dich, Sonnenschein?«

Sonnenschein? Sie war sich ziemlich sicher, dass sie ihm verboten hatte, sie Sonnenschein zu nennen. »Ganz gut.«

»Ich bring dir deine Post.« Er griff in seine Anzugjacke und zog einen Restaurant-Prospekt hervor.

»Das ist alles?«

»Ja.« Er legte den Kopf schief und fixierte sie weiter mit seinen braunen Augen. »Ich muss mit dir reden.«

Er meinte, allein. Sie ging zur Hintertür hinaus, und er folgte ihr. Im Schatten einer alten Eiche sagte er: »Auf den Breathless-Briefen waren keine Fingerabdrücke.« Ein Ast über ihren Köpfen warf einen Schatten auf seine obere Gesichtshälfte. »Die Umschläge werden jetzt auf DNA-Spuren untersucht. Wir haben es dringend gemacht, aber ich rechne erst in ein paar Tagen mit den Ergebnissen. Wenn wir Glück haben.«

Das war schrecklich enttäuschend, aber Polizeiarbeit war nie so unkompliziert wie in Romanen oder Fernsehfilmen.

»Wie fühlst du dich wirklich?«

Verängstigt. Verwirrt. Geschockt. »Mir geht's wirklich gut. Meine Freundinnen werden abwechselnd bei mir Babysitter spielen.«

Sein Blick glitt über ihr Gesicht und blieb an ihrem Mund hängen. Eine leichte Brise blies Haarsträhnen über ihre Lippen, und Quinn hob die Hand, als wollte er sie ihr hinters Ohr streichen. Lucy presste ihren Rücken gegen die unebene Rinde und wartete auf seine Berührung.

Er runzelte die Stirn und trat einen Schritt zurück. »Ruf mich an, wenn du was brauchst«, sagte er, wandte sich ab und ging.

In den nächsten drei Tagen kontrollierte Quinn wieder Lucys Postfach, fand darin jedoch nichts als Werbeprospekte. Wie versprochen lieferte er sie bei ihr ab, und mit jedem Tag, der verging, kam sie ihm ein wenig nervöser vor. Sie versuchte, es zu verbergen, aber es war offensichtlich, dass der Stress ihr zusetzte. Er sah es in ihren Augen, und er hatte Angst, dass sie zusammenbrach, bevor es vorbei war. Er fürchtete, nichts anderes tun zu können, als tatenlos zuzusehen. Schließlich hatte sie an ihren Gefühlen für ihn keinerlei Zweifel gelassen. Die wenigen Male, als er die Hand nach ihr ausgestreckt hatte, war sie zurückgewichen, als könnte sie seine Berührung nicht ertragen.

Seit dem Vorfall in ihrem Garten, als sie versucht hatte, sich gegen einen Baum zu pressen, um seiner Berührung zu entgehen, hatte er die Hände lieber bei sich behalten. Die Leerung des Postfachs sollte er besser Kurt überlassen. Ja, sollte er wohl, aber würde er nicht. Vielleicht wollte Lucy ihn nicht jeden Tag sehen, aber er wollte sie sehen. Warum, konnte er nicht erklären, nicht mal sich selbst. Es war mehr als Lust, obwohl er auch massenhaft davon verspürte. Er fühlte sich durch Dinge von ihr angezogen, die nichts mit Sex zu tun hatten, dafür alles mit ihr. Gefährliche Dinge, die ihn an mehr denken ließen als nur seine Karriere und einen Hund, der ihm Gesellschaft leisten sollte. Und dieses Denken hatte ihm nie etwas anderes eingebracht als großen Schmerz.

Sergeant Mitchell und die anderen Detectives hatten Methoden diskutiert, wie man Lucy benutzen konnte, um Breathless aus der Reserve zu locken, und dabei an einen auf Video aufgezeichneten öffentlichen Auftritt gedacht. Quinn hatte die Idee überhaupt nicht gefallen. Trotzdem hatte er sie Lucy gestern dargelegt, als er bei ihr vorbeigefahren war, um ihr die neuesten Werbeprospekte zu überreichen. Ihre kategorische Absage war eine Erleichterung gewesen.

Das Einzige, was er jetzt für Lucy tun konnte, war, die Serienmörderin zu schnappen. Es war Samstag kurz nach neun, und er war ins Büro gefahren, um genau das zu tun.

Er und Kurt hatten bereits die Hälfte der Peacock-Society-Vorsitzenden befragt, und er hatte gerade von den Ortsgruppen-Vorsitzenden die letzten fünf Mitgliederverzeichnisse erhalten. Leider hatten nicht alle die Mitgliederprofile mitgeschickt. Deshalb musste er dort anrufen und ein zweites Mal darum bitten. Während er wartete, verglich er die Namen mit denen der Krimifrauen. Keine der Peacock-Damen gehörte zu der Krimi-Autorinnengruppe, doch einige der Peacock-Ortsgruppen hielten ihre Treffen in Buchläden im ganzen Tal ab. Er hatte das Gefühl, dass Breathless auf einer der Listen stand. Quinn beugte sich auf seinem Schreibtischstuhl vor und legte das Mitgliederverzeichnis der Krimifrauen ganz oben auf einen Stapel Schreibarbeit. Er las sich alle fünfunddreißig Namen durch. Sie war dabei; er fühlte es.

Er griff nach den aktuellen Laborberichten und studierte

sie noch einmal. Da gab es nicht viel gute Neuigkeiten. Abgesehen von den zwei brauchbaren Abdrücken, die sie vom ledernen Beifahrersitz in Robert Pattersons Lieferwagen genommen hatten, gab es keine sicheren Beweise. Am linken Rand des Sitzes, wo man sich instinktiv festhielt, hatten sie den Abdruck von einer Handfläche und vier Fingern gefunden. Die Abdrücke ließen sich niemandem aus Roberts Familie oder Freundeskreis und auch nicht dem Opfer selbst zuordnen. Zu den Abdrücken aus dem Hotelzimmer passten sie auch nicht, was Quinn nicht überraschte. Wie befürchtet, hatte es in diesem Zimmer nur so von Fingerabdrücken und DNA gewimmelt, und er bezweifelte, dass sich irgendwas davon als brauchbar erweisen würde.

Er hielt eine Kopie der Fingerabdruckkarte hoch und betrachtete die hübschen Rippen des Kleinfingerballens und die zeltförmigen Bögen und Windungen aller vier Finger. INDENT hatte die Abdrücke bei AFIS, dem Automatischen Fingerabdruckidentifizierungssystem, eingegeben, aber leider keinen Treffer gelandet. Doch genau wie bei der Namensliste wusste Quinn aus dem Bauch heraus, dass er die Hand einer Serienmörderin betrachtete.

Sein Handy, das an seinem Gürtel hing, klingelte, und er ging ran, ohne auf die Anrufernummer zu achten. »Detective McIntyre.«

»Quinn. Er ist hier.«

Er richtete sich ruckartig auf und ließ die Kopie der Abdrücke auf den Schreibtisch fallen. »Lucy?«

»Ja.« Es folgte eine Pause, als könnte sie nur mit Mühe schlucken. »Er ist hier.«

»Wer?«

»Der Brief. Er ist zu mir nach Hause gekommen. Sie weiß, wo ich wohne.«

Scheiße. »Hast du ihn aufgemacht?« Er sammelte die Papiere auf seinem Schreibtisch zusammen und schob sie in sein Notizbuch.

»Nein.« Ein Schluchzen brach aus ihrer Kehle.

»Du bist doch nicht allein im Haus, oder?«

»Doch. Adele hat hier übernachtet, aber sie musste weg. Ich dachte, ich käme allein klar. Es ist helllichter Tag und ich dachte …«

»Sind deine Fenster und Türen verschlossen?« Er schnappte sich Notizbuch und Laptop und lief zur Tür.

»Ja.«

»Ich bin schon unterwegs.« Er eilte zur Haustür hinaus und steuerte auf seinen Zivilwagen zu. »Ich bin in zehn Minuten da.«

»Die Fahrt dauert fünfundzwanzig Minuten.«

Er schloss die Wagentür auf und legte Laptop und Notizbuch neben ein Dutzend rosafarbener Rosen auf den Sitz. »Für mich nicht.« Für sie wahrscheinlich auch nicht.

Quinn legte auf und rief Sergeant Mitchell und Kurt auf dem Handy an. Keiner ging ran. Statt eine Nachricht zu hinterlassen, beschloss er, noch einmal anzurufen, wenn er mehr Informationen hatte. Breathless hatte den Brief an Lucys Privatadresse geschickt, und das änderte alles.

Er brauchte fünfzehn Minuten. Er parkte den Wagen am Straßenrand und schnappte sich seinen Beweisaufnahme-Matchbeutel aus dem Kofferraum. Den Matchbeutel in einer, Laptop und Akten in der anderen Hand, rannte er zum Haus. Während er immer zwei Treppenstufen auf einmal nahm, öffnete sich die Tür. Er blieb auf der Veranda stehen und sah sie in ihrem dunklen Haus, in dem Gardinen und Jalousien vor der Sonne zugezogen waren. Der weiße Pyjama, den sie trug, war über und über mit roten Lippen bedruckt und bildete einen starken Kontrast zu den grauen Schatten. Ein Schluchzen drang durch die Hand, die sie sich vor den Mund presste, und – schwupp – lag sie in seinen Armen. Er wusste nicht so recht, wie das passiert war. Vor einer Sekunde hatte er noch auf der Veranda gestanden und darauf gewartet, von ihr hereingebeten zu werden, und in der nächsten war er drin, die Tür hinter ihm geschlossen und der Matchbeutel zu seinen Füßen.

Sie vergrub das Gesicht an seinem Hals. »Ich dachte, ich käme damit klar«, weinte sie und klammerte sich an sein schwarzes Polohemd.

»Schscht. Jetzt ist alles gut.« Er streichelte ihr über den Rücken und zerknitterte dabei ihr Flanelloberteil. »Ich bin jetzt hier. Ich kümmere mich darum.« Er drückte ihr einen Kuss auf die Schläfe, während seine Hand zu ihren Schultern strich. »Keine Sorge. Ich kümmere mich um alles.« Unter dem weichen Pyjamastoff spürte er keine BH-Träger. Er versuchte, nicht darüber nachzudenken.

»Ich dachte immer, ich könnte alles bewältigen.« Sie schüttelte fassungslos den Kopf und klammerte sich fester an sein Hemd, so, als wollte sie in ihn kriechen. »Ich dachte immer, ich gehörte zu den furchtlosen Menschen, die einen Tsunami überleben und einem Bär davonlaufen können. Zu den Schlauen, die ins Rettungsboot springen und nicht mit dem Schiff untergehen. Aber ich hab solche Angst, dass ich kaum klar denken kann.«

Er lächelte in ihr Haar. »Schätzchen, niemand rennt schneller als ein Bär.«

»Ich weiß, aber ich dachte immer, wenn ich müsste, könnte ich es. Ich hab mich für so clever gehalten, für so stark, aber diese Sache hat mich total aus der Bahn geworfen. Ich bin nicht mutig oder stark oder Herrin der Lage.«

Sein Blick fiel auf den grellweißen Briefumschlag, der auf dem Couchtisch lag. Später wäre noch massenhaft Zeit, sich damit zu befassen. »Ich helfe dir.«

»Wie denn?«

Ja, wie? Er zog sich so weit zurück, dass er ihr ins Gesicht sehen konnte. Dunkle Ringe verunstalteten die Haut unter ihren Augen, und sie war sehr blass. »Wann hast du zum letzten Mal was gegessen?«

»Gestern Abend. Adele ist bei mir geblieben, und wir haben uns was kommen lassen.«

Er wischte Lucy mit dem Daumen eine Träne von der Wange. »Ich meine eine richtige Mahlzeit.«

Sie runzelte nachdenklich die Stirn, und er musste gegen das Bedürfnis ankämpfen, einen Kuss darauf zu drücken. »Richtig selbst gekocht?«

»Ja.«

»Am Mittwoch. Maddie hat Lasagne gemacht, aber ich hatte keinen Appetit.«

»Du wirst noch krank.« Er legte Laptop und Akten auf den Tisch, nahm sie bei der Hand und zog sie in die Küche. Auf dem Weg zum Kühlschrank knipste er den Lichtschalter an. Er ließ ihre Hand los, öffnete die Tür und entdeckte mehrere alte Lieferservice-Schachteln und eine halbe Packung Hühnchen-Salat, der aussah wie mit Unkraut und Blumen verziert.

Außerdem fand er zwei Liter Milch, drei Rinderwürstchen und ein großes Stück Cheddar-Käse. »Du hast nicht viel da.«

»Außer gestern Abend war ich auch nicht viel hier. Nur tagsüber ein paar Stunden, um ein bisschen zu schreiben und auf dich mit der Post zu warten.«

Er schloss die Kühlschranktür und öffnete ein paar Schränke. »Deine Freundin hätte dich heute nicht allein lassen dürfen.«

»Adele ist Schriftstellerin und sehr beschäftigt. Alle meine Freundinnen müssen dringende Abgabetermine einhalten und können nicht rund um die Uhr bei mir sein.«

Sein Blick schweifte über Suppen- und Gemüsedosen, Olivengläser und zwei Packungen Käsemakkaroni. »Du hättest mich anrufen sollen.« Er zog die Käsemakkaroni heraus und wandte sich ihr zu.

Sie zuckte mit den Achseln und antwortete nicht. Das brauchte sie wohl auch nicht. Sie wussten beide, warum sie ihn nicht angerufen hatte. »Willst du etwa kochen?«

»Klar. Ich koche dir ein Gericht, das meine Mom mir früher immer gemacht hat, wenn ich krank war und nicht zur Schule konnte. Wo sind deine Töpfe und Pfannen?«

Die Sohlen ihrer Hausschuhe machten ein leises Rutschgeräusch, als sie über den Fliesenboden lief. Sie ging zum Schrank neben dem Herd und beugte sich vor, sodass Quinns Blick zwangsläufig auf die roten Lippen auf ihrem Hintern fiel. Er fragte sich, was sie tun würde, wenn er sie packen und überall küssen würde, wo die Lippen aufgedruckt waren.

»Das sollte gehen«, murmelte sie, als sie sich mit einem Topf in der Hand wieder aufrichtete. Sie kam auf ihn zu, und sein Blick senkte sich auf die aufgedruckten Lippen auf ihren Brusttaschen. Er dankte Gott, dass sie keine Gedanken lesen konnte, sonst hätte sie wahrscheinlich versucht, ihm eine zu scheuern wie an dem Morgen, als er ihr gebeichtet hatte, dass er kein Klempner war.

Sie reichte ihm den Topf, und er füllte ihn mit Wasser. »Weenie Mac and Cheese ist genau das, was du brauchst.« Er riss den Deckel von der blauen Schachtel und warf die Nudeln ins Wasser. »Gutes, altmodisches Trostessen.«

Während die Nudeln kochten, rieb er den Cheddar und schnitt die Würstchen klein. Sie stand mit der Hüfte an die Theke gelehnt daneben, die Arme unter den Brüsten verschränkt. Um die Wartezeit zu überbrücken und Lucy von dem Brief im Wohnzimmer abzulenken, erzählte Quinn ihr von dem Deluca-Fall. Gestern war Mr. Deluca wegen Mordes an seiner Frau und ihren drei Kindern verurteilt worden, und Quinn schilderte ihr den Fall und die Beweise, die ihm die Todesstrafe eingebrockt hatten.

»Ich erinnere mich noch an den Fall«, sagte Lucy, die zusah, wie er die Makkaroni abgoss. »Und an die Gesichter der kleinen Kinder in der Zeitung.«

Während Quinn die Käsesauce mischte, den Cheddar und die Würstchen in den Topf warf und den Herd auf »Niedrig« stellte, deckte Lucy den Tisch und goss Milch in zwei Gläser. »Normalerweise wird das noch mit Käse und kleinen Croutons überbacken«, erklärte er, während er zwei Teller füllte, »aber du siehst zu hungrig aus, um so lange zu warten.«

»Vielleicht hab ich doch mehr Hunger, als ich dachte«, gestand Lucy, als er ihr den Stuhl hinhielt. Er nahm ihr gegenüber Platz, und sie aßen schweigend.

Lucy griff nach ihrem Glas Milch. »Das ist besser, als ich dachte.«

Quinn spießte mit der Gabel ein paar Nudeln und ein Stück Wurst auf. »Hast du etwa noch nie Weenie Mac gegessen? Das war ein Hauptnahrungsmittel im Haus McIntyre.«

Als Lucy das Glas absetzte, zierte ein weißes Milchbärtchen ihre Oberlippe. Sie schüttelte den Kopf und leckte es mit ihrer rosafarbenen Zungenspitze ab. »Bei uns zu Hause habe ich meist gekocht. Meine Mutter musste oft lange arbeiten, deshalb hab ich das Abendessen für mich und meinen Bruder gemacht. Dadurch bin ich zu einer echt guten Köchin geworden.«

Quinn erinnerte sich lebhaft an die Schokoladentorte, die sie für ihn gebacken hatte, und an ihre Behauptung, Schokolade sei besser als Sex. Zugegeben, die Torte war toll gewesen, aber so toll nun auch wieder nicht.

Sie gähnte hinter ihrer Hand, bis ihre Augen tränten.

»Langweile ich dich?«, fragte er.

Sie schüttelte den Kopf. »Ich bin nur müde.«

»Kannst du nicht schlafen?«

»Es ist eher so, dass ich lange aufbleibe und versuche zu arbeiten. In vier Wochen muss ich ein Buch abgeben und habe noch kein Wort geschrieben, seit ich diese Briefe gefunden habe. Der Abgabestress lässt mich auch nicht gerade besser schlafen. Ich sehe unmöglich aus.«

Das stimmte allerdings. Ihre Haare könnten mal wieder eine Bürste vertragen, doch das hielt ihn nicht davon ab, sie zu begehren. Aufgebrezelt oder angeschmuddelt, ihm war es egal. »Warum machst du nicht ein Nickerchen? Ich kann hier ein bisschen arbeiten, während du schläfst.« Sie wussten beide, welche Arbeit er meinte, doch keiner von ihnen wollte jetzt schon darüber reden.

»Ich glaube nicht, dass ich schlafen kann, aber ich wüsste es zu schätzen, wenn du hierbleibst, während ich schnell mal in die Dusche springe.«

Quinn stellte sie sich nackt, nass und von Kopf bis Fuß eingeseift vor. »Kein Problem«, murmelte er, während er seinen Teller nahm und damit zur Spüle ging. Es fiel ihm nicht schwer, sie sich nackt vorzustellen. Er wusste, wie sie aussah. Schließlich hatte er sie mit bloßem Oberkörper gesehen, und dieser Anblick hatte seine Welt durcheinandergewirbelt. Sie auf den Kopf gestellt, bis er seinen verdammten Verstand verloren hatte.

Quinn spülte das Geschirr vor und Lucy räumte es in die Maschine. Die späte Morgensonne flutete goldenes Licht auf Lucys Haar. Es fiel auf ihre Wimpern und strömte über ihre Wangen auf ihre leicht geöffneten Lippen. Mit Amanda hatte er zwar zusammengelebt und den Rest seines Lebens verbringen wollen, doch er erinnerte sich nicht, je gemeinsam mit ihr den Abwasch erledigt zu haben.

Er reichte Lucy einen nassen Teller, und ein Wassertropfen glitt über ihre Hand unter den langen Ärmel ihres Pyjamas. Erst als die Spülmaschine fertig eingeräumt war, schnitt er das Thema an, das sie beide gemieden hatten.

»Willst du wissen, was in dem Brief steht?«, fragte er, während er sich die Hände mit einem Geschirrtuch abtrocknete.

»Ich weiß nicht so recht.« Sie schnappte sich das andere Ende und rieb sich ebenfalls die Hände trocken. »Einerseits ja, aus reiner Neugier. Aber ich weiß, dass ich es danach bereuen werde. Deshalb, nein.« Ihre Finger streiften seine, und zwischen ihren Augenbrauen erschien eine Falte, als wäre sie über etwas verwirrt. »Danke für das Essen.«

»Gern geschehen.«

»Und äh … wenn Schnucki dich anmiaut, gib ihm kein Futter. Er ist auf Diät.« Sie lief durch die Küche zur Tür, die zu den Schlafzimmern führte. »Und wenn du weg musst –«

»Ich gehe nicht weg.«

Sie sah ihn ein letztes Mal an und verschwand.

Quinn warf das Handtuch auf die Theke und ging ins Wohnzimmer. Statt die Lampen anzuschalten, zog er die Gardinen auf und ließ die Sonne herein. Er schnappte sich seinen Matchbeutel vom Boden und warf ihn auf die Couch. Dann holte er ein Paar Gummihandschuhe heraus und zog sie über. Er nahm den Brief, der auf dem Tisch lag, und schlitzte eine Seite mit dem kleinen Universalmesser auf, das er in der Hosentasche trug. Er zog den Brief aus dem Umschlag und setzte sich auf die Couch. Diesmal war kein Zeitungsausschnitt dabei.

Irgendwo im Haus wurde das Wasser angedreht. Er faltete das Papier auseinander und las:

Tja, ich bin sehr enttäuscht, Lucy. Ich hab Sie mit ihm gesehen. Mit dem Cop. Der mit den dunklen Haaren und Augen. Er hat sie angegafft, als würde er Sie sich nackt vorstellen. Mieses Schwein.

Ich dachte, wir hätten eine Abmachung. Ich dachte, ich könnte Ihnen vertrauen. Ich habe durch Ihre Bücher eine so tiefe Verbindung zu Ihnen verspürt. Ich dachte, Sie fühlten es auch. Durch Ihre Bücher habe ich gelernt, mich selbst zu verstehen. Ihre Worte sprechen zu mir und geben mir Kraft. Als Gegenleistung habe ich Ihnen ein paar meiner Geheimnisse erzählt und meine geheimsten Gedanken mitgeteilt. Quid pro quo – wissen Sie noch? Sie haben mich verraten. Ich weiß, dass Sie ihm meine privaten Briefe an Sie gezeigt haben.

Was wird jetzt? Ich weiß nicht. Ich muss darüber nachdenken. Sie haben mich so enttäuscht. Sie haben mir ein Messer in den Rücken gejagt.

Soll ich mich revanchieren?

Seine Nackenhaare sträubten sich, was ihm nicht mehr sehr oft passierte. Quinn ließ Brief und Umschlag in eine durchsichtige Beweistüte gleiten, versiegelte sie und zog die Handschuhe von seinen Händen. Er pfefferte sie auf den Couchtisch und überflog den Brief noch einmal. Er musste Lucy darüber informieren. Er durfte es ihr nicht verschweigen. Sie musste wissen, dass Breathless sie offen bedrohte.

Als Lucy ihn wegen des letzten Briefes anrief, hatte er gewusst, dass sich die Spielregeln geändert hatten; nur nicht, in welchem Maße. Jetzt war er schlauer. Lucy musste eine Weile woanders wohnen oder einwilligen, zwei verdeckte Ermittler in ihrem Haus zu dulden, die sie rund um die Uhr bewachten. Es gab bloß diese zwei Möglichkeiten – er konnte nur hoffen, dass sie einer davon zustimmte.

Er schlug sein Notizbuch auf und fuhr den Laptop hoch. Breathless hatte ihn und Lucy zusammen gesehen. Sie wusste, dass Quinn ein Cop war. Entweder kannte sie ihn aus einer Pressekonferenz im Fernsehen oder er hatte sie persönlich befragt. Quinns Bauchgefühl sagte ihm, dass Letzteres der Fall war.

Als Erstes schrieb er alle Orte auf, an denen er gemeinsam mit Lucy gewesen war. Die Liste begann mit Starbucks und enthielt diverse Restaurants und »Barnes and Noble«. Sie endete mit seinem letzten Besuch bei ihr zu Hause.

Als Nächstes blätterte er in seinen Notizen und schrieb die Namen aller auf, die er seit dem ersten Mord befragt hatte. Er zog die Profile und das Mitgliederverzeichnis der Krimifrauen aus dem Notizbuch und umkringelte die drei Mitglieder, die bei »Barnes and Noble« arbeiteten und die Opfer möglicherweise getroffen hatten. Dann umkringelte er die vier Peacock-Ortsgruppen, die sich in Buchläden trafen, und die Vorsitzenden der Gruppen, die er bereits befragt hatte. Er verglich die drei Angestellten und Peacock-Mitglieder mit den Telefonaufzeichnungen und E-Mails der Opfer. Das Ergebnis war eine dicke, fette Null.

Irgendwo im Haus wurde das Wasser abgestellt, und er kramte die Fotokopien des anderen Briefes heraus und legte sie nebeneinander auf den Couchtisch, um nachzuprüfen, ob ihm irgendwas entgangen war. Fehlanzeige. Seine Stirn war vor Frustration ganz angespannt. Eine eindeutige Verbindung nachzuweisen, wäre zu einfach gewesen. Und an diesem Fall war nichts einfach. Er blätterte in seinem Notizbuch, bis er auf die Befragungen stieß, die er mit den Angestellten der Buchläden durchgeführt hatte, in denen alle vier Opfer Kunden gewesen waren.

Die einzige Verbindung zwischen allen vier Opfern waren Bücherquittungen. Es gab zwar noch andere, aber die Quittungen schienen einen größeren Teil des Puzzles auszumachen, als Quinn ursprünglich geglaubt hatte. Wenn Breathless nicht online mit Männern kommunizierte, riss sie sie wahrscheinlich in Buchläden auf. Klapperte die Gänge nach Opfern ab.

Quinn hatte noch nicht alle persönlichen Profile der Peacock-Ladys gesehen und wusste nicht, ob Buchhändlerinnen dabei waren. Vor einer Woche waren ihm mehrere Mitglieder in der »Barnes and Noble«-Filiale aufgefallen, in der Lucy den Vortrag gehalten hatte. Möglicherweise wussten sie, dass er ein Cop war. Auch wenn kein Peacock-Mitglied in einem Buchladen arbeitete, so lasen sie doch alle, hielten sich dort auf und konnten daher nicht ausgeschlossen werden.

»Herrgott«, fluchte er und rieb sich mit den Handflächen die Augen. Er drehte sich im Kreis. Jeder Durchbruch in dem Fall warf mehr Fragen auf, als er beantwortete. Jedes Mal, wenn er einen Verdächtigen strich, schien es, als kämen zehn neue hinzu. Doch Breathless stand auf einer dieser Listen. Er wusste es. Wenn er mit dem Ausschlussverfahren weitermachte, würde er sie finden. Er hatte genug Indizien und Verdächtige. Es brauchte nur Zeit, sie alle durchzugehen. Leider war Zeit das Einzige, was er nicht hatte. Sobald er den letzten Brief übergeben hatte, wäre der Sergeant entschlossener denn je, Lucy als Köder zu benutzen.

Scheiße! Wenn jemand anders betroffen wäre als Lucy, wäre Quinn der Erste, der darauf drängen würde, durch sie mehr Kommunikation mit Breathless herzustellen. Man könnte sich der Medien bedienen, um Breathless zu provozieren, damit sie etwas Dummes tat, wie zum Beispiel bei einer inszenierten Veranstaltung aufzutauchen. Oder sie in eine körperliche Konfrontation locken. Doch es war niemand anders betroffen, und das Letzte, was er wollte, war, Lucy in noch größere Gefahr zu bringen.

Bei dem Gedanken, dass ihr etwas zustoßen könnte, drehte sich ihm der Magen um. Er dachte an Merry und die pinkfarbenen Rosen in seinem Wagen. Heute war der dreißigste April. An dem Tag legte er immer Blumen auf Merrys Grab.

Quinn wollte auf keinen Fall die Schuld am Tod zweier Frauen auf sich laden. Er würde auf keinen Fall zulassen, dass Lucy etwas zustieß. Ihm war vollkommen egal, ob er sie dafür an Händen und Füßen fesseln und in einen Wandschrank sperren müsste. Seinen Wandschrank. Der in seinem Schlafzimmer war groß genug.

Natürlich kam das nicht in Frage. Mitchell würde einen Anfall kriegen. Außerdem würde ihre ständige Anwesenheit Quinn wahnsinnig machen. Er konnte sie nicht besitzen, aber genauso wenig die Finger von ihr lassen. Klar, er hätte die besten Vorsätze, seine Hände bei sich zu behalten, doch irgendwas würde vorfallen, und – schwupps – würde sie wieder in seinen Armen landen und sich fest an ihn schmiegen. Und er würde nach BH-Trägern tasten, ins Schwitzen kommen und an alle Körperstellen denken, auf die er sie küssen wollte. Und dabei die ganze Zeit wissen, was sie für ihn empfand, und dass es nie passieren würde.

Er war jetzt siebenunddreißig. Ein erwachsener Mann. Wenn er sich wirklich zusammenriss, konnte er seine Hände unter Kontrolle halten. Das größere Problem war, dass er seinen Körper anscheinend nicht unter Kontrolle hatte, und das Letzte, was er wollte, war ununterbrochen mit einem Ständer durch sein eigenes Haus zu staksen.

Solchen Qualen war er einfach nicht gewachsen.

13. Kapitel

FREEFALLIN: SUCHT SOLIDEN LANDEPLATZ ...

Lucy betrachtete sich im Badspiegel und bürstete ihr nasses Haar. So ungern sie es auch zugab, bei Quinn fühlte sie sich sicher. Sicherer als seit Tagen. Es ärgerte sie, dass sie einen Mann brauchte, um sich sicher zu fühlen. Und nicht nur irgendeinen. Sondern Quinn. Was sie vorhin zu ihm gesagt hatte, war die Wahrheit. Sie hatte immer geglaubt, problemlos mit allem fertig zu werden. Schlangenbiss? Kein Problem, einfach einen Stauschlauch anlegen und das Gift selbst heraussaugen. Haiangriff? Null Problemo, man musste das Biest nur aufs Auge hauen. Von Killerbienen verfolgt? Pippifax, rasch in einen See springen oder ins Haus rennen und eine Dose Cola holen. Ein Brief von einer Durchgeknallten? Heulen wie ein Schlosshund und einen großen, starken Mann anrufen!

Lucy putzte sich die Zähne, hielt den Kopf nach unten und föhnte ihr Haar trocken. Sie fragte sich, was Quinn gerade machte, und dachte an das Mittagessen, das er für sie gekocht hatte. Es war zwar kein kulinarisches Meisterwerk gewesen, aber genau das, was sie brauchte. Warm und sättigend. Ein richtig schönes Trostessen. Und eine sehr nette Geste von Quinn.

Nein, diesmal interpretierte sie nicht zu viel in jede seiner

Gesten und Handlungen hinein. Sie wollte nichts in die Art hineinlesen, wie er sie festgehalten hatte, als sie vorhin die Haustür geöffnet und sich in seine Arme geworfen hatte. Auch nicht in die Art, wie er sie gestreichelt oder ihr einen Kuss auf die Schläfe gedrückt hatte. Und erst recht nicht in sein Angebot, ein Mittagessen für sie zu kochen und dazubleiben, während sie duschte. Er hatte seinen Job getan, und mehr hineinzulesen war ein gefährlicher Abgrund, in den sie nicht noch tiefer stürzen wollte.

Als ihr Haar trocken war, ging sie ins Schlafzimmer und zog sich einen weißen BH und einen blauweiß getupften Slip an, darüber eine Jeans und eine weiße Bluse. Dann schlüpfte sie in ihre Pinguin-Plüschpantoffeln und tapste durch die Küche ins Wohnzimmer. Als sie verstohlen um die Ecke lugte, sah sie Quinn auf dem Sofa sitzen, die Unterarme auf den Oberschenkeln, die Hände zwischen den Knien baumelnd. Auf Couchtisch und Sofa waren ein Notizbuch und ein Laptop ausgebreitet, und er starrte ratlos auf den Bildschirm seines Computers.

Eigentlich hätte er deplatziert wirken müssen, ein großer Mann auf ihrem Sofa, der seinen Krempel auf ihrem antiken Couchtisch verteilt hatte. Fehlanzeige. Er sah aus wie ein sicherer Landeplatz in einer ins Wanken geratenen Welt. Als könnte er allein ihr Sicherheit garantieren. Bei seinem Anblick ging ihr das Herz auf, doch sie wusste, dass er alles andere war als sicher. Nicht für sie.

Quinn drehte den Kopf, als hätte er ihre Anwesenheit gespürt, und sein Blick traf ihren. Er richtete sich auf, und eine dunkle Haarlocke fiel ihm in die Stirn. »Fühlst du dich besser?«

»Ja«, antwortete sie und betrat den Raum.

Sein Blick folgte ihr. »Du siehst gut aus.«

Sie rief sich ins Gedächtnis, dass Quinn sie gekränkt und gedemütigt hatte, und dass er, hätte eine Durchgeknallte nicht beschlossen, ihr Briefe zu schreiben, jetzt nicht in ihrem Haus sitzen und so tun würde, als wäre sie ihm wichtig. Er wäre über alle Berge und würde Interesse an der nächsten Verdächtigen heucheln. Sie um seines Jobs willen küssen und berühren. Sie ging ans Fenster und sah nach draußen. Auf dem Bürgersteig fuhren zwei Mädchen auf rosafarbenen Fahrrädern ihre Babypuppen spazieren. Es war Samstag. Heute übernachtete sie bei ihrer Mutter.

»Lucy?«

Sie sah über ihre Schulter. »Was denn?«

Quinn warf ihr einen langen Blick zu. Dann sagte er: »Wir müssen über den Brief reden, der heute kam. Du hast zwar gesagt, du willst ihn nicht lesen, aber du musst.«

Sie drehte sich um. »Ist es schlimm?«

Er fixierte sie weiter und hielt einen Brief in einer durchsichtigen Plastikfolie hoch. »Ich denke ja.«

Lucy kam auf ihn zu und nahm ihm den Brief aus der Hand. Während sie las, lief sie um den Couchtisch herum und setzte sich neben ihn aufs Sofa. Nach der Lektüre war sie froh, dass sie saß. Ihr drehte sich der Magen um, und sie fürchtete, sich gleich übergeben zu müssen.

»Wer hat deine Privatadresse?«, fragte Quinn und schaute sie über seine breite Schulter an.

»Ich weiß nicht. Sie ist nirgendwo verzeichnet.« Nach kurzem Grübeln fielen ihr mehrere Möglichkeiten ein. »Vielleicht jemand bei der Zulassungsstelle oder bei der

Post. Sie steht auf meinen Schecks, deshalb … Wer weiß?« Lucy legte den Brief auf ihren Couchtisch und rieb sich ratlos die Schläfen.

»Was ist mit Buchläden?«

Buchläden? »Amazon hat sie. Ich lasse mir ständig Bücher schicken.«

Er schüttelte den Kopf. »Buchläden hier in der Nähe.«

»Ich weiß nicht.« Sie überlegte. »Ich habe eine Hastings-Karte. Dafür musste ich einen Antrag ausfüllen, deshalb haben sie ganz sicher meine Adresse.«

Er griff nach einem Stift. »Welche Filiale?« Sie sagte es ihm, und er notierte es in fetten Großbuchstaben. »Lass uns über die Krimifrauen reden.«

»Ich hab Detective Weber schon alles gesagt, was ich weiß.«

»Du weißt wahrscheinlich mehr, als du denkst.« Er nahm ein Blatt Papier in die Hand und reichte es ihr. Es war das Mitgliederverzeichnis der Krimifrauen. »Ist irgendjemand auf der Liste besonders merkwürdig oder übertreibt es vielleicht mit seiner Verehrung?«

»Tja, mehrere dieser Frauen sind merkwürdig.« Sie deutete auf einen Namen. »Betty schreibt schon, seit ich sie kenne, an ein- und derselben Szene, in der sie ihren Vater umbringt. Aber ich glaube nicht, dass sie im wahren Leben eine Mörderin ist.«

»War das die weißhaarige Frau mit der Brille, die am dreiundzwanzigsten bei dem Treffen bei ›Barnes and Noble‹ war?«

Verdammt, der Mann erinnerte sich an alles. Aber schließlich war er ein Cop. »Genau.«

»Erzähl mir von Cynthia Pool und Jan Bright.«

Lucy zuckte mit den Schultern. »Da gibt's nicht viel zu erzählen. Jan ist momentan Vorsitzende der Krimifrauen und bei ›Barnes and Noble‹ für die Organisation von Veranstaltungen zuständig. Ich weiß, dass auch Cynthia bei den Krimifrauen ist, aber ich weiß nicht, wie ernst es den beiden mit der Schreiberei ist oder ob sie nur Dilettantinnen sind. Alles, was ich mit Sicherheit über sie weiß, ist, dass sie sich beide sehr für Autoren aus der Gegend einsetzen.«

»Wie sehr?«

»Sie sorgen dafür, dass unsere Bücher stets vorrätig sind. Sowas in der Art.«

»Was meinst du mit Dilettantinnen?«

»Leute, die ständig übers Schreiben sprechen, aber nie mehr als ein paar Kapitel zustande bringen.«

Er wandte sich um und sah ihr in die Augen. Dann sagte er: »Aus den Breathless-Briefen an dich wissen wir, dass sie eine Möchtegern-Autorin ist. Sie liebt Krimis, besonders deine.« Er griff nach dem zweiten Brief und legte ihn oben drauf. »Was bedeutet der Satz: ›Sie wissen ja, wie es so schön heißt: Schreib über das, was du kennst‹? Wer sagt das?«

»Damit könnte jeder gemeint sein. Jeder im Verlagswesen. Sie könnte es auch in einem Ratgeber übers Schreiben gelesen haben. Das ist der branchenübliche Rat.«

»Jan wusste, dass du über eine Serienmörderin schreibst, die ihre Opfer im Netz findet.« Er blätterte in seinem Notizbuch und beugte sich vor, um nach etwas zu suchen. Dabei rutschte sein Hemd aus der Hose und ließ sie einen Blick auf seine blauweiß gestreiften Boxer-Shorts erhaschen.

Lucy beugte sich vor und legte den Brief auf den Tisch. Dabei streifte ihre Schulter versehentlich Quinns, und seine Hände hielten beim Blättern inne. Ein leichtes, verräterisches Kribbeln breitete sich über ihren Arm und ihre Brust aus, und einen kurzen Moment dachte sie an etwas anderes als die Psychopathin, die ihr Briefe schickte. Sie kannte dieses Kribbeln; jedes Prickeln enthielt einen kleinen Funken Verlangen und Sehnsucht und schickte einen heißen Blitz zu ihrem Herzen. Diese Reaktion hatte er bei ihr schon ausgelöst, als sie sich beide als jemand ausgegeben hatten, der sie nicht waren. Sie lehnte sich wieder zurück, weg von der Bedrohung für ihr Herz. »Ich muss mal bei einem ihrer Treffen erwähnt haben, worüber ich schreibe. Oder in einem Live Online-Chat.«

»Was meinst du damit?« Er blätterte weiter, als würde er nichts empfinden. »Was für ein Online-Chat?«

»Da bitten mich irgendwelche Gruppen, ihre Online-Gastrednerin zu sein«, antwortete sie und schob ihre Gefühle für Quinn beiseite, damit sie sich ihnen später widmen konnte. Oder auch nicht. »Das ist ganz unterschiedlich. An einem Abend kann das eine Gruppe sein, die Krimis liebt, und an einem anderen eine Gruppe Geschäftsfrauen.« Sie strich sich das Haar aus dem Gesicht und raffte es im Nacken zusammen. »Ich werde ständig gefragt, woran ich arbeite und wann das nächste Buch erscheint. Diese Frage kommt immer. Ich hab bestimmt Dutzende Male über erotische Asphyxiation gesprochen und dass ich über eine Serienmörderin schreibe, die ihre Opfer im Netz jagt, und weiß es einfach nicht mehr. Glaub mir, ich wünschte, ich wüsste, wer diese Frau sein könnte.« Sie ließ die Hände in den Schoß sinken, und ihr Blick fiel auf den neuesten Brief. »Es ist klar, dass sie uns zusammen gesehen hat und weiß, wer du bist.«

»Ja. Ich hab sie wahrscheinlich selbst befragt.«

»Oder sie könnte dich von einer Pressekonferenz kennen.«

»Daran hab ich auch schon gedacht. Aber es ist weniger wahrscheinlich, dass sie mein Gesicht aus einer Pressekonferenz kennt, als durch eine Befragung unter vier Augen.«

»Nicht, wenn sie persönlich von der Pressekonferenz betroffen ist, was definitiv der Fall ist.« Lucy atmete tief durch und stellte die Frage, vor der sie die größte Angst hatte: »Glaubst du, sie ist hinter mir her?«

Quinn drehte sich zu ihr um. Seine braunen Augen sahen sie direkt an, und sein Mund war ein grimmiger Strich. »Ich wünschte, ich könnte das verneinen, aber das kann ich nicht. Ich halte es durchaus für möglich.«

Genau das hatte Lucy befürchtet. In den letzten fünf Tagen hatte sie versucht, die Furcht, die sie auffraß, zu kontrollieren. Jetzt ging das nicht mehr. Sie stieg in ihr hoch, bis sie nicht mehr klar denken konnte. Ihre Augenhöhlen brannten, und das Atmen fiel ihr schwer. Sie sprang auf und stürzte hinter dem Couchtisch hervor. Sie durchquerte den Raum und starrte aus ihrem großen Aussichtsfenster in die schwarzen Schatten nackter Baumäste, die über den Bürgersteig zu schleichen schienen. Was sollte sie bloß tun? Sie konnte Freunde und Familie nicht einer Gefahr aussetzen, die immer größer wurde.

»Was soll ich nur tun?« Sie zog ihre weinroten Seidengardinen zu, während sie fieberhaft nach möglichen Lösungen suchte. »Ich könnte in ein Hotel gehen. Ich könnte meinen

Laptop mitnehmen und versuchen zu arbeiten.« Sie atmete tief durch. Ein Hotelzimmer klang beengend. Zwar sicher, aber beengend. »Oder mir einen Revolver besorgen. Ich kann zwar nicht schießen, aber so schwer kann das ja nicht sein. Man zielt einfach und drückt ab.« Ihre Stimme zitterte, als sie hinzufügte: »Oder? Oder … oder ich kann Schnucki ins Auto packen und mich auf den Weg nach Cancun machen.«

Quinn stellte sich hinter sie und zog sie an seine Brust. »Du brauchst keinen Revolver, und du musst auch nicht nach Mexiko.« Er fühlte sich so solide an. Warm und sicher, und sie ließ seine Nähe zu, weil es besser war als zusammenzubrechen. »Du hast doch mich.«

Sie wünschte, es wäre so. »Was willst du denn machen?« Sie lachte ironisch. »In mein Gästezimmer ziehen?« Sie machte Witze, auch wenn sie zugeben musste, dass die Vorstellung himmlisch war, einen großen bösen Cop im Haus zu haben.

»Nein, aber ich kann dir helfen, eine Weile unterzutauchen.« Er ließ die Hände an ihren Armen herabgleiten und umfasste ihre Taille.

»Wo denn?«

»Bei mir.«

Sie drehte sich zu ihm um und sah in seine dunkelbraunen Augen. Er sah ganz normal aus. Er wirkte vollkommen ernst. »Was hast *du* denn geraucht?«

»Das ist die perfekte Lösung.« Sie wollte sich ihm entziehen, doch er umfasste sie fester. »Ich hab ein Gästezimmer. Da kannst du unterkommen.«

»Verstößt das nicht gegen irgendwelche Vorschriften?«

»Nein. Du bist nicht mehr verdächtig, und außerdem

muss ja keiner wissen, wo du steckst. Für deine Sicherheit wäre es sogar am besten, wenn keiner davon wüsste.«

Das Angebot klang verlockend, doch mit Quinn in einem Haus zu wohnen, kam überhaupt nicht in die Tüte. Nicht nach dem letzten Mal, als sie plötzlich ohne Klamotten dagestanden und seine Hände an sehr interessanten Stellen gespürt hatte. Nicht, solange sie trotz allem versucht war, ihn vollenden zu lassen, was er an jenem Abend begonnen hatte. »Ich halte das für keine gute Idee.«

»Da hast du Unrecht.«

Sie verschränkte trotzig die Arme unter den Brüsten und antwortete nicht. Ihr Schweigen sprach Bände.

Er neigte den Kopf und sah auf sie herab. »Ach so. Du hast Angst davor, was passieren könnte, wenn du wieder mit mir allein bist. Du glaubst, dass du dich nicht beherrschen kannst.«

»Du bist *echt* high.« Sie schlug seine Hände von ihrer Taille und trat mehrere Schritte zurück. »Ich kann mich sehr wohl beherrschen. Ich kann mich super beherrschen. *Du* bist doch derjenige, der angefangen hat, mich auszuziehen.«

»Du hast dich nicht gerade beschwert.«

»Konnte ich ja nicht. Deine Zunge steckte in meinem Hals.«

Er lächelte. »Bevor oder nachdem du die Hände in meine Hose geschoben hast?«

Ihre Augen wurden zu Schlitzen, und er dachte, ihr Kopf würde gleich rotieren.

»Ich weiß nicht, wieso du so sauer bist«, fügte er hinzu und verschränkte die kräftigen Arme vor der breiten Brust. »Das war doch kein großer Akt.«

Sie hob entrüstet die Hand und fuchtelte mit dem Zeigefinger vor seiner Nase herum. »Du hast mich für eine Serienmörderin gehalten!« *Und gesagt, du wolltest eine Beziehung mit mir, obwohl es nicht stimmte.* Fuchtel. Fuchtel. »Hätte ich dein wahres Ich gekannt, wäre das nie passiert.« *Und du hast mir den Kopf verdreht und bloß deinen Job getan.*

Er stieß ihre Hand weg. »Wenn das so ist, solltest du jetzt, wo du mein wahres Ich kennst, kein Problem damit haben, übers Wochenende bei mir zu bleiben, bis wir dein Haus ausreichend gesichert haben. Bitte lehn mein Angebot nicht aus Wut ab. Es ist die beste Lösung für alle. Du fühlst dich sicherer, und ich mache mir weniger Sorgen, wenn ich dich in Sicherheit weiß.«

Lucy ließ die Hand kraftlos sinken. Auch wenn ihr völlig schnurz war, ob er sich Sorgen machte oder nicht, musste sie zugeben, dass er Recht hatte. Sie würde sich bei ihm sicherer fühlen und bräuchte zudem ihre Freundinnen und ihre arme alte Mutter nicht in Gefahr zu bringen. Zwar würde sie Quinn wahrscheinlich am liebsten erwürgen, bevor das alles vorbei war, aber Wut war allemal besser, als sich vor Angst in die Hosen zu machen. »Okay, ich wohne bei dir, aber du musst deine Hände unter Kontrolle halten.«

Er lachte, als fände er ihre Bemerkung urkomisch. »Bloß meine Hände?«

»Alle Körperteile.«

»Das wird kein Spaß.« Seine Mundwinkel verzogen sich ironisch nach unten. »Aber ich denke, ich kann mich beherrschen. Und du?«

»Kein Problem.« Sie schlug einen Bogen um ihn und fügte hinzu: »Ich kann mich super beherrschen.« Sie ging nach oben in ihr Arbeitszimmer und packte ihren Laptop und ein paar Sachen zusammen. Dann warf sie ein paar Klamotten in einen Koffer und stellte Schnuckel eine Schüssel voll Futter hin.

Als sie zum Aufbruch bereit war, trug Quinn ihre Habseligkeiten zu seinem Wagen und deponierte sie auf dem Rücksitz. Wahrscheinlich beging sie einen Riesenfehler. Einen, der ihrem gebrochenen Herzen die Heilung erschweren würde. Aber Quinn gab ihr ein sicheres Gefühl. Sie wusste nicht warum, aber es war so. Er gab ihr das Gefühl, als sei er das einzig Solide, das zwischen ihr und einer psychotischen Mörderin stand.

Auf der Fahrt durch die Stadt zu ihm nach Hause war Lucy ganz fasziniert von der Ausstattung des Wagens, von der Sirene und dem Polizeifunkgerät am Armaturenbrett. Sie blickte hoch zu den rotweißen Lampen, die an der Sonnenblende des Beifahrersitzes festgehakt waren, und fragte sich, wozu das alles gut war. Sie hatte diese Dinge zwar akribisch recherchiert, aber bisher nie selbst in einem Polizeiwagen gesessen. Dann fiel ihr Blick auf die pinkfarbenen Rosen, die neben ihr auf dem Sitz lagen, und sie vergaß Recherchen und Ausstattung.

»Heißes Date?«, fragte sie, als wäre es ihr gleichgültig. Als würde der Gedanke an ihn mit einer anderen ihr nicht ins Herz schneiden.

Er sah sie mit zusammengezogenen Augenbrauen an, als wäre ihm gerade erst aufgefallen, dass er nicht allein im Wagen saß. »Was?«

»Die Blumen. Hast du heute Abend ein heißes Date?«

Er richtete den Blick wieder auf die Straße und bog in die Broadway Avenue ein. »Kein Date. Nur dich, Sonnenschein.«

Er hatte den Verstand verloren. Das war die einzige Entschuldigung, die Quinn dafür einfiel, dass er Lucy dazu überredet hatte, bei ihm zu wohnen. Das würde ihm noch leid tun. Irgendwann würde er sich selbst dafür in den Arsch treten wollen, aber ihr waren Tränen in die Augen gestiegen und sie hatte so verängstigt und einsam gewirkt. Bevor er sich's versah, hatte er nach ihr gegriffen und sie an sich gezogen. Sein Körper hatte auf den Duft ihres Haares und ihrer Haut reagiert, und er hatte hinter ihr gestanden und gegen das Bedürfnis ankämpfen müssen, sein Gesicht in ihrem Nacken zu vergraben. Die Berührung hatte ihn an das letzte Mal erinnert, als er sie angefasst hatte – überall. Das Verlangen in seinen Lenden erinnerte ihn daran, wie sehr er sich damals zu ihr hingezogen fühlte, obwohl er sie für eine mordgierige Durchgeknallte hielt. Wie sehr er sich immer noch zu ihr hingezogen fühlte.

Die Nachmittagssonne strömte durch die Windschutzscheibe, und er klappte die Blende herunter. Was er zu ihr gesagt hatte, war die Wahrheit. Er hätte viel Zeit und Energie damit verschwendet, sich wegen ihr Sorgen zu machen. Selbst wenn er ihr einen Sicherheits-Sondertrupp zuwies, würde er sich Sorgen machen. Aber er musste konzentriert arbeiten, und wenn er abgelenkt war, konnte er keine Mörderin fassen.

Natürlich kam er durch dieses Arrangement vom Regen in die Traufe, doch er würde beruhigter schlafen, wenn sie bei ihm und Millie war, wo er sie besser im Auge behalten konnte. Millie mochte jung und unreif sein, aber sie hatte ein ausgeprägtes Revierverhalten und bellte verdammt laut.

Er bog von der Broadway Ave in seine Straße. Wenn Sergeant Mitchell herausfand, dass Quinn Lucy in sein Haus geschafft hatte, wäre die Kacke gewaltig am Dampfen. Es gab zwar keine zwingende Vorschrift dagegen, eine ehemalige Verdächtige, die inzwischen Kronzeugin war, bei sich wohnen zu lassen, aber das hieß nicht, dass es dem Sergeant gefiel. Nach dem jüngsten Brief war es so sicher wie das Amen in der Kirche, dass der Sergeant sich nach ihrem Aufenthaltsort und den Sicherheitsmaßnahmen erkundigte, die zu ihrem Schutz ergriffen worden waren, und Quinn musste wahrheitsgemäß Auskunft geben.

Er drückte auf den Garagentoröffner und parkte den Crown Victoria neben seinem Jeep. Die beste Vorgehensweise wäre wohl, den Sergeant so schnell wie möglich zu informieren. Auf diese Weise würde alles korrekt ablaufen.

Er schaltete den Motor aus und schnappte sich Notizbuch und Laptop vom Beifahrersitz. Mit der freien Hand trug er Lucys Koffer, und sie folgte ihm ins Haus. Er deponierte seine Akten und den Computer auf dem Küchentisch und schaltete die Lichter an, während sie durch den Flur zum Gästezimmer gingen. Er warf ihren Koffer auf das breite Doppelbett, das mit einer roten Bettdecke zurechtgemacht war, die er bei Costco erstanden hatte, als er Millies Hundekorb kaufte. Die Decke war zwar schön weich, aber nicht besonders schick, wahrscheinlich nicht das, was eine Frau, die einen BMW fuhr, für ihr Zuhause kaufen würde.

»Hier drin hab ich den Holzboden neu lackiert«, erklärte

er, als er zur Tür ging und sich mit der Schulter an den Türpfosten lehnte.

»Der ist hübsch«, murmelte sie, als sie ihren Laptop auf die Kommode stellte. Sie ging ans Fenster und zog die Jalousie hoch. Er fragte sich, was sie von dem Zimmer hielt, und warum ihm das wichtig war. Dann traf es ihn wie ein Schlag, und er war entsetzt. Er wollte, dass sie sein Haus *mochte*. Als würde das eine Rolle spielen. Er wollte, dass sie *ihn* mochte. Als ob das je geschehen würde. Sie war nur hier bei ihm, weil ihre Angst wegen der Breathless-Briefe größer war als ihre Abneigung gegen ihn.

»Wenn du doch nicht hierbleiben willst, kann ich dich auch an einen anderen sicheren Ort bringen«, fühlte er sich gezwungen zu sagen.

Sie sah ihn mit ihren blauen Augen an und antwortete länger nicht. Ein Teil von ihm wünschte sich, sie würde sich für einen anderen Ort entscheiden – der vernünftige Teil von ihm, der wusste, dass er die reinsten Höllenqualen durchleiden würde, wenn er sie am anderen Ende des Flurs wusste.

»Ich bleibe bei dir«, antwortete sie.

»Ich muss jetzt meinen Hund abholen«, verkündete er und stieß sich vom Türrahmen ab.

Ihre Augen wurden zu Schlitzen, wie er es schon öfter bei ihr gesehen hatte. »Die berühmte Millie?«

»Ja.« Die Schlitzaugen waren ihm tausendmal lieber als der verängstigte Blick, den er vorhin bei ihr gesehen hatte. »Mach es dir gemütlich.«

Ohne einen Blick zurück verließ er das Haus und fuhr zu seiner Mutter. Auf der Fahrt dorthin nahm er das Telefon und rief Kurt an. Er erzählte ihm von dem Brief und wo er Lucy untergebracht hatte.

»Ich dachte, sie mag dich nicht«, wunderte sich Kurt.

»Tut sie auch nicht, aber aus irgendeinem Grund fühlt sie sich bei mir sicher.«

»Dem Sergeant wird das nicht gefallen. Vielleicht kannst du dir bis morgen früh was Besseres überlegen.« Sie sprachen über die Option, verdeckte Ermittler bei ihr einziehen zu lassen, doch je mehr Quinn darüber nachdachte, desto weniger gefiel ihm die Vorstellung, zwei Männer bei Lucy einzuquartieren. Vor seiner Beförderung zum Detective hatte Quinn einige Male als Personenschützer gearbeitet, und damals hatte es grundsätzlich nur zwei Alternativen gegeben. Entweder hatte er den Zeugen gehasst wie die Pest oder sehr zu schätzen gelernt, und es stand außer Frage, wie zwei junge Polizisten zu Lucy stehen würden.

Als er in die Auffahrt seiner Mutter fuhr, legte er auf. Er wusste, dass Kurt Recht hatte, aber er würde Lucy trotzdem bei sich behalten. Schließlich war er ein erwachsener Mann. Er war seit sechzehn Jahren Cop und hatte so einiges über Selbstbeherrschung gelernt. Er konnte sich in Lucys Gegenwart durchaus beherrschen. Er konnte die Finger von ihr lassen. Kein Problem.

Er verfrachtete Millie hinten in seinen Jeep und verabschiedete sich von seiner Mutter, bevor sie zu viele neugierige Fragen stellen konnte. Er hatte noch etwas zu erledigen, bevor er nach Hause fuhr.

Der Morris-Hill-Friedhof lag genau über den Julia-Davis- und Katheryn-Albertson-Parks. Uralte Bäume warfen Schatten auf die Gruften und hohen Grabsteine auf den älteren

Abschnitten des Friedhofs. Quinn fuhr durch die Eisentore und schlängelte sich über schmale Wege, bis er vor einem schlichten weißen Grabstein hielt. Er legte die Rosen unter Merrys Namen und setzte seine Sonnenbrille auf. Die Erinnerung an ihr Gesicht verblasste langsam und machte seine Schuldgefühle noch schlimmer. Er wischte ein paar Zweige von dem weißen Stein und blieb so lange am Grab stehen, bis er Merry vor sich sah. Wenigstens das war er ihr schuldig. Dann stieg er wieder in den Wagen und fuhr weg von dem Mädchen, das er nicht hatte retten können, zu der Frau, die er unter allen Umständen beschützen wollte, und wenn er selbst dabei draufging.

Er fand Lucy schlafend auf dem Bett vor. Sie lag zur Tür gewandt zusammengerollt auf der Seite. Durch die Lamellen der Jalousie strömte Sonnenlicht auf ihr Gesicht und ihr blondes Haar. Eine Hand lag mit der Handfläche nach oben neben ihrer Nase, der andere Arm umschlang ihren Bauch. Sie war barfuß, und ein Lichtstrahl fiel auf ihre roten Fußnägel.

Millie schob den Kopf zwischen Quinn und den Türrahmen, und er hielt sie am Halsband fest, bevor sie ins Zimmer stürmen konnte. Gemeinsam betrachteten sie die schlafende Lucy, das leichte Heben und Senken ihrer Brust, während sie durch leicht geöffnete Lippen atmete.

»Wie gefällt es dir, noch ein weibliches Wesen im Haus zu haben?«, fragte er seine Hündin.

Millie stieß ein lautes Jaulen aus, als hätte sie durchaus Beschwerden vorzubringen, und zerrte an ihrem Halsband. Quinn wusste, was Millie wollte. Wahrscheinlich roch sie an Lucys Klamotten den Stubentiger und wollte den Geruch genauer untersuchen. Doch das Letzte, was Lucy jetzt brauchte, war, von einem leicht erregbaren Hund aus dem Tiefschlaf gerissen zu werden. »Du kannst sie morgen kennen lernen«, versprach er Millie, als er sie von der Tür wegzog und über den Flur in sein Schlafzimmer verfrachtete. Sie protestierte mit mehr Gejaule, als er sie dort einsperrte. »Schluss jetzt«, befahl er. Dann ging er an den Wäscheschrank und holte noch eine Decke heraus. Mehrere Holzdielen knarrten unter Quinns Füßen, als er sich ins Gästezimmer schlich. Er legte die Decke über Lucys Beine, und als er sie über ihre Hüften zog, schnappte sie entsetzt nach Luft und packte ihn am Arm. Sie saß kerzengerade im Bett und erschreckte ihn fast zu Tode.

»Gütiger Himmel. Keine Panik, Lucy. Ich bin's nur.«

»Quinn?« Lichtstreifen glitten über ihren Mund und ihre Wangen. Sie starrte ihn mit weit aufgerissenen Augen an.

»Ja.«

»Was tust du da?«

Das Haar fiel ihr auf die Schultern, und an ihrer Halsschlagader konnte er sehen, wie ihr Puls raste. Ihre Brüste hoben und senkten sich unter dem weißen Blusenstoff und stießen mit jedem Atemzug gegen das dünne Material. »Du bist eingeschlafen, während ich weg war, und ich wollte dich nur zudecken.«

»Ach so.« Erleichtert ließ sie sein Handgelenk los und strich sich das Haar hinter die Ohren. »Wie spät ist es?«

Er sah auf seine Uhr. »Kurz nach fünf.«

Sie runzelte die Stirn. »Du warst ganz schön lange weg.«

»Ich hatte etwas Wichtiges zu erledigen.«

»Für den Breathless-Fall?«

Er schüttelte den Kopf. »Nachdem ich Millie abgeholt hatte, musste ich noch Blumen auf den Friedhof bringen.«

»Wer ist denn gestorben?«

»Nur ein Mädchen.« Er verlagerte das Gewicht auf einen Fuß und verschränkte die Arme vor der Brust. Lucy sah abwartend zu ihm auf. »Sie war eine vertrauliche Informantin und wurde umgebracht, weil sie für mich gearbeitet hat.«

Lucy kniete sich auf dem Bett hin, und die Sonnenstrahlen strömten über ihre Schulter und ihren Hals. »Tut mir leid. Hast du den Mörder geschnappt?«

»Ja. Er sitzt lebenslang.«

»Und du bringst ihr Blumen ans Grab?« Sie schüttelte den Kopf. »Das ist süß.«

»Nein, ist es nicht.« Er senkte den Blick auf ihre weiße Bluse. Bei jedem Atemzug glitten die Lichtstreifen über ihre Brust. Nein, er war nicht süß, aber ehrenhaft konnte er sein. Auch wenn es ihn umbrachte. »Wenn ich es nicht tue, tut es niemand«, erklärte er und sah ihr fest in die Augen. »Ich tue es, weil ich ein schlechtes Gewissen habe. Weil ich meinen Job nicht erledigt habe und ein Mädchen deshalb umkam. Sie war zwar ein Junkie und eine Hure, aber auch ein sehr netter Mensch. Als sie umgebracht wurde, konnte ich an nichts anderes denken als an die Auswirkungen, die das auf meinen Fall haben würde. Ich hatte nur meine Arbeit im Kopf.«

Lucy setzte sich in die Hocke. »Bin ich nur deshalb hier? Damit ich in Sicherheit bin und du weiterhin an die Briefe kommst?«

Er sollte lügen und ja sagen. Dass sie ihm total egal war. Doch er hatte sie seit dem ersten Tag, als er sie online kontaktiert hatte, angelogen, und vielleicht konnte er es deshalb nicht. »Ich will, dass du in Sicherheit bist, aber das ist nicht der einzige Grund. Ich werde hundert Pro zusammengeschissen, wenn mein Sergeant dahinterkommt.«

»Warum denn dann?«

Ein lautes Krachen im Flur ersparte ihm die Antwort.

»Was ist das?«

Quinn sah zur Tür, dann wieder in Lucys Gesicht. »Millie, die sich gegen meine Schlafzimmertür wirft. Sie weiß, dass du hier bist, und sie ist nicht an Frauen im Haus gewöhnt.«

Lucy legte den Kopf leicht in den Nacken, und ein dünner Schatten glitt von ihrer Nase zu ihrem Mund. »Wie viele Frauen gab es denn?«

»Hier? Abgesehen von meiner Schwester und meinen Nichten? Nur eine, aber Amanda ist gegangen, als Millie noch ein Welpe war, deshalb bezweifle ich, dass sie sich an sie erinnert.«

»Wer ist Amanda?«

Er ließ die Hände sinken. »Sie war meine Verlobte.«

»Was ist vorgefallen?«

Er zuckte mit den Achseln. »Sie hat beschlossen, meinen besten Freund lieber zu mögen als mich.«

Lucy zuckte zusammen. »Autsch.«

»Ja. Ich hab sie zusammen im Bett erwischt.«

»Ich bin auch schon mit Weiberhelden ausgegangen, aber wenigstens musste ich es nie mit eigenen Augen ansehen. Was für ein Miststück! Das muss furchtbar gewesen sein.«

In dem Moment hätte er sie am liebsten hochgezogen und auf den Mund geküsst. Doch er hatte ihr versprochen, seine Hände und alle Körperteile bei sich zu behalten. Er war ein

Mann, der zu seinem Wort stand, und er wollte es halten. Auch wenn es ihn umbrachte, ständig geil durch die Gegend zu laufen. Im allergünstigsten Fall würde es ihn Jahre seines Lebens kosten. »Stimmt. Besonders, als sie nackt in meinem Bett saß und mir die Schuld an ihrem Seitensprung gab.«

»Wow, das ist dreist.« Lucy lächelte. Ein leichtes Verziehen des Mundes, das er sofort in den Lenden spürte. Er sollte lieber gehen. Einfach zur Tür zurückweichen.

»So kann man es auch nennen.« Zurückweichen von der Blondine, die auf seinem Bett saß und vom Schlaf ganz verwuschelt und warm aussah. »Aber da war was dran. Manchmal muss ich viele Überstunden machen.«

Lucy schüttelte den Kopf, und das Licht glitt über ihre Lippen. »Das ist Unfug, Quinn. Wir müssen alle manchmal lang arbeiten. Das ist keine Entschuldigung für Untreue.«

Wieder musste er gegen das Bedürfnis ankämpfen, sie zu packen und auf den schönen Mund zu küssen.

»Ich hatte auch schon Freunde, die mich betrogen haben«, fuhr sie unbeirrt fort. »Die haben auch immer versucht, mir die Schuld in die Schuhe zu schieben, aber es war nicht mein Fehler.« Sie legte den Finger zwischen ihre Brüste und zeigte auf sich. »Ich hab ihnen massenhaft Sex gegeben. Tollen Sex. Das waren einfach Verlierertypen. Und ich fand schon immer, dass man sowas besser herausfindet, bevor man heiratet. Sonst hast du im Nu drei Kinder am Hals, während dein Mann in Bars irgendwelche Schlampen aufreißt. Und Gott weiß was für Krankheiten mit nach Hause bringt.«

Quinn schluckte. Heftig. »Massenhaft?«

Sie ließ die Hand in ihren Schoß sinken. »Was?«

»Massenhaft tollen Sex?«

»Tja, nicht mit vielen verschiedenen Männern. So viele Freunde hatte ich nun auch wieder nicht. Aber wenn schon, denn schon.« Sie zuckte mit einer Schulter. »Welchen Sinn hat es sonst?«

Er musste hier weg. Ehrenhaft bleiben, wie er es vorhatte. Einfach die Flucht ergreifen, solange er noch laufen konnte.

»Ich fand immer, wenn ich mir schon die Mühe mache, mit jemandem ins Bett zu gehen, muss es sich auch lohnen.«

Er schluckte – heftig. Vor seinem geistigen Auge blitzte ein Bild auf, wie er sie gegen die Wand drängte, sein Mund auf ihrer Brust. »Grundgütiger«, presste er heiser hervor. Seine Hände und alle Körperteile bei sich zu behalten, war das Schwerste, das er je getan hatte.

»Stimmt was nicht?«

»Du folterst mich.«

Mehrere Herzschläge lang sah er auf ihren Mund. Dann verzog ein wissendes Lächeln ihre Lippen, als hätte sie erst in dem Moment kapiert, wovon er sprach. »Soll ich lieber die Klappe halten, Quinn?«

»Zur Hölle, nein«, sagte er fast flüsternd. Er war ein Masochist. »Ich will, dass du mir erzählst, wie du Männern tollen Sex gibst.«

14. Kapitel

GOODSTUFF: SUCHT UNEHRENHAFTEN MANN …

Lucy hatte nicht aufgepasst und Quinn an sich herangelassen. Ihre einzige Entschuldigung lautete, dass sie müde war. Es müde war, verängstigt und verletzt zu sein. Zu müde, um weiter gegen ihre Gefühle für ihn anzukämpfen.

Sie sah die dunkle Lust in Quinns Augen, das Versprechen heißer Sünde. Sie sah es nicht nur, sondern hörte und spürte es auch im samtenen Timbre seiner Stimme. Es strich über ihre Haut, eine warme, sinnliche Liebkosung, die sie erst wahrnahm, als es zu spät war. Ihr wurde ganz heiß davon. »Guter Sex beginnt immer mit einem Mann, der weiß, was er tut. Der mir genauso viel Lust bereiten will wie sich selbst. Der die richtige Stelle kennt und sich ihr die ganze Nacht widmet.« Sie strich sich eine Haarsträhne hinters Ohr. »Und jetzt musst du mir eine Frage beantworten.«

»Schieß los.«

Bevor sie den nächsten Schritt wagten, musste sie es wissen. »War ich für dich bloß ein Job?«

»Manchmal.« Sie runzelte irritiert die Stirn, doch sein leises Lachen überbrückte die Distanz zwischen ihnen. »Wenn du wüsstest, wie schwer du mir meinen Job gemacht hast, würdest du jetzt nicht die Stirn runzeln. Schon am ersten Abend bei Starbucks fand ich dich schön und clever, und vergaß ständig, dass ich nicht dort war, um mir zu überlegen, wie es wäre, dich zu küssen.«

»Du machst Witze.« Das hatte sie nicht gewusst. Nicht einmal geahnt.

»Nein. Und dann hab ich dich wirklich geküsst und mich gefragt, wie es wäre, dich am ganzen Körper zu küssen. Mich von der Stirn bis zu den Zehenspitzen vorzuarbeiten. Und an den interessanten Orten und weichen Stellen dazwischen Halt zu machen.«

Ihr war ganz flau im Magen, und ihr Mund wurde trocken. »Aber du dachtest doch, ich könnte dich umbringen.«

Er lachte leise. »Ja, man sollte meinen, das würde etwas ändern, aber so war es nicht. Selbst als wir relativ sicher waren, dass du die Mörderin warst, wollte ich dich trotzdem, Lucy. Das ging so weit, dass ich irgendwann fand, in dir zu sterben, könnte es wert sein.« Sein dunkler Blick verbrannte sie bei lebendigem Leib, doch er griff nicht nach ihr. Stattdessen trat er ein paar Schritte zurück, weg von ihr.

Kein Mann hatte je gefunden, dass sie es wert war, für sie zu sterben. Entgegen aller Vernunft liebte sie ihn mehr als je einen Mann zuvor. Ihr war immer hitziger und unruhiger zumute, und sie stieg vom Bett und ging auf ihn zu. Sie legte die Hand an seine Wange, und er drehte den Kopf und küsste ihre Handfläche, worauf sich das leichte Kribbeln, das er stets bei ihr auslöste, über ihren Arm und ihre Brust ausbreitete.

Er schloss die Augen und wich noch einen Schritt zurück. »Ich wollte dich mehr, als ich je etwas in meinem Leben wollte.« Sie ließ die Hand sinken, und er öffnete die Augen und sah sie an. »Das tue ich immer noch.«

Sie kannte das Gefühl. »Warum gehst du dann von mir weg?«

»Weil ich dir versprochen habe, dich mit keinem Körperteil zu berühren. Ich habe dich die ganze letzte Woche belogen und dich dadurch verletzt. Aber das war mein Job. Das hier ist mein Leben, und da möchte ich, dass du weißt, dass ich Wort halten kann.«

Jetzt? Darüber machte er sich *jetzt* Sorgen? »Das ist sehr ehrenhaft.« Sie biss sich auf die Lippe, um nicht zu lächeln.

»Lachst du mich etwa aus?«, fragte er leicht amüsiert.

Sie trat einen Schritt auf ihn zu und strich über seinen Hals. »Ich frage mich nur, ob ich *deine* Körperteile anfassen darf.«

»Klar, verdammt.«

»Und du glaubst dann nicht, ich könnte mein Wort nicht halten?«

»Nein.« Er schüttelte den Kopf, wobei sein Kinn ihren Daumen streifte. »Fass an, was du willst. Ich hab ein paar Ideen, womit du anfangen kannst.«

Sie reckte sich auf die nackten Zehenspitzen und fuhr mit den Lippen über sein Kinn. »Ich hab selbst schon ein paar Ideen, aber ich lasse es dich wissen, wenn ich deine Vorschläge brauche.« Sein Geruch berauschte ihre Sinne, und sie öffnete den Mund und küsste ihn am Hals. Sie hörte, wie er scharf den Atem einzog. Sie strich über seine Schultern und Brust, um sein Herz zu fühlen. Es schlug heftig unter ihrer Berührung, und sie hob das Gesicht zu ihm und gab ihm einen aufreizenden, flüchtigen Kuss, der seinen Mund dazu bewog, ihre Lippen zu verfolgen, bis er es nicht mehr ertrug und sie am Hinterkopf festhielt. Dann tauchte er in sie ein und gab ihr einen heißen, nassen Kuss, der sie innerlich aufwühlte.

Sie machte sich los. »Quinn. Du berührst mich.«

»Was?« Er holte zitternd Atem und zog sie an sich. Er wollte mehr.

»Du darfst mich nicht anfassen«, murmelte sie an seinem Mund, während sie sein Hemd hochzog. Sie zerrte es aus dem Bund seiner Jeans und schob es hoch. »Ich will auf keinen Fall deine Ehre kompromittieren.«

»Den Kampf hab ich schon mit sechzehn verloren, Sonnenschein.«

»Angeber.« Lucy zog ihm das Hemd über den Kopf und warf es hinter sich auf den Boden.

»Alles reine Tatsachen.«

Sie stellte sich wieder normal hin und strich über seine Brust, wobei sie mit den Fingern durch das kurze feine Haar fuhr und seine harten Muskeln unter ihren Handflächen spürte. »Wie alt bist du denn?«

»Siebenunddreißig.«

»Dann hast du zwanzig Jahre Übung.«

»Mehr, wenn man die Jahre mitzählt, in denen ich allein geübt habe.«

Sie lachte, küsste seinen Hals und biss ihn leicht in die Schulter. »Ich bin vierunddreißig.«

»Ich weiß, wie alt du bist«, sagte er fast flüsternd. »Ich weiß alles über dich.« Unter ihren Händen blieb er ganz ruhig, doch sein Atem ging vor Anstrengung rau und unregelmäßig.

Sie wollte auch alles über ihn wissen, und ihn nackt zu sehen, war ein guter Anfang. An dem Abend, als sie einander die Kleider vom Leib gerissen hatten, hatte sie ihn nicht besonders gut gesehen. Doch jetzt schaute sie genau hin. Sie trat einen Schritt zurück und fing mit den Schuhen an. Ihr Blick glitt über die langen Beine in der abgetragenen Levi's und hielt an der ernstzunehmenden Wölbung in seinem Schritt inne. Dann zwang sie ihn weiter zu der leichten Rundung seiner Taille und der feinen Haarspur, die aus dem zugeknöpften Hosenstall stieg und seinen Nabel umgab. Sein Bauch war flach wie ein Waschbrett, und kurze, dunkle Locken überzogen die harten, gut definierten Muskeln seiner Brust. Sie schaute über die breiten Schultern und den kräftigen Hals in sein Gesicht. Sein Fünf-Uhr-Bartschatten hatte sich pünktlich eingestellt, sodass dunkle Stoppeln sein Kinn überzogen und den Umriss seines Mundes nachzeichneten.

Auch wenn er sie nicht anfasste, verrieten seine Augen, wie sehr er sie wollte. In seinem Blick brannte das Begehren, sie am ganzen Körper zu berühren. Sie hob die Hand an ihre Bluse und schaute ihm fest in die Augen. Sie knöpfte sie gemächlich auf, ließ sie von den Schultern gleiten und zu Boden fallen. Sein Blick folgte ihren Händen zum Druckknopf ihrer Jeans. Sie ließ ihn aufspringen und zog den Reißverschluss Zahn für Zahn auf. Quinns Blick wurde so heiß, dass es sie überraschte, dass ihre Hose kein Feuer fing, als sie sie herunterrutschen ließ. Dabei rutschte auch ihr Slip auf einer Seite nach unten, doch sie zog ihn wieder hoch, während sie ihre Hose beiseite kickte.

Seine Hände ballten sich zu Fäusten. »Du bringst mich noch um.«

Die Frustration in seinen Augen verriet ihr genau, wie

sehr er gegen das Bedürfnis ankämpfen musste, sie zu packen und aufs Bett zu werfen. »Stirb noch nicht.« Sie hob die Hände zur Mitte ihres BHs und hakte ihn auf. »Schließlich sind wir noch nicht bis zum besten Teil gekommen«, meinte sie und hielt die Körbchen mit den Handflächen fest.

»Ich weiß nicht, ob ich es bis zum besten Teil schaffe.«

Sie lächelte und nahm die Hände weg. Dann schob sie die weißen Träger an Schultern und Armen hinab, und der BH gesellte sich zur Bluse auf dem Boden.

Er stieß einen kehligen Laut aus. »Du hast so tolle Brüste. Ich könnte dich den ganzen Tag anschauen. Jeden Tag, und mich nie sattsehen.« Er griff nach ihr. »Komm her, Lucy.«

Sie schüttelte den Kopf. »Du hast versprochen, deine Hände bei dir zu behalten.«

Er fixierte sie mit einem Blick, in dem die Lust glühte, und ließ die Hand wieder sinken. »Vorerst.«

Sie tänzelte um ihn herum und presste sich an die glatten Ebenen und harten Muskeln seines Rückens. Der weiche Stoff seiner Jeans streifte ihren Bauch, und seine Haut wärmte ihre nackten Brüste, wodurch sich ihre Brustwarzen zusammenzogen. Sie legte die Wange an sein Schulterblatt und ließ die Hand nach vorn zu seinem Unterleib und dem Haar gleiten, das in der Mitte wuchs. Sie steckte die Finger unter den Bund seiner Jeans und küsste ihn im Nacken. Er erschauderte, als sie die Hand zwischen seine Jeans und Boxershorts schob. »Was ist denn das?«, neckte sie ihn, während sie seine Erektion streichelte.

Er versuchte zu sprechen, brachte jedoch nur ein tiefes Stöhnen hervor.

Sie stellte sich wieder vor ihn und zog an den fünf Knöpfen seiner Levi's. Als der Hosenschlitz offen stand, zog sie seinen Penis aus der Boxershorts und fuhr mit der Hand an dem langen heißen Schaft auf und ab. Mit dem Daumen verteilte sie die klare Flüssigkeit, die sie in der tiefen Spalte über der angeschwollenen Eichel fand. Sie hob das Gesicht und küsste ihn, bis er sich so weit zurückzog, um an ihrem Mund sagen zu können: »Vorsicht. Der ist geladen.«

»Ist das Polizeihumor?«

»Nein. Eine Warnung. Ich könnte in deiner Hand explodieren.«

»Das dürfen wir nicht zulassen«, raunte sie und kniete sich vor ihn. Sie blickte zu ihm auf, öffnete die Lippen und nahm ihn in den Mund.

Er schnappte nach Luft. »Lucy!« Er strich ihr zärtlich das Haar aus dem Gesicht und legte den Kopf in den Nacken.

Sie streichelte ihn mit der Zunge und saugte ihn weit in sich hinein. Er stöhnte, und sie zog seine Jeans und Boxershorts über Hintern und Oberschenkel. Dann packte sie seinen festen Hintern und bereitete ihm Lust.

Ehe sie sich's versah, hatte er sie von den Knien hochgezogen. »Ich will nicht in deinem Mund kommen. Diesmal nicht«, keuchte er und küsste sie mit all der Leidenschaft, die er bisher zurückgehalten hatte. Er presste sie an seine nackte Brust und verschlang ihren Mund, während er sie mit Küssen fütterte, die in ihr das Verlangen auslösten, rittlings auf ihn zu steigen. Sein Brusthaar kratzte an ihren Nippeln, und sein angeschwollener Penis drückte hart an ihren Bauch.

Schwer atmend zog er sich zurück und kickte Hose und Schuhe von sich. Dann zerrte er sich die Socken von den Füßen und bückte sich, um die Brieftasche aus der Gesäßtasche seiner Jeans zu holen. Er schmiss sie auf ein Kissen, packte Lucy und warf sie daneben.

»Was tust du da?«, lachte sie und stützte sich auf die Ellenbogen. »Ich dachte, du wolltest die Hände bei dir behalten.«

»Scheiß drauf.« Er stieg auf sie, die Knie an den Außenseiten ihrer Schenkel, und stützte sich mit den Händen auf dem Kissen neben ihrem Kopf ab. »Jetzt bin ich dran.«

»Was hast du vor?«

Er zerrte an ihrem Slip und zog ihn an ihren Beinen herunter. Dann schleuderte er ihn von sich und schob die Hand zwischen ihre Schenkel. »Ich bring dich zum Schreien wie eine Porno-Queen.«

Sie hätte vielleicht gelacht, wenn er nicht seinen heißen, nassen Mund auf ihren gelegt hätte, während er sie zwischen den Beinen streichelte. Er berührte und lockte sie, bis sie das Gefühl hatte, sterben zu müssen, wenn er aufhörte. Doch sie wollte nicht ohne ihn zum Orgasmus kommen. Nicht schon wieder.

»Halt«, befahl sie, und er kniete sich hin und griff nach seiner Brieftasche. Er zog ein Präservativ heraus und warf die Brieftasche hinter sich. Sie stieß seine Hände weg und nahm ihm das Kondom ab.

»Ich mach das.« Sie zog es aus der Verpackung, legte es auf seine Penisspitze und rollte es bis zum Fuß seines dicken Schafts.

Er stützte sich auf einen Unterarm und brachte sich in Position. Dann schob er sich in sie, und sie keuchte vor Lust. »Das«, verkündete sie, während sie nach Luft schnappte, »ist der beste Teil.«

Er zog sich zurück. Dann vergrub er sich mit zwei kräftigen Stößen seiner kraftvollen Hüften tief in ihr. »Lucy«, stöhnte er an ihrem Ohr. »Du fühlst dich so verdammt gut an.« Er zog ihn ganz heraus, um dann fester zuzustoßen. »Heiß. Ich kann dich durch das Kondom spüren. So gut.«

Gott, quatschte der viel. Wie sollte sie kommen, wenn sie sich auf sein Gequassel konzentrieren musste, statt … Das war ihr letzter zusammenhängender Gedanke, bevor er ihre Hüften anhob und tiefer zustieß. »Oh mein Gott!«, stöhnte sie.

Er zog ihn heraus und streichelte ihre Perle mit seiner prallen Eichel. »Fühlt sich das gut an?«

Sie schlang ein Bein um seine Taille. »Mehr«, keuchte sie und gab sich ganz den Gefühlen hin, die durch sie rauschten. »Genau da.«

»Da?«

»Ja.«

Er streichelte noch einmal. »Ja?«

»Hör nicht auf.«

Er lachte an ihrem Ohr. »An diesem Punkt kommt aufhören nicht in Frage.«

Er stützte sich mit den Händen neben ihrem Gesicht ab und bewegte sich in ihr, schaukelte mit einem langsamen, gleichmäßigen Rhythmus gegen sie. Er bremste sich. Mit dem Gesicht dicht vor ihrem schaute er ihr fest in die Augen, während er hinein und hinaus glitt. Sie hatte das Gefühl, er versuchte, behutsam zu sein oder sich zu beherrschen. Doch das war nicht, was sie wollte.

»Schneller«, presste sie hervor und bewegte sich mit ihm, passte sich jedem Stoß seiner Hüften an. Er wurde schneller, stieß fester und härter zu, trieb sie mit jedem kraftvollen Stoß näher und näher. Schon bald war er genauso kopflos wie sie, und sie jagten dem Ende entgegen. Sie kam zuerst an, und sie stöhnte seinen Namen, während intensive Orgasmuswellen durch ihren Körper rasten. Ihre Vagina zog sich um seine steinharte Erektion zusammen, während er wieder und wieder hart zustieß und sie mit sich nahm, bis auch er den euphorischen Höhepunkt und die überwältigende Lust spürte. Er fluchte und stöhnte aus tiefstem Herzen. Er stieß ein letztes Mal zu und brach auf ihr zusammen. Danach rührte er sich lange nicht. »Quinn?«

»Ja?«

»Alles okay?«

»Okay?« Ein tiefes, heiseres Lachen ließ seine Brust an ihrer erbeben. »Das«, seufzte er und holte Luft, »war wohl der beste beste Teil, den ich je erlebt habe.«

Sie nahm ihr Bein von seiner Taille und streichelte seine Schultern, bevor sie ihn freigab. Sie musste lächeln. Er hatte Recht. Es war der beste beste Teil gewesen.

Quinn stützte sich auf einen Ellbogen, und sie senkte den Blick aus Angst, dass er das, was sie tief im Herzen empfand, an ihren Augen ablesen konnte. Er küsste ihre zufriedenen Lippen und zog sich aus ihrem Körper zurück. »Bin gleich wieder da. Geh nicht weg.«

Er verschwand in dem Bad, das an sein Schlafzimmer grenzte, und Lucy stieg aus dem Bett. Sie schnappte sich ihre Bluse und einen frischen Slip aus dem Koffer und nutzte die Gelegenheit, sich in dem Bad im Flur frisch zu machen. Als sie fertig war, knöpfte sie die Bluse über ihren nackten Brüsten zu und schlüpfte in ihren pinkfarbenen Seidenslip. Sie betrachtete sich im Spiegel über dem Waschbecken. Derselbe Spiegel, in den sie beim letzten Mal geschaut hatte, als sie in seinem Haus gewesen war. Sie sah eine Frau, die ausschaute, als hätte sie gerade Sex gehabt, doch über die deutlich geröteten Wangen und das verwuschelte Haar hinaus sah sie genau das, wovor sie sich fürchtete. Eine Frau, die verliebt war. Wahnsinnig. Total. Mit Haut und Haaren. Sie fragte sich, ob er es auch gesehen hatte, aber sie hoffte nicht. Das Letzte, was sie wollte, war, dass er wusste, was sie für ihn empfand. Er liebte sie nicht, und sie wollte ihn nicht vergraulen.

Sie strich sich das Haar aus dem Gesicht und hob das Kinn, um die gerötete Stelle zu begutachten, wo seine Stoppeln sie gekratzt hatten. Er wollte sie. Darin hatte sie sich nicht geirrt. Darin hattte sie sich nie geirrt, aber das war keine Liebe.

Er liebte sie nicht, und das schmerzte. Es schmerzte wie ein glühend heißer Stein an ihrem Herzen. Er wollte mit ihr zusammen sein. Er brachte sie zum Lachen und machte sie mit seinen Berührungen ganz verrückt. Er ließ sie den Grund vergessen, warum sie bei ihm wohnte, und für heute war das genug. Über das Morgen würde sie sich später Gedanken machen.

Als sie die Badtür öffnete, wartete er schon auf sie, mit dem Rücken an die Wand gelehnt. Sein Oberkörper war nackt, und er trug seine Levi's so tief auf den Hüften, dass eindeutig erkennbar war, dass er keine Boxershorts darunter trug. Zu seinen Füßen saß ein Irish Setter, und er hielt den Hund mit einer Hand am Halsband fest.

»Das ist Millie«, sagte er.

Sie war eine schöne Hündin, mit prächtigem rotbraunem Fell und strahlend braunen Augen. Sie ließ die Zunge seitlich heraushängen, während sie zu Lucy aufsah. »Du bist also die berühmte Millie.« Lucy bückte sich und kraulte der Hündin den Kopf. »Wenigstens hat Quinn über deine Haarfarbe die Wahrheit gesagt.«

»Ich fürchte, wenn ich sie loslasse, will sie an dir schnuppern.« Lucy hielt dem Hund die Hand vor die Nase. »Das ist nicht der Körperteil, den sie beschnuppern will.«

Sie blickte auf in Quinns Gesicht. »Genau aus dem Grund hab ich eine Katze.«

»Aber Katzen holen keine Stöcke oder springen in Teiche, um Vögel zu apportieren.«

»Was nur zeigt, wie schlau sie sind.«

Er schüttelte den Kopf. »Komm und sieh dir das an.« Sie folgte ihm über den Flur und beobachtete, wie die Schatten über seinen glatten Rücken glitten. In der Küche holte er einen Hundekuchen aus dem Schrank. »Sitz, Millie«, befahl er. Sobald die Hündin gehorchte, legte er ihr das Leckerli auf die Nasenspitze. »Bleib.« Die arme Millie starrte schielend darauf, bis Quinn sagte: »Okay.« Daraufhin warf sie den Hundekuchen in die Luft und fing ihn mit dem Maul auf.

»Katzen können sowas nicht.«

»Wenn Schnucki wollte, könnte er das auch.«

Er sah sie skeptisch an und kraulte seine Hündin am Ohr. »Dein Kater kann sich gar nicht so schnell bewegen.«

Da hatte er wahrscheinlich Recht. »Machst du etwa Schnuckel schlecht?«

»Er ist fett.«

»Stämmig.«

»Das ist dasselbe.« Millie stand auf und lief einen engen Kreis um Lucy. Dann schnüffelte sie an ihrem Knie. »Pfui. Sitz, Millie«, befahl Quinn, und die Hündin gehorchte aufs Wort.

Lucy stemmte entrüstet die Hände in die Hüften. »Schnucki hat eine Essstörung. Er kann nichts dafür.«

Quinn lachte, schlang die Arme um ihre Taille und zog sie an seine Brust. »Du bist süß, wenn du dich wegen dieses fetten Fellknäuels aufregst.«

»Hey –« Sie hätte Schnuckels Ehre verteidigt, wenn sie an der Innenseite ihres Schenkels nicht eine nasse Schnauze gespürt hätte. »Wow.« Sie zuckte zusammen und stellte sich auf die Zehenspitzen. »Deine Hündin hat mich grade belästigt.«

»Ich wusste, dass es zu schön war, um wahr zu sein.« Er ließ Lucy los und ging zur Hintertür. »Raus«, befahl er.

Millie trottete auf Quinn zu und warf Lucy über die Schulter einen letzten anklagenden Blick zu. »Friert sie da draußen nicht?«

»Nein.« Quinn schloss die Tür hinter seiner Hündin. »Sie hat in der Garage eine Hütte und eine Hundeklappe zum Garten. Ihr geht's gut.« Das Deckenlicht in der Küche strömte auf seinen nackten Rücken, während er zum Kühlschrank schlenderte. »Hast du Hunger?«, fragte er.

»Kommt drauf an, was du hast.« Sie fürchtete, einer weiteren Überdosis Kohlenhydrate nicht gewachsen zu sein.

Er öffnete den Kühlschrank. »Ich hab Himbeersorbet.«

»Sorbet kann ich immer essen.«

Er zog eine Packung aus dem Eisfach und schloss die Tür

wieder. »Es ist nicht mehr viel. Wir müssen es uns teilen.« Er schnappte sich eine Schüssel und einen Löffel und begann, das Eis herauszuschaufeln.

Es gab vieles an Quinn, das Lucy brennend interessierte und weit über seinen Job und darüber hinaus ging, wie er eine Verrückte schnappen wollte, die Männer umbrachte und Lucy Briefe schrieb. Wichtige Dinge wie: »Erzähl mir von Amanda.«

Er schaute von der Packung auf. »Warum?«

»Ich mache nur Konversation.« Sie schlenderte zum Küchentisch und lehnte sich mit dem Hintern dagegen. »Du weißt schon, ich erzähl dir was und du mir.«

»Amanda war klein und dunkelhaarig. Grüne Augen und große Titten … äh Brüste.«

»Klar«, meinte Lucy trocken.

Er lachte und ließ den Rest Sorbet in die Schüssel fallen. »Sie hatte die nervtötende Angewohnheit, überall ihre langen Haare zu verlieren.« Er kam auf Lucy zu und fütterte sie mit einem großen Löffel Eis.

Es war kalt, schmeckte irgendwie scharf und fühlte sich gut an, als es ihre Kehle hinabglitt. »Wie stellt man das denn an?«

»Keine Ahnung.« Er kostete ebenfalls und zog den Löffel wieder aus dem Mund. »Sie hatte eine Wahnsinnsmähne, und sie verlor die Haare überall im Haus.«

Eine Frau mit großem Busen und Löwenmähne. Lucy hasste sie schon aus Prinzip. »Hattest du seit Amanda eine Freundin?«

»Nein.«

»Affären?«

»Ich erinnere mich nicht.«

Toll. Er wusste alles über ihre früheren Beziehungen, wollte aber nur ungern über seine reden. »Wirst du dich denn an mich erinnern, wenn ich weg bin?«, fragte sie.

Er fütterte sie mit mehr Eis und zog den Löffel wieder aus ihrem Mund. »Du gehst nirgendwohin.« Er strich mit der Rückseite des Löffels über ihre rechte Brustwarze, die sich unter dem kalten Metall zusammenzog.

Sie sah auf sich hinunter. »Was tust du da?«

»Ich bringe deine Nippel dazu, durch den Stoff zu lugen. Das ist echt sexy.«

Sie bemühte sich, die Augen nicht zu verdrehen. »Wie lange hast du das schon vor?« Sie hob den Blick, doch seine Aufmerksamkeit war auf ihre Bluse gerichtet.

»Seit du aus dem Bad gekommen bist.«

»Das ist pervers! Die ganze Zeit, während wir über deinen Hund, meine Katze und deine Ex-Verlobte gesprochen haben?«

»Klar, das nennt man Multitasking.« Er schaute auf und zuckte mit einer nackten Schulter. »Ich kann mit dir über etwas reden und dabei an etwas völlig anderes denken.«

»Muss ein Polizisten-Talent sein.«

Er lachte und steckte den Löffel mitten ins Sorbet. »Eher ein Männertalent. Wir reden über die Scheiße, über die ihr reden wollt, doch in Wahrheit versuchen wir nur, euch ins Bett zu kriegen. Wieder mal.«

»Und deine früheren Beziehungen sind dir nicht wichtig?«

Er zog den Löffel wieder heraus und stellte die Schüssel neben sie auf den Tisch. »Nur du bist mir wichtig.« Er strich mit dem rosa verfärbten Löffel über ihre linke Brustspitze. »Und ich. Und wie ich dich aus deinem Slip rauskriege.«

Sie schnappte empört nach Luft. »Du hast Sorbet auf meine Bluse geschmiert.«

Ein sinnliches Lächeln umspielte seine Lippen. »Ist das nicht schade? Das muss ich wohl wieder säubern.« Er senkte den Kopf und saugte durch die Bluse an ihr. Die Mischung aus kaltem Sorbet und heißem Mund sandte ein Kribbeln über ihre Brust direkt in den Unterleib. Sie krümmte den Rücken und fuhr mit den Fingern durch sein dunkles Haar, während er ihre Bluse sauberleckte. Als er fertig war, ließ er ein paar Knöpfe aufspringen und schob den Stoff beiseite, um an ihren entblößten Brüsten zu saugen. Ohne den Mund von ihr zu lösen, legte er die Hände auf ihre Hüften, hob sie hoch und setzte sie hin. Genau auf die Schüssel mit dem Eis. Sie kippte um, und Himbeer-Sorbet glitt zwischen ihre Schenkel.

»Mist!« Sie schnappte sich die Schüssel und schaufelte damit das Sorbet wieder auf. »Das ist kalt!«

»Anscheinend hab ich schon wieder eine Schweinerei gemacht. Diesmal auf deinem Slip.« Er nahm ihr die Schüssel ab und stellte sie neben sie auf den Tisch. Dann schlang er den Fuß um ein Stuhlbein und zog den Stuhl heran.

»Stell deine Füße auf meine Schultern, während ich dich saubermache«, befahl er, während er sich setzte und mit dem Stuhl noch näher heranrückte.

Das ließ sie sich nicht zweimal sagen.

»Mmm.« Er leckte mit der nassen Zunge an der Innenseite ihres Schenkels. »Du schmeckst gut. Wie Himbeeren auf warmer Haut.« Er legte bis zum Rand ihres Slips eine Kuss-

Spur. »Wenn ich hier fertig bin, widme ich mich wieder deiner Perle.«

Sie lehnte sich erwartungsvoll zurück und stützte sich mit den Händen ab. »Vorhin hast du versprochen, mich zum Schreien zu bringen wie eine Porno-Queen.«

Er senkte lächelnd den Kopf. Und da er ein Mann war, der des Multitaskings fähig war, schaffte er beides.

15. Kapitel

GOODTIMES: SUCHT BÖSEN BUBEN ...

Am nächsten Morgen erwachte Lucy von etwas Nassem an ihrer Wange. Als sie die Augen aufschlug, schaute sie in ein Gesicht mit rotem Fell und großen braunen Augen. Millie schleckte sie ab, und Lucy rollte sich von ihr weg auf den Rücken. »Igitt«, murmelte sie, während sie sich den Hundesabber aus dem Gesicht wischte. Sie schaute zu dem leeren Kissen neben ihr und setzte sich auf, wobei sie das blau-weiß-gestreifte Bettlaken über ihre nackten Brüste zog.

Nach einer heißen Nummer auf dem Küchentisch hatten sie und Quinn sich Abendessen kommen lassen und *Cold Case Files* geguckt. Sie hatte erfahren, dass Quinn auch auf *NYPD Blue*-Wiederholungen stand, doch während der Folge hatte er ständig auf den Fernseher gedeutet und »Das würde nie passieren!« oder »Niemand führt neben einer Leiche eine Zeugenbefragung durch!« geschimpft.

Nach den Zehn-Uhr-Nachrichten hatten sie geduscht. Sie hatten sich gegenseitig eingeseift und sich an der Duschkabinenwand geliebt. Danach waren sie in Quinns Bett gefallen und vor Erschöpfung eingeschlafen. Sie wenigstens. Gegen drei Uhr morgens hatte er sie schon wieder geweckt, um sie noch einmal zu lieben. Dabei war er so süß und sanft, dass ihr vor Glück fast das Herz zersprang, weil darin nicht genug Platz für alle Gefühle war. Sie hatten insgesamt viermal Sex gehabt. Vier wunderbare Male, die dadurch noch wunderbarer waren, weil sie ihn liebte.

Sie liebte ihn, hatte aber keinen Schimmer, was er für sie empfand. Klar, sie wusste, dass er sich zu ihr hingezogen fühlte und sie mochte. Doch sie war sich nicht sicher, was das auf lange Sicht bedeutete. Zum Teufel, sie war sich nicht mal auf kurze Sicht sicher, wie es nach dieser Nacht mit ihnen weiterging. Vielleicht war die letzte Nacht für ihn nur ein Abenteuer.

In der Ferne hörte sie ein leises, stetes Stapfen und etwas, das ein bisschen wie ein Förderband klang. Sie sah sich suchend nach ihren Klamotten um und erinnerte sich, sie zuletzt auf dem Badezimmerboden gesehen zu haben. Lucy schlüpfte nackt aus dem Bett. »Denk nicht mal dran«, warnte sie Millie, während sie ins große Bad tapste. Dort waren ihre Klamotten nicht, deshalb wickelte sie sich in ein Handtuch und tippelte über den Flur zum Gästezimmer. Dort tauschte sie das Handtuch gegen ihren pinkfarbenen Morgenrock ein und folgte dem Stapfgeräusch in ein drittes Schlafzimmer, das mit einem Schreibtisch, einer Hantelbank und der Lärmquelle eingerichtet war. Quinn, der weite graue Shorts trug, sich einen iPod an den Arm geschnallt und Kopfhörer in die Ohren gestöpselt hatte, joggte auf einem Laufband. Sein Haar klebte verschwitzt im Nacken, und mit jedem Schritt seiner Laufschuhe bauschten sich die Beine seiner Shorts auf.

Lucy trat ein und setzte sich auf die Trainingsbank, auf der eine Stange mit schwarzen Gewichten lag. Sie schlug die Beine übereinander und bewunderte Quinns glatte Haut, sein

Muskelspiel und die leichte Krümmung seines Rückgrats. Über das Schnarren des Laufbands hinweg klang es, als führte er Selbstgespräche. Sie hörte genauer hin und lächelte.

Gütiger Himmel. Er *sang*. Und nicht besonders gut. Es war sogar ziemlich furchtbar. So furchtbar, dass sie den Song nicht mal annähernd wiedererkannte. Es schien darum zu gehen, dass er über irgendwas herfiel, und als er einen ganz besonders falschen Ton traf, lachte Lucy los. Sie konnte nicht anders.

Die Kabel seines iPod schwangen mit, als er über die Schulter hinter sich blickte. »Herrgott«, fluchte er, hielt sich an den Haltegriffen fest und stellte die Füße auf die Ränder des Laufbands, das ohne ihn weiterlief. Er zog die Kopfhörer aus seinen Ohren. »Wie lang sitzt du da schon?«

»Lange genug.«

Er stellte das Laufband ab und schnappte sich das weiße Handtuch, das über dem Haltegriff hing. Er wischte sich das Gesicht ab und murmelte: »Schöne Scheiße.«

Sie bemühte sich, nicht zu lächeln. Das tat sie wirklich. »Zum Glück siehst du wenigstens gut aus.«

Er rubbelte sich mit dem Handtuch die Haare trocken und schlang es sich um den Hals, während er auf sie zukam und vor ihr stehen blieb. »Willst du damit sagen, ich kann nicht singen?«

»Ja.« Sie wackelte mit dem Fuß, während sie seine harten Brustmuskeln bewunderte. »Was hast du da gehört?«

Sein Blick glitt von ihrem Gesicht in den tiefen V-Ausschnitt ihres Morgenrocks. »Velvet Revolver. In ein paar Monaten spielen sie hier in der Stadt.« Er schaute auf in ihr Gesicht. »Willst du mitkommen?«

Ihr Fuß hielt inne. »Mit dir?«

»Nein.« Er runzelte die Stirn. »Mit Millie. Klar mit mir.«

»Ein richtiges Date?«

Er zuckte mit den nackten Schultern. »Ja. Wieso nicht?«

Das Konzert war in ungefähr drei Monaten, was bedeutete, dass er sie in drei Monaten noch zusammen sah. Letzte Nacht war für ihn also nicht nur ein Abenteuer gewesen. »Gern. Wann hattest du das letzte Mal ein richtiges Date?«

Er trocknete sich mit dem Handtuch die Brust ab. »Die Internet-Dates nicht mitgezählt, war das wohl, als Kurt vor vier Monaten ein Blind Date für mich arrangiert hat.«

»Ich hasse Blind Dates.«

Er hängte das Handtuch über die Hantelstange. »Sie war ganz okay. Es hat nur nicht gefunkt.« Er machte seinen iPod los und schlenderte zu dem Schreibtisch, mit seinem Laptop und den aufgeschlagenen Akten.

»Ich hasse es, mich für ein Date aufzubrezeln, das sich dann doch nur als reine Zeitverschwendung erweist.«

Er legte den iPod ab und nahm einen Kaffeebecher in die Hand. »Ihr Kater war noch nervtötender als deiner.«

Lucy machte den Mund auf, um Schnuckel zu verteidigen, klappte ihn aber wieder zu. »Wie lange warst du bei ihr zu Hause?«

Er hob den Becher an die Lippen. »Eine Weile.«

»Ich dachte, es hätte nicht gefunkt.«

Er trank einen großen Schluck. Dann sagte er: »Hat es auch nicht. Aber als ich sie zu Hause absetzte, hat sie mich auf einen Kaffee reingebeten, und da bin ich mit reingegangen.«

Lucy stand auf. »Als ich dich auf einen Kaffee reingebeten habe, hast du mir einen Korb gegeben.«

»Das liegt daran, dass ich dich in jeder Position aus dem Kamasutra und noch ein paar selbst erfundenen nehmen wollte.« Er stellte den Becher ab und ging auf sie zu. »Aber ich war verkabelt und durfte nicht zulassen, dass du mich berührst.«

»Was?« Lucy hob die Hand wie ein Verkehrspolizist. »Du warst verkabelt? Wann?«

»Wenn wir uns getroffen haben.«

»Jedes Mal?« Entgeistert ließ sie die Hand wieder sinken.

Er blieb einen Meter vor ihr stehen. »Ja. Aber du hast keine peinlichen Beichten abgelegt, falls dir das Sorgen macht.«

Sie ging in Gedanken alle Dates durch und landete bei dem Zwischenfall im Flur. Da hatte sie ihn am ganzen Körper berührt. »Und wo war das Kabel an dem Abend, als ich dich eigentlich umbringen sollte?«

Er verschränkte die Arme vor der nackten Brust, und sein Gesicht nahm den sturen Ausdruck an, den sie inzwischen nur allzu gut kannte. Den, der ihr sagte, dass er keine Lust hatte, ihr zu antworten. Sie verschränkte die Arme und wartete ab. Schließlich sagte er: »An dem Abend hatte ich keins am Körper.«

»Wo war es dann?«, fragte Lucy, obwohl sie schon so eine Ahnung hatte. Sie glaubte keine Sekunde, dass sich die Polizei die Mühe gemacht hätte, ihr etwas anzuhängen, ohne das Haus abzuhören. Sie wusste nicht, wieso sie nicht schon früher darauf gekommen war – es war so klar wie Kloßbrühe. Vielleicht, weil sie zu sehr mit anderen Dingen beschäftigt gewesen war.

»In der Küche, im Wohnzimmer und im Schlafzimmer waren Digital-Aufnahmegeräte versteckt.«

Sie versuchte vergeblich, sich daran zu erinnern, was sie an jenem Abend alles gesagt hatte. Entsetzt wandte sie sich ab und fasste sich an die Stirn. Ihr Herz schlug schneller, und ihr Gesicht wurde glühend heiß. Was hatte die Polizei mitgehört? »Mein Gott, an dem Abend ... als du mir die Bluse ausgezogen hast und deine Hand ... was wir gesagt haben ... was –«

»Niemand konnte etwas hören.« Quinn packte sie am Arm und zwang sie, ihn anzusehen. »Deshalb hab ich dich auch in den Flur getragen. Ich wollte nicht, dass uns jemand hört. Ich wollte dich ganz für mich allein, ohne irgendwelche Zuschauer.«

Lucys rasendes Herz blieb stehen. »Zuschauer?«

Er legte den Kopf in den Nacken und vergrub das Gesicht in den Händen. »Scheiße.«

»Da waren Videokameras?«

»Ja.« Er ließ die Hände wieder sinken.

»*Oh Gott!*« Sie hielt das Revers ihres Morgenrocks am Hals zu und schlang den Gürtel fester um sich. »Wo waren sie?«

»Die Audio- und Videoüberwachungsgeräte waren in der Abzugshaube in der Küche, in einer falschen Uhr auf dem Kaminsims im Wohnzimmer und in einem Radiowecker an meinem Bett.«

Sie dachte an den Abend zurück. Sie hatten es nicht bis in sein Schlafzimmer geschafft. Sie hatten in der Küche gegessen, und im Wohnzimmer hatten sie geknutscht und er hatte ihr den Pullover ausgezogen. Schockiert schnappte sie nach Luft und versetzte ihm einen Stoß gegen die nackte Brust. »Wie konntest du mir das antun?«

»Lucy.« Er packte sie an den Oberarmen. »Tut mir leid. Wir dachten … Ich dachte, du wärst Breathless. Wir dachten, wenn du –«

»Wie viele Leute haben zugesehen?«

»Zwei. Kurt und Anita haben draußen im Van gesessen.«

Lucy dachte zurück und erinnerte sich, einen Van gesehen zu haben, der auf der anderen Straßenseite parkte. In jenem Van hatten also zwei Personen gesessen und zugesehen, wie er sie auszog und ihre Brüste streichelte. Sie war entsetzt. »Oh Gott. Oh Gott, und davon gibt's ein Band?«

»Ja.«

»Wo?«

»Im Beweisraum, denke ich.«

»Wie viele Leute haben es gesehen?«

Er schüttelte den Kopf. »Keine Ahnung.« Sie wollte sich von ihm losreißen, doch sein Griff wurde nur fester. »So schlimm ist es gar nicht.«

»Hast *du* es denn gesehen?«

»Nein, aber die Kameras konnten nicht bis in den Flur sehen.«

Als sie sich diesmal losreißen wollte, ließ er sie los. Lucy schaute in sein gutaussehendes Gesicht und spürte, dass Tränen in ihren Augen brannten. Sie wollte um keinen Preis weinen. In ihrem Herzen gingen Wut und Demütigung in ein tieferes Gefühl über, das des totalen Verrats. Es spielte keine Rolle, dass Quinn keine Wahl gehabt hatte. Er hatte ihr etwas anhängen wollen, und jetzt existierte ein Videoband, auf dem er ihre Brüste berührte. Es war da draußen. Irgendwo. Und fremde Männer konnten sich daran aufgeilen. »Ich muss hier raus«, presste sie hervor und ließ ihn stehen. Trotz ihrer abgrundtiefen Enttäuschung wollte sie nicht leichtfertig handeln. »Ich nehme dein Angebot an, mir Aufpasser ins Haus zu schicken.« Total benommen verließ sie den Raum. Vielleicht konnte sie irgendwie an die Bänder kommen. Vielleicht konnte sie einen Anwalt einschalten und die Polizei zur Herausgabe zwingen.

Sie stolzierte ins Gästezimmer und feuerte ihren leeren Koffer aufs Bett. Morgen früh würde sie gleich als Erstes ihren Anwalt anrufen.

»Lucy.«

Sie drehte sich um und sah ihn in der Tür stehen. Eine Locke fiel ihm in die Stirn, während seine dunklen Augen sie fixierten. Trotz allem hätte ein Teil von ihr sich am liebsten an seine nackte Brust geworfen und vergessen, was er getan hatte. In den kurzen Momenten, wenn er sie in den Armen hielt, ließ er sie alles vergessen. Sie liebte ihn und wünschte gleichzeitig, ihn nie getroffen zu haben.

»Versprich mir, dass du nicht gehst, bevor ich zurück bin.«

Und wieder fühlte sie sich gedemütigt und todunglücklich, und alles nur, weil sie den Fehler gemacht hatte, Quinn zu lieben.

»Versprich es mir«, wiederholte er.

Wahrscheinlich musste er die Sicherheitsvorkehrungen in ihrem Haus organisieren, bevor sie dorthin zurückkehrte. »Na schön.«

»Versprich es«, beharrte er.

»Ehrenwort.« Wieder hatte sie sich wegen ihm zum Narren gemacht.

Lucy wandte ihm den Rücken zu und zog den Reißverschluss des Koffers auf, den sie am Abend zuvor erst ausgepackt hatte. Sie hörte, wie Quinn sich über den Flur entfernte. Wenige Augenblicke später wurde das Wasser in der Dusche angestellt. Sie schloss die Tür und setzte sich aufs Bett. Sie sah nur noch verschwommen und wischte sich die Augen mit dem Ärmel ihres Morgenmantels. Sie wollte nicht weinen. Quinn sollte sie nicht weinen sehen.

Sie dachte an den gestrigen Abend und an seine Liebkosungen. Sie verglich die Gefühle, die er gestern in ihr ausgelöst hatte, mit denen heute. Sie ließen sich einfach nicht miteinander vereinbaren. Sie passten nicht zueinander. Die Freude und der Schmerz, Quinn zu lieben, von einem Extrem ins andere zu fallen, waren einfach zu viel für sie.

Sie horchte, ob das Wasser noch lief, und als es abgedreht wurde, trat sie an die kleine Frisierkommode. Sie öffnete die oberste Schublade und entdeckte darin die weiße Bluse und den pinkfarbenen Slip, die sie in der Nacht zuvor verloren hatte. Beides war gewaschen, zusammengelegt und ordentlich in der Schublade verstaut worden. Sie nahm die Bluse und schnupperte daran. Sie duftete wie Quinns Hemden. Wieder verschwamm alles, und sie wischte sich mit dem Handrücken die Augen. Trotz der anderen Dramen in ihrem Leben nahmen Quinn und ihr gebrochenes Herz in ihren Gefühlen den größten Raum ein. Es war verrückt, aber nicht zu leugnen.

Vor ihrer geschlossenen Tür hörte sie Quinns Schritte. Er blieb kurz stehen und lief dann weiter den Flur entlang. Kurze Zeit später hörte sie, wie sich das Garagentor öffnete und sein Jeep wegfuhr. Sobald er zurück war, wäre sie abfahrbereit.

Lucy legte ihren schwarzen BH mit passendem Slip, eine

khakifarbene Bluse und ein schwarzes T-Shirt auf die Frisierkommode und schmiss den Rest ihrer Klamotten zurück in den Koffer. Dann öffnete sie die Tür, und Millie folgte ihr ins Bad.

»Raus«, befahl sie. Millie legte sich hin und sah mit traurigen Augen zu ihr auf. »Na schön«, murmelte Lucy. Sie sprang unter die Dusche und wusch sich von Kopf bis Fuß. Als sie fertig war, stieg sie über Millie und putzte sich die Zähne und föhnte ihre Haare. Sie band sich einen Pferdeschwanz, und als Quinn zurückkam, saß sie gestiefelt und gespornt auf seiner Ledercouch und wartete auf ihn.

Sein Gesicht wirkte starr und entschlossen, und sein Kinn sah so angespannt aus, als würde es gleich zerspringen. Er trug eine Jeans und ein weißes Hemd. Sie sprang auf, weil sie glaubte, über die neuen Sicherheitsvorkehrungen in Kenntnis gesetzt zu werden. Stattdessen nahm er ihre Hand und legte zwei kleine Kassetten hinein. »Was ist das?«

»Die Videobänder, die in der Nacht aufgenommen wurden, als das Haus verkabelt war.«

Überrascht blickte sie auf. Er hatte sein Cop-Gesicht aufgesetzt, die ausdruckslose, unbewegliche Miene, die ihn hart wirken ließ. Abgesehen von seinen dunklen Augen. Aus seinem Blick konnte er seine Emotionen nicht tilgen. Sie flackerten unter der Oberfläche, heiß und lebendig, und dazu noch etwas, das er nicht so kontrollieren konnte wie sein starres Kinn. »Woher hast du die?«

»Frag nicht.« Er ließ die Hand wieder sinken.

»Hast du sie offiziell mitgenommen oder so?«

Er schaute sie eine Ewigkeit an, bevor er sagte: »Nein.«

»Quinn?« Er starrte sie nur an, und diesmal wusste sie,

dass er ihr nicht antworten würde. Warten hatte keinen Zweck, aber das brauchte sie auch nicht. Sein Schweigen sprach Bände. Er hatte sie aus dem Beweisraum gestohlen. Für sie. »Und wenn sie vermisst werden? Kriegst du dann keinen Ärger? Oder wirst gar gefeuert?«

Er starrte sie nur weiter an.

»Wird keinem auffallen, dass sie weg sind?«

»Wahrscheinlich schon. Je weniger du darüber weißt, desto besser.«

»Was soll ich damit anstellen?«

»Was du willst. Aber ich würde dir empfehlen, sie zu vernichten und zu vergessen, dass du sie je gesehen hast.«

»Ist das nicht Vernichtung von Beweisen?«

Er zuckte mit einer Schulter. »Streng genommen ja.«

Sie schaute entgeistert auf die Kassetten. »Bist du auch sicher, dass es die richtigen Bänder sind?«

»Sie waren beschriftet, deshalb bin ich mir ziemlich sicher.«

»Aber nicht hundertprozentig.«

»Willst du sie sehen?«

Eigentlich nicht, aber sie wollte sichergehen, dass die richtigen Bänder in ihrem Besitz waren. Sie gab sie ihm zurück. »Ja.«

Er deutete auf die Couch. »Rühr dich nicht vom Fleck.« Er verließ den Raum und kam mit einer Videokamera zurück. Er schloss sie an den Fernseher an und legte eine der Kassetten ein.

Sie wollte wissen, ob er gefeuert würde. Die Antwort lautete *Und ob*. Wenn es rauskam, hatte er eine Anklage wegen

Diebstahls am Hals. Doch da die Bänder für die Breathless-Ermittlungen nutzlos waren, würden die Vorwürfe wahrscheinlich fallen gelassen, wenn er einwilligte, seine Entlassung nicht anzufechten.

Quinn startete das Band, durchquerte den Raum und setzte sich neben Lucy auf die Couch. Auf dem Bildschirm erschienen ihre Schwarzweißbilder, und Lucy beugte sich vor, um zuzusehen, wie sie gemeinsam zu Abend aßen und sich über alles Mögliche unterhielten, beim Wetter angefangen bis hin zu Kommunalpolitik.

Bisher hatte er es mit den Vorschriften zwar nicht so genau genommen, aber noch nie dagegen verstoßen. Er liebte seine Arbeit, und wenn ihm je jemand prophezeit hätte, dass er Beweise verschwinden lassen würde, hätte er ihn für verrückt erklärt. Wenn derjenige ihm prophezeit hätte, dass er es für eine Frau tun würde, hätte er ihn für *total verrückt* erklärt. Doch dann hatte er Mist gebaut und Lucy von den Videobändern erzählt, und sie hatte ihn angesehen, als hätte er ihren Kater totgetreten. Gerade noch hatte sie ihn angesehen, als wollte sie ihn bespringen und sein Fitness-Programm fortsetzen, und im nächsten Moment, als hätte er ihr einen Dolch ins Herz gestoßen. Er hätte alles dafür getan, damit sie ihn wieder so ansah wie zuvor.

Als er gegangen war, hatte er den neuesten Breathless-Brief gleich mitgenommen und im Labor abgegeben, damit die Kriminaltechniker ihn sich morgens ansehen konnten. Das hatte er sowieso vorgehabt. Was er nicht vorgehabt hatte, bis er in ihre Augen sah, die sich mit Tränen füllten, war ein Diebstahl, doch als er das Haus verließ, wusste er, was er zu tun hatte.

Er war ein Trottel. Er hatte seinen Job für eine Frau riskiert, die ihm nie verzeihen würde, dass er sie vor einer versteckten Kamera ausgezogen hatte. Er hatte seine Entlassung für eine Frau riskiert, die steif wie ein Brett neben ihm saß. Eine Frau, die in ihm das Bedürfnis nach etwas auslöste, das er schon lange aufgegeben hatte. Etwas, von dem er sich überzeugt hatte, besser dran zu sein, wenn er es nicht besaß.

Quinn beobachtete auf dem Fernsehschirm, wie sie gemeinsam zu Abend aßen und sich unterhielten, als wären sie nur zwei Menschen, die sich gerade kennen lernten. Er erinnerte sich nicht mehr so gut an das Essen, sondern mehr an ihren Pulli und den Lederrock. Dann packte sie den Schokoladenkuchen aus, und ihm fielen seine Gefühle wieder ein, als er ihr dabei zugesehen hatte, wie sie die Gabel in den Mund steckte.

»Manchmal ist Schokolade besser als Sex«, verkündete sie auf dem Bildschirm.

»Sonnenschein, nichts ist besser als Sex«, hatte er geantwortet. Sie legte die Gabel auf ihren Teller und schob ihn beiseite. »Das hängt vermutlich von den Vergleichsmöglichkeiten ab.«

Er stand auf und sagte mit einer Stimme, die so stark sexuell aufgeladen war, dass er sie kaum wiedererkannte: »Komm her.« Vom Sofa aus schaute Quinn auf den Bildschirm, wo er die Arme um Lucy schlang. »Dann geb ich dir mal was Gutes zum Vergleich.« Dann küsste er sie, und es war genauso heiß wie in seiner Erinnerung. Sexuelle Energie floss in Wellen vom Fernsehbildschirm, und Quinn wurde bei dem Anblick ein bisschen scharf. Er warf Lucy einen

Blick zu, um festzustellen, ob es ihr ähnlich erging, doch sie hatte die Augenbrauen zusammengezogen und kam ihm eher stocksauer vor als erregt.

»Ich muss mal dein Bad benutzen«, sagte sie auf dem Band, und Quinn richtete seine Aufmerksamkeit wieder auf den Bildschirm. Sie verschwand aus dem Bild, und Quinn folgte ihr. Das bewegungsempfindliche Band schaltete sich ab, und Quinn erhob sich von der Couch, um die zweite Kassette in die Videokamera einzulegen. Er drückte auf Play und kehrte an seinen Platz zurück.

Auf dem Band eilte er ins Wohnzimmer, griff nach ihrer Handtasche und kippte sie auf der Couch aus.

»Du hast meine Handtasche durchsucht?«

Er sah sie an. »Ja, und du schleppst ganz schön viel Scheiß mit dir rum.«

Sie verschränkte die Arme unter den Brüsten. »*Daher* wusstest du also von meinem Pfefferspray.«

Auf dem Bildschirm warf Quinn wieder alles in die Handtasche und bezog mitten im Wohnzimmer Stellung. Als sie hereinkam, schaute er auf, und sein dunkler Blick folgte ihr. Selbst auf dem Schwarzweißfilm konnte er das Verlangen in seinen Augen sehen. Er hatte sie für eine Mörderin gehalten und sie trotzdem begehrt.

Sie schaute direkt in die Kamera und sagte ihm, dass sie noch keinen Sex haben sollten. Auch sein Blick war auf die Kamera gerichtet, obwohl er wusste, dass sie eigentlich in den Spiegel über dem Kamin geschaut hatten.

Er sah zu, wie seine Hände an ihren Armen herabglitten und sich um ihre Taille legten. »Sag mir, wann ich aufhören soll«, raunte er und zog ihren Rücken an seine Brust. »Ist es dir unangenehm, wenn ich dich hier küsse?« Er küsste sie am Hals, und sie schüttelte den Kopf.

»Das ist gut. Ich küsse dich gern dort. Wo deine Haut weich ist und dein Haar nach Blumen duftet und aussieht wie die Sonne.« Er schob die Finger in den Bund ihres Rockes und zog ihn ein Stück herunter. Sie neigte den Kopf nach rechts, und er saugte an ihrem Hals. Er schob die Hände unter ihren Pullover und streichelte ihre Brüste. Seine Augenlider waren auf Halbmast, und sein Verlangen war auf dem Band unverkennbar.

Quinn wusste nicht so recht, ob er eher verlegen oder geil war. Was er sagte, war ihm peinlich. Aber dabei zuzusehen, wie seine Hände nach oben wanderten und seine Daumen über ihre harten Nippel strichen, war gleichzeitig das Erotischste, was er je getan hatte. Hundertmal erotischer als ein Porno. Auf dem Bildschirm stockte ihr der Atem, und ihre Augenlider schlossen sich, als seine Hände ihre Brüste umfassten.

»Deine Nippel sind hart«, flüsterte er an ihrem Hals. »Wie bei einer Frau, die Liebe machen will.«

Sie drehte sich um und schlang die Arme um seinen Hals. Als sie sich küssten, fuhr er mit einer Hand unter den Bund ihres Rockes und drückte sie in ihr Kreuz. Mit der anderen Hand strich er ihren Rücken hinauf. Dann raffte er ihren Pulli zusammen und zog ihn ihr über den Kopf.

»Ich liebe Frauen mit Spitzendessous«, flüsterte er und berührte den Spitzenrand ihres BHs. »Du bist so schön, dass ich alles vergesse.«

»Was denn?«

»Dass ich es langsam angehen lassen sollte. Dass ich es

nicht vermasseln will, indem ich es überstürze«, antwortete er, während er ihre Brüste drückte. »Aber es ist so lange her.« Er schob ihre Brüste zusammen, beugte sich nach vorn und küsste ihr tiefes Dekolletee. »Warum musstest du so gut aussehen? Es wäre einfacher, wenn du nicht so schön wärst. Wenn ich dich nicht so sehr wollte, dass ich an nichts anderes mehr denken kann, als dich nackt zu sehen.«

Er küsste sie und strich mit den Händen über ihren Hintern zu den Rückseiten ihrer Oberschenkel. Dann hob er sie hoch und schlang ihre Beine um seine Taille. Er verschwand mit ihr aus dem Bild, und das Band lief weiter, auf den leeren Raum gerichtet. Auch der Ton lief weiter und füllte den Raum mit leisem Stöhnen, und Quinn war fassungslos, wie gut die Wiedergabe war. »Verdammt. Ich dachte nicht, dass das Tonaufzeichnungsgerät aufnehmen kann, was im Flur vor sich geht«, murmelte er.

Lucy antwortete nicht. Sie ließ die Hände in den Schoß sinken, während sie Quinns Stimme vom Band hörten. »Nichts hier außer Lucy«, hörte er sich sagen. »Du willst mich, und ich will dich ficken, bis du eine Woche nicht mehr laufen kannst. Bis du dich nicht mehr bewegen kannst. Nicht mehr denken kannst. Nichts mehr tun kannst als stöhnen. Willst du das, Lucy?«

Okay, das war ein bisschen peinlich. Vom Band kam ein gehauchtes: »Ja.«

Mehr Schweigen, und dann sein gestöhntes: »Ich werde dir helfen, Lucy.« Was sie antwortete, war nicht zu verstehen, und dann hörte man wieder Quinn. »Ja, fass mich da an, genau so. Du bist nicht allein. Oh Gott, das fühlt sich gut an. Ich besorge dir Hilfe. Ich besorge dir alle Hilfe, die du benötigst.«

Gütiger Himmel, das war mehr als nur ein *bisschen* peinlich, und er spürte, wie sein Nacken zu brennen begann. Er wusste nicht mehr, dass er ihr Hilfe angeboten hatte. Er war so in sie versunken gewesen, so im Augenblick gefangen, dass er geglaubt hatte, sie heilen zu können. Als wären überwältigende mörderische Impulse heilbar.

Auf dem Band vermischte sich das Klingeln des Telefons mit den Geräuschen aus dem Flur – sein tiefes Stöhnen und das Seufzen, das tief aus ihrer Kehle kam.

Während er dort saß und zusah, wurde Quinn so hart, dass er fast ebenfalls kam. Er drehte den Kopf, um Lucy anzuschauen, doch sie hielt den Blick starr auf den Fernseher gerichtet.

»Tut mir leid«, sagte sie auf dem Band. »Das wollte ich eigentlich noch nicht.«

»Das machst du schon wieder gut.« Das Telefon verstummte, nur um von Neuem loszuschrillen. »Scheiße! Bin gleich wieder da.« Quinns Fernsehbild lief ins Wohnzimmer. Er nahm das schnurlose Telefon an der Couch ab und klemmte es zwischen Schulter und Wange. »Ja?«

»Weil ich beschäftigt war«, schnauzte er ins Telefon, während er seine Hose zuknöpfte. »Was?« Seine Hände hielten eine Sekunde inne, dann griff er nach dem Hörer. »Verarschst du mich?« Er drehte sich zum Flur. »Sag mir, dass du mich verarschst.«

Kurz danach sah man, wie Quinn Lucy aus dem Haus komplimentierte. Dann stellte sich das Band ab, und der Bildschirm füllte sich mit atmosphärischen Störungen.

Mit gerunzelter Stirn wandte Lucy sich ihm zu. »Warum hast du das getan, Quinn?«

Er dachte, er hätte es ihr verständlich gemacht. Anscheinend nicht. »Es gab Grund zu der Annahme, dass du Breathless warst. Und wir waren –«

»Nein«, unterbrach sie ihn. »Warum hast du zu mir gesagt, dass du mir Hilfe besorgst?«

Er schaute weg.

»Es gibt keine Hilfe für Serienmörder«, stellte sie fest.

»Ja. Ich weiß.« Er spürte, wie seine Ohren heiß wurden.

»Hast du den anderen Verdächtigen, mit denen du ausgegangen bist, auch Hilfe angeboten?«

»Nein. Mit den anderen ist es nie so weit gekommen.« Er sah ihr wieder ins Gesicht. »Ich hab sie nicht so berührt wie dich.« Was spielte das jetzt noch für eine Rolle? Wahrscheinlich wollte sie ihn nochmal richtig demütigen, bevor sie ihm noch einen letzten Tritt verpasste. Dann würde sie die Bänder Sergeant Mitchell übergeben und ihn feuern lassen.

Stattdessen tat sie etwas, das ihn sehr verblüffte. Sie kletterte auf seinen Schoß und ließ sich auf seiner Erektion nieder. Rittlings auf ihm sitzend, nahm sie sein Gesicht in die Hände und sagte: »Ich glaube, du mochtest mich sogar, als du dachtest, ich wollte dich umbringen.«

Er sah hoch in ihre blauen Augen. »Ein wenig.«

Sie lächelte und strich ihm über die Brust. »Ich dachte, du wolltest mich nicht mehr anlügen.«

Er packte ihre Beine und presste die Finger in sie. Er wusste, was sie hören wollte, doch er konnte sie nicht anlügen. Auch nicht, wenn ihr Unterleib seinen Hosenschlitz wärmte. »Ich mag dich wirklich, Lucy. Ich mag dich sehr. Wenn ich nicht mit dir zusammen bin, denke ich ständig an dich.

Ich hab dich gern um mich. Wir sind unglaublich zusammen. Der Sex ist heiß, und du löst in mir Sehnsüchte nach etwas aus, das ich nie für möglich gehalten hätte.«

»Wonach?«

»Nach dir.« Er sah ihr in die Augen und gestand: »Ein Leben neben der Arbeit.«

Ihre Hände streichelten seinen Hals. »Warum kannst du das nicht haben? Gestern Nacht hast du gesagt, dass ich nicht weggehen soll.«

»Das hätte ich nicht sagen dürfen. Und ich kann auch nicht glauben, dass ich das jetzt sage, aber du wohnst nur hier bei mir, weil du keine große Wahl hast. Ich habe schon viele Beziehungen gesehen, die sich aus Krisensituationen und Tragödien entwickelt haben, und manchmal überdauern sie die Krise nicht.«

Sie zog ihm das Hemd aus der Jeans und schob es hoch über seine Brust. »Wenn wir uns unter normalen Umständen getroffen hätten, könnte es trotzdem nicht halten.«

Er packte ihre Hände, bevor es so weit ging, dass er vermutlich nicht mehr aufhören konnte. »Stimmt, aber diese Situation hier ist weit davon entfernt, normal zu sein.«

»Versuchst du wieder, den Ehrenhaften zu spielen?«

»Ja.«

»Tu das nicht.« Sie zog ihm das Hemd über den Kopf und warf es zu Boden. »Ich glaube, ich mag dich am liebsten, wenn du nicht ganz so tugendhaft bist. Wenn du die Kontrolle verloren hast. Wenn du willens bist, alles für eine Frau zu riskieren, von der du glaubst, dass sie dich vielleicht umbringt. Mir gefällt es, wenn du einfach unanständig sein musst.«

Er lachte und schob ihren Rock über ihre Oberschenkel. Sie mochte ihn am liebsten, wenn er nicht versuchte, das Richtige zu tun?

Verdammt, ein anständiger Kerl zu sein war schwer. Unanständig ging einfach.

16. Kapitel

BIGGESTFAN: SUCHT OBJEKT DER LEIDENSCHAFT ...

Am nächsten Morgen stand Quinn vor seinem Schlafzimmerspiegel und machte sich wie in den letzten vier Jahren für die Arbeit fertig. Nur dass er heute Publikum hatte. Lucy saß im Schneidersitz auf seinem Bett, trank Kaffee und trug sein T-Shirt. Nach ihrer gestrigen Liebesnacht hatte sie ihm die Bänder übergeben, die jetzt wieder im Beweisraum lagerten.

Vor einer Stunde war er aufgewacht, ihr fester kleiner Hintern an seinen Unterleib gepresst und seine Hand an ihre volle Brust geschmiegt. Das war keine schlechte Aufwach-Methode. Besonders an einem Montagmorgen. Besonders weil er wusste, dass heute in der Arbeit der Teufel los sein würde.

Er stopfte sich die Zipfel des blauen Oberhemds in die graue Hose und sah Lucy im Spiegel an. Sie ließ seine Hände nicht aus den Augen, während er den Reißverschluss zuzog. »Ich muss was mit dir besprechen«, sagte er, um das Gespräch einzuleiten, vor dem ihm gegraut hatte, seit er am Samstag den neuesten Breathless-Brief gelesen hatte.

Sie schaute auf, und ihre Blicke trafen sich im Spiegel. »Was denn?«

»Wenn Sergeant Mitchell und die anderen Detectives den aktuellen Brief erst einmal gelesen haben, werden sie dich als Köder benutzen wollen, um die Verdächtige aus der Reserve zu locken. Ich weiß, dass wir letzte Woche schon darüber gesprochen haben, und wenn du jemand anders wärest, würde ich zustimmen. Ich würde alles daran setzen, dich zu einem Arrangement mit den Medien oder zu einer Signierstunde zu überreden. Aber du bist nicht irgendwer. Nicht für mich, und deshalb sollst du wissen, dass du zu nichts verpflichtet bist.«

Sie löste sich aus dem Schneidersitz, und Quinn beobachtete fasziniert, wie sein T-Shirt hochrutschte und den Blick auf ihre nackten Oberschenkel und ihren Hintern freigab, als sie vom Bett sprang. Sie stellte ihren Kaffee auf seiner Kommode ab und stellte sich vor ihn. »Ich hab lange darüber nachgedacht«, sagte sie und knöpfte sein Hemd zu. »Ich will alles Notwendige tun, um mein Leben so schnell wie möglich zurückzubekommen.« Sie schaute zu ihm auf und richtete den Blick wieder auf die Knöpfe. Ihr Scheitel befand sich genau unter seinem Kinn. »So gern ich auch hier bei dir wohne, ich will mein altes Leben zurück. Ich will, dass du und ich zusammen sein können wie normale Leute.«

»Wie normal?«, fragte er ihren Scheitel.

»Du bittest mich um ein Date, nicht weil es dein Job ist, sondern weil du mit mir zusammen sein willst. Wenn du mich abholst, lasse ich dich warten, weil ich noch Schuhe anprobiere.« Sie sah verschmitzt zu ihm auf. »Sachen, die Leute zu Beginn einer Beziehung eben so machen. Das haben wir alles übersprungen. Ich weiß, es klingt altmodisch, besonders wenn man bedenkt, wie schnell ich mit dir im Bett gelandet bin, aber ich glaube, ich wünsche mir, dass du mich, nun ja, umwirbst.«

Er lachte. »Ich erinnere mich gut daran, wie intensiv ich dich gestern Nacht umworben habe.« Sie machte ein böses

Gesicht, und er schlang die Arme um ihre Taille und zog sie an seine Brust. »Okay.« Er drückte ihr einen Kuss auf den Scheitel. »Wenn das alles vorüber ist, komm ich vorbei und hol dich ab, und du kannst mich meinetwegen warten lassen und eine Million Schuhe anprobieren. Du kannst mich sogar foltern, indem du tausend Klamotten anprobierst und mich nach meiner Meinung fragst, obwohl wir beide wissen, dass meine Meinung irrelevant ist. Und obwohl ich dich nicht anlügen muss, um dich ins Bett zu kriegen, sag ich dir trotzdem, dass du eine gute Autofahrerin bist.«

Sie verkniff sich ein Grinsen. »Und du bist auch nett zu Schnucki?«

Gestern, als sie zu Lucy nach Hause gefahren waren, um den Kater zu füttern, war Quinn dem verdammten Stubentiger auf den Schwanz getreten. Es war ein echtes Versehen gewesen, doch er war sich nicht ganz sicher, ob Lucy ihm das abnahm. »Ich schwöre, dass es ein Unfall war«, erinnerte er sie. »Ich hab ihn nicht gesehen.«

»Wie kann man einen neun Kilo schweren Kater übersehen, der einem genau vor der Nase sitzt?«

Weil er von Lucys Brüsten abgelenkt war, die ein bisschen wippten, während sie Katzenfutter in seinen Napf schüttete. Quinn drückte sie fester an sich. »In Zukunft pass ich auf, wo ich hintrete.«

Sie legte den Kopf an seine Schulter und sagte: »Ich will mein Leben zurück, Quinn. Ich will stinknormal sein. Wenn das heißt, dass ich eine Pressekonferenz oder eine Signierstunde abhalten muss, lass es uns so bald wie möglich machen.«

»Bist du sicher?«

Sie nickte und trat einen Schritt zurück. »Ja. Meine Wut ist größer als meine Angst.« Ihre Augen verengten sich zu Linda-Blair-Schlitzen und bekamen jenen bösen Schimmer, den er zum letzten Mal gesehen hatte, als er in ihrem Auto gesessen und ihr gebeichtet hatte, dass Millie sein Hund war. Er war froh, diesen Blick wieder zu sehen. »Sie ist fällig.«

Er war heilfroh, dass der Blick nicht ihm galt.

Quinn kam zehn Minuten zu früh zur Arbeit, bereit, Sergeant Mitchell über die neuesten Entwicklungen zu informieren, erfuhr jedoch, dass der Sergeant eine Besprechung hatte und erst am Nachmittag wieder im Büro war. Quinn spürte, wie die Anspannung in seinen Schultern nachließ. Er hatte noch ein paar Stunden Gnadenfrist.

Um zehn nach neun kam der Fingerabdrucktechniker in den Einsatzbesprechungsraum und grinste von einem Ohr zum anderen. »Wir haben auf dem letzten Briefumschlag einen Daumenabdruck gefunden«, triumphierte er. »Er passt zum Daumenabdruck auf dem Sitz in Robert Pattersons Lieferwagen.«

Erleichtert legte Quinn den Kopf in den Nacken und schloss die Augen. »Gott sei Dank!« Endlich hatten sie eine eindeutige Verbindung zwischen Breathless und den Morden. Derjenige, der die Briefe an Lucy schrieb, hatte auch im Patterson-Lieferwagen gesessen. Und derjenige, der den letzten Brief geschrieben hatte, hatte Quinn und Lucy zusammen gesehen und wusste, dass er ein Cop war. Breathless fing an, Fehler zu machen.

Quinn sah Kurt an, und sie wussten beide, dass das ein Volltreffer war. Endlich hatten sie den ersehnten Durchbruch, und Quinn musste Lucy nicht als Köder einsetzen. Jedenfalls noch nicht. Sie konnte bei ihm bleiben. Bei Millie.

»Wir haben sie befragt, Kurt«, sagte er mit Bezug auf Breathless.

»Wahrscheinlich hast du Recht«, antwortete sein Kollege, während er sich eine Kopie des neuesten Briefes ansah.

Quinn klappte sein Notizbuch auf und blätterte zur Verdächtigenliste. »Die Hälfte davon haben wir schon streichen können, deshalb – verdammte Scheiße!« Hastig blätterte er zu einer Fotokopie mit den Fotos der Opfer und wandte sich an den Fingerabdrucktechniker, der noch im Raum war. »Ich möchte, dass Sie das hier analysieren. Wenn uns das Glück hold bleibt, finden wir darauf einen passenden Fingerabdruck.«

»Wir haben das bestimmt zwanzig oder dreißig Leuten gezeigt«, wandte Kurt ein.

»Und die Hälfte davon ist raus.«

Der Fingerabdrucktechniker zog ein Taschentuch aus seiner Gesäßtasche und nahm damit die Kopie aus Quinns Notizbuch entgegen. Er verschwand, und Quinn begab sich in sein Büro, um Däumchen zu drehen und abzuwarten. Er rief im Labor an, doch was die Haare und Fasern von den Tatorten betraf, gab es nichts Neues. Dann meldete er sich bei den Familien der Opfer und informierte sie über die neuesten Erkenntnisse. Schließlich rief er bei sich zu Hause an.

»Residenz McIntyre«, meldete sich Lucy. »Zuhause von Quinn, Eins-A-Detective und -Liebhaber.«

Beim Klang ihrer Stimme spürte er einen überwältigenden Druck auf der Brust. »Und wenn das nun meine Mutter gewesen wäre?«

»Ich hab auf die Anrufernummer geachtet.«

Er spürte es nicht in der ganzen Brust, nur links am Herzen. Als sei es verstopft. »Langweilst du dich?«

»Nein. Ich versuche, ein bisschen zu arbeiten.«

»Du schreibst?« Gestern Abend hatte er ihr Einblick in die Breathless-Akten gewährt. Er hatte keine Ahnung von ihrer goldenen Lesebrille gehabt, bis sie sie aufsetzte. Sie hatte heiß ausgesehen. Doch schließlich war sie in seinen Augen immer heiß, egal ob sie etwas trug oder nicht.

»Ich gebe mir Mühe. Es läuft nicht gut, aber ich hoffe, dass der Knoten bald platzt.« Im Hintergrund schlug Millie so laut an, als wären Einbrecher am Werk.

»Was ist denn mit Millie los?«

»Moment.« Es folgte eine Pause. Dann: »In deinem Garten hockt eine Katze.«

»Ah, sie beschützt dich vor den Nachbarskatern.«

Lucy lachte. Ein sanftes, leises Geräusch, das ihm an sein verstopftes Herz ging. »Sie ist kein besonders guter Wachhund, Quinn. Wenn Einbrecher kommen, wird sie ihnen sofort zeigen, wo du deine Schätze aufbewahrst.«

Quinn lachte. *Lucy* war sein Schatz. »Vielleicht, aber sie wird dabei alles zusammenkläffen.« Er schob seine Manschette zurück und sah auf die Uhr. Es war jetzt über eine Stunde her. »Wir haben auf dem letzten Briefumschlag einen Fingerabdruck gefunden«, informierte er sie und musste nicht dazusagen, wie wichtig das war. Sie hatten bereits ausgiebig über den Fall gesprochen, deshalb unterhielten sie sich wie ein altes Ehepaar über ihre Pläne für den Abend. »Nach Feierabend«, kündigte er an, »fahr ich bei dir vorbei und fütterte dein Fellknäuel.«

»Er heißt Schnuckel.«

»Ja, ich weiß.«

Ein leidgeprüfter Seufzer drang durch die Leitung. »Ich möchte gern mitkommen, weil ich nach einer sehr wichtigen Mappe suchen muss. Ich hab sie irgendwo im Haus verlegt.«

»Ich helf dir beim Suchen«, bot er an, und der Fingerabdrucktechniker betrat sein Büro. Am zufriedenen Grinsen des Mannes erkannte Quinn, dass sie noch einen Treffer gelandet hatten. »Ich muss jetzt Schluss machen«, rief er ins Telefon und legte auf. »Und?«

»Wir haben am unteren Rand einen passenden Zeigefingerabdruck gefunden.«

Eine geschlagene Woche hatte Quinn die Abdrücke aus dem Lieferwagen angestarrt. Am liebsten hätte er sich in den Hintern gebissen, aber dazu war keine Zeit. Er stand auf und zog seinen Blazer über, der die Pistole an seinem Gürtel verdeckte. Die Verdächtigenliste war soeben auf ein Dutzend Namen reduziert worden, und er wusste, wo er als Erstes nachhaken musste.

Lucy starrte auf den blinkenden Cursor und versuchte mit der Kraft ihres Willens, den Schreibfluss in Gang zu bringen. Als das misslang, setzte sie ihre Brille ab und legte sie neben ihrem Laptop auf den Küchentisch. Millie saß neben Lucy, den Kopf auf ihrem Oberschenkel. Lucy kraulte sie hinterm Ohr.

Lucy hatte geglaubt, da sie sich heute sicherer fühlte, würde die Musenfee ihr mit dem Zauberstab auf den Kopf tippen und die Worte wieder zum Fließen bringen.

Fehlanzeige.

Sie stieß einen entnervten Seufzer aus und lehnte sich auf dem Stuhl zurück. Hätte sie bloß die Kritik von Maddie, dann könnte sie sich damit beschäftigen. Ein paar Kapitel zu überarbeiten, würde die Blockade vielleicht lösen. Sie stand auf und ging ins Wohnzimmer. Millie folgte ihr dicht auf den Fersen, und Lucy nahm die Fernbedienung und schaltete die Glotze an. Sie zappte zu den Sendern, die rund um die Uhr Nachrichten brachten, um zu sehen, was es auf der Welt Neues gab, seit ihr Leben außer Kontrolle geraten war. Nichts als deprimierende Nachrichten, deshalb schaltete sie zu City Confidential und vegetierte vor der Kiste vor sich hin. Was sie am Morgen zu Quinn gesagt hatte, war die Wahrheit. Sie war eher wütend als verängstigt. Sie verspürte eine ohnmächtige Wut auf die Frau, die sie in die schlimmste Schreibblockade ihrer gesamten Karriere getrieben hatte.

Sie schaltete die Flimmerkiste aus und pfefferte die Fernbedienung auf den Couchtisch. Sie dachte an Quinn und was er gestern über Beziehungen gesagt hatte, die in Krisenzeiten begannen. Sie musste zugeben, dass ihre nicht gerade konventionell begonnen hatte. Okay, *alles andere* als konventionell. Sie hatten sich die Hucke vollgelogen und sich unter Vorspiegelung falscher Tatsachen verabredet. Doch wenn es um die sexuelle Anziehungskraft ging, die sie beide vom ersten Abend an gespürt hatten, hatten sie einander nichts vorgemacht. Wie er sie angesehen hatte, war keine Lüge gewesen. Weder damals noch heute. Daran war etwas Überwältigendes. Etwas Überwältigendes und Berauschendes zugleich.

Er hatte ihr nicht gesagt, dass er sie liebte, erinnerte sie sich. Doch um fair zu sein, sie ihm auch nicht. Er hatte sie bei sich wohnen lassen, damit sie in Sicherheit war, und die Bänder aus dem Beweisraum entwendet. *Entwendet* war ein schöner Ausdruck für *gestohlen*. Er hatte es für sie getan. Nein, er hatte ihr nicht gesagt, dass er sie liebte, doch bisher hatte noch kein Mann so viel riskiert, um mit ihr zusammen zu sein.

Ihr Handy klingelte, und sie zuckte leicht zusammen.

»Hallo?«

»Hallo. Spreche ich mit Lucy Rothschild?«

»Ja.«

»Ich habe eine Mappe gefunden, von der ich glaube, dass sie Ihnen gehört.«

Quinn stand im Lager von »Barnes and Noble«. Er hatte die Hände in den Taschen und wirkte entspannt. In einem Nebenraum sprach Kurt mit der Filialleiterin und informierte sie darüber, dass alle Angestellten noch einmal befragt werden mussten.

»Lucy Rothschild hat Briefe bekommen«, sagte Quinn nach fünf Minuten Smalltalk. Normalerweise gelang es ihm, die Verdächtigen aufzutauen und dazu zu bringen, sich ein bisschen zu entspannen, aber die hier war so kalt, als hätte sie einen Eisberg im Arsch. »Wir glauben, dass die Person, die die Briefe schickt, für die jüngsten Morde verantwortlich ist, über die wir bei unserem letzten Besuch mit Ihnen gesprochen haben.«

Jan Bright sah Quinn an. Dann hob sie den Blick zu dem Bücherbord über seiner linken Schulter und schwieg.

»Wissen Sie irgendetwas über diese Briefe?«

Sie schüttelte den Kopf, und ihr langes, welliges Haar schwang über ihre Schultern.

»Wären Sie bereit, für eine Befragung mit aufs Revier zu kommen?«

»Wann denn?«

»Jetzt gleich.«

»Ich denke schon.« Sie schaute Quinn an und richtete den Blick wieder auf einen Punkt hinter ihm. »Wenn ich Lucy Rothschild damit helfen kann, tue ich es gerne. Ich unterstütze unsere Autoren hier aus der Gegend sehr.«

»Ms. Rothschild wird das sicher zu schätzen wissen.«

Die Fahrt zur Polizeiwache dauerte zehn Minuten, und als er Jan in den Vernehmungsraum bugsiert hatte und die Kamera lief, reichte er ihr einen Becher mit Wasser. Quinn lächelte und bemühte sich erneut, ihr die Befangenheit zu nehmen. Er stellte ihr Fragen über die Krimifrauen und ob ihres Wissens eine von ihnen einen Groll gegen Lucy hegte.

»Oh nein. Sie unterstützen sie alle sehr.« Sie trank ihr Wasser aus, und er bot ihr an, Nachschub zu holen. Er nahm den Becher am Henkel und reichte ihn an den Fingerabdrucktechniker weiter, der schon vor der Tür wartete. Er ließ Jan eine Weile allein, und als er zurückkam, brachte er ihr frisches Wasser mit.

»Bitte sehr«, sagte er und stellte das Glas auf den Tisch.

»Vorhin hatte ich einen Becher.« Sie sah ihm in die Augen und hielt seinen Blick fest.

»Der Becher ist mir hingefallen.«

Sie runzelte die Stirn, als glaubte sie ihm nicht. Dann fixierte sie einen Punkt über seinem Kopf. »Vermutlich lassen Sie ihn auf Fingerabdrücke untersuchen.«

Sie war schlauer, als er gedacht hatte. Aber Breathless war keine Idiotin. »Wie kommen Sie darauf?«

»Weil ich von der Polizei verhört werde, und Sie mir gerade meinen Becher weggenommen haben. Ich bin Mitglied in einer Gruppe von Frauen, die selbst Krimis schreiben und die von anderen analysieren, und ich lese auch sonst viele Krimis.«

Sinnlos, sie zu verscheißern. Entweder passten ihre Fingerabdrücke oder nicht. »Wo waren Sie in der Nacht zum dreiundzwanzigsten April?«

Ihre Augenbrauen zogen sich zusammen. »Am dreiundzwanzigsten?«

»Tagsüber waren Sie bei einem Krimifrauen-Treffen bei ›Barnes and Noble‹. Ich hab Sie dort gesehen. Wohin sind Sie danach gegangen?«

»Ein paar Frauen und ich sind zu ›Macaroni Grill‹ gegangen. Ich hab ein paar Gläser Wein zu viel getrunken und wurde ziemlich lustig. Da hab ich meinen ältesten Sohn angerufen, und er hat mich abgeholt.«

Er konnte sich Jan Bright nicht lustig vorstellen. Sie war so verkrampft, dass sie Diamanten kacken könnte. »Wie alt ist Ihr Sohn?«

»Sechzehn.«

Die Tür öffnete sich einen Spalt, und der Labortechniker stand dort und schüttelte den Kopf. *Verdammt.* Trotz ihres bizarren Verhaltens war Jan Bright keine Mörderin.

»Erzählen Sie mir von Ihren Kolleginnen. Geht eine von ihnen manchmal mit Kunden aus?«

»Einige vielleicht. Ich finde das anstößig.«

»Wie ist es mit Cynthia Pool?«

Jan schüttelte den Kopf. »Oh nein. Cynthia würde nie mit Männern ausgehen, die in den Laden kommen.«

Quinn schaute in sein Notizbuch auf dem Tisch und überflog die wenigen übrig gebliebenen Namen auf der Liste. »Warum?«

»Sie hält Männer für Schweine.«

Quinn blickte auf. »›Schweine‹? Sind das Ihre Worte oder Cynthias?«

»Ihre.«

»Glauben Sie, sie hasst Männer so sehr, dass sie sie umbringen würde?«

»Nein. Cynthia ist ein sehr liebenswürdiger Mensch. Sie hat eine äußerst schwierige Ehe und Scheidung hinter sich. Ihr Mann hat sie misshandelt und betrogen, aber sie ist keine Mörderin.« Jan lachte etwas gezwungen, bevor sie hinzufügte: »Und ich bin überzeugt davon, dass sie Lucy nie beleidigende Briefe schreiben würde. Sie ist ihr größter Fan.«

17. Kapitel

HARDLUVNMAN: SUCHT SONNENSCHEIN ...

»Ich bin Ihr größter Fan.«

Lucy stand auf Cynthia Pools schattiger Veranda und lächelte. »Danke.« Ihr Blick glitt über Cynthias Mickey-Mouse-T-Shirt und die schwarze Stretchhose zu ihren leeren Händen. »Ich bin so froh, dass Sie die Mappe gefunden haben. Ich habe sie schon überall gesucht.«

»Kommen Sie doch rein. Ich hole sie Ihnen.«

Cynthias Haus lag in der Nähe des »Boise Town Square«-Einkaufszentrums, etwa anderthalb Kilometer von der Polizeiwache und Quinns Büro entfernt. Als Lucy durch die Stadt zu ihr fuhr, hatte sie ihn angerufen und eine Nachricht auf seiner Voicemail hinterlassen. Hoffentlich war er nicht sauer, dass sie sich seinen Jeep ausgeliehen hatte. Er sollte sich keine Sorgen machen, wenn er wieder zu Hause anrief und sie nicht erreichte.

Lucy trat aus der hellen Nachmittagssonne in Cynthias Haus. Die Vorhänge waren zugezogen, und Lucy setzte ihre Sonnenbrille ab, als sie die Tür hinter sich schloss. Sie steckte die Brille in ihre Handtasche, die sie über der Schulter trug, und sah sich in der Wohnung um. Das Wohnzimmer wurde von einer Ecklampe erhellt, und Lucy sprang sofort der Disney-Nippes ins Auge, der auf allen erdenklichen Flächen verteilt war. Alle Figuren von Mickey Mouse bis Cruella De Vil starrten sie mit tausenden lackierten Augen an.

»Wow! Ich wusste nicht, dass Sie Sammlerin sind.«

»Oh ja. Ich sammle schon fast mein ganzes Leben Disney-Memorabilien. Seit mein Vater mir meinen ersten Kaugummiautomaten geschenkt hat. Den habe ich immer noch.«

Lucy war keine große Sammlerin und wusste nicht, was sie erwidern sollte, außer: »Wow!«

Cynthia lächelte und faltete die Hände. »Setzen Sie sich doch, dann hole ich Ihnen die Mappe.«

Lucy schob ein Kissen beiseite, auf dem Donald Duck mit kurzer Hose und Matrosenhut abgebildet war, und setzte sich auf die Couch. Sie konnte es kaum erwarten, an die Mappe und hoffentlich bald wieder an den Schreibtisch zu kommen. Doch noch viel mehr sehnte sie sich danach, dass Quinn endlich nach Hause kam und sie über die neuesten Beweise informierte.

Cynthia kam mit der Mappe in der Hand zurück. Doch statt sie Lucy zu geben, durchquerte sie den Raum und setzte sich in einen Sessel. »Ich bin so froh, dass Sie hier sind. Das gibt uns die Gelegenheit, uns übers Schreiben zu unterhalten.«

Lucy stöhnte innerlich. »Kann ich Ihnen bei irgendwas helfen?«

»Eigentlich nicht.« Sie hielt die Mappe hoch. »Ich habe Ihre Kapitel gelesen.«

Lucys Augenbrauen schossen hoch. Der einzige Mensch, der je ihre Rohfassungen lesen durfte, war Maddie. »Ach ja?«

»Schauen Sie nicht so beunruhigt.« Cynthia neigte den

Kopf zur Seite und lächelte. »Sie waren wie immer wunderbar.«

Es lag Lucy auf der Zunge zu sagen: »Was geht Sie das an?« Stattdessen lächelte sie gezwungen und sagte: »Danke.«

»Mir hat die Stelle sehr gut gefallen, als die Mörderin ihre Opfer nach dem Kennenlernen und vor dem Mord eine Weile verfolgt. Ähnlich wie Flitterwochen. Das ist ein netter Einfall. Sehr spannend.«

Okay. Cynthia hatte also ein paar Kapitel in Rohfassung gelesen. Sie war neugierig gewesen und hatte kurz reingeschaut. Kein großes Drama. Besser gesagt, Lucy würde kein großes Drama daraus machen. »Freut mich, dass es Ihnen gefallen hat.«

»Mir ist aufgefallen, dass an den Rändern Kommentare standen. Ich hoffe, es macht Ihnen nichts aus, aber ich war so frei und habe meine Kritik dazugeschrieben.«

Oh Gott. Das Blut wich aus Lucys Gesicht, und alles, was sie herausbrachte, war ein fassungsloses: »Aha.«

»Mir sind ein paar Kommafehler aufgefallen, und Sie müssen wirklich auf Bandwurmsätze achten.«

Sei nett, Lucy. »Tja, es ist nur eine Rohfassung«, hörte sie sich sagen. Sie stand auf. Sie musste hier raus, bevor sie etwas Unhöfliches und Herablassendes sagte.

»Deshalb hab ich auch nichts zu Ihrem übermäßigen Gebrauch von Adverbien angemerkt. In Zukunft sollten Sie vielleicht auch darauf achten.«

Lucy ging durch den Raum und blieb vor dem Sessel stehen. »Ich werde dran denken.«

Cynthia blieb sitzen und sah mit hellgrünen Augen zu ihr

auf. »Und derjenige, der auf Ihr Manuskript geschrieben hat, weiß nicht, wovon er spricht.«

Tja, dazu gehörte Schneid. Schneid, den Lucy Cynthia nie zugetraut hatte. »Ich werde es Madeline Dupree ausrichten.«

»Madeline Dupree? Die True-Crime-Autorin?« Cynthia legte die Stirn in Falten, als würde sie mit etwas Unmöglichem konfrontiert. Dann schüttelte sie den Kopf und sagte: »Nein. Madeline hat Unrecht.«

Lucy würde es Maddie ausrichten, die sich darüber scheckig lachen würde. Wahrscheinlich würden sie sich beide ins Koma lachen, doch im Moment war nichts Lustiges daran. Sie streckte die Hand nach der Mappe aus. »Danke für Ihren Beitrag, aber ich muss jetzt wirklich nach Hause.« Ihr Lächeln war wohl nicht sehr überzeugend. Sie wollte nichts wie raus aus Cynthias Wohnung, und inzwischen war ihr auch ziemlich egal, ob man es merkte. »Ich muss ein Buch schreiben.«

»Punktförmige Augenblutungen kommen beim Tod durch Ersticken nicht zwangsläufig vor.«

Das wusste Lucy und Maddie bestimmt auch.

»Und willige Opfer zu finden, ist unglaublich einfach.« Endlich erhob sich Cynthia. »Auch wenn die Polizei im Fernsehen Männer davor warnt, sich auf Fesselspiele einzulassen.«

»Ähm, ja.« Lucy schaute auf die Mappe in Cynthias Hand und fragte sich, ob sie einfach bis drei zählen, sie sich schnappen und wegrennen sollte.

»Sie machen es trotzdem. Jeden Freitag- und Samstagabend kommen sie herein und umkreisen die Gänge wie

Haie. Nachdem ein paar von ihnen vorbeigeschwommen sind, sieht man, dass sie bloß Bodenfresser sind.«

Lucy schaute auf, als es in ihrem Hirn Klick machte. »Was?«

»Sie haben es verdorben«, stieß Cynthia hervor. »Sie haben alles verdorben.«

Lucys Kopfhaut zog sich zusammen. Sie musste sich verhört haben. »Wovon reden Sie?«

»Am Anfang habe ich Ihnen geschrieben, weil Sie wissen sollten, wie gut ich in dem bin, was ich tue. Genau wie Sie gut sind in dem, was Sie tun. Ihre Bücher haben immer so viel Freude in mein Leben gebracht, und ich wollte Ihnen zum Dank etwas schenken«, erklärte sie und wirkte dabei beinahe so, als würden sie diskutieren, welche Waschpulvermarke am besten gegen Flecken half. Doch das taten sie nicht, und Lucy hatte keinen Zweifel daran, einer Serienmörderin gegenüberzustehen. »Zuerst dachte ich, ich könnte Ihnen Plätzchenrezepte schicken, aber ich wusste nicht, ob Sie gern backen.«

»Backen ist toll.« Lucy wich ein paar Schritte zurück und ließ die Hand in ihre Tasche gleiten. Sie hatte genausowenig Zweifel daran, dass Cynthia sie nicht gehen lassen würde. Sie fühlte Brieftasche und Handy, Sonnenbrille und Lippenstift.

»Nachdem ich Ihnen die ersten Briefe geschickt hatte und Sie sie nicht zur Polizei brachten, dachte ich, Sie würden verstehen, dass miese Schweine bestraft werden müssen. Ich war überglücklich, weil ich mich lange so allein gefühlt hatte. Ich dachte, wir wären Freundinnen. Doch dann sah ich Sie mit ihm und wusste, dass alles eine Lüge war. Sie haben mich angelogen.«

»Es tut mir leid, wenn Sie das Gefühl haben, angelogen worden zu sein«, redete Lucy ihr gut zu, während sie sich zur Tür vortastete. Sie fühlte ihr Visitenkarten-Etui und eine Schachtel Pfefferminzbonbons.

»Nein, tut es nicht. Ich lasse mich nicht beschwichtigen.«

»Tut mir leid.« In Lucy stieg die Wut hoch, und sie kämpfte einen inneren Kampf, um einen klaren Kopf zu bewahren. Cynthia schien keine Waffe parat zu haben, und Lucy war so sauer, dass sie glaubte, wenn es zum Kampf käme, könnte sie wahrscheinlich Hackfleisch aus ihr machen.

»So einfach ist das nicht.« Cynthia kam hinter ihr her, schlängelte sich an ihr vorbei und verstellte ihr die Tür. »Aus Ihren Büchern wusste ich, dass ich Handschuhe und Perücken tragen musste, um falsche Fährten zu legen. Im Motel in Chinden habe ich Rot und Türkis getragen und bin als Mitglied der Peacock Society herumstolziert, weil ich wusste, dass mich jemand sehen würde.« Cynthia reckte stolz das Kinn in die Luft und ließ die Mappe auf ein Bord fallen, wobei sie Schneewittchen und die Sieben Zwerge in alle Himmelsrichtungen verstreute. »Ich war brillant.«

Lucy spürte einen Stift, aber es war nicht ihr Elektroschock-Kugelschreiber. Sie sah Cynthia so ruhig wie möglich in die Augen und zwang sich zu sagen: »Das ist wirklich brillant.«

»Ich bin in diese Häuser und das Motel gegangen und habe nichts von mir zurückgelassen. Als wäre ich nie dort gewesen. Das habe ich alles von Ihnen gelernt.«

»Meine Bücher sind Fiktion.« Lucy spürte das kalte Metall ihrer Schlagringe und zog sie über die Finger. »Keine Gebrauchsanweisungen.«

»Sie haben mir befohlen, diese Männer zu töten. Sie können jetzt nicht einfach gehen. Ich werde Sie nicht weglassen.«

»Sie werden sowieso geschnappt«, verkündete Lucy und umklammerte ihren Elektroschockstift. Das Tränengas wäre ihr lieber gewesen. »In Robert Pattersons Wagen haben Sie Ihre Fingerabdrücke hinterlassen.«

Cynthias Nasenlöcher blähten sich, und ihre Augen wurden schmal. »Das ist auch gelogen. Ich habe darauf geachtet, nichts anzufassen.« Sie griff hinter sich und zog wie aus dem Nichts ein Küchenmesser hervor.

Scheiße. »Die Polizei weiß, dass ich hier bin«, bluffte Lucy und trat mehrere Schritte zurück, wobei sie die 13 Zentimeter lange Klinge nicht aus den Augen ließ.

Cynthia schüttelte den Kopf und trat einen Schritt auf Lucy zu. »Sie mögen eine gute Schriftstellerin sein, aber Sie sind eine schlechte Lügnerin. Ich bin zu schlau für die Bullen, und ich bin zu schlau für Sie.«

»Sie haben einen Fingerabdruck auf dem Umschlag hinterlassen, den Sie bei mir in den Briefkasten gesteckt haben.«

Das stoppte Cynthia, und wieder runzelte sie die Stirn, als würde sie mit etwas Unmöglichem konfrontiert. »Hör auf zu lügen!« Sie machte einen Satz nach vorn, und Lucy zog die Hand aus der Tasche und schlug zu. Der Schlagring traf Cynthia auf die Stirn, und sie ging zu Boden. Lucy hechtete zur Tür, ohne nachzusehen, ob sie Cynthia k.o. geschlagen hatte, schaffte aber nur ein paar Schritte, bevor Cynthia sie am Knöchel packte. Lucy stürzte auf die Seite.

Bevor sie sich rühren konnte, lag Cynthia auf ihr. »Ich dachte, ich würde mich schlecht fühlen, dich zu töten.«

Lucy rollte sich auf den Rücken, rammte den Elektroschockstift in Cynthias knochigen Oberschenkel und drückte den Knopf. Nichts passierte. »Scheiße!«

»Ich werde mich überhaupt nicht schlecht fühlen.« Cynthia hob das Messer, und Lucys Gedanken rasten. Sie wollte nicht so sterben. Auf keinen Fall. Sie hielt den Blick auf die 13 Zentimeter lange Klinge gerichtet und wartete darauf, dass Cynthia zustach. Wenn es so weit war, wusste Lucy, was sie zu tun hatte. Mit einer Hand würde sie Cynthias Arm wegstoßen und mit der anderen zuschlagen. Das einzige Problem war, dass sie Cynthia nahe genug an sich ranlassen musste, um das psychotische Miststück mit ihren Schlagringen auf die Nase zu hauen.

»Du bist genau wie alle anderen«, zischte Cynthia. »Die haben mich auch unterschätzt.«

Vor dem Haus ertönte ein Schrei, bevor die Tür aufsprang und Sonnenlicht ins Wohnzimmer strömte. In der Flut der goldenen Strahlen blickte Cynthia auf, als eine 9-mm-Kugel sie zwischen die geschockten Augen traf. Ihr Kopf fiel zurück, und Lucy stieß sie weg und kroch unter ihr hervor. Sie rappelte sich auf, rannte gegen eine harte Brust und fiel in ausgebreitete Arme. Sie brauchte nicht aufzuschauen, um zu wissen, dass es Quinn war, der sie so fest hielt, dass sie kaum atmen konnte. »Sie hat versucht, mich umzubringen«, keuchte sie.

»Ich weiß.«

»Ich hab mich mit meinen Schlagringen verteidigt.«

»Gut gemacht.«

»Mein Elektroschockstift hat nicht funktioniert.« Sie wollte einen Blick über die Schulter werfen, doch Quinn drehte ihren Kopf weg.

»Schau lieber nicht hin«, warnte er sie.

Kurt Weber drängelte sich an ihnen vorbei, und Lucy sah über Quinns Schulter zu dem weißen Wagen auf dem Rasen und dem roten Licht, das an der Sonnenblende blinkte.

»Ist sie tot?«, fragte Lucy.

»Noch bevor sie zu Boden ging«, antwortete Kurt.

Lucy begann zu zittern. »Sie ist es, Quinn.«

»Ich weiß.« Er hielt sie weiterhin mit einem Arm umschlungen, während er seine Pistole wieder ins Halfter steckte. »Bist du verletzt?«

Sie schüttelte den Kopf, und ihre Knie begannen zu schlottern.

Quinn bugsierte Lucy nach draußen in die Nachmittagssonne und führte sie zur Fahrerseite des Streifenwagens. Die Tür stand auf, und er griff nach einem Handmikrofon, das ans Funkgerät geklemmt war. Er richtete sich auf, wobei sich die schwarze Schnur spannte. Lucy klammerte sich am oberen Türrand fest, während er sich mit dem Code bei der Zentrale meldete. Sie wandte das Gesicht der warmen Sonne zu, spürte die Strahlen auf Stirn und Wangen und schlotterte, was das Zeug hielt. Ihre Lungen schienen nicht genügend Luft zu bekommen. Ihr Mund war trocken und ihr Hals schmerzte. Sie hatte Angst zu hyperventilieren.

Quinn warf das Mikro auf den Sitz und holte eine Decke aus dem Kofferraum. Er wickelte Lucy darin ein und sah ihr fest in die Augen. »Lucy, du wirst noch ohnmächtig, wenn du nicht versuchst, ruhig zu atmen.« Er strich besorgt über die Wolldecke um ihre Schultern. »Schon bald wird es hier von Polizisten nur so wimmeln, deshalb musst du mir jetzt gut zuhören.«

Sie konzentrierte sich auf Quinns Gesicht und schaffte es, tief durchzuatmen. »Okay.«

»Ein Krankenwagen ist unterwegs, um dich zu untersuchen. Falls du ins Krankenhaus transportiert wirst, wird man dich dort befragen. Falls alles in Ordnung ist, bringt dich jemand aufs Revier und befragt dich dort. Wer, weiß ich nicht, aber das geht schon klar. Erzähl ihnen alles, was du weißt.«

»Und du bist nicht d-dabei?«, stotterte sie. Wenn sie sich konzentrierte, konnte sie ihre Atmung kontrollieren, doch dem Zittern war mit Willenskraft allein nicht beizukommen.

»Ich werde zwar dort sein, aber nicht bei dir. Tut mir leid.«

In der Ferne ertönten Sirenen. »Ich schaffe das schon. Hast du ein Glas Wasser für mich?«

Er schüttelte den Kopf. »Tut mir leid, dass ich nicht früher hier war.« Er rieb sich die Wange. »Ich war unterwegs, als ich deine Nachricht bekam. Ich glaube, mir ist das Herz stehen geblieben und hat seitdem nicht wieder geschlagen.«

»Mir ist n-nie in den Sinn gekommen, dass Cynthia Pool Breathless ist.« Sie schlang unter der Decke die Arme um sich. »Sie war so … l-langweilig. Sogar noch, als sie mir erzählte, wer sie war, und von den schrecklichen Dingen, die sie g-getan hat. Sie war so ruhig dabei. Tja, bis zu dem Moment, in dem sie v-vollkommen durchdrehte.«

Die Sirenen kamen näher, und Quinn drückte sie fest an sich. »Du bist jetzt in Sicherheit«, raunte er ihr ins Ohr. »Es ist vorbei, und alles wird gut.«

Drei Streifenwagen und ein Zivilfahrzeug kamen mit heulenden Sirenen und blinkenden Lichtern mitten auf der Straße zum Stehen. Kurz darauf hielt ein Krankenwagen vor Quinns Jeep, der am Straßenrand parkte.

Lucy wurde rasch zum Krankenwagen bugsiert, und erst als sie mit einer Blutdruckmanschette am Arm und einer Sauerstoffmaske auf dem Gesicht hinten drin saß, beruhigte sie sich so weit, dass sie begriff, was geschehen war. Sie könnte diejenige sein, die jetzt tot war. Nicht Cynthia. Erstochen von einer Geistesgestörten.

Nein! Sie hatte sich zur Wehr gesetzt und glaubte nicht, dass sie so gestorben wäre. Sie war eben doch der Typ Frau, der das Gift selbst aus dem Schlangenbiss saugte. Im allerschlimmsten Fall konnte sie den Hai doch aufs Auge hauen. Seltsamerweise fühlte sie sich lebendiger als je zuvor.

Sie schaute aus dem Krankenwagen auf die Polizisten in Uniform und Zivil, auf das meterlange Absperrband, das die Gaffer fernhielt. Quinn sah sie nicht.

Sie hielt nach ihm Ausschau, während sie von einem Detective Gonzales zu einem Zivilfahrzeug begleitet wurde. Als er mit ihr wegfuhr, erhaschte sie endlich einen Blick auf Quinn. Er stand an seinem Wagen und sprach mit Kurt Weber. Er schaute auf, und ihre Blicke trafen sich den Bruchteil einer Sekunde, bevor er sich abwandte. In dieser Sekunde sah sie in seinen Augen eine tiefe Niedergeschlagenheit, und sie sehnte sich danach, bei ihm zu sein.

Die Befragung auf dem Polizeirevier dauerte etwas über zwei Stunden, und als es endlich vorbei war, war Lucy erschöpft und benommen. Sie wollte nur nach Hause. Zu sich nach Hause und mit ihrem Kater kuscheln. Morgen würde sie Familie und Freunde anrufen und sie über alles informieren. Heute Abend wollte sie nur noch ihren Flanellpyjama, koffeeinfreien Tee und eine Dusche. Wenn sie schon auf Quinn warten musste, dann lieber zu Hause. Deshalb ließ sie sich von dem Detective zu ihrem Haus bringen statt zu Quinns.

Als Detective Gonzales vor ihrem Haus anhielt, sah sie ihn an und stellte ihm die Frage, die sie am meisten beschäftigte. »Wo ist Detective McIntyre?«

»Im Moment spricht er wahrscheinlich mit den Jungs vom Dezernat für Inneres.«

»Danke fürs Bringen«, sagte sie und stieg aus dem Zivilfahrzeug. Sie betrat ihr Haus und verriegelte die Tür hinter sich. Schnuckel kam aus der Küche stolziert und miaute laut, um sie willkommen zu heißen. Sie legte ihre Handtasche auf den Couchtisch und nahm ihren Kater auf den Arm. Dann sank sie aus einem ihr unerfindlichen Grund auf die Knie und brach in Tränen aus.

»Ich hatte solche Angst, Schnuck«, schluchzte sie. Sie wusste nicht, wie lange sie dort auf dem Boden kniete und ihren schnurrenden Kater an sich drückte. Doch als die Tränen zu einem leichten Schluckauf abgeflaut waren, füllte sie Schnuckels Napf mit Futter und ging duschen. Sie trat unter den warmen Wasserstrahl und schloss die Augen. Ihr Körper war steif und schmerzte, und sie wusste nicht, ob es von ihrem Kampf mit Cynthia kam oder vom vielen Schlottern.

Nach der Dusche zog sie sich ihren Flanellpyjama mit den pinkfarbenen Hunden an. Sie kochte sich eine Hühnersuppe mit Nudeln und wartete auf Quinn. Um zehn schaute sie Nachrichten. Der Filmbericht zeigte Cynthias Haus und die Polizeibeamten, die den Tatort sicherten. Lucy entdeckte Quinn, der mit dem Hintern am Kofferraum seines Wagens lehnte und so ernst aussah wie in ihrer Erinnerung, als sie vom Tatort weggebracht worden war.

Bis die Angehörigen benachrichtigt waren, wurde Cynthias Name nicht bekannt gegeben, doch in den Nachrichten hieß es, dass die Polizei sie für die Person hielt, die für den Tod von vier Männern aus Boise verantwortlich war. Lucy wurde als »Ortsansässige« bezeichnet, doch Quinn wurde mit vollem Namen als der Officer genannt, der die Verdächtige erschossen hatte.

Nach den Nachrichten nahm Lucy ihren Kater und ging ins Schlafzimmer. Vielleicht wollte Quinn bis zum Morgen warten, bevor er vorbeikam. Eine Überdosis Adrenalin hatte sie körperlich und emotional völlig erschöpft – außer, was Quinn betraf. Sie war nicht zu müde, um an ihn zu denken.

Sie knipste die Lampe auf ihrem Nachttischchen an und kroch ins Bett. Quinn hatte gesagt, sie würden sich weiterhin sehen, wenn alles vorbei war. Je länger sie in ihrem Bett saß und wartete, desto mehr Gedanken machte sie sich darüber, ob das ernst gemeint war. Er hatte nicht gesagt, dass er sie liebte. Ihr Leben war in letzter Zeit ein solches Chaos gewesen, dass er vielleicht etwas Abstand brauchte. Sie selbst wollte ganz sicher keinen, doch wenn er ihn brauchte, würde sie ihn ihm geben.

Sie nahm Clares neuesten Roman vom Nachttischchen, doch nachdem sie dreimal dieselbe Seite gelesen hatte, gab sie auf. Um 1.30 Uhr klingelte das Telefon an ihrem Bett, und sie nahm ab.

»Ich stehe hier draußen«, erklärte er. »Ich hätte auch klingeln können, aber ich wollte dir keine Angst einjagen.«

Sie lächelte, und ihr Herz schlug heftig. »Ich bin gleich unten.« Sie machte sich nicht die Mühe, einen Morgenrock anzuziehen oder durch den Spion zu gucken. Sie öffnete die Tür, und dort stand er, auf ihrer Veranda, im gedämpften Licht einer Sechzig-Watt-Birne. Das Licht schien sanft auf sein Haar und strömte über das Hemd, das sie an jenem Morgen zugeknöpft hatte. War das wirklich erst an diesem Morgen gewesen?

Sein leises »Hallo« überbrückte die Distanz zwischen ihnen.

»Hallo, Quinn.«

Er sah sie lange an. Dann räusperte er sich. »Wie geht's dir?«, fragte er.

»Mir geht's gut. Die Befragung lief ganz gut.«

»Gut.«

Er sah sie weiter an. Er wirkte ein wenig unsicher, und sie fragte: »Möchtest du reinkommen?«

»Noch nicht.« Er schüttelte den Kopf. »Ich bin eine Weile suspendiert. Bei voller Bezahlung. Deshalb hab ich ein bisschen Zeit.« Er stand so still, dass sie langsam selbst unsicher wurde.

»Wie lange bist du denn suspendiert?«

»Ich weiß nicht genau. Wir können später darüber reden, aber jetzt möchte ich dich etwas Wichtiges fragen.«

»Was denn?«

Er schluckte. »Hast du Lust, mit mir auszugehen?«

»Wohin?«

»Zu einem Date.«

Sie lächelte, und ihr wurde leicht flau im Magen. »Jetzt gleich?«

»Ich dachte, wir sollten heute Nacht zum ersten Mal zusammen ausgehen.«

»Okay.« Sie gab die Tür frei, und er trat ins Haus. Lucy schloss die Tür und lehnte sich mit dem Rücken dagegen. »Muss ich mich umziehen?«

Er schüttelte den Kopf: »Dein Outfit ist toll. Ich dachte, wir schnappen uns den Stubentiger, und ich nehme euch mit zu mir.«

»Schnucki ist auch eingeladen?«

»Ja. Der auch. Ich will dich mit zu mir nach Hause nehmen, um sicherzugehen, dass es dir wirklich gut geht, und ich glaube, du bist entspannter, wenn du dein Fellknäuel um dich hast.«

»Vielleicht will ja *ich* auf *dich* aufpassen.«

»Dann lass uns gehen. Ich denke, es ist an der Zeit, dass Schnuckel Millie kennen lernt.«

Sie biss sich auf die Lippe. »Du hast ›Schnuckel‹ gesagt.«

Ein träges Grinsen verzog seine Mundwinkel nach oben. »Ich muss wohl verliebt in dich sein«, meinte er. »Der Name deines Stubentigers lässt meinen Sack nicht mehr schrumpfen.«

Ihr wurde das Herz ganz schwer, und sie blinzelte das plötzliche Brennen in ihren Augen weg. »Tja, ich muss auch verliebt in dich sein, denn ich kann dir zuhören, wie du über deinen schrumpfenden Sack sprichst, ohne mir die Ohren zuhalten zu wollen.«

Er lachte. »Das klang wohl nicht sehr romantisch.«

Sie schüttelte den Kopf, und ihre Augen füllten sich mit Tränen. »Nein. Den Spruch findet man bestimmt auf keiner Hallmark-Karte.«

Er trat einen Schritt vor, als die erste Träne von ihren Wimpern tropfte, und wischte sie weg. »Ich liebe dich. Als ich das Haus stürmte und diese Frau auf dir sah, ist in mir was zerbrochen.«

Sie küsste ihn auf die Handfläche. »Ich liebe dich auch, Quinn. Ich hab mich in dich verliebt, als ich dich für einen Klempner hielt, der um seine tote Frau trauert. Ich habe versucht, dich nicht zu lieben, als ich herausfand, dass du Polizist bist und Millie dein Hund war und du mich belogen hast. Ich kam mir so blöd vor. Ich dachte, da ich mich so schnell in dich verliebt habe, würde ich mich auch schnell wieder entlieben. Das war wirklich dämlich, denn meine Gefühle waren zu stark.«

Er schlang die Arme um ihre Taille und sah sie mit den intensiven braunen Augen an, die sie so liebte. »Ich wollte dich, als ich dachte, du würdest mir eine Tüte über den Kopf stülpen und mir das Lebenslicht auslöschen. Ich wollte dich mehr, als ich je irgendwas wollte. Ich liebe dich mehr, als ich je jemanden geliebt habe. Du hast mein Leben erhellt wie Sonnenschein und mir gezeigt, wie einsam ich war. Ich will so nicht mehr leben.« Er drückte ihr einen Kuss auf den Scheitel. »Ich werde dich bis zum letzten Atemzug lieben.«

Lucy schluckte, während ihr noch eine Träne übers Gesicht kullerte. »Das ist das beste Date, das ich je hatte.«

»Nein. Das ist nur das erste Date.« Er strich ihr über den Rücken und tätschelte ihren Hintern. »Das beste Date kommt erst noch.«

Epilog

Das beste Date fiel auf den achtzehnten August. Die Braut trug ein wadenlanges Brautkleid im 40er-Jahre-Stil aus weißem Satin mit Spitze und der Bräutigam den obligatorischen schwarzweißen Smoking. Sie versprach, Quinn McIntyre in guten und in schlechten Zeiten zu lieben, wenn er versuchte, anständig zu sein, aber besonders, wenn er unanständig war. Quinn schwor, Lucy Rothschild und Schnuckel zu lieben und zu ehren und auf sie aufzupassen bis an sein Lebensende.

Das Paar war umgeben von Familie und Freunden und Tausenden weißer und pinkfarbener Rosen. In den Monaten vor der Hochzeit hatten Lucys Mutter und ihre drei Freundinnen ihr bei der Planung des großen Ereignisses geholfen. Abgesehen von ihren Protesten gegen die Wahl der Brautjungfernkleider waren Maddie, Adele und Clare eine große Hilfe gewesen. Doch so sehr sie auch protestierten, Lucy hatte sich taub gestellt und passende pinkfarbene Satinkleider mit Tüllröcken bestellt.

Nach einem hart umkämpften Stein-Papier-Schere-Spiel am traditionellen Cocktail-Abend gewann Clare den Posten als Hauptbrautjungfer. Da Clare Clare war, nahm sie die Ehre sehr ernst und widmete sich der Aufgabe mit Feuereifer. Sie organisierte einen wunderschönen Junggesellinnenabschied und bot Lucy die Tiffany-Perlen ihrer Urgroßmutter an, um sie als »etwas Geborgtes« zu tragen. Am Tag der Hochzeit vergaß sie die Perlen prompt und musste zurück nach Hause hetzen, um sie zu holen. Fünfzehn Minuten, bevor sie ihren Freundinnen zum Altar vorangehen musste, war sie wieder da. Stets Rücksicht und Verantwortungsbewusstsein in Person, stand sie steif und aufmerksam dabei, während Lucy ihr Gelübde ablegte.

Der Hochzeitsempfang fand im Double Tree Hotel am Fluss statt. Die Gäste schlangen Rinderfiletspitzen, Hähnchen-Cordon-Bleu und – ausgerechnet – Weenie Mac in sich hinein, woran der McIntyre-Clan sich labte wie an Manna. Als das Brautpaar den Tanz eröffnete, bezog Clare Stellung an der Bar. Keinem fiel auf, dass sie mehr als ihre gewöhnlichen zwei Gläser Wein wegkippte, bis sie ihre Schuhe von sich kickte und die Tanzfläche stürmte, als hätte sie einen akuten Anfall von Boogie-Fieber.

Nachdem sie mit erotischen Zuckungen zu »Hot Legs« getanzt hatte, nahmen Maddie und Adele sie beiseite und fragten, ob alles in Ordnung sei. Worauf sie ihnen nur ihr perfektes Clare-Lächeln schenkte und versicherte: »Alles bestens.«

Doch eine Stunde später verschwand sie, und Maddie und Adele waren gezwungen, den Empfang zu verlassen, um sie zu suchen. Sie liefen den langen Korridor entlang, kamen an einem Dale-Carnegie-Dinner vorbei und spähten in einen riesigen Saal voll mit Männern in allen Ausführungen. Dort gab es eine Cash Bar und eine Bühne samt Scheinwerfer und Karaoke-Gerät.

Clare Wingate, die wirkte wie vom Abschlussball entflohen, stand mitten auf der Bühne vor einem Idaho-Steelheads-Eishockeybanner. Die normalerweise reservierte, würdevolle und zwanghaft distanzierte Liebesroman-Autorin hielt ein Weinglas in einer und ein Mikrofon in der anderen Hand, während sie aus voller Kehle ein Lied über einen »skinny lad« schmetterte.

Maddie und Adele schauten sich entsetzt an.

»Was zum Teufel singt sie da?«, fragte Adele entgeistert und richtete den Blick wieder auf die Bühne. »Hieß das gerade ›big fat fanny‹? Das klingt wie Queen.«

»Oh mein Gott!« Maddie schnappte schockiert nach Luft. »Ich glaub, das sind die Fat Bottomed Girls.«

Die Kerle, die der Darbietung beiwohnten, pfiffen, grölten und feuerten Clare an, als sie in den Refrain überging und sie anflehte, sie heute Abend nach Hause zu begleiten.

Gemeinsam drängelten sich Maddie und Adele durch die Menge, zwei raschelnde pinkfarbene Tupfer inmitten einer Schar muskelbepackter Männer. Irgendwas stimmte nicht. Etwas Schreckliches war in Clares Welt passiert. Was es auch war, es war schlimm. Echt schlimm. So schlimm, dass es die Räder von ihrem perfekten Ponywagen abgeschlagen hatte.

Danksagung

Ich danke Detective Danny R. Smith von der Mordkommission für seine Hilfe beim Schreiben dieses Buches. Die Unterstützung des alten Hasen Officer Smith, der seit einundzwanzig Jahren beim Sheriff's Department Dienst tut, war von unschätzbarem Wert und ging weit über bloße Pflichterfüllung hinaus. Alle etwaigen Fehler sind mir zuzuschreiben, genau wie alle kreativen Freiheiten. Ferner danke ich meiner Schriftstellerkollegin und Freundin Candis Terry für ihre prompte Antwort auf meinen verzweifelten E-Mail-Hilferuf. Candis, du warst meine Rettung!